林保淳

台灣武俠小說史

上

林保淳——著

名家推薦

「哪個人不曾在年少的心頭，有過「俠」的嚮往與豪情！不管俠士或俠女，這一條江湖武林的脈絡，唯有我的學長林保淳博士，最能大開大闔，講出他的武林秘笈。」

——著名作家　蔡詩萍

本書結構清晰，詳略得當，融匯學術理論與藝術形象，文采斐然，論斷精審，寫得精彩好看，讀來興味盎然。

——武俠小說評論家　林遙

林保淳先生用不偏不倚的文字，詳實客觀的角度，從各派武俠名家的筆法、文意、時代背景等對作品進行多方位解讀。尤為獨到之處，還通過作者的生平經歷衍射出作品之中獨有的光華。

——新武俠作家　時未寒

很欣喜地獲知本書完稿，或許，我們可以借助林保淳先生的努力，在這長序列的作者史裡更加明白地知道，古龍先生那些語境產生的原因與環境。恰所謂——鐵馬秋風今何在，檀板紅牙且道來

——新武俠作家　小椴

如果你在寫武俠小說而保淳老師不知道，相當於你根本沒寫過，就像你打職棒沒進名人堂。因此，保淳老師要我寫推薦時，我只想開心大叫：「媽！我和古龍放在同一本書裡，爽啦！」

——台客武俠教主兼撞鐘　施百俊（達樂）

林保淳教授大著可大書「新資料，新體例，新識見」九個大字。全書上溯至明鄭時期之武風、清領期之俠客敘事……，下延論及張草、孫曉等一般讀者甚少知曉的作家，尤其大書特書女作家群之創作，可謂武俠小說史學之破天荒之舉。

——蘇州大學教授　劉祥安

本書研究視野既廣且深，對武俠文本的考探求真求實，堪稱目前對武俠研究文獻掌握度最為完備者，全書不僅上下縱橫武俠小說發展脈絡，更能從微觀上詮解流派特色，並深入單一作家剖析其精神風格、寫作藝術、技巧優劣及影響，令人於字裡行間埋首閱讀文字之時隨之波瀾起伏，驚心不已而欲罷不能。

——嶺東科技大學教授　胡仲權

「史」的建構需有強大的閱讀力、領略力及邏輯組織力，最後再輔以流暢而嚴謹的文筆，方能成就不朽之名山；而素為我景仰、博識武俠的林保淳教授，正是兼備如此能力之人，無疑的，此書必能打通你對武俠的任督二脈。

——真理大學教授　蔡造珉

台灣武俠小說史（上）

——目錄

壹 發軔篇——台灣武俠小說的前世今生

貳 發展篇

風雨如晦——政治與輿論陰霾下的台灣武俠小說（一九六〇年）

參　流派篇——台灣武俠小說的流派

「鬼派」

【推薦序】

可以信今垂後的武俠良史

龔鵬程

作史甚難。人皆喜歡賞花，花開人聚，花落則散。故黛玉葬花，徒自傷憐，因為撿拾落花確實是令人感嘆的事。唯有曠懷古今之人，才能超越這種傷憐，掃葉拾花，回視盛衰。我曾有詩曰：「寫史欲開天人眼，豈但隨緣掃落花」，所指即此。

林保淳就是這種人。而且他樂此不疲，已經和葉洪生合作過《台灣武俠小說發展史》，現在又獨力寫了這本《台灣武俠小說史》。反而令人懷疑他畢竟還有林黛玉氣質，林是癡情憐花，他也憐惜台灣武俠小說太甚了。

當然，這也從另一個方面顯示了台灣武俠小說是個有價值的重要論域，否則哪需如此不斷鑽研？他也是最有資格鑽研的人。早歲即浸潤於台灣的武俠小說環境中，幾乎經歷了台灣的武俠說部盛衰的全過程，遍閱群書。爾後收藏禁密，為宇內一大家；又化私為公，在大學創立「通俗文學研究室」，深化研讀、推廣俠義。另也向社會延伸，協助武俠產業化的發展。

他的優勢，並不僅是對台灣武俠小說的熟稔，入乎其內；更是對整體中國文學的精研功力，所以可以從大視野來看台灣武俠小說。早年我寫《大俠》，辨明俠的歷史變遷，他即協助我，合編成《二十四史俠客資料彙編》。後來覺得台灣武俠小說不是孤立的，當視為近代通俗文學的流衍或發展，所以我們又決定合編《鴛鴦蝴蝶派文學資料彙編》。這書因故沒有正式出版，但還是可以看出我們的思路，而這個思路也體現在他如今這本書上。

前面說的，是他文獻精熟、視野宏闊。此外他還勤於奔走，到各地採訪耆宿、調研、考證，故所得最多，江湖同道皆尊稱為「武林百曉生」。

後來我們創立台灣中華武俠文學會、聯絡大陸的武林同道、參與兩岸各武俠文學獎評選、辦武俠研討會、舉行掌門人大會等，他也風塵僕僕，幾乎無役不與。

本書即得力於以上這些條件，所以資料翔實、論述親切，許多人物都有親身經歷，所介紹的作品也都一一得諸目驗，考證則細細斟酌，評論自道心得，也不故弄玄虛、亂套理論。

這些都是優點，是他這部《台灣武俠小說史》足稱良史，可以信今垂後的原因，豈止「武林百曉生」而已！

喝采之餘，覺得還可商量之處，也有一二。其一是台灣武俠小說對俠義精神的發揚、江湖歲月的描繪，如何深刻影響了幾代中國人之心理狀態、人格意識和行事風格，還可濃墨重彩予以伸張。

其次，他太受一位好朋友的影響，對於台灣警備總部「暴雨專案」的作用過於重視了。台灣的禁書，有亦無，實亦虛、飄風不終朝、暴雨不終夕，不能說對武俠小說的發展沒有影響，但把它看成影響了台灣武俠小說盛衰之關鍵或壓力源，就過甚了。專案出台於一九五九年，而六十、七十年代恰是台灣武俠文學的高峰，足以說明此一事實。

另外可能是被台灣近年本土化的思潮所限，不免就台灣論台灣，以致六〇至八〇年代淡化了台灣與香港武俠文化共生共構的生態，九〇年代以後，也簡略了台灣武俠文化與大陸共生共構的生態。

例如我中學時就常讀香港的《武俠世界》、《當代武壇》、《武俠春秋》等雜誌。尤其是後者，同時在香港、台灣、新加坡、泰國、越南、菲律賓、金邊、澳門發行。長期大篇幅、高頻率地刊載台灣武俠小說，如古龍、臥龍生、陳青雲、孤獨紅、柳殘陽、秋夢痕等。

尤其是古龍，創刊號即首發其《蕭十一郎》，隨後又連載了《三少爺的劍》、《天涯・明月・刀》、《大人物》、《七種武器》、《鐵膽大俠魂》……，直至最後一部《英雄無淚》。跨時九年，近四百期之多。

這樣的香港雜誌，質與量足可與台灣真善美、春秋、萬盛等出版社抗衡。是他們共構交織，才造就了武俠小說風行天下的輝煌局面，更不用說與之配合的香港和台灣電影業了（**古龍的一些小說就是先寫成劇本拍電影的**）。故寫《台灣武俠小說史》宜著重這種跨地域、跨文類的環境。

保淳當然也沒有忽略台灣武俠對港澳的影響，但只把它放在一個「台灣武俠小說的境外傳播」一小節之二中，這樣，我以為還不夠。

同樣，九〇年代以後，保淳認為是台灣武俠小說的衰弱期，無可奈何花落去，名家隱退，新秀失色。此等論斷，我以為也是他的林黛玉葬花情節又犯了。在九〇年代以後，台灣武俠文化與大陸共生共構的生態下，溫世仁百萬武俠小說大獎辦了十年，兩岸的武俠文學會也在大陸策劃了七次武林大會，港台武俠文學與作品更是大量發行於大陸。所以不是衰微而是擴大。在廣袤的場域、新媒體的情境中進行新的發展。我們述史的人，應注意歷史的歷史性，不能在舊場域、舊媒體、舊文類型式中自憐自嘆。

所以，他認為「無可奈何花落去」的時代，才是最值得大書特書的。他其實也有見於此，故終篇叫做「期待篇」。這是《周易》終於「未濟」之意，也似乎是他《台灣武俠小說史》還準備要繼續寫下去的預告。

【推薦序】

十年磨一劍 今朝把示君

陳曉林

長期來，林保淳教授對於武俠文學的研究與評析，投入之深，用功之勤，不但是台灣文史學界眾所周知的實況，而且也久已為兩岸三地稍為關心武俠小說發展狀況的學術同行，乃至讀者大眾所共知共鑒。自兩岸開放交流以來，舉凡以討論武俠小說為主旨的學術研討會，幾皆可看到他的身影，在會上他也常有相關論文發表；而台港或大陸凡有值得重視的新一代武俠作品出現，他亦常會應邀撰文評介，從而與武俠創作的新勢態保持同步關注。

事實上，林保淳從中學時代起，即對閱讀武俠小說感到興味盎然，其後一路進學直到取得博士，這項興趣始終不減；嗣後在學術耕耘上亦鎖定武俠研究為重點，甚至在他引領下，已培植了不少位以武俠文學、武俠名家為論文專題的碩博士畢業生。因此，他的確與武俠文學結了終生不解之緣。而他對台灣近現代武俠小說的崛起、發展與演變，更是目擊身歷，瞭如指掌，與多位出色的武俠作家甚至頗有交誼。因此，他來撰寫台灣武俠小說史，自是駕輕就熟，左右逢源。

保淳曾在二〇〇五年和在全球華人界率先深研近現代武俠名家名著的葉洪生先生合作，出版《台灣武俠小說發展史》，是為兩岸有系統的武俠小說史開山之作，迄今仍不失其孤明先發的重大價值。唯以該書斷版已久，且因故未能修訂重版，以致對某些重要武俠作家、作品念茲在茲的有心人士一直企盼能有較新穎而更完整的相關史著出現；現在這部武俠小說史則可謂是在千呼萬喚之下，由保淳以「十年磨一劍」的功力和勤謹，回應廣大讀者及相關學界需求的一部心智結晶。

當年在現代武俠小說開始綻放姿采之初，白話文運動的倡議巨擘、曾以撰寫「水滸傳考證」而洋洋自得的胡適，分明沒有寓目過其間的精華之作，竟率爾一筆抹煞武俠小說的價值；故而從葉、林合撰的史著到這次保淳自撰的本書，皆將胡說和當時國府以所謂「暴雨專案」查禁民國時期武俠小說，並列為台灣武俠寫作的沉重「陰霾」。

然而，胡適早年引導文史論著的那本《中國哲學史大綱（卷上）》所標榜的「明變」、「求因」、「評判」三個論述判準，本書的撰寫倒是完全符合其要旨，而且「明變」不只縷述個別作家流派的風格變化，還追溯影響現代台灣重要武俠作家的民國時期名家，如還珠樓主、王度廬等「北派五大家」之路數與特色；「求因」更觸及到當初渡海抵台的作家群在苦悶年代寫作，筆下心底藉武俠情節而隱隱流露的思鄉情懷與文化尋根的意向。

至於「評判」，則剖析各名家、名作的菁蕪得失，分別給予恰如其份的定位與評價，自是熟諳台灣武壇起伏興衰的保淳出色當行之事，娓娓寫來，前後呼應，令人展讀時每有擊節讚賞的意趣。當然，「評判」若能恰如其份，其實需要一個醞釀的過程，也需要一段沉思的時期。對於葉林的前著，當初筆者在鼓掌之餘，也曾向保淳指出：可惜未能充分體認和評定古龍作品的重要性和卓越性，甚至為了突出某一兩位作家，還不無刻意抑低古龍創新成就之痕跡。

事實上，古龍不止在武俠小說創作上、甚至在現代中華文學史上都有不可磨滅的貢獻。我曾特地強調，試想：假如從台灣武俠史中，抽去了古龍其人其書，就武俠小說的文學性和感染力而言，是否立即失去了最扣人心弦的光彩與魅力？而若沒有古龍其人其書，整個台灣武俠小說界相對於香港的金庸是否會顯得黯然失色，又怎可能分庭抗禮？所以，古龍作品乃是台灣武俠的頂樑柱，進而為華文武俠小說賦予了靈氣洋溢的新貌，殆屬不爭之確論。

保淳大概聽進去了，加以他自己再反覆細閱、咀嚼、吟味，故在本書中，他給予古龍的篇幅最多，較排第二位的司馬翎多出一倍以上，對古龍作品的評析也非常到位，足見他從善如流的學者氣度。此外，我曾提醒道：司馬紫煙也是台灣武俠界一位重量級作家，風格多變，卻皆能自成局面，前著對其一無著墨，似不甚妥。保淳在本書中對司馬紫煙的地位給予肯定，對其代表作如《金僕姑》、《大英雄系列》作了詳實的評判，使武俠小說史不致遺漏一顆閃耀的明珠，值得欣悅。其實，文壇上另一位重要的「司馬」——司馬中原，雖不以武俠作品見稱，其鄉野名著如《狂風沙》、《路客與刀客》深具武俠意味和內涵，或亦可納入介述。

本書對於台灣俠壇上一位特立獨行的重要名家上官鼎，作了濃墨重彩的描述和賞析。上官鼎雖是三兄弟共同筆名，主力自是既為化學博士、又主導過台灣科技發展、甚且曾任閣揆的劉兆玄。早年以替古龍續筆《劍毒梅香》一鳴驚人，其後以《七步干戈》等悲劇俠情名作膾炙人口，辭卸閣揆後不忘重溫舊夢，又以長篇新著《王道劍》引起矚目。凡此，保淳論述甚詳，堪稱中肯平允。對於早年以諧趣兼奇詭風格寫下系列武俠，後來隻手創立佛乘宗的奇儒其人其書，保淳由於相當熟稔，所以介述甚詳。此外，對於俠壇後起之秀如蘇小歡、施達樂、沈默，以及本屬純文學作家如張大春的《城邦暴力

其實，後來冷靜回想便明白了：武俠精神、俠義情懷是不會消失的，而以發抒武俠精神、俠義情懷為宗旨的武俠創作，也不可能長期處於低潮。如今，欣見保淳推出他多年詮述武俠文學，厚積薄發下所結撰的新著《台灣武俠小說史》，大有「不信青春喚不回，不容青史盡成灰」的恢弘氣概，喜慰之餘，尤有吾道不孤的奮揚感受。

【自序】

一甲子以來的台灣武俠文學

林保淳

二〇〇五年，葉洪生先生與我合著了《台灣武俠小說發展史》，這是第一本有系統地論述台灣武俠小說發展歷史的專著，出版以來，頗蒙各界的肯定，幾乎凡是評論台灣武俠小說相關的論著無不加以引用的。

葉先生是台灣研究武俠小說的先驅，相關論述繁多，早已成為法式，蒙他提攜、鞭策，我以初出茅廬身分，能附驥尾而行，實為莫大榮幸。

《台灣武俠小說發展史》為遠流出版，凡經三刷，共兩千五百本，早已銷售一空，舊書市場偶有拍賣，而價格奇昂，幾為原價十倍之多，後起者頗苦於覓書無門，遂有重出修訂本之議。然其間因各種不同因素，屢多延宕，其議遂寢。

兩年前，劉國輝先生主掌中國大百科公司，決意出版「中國武俠小說史」系列套書，分中國古代、大陸舊派、香港武俠、台灣武俠、大陸新武俠五個部分，分別邀集羅立群、湯哲聲、陳墨、韓雲波及我，分任其責。這四位大陸學者，年歲雖略小於我，但卻於武俠文學多有闡發，巨著煌煌，有口皆碑，無疑為恰當人選。我自讀博士班伊始，即頗關注台灣武俠小說，自畢業任教以來，更以研究武俠小說為職志，由於地利之便，對台灣武俠小說發展的脈絡，較諸大陸學者稍為熟稔，且亦發表過不少武俠相關論著，料想應是朱衣點頭，故列名榜中。

不過，由我擔綱來寫，心下卻是有相當大的躊躇與忐忑的。因為，葉洪生與我合寫的《台灣武俠小說發展史》，綱舉目張，脈絡井然，雖有我參與在內，葉洪生老馬識途，實為主導，也算是珠玉在前，此番重新更張，深恐邯鄲學步，落為後塵，以此頗為糾結。繼而轉念一想，前書出版三刷，印量不多，讀者意欲展閱，求而不得；而修訂再版之議，又頗有扞隔，重寫一部，或許亦可補其缺憾；同時，二人合作，雖最後由葉洪生通稿，拍板以定，而其中互有參差之處，在所難免，似也可藉重寫之筆，轉將自我的見解，羅縷道出；再加上當初雖已辛勤蒐羅資料，但限於原版不易尋覓，時有外誤，而近年以來，新資料陸續發現，前書可補益者，正是不少。因此，遂決意接下此一重責大任，獨力完成這本新的《台灣武俠小說史》。

當然，借鏡前書，雷同處必不可免，尤其史類著作，時序、人物、作品、環境，皆有定論，不可能顛倒翻轉，逸離常軌，縱觀歷來各家文學史著作，如欲論唐詩，李杜豈能不論？王孟焉得不談？是以本書於台灣武俠重要家數、作品，如臥龍生、諸葛青雲、司馬翎、古龍等名家及其作品，定當不能遺漏，最多是觀點、評價，略見差異，而多寡、詳略，短長不一而已。在此，《台灣武俠小說發展史》的經典性，自是難以撼動的。當然，經典亦有其局限，此正如論中國古代小說，魯迅的《中國小說史略》，必然是後來諸多小說史的源頭，但卻不妨害各家小說史的陸續衍作。《台灣武俠小說史》的定位，也正在於此。

大抵而言，本書相對於前書，自然還是有所不同的。其不同之處在於：

（1）前書起自一九四九年，從大陸來台的先行者郎紅浣依序介紹；而《台灣武俠小說史》追本溯源，從明鄭時期的武風、清領時期的俠客敘事，以及日據時代的武俠小說入手，觀瀾正當索源，振葉固須尋根，通史之作，理當如此。

（2）有源必有流，前書止於奇儒、蘇小歡及黃易，「後金古時期」的諸多新秀，未遑論及，《台灣武俠小說史》往下延伸至張草、孫曉，甚連施達樂、沈默、樓蘭未，皆一並述及，尤其是女作家群的出現，為武俠小說史上的破天荒，荻宜、祁鈺、鄭丰，皆不能不予表彰。

（3）前書著重於作家初創至鼎盛時期的評介，而略於一九八〇年後的蛻轉，如臥龍生的每況愈下、司馬翎「天心月」時期的轉變、蕭逸凡經三變的風格變換，以及上官鼎重出江湖的《王道劍》等，《台灣武俠小說史》皆有論評，以呈顯其一生創作的心路歷程，原始而要終，方足以為定評。

（4）前書以一流名家為主，於二、三流作家殊少關注，《台灣武俠小說史》則兼收並蓄，如伴霞樓主、兩東方、司馬紫煙、孫玉鑫、曹若冰、慕容美、高庸、雪雁、獨孤紅，以及「鬼派」作家，皆有專章論述，雖未能一一表彰幽隱，但無論作家之多、作品之詳，皆倍勝於前書，台灣武俠小說史的輪廓，也因之更為清晰。

（5）前書以個別名家的獨立介紹為主，《台灣武俠小說史》，則自一九六〇年後，以「流派」區分，將諸多作家及作品，分歸於九派之下，並論其風格之異同。

（6）前書因資料未出，或蒐羅未全，偶有論評失舛處，如「暴雨專案」，始末未能釐清；胡適「武俠小說是下流的」，時地參差，《台灣武俠小說史》皆根據更詳實的資料重新加以訂正、改寫。

（7）前書對台灣武俠小說的流播，以台港大陸三地為主，未遑論及其對海外華人界的影響，《台灣武俠小說史》則以臥龍生、古龍等為例，以見其當時的猗歟之盛；至於台灣武俠小說的收藏、保存及研究概況，亦一併述及。

《台灣武俠小說史》，以篇區別，共分「發軔篇」、「發展篇」、「流派篇」、「評說篇」、「衰微篇」、「期待篇」六個部分，其下各有專章分論，章下則以節詳論，全面展現台灣武俠小說發展的面貌。其中「流派篇」的篇幅最長、最重，但也最為棘手。蓋「流派」之分，本無定論，台灣武俠小說無論作家、作品，數量皆多皆大，而彼此援引借鏡，又每有「互文」現象，殊難別異，故所分派別，僅能舉其大略而已，非敢自必自勝，此則為本人能力所限，猶期待未來學者，於此重加編整、論列。以管窺豹，只能識其斑文，全豹英姿，請俟諸將來。

台灣武俠小說的文本，散佚非常嚴重，早期舊本，往往被居為奇貨；而印版多變，原貌全失，再加上李戴張冠、珠混魚目，實難一一核實，此為研治通俗小說史的最大難處。在原刊本苦難經目之下，《台灣武俠小說史》自難免猶存在著不少失真、舛錯之處，就只能請各方賢達，多多惠予指教了。

武俠小說為通俗說部，在學界「貴古賤今」的觀念下，當代通俗說部始終未能如古典說部般，獲得應有的重視，故不僅公家收藏極寡，而私家庋存，亦往往難窺全豹；至於作者，雲遮霧隱於筆名之後，更是難識真身。作品既遺佚不少，作者亦素乏考信，除少數知名作家外，生平年里，概付闕如。既無以知人而論世，故通史之難作，亦可想而知。《台灣武俠小說史》雖是極力呈顯，也是無法周全，這是猶有待於後起者繼續鑽研、探討的了。

所謂「得道者多助」，此一「道」字，本人愧難得之，不過勉為其難、孜孜不倦而已；然「助者」甚多，尤其是許多台灣、大陸民間的收藏家、武俠迷，如顧臻（俠聖）、趙躍利（鱸魚膾）、李劼白（不是大俠）、潘淳（潘潘）、林志龍（台灣武俠收藏家）、許德成等，皆能慨然提供許多寶貴的書籍與資訊，尤其是許德成先生，以其精詳之考信，為本書武俠書目作了許多補正，尤為可感；《台灣武俠小說史》之所以能面世，這些俠友無私的協助，無疑是居功厥偉的。在此，藉此一序，深致謝意。

《台灣武俠小說史》商請了著名學者龔鵬程教授、武俠評論名家陳曉林先生作序，龔教授對武俠小說的研究，深入透闢，又是我相交四十餘年的老友，得其作序，宛如白紙渲色，光彩耀目；曉林兄為武俠評論健將，議論精到剴切，又致力於推闡武俠，志同道合，相互切磋，對我助益甚多，《台灣武俠小說史》雖是敝帚，有此二序，相信也就不至於只能覆甕覆瓿了。

辛丑年秋林保淳序於木柵說劍齋

壹

發軔篇

——台灣武俠小說的前世今生

第一章 靡不有初——台灣與武俠

台灣雖僻處中國東南海隅，但與大陸血脈相連，從三國時期吳大帝孫權開始，就屢有接觸，歷隋朝、宋朝、元朝，直到明、清時期，史不絕書，而其地位也愈發重要。十五、十六世紀，海權興起，台灣居於東南亞經貿、交通的樞紐，更等如是兵家、商家的必爭之地，西班牙、荷蘭，都曾佔領過台灣，作為其東南亞經貿發展的根據地。一六六二年，鄭成功攻克熱遮蘭城（台南安平），驅趕走荷蘭人，作為其反清復明的基地，從此，台灣的命運就與中國大陸終始相關。

一六八七年，清聖祖康熙派施琅攻克鄭克塽，正式將台灣納入中國的版圖，隸屬於福建省，開始著意經營台灣。隨著福建閩南漳、泉二州與客家人的渡海移民遷入，台灣的漢人逐漸增多，寖至成為台灣住民的主要結構。一八八五年，台灣建省，以劉銘傳任台灣巡撫，台灣成為中國南疆的重鎮，各項建設，無不積極展開。一八九五年，中日「馬關條約」簽訂，將台灣割讓給日本，台灣淪為日本殖民地長達五十一年之久。一九四五年，日本戰敗投降，國民政府收復台灣，隨後更銳意經營，寶島台灣在東南海隅獨樹一幟，可以說是中國南方最璀璨的一顆明珠。

縱觀台灣的歷史發展，無論是經貿、政治、文化，都與中國大陸緊密相聯、禍福相始終，是與中國無法分割的一個重要組構，尤其是在住民部分，雖然有本土的原住民，但自明末以來，先後有西班牙人、荷蘭人、閩客漢人、日本人、外省人，先後駐進，既有紛爭與衝突，而又能在紛爭與衝突中相互交融、匯流，以致形成一個鎔冶了本土與外來文化的特殊文化地域。

目前台灣住民的主體，來自中國大陸的漢人約佔百分之九十八（閩南百分之七十三、客家百分之十二、外省百分之十三），故也沾染甚深的傳統中國文化，尤其是早期的閩、客族群，不但在移民之際，將閩、廣二地的傳統中國宗教信仰、民俗文化、倫理道德，輸注於台灣，而因其位居東南海隅，須時常面對沿海颱風、地震的天災，以及海盜、強徒人禍的威脅，故也承續了當地居民勇武慓悍、堅韌不屈，以及冒險犯難的精神，為台灣的武風奠定了厚實的基礎，也可以說替台灣後來武俠小說的蓬勃發展，有著「導其先路」的濫觴。

第一節 台灣武風與歷史上的俠客

中國閩、粵一帶，由於地處海濱，有舟楫海運之便，自古就是外來勢力進入中國的門戶；五口通商（一八四三）之所以選定福州、廈門與廣州三口，正是良有以也。揚帆啟錨，依海興利，是閩、粵得天獨厚的地利，然洋廣海深、浪險濤惡，再加上利藪所聚，人人欲得而專之，故閩、粵之人亦強桀悍獷，深好武藝，武館拳社之多，甲於天下。

台灣居民多數自閩、粵兩省移民而來，從明末到清末，絡繹不絕。明末鄭芝龍以海盜起家，藉台灣為盤踞之地；鄭成功以台灣為根據地，遙奉桂王正朔，整軍經武，麾下多是閩、粵之士。而清領以後，海禁鬆弛，台灣海峽雖非難渡的天塹，然海途惡水險溝，波興浪湧，且沿海盜賊橫行，時有危難，非體健氣足、稍諳武技者，萬難平安履越。不僅如此，草萊初闢，蓽路藍縷，王法不彰，意氣私用，無論是練軍、興武[1]，或面對原住民（生番）的挑戰、山賊土寇的侵擾及囿於地域之別的各種械鬥，台灣早期的移民，承襲著閩、粵的好武之風，對中國傳統的武術也需求殷切，這是台灣武術萌芽、發展的一大背景。

中國武術派別眾多，但自黃宗羲分疏「內家」、「外家」脈絡以來，向來以少林、武當為牛耳。早期台灣的武術，基本上是以少林為主的，此因少林寺在福建九連山開立「南宗」，故影響較武當為大。在台灣歷史上，精通武藝而與台灣相關的人物，如楊應選（《彰化縣志》）、李喬基（《碑傳集》）、僧定因（《福建高僧傳》）、張連（《金門志》）、劉明善（《西螺七嵌開拓史》）等人，所習皆為少林拳法。其中金門人張連的武功甚為神奇，傳說他「膂力絕人，短小精悍，善拳棍」，曾「入少林寺（南少林），得異僧授」，用一根草就能夠將一條牛擊斃，而且一手接暗器的功夫十分了得，更擁有「從地躍起，以頭黏屋瓦，懸空兀立；復緣壁行，逾時始下」的輕功。

劉明善（劉炮）就是台灣民間武林傳說「西螺七崁」中膾炙人口的「阿善師」，他是福建詔安人，擅長少林「金鷹拳」，於道光八年（一八二八）來台，後來在廣興（大園）開設武術館「振興社」，成為西螺地區規劃得相當完善的民團組織中樞。其後，港尾的廖姓家族也延聘了劉明善同鄉、精通「布雞拳」（白鶴拳）的廖金生專程赴台，開設了「金獅連陣武野館」，也是少林一脈。至於武當內家的功

1 據《福建高僧傳》載，鄭成功據「台灣、漳、泉間，拳勇少年多往從之，往往得官。」

夫，載籍中較乏記載，大抵是在台灣光復之後，由隨政府來台的人士逐漸傳播開來的，其中以太極拳為主要的一支。[1]

換句話說，自台灣開闢以來，「武術」就始終是台灣文化中重要的一環，這從十多年前尋常街坊中隨處可見到的國術館之多，是可以獲得印證的。

至今猶為盛行的「宋江陣」，已成台灣重要的遊藝比賽項目

台灣的國術館（原稱武術館），向來有「明館」、「暗館」之分，「明館」是指較有組織的武術隊，如「宋江陣」、「家將團」等，平時聚眾演練，可任分巡、守護之責，亦可在迎神賽會中具有遊藝表演的功能；一旦有事，即可以迅速納入戰鬥隊伍當中，無論在漢人與原住民、閩客爭鬥、台日抗爭中，都曾發揮過相當大的作用。「暗館」則指較為純粹教授拳術，而兼具醫治跌打損傷、草藥針灸的中醫功能。

「明館」相傳是從明鄭時期開始流傳下來的，但因時代丕變，逐漸失去其戰鬥功能，目前尚存的團體，較知名的有高雄內門紫竹寺的「宋江陣」，已蛻轉成僅以民俗遊藝表演為主的「陣頭」；至於「暗館」，則在西醫的流行及台灣實施健保，二○一四年將中醫納入其中之後，逐漸式微。

1至於台灣鄉野傳說中的「義賊」廖添丁，雖亦屬「俠」的範疇，但武學源流則待進一步考證。

台灣因歷史及文化的關係，始終延續著當初渡海先民勇敢慓悍的開拓精神，而在廣有人習武的情況下，自然就與武俠有了不解之緣，吳子光《台灣紀事》謂「台俗儇薄，招致任俠，與孟嘗封邑相類」，又指出當時彰化縣「里中多大俠，有渠魁數人比黨為閭閻害，勢岌岌乎動矣」，連橫《台灣通史》亦謂「然而猾紳土豪，夤緣為利，怙其勢力，互相雄長，武斷鄉曲，莫敢誰何。巨奸積匪，藏之宇下，一言不合，趣起興戎。浸成遊俠之風，而官莫敢問也」，可見其風氣之一斑。

武術是要依靠人來施展的，懂武的人，只要仗義而行，就不難成為俠士。在台灣先民傳衍武學的過程中，我們事實上已經可以看到許多可躋升俠士之林而無愧的人物。楊應選、李喬基、僧定因、張連、劉明善、廖金生、廖添丁等人的生平履歷雖史載未詳，但從僅有的記載中也可大抵窺見其在當時所承肩的重任及相關的義行大略。更何況，在台灣歷史上，從鄭氏開台、荷蘭事件、施琅攻台、朱一貴事變、林爽文事變、到乙未割台、日據時期，無論是中外戰況、漢蕃爭奪、朝野敵對、種族歧見、民族鬥爭等等，都曾有許多可歌可泣的人物被記載下來。

連橫在《台灣通史》中列有十數名「以俠聞」的台灣人物，其細目如下表：

姓名	時代	形容
鄭芝龍	明末	遊俠少年
朱一貴	康熙	性任俠
吳鳳	康熙（乾隆）	以任俠聞里中
陳文	康熙	年少豪俠

姓名	時代	形容
莊大田	乾隆	以是義俠聞南路
吳沙	乾隆	任俠
陳奠邦	乾隆	豪俠自許
林定邦	咸豐	負義俠
文鳳	咸豐	少任俠
劉銘傳	同治	少任俠
方景雲	同治	頗有任俠之風
莊豫	光緒	俠士
吳湯興	光緒	以義俠聞里中

除此之外，連橫在《雅堂文集》中也記載了陳鳳昌、蕭克、陳三姐三人，其中陳三姐身為平康妓女，而倜儻任俠，更屬難得。就整個台灣清領時期數百年的歷史來說，區區十數位「俠士」，顯然是有所低估了，事實上，如果我們從從嘉新水泥公司所刊行的一系列《台灣文獻叢刊》中鉤稽，與台灣相關的人物中，尚有更多極富俠情的人物，如曾被劉銘傳特別表彰，並目為「俠」的梨園花旦張李成，在中法戰爭基隆之役，以「率士勇三百截其後，往來馳驟，當者闢易。法軍大敗爭舟，多溺死，陣斬五十，俘馘三十。於是不敢窺台北」，更是當時的風雲人物，連向來任俠喜劍的林紓，都特別在《技擊餘聞》中加以稱美。

縱觀這些「以俠名」的英雄人物，其身分上至巡撫，下到娼妓、優伶，有武將，有文士，有豪強、有盜賊，正面、負面皆有，顯見對「俠客」的定義還是相當含混籠統；不過，其間仍不乏極具啟發意義的人物，足以對後來台灣武俠的發展有鋪奠之功。連橫在〈勇士傳〉中敘喜寫了曾切、莊豫、詹阿祝、阿蚌四人，其中莊豫此一「俠士」，精通「探丸」之藝，一生扶危濟困，曾傾力為一婦女抵抗魚肉鄉里的豪強，後因聚眾「起事」被殺；至於曾切這位「綠林之豪」，連橫的記載頗為生動傳神：

> 曾切，綠林之豪也，出沒淡水間，或云彰化人。少失怙，事母孝，故尤敬節婦。聞有饑寒者，即分金與之。切為盜，每使人知；先以粉畫壁上為圈，夜即至。雖伏人防之，莫能免。然其所盜者，多土豪墨吏；而濟困扶危，人多德之。里有少婦，夫死家貧，鄰人愛其色，議以五百金納為妾，婦不從，每夜哭。切聞之，歎曰：「是當全之。顧安所得金？」
>
> 當是時，大隆同陳遜言攬辦料館致富，切登其屋，抉兩瓦，縋而下。天寒夜黑，遜言方臥榻弄煙，一燈瑩然。見切至，延之坐。切亦就榻弄煙。遜言微問曰：「子此來，有何需？」曰：「然。」出鑰與之。切啟匱，出千金，復臥而弄煙。遜言曰：「夜深矣。我命人將往何如？」曰：「無須。」即出口號，有一人自屋下，裹金去。切亦猱之上。旦日至婦家，告其姑曰：「汝婦賢，胡可賣？然汝為貧計，不得不如此。今吾以五百金贖汝婦，又以五百為衣食費。汝其善視之。」婦聞言，欲出謝。切不顧而去。
>
> 越數夕，遜言獨坐，有物墜庭中，聲甚厲，急呼家人爇炬視之。見一布囊，上繫

小箋曰：「前蒙厚惠，得了一事。今獲此物，敬以相酬。伏維笑納。」啟之，則煙土二十也，價可數百金。

曾切粉壁作畫，預告將偷盜某物的作風，姿態瀟灑，宛如古龍小說中的楚留香；而心憫孀婦，為其醵金，則是俠懷在心；文中曾切、陳遜言兩雄相遇的情景，大有惺惺惜惺惺的相知之情，儘管連橫以「勇士」名之，而未以「俠」字形容，卻仍不妨可作如是看。

在日據時代，台灣民間則盛傳「義賊廖添丁」的故事。依據當時日本的官方文書，廖添丁是被定位為「兇賊」的，但由於他所對抗的是以專制手段宰制台灣的日本殖民政權及倚仗威勢、欺壓良善的土豪劣紳，卻往往被台灣群眾目為代表正義的俠士，甚至是「民族英雄」，相關的傳說不勝枚舉，無論是唱本、說書、小說、電影，都頗有流傳，其中名說書藝人吳樂天一系列的「廖添丁與紅龜」說書，更在台灣光復後的幾十年間，廣獲民眾的喜愛，至今新北市八里鄉猶有一「廖添丁廟」（漢民祠）加以祭祀，可謂是台灣歷史中最富傳奇性的英雄。

日本人眼中的「兇賊」廖添丁，已成為台灣民間宗教信奉的民族英雄

儘管無論是明鄭時期諸多鄭氏部屬、清領時期的若干勇士如莊豫與曾切，或是日據時代的傳奇人物廖添丁，在相關載述中都未必以「俠」加以形容，但其俠風義舉、人格典型，卻是深入人心，為後來台灣武俠小說的發展開啟了先聲。不過，台灣的英雄、勇士，真正開始從歷史的載述中走出身影，卻是有待於日據時代許多在日本殖民政府強力壓制下，仍堅持不懈地以漢文寫作的作家。

第二節　日據時期的武俠小說

台灣在中日「馬關條約」簽訂後，被迫割讓予日本，自乙未（一八九五）以來，抗爭不斷，林少貓、簡大獅、莫那・魯道、余清芳等，奮起抗日，犧牲甚為慘烈，直到一九一五年「西來庵事件」後，大規模的武裝抗日義舉，才逐漸歇止，取而代之的是另一種形式的「文化抗日」。此一「棄武從文」的抗爭手段，除了民間詩文、燈謎結社堅定地以漢文創作之外，報刊、雜誌就是主要的戰場。

日據時代台灣報刊業的發展相當蓬勃，其中發行量最大、影響最深的，無疑當推一八九八年由《台灣日報》和《台灣新報》合併後成立的《台灣日日新報》。《台灣日日新報》主要是日文版，中間夾有兩個版面的漢文版，一九〇五年，擴增為六個版面，但一九一一年又回復到兩個版面，直到一九三七年，才全面廢止了漢文版。在這四十年間，台灣文人固然也有操日文寫作的，但漢文創作，卻頗有賴於其漢文版而傳承下來，成為台灣勉能維持中國文化傳統於不墜的陣地。這是台灣「俠敘事」作品的主場。

除了報紙外，日據時代台灣的通俗性雜誌，則以創刊於一九三〇年（一九三五年停刊），每逢三、六、九日出刊的《三六九小報》及創刊於一九三五年的《風月報》系統[1]（一九四四年停刊），一南一

1《風月報》曾四度更名，從《風月》、《風月報》、《南方》到《南方詩集》，刊載文章文言、白話兼具，體裁、形式多元，在一九三七年全面廢止漢文刊物後，成為少數能夠倖存的漢文專刊。

台灣日據時代三種主要「俠敘事」報紙與雜誌

北，於日文的夾縫中，勉維一線，尤其是《風月報》不但是後來少數碩果僅存的漢文雜誌，而且傳統文人、現代通俗作家相互激蕩，更是別具一格。

台灣對「俠客」題材的重視，一方面來自於清末民初以來，在林紓、章太炎等人著力表彰俠客的影響，一方面也與自一九二三年平江不肖生以《江湖奇俠傳》、《近代俠義英雄傳》所倡導的「武俠小說」創作風氣有關，其中尤其是相關的武俠小說被改編為電影後，也得以跨越台灣海峽登台演出，影響更為深遠。

《江湖奇俠傳》中的「火燒紅蓮寺」故事，在一九二八年由鄭正秋編劇、張石川導演，正式開拍，在三年之內，連續拍了十八集之多，轟動全中國，連台灣也隔海響應。不過，全本十八集的《火燒紅蓮寺》並未全部在台上映，一九三〇年二月十三日，台北永樂座影院首演的《火燒紅連寺2》，應屬最早，其後一九三一年，陸續有十一至十六集上映。儘管詳細上映場次、時間未有足夠資料可堪臚列，但一九三二年（日本昭和七年）起，嘉義玉珍漢書部已開始陸續出版七集的《火燒紅蓮寺歌》歌仔冊[1]，可以想見當時已經頗為膾炙人口。連帶著，平江不肖生

1「歌仔冊」是台灣地方戲劇「歌仔戲」的唱本，是台灣閩南語通俗文學作品的主流，一句七字，四句一葩，多夾用借音、訓讀的非本字、正字寫成。一九三七年之後，被日本政府明令禁止。

的原著《江湖奇俠傳》也受到矚目。一九三二年，嘉義「蘭記書局」在《三六九小報》上連續刊登了「武術」叢書（包括小說、法術、拳譜）的販售消息，而十月三日的廣告中，更將平江不肖生《江湖奇俠傳》的小說「真傳」與武術「秘訣」同體共論，可見讀者群的喜好。《火燒紅蓮寺》電影，不但

上海的《火燒紅蓮寺連環圖畫》

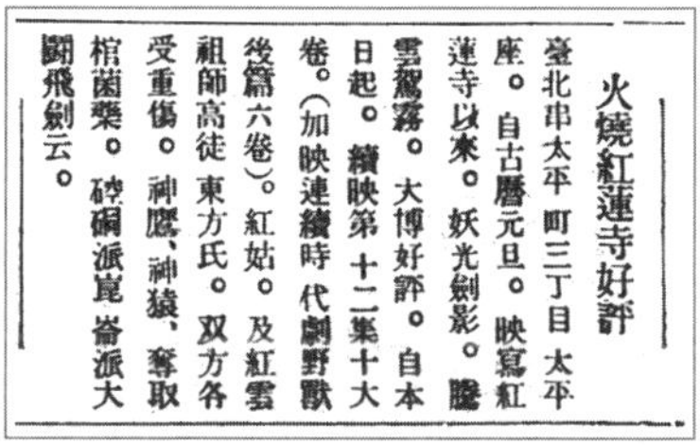

火燒紅蓮寺好評
臺北市太平町三丁目太平座。自古曆元旦。映寫紅蓮寺以來。妖光劍影。騰雲駕霧。大博好評。自本日起。續映第十二集十大卷。(加映連續時代劇野獸後篇六卷)。紅姑。及紅雲祖師高徒東方氏。双方各受重傷。神鷹、神猿，奪取棺菌藥。砕碉派崑崙派大鬪飛劍云。

1931年2月21日《火燒紅蓮寺12》好評

台灣日據時代民間流傳的《火燒紅蓮寺歌》

如陳墨所說的在中國大陸「燒出了武俠電影的一片天」，也在台灣隔海延燒，推促了台灣武俠文化的進展，連上海出版的《火燒紅蓮寺連環圖畫》，也赫然見於「蘭記書局」的代售清單上。

大體而言，台灣報章刊載的武俠小說，約有四種類型，一是掌故雜俎類，仿效清人筆記體，文簡事略，篇章甚夥，而多數為輾轉傳抄而成者，如林紓的《技擊餘聞》、錢基博的《技擊餘聞補》中的故什，皆大量被轉載，而故事背景則多在中國大陸；二是轉載大陸的武俠小說，如《南方》（原《風月報》）自一九四二年六月十五號第一五四期起，至一九四三年八月合刊第一八〇、一八一期，連載了署名「湖邊客」的《三鳳爭巢》長篇白話武俠，實則就是大陸舊派武俠作家姚民哀的《三鳳爭巢記》；三是台人自撰的武

俠小說，如《風月報》自一九四〇年十一月合併號（第一一九、一二〇）期起，至一九四一年七月十五日（《南方》第一三四期）連載了題名為「台南紫珊室主」所作的《台灣奇俠傳》，屬文言長篇，可謂目前所知第一部台人創作，且故事發生背景亦在台灣的武俠小說，撰者漢文造詣頗深，惜其生平履歷未詳；四為翻譯或改寫的日本劍客（如宮本武藏、塚原卜傳、丹下佐膳等）小說，皆為文言短篇之作，有時則以集錦方式論列，頗足以證明武俠小說對台灣文人的影響。

此外，當時亦流行一種「電影小說」或「電影本事」的敘寫方式，《三六九小報》自一九三〇年第十期開始，在「銀幕春秋」專欄中，便以文言文進行了對大陸武俠電影的再創作，計有《荒江女俠初集》、《大俠復仇記》（即「刺馬案」）、《小英雄劉進》、《女鏢師1》、《紅俠》、《怕死英雄》、《女鏢師2》、《女鏢師3》等八部「電影本事」小說。

此時的台灣，由於早在「馬關條約」後就割讓給日本，故民國初年的「白話文運動」對台灣文人，尤其是傳統以詩歌、古文為創作體式的文人，影響較為晚且淺，且因《漢文台灣日日新報》的篇幅受到較大的限制，故其諸多創作，都以短篇精湛的文言文為載體，白話作品，尤其是長篇白話的作品，是相當罕見的。至於《三六九小報》及《風月報》，則因篇幅較廣，故較可容納長篇的武俠說部，但文言、白話明顯交雜，尚未走出較精煉的白話小說。

在日據時代中較能擺脫傳統文言、短篇掌故、軼聞記載方式的武俠小說，應屬林朝鈞的《台灣奇俠傳》與鄭坤五的《鯤島逸史》。

一、台灣第一部武俠小說——林朝鈞的《台灣奇俠傳》

《台灣奇俠傳》原刊載於一九四〇到一九四一年的《風月報》，共十二期（昭和十五年二月至昭和十六年七月），約兩萬兩千字左右，雖以白話寫作，但時而夾雜簡單文言，相較於同時期的大陸「舊派武俠」，白話功力明顯遜色。前九期題名為「述古小說」，後三期則逕以「武俠小說」命名，顯然受到武俠小說流行的影響。

紫珊室主，原名林朝鈞，亦用林紫珊為筆名，台灣台南人。生平未詳，曾任《風月報》編輯，生平極力推廣通俗小說，在《三六九小報》、《風月》諸報刊屢有作品發表，被目為「花柳文學作家」。曾因《花情月意》這部通俗言情小說，引發一場有關通俗文學究竟屬下流抑或風流的爭論，是日據時代相當重要的一場文學論爭。據首期編者附識，林朝鈞尚有《戰地情人》、《可憐三女性》、《守錢奴遊花園》諸作，此外，猶見有《情絲操縱記》奇情小說，是位通俗性強、題材廣泛的作家。

述古小說
臺灣奇俠傳
臺南 紫珊室主

林朝鈞像和《台灣奇俠傳》第一期

由於政治上的因素，儘管在出版、文化上，日據時代台灣對大陸的訊息接收並未完全隔絕，但仍然頗有隔閡。從一九二三年開始蔚然成風的大陸舊派武俠小說，在台灣除了偶有轉載（如前述姚民哀的《三鳳爭巢》）、出版社亦偶爾刊登販售武俠叢書的廣告（如嘉義「蘭記書局」在《三六九小報》就經常刊登）外，無論作家、讀者、出版社，對「武俠」的概念，都頗為陌生；大抵上仍然延續傳統古典說部或文言小說的「義俠」觀念，甚至，在日本官方極力限制漢文創作的政策影響下，連白話文的運用，也都還相當生澀。

本書雖開宗明義表示「因為要使大眾之人明瞭，故寫以淺顯之文字，絕無裝句藏典，以費讀者之尋思」，但嚴格說來，還是淺顯的文白夾雜體。有趣的是，此書自第十期以後，由「述古小說」改題為「武俠小說」，編者似已逐漸體會到「武俠」此一文體的特殊性，這對探討台灣武俠小說的發展歷史，無疑是值得重視的。

本書篇幅不長，十二期不到三萬字，相較舊派武俠動輒數百萬言的規模，可謂是相當「小兒科」的；而且整個故事的情節安排，依舊是傳統義俠小說的故套，「報仇雪恨」、「除暴安良」兩者是其主幹，舊派武俠已奠定、發展出的「江湖」、「俠骨柔情」，甚至著墨最盛的「武功」摹寫，都未曾援用（僅僅以「飛行術」一語帶過），只能視為台灣武俠小說發展最前期的「試驗」之作。不過，武俠小說之以台灣為背景，本書卻是第一部，這點就彌足珍貴了。書中以清朝台島的移民初期為背景，儘管於民俗風情的描述不多，但指出當時台灣「甚不太平，而且土匪惡霸極多，專以勢力武力壓迫良民」，倒是能真切掌握到當時的台灣社會情狀。

本書以書香世家，後來棄文從武的劉世雄為引子，帶出了言廣聚、毛成龍二人，最後並附加醉和尚，實則以言廣聚所佔篇幅最多，蓋行俠仗義、鋤暴安良之舉，此四位俠客皆義無反顧，而言廣聚則又多一層「為父報仇」的事跡，故著墨較多也在情理之中。可惜的是，書中善惡兩極化的傾向過於明顯，俠客面貌堂堂，一望即知為正義之士；而強梁惡霸，則滿臉橫肉，道地是兇神惡煞，流於窠臼。且四位俠客雖一力行俠，卻僅限於地方上的強梁惡霸、土豪劣紳，對當時作者刻意強調的「極其奸惡，且又梟險貪財，害民無所不至」的官吏，如慶祿、榮知府等，卻絲毫未加懲戒。作者誇許這幾位俠客為「驚天動地」的「熱血英雄」，又頗致慨於滿清對台灣的腐敗統治，而竟然如此輕筆放過，套句他自己的話，「真是無可奈他何也」。

本書故事到四俠協力大破惡虎莊就戛然終止，其實已隱伏了續寫的計劃，故在惡虎莊一役，讓許老虎的兒子許大武逃逸而去；後續的故事梗概，有「言廣聚漫遊日本，毛成龍中原尋父，陳世雄去家學道，許大武結草重來」諸事，顯然已早有成竹在胸，但不知最後有完成否？

《台灣奇俠傳》至今尚無人出版過專冊，可能是篇幅太短的緣故，歷來研究台灣文學的學者，也罕見有人提及，但卻是台灣首見以「武俠」命名的作品，就台灣武俠小說的發展來說，無疑可視為開山鼻祖的元老級之作。

二、武史交融——鄭坤五的《鯤島逸史》

相對於林朝鈞的短篇，鄭坤五總共五十回長篇的《鯤島逸史》，顯然就引起了較廣大的迴響。《鯤島逸史》自一九四二年（昭和十七年）九月十五日始，刊登於《南方》雜誌一六〇期，連載到一八八期（一九四四），中間偶有斷續，共刊載廿一回，其後《南方》雜誌社集結出版，增衍為五十回，於一九四四年刊行，共三十萬字，上下兩冊。

鄭坤五（一八八五～一九五九），字友鶴，號虔老、駐鶴軒主人、不平鳴生，台灣高雄鳳山人。其父鄭啟祥為清朝駐打狗把總，乙未事敗，攜鄭坤五潛返漳洲，中學畢業後隨姐回返鳳山九曲堂。鄭坤五少年即工古詩文，回鳳山後才開始學日語，任法院通譯，諳熟日本對台法規，出任大樹庄長。其後因作詩批評日本當局，遭到革職，轉作代書，並開始積極從事文藝創作。於任《台灣藝苑》編輯期間，創作大量的漢詩，並在《三六九小報》長期發表各類雜文，也於一九三一年刊出第一部小說《大陸英雌》（未完）。鄭坤五對台灣藝文工作甚是留心，亦積極參與各種詩文人之會，主張以台灣本土的民俗、史地為創作題材，一九四一年發表於《南方》的《鯤島逸史》，正是最具體的實踐。台灣光復後，先是出任《光復新報》編輯，後轉任屏東女中教師，退休後居家療養、寫作，一九五九年病逝於高雄。

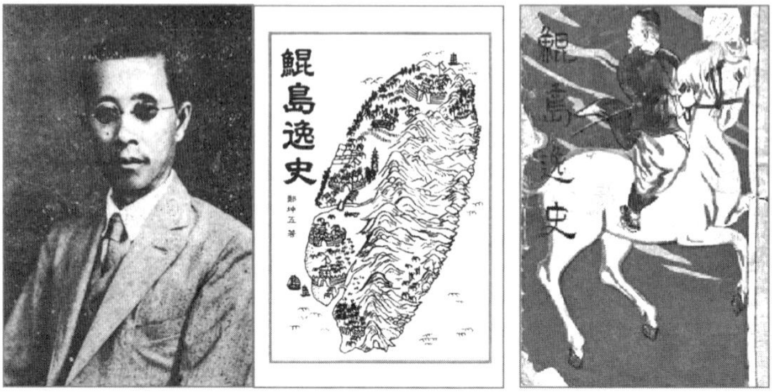

鄭坤五像、1944年及1968年出版的《鯤島逸史》封面

鄭坤五一生，無論古文、漢詩、雜文，皆質美量豐，亦工繪畫，尤以畫虎最為人所稱道，而後人更矚目的，則是他在小說上的成就。

《鯤島逸史》以「鯤島」為名，取之於《莊子・逍遙遊》中「鯤魚化鵬」的典故。台灣處於中國南端海隅之地，正是鯤鵬棲身之所，故台灣地名，多有「鯤鯓」之稱，實即台灣的代名詞。鄭坤五對台灣本島有相當深濃的感情，雖在時勢所迫下，不得已出任日本官紳，但對日本人將打狗改名為高雄、街道以日皇為名之舉，頗引為恥，生前即以「街名明治盡翻身，縣號高雄太不倫。日化恥從光復後，墓碑猶署鳳山人」預作墓誌銘，故《鯤島逸史》也頗以宣揚台灣風土、民俗、歷史為職志，與林朝鈞的《台灣奇俠傳》相同，這是俠客敘事中相當難得一見的以台灣為地景的小說。以此，諸多論者皆稱許其為「鄉土作家」的前身。

《鯤島逸史》以高雄鳳山人氏尤守己的一生，貫串全書，故事前半段，從尤家與吳家因開墾引發的土地糾紛開展，繼而寫陳海鰲一家強娶族人春嫣，三家相互爭鬥。而尤守己於其間調停、謀劃，頗受官府倚重，獲任官職，往鎮蛤仔灘。在路經彰化埔里、水里二社時，協助處理漢、高砂墾殖問題，引出烏番族（原住民）與官軍對戰的情節。其間別出一段因守己違背指腹婚約而引出一番救人情節，可視為插曲。在尤守己回到台南後，祖母失蹤，於是又追查賊人，直到祖母平安歸來，迎娶三女完婚為止。

故事後半寫尤守己官至全台屯兵，繼而處理械鬥事件，負責剿平叛亂，並延伸出海戰等情節，戰後守己回楠仔坑一家團聚。此時有楊良斌攻鳳山，守己又出而相助官兵，巧遇同母異父的陳玉成，與自己的生母姚氏相認，在姚氏死後，守己與家人同遊大陸，定居長白山。

縱觀全書，鄭坤五是以尤守己為中心，隨著其成長歲月、所至行跡，將台灣在乾隆末年到咸豐年間的相關史事，如埔里社事件、吳沙開闢葛瑪蘭、蔡牽之亂、楊良斌之亂、曹謹建「曹公圳」等，一一帶入其中，甚至在第二十回中還以追敘的方式扼要敘說了施琅攻打澎湖的戰役，同時足跡所履，從南部高雄、台南、嘉義、彰化到宜蘭，皆明注其地名、物產、俗語、歌謠及風土、民情，雖是小說體裁，卻也頗忠實的反映了舊時台灣的普遍實況。但因也囿於其行跡，故有時未免削足適履，顛倒了相關時序，如第十回敘述尤守己調停漢人與高砂國的紛爭時，已寫到了嘉慶十九年之事，而第十三回又敘寫吳沙開闢葛瑪蘭之事，但吳沙事實上已於嘉慶三年（一七九八）年病故，此即為了牽就尤守己行跡不得已而顛倒時序的缺憾。

正因如此，《鯤島逸史》多為學者目為「歷史小說」。不過，此書以「逸史」為名，其實已表明了其敘寫的內容往往是有別於史載，而博採地方傳說而成，〈自序〉雖云「廣引各地縣志，採錄故老口碑」，可見其對台灣歷史之關注，但其間因應小說的「虛構性」，謬悠其說之處更屬難以避免，不能視為典要；然因其書是罕見的以台灣本土歷史為題材的小說，彌足珍貴，又往往可補相關史載未詳的缺憾，故後來有許多研究台灣歷史的學者，於推崇之餘，便不免忽略了小說與歷史的差距，徑將小說等同於歷史。如號稱「清代台灣三大水利工程」的「曹公圳」，在《鯤島逸史》中有相當詳盡的描寫，且虛構了參謀策劃的尤守己與執行工務的技師長楊號，與歷史上真實的開創者曹謹並列「三傑」，而竟然能從小說虛構人物躍居成歷史人物，雖是學者之不察，卻可以窺見《鯤島逸史》「逼真」的功力。

不過，由於台灣自開台以來，無論是中外戰爭、漢番之爭、閩客械鬥、鄉里爭鬥、民眾起事、海寇倡亂，乃至抗日起義，其實就是一部動蕩未平的歷史，其間武力的爭鬥、戰爭的攻伐，未曾真正的平息過。《鯤島逸史》的歷史背景中，自也難以不針對這部分加以描寫，故而其中無論是團體作戰、海上作戰，或是個人武技的展演，也都有所著墨，故部分台灣史學者亦將此書視歸類為「武俠」或「俠義」小說。如第五回描寫尤守己的父親尤信義「捉怪」的一段：

> 信義急將女子掩護在背後，自己把雨傘合下，掛住套繩，負在背後，垂手而立，瞬眼間兇漢已到面前，並不分會，一刀對信義頭上便剖，信義不慌不忙，將身向左一偏，左腳踏偏進一步，右手向兇漢執刀右腕扣住。接連著用左腕，向兇漢右肘上輕輕

一敲，只聽一聲噯喲，刀已丟下，手骨脫臼。

的確是頗具「武俠」或「俠義」意趣的。不過，尤守己此一角色，與林朝鈞在《台灣奇俠》中的陳世雄卻是大有不同，陳世雄雖出身書香世家，但夙好武藝，且以一介平民身分，鋤強扶弱，固可目為俠客；但尤守己紳兼官府之職，謀劃定策、調停周旋，甚至興兵勦賊，實乃為一清廉正直的官吏，亦為鄭坤五自身理想的投射，「開山撫番」的「大漢人主義」既濃，對若干海寇、山賊、平民之起事，亦較乏同情的理解，終覺與俠客志趣有所不合，略近於清代俠義說部《野叟曝言》中的文素臣。誠如其序文所標明的創作宗旨：

> 宗旨在使養成守己安分之心，警戒任性暴躁之念；獎勵忠孝，杜絕奸狡；破除迷信，宣傳科學；維持公道，懲戒匪類；引導青年尚武，指使婦人雄飛。

居高臨民，教化百姓、改善風俗的意圖非常明顯，尤其是書中多處刻意標榜科學精神，對民間宗教、風水、迷信之說，著力破除，且以儒學諄諄教誨，更與夏敬渠如出一轍。

就《台灣奇俠傳》與《鯤島逸史》作比較，顯然《鯤島逸史》沾溉於傳統俠義說部色彩為多，儘管題材上充滿對台灣的熱愛，但相對於《台灣奇俠傳》之以陳世雄、言廣聚、毛成龍、醉和尚四雄的以武行俠，畢竟歷史色重，武俠氣薄，《台灣奇俠傳》既明標「武俠小說」之目，則從台灣武俠小說史的角度來說，顯然就可以目之為台灣武俠小說的開山鼻祖了。

縱觀台灣自明鄭開台以來的歷史，由於台灣早期多數自大陸閩、廣二省移民而來，閩、粵二地，自海運興起以來，就為中國對外貿易往來的門戶，與外人折衝既多，民人尚勇而好武，本來就具備了充足的武俠血緣；而移民於台灣，不但需要有勇毅堅定的精神，方能順利通過水深浪險的「黑水溝」，且登岸之後，無論是與荷西外人角鬥，或是番漢鬥爭、閩客械鬥，以及應付強徒海寇之侵擾、官紳之苛剝，在在皆必須習武、團練以自保或禦敵，即此，其勇悍強韌之氣，更不遑多讓，其間俠義之舉，亦多見於載籍，而為民眾所津津樂道。

日據時代，雖企圖打壓衍傳自中國的漢文化，甚至末期更以「皇民化」政策為主導，欲一舉切斷台灣與大陸的文化臍帶，但台灣文人，不屈不撓，每藉傳統漢詩、謎社、詩會，以及通俗民間刊物，撐持而不墜。文人武心，既藉日本劍客傳說以鑑照武魂，更自傳統俠義說部、文言俠客傳奇，提振其俠義精神。一九二三年之後，大陸舊派武俠盛行，雖則海峽隔絕、政體有異，然武俠一脈，卻能藉著有限的管道，如零售、轉載以及電影、本事的傳播，綿傳於台灣。於是，林朝鈞的《台灣奇俠傳》開其先路，鄭坤五《鯤島逸史》繼其後勁，寫下了台灣武俠史的第一頁。

相較於大陸的舊派武俠作品，台灣武俠小說仍未能擺脫傳統俠義小說的蹊徑，武俠的元素也未見有所發揮，且撰述亦少，未能形成風氣，雖是彌足珍貴，但真正能別開一派武俠生面，仍有待於一九四九年以後，隨著國民政府退守來台灣的第一代武俠作家繼起發揮。

第二章
武道東矣——舊派武俠傳衍下的台灣武俠小說（一九五〇年代）

一九四五年，台灣光復，結束了日本在台五十一年的殖民政權，日據時代壓縮、抑制中華文化的政策，尤其是所謂的「皇民化」政策，徹底崩潰，台灣回歸祖國懷抱，各項政經措施，尤其是新聞、出版事業，開始復甦，原來掌控著台灣言論及藝文創作的日文報刊，一一宣告撤銷或改組。在一九四五年十一月到一九四六年十一月間，登記新刊的報紙就有廿三家之多，而官民雜誌也一一興辦，到一九六〇年為止，台灣的報紙穩定的保持三十家的趨勢。中國大陸的舊派武俠，本就是以報紙、雜誌為根據地發展出來的，台灣的報紙，也延續著以「副刊」連載小說作品模式，這是台灣武俠小說肇興的溫床；至於雜誌，則因在當時戒嚴的緊繃情勢及新文學的延續，多以時事評論及創作純文學作品為主，通俗體裁的武俠小說反而較未能開展。

台灣在日本人統治下，由於蓄意排除中國文化，一般民眾未曾接受傳統中國文化的教育，尤其是漢文的讀寫，相對上較為貧弱，唯若干仍堅持傳統文化的文人，得以利用流利的中文創寫藝文作品。國共內戰爆發，國民政府退守台灣，當時文人一部分南下至香港，一部分隨著國民政府轉進台灣，這批文人多數都熟諳大陸所流行的通俗小說，甚至有些人，如郎紅浣，本來就是通俗小說的作者，來台之後，故技重施，遂成為台灣中文書寫，乃至武俠小說創作的生力軍。

第一節　台灣光復初期的政經文教概述

光復初期，百廢待興，國民政府重加整頓，無論是教育、文化、經濟、農業、及政治上，都有幅度頗大的興革。其中與武俠小說發展有關的，概說如下：

光復初期的台灣，基本仍延續傳統中國「以農立國」的格局，日據時代雖亦有農田水利的興造、糖業林業的開發，但工業發展條件猶未成熟，故有關經濟的改革，主要以振興農業與土地改革為主。

一九四九年，國民政府陸續實施了農業三大政策：「三七五減租」、「公地放領」及「耕者有其田」，政策的主要精神是「還田於佃」，將農地逐步由減租、放領到擁有，打破了過去地主和租佃農戶的緊張關係，而地主的損失，則由政府以國家債券加以補償，如此一來，佃農、地主、國家，三蒙其利，以和平轉移的手段，奠定了台灣幾十年農業發展的基礎。農民在經濟逐漸穩定富足之餘，可以累積儲蓄、擴大消費、培養子弟，以迎接一個新時代的來臨。通俗休閒的武俠小說發展，必然須以穩定的經濟為基礎，是則台灣農業改革所帶來的社會復甦，亦為武俠小說鋪墊了廣大而深厚的基礎。

通俗小說的命脈在於讀者，唯有擁有廣大的閱讀群眾，武俠小說才能夠有所推廣，而這必須要透過教育的手段來加以完成。

國民政府接管台灣後，在教育上首要的工作，以強調民族意識、去除奴化思想，以及禁止日文使用的政策為主，「二二八事變」（一九四七）後，更加強了此一趨勢，以「國語」作為全面普及教育的基礎，將國民政府在大陸擬定的「小學課程標準」，全面在台灣實施。這項政策是具有重大意義的，不但足以恢復台灣原有的漢文傳統，更將台灣與中國大陸作了更緊密的聯繫。在此之前，儘管日據時代猶有「漢文科」的教育，但時數過少，且頗刻意排除中國典籍，故當時公學校的學子，所識所知還屬有限，一九三七年，日本殖民政府廢除「漢文科」教育，自此七、八年間，只能利用民間私塾，勉維漢文存續之一線。

據學者研究，台灣在一九五二年時的「文盲」比率，猶有百分之四十二點一，[1]可見日據時代的一般民眾的漢文識字率是偏低的。一九四六年，行政長官陳儀於台灣全面推行「國語」，台灣小學生、初中生的入學人數，從一九五〇年統計的九十萬餘人、六萬餘人，到一九六〇年已增長到一八八萬餘人、二十萬餘人，而一九六八年實施「九年國民教育」後，國中生人數更高達六十一萬餘人，而台灣一九六一年人口為一千一百萬人左右，則新增的近兩百萬人，在每年遞有增加的情況下，無疑就等如是替通俗武俠作品增添了許多閱讀人口。

儘管武俠小說在這段期間內，仍然因傳統觀念將其視為「不登大雅之堂」的小道，但在當時娛樂項目普遍缺乏的情況下，以休閒、消遣為主要閱讀訴求的武俠小說，就在這些新興的閱讀人口成長支持下，逐步獲得開展的良機，而隨著一九六八年「九年國民教育」的推行，全台的「文盲」比率已降至百分之二十三點六六，超過七成五以上的台灣民眾已經可以說是毫無障礙的透過閱讀進入到武俠小說虛構的「江湖世界」之中了。

1參見林玉體《台灣教育面貌四十年》，不過，所謂的「文盲」也包括了若干只懂日文而不識漢字的人。

台灣日據時代的武俠作品，多數刊登於報刊及雜誌上，除帶有濃厚台灣歷史色彩的《鯤島逸史》外，甚少單行出版；光復以後，台灣報業復甦，成為武俠小說發展的溫床。當時並非每家報紙都會刊載武俠小說，且即使刊載，也多半是短幅居多，通常連載不到三期，便告竣工，少數刊載長篇的，如夏風的《人頭祭大俠》（一九五〇年五月十五日至七月十八日）於《自立晚報》刊載了五十四期，實屬罕見，而《自立晚報》遂成為台灣早期武俠小說最重要的陣地之一。

《自立晚報》創刊於一九四七年十月十日，是台灣第一家中文晚報，但因政治因素，屢遭禁抑、改組，大抵自一九五三年以後，直到一九九二年，自立副刊登載武俠小說的傳統就未曾斷絕，在一九六〇年之前，除了忍庵、崑崙的短篇武俠外，諸多名家，如孫玉鑫、太瘦生就已開始嶄露頭角，其中孫玉鑫的《風雷雌雄劍》刊載三十四期，猶為中篇，而太瘦生的《獨眼鬼見愁》（四七二期）、《兒女雙劍》（一三三期）、《劍底遊魂》（二八九期）、《兒女情仇》（三四八期）、《五毒梅花針》（二〇四期）、《黑船幫》（一六四期）等，刊載期數皆在數百期，值得注意的是，台灣早期「三劍客」之一的武俠名家諸葛青雲，其成名作《紫電青霜》就是從一九五九年七月三十日到一九六〇年八月十一日，完整連載了六二二期，可以說是諸葛青雲發跡之地。

獨眼鬼見愁
太瘦生著
第一回

太瘦生的《獨眼鬼見愁》（472期）

除了《自立晚報》外，當時台灣諸家晚報，如《大華晚報》、《民族晚報》，也成為台灣武俠小說的重要發源地。

《大華晚報》創刊於一九五〇年二月一日，為當時新聞從業人員集資興辦的報紙，自一九五一年開始，即陸續刊載了台灣武俠小說先行者郎紅浣《古瑟哀絃》（一九

郎紅浣的《劍膽詩魂》（1955）

五一）、《碧海青天》（一九五一）、《瀛海恩仇錄》（一九五二）、《莫愁女兒》（一九五三）、《珠簾銀燭》（一九五五）、《劍膽詩魂》（一九五五）、《玉翎雕》（一九五六）、《清溪紅杏》（一九五八）、《黑胭脂》（一九五九）、《四騎士》（一九六〇）、《酒海花家》（一九六一）等作品，而臥龍生的成名作《飛燕驚龍》，則從一九五八年八月十六日始，連載到一九六一年七月八日，雖說起步稍晚，但培育名家甚多。

《民族晚報》創刊於一九五〇年十二月一日，是《聯合報》前身《民族報》的一份晚報，黨政色彩較濃，一九六七年方才獨立經營，對武俠小說的推行，也是有目共睹的，自一九五七年開始，即刊載伴霞樓主《劍底情仇》、《青燈白虹》及龍井天《劍吟粉香》、《空門餘孽》、《荒塞奇珍》等長短篇武俠作品，其中伴霞樓主與臥龍生齊名，也是早期武俠的名家之一。但《民族晚報》直到一九七〇年代，才有中期名家曹若冰、秦紅、宇文瑤璣及早期諸葛青雲的加入，較《自立晚報》、《大華晚報》的影響力稍遜。

台灣光復初期的報載武俠小說，明顯承續著大陸報刊的傳統，不但篇幅長，且都用白話文創作，而與日據時代的短章文言體式，有較大的區隔，這與台灣推行白話文運動的成功，亦是息息相關的。

晚報的體式，由於在新聞的時效性上較日報為遜色，故其內容多偏向軟性的娛樂、休閒及藝文，武俠小說本就帶有濃厚的文娛功能，故在三大晚報中佔有相當重要的份量，藉由晚報的風行，台灣的武俠小說就此逐漸步入坦途。

般的中介商引進，但數量有限，儘管偶有報章會轉載極少數的作品，對台灣人來說，「武俠」還是較為陌生的體式，這點，我們可將林朝鈞的《台灣奇俠傳》連載期間，最後三期由「述古小說」改換成「武俠小說」視為一個轉折點，標識著台灣武俠小說名目的確立。

但無論是戰爭期間或光復初期，台灣的政經、軍事情勢都相當緊繃，紛擾不斷，台灣本土文人未遑寧處，且對漢文寫作未臻熟練，通俗武俠的題材，更是乏人創作，僅有舊派武俠作品能透過書商轉介入台。直到國共內戰爆發，大批文人隨著國民政府輾轉來台，其中部分文人對武俠小說較為熟諳，且其裸身來台，生計艱困，遂只能藉其筆桿，趁著台灣報紙副刊迫切需要軟性藝文作品的機會，以筆耕武俠聊作稻粱之謀。郎紅浣是其中最早引人矚目的「先行者」。

一、台灣武俠的先行者——郎紅浣

郎紅浣（一八九七～一九六九），本名郎鐵丹，東北長白山人，出身滿洲鈕祜祿氏，為宗室子弟，幼時錦衣玉食，生活優裕，其後父母雙亡，由繼母林氏（林則徐姪女）教養成人，雖未受正規教育，而於私塾所學甚廣，博通古典，又久居京城，官話流利，熟諳北京風俗民情及宗室生活。

鼎革之後（一九一二），隨繼母依親於福州，曾拜福州鼓山寺方丈為師，修習佛法及武藝，並於一九三三年後，開始於福州地方報紙發表通俗言情小說，如《酒海花家》（《國光日報》，一九三三）、《珠簾銀燭》（《毅報》，一九四三）等，其中《小民報》所刊登的《桃花浪》（一九三六）、《莫愁兒女》（一九三七），以「紅浣」為筆名，蓋取之於清初詩家厲鶚〈春寒〉一詩中「漫脫春衣浣酒紅，江南三月最多風」之句，開啟了他半職業作家的生涯。

抗戰勝利後，郎紅浣異母弟郎艦澄自美返國，任海軍定海巡防處少將處長，安排其至舟山造船廠任文書工作。一九四九年，郎紅浣隨軍來台，任基隆海軍第三軍區秘書之職，公餘之暇，亦不輟寫作。一九五六年，以少校軍階退役，開始走上職業作家之路，而銳意從事於武俠創作。

郎紅浣的《古瑟哀弦》，1951年刊於《大華晚報》

郎紅浣先是於一九五一年在歷史、掌故名家高拜石所創辦的《風雲新聞周刊》上發表了他的第一部武俠小說《北雁南飛》，小說內容涉及到南明延平郡王鄭成功驅逐荷蘭人、收復台灣的史事，可能因當局忌諱南宋、南明等偏安局勢的影射，故只刊了六回即告中斷。[1]

而當時負責總編《大華晚報》的薛心鎔，為擴增晚報副刊內容，正著力於尋求適當的武俠作者，見其文大為讚賞，遂力邀其為《大華晚報》撰稿，一九五一年三月廿四日，《古瑟哀絃》刊出，迅即獲得讀者廣大迴響，連載不到二個月，就已有單行本的預約廣告（**五月十七日**），可見其受歡迎的程度。

自此而後，郎紅浣陸續發表了《碧海青天》、《瀛海恩仇錄》等，共十一部的作品，其中間隔都不到一周，可以見到其受《大華晚報》的倚重，也締造了台灣武俠小說「先行者」的佳績。

1 有關《北雁南飛》的中斷，據郎紅浣在一九五六年十一月十八日《大華晚報》預告即將刊登《玉翎雕》的〈篇頭語〉上說，其書是已經完稿的，但因當時《風雲新聞周刊》正逢「改組」，而文稿又「為編者遺失」，故未能刊完。其真相如何，很難考究，但據葉洪生推估，應是觸犯時忌之故，此說頗可信從。蓋《古瑟哀絃》一書，據郎氏所言，即為《北雁南飛》「改造」而來的，而其全書中無任何涉及到南明史事之處，應可佐證。

一九六一年，郎紅浣在寫完《酒海花家》之後，就絕意淡出武壇，依其長子轉居台中，一九六九年，因不慎摔跤斷腿，行動不能自由，遂抑鬱而終，享年七十二歲。

郎紅浣年歲較諸大陸舊派武俠五大家為長，創作時期也相近，想來亦頗曾涵泳於其同時作家的作品，尤其是他以通俗言情小說起家，對同為旗人，又同時兼擅言情與武俠說部的王度廬，更應有惺惺相惜之感，故其武俠作品，亦不免有兒女情長，英雄氣短之慨，而文字之妍麗、詞句之流暢、造語之生動，則未必遜色於王度廬。郎紅浣對言情小說是始終未能忘情的，故早年《酒海花家》、《珠簾銀燭》、《黑胭脂》[1]、《莫愁兒女》等言情小說的名稱，都在後期的武俠小說中翩然再現，一題兩作，而內容、風格完全不同，雖是大違文學創作的常態，卻也可見其對言情內容的依戀。

1 哀惋深情的《古瑟哀絃》

事實上，郎紅浣從《古瑟哀絃》開始，就竭力以寫情，而其脈絡，則以「哀情」為主。「哀情」（悲情、苦情）本就是三十年代言情小說的主調，強調的是舊社會與新社會觀念衝突下愛情的困境，門第家世、父母之命，再加上情與義間的掙扎等等，王度廬在《鶴鐵五部曲》中書之於前，郎紅浣繼之於後，前後相互輝映，在武俠小說體式中樹立了典型，無不以「哀情」貫串。《古瑟哀絃》的「瑟」字，應是自李商隱〈錦瑟〉詩而來，「此情可待成追憶，只是當時已惘然」，輕愁淡淡，惘惘如失，不

1 據北京「鱸魚膾」（趙躍利）的考證，《黑胭脂》實即《桃花浪》在香港《工商晚報》上連載時所更改的名稱；另《工商晚報》亦刊有《白門紅樹》一篇，則又全同於早期言情小說《莫愁兒女》。

盡之意，見於言外。

就全書主要故事脈絡而言，《古瑟哀絃》不過是常見的「烈女復仇」的故事，但由於郎紅浣文筆清健，深情娓娓，無論寫俠寫情，都頗能引人入勝，而在慷慨淋漓之中，卻滲透出一股深濃的哀愁。但本傳在華盛畹夫仇得報之後，感於當初查浣青退讓之德，遂極力促成龍璧人與查浣青婚事，又身懷六甲，遂與乳母王氏相偕北走南疆，隱居遁世，雖有綿綿不盡的餘哀，卻與「瑟」字較少關聯；但在其續書《碧海青天》中，分別寫龍璧人與華盛畹的後代（收養的四女）間的故事，而以圓滿的結局收場，恩仇皆報，情天再補，也有意袪盡此一「哀」字，不過，最後的結局卻饒有意思：對華盛畹之女梅問情有獨鍾的咸豐皇帝（前書中的四阿哥），自知無望，微服出巡，要求梅問為他彈奏一曲，琴聲悠然，而咸豐內心則淒哀難以自已，算是呼應了前書《古瑟哀絃》之意。

《古瑟哀絃》的「哀」，可分俠與情兩個層面來說，而關涉的人物與事件，則集中在石南枝、龍璧人、華盛畹、查浣青四人之間。

石南枝雖亦有俠，但本書主要在摹寫他介身於查浣青、華盛畹之間，欲愛欲捨、左右為難的情感。郎紅浣舊學根柢極佳，想來對《紅樓夢》亦稔熟之至，石南枝就宛如賈寶玉般，左邊是多愁多病，而又小心眼的查浣青（黛玉），右邊則是端莊嫻雅、宜笑宜嗔的華盛畹（寶釵），此二人對石南枝都深情所繫，因此在兒女情長的矛盾與衝突間，刻劃得相當淋漓盡致，尤其是查浣青，簡直就幾乎是林黛玉的翻版。所幸郎紅浣還能擺脫開《紅樓夢》的影子，讓華盛畹以一番誠心，打動了查浣青，而查浣青也終於化妒為愛為諒，甘心退讓。不過，查浣青內心中深沉的悲哀，雖不比「焚稿斷癡情」的絕決，卻也深刻而動人。

華盛畹是本書的第一女主角，身懷家仇，閉門隱居，頗類於《聊齋》中的〈俠女〉，但家仇之報，是由龍璧人為她平反。本書主要以「報殺夫之仇」為關目。石南枝死於趙岫雲勾結貪官的陰謀下，華盛畹寡母孤兒，深入虎穴，欲為石南枝復仇，卻無濟於事，反而幼子慘死，身遭通緝，湖海茫茫，無處投止，這已夠苦；偏偏在乳母王氏定計下，先是所投非人，因美色而遭覬覦，復又為了報仇雪恨，不惜犧牲貞節，這也夠委屈、夠悲慘的了；而最令人感到悲哀的是，她所獻身的對象，居然是他丈夫石南枝的結義兄弟龍璧人，且一夕而懷胎，無論於情於義於貞於烈，都教人情何以堪？龍璧人初時不知，鑄成大錯後，更是生不如死，不知有何面目去見死去的兄弟。對趙岫雲一戰，慷慨絕裂，奮不顧身，大有與仇敵同歸於盡之意，其內心之哀慟，簡直與血淚迸流。全書於此關目，盡致淋漓而出，貞節、義烈、情仇之間的衝突與矛盾，是很能掣動人心的，這也是全書最精彩的部分。

矛盾的解決，還是仰賴華盛畹的妙計安排，最終讓長得與石南枝幾乎宛若同胞兄弟的龍璧人，娶了查浣青，算是稍補查浣青的情天之恨。之後，華盛畹飄然遠走，這明顯就是王度盧《臥虎藏龍》中玉嬌龍的故轍了。

《古瑟哀絃》此書，在兒女情長上，是很明顯與王度盧後先同調的，而其間特別著重於女俠的描繪，則是顧明道《荒江女俠》的一脈，可以說是善於融冶舊派武俠之長的一部力作。

此外，值得一提的是，此書受《紅樓夢》影響甚深，前述的釵黛影子，固然一見分明，就是查老太太，也是史太君的翻版（**不過較自然可愛多了**），尤其是書中另一個角色李菊人，言笑舉止，豁達開朗，處事周到，而理明情深，較之王鳳姐，又更讓人覺得親近可喜多了。

自《古瑟哀絃》而下，郎紅浣陸續有所創作，「言情」始終為其主調，在後來的台灣武俠小說中，如此兒女情多、風雲氣少的作品，是較為罕見的，而娓娓款款，自成一家，諸葛青雲頗能承其風緒，但故作解人，喜發議論，反不如郎紅浣的深情動人，在《瀛海恩仇錄》中，新綠與郭阿帶拚酒，一個別有用心，語含曖昧，一個不甘示弱，卻又含蓄吞吐，而不盡之情意，已瀰漫出杯酒之外，旖旎而不失豪俊。酒後，新綠對此令她心儀的男子有如是的想法：

於是她想像一個男人，真正懂得女人，諒解女人，愛惜女人，尊重女人……他，高潔、堅毅、雄偉、誠敬……

他，無疑是阿帶！

她不敢想，但意又沒有辦法不想，她不願再見他，但又願意他就站在眼前。

她自羞、自恨、自怨、自憐，終於她嘆出了一口長氣。

這一小段新綠內心的獨白，無須美麗的詞藻加以妝點，而小女兒的心事，卻露顯無遺，是頗能扣人心絃的。

2 旗人筆下的清宮——《瀛海恩仇錄》

在郎紅浣諸多作品中，《瀛海恩仇錄》也是最值得一提的。「瀛海」指的是台灣（琉球），此書顯然是上承郎紅浣第一部未完作品《北雁南飛》的遺緒，將地景由中原腹地轉移至海島荒陬，從而也涉及到鄭成功經略台灣的史事。

但凡敘及明鄭史事，必定會涉及到「滿漢之爭」，但郎紅浣身為旗人，對清朝的觀感，自然不會與民國革命以來的漢人觀點同調，故雖也據史實描寫了文字獄的可怕，如此書以胡劍潛一家因文字獄而導致家破人亡的故事為引子，而書中前半部的女主角胡家婢女新綠，也為報深仇，故發願協助鄭成功「反清復明」；但饒具興味的是，胡劍潛的女兒胡吹花，在成長、雪冤之後，竟效力於康熙皇帝，而其後續故事中《莫愁兒女》中的胡氏兄弟與《珠簾銀燭》中的胡家女兒，皆分別與雍正、乾隆交好，而逆轉成清朝皇帝的保鏢，且對歷來傳聞藉藉的「雍正奪嫡」、「血滴子」等不之一提，就小說而言，難免有前後矛盾之處，卻也可見其對清室的迴護。在《瀛海恩仇錄》中，郎紅浣對所謂的「排滿」之說，透過柳復西與趙秋人的辯論，呈顯出相當特異的觀點：

秋人說：「……你為什麼要反清復明呢？明末朝政窳敗到什麼程度，你沒有看見過也聽說過。那末是不是應該改革一下呢？有道是天下非一人之天下，唯有德者居之……」聽到這兒，復西驀地跳起來說：「前輩以為滿洲人有德，應該讓他們來統治中華？」秋人笑道：「很可以這樣講。請問滿洲人為什麼不能統治中國哩？」復西憤然說道：「天下與亡，匹夫有責，非其種者鋤而去之！」秋人大笑道：「好大的口氣！你知道天下有多大呢？我認為漢、滿、蒙、藏都算中國人。這並不是雄辯，歷史證明中華民族是由多數宗族融合而成的，而許多宗族卻原是一個種族；他們繁衍於帕米爾高原以東，黃河、淮河、長江、黑龍江、珠江流域之間，因為生活習慣、風土人情的不同，以此才有族的分別。先說蒙古，蒙古就是古匈奴，史記、漢書考為夏後氏之後。過去的女真和吐蕃都屬鮮卑的後裔，晉書、魏書指為出於軒轅氏。這樣看來，滿人、藏人還不都是黃帝的子孫麼？怎麼能說非其種呢？」——《瀛海恩仇錄》第二回〈家在綠茵底處住，客從東海盡頭歸〉

這段稍長的引文，是很值得分析的。趙秋人是小說中協助挽救胡劍潛的前輩高人，更收了胡家婢女繁青為徒弟，明顯是站在「俠義」道這邊的，但他卻不認為「排滿」是對的，理由很簡單，明朝百姓的生活，在窳敗的官僚體系下，顯然不如清朝入主後來得安定；而且滿、漢、蒙、回、藏，五族原本一家，又有何種族的區別？前者，顯然是自雍正編纂《大義覺迷錄》以來滿人的說詞；而後者，則是民國以後所新興的觀念。郎紅浣巧妙的將之聯結在一起，用以對諍柳復西衍傳自清初學者顧炎武、王夫之「可興，可革，而不可使異類間之」的民族主義觀點，自然不免有時代錯置，忽略了當時滿漢之間嚴重對立的歷史實情，憑心而論，是有「勝之不武」嫌疑的。但書中卻讓柳復西無以置辯，倉皇遁走，可見郎紅浣是持何種態度面對滿人入主中國的。

「滿漢大義」、「夷夏大別」，這是史學、思想界可嚴肅討論的課題，其是非得失，要難以一言論定，郎紅浣依違於其間，對清廷秕政，如文字獄、官箴腐敗等，亦多批評，但絕不願去認同「排滿」之說，這是可以確定的。因此，郎紅浣的系列小說中，多得是對清朝康、雍、乾盛世的誇讚，而殊少描繪朝廷的缺失，對漢人之排滿，也刻意凸顯其與一般民國以來小說家言的不同，而頗致其譏嘲之意。其中尤以有關「少林寺」及「江南八俠」的描寫，最為出奇。

有關少林寺（南少林）的傳說，在晚清流傳的《聖朝鼎盛萬年清》中，以至善禪師為首的少林寺，是聖君乾隆誅之而後快的匪類集團；但自民國肇興以來，先有江蝶蝶的《少林小英雄》為書中方世玉、胡惠乾諸人平反，而「廣派」鄧羽公《至善禪師三遊南越記》、我是山人洪熙官、三德和尚系列作品中，就搖身一變而為「反清復明」的民族英雄，書中的少林寺成為正派，而武當馮道德、峨嵋長眉道人，反而成了助紂為虐的民族敗類，在武俠小說及電影中有甚廣泛的影響。郎紅浣顯然是不認同此說的，故在《瀛海恩仇錄》中，對少林絲毫不假辭色，書中寫郭阿帶與少林法喜、法善、法慈三和尚比武決鬥前，郎紅浣甚至明言：

> 姑娘（新綠）是不曉得這年頭少林寺氣燄有多高，在泉州府城那一天沒有佛門弟子怙惡行凶？被害的家屬最好別報官，報官不但佔不了便宜，你還要當心和尚發狠報復。和尚的報復手段祇有一個秘訣——上屋放火，黑夜漆門，給你一個雞犬不留，斬草除根。官府決不敢開罪和尚，否則就要自找麻煩。

在郎紅浣筆下，少林和尚即等如是強梁惡霸，連地方官府都不敢得罪的地方惡勢力，相對於此，武當派反而才是清修有道之人，完全與一般少林傳奇異趣。

至於「江南八俠」的傳說，自民初以來，皆頗盛傳其環繞於清朝雍正皇帝糾葛的故事，代表著一股民初強烈反滿、排滿的氛圍，儘管對以呂四娘為首的「江南八俠」各有其不同描繪，但將其視為反抗清朝欺壓漢人的正義象徵，卻是個中的主幹，故此八俠的形象莫不崇高偉岸；但在郎紅浣筆下，雖仍不失英雄本色，願賭服輸，如《莫愁兒女》中，八俠數度行刺雍正，盡皆輕易的鎩羽於胡吹花及其後人傳紀珠、傳紀寶等人之手，周潯還命喪當場。郎紅浣有意將民國以來江南八俠所象徵的種族仇怨，淡化成個人恩怨，故傳說藉藉的呂四娘飛劍斬雍正之頭的傳說不予採納，甚至當胡吹花救出（縱放）呂四娘之後，言明利害關係，最後居然使呂四娘「痛哭失聲」，放棄了報仇的念頭。這顯然是刻意對江南八俠的「矮化」，完全扭轉了一般武俠說部中極盡其摹寫能事的寫法。

很顯然地，郎紅浣身為清室後嗣，卻也謹守其「種族大義」，刻意迴避了對清朝的負面描寫。這對後來擅寫清宮武俠的獨孤紅，有莫大的影響。

《瀛海恩仇錄》的另一個特點，也是從明鄭史事而來。書中寫道，新綠身懷家主胡劍潛全家因文字獄慘遭滅門之仇，決意深入「琉球」（台灣），「我要投誠延平郡王復明反清，我要逐荷蘭人入海，我要結合志士義民效死國家，我要深入山地指導番人舉義」[1]，一連四個「我要」，充分展現了新綠志切國仇家恨、欲逐寇驅虜的愛國熱忱及決心，而也因此在故事內文中也記載了有關台灣的一些概況，這是台灣武俠小說很罕見的情節，上承林朝鈞的《台灣奇俠傳》、鄭坤五的《鯤島逸史》，下開諸葛青雲的《石頭大俠》、歐陽雲飛的《廖添丁》，是值得特別重視的。

《瀛海恩仇錄》的時代背景在康熙年間，彼時台灣尚在荷蘭人統治之下，故新綠及郭阿帶所面臨的敵人，唯荷蘭人與番人（原住民）而已，儘管郎紅浣抵台未久，對原住民的認知，還囿限在傳統的觀念，以「野蠻人」形容原住民，且僅能從漢人角度描述其蠻橫、野性及出草殺人、環繞跳舞、淬毒吹箭的習俗，而未能深切理解原住民在面對漢人大舉侵略、攻佔下的不得已心理，但郎紅浣已提及了阿

---

1 見《瀛海恩仇錄》第七回。

眉、泰雅魯、布農各族，且以珠子山為地景，多少亦觸及了清初台灣原住民的部分實況，這是相當難得的。

郎紅浣的武俠作品刊出未久，就廣受讀者歡迎，尤其是《玉翎雕》一書，甫連載完成不久，就有國華出版社集結出版，由當時清史名家蕭一山為之作序，蕭一山對郎紅浣作品讚譽有加，稱「郎先生之書，不僅數百萬言能一氣呵成，而結構謹嚴，詞藻佳美，豈讓大仲馬《俠隱記》獨擅文學價值乎？」更提到他在一次台灣文史學界的年會中，曾「與沈剛伯、李濟之、毛子水、劉壽民、姚從吾、錢賓四諸兄聚居於涵碧樓，閒話及於稗官。余謂武俠小說之進步，郎先生應有蓽路之功；老友均以為然。」此「諸兄」，無一不是當時文史學界舉足輕重的碩儒名宿，竟能高抬其身價若此，誠如蕭一山所說的，郎紅浣對台灣武俠的蓽路藍縷之功，是絕對無法磨滅的。

二、紙上江湖的發端——伴霞樓主

自舊派武俠蔚興以來，武俠小說衍承傳統古典書部《小五義》的流風餘緒，將小說中的重要場景，從公案小說的「公堂斷案」，移轉至俠義小說的「江湖恩怨」，相關的歷史事件及人物，逐漸退居成一籠統的背景，而江湖人士的恩怨情仇，遂轉而成為小說摹寫的重心，這無疑為後來台灣武俠的「去歷史化」特色奠築了深厚的基礎。在台灣早期的武俠名家中，夏風的《人頭祭大俠》、太瘦生的《獨眼鬼見愁》、孫玉鑫的《風雷雌雄劍》，已可謂是步其後塵，可惜的是這幾位作家的作品篇幅較短，且其後未能集結成書，連載一畢，皆成過眼雲煙，未能發揮其更大的影響力，其中以《劍底情仇》[1]初試啼聲的伴霞樓主，無疑是值得一提的。

伴霞樓主（一九二七～），本名童昌哲，四川人（一說安徽）。生平履歷不詳，僅知其來台後曾任台南《成功晚報》編輯，「伴霞」之名，據說來自於他因工作關係每天下班後，總是伴隨著天邊美麗的晚霞而歸，故自名為「伴霞樓主」。

由於編輯晚報副刊的軟性文藝作品所需，伴霞樓主對武俠小說格外關注，不但對新興作家如臥龍生大力提攜，自己也「下海」開始撰寫武俠說部，一九五七年，以《劍底情仇》初試啼聲，遂開展了自己的武俠之路。不僅如此，伴霞樓主更於一九六三年以後，成立「奔雷」出版社，專門出版武俠小說，「奔雷」之名，取自於其一九六一出版的《劍魔恩仇錄》中的「奔雷劍法」，該劍法劍起處，有似奔雷，轟然震地驚天，代表了伴霞樓主對此一行業的期許，儘管可能因其不諳於經營之道，故「奔雷」未能與當時的「八大書系」相頡頏，卻也可見其鍾情於武俠的一斑。

據資料顯示，伴霞樓主自一九五七至一九七一年間，共創作了廿七部武俠作品，在前期作品中，已展現出其個人獨特的文字魅力，雖在回目的設計上仍以「對聯」形式出之，且說書人的口吻，始終貫串前書，「看官」、「有分教」、「且說」之語，屢屢出現，而作者也不時跳出，作情節的預告與重述，「此是後話」、「後文自有交代」，減低了故事的懸疑性，而「插敘」更是所在皆有，仍不脫舊派武俠風格的故套，但造語活潑、人物生動，情節雖不曲折，但鋪陳不至於枝蔓，卻也別具特色。其作

1 一說其處女作為《萬里飛虹》，作於一九五七年之前，不過，玉林出版社於一九五九年出版此書，相距時間稍遠，仍有待進一步考證。

品初期以不超過五十萬字的短幅為主；入主奔雷之後，自寫自印，文風丕變，篇幅拉長，而情節反略嫌鬆散，自一九七一年《風雲夢》後，即歸隱江湖，不知所終。

伴霞樓主的主要作品，約有兩系，一是以《劍底情仇》為主幹，所寫的《神州劍侶》（一九五八，前傳）、《青燈白虹》（一九五九，後傳）；一是以《八荒英雄傳》（一九五九）為主幹及其續作《紫府迷宗》（一九六〇）。

《劍底情仇》是伴霞樓主第一部作品，於一九五七至一九五八年間連載於《民族晚報》，共三六一期，但目前除了剪報外，已無其他可靠的出版資訊，據其後傳《青燈白虹》概述，《劍底情仇》是以主角石瑤卿苗疆殲仇、洗雪冤屈作結。但因石瑤卿「一念之仁」，放過了「情魔百花公子」、「千面人古靈子」、「紅鳩婆」等邪魁；這干人潛伏十年，而心懷舊怨，四處約集同道，齊聚梵淨山中，欲報大仇，並了遂稱霸武林的野心。

不過，這些渠魁在《青燈白虹》中並未有所表現，所謂的「作惡多端」、「為禍武林」，都只是虛筆帶過，「紅鳩婆」甚至只在結尾中出現，而立即遭擒；反而是由「情魔」邀約而來的師叔「泗島神居」、師叔的師叔「黃衫羽客」，「千面人」所結納的惡道「赤陽子」、惡僧「虎目尊者」，以及此二人褊狹護短的師父「離火真人」、「八臂神魔」等擔綱演出邪派的

伴霞樓主的《青燈白虹》和《八荒英雄傳》（真善美出版）

角色。這些角色既是邪魁的「前輩高手」，武功之高強可想而知，自非初出茅廬的新一代主角如柳玉麟、鳳兒、葛琳等所能敵對，因此，問題的解決，仍非得由他們的長輩出面不可，因此石瑤卿、太清師太、雲夢居士等正道高手，依然發揮了最重要且最終極的作用。

平心而論，《青燈白虹》此書實非佳作，蓋重要的江湖恩怨、兒女情仇，都在《劍底恩仇》中鋪敘淨盡，苗疆雲霧山洪盤峒一役，恩仇了了，姬璇姑與韋浩當年之情逐漸淡薄，下嫁錢起；韋浩、東方杰與石瑤卿糾結的愛恨情仇，雙雙遺恨，已是悧然；雖云除惡未盡，但遺孽畢竟如強弩之末，也無法翻掀波瀾。因此，《青燈白虹》的故事，既不如《劍底恩仇》有震驚江湖的波濤，眾惡的能耐，也不過虛張聲勢而已（勦滅梵淨山，只是以幾句話草草帶過）；亦不如《劍底恩仇》的情仇交雜、感動人心，柳玉麟與鳳兒、葛琳「兩小無猜」式的愛情，無風無浪、無嫉無恨，真如水到渠成；唯獨金鳳情懷悵悵，本有發揮餘地，卻因剛開始設計時，與鳳兒之間的關係處理得不好，也只成虛晃一招。更不合情理的是，柳玉麟雖有心被塑造成「濁世神龍」，但面對強敵，依舊只能勉強支撐，還得由師長輩出面承擔，英風俠氣，到底不足。柳玉麟是典型「英雄氣少，兒女情多」的，但是三番兩次遇見化妝、蒙面為男子的佳人鳳兒、金鳳及葛琳，卻總是愚蠢遲鈍，宛如「笨伯」，非得到對方脫下面具、褫露胴體後才恍然大悟，實在令人不可思議。

相對來說，《八荒英雄傳》顯然就勝過《劍底情仇》的系列。此文於一九五九年七月廿一日至一九六〇年七月廿一日刊載於《聯合報》，共三三〇期，《聯合報》是當初台灣《民族報》、《全民日報》、《經濟時報》三家報紙合併而成，一九五七年正式以《聯合報》之名發行，於一九五八年開始刊載武俠小說，伴霞樓主的《鳳舞鸞翔》應是最早刊登的武俠作品，《八荒英雄傳》接續刊登，連《紫府迷宗》一共三部，可見其受倚重的程度。

《八荒英雄傳》的情節結構不算複雜，主要由落馬湖「三狐」與「聖手伽藍」的約鬥展開，而「聖手伽藍」為中原三老中赤松子的師姪，落馬三狐中的飛天狐則為西域恨天翁的徒弟，恨天翁與中原三老向來有宿怨，故波濤於中心掀起，遂演為狂風巨浪，雙方互約幫手，形成正與邪、中原與異域的對決。

在正派方面以老一輩的中原三老、鐵楞婆婆、六指神偷、大悲聖尼、天河釣叟為首，率領二代弟子邱玉龍、陳宗元、霓裳仙子、俏哪吒、天河金童、天河玉女等，對抗邪派的恨天翁、紫府魔君、金花聖母，陰陽邪叟、嶺南商隱，以及門下弟子單嬋、落馬三狐等，老八荒、少八荒，齊聚一堂，誠所謂「白山黑水，但見虎躍龍驤；蠻荒異域，頓教熾燄魔狂」，故以《八荒英雄傳》名之。其中除了個人恩怨、報仇雪恨外，再增添幾段少年英俠間的感情糾葛，如邱玉龍與霓裳仙子、珊兒，陳宗元與霓裳仙子、單嬋與邱玉龍等的「三角戀情」、「正邪戀情」，而最後的結果，自然也不例外的以中原群俠，立功邊荒，力殲眾醜告一段落。其中值得注意的是，地域區別的觀念，是非常濃厚的，舉凡邪魔外道，多來自東北長白、西北邛崍、唐古拉山、東南海陬，中國自古以來的「蠻夷猾夏」觀念，根深蒂固，正呈顯出武俠小說的常態。

這些八荒英雄，在伴霞樓主筆下，各有不同的性格，無論正邪雙方，都不至於平面呆板，青陽羽士的突梯滑稽、邱玉龍的厚道質樸、霓裳仙子的優雅高傲、珊兒的天真純潔、金童玉女的調皮搗蛋，以及恨天翁的殘刻狠毒、陰陽邪叟的男女同體、嶺南商隱的滿口生意經等，都內外相符，自然傳神；中原群雄固然是正義凜然，但邊荒魔頭，亦自有其梟雄氣度，不至於過分傾斜。在描寫愛情糾葛上，伴霞樓主特別製造波瀾，除了身為陰陽叟之徒的單嬋，出污泥而不染，鍾情於邱玉龍，為「邪女正男」的戀情模式別生一格外；陳宗元本是正派出身，風流瀟灑、玩世不恭，卻因渴慕霓裳仙子不得，便蓄意從中挑撥破壞，致使邱玉龍與霓裳仙子間誤會頻生，波折屢起，甚至盜取大悲聖尼賜予邱玉龍作為與霓裳仙子婚姻信物的寶劍，意圖蒙騙，而在被單嬋揭露陰謀之後，又下毒手殺了單嬋，一念之間，人格遂為之轉變，雖令人惋惜，但一往情深之中，作者卻也將其委婉曲折的心事，鋪陳無遺。

伴霞樓主顯然是對陳宗元多有迴護的，在整個過程中，除了言語挑撥之外，最大的過惡就是情急之下，殺了單嬋滅口，但這卻也等於為邱玉龍與霓裳仙子的戀情掃除了障礙。陳宗元是誤入歧途，因愛而變的武俠典型人物，但伴霞樓主未為已甚，最後是安排了他反而與桑龍姑遠走東海，伏下了二十年後捲土重來的玄機。

據作者於《八荒英雄傳》書末自言，此書原是擬作三部，《八荒英雄傳》是「老八荒」，《紫府迷宗》[1]是「少八荒」，最後猶有「大悲聖尼」出場，「禪功震八荒」，全書方才結束。陳宗元與桑龍姑的後事如何，本當於第三部再續，但顯然作者中途改變了主意，大悲聖尼已提前在《紫府迷宗》中現身，並技壓金花聖母，消解了武林恩怨，最後主導了紫府傳人邱玉龍與霓裳仙子的婚事。第三部就如此胎死腹中了。

1 網上多家網站皆有《紫府迷蹤》一書，分〈奔雷小劍〉、〈冤有頭債有尾〉、〈蒼天有眼〉三部，自云為《八荒英雄傳》續書，其中既有「紫府神功」，亦有玄冰美人桑龍姑，〈蒼天有眼〉中更說桑龍姑為「八荒英雄」之一，但整體故事，與《八荒英雄傳》全無關涉，應是後人據伴霞樓主各書，如《奔雷劍》、《劍魔恩仇錄》等雜湊而成的，但因出版資訊相當凌亂，已難細考。但可以確定的是，《紫府迷蹤》絕非《八荒英雄傳》的續書，蓋因「蹤」、「宗」音近，故牽合為一。

台灣早期的武俠名家多取徑於舊派，其中還珠樓主的影響最為深遠，幾乎罕見有人能逸離其外的，一時異寶靈獸、秘笈神兵，爭奇鬥豔，瑰怪綺麗，令人目不暇接，唯郎紅浣宗法王度盧、成鐵吾取材於歷史，較能避免神怪的色彩。

伴霞樓主是台灣武俠作家中出道極早的一位，一九五七年，即以《劍底情仇》與臥龍生的《風塵俠隱》相頡頏，而難得的是，走的是古典俠義小說的路徑，雖亦偶有如「紫府神功」之類的「武林秘笈」，但並未形成其後武林人士競相「爭奪」的模式，洗冤雪恨、恩仇相報，是其小說中的骨幹，門戶之爭、武林霸業，雖稍有點逗，但還未成為重心，有野心而乏布局，英雄八荒來聚，卻也只在個別的點上生翻波瀾，缺乏雄渾的格局與氣勢，後期之作，更明顯鬆散不少，故出道雖早，而成就則略遜其後的《三劍客》一籌。

不過，伴霞樓主的取徑，倒是避開了還珠樓主神怪瑰奇的路線，而以平實穩健取勝，鮮少荒唐謬悠之筆。歷來評論多說其多受還珠樓主影響，恐怕有誤，反而更趨近於顧明道與白羽的「紙上江湖」，而其造語之生動活潑、靈巧機變，則又未必遜色於朱貞木。在伴霞樓主小說中，黠慧的兒童、無邪的少女，以及「老而不修」的老頑童造型人物，幾乎各書皆有，幽默、突梯的趣味，為之橫生，如《八荒英雄傳》中，淮揚道上客棧中，玩世不恭的老前輩青陽羽士以自家豢養的金絲猴捉弄落馬湖的火靈猴，將其火器偷走，使火靈猴氣急怒罵：「好猴兒，原來是你這畜生使壞！」而火靈猴外號既為猴，自家又姓侯，等如是自己罵自己「畜生」，作者藉旁觀眾人的眼耳，鋪陳出這齣鬧劇，頗令讀者大發會心之笑。

台灣早期的三位名家，對歷史的援用，尚無忌避，就連以紙上江湖，全不涉及於朝廷政治的伴霞樓主，在《八荒英雄傳》中，一開首也明白點出時代背景是「大明洪武年間」，且於內容中屢有提點；但武俠向來是與歷史難脫干係的，故郎紅浣既可以盡情抒發其「旗人觀點」的的清宮武俠，另一名家成鐵吾，更大肆張揚其漢人赤幟，寫了一系列以「反清復明」為中心的歷史武俠小說。

三、歷史武俠開生面——成鐵吾的反清小說

成鐵吾（一九〇二～一九八〇），本名成鳳彩，字鐵吾，別號亮臣，江蘇興化人。成家為江蘇望族，其父成啟運為老同盟會會員，為革命世家。

成鐵吾所著的《年羹堯新傳》和《呂四娘別傳》（真善美出版）

成鐵吾少年就讀於「江南四大名中」之一的揚州中學，後又陸續就讀南通大學、江蘇政法大學，遊學四方，見聞甚廣，復以家世淵源，人脈廣積，早年即參與國民黨抗日行列。一九四九年，隨國民政府來台，以《女匪幹》一書，引起廣泛矚目，一炮而紅，甚至得蒙陳誠、蔣經國等國民黨要員接見，對其後台灣推廣所謂的「反共文學」影響甚鉅。其後陸續在《東南晚報》、《革命文藝》等報刊任職，發表過不少文藝及武俠作品，皆頗有好評。

據其公子成湯所言，成鐵吾少年時曾向一興化武僧習武，故對俠義說部向來素有興趣，故自一九五五年始，即以「海上擊筑生」之名，於香港的《上海日報》撰寫《南明俠

隱》一書，內容取法還珠樓主，而仙俠靈怪，不可方物，「擊筑」一名，取之於《史記・刺客列傳》中高漸離借擊筑欲刺殺秦始皇典故，以「南明」隱喻國民政府之退守台灣，於敘說史事之外，別有寄慨；同年十一月，再發表《年羹堯新傳》，更以三百七十餘萬言的長篇，直接就歷史上實有的人物，蓄意為在清代歷史及傳說中的被定位成「驕悍跋扈」的權將翻案，將其逆轉成「反清復明」的「臥底志士」。繼此而後，姐妹篇《呂四娘別傳》（一九五六）、《江南八俠列傳》（一九五八）亦陸續完稿（《徵信新聞報》），奠定了成鐵吾在台灣「歷史武俠」小說上不可搖撼的地位。一九六二年，《寶馬神駒》於《上海日報》連載完畢後，遂封劍歸隱，一九八〇年過世。[1]

《年羹堯新傳》刊登於一九五五年十一月香港的《上海日報》，連載了六年多，迄一九六二年一月止，其後真善美出版社予以印行，共三十五集二一三章，乍看之下，篇幅似不長，但早期台灣武俠小說小字密排，且往往長文不分段，故實際上字數驚人，約三百七十萬言，僅次於還珠樓主的《蜀山劍俠傳》，可謂是堂皇巨著。

年羹堯（一六七九～一七二六）是清朝雍正年間操掌軍事大權的能臣，雍正皇帝之能夠於「九王奪嫡」中脫穎而出，內仰隆科多，外倚年羹堯，實為其心腹股肱；但一方面因其驕縱跋扈，一方面又是功高震主，故極盛而衰，下場頗為淒慘，《清史稿》卷二九五，列其罪狀有「大逆之罪五，欺罔之罪九，僭越之罪十六，狂悖之罪十三，專擅之罪六，忌刻之罪六，殘忍之罪四，貪黷之罪十八，侵蝕之

1本段有關成鐵吾生平的陳述，乃參考葉洪生〈中國「文人武俠小說」最後壹道風景線——論成鐵吾《年羹堯新傳》之亦藝術價值〉而來。葉先生考據詳核、引據豐富，議論精闢，雖因故未正式發表，但筆者有幸先睹為快，受啟發之處甚多，不敢掠美，特此申謝，並致敬忱。

罪十五，凡九十二款」，雖可能是欲加之罪，不患無詞，但其權傾一時，為人所忌憚，亦不難想見。有關年羹堯的傳說，自清代《兒女英雄傳》以紀獻唐影射年羹堯以來，民間就多有不經的傳聞，如謂其一日之內連貶十八級，派遣為杭州守門小兵之類；晚清、民國以來，由於排滿思潮興起，而雍正皇帝的評價急遽低落，年羹堯遂獲得翻身的機會，而擁有不同的評價。

據《清史稿》所載，年羹堯出身書香世家，亦曾考中進士，但後來卻成為擁握軍權的「年大將軍」，文兼武備，無論其評價如何，皆可謂之「奇人」，即便是身為旗人的文康，在寫《兒女英雄傳》時，不免因囿於當時朝廷定讞，且無可避免的有其對漢人的偏見，故對其中的「紀獻唐」多有批判，且是陷害女俠十三妹的罪魁禍首，在第十八回「紀大將軍的始末原由一篇小傳」中，將其晚年縱恣不法的情狀，寫得有如斬釘截鐵，但卻也不能不承認年羹堯的聰慧穎悟、多才多藝。

書中特別標舉一位宿儒「顧肯堂」如何馴化此一桀傲不馴的早慧兒童，寫得相當精彩傳神。儘管書中的顧肯堂對「紀獻堂」的教誨亦不過卑之無甚高論的「入金馬、步玉堂、擁高牙、樹大纛」，頗惹胡適之的譏訕，但亦扼腕於「紀獻唐」雖得從名師，卻未聽其忠告，不肯急流勇退，既負國恩，又慘遭刑戮，等於也為年羹堯留了個餘地，伏下了日後形象轉變的可能性。

民國以來有關雍正、年羹堯的事跡，傳誦甚廣，而陸士諤的《八大劍俠傳》、《血滴子》等小說無疑最受矚目。在陸士諤的小說中，遠紹文康的《兒女英雄傳》「先優後劣」的兩截論，儘管無法違逆史實，還是將後來的年羹堯與雍正皇帝緊密繫聯為一，寫道年羹堯受知於雍正後，盡心予以輔佐，甚至還擘創了「血滴子」暗殺集團與暗器，為雍正鏟除異己，最後也因雍正之嫉恨，終於死於非命；但前面有關年羹堯的學習經歷，尤其是顧肯堂的栽培，居然連文字都抄自於《兒女英雄傳》，並賦予了年羹堯相當光明磊落的正面英雄形象。這也是兩截之論，但較文康更多預留了可以發揮的空間。

顧肯堂史無其人，想當初文康敘寫時，也不過信筆而取名，未料卻成為成鐵吾顛覆舊說最重要的切入點。成鐵吾刻意將顧肯堂與清初抵死不願仕清的學者顧炎武繫聯為一，說成是顧炎武心懷故明、欲推翻滿清的「堂弟」，經多方打聽，觀察了年羹堯的人品、心性，最後才收其為入室弟子，於教導過程中，點化年氏一家本來就是漢人苗裔的事實，敦促他未來可以憑藉科考，逐步高升，而有朝一日，當時機來臨時，手握大權，即可以推動「反清復明」的大業。在此，年羹堯在「奇師」的教誨下，竟「出奇」的擺脫開歷史的牢籠，成為明代志士遺民安排在清廷中的一枚「活棋」——臥底。

成鐵吾為年羹堯作如此的「定位」，無疑是非常大膽的。蓋雍正「九王奪嫡」之事，牽涉範圍極廣，從歷史小說的角度來說，八王、九王、十四王各有其集團，彼此勾心鬥角，並各援引方面大臣為其羽翼的朝廷黨派之爭，已是相當複雜，如近代二月河的《雍正皇帝》，就窮形盡相的將其間鬥智、鬥力、鬥狠的波詭雲譎局面鋪神得令人目不暇接；而成鐵吾既是以武俠為主體，則又增添入不少江湖群雄各為其主、各有盤算的關目，勢必非有更廣闊的揮灑空間不可，這已是相對難上加難了，偏偏他又欲為年羹堯掀翻舊案，將他塑造成一個苦心孤詣、忍辱負重的反清志士，則年羹堯等如就必須具有多重身分，以與不同的集團多所折衝不可。以《年羹堯新傳》的敘寫來說，年羹堯既一開始就由顧肯堂為其作此定位，則其所面對的難處，舉其犖犖之大者，就包括了：

（1）年羹堯與雍正之間相互為用的複雜關係，尤其是年羹堯如何能在素有察苛之名的雍正皇帝眼皮底下，暗中厚植勢力而不為雍正所察覺。在此，歷史上年羹堯既定的失敗下場，其實就等如成為成鐵吾跨越不了的框架。年羹堯再如何英明神武、足智多謀，終難免事跡敗露，功敗垂成。因此，《年羹堯新傳》下的年羹堯在雍正即位前後，竟判若兩人，雖然算是死得悲壯，但卻難以掩蓋其識人不明及優柔寡斷的性格缺失。成鐵吾最難以自圓其說的部分，就是在諸王奪嫡的慘烈過程中，選擇了其中最英明的雍正皇帝，其理由竟是：明知雍正是個殘狠刻忌之人，輔佐其登上龍位，其後必然會以殘酷手段治理國家，因而將激起全民憤慨，是時，民心可用，大業可成。這個說詞，顯然是拘牽於歷史事實，而缺乏說服力的。以年羹堯之才智，如果輔佐庸主而得以成功，豈非更易於掌握？成鐵吾在這方面顯然是過於一廂情願了。

（2）年羹堯既依附於雍正皇帝，且為其主謀籌劃建立了「血滴子」集團，用以對付諸王所招攬的江湖草莽，如程子雲、賀逢時、秦嶺諸匪等，但以「血滴子」的慘酷而言，為取得雍正信任，自不能不犧牲若干俠義道人士，但是在江南、陝甘、川中諸俠及魚氏父女、群體中，竟鮮見有因此而受累，且毫無疑慮的予以支持，未免過於單純。蓋年羹堯既為臥底，則真實身分就越少知情者越好，非到緊要關頭，萬不可輕掀底牌，如此，既可將年羹堯之忍辱負重心理委曲呈露，也可製造更多的懸疑，成鐵吾過早揭露，使得敵對者宛若笨伯，被玩弄於股掌之間，於情節設計上未免失計。

（3）年羹堯臥底於朝，復明志士相挺於野，成鐵吾企圖藉朝野的內外夾攻，顛覆清室，即便年羹堯不被岳鍾琪檢舉、出賣，就希冀其能成功，事實上也是過於樂觀的。年羹堯既已手握重兵，如欲成功，必當先厚植自己實力，培養親信部隊，才可能在未來的反清戰爭中握有勝券。但以全書看來，年羹堯所聯結的，幾乎全是以「復明堂」為核心的一小撮江湖群雄而已，而未見其積極拉攏將領、聯結漢人大臣，這固然是年羹堯的失策，但也是歷來武俠作家不切實際的空想，雍正時期，經由順、康二朝的高壓、懷柔，尤其是康熙一朝六十一年的厲精圖治，基礎早已穩固，又豈是區區江湖好漢散兵游勇的烏合之眾所能傾覆的？書中寫道，在年羹堯壯烈自刎後，群俠慘遭追殺，傷亡慘重，令狐通欲為年羹堯報仇，領軍起義，周潯問道：

你有這把握宰了他便可扭轉乾坤，將這大好河山全奪過來嗎？……天下承平已久，玄燁那老韃酋又善用以漢人制服漢人之法，政治雖然不算清明，卻比前朝重用太監、盜賊橫行好得多，庶民望治心切，士大夫紳縉又大半見利忘義……人心已經難說……

這就是實情，雍正皇帝承康熙之後的盛世，再如何慘刻不仁，也絕非數千兵馬就能夠濟得了事的；即使後來的《呂四娘別傳》中讓呂四娘刺殺了罪魁禍首的雍正，那又如何？繼位的乾隆皇帝，不一樣穩居寶座，一統中國？說穿了，武俠小說對江湖寄望過深，欲藉江湖完成扶顛定傾的大業，不過是做了一場不切實際的夢而已。只不過，成鐵吾卻將這一個夢，編織得有聲有色，格局宏大，虛實相生，真假參半，治歷史、傳聞於一爐，放眼前後名家，恐怕也是絕無僅有的。

《年羹堯新傳》可以說是成鐵吾嘔心瀝血之作。全書以年羹堯為核心，鉤勒出三條主線，彼此縱橫交錯，互生干連：反清復明線、諸王奪嫡線、兒女情長線。

反清復明線主要是由年羹堯、馬天雄、雲中鳳、周再興等人以替雍王蒐羅人才為掩護，結合江南群俠如了因大師、周潯、路明瞻、魚氏父女、白泰官、蘇仲元、彭天柱等人，引出獨臂女尼之復明堂密盟，結合甘陝地區丁真人、梁剛一家人及川中地區靜一道人、馬鎮山、羅天生等俠在蜀中設太陽教為基地。

諸王奪嫡線為四王、八王、九王、十四王之布署，穿插張桂香臥底至十四王探聽消息、林瓊仙為尋仇招來各方能手及八、九王麾下秦嶺五毒阻撓。

兒女情長線有年羹堯不願屈雲中鳳為妾又不能休正室的感情描寫，及馬小香、李玉英對感情的忠貞等。

書中對年羹堯、雍正兩位主要角色的刻劃，一個亦儒亦俠、英偉傲岸；一個陰騺殘狠、不動聲色，從湖北道上初識，到結盟、合作、猜忌，到最後撕破臉見真章，兩人各據心思、各有立場，可謂是旗鼓相當。對俠義道角色的摹寫，無一非忠肝義膽，願為復明大業拋頭顱、灑熱血的英雄俠女，馬天雄的忠義豪邁、千里赴義，周再興的精明幹練、既莊又諧，雲中鳳的靈心慧質、苦心孤詣，都寫得相當出色。至於邪道的一方，雖多屬於陰毒慘刻、見利忘義之輩，但如程子雲的故作放蕩，實則賣狂；賀逢時的陰狠狡詐、率獸食人；妙香淫尼的婉轉媚態、活色生香，也都別具特色。

至於若干「跨界」的人物，如先邪後正的張桂香、利祿縈懷的雲中燕、賣友求榮的岳鍾琪，其內心的思緒變化，也都有相當細緻的描寫。成鐵吾似不願對身為岳飛後人的岳鍾琪有太多的責難，故寫其雖向雍正告發，但也頗明其苦衷，更寫出其蓄意將志士名冊銷毀的迴護之舉；至於雲中燕，就直寫其不過是為個人前程而為虎作倀，最後在《呂四娘別傳》中死在馬天雄之手。

《年羹堯新傳》前面大半部是以諸王的鉤心鬥角、年羹堯的苦心布局為主，而穿插若干格鬥的場面，「諜報」意味相當濃厚，也較為可觀；後面一部分則以追殺、尋仇為主，在這部分武俠的味道充分散發出來，以各種實打實戰的劍法、鞭法、緬刀、掌法為主，罕見超凡越俗的特殊藝能，不過，邪道之人，如妙香淫尼、林瓊仙的以美色蠱惑、採陽補陰，以及碧眼魔君賀逢時的鳥獸蟲蛇，卻也別有興味。

在《年羹堯新傳》中，最引人入勝的武技，無疑是向來有「暗器之王」稱號的「血滴子」。「血滴子」的傳說，早在清末民初的諸家筆既及小說中言之藉藉，陸士諤、王度廬等名家更有專以「血滴子」（既是暗器，亦是暗殺集團）為主幹的小說出現，自此流波廣衍，幾乎人人俱能道其二三，電影更數度以此為題材，而人言人殊，盡憑想像。成鐵吾綜參各說，貫以己意，將其設計者、形製、原理，及功效，作了詳盡的描寫，可謂是「後來居上」，且言之成理，非一般嚮壁虛構、閉門造車者可比。二〇一一年，國家地理頻道Discovery節目，推出一個「致命武器」的影片，羅列中國十大「致命」武器，其間「血滴子」赫然排名首位，可惜的是，編者疏於考查，竟忽略了《年羹堯新傳》所述內容，故荒腔走板，令人發噱，讀者倒不妨略加比較。

《年羹堯新傳》在《上海日報》甫刊登三個月，該報社就已集結成書發售，據說銷售一空，一九五八年，台灣武俠小說出版業龍頭，成立於一九五〇年的真善美出版社的宋今人取得版權，於一九六二年陸續出完全書，宋今人對此書力加稱道，基本上，是完全認同成鐵吾將年羹堯視為「伺機推翻滿清，光復明室河山」的愛國志士的，因此推崇此書：

> 其間奇計謀略，層出不窮，巧妙安排，無不恰到好處，實已彷彿《三國》；而豪傑策士，能言善辯，武功蓋世，堅苦卓絕，或已超越《水滸》；兒女情長，溫馨細膩，靈心巧思，伶牙俐口，差堪媲美《紅樓》。官制、服飾、禮儀、說辭等等，無不合乎當

時之實情、風俗、人情。地名、年代乃至一切事務，各種細節，均有根據。作者讀稗官野史萬卷，復以其過人之記憶與理解，乃能洋洋灑灑作此巨構，誠不可及！

一九七四年，宋今人在〈告別武俠〉[1]一文中，亦稱此書「是空前巨著，以清朝為時代背景，非遍讀近代稗官野史如成先生者，不能動筆，文筆細膩，對話奇妙，設謀定計，引人入勝」，這是宋今人很罕見的推崇，且當時還特別商請國民黨元老書法大家于右任題簽，可見慎重其事之一斑。

宋今人雖也是個廣閱博覽、腹笥豐饒的出版人，但對所謂的「歷史」，並未必深有研究，故其對成鐵吾之說信以為真，雖可見《年羹堯新傳》「幾可亂真」的創作功力，但卻未必真能經得起歷史的檢驗。歷史，古代向來有「正史」、「野史」之別，小說固然有「補史之闕」的作用，但基本上是「虛構」的，有時連「野史」都構不上，《年羹堯新傳》，可視為「歷史武俠小說」的佳作、巨構，畢竟還是「虛構」的小說，是不必強加附會的。成鐵吾的「虛構」，自然有其命意所在，宋今人以敏銳的出版人觀之，其實也早就領悟到這點，故他強調，「吾人於此時此地，得閱本書，亦有與書中人物同興孤臣孽子之慼否？而奮發圖強，正在此時」，宋今人也是因國共戰爭流寓台灣的「孤臣孽子」，就在其寫書、寫跋的「此時此地」，又怎可能不興慼而嘆，年羹堯不過是「當時當地」藉以一澆胸中快壘的酒杯而已，今世得有如年羹堯般忍辱負重、伺機以待的英雄志士？

身為漢人的成鐵吾，在民族主義的立場上，顯然是與郎紅浣有壁壘分明的差異的，郎紅浣的小

1見該社出版的司馬翎《獨行劍》第廿九冊書末。

說，江湖與朝廷頗見其水乳交融之處，而於清代敝政，多所迴護；成鐵吾則嚴持「漢賊不兩立」的立場，再加上政局的轉變，傷心人別有懷抱，趨向不同，卻也各具姿采，皆足一觀。

成鐵吾、宋今人已矣，《年羹堯新傳》的流傳，也顯然未如人意的能博得多數讀者的領會，除了一九九三年遠流出版社趁著二月河《雍正皇帝》的小說及電視劇流行的時候，再版了十六巨冊的《年羹堯新傳》，其實是以「歷史小說」為鵠的，但終究未能引起讀者太多的回響，唯有葉洪生算是空谷足音，一切的評價，只能俟諸來者了。

《年羹堯新傳》以年羹堯悲壯自裁遽告收束，雍正對當初從龍諸臣的疑懼，展現在對一干復明志士的追殺之上，但故事並未完全終結，若干關節，如江南群俠的下落、年家兒女、魚翠娘、雲小鳳的歸止，更重要是罪魁禍首的雍正皇帝及助紂為虐、賣友求榮的雲中燕，未有交代完結，故一九五六年，成鐵吾即有意藉另一小說《呂四娘別傳》別作交代。

《呂四娘別傳》雖說是《年羹堯新傳》的續書，但「別傳」也者，就已表明其寫作趨向是與《年羹堯新傳》之假借歷史以抒其憤慨的命意不同，走的是民間傳奇雜揉而成的故事。儘管在書中已著意將《年羹堯新傳》中未受惡報的諸人，如賣友求榮的雲中燕償其果報，且對年羹堯死後，魚翠娘、雲中鳳及其子女年小虎、年小鳳的下落，均有交代，但全書已擺脫歷史的框架，純就江湖志士的反清復明志業入手，將民間盛傳的呂四娘刺殺雍正取其頭顱的傳說，大肆敷衍，以呂四娘與年家子女的復仇過程為經，獨臂大師率領江南群俠、馬天雄、婆娑教主等人輔其成功為緯，最後群雄三路襲擊暢春園，而由呂四娘、年小鳳手刃仇讎，最後偕歸江南，呂四娘剃度出家，後來承接太陽教繼續反清為止，而於朝廷政局，僅輕描淡寫的略敘其屠戮功臣的大要而已。

有關呂四娘的傳說，只要略考查歷史，就足以證明是嚮壁虛造的，蓋呂留良歿於一六八三年，其子呂葆中則歿於一七〇七年，曾靜案發生於一七二八年，呂留良及呂葆中的開棺戮屍及全家抄斬，在一七三三年，說呂四娘是呂留良孫女，已嫌其年歲難以相符，而成鐵吾竟直寫為其女兒，且江南八俠中的呂元，則為其堂弟，更屬不經。但成鐵吾顯然無意與歷史相符，不過借《呂四娘別傳》為《年羹堯新傳》收尾而已，故無論人物設計、情節發展，都明顯不如前作，而最重要的「屠龍」一段，主戲反而草草帶過，雍正手無寸鐵，又無侍衛保護，等如引頸就戮一般，殊乏精彩，故此書反而聲名遠落於《年羹堯新傳》之後，也是其來有自。不過，成鐵吾棄傳說中的「飛劍取人頭」之說，而以樸實無華的年小鳳「一蓬飛針」打瞎雍正一眼，然後呂四娘「手起劍落」，取下人頭，倒不至於流於神怪一路，卻也與其小說中對武功摹寫的實打實戰一貫風格相符。

第三節　台灣武壇「三劍客」——臥龍、司馬與諸葛

台灣武俠小說在前期太瘦生、夏風、孫玉鑫及郎紅浣、伴霞樓主、成鐵吾的拓荒耕耘下，已然初步掀起了一股新的武俠熱潮，其所受歡迎的程度，從單行本集結成書後的熱烈迴響中，不難窺見一二，即此，自然吸引了後續影慕風從者投入武俠創作的行列之中，其中陸軍中校出身的龍井天（魏龍驤）於一九五七至一九五八年間，在《民族晚報》陸續刊載了《劍吟粉香》等近十個短篇作品，皆以文言撰寫，聊續文言武俠小說之一脈，一九六〇年的《乾坤圈》，始以白話文創作，但《九州異人傳》卻又轉以文言書寫，夾於文白之間，故影響不大。可怪的是，《九州異人傳》竟堂皇被列為當局鎖定

龍井天的《九州異人傳》（真善美出版）

的查禁對象，謂其「內容誨淫，希依法處理」，應是台灣武俠第一部因「誨淫」被查禁的作品。

除龍井天之外，真正能獨當一面，且下開台灣武俠創作熱潮的作家，無疑當推葉洪生譽之為「三劍客」的臥龍生、司馬翎及諸葛青雲三位。

一、「爭霸江湖」臥龍生

臥龍生（一九三〇～一九九七），本名牛鶴亭，譜名華皐，河南南陽鎮平人。其父牛一珍，以綢布店營生，雖亦為當地望族，但非書香門第，故臥龍生並無豐厚古典文史素養，高中未卒業，即入伍從軍。一九四八年，隨軍輾轉來台，官至中尉。一九五六年，受孫立人事件牽累，被迫自軍中退伍。初時無以營生，甚至以踩三輪車維生。臥龍生雖未有顯赫學歷，然酷嗜說部，廣博閱覽古典說部如《三國》、《水滸》、《紅樓》、《兒女英雄傳》、《七俠五義》，並接觸到西方通俗小說《金銀島》、《基度山恩仇記》、《俠隱記》等書，尤其對舊派武俠，多所鍾愛，對英雄傳奇、俠客英風，頗為嚮慕。當時台灣武俠小說初興，臥龍生家居無賴，為稻粱之謀，在友人慫恿、鼓勵下，遂決意嘗試武俠小說的創作。

臥龍生少時曾求學於南陽臥龍書院，且祖居於南陽臥龍崗，故兼取「臥龍書院學生」及「諸葛亮後生」之意，一九五七年，以臥龍生筆名，於台南《成功晚報》發表處女作《風塵俠隱》，頗受當時主編伴霞樓主器重，惜因病輟筆，僅寫至十集；一九五八年，復於台中《民聲日報》發表《驚鴻一劍震江湖》，共正、續十三集，亦因故中輟，其後玉書出版社發行人黃玉書以「吾愛紅」筆名續完。此二書雖未竟全功，亦可以窺見臥龍生縱橫之才氣，宣告了台灣一代武俠大家的誕生，可惜亦預示了其後諸書往往後繼無力的隱讖。一九五八年，臥龍生的《飛燕驚龍》於《大華晚報》發表；一九六〇年，於《中央日報》發表《玉釵盟》，皆產生巨大迴響，奠定了臥龍生在金庸、古龍未引領風騷之前，獨一無二的武俠宗師地位。

臥龍生的武俠小說，前後風格約可分為三期，一九五七至一九六五年為全盛期，一生精彩武俠盡皆發表於這段期間，其中以《飛燕驚龍》、《玉釵盟》、《天香飆》（一九六一）、《無名簫》（一九六一）、《絳雪玄霜》（一九六三）、《金劍鵰翎》（一九六四）、《天劍絕刀》（一九六五）等最為知名；一九六五至一九七〇年為中衰期，自《雙鳳旗》（一九六五）、《飄花令》（一九六六）而下，重複曳沓，幾乎無甚可觀；自一九七一年而後，每況愈下，大退其步，盛名已衰，竟成贅疣，雖仍勉力創作，直到一九九四年，猶有《袁紫煙》問世，卻如大江東去，流波難返。一九九七年，病逝於台北榮民總醫院，享年六十有九。

臥龍生是台灣武俠小說最具代表意義的作家，其一生創作的歷程可視為台灣武俠發展史上的縮影，可驚可喜，亦復可惱可恨，這點，將在後文綜論台灣武俠小說從創作、出版到流傳的普遍現象中作深入的探討。臥龍生雖於一九五〇年代開始發跡，但自《飛燕驚龍》而下，重要作品的完成，都已跨越到六〇年代，影響力也自此而始，將於後續討論台灣武俠小說「流派」時予以專章析論。此處，僅就其五〇年代的兩部作品《風塵俠隱》及《驚虹一劍震江湖》略作探討，以見台灣初期武俠小說發展之一斑。

險，就會如天外飛仙，翩然而至，不但解災救厄，更會攜帶靈丹妙藥，如雪蓮子、大還丹、回生續命散、千年靈芝液等，取之不盡，用之不竭，葉洪生譏其「如飲可口可樂」，亦足令人發噱。

《風塵俠隱》中是正邪分明，勢難兩立的，臥龍生於此界線儼然，從對正邪雙方容貌的描述中，就可斷定其人善惡，雪山派的狠惡，如五刃分屍之慘，自然是正道中人所不屑為之的；但雙方高手對決，卻也是堂堂正正，全憑實力，殊少陰謀詭計，就是再窮兇極惡的歹人，無論是復仇、尋釁，都會先留柬示警，約期訂地，明槍明劍，然後才決一死戰。在早期臥龍生的武俠小說中，黑白兩道，還是謹守江湖規矩的，不似其後的武俠小說，鬥力之外，更重鬥智，外表道貌岸然，卻心懷陰險狡詐的偽君子、雙面人，倒是尚未出現。這雖會壓縮了情節發展的空間，缺乏懸疑與張力，卻也代表了作者當時素樸的人生觀照。

值得一提的是，歷來研究者論及臥龍生時，必舉《飛燕驚龍》開「武林盟主」、「九大門派」之先，但在《風塵俠隱》後半黃玉書的續作部分，實已出現「九大門派」之說，廿一回中即已出現武當、峨嵋、華山、點蒼、少林、青城、崑崙、終南等派，而「武林至尊」、「武林第一家」之名，亦出於是書末回。黃玉書與臥龍生交情絕非泛泛可比，究竟誰才是最早的創意發想者，恐怕仍有待考證，但就出版時間而言，無疑是不能忽略《風塵俠隱》的。

繼《風塵俠隱》之後，臥龍生病癒再起，在《民聲日報》發表了第二部小說《驚虹一劍震江湖》。此書由於蹈犯前失，依舊未能完成，而是由黃玉書以「吾愛紅」之名續完，葉洪生謂其續作「文情蕪雜不堪」，故連帶臥龍生的部分，亦鮮少有人論及。

《驚虹一劍震江湖》據葉洪生所說，臥龍生只寫到俞劍英在大仇得報之後，因自覺情債難償，故引身跳崖自絕作結。但就後續全書而言，僅佔四分之一的篇幅，未免過短，且在俞劍英墜崖之後，崖底傳來其師靈虛上人所豢養的白猿之嘯聲，以武俠小說「懸崖」是「絕處逢生」的隱喻看來，俞劍英是必然獲救的，臥龍生顯然預留伏筆，以待後續，但卻因「故」未能終篇，又再度由黃玉書代完。蓋《驚虹一劍震江湖》的「驚虹」，來自書中與俞劍英情孽牽纏的程玉玲之父所贈，而俞劍英不過初完報仇心願，尚未到「震江湖」的程度，且書中第一回即藉八臂神乞桑逸塵之言，「我老花子這幾年來冷眼看江湖，確是殺機隱起，三山五嶽的魑魅魍魎群起作怪，十年之內必有大變，這劫數也許應在這孩子身上」預示，又豈能讓俞劍英過早夭亡？

書闕有間，我們很難斷定臥龍生究竟於何處擱筆，但其後續的南海黑鯨島一眾妖魔邪徒，聯同一氣，意欲侵犯中原，等如波折再起，雖後面越寫越糟，正邪雙方高手如走馬燈般輪現，除了讓人眼花撩亂外，幾乎就剩跑龍套的功能而已，但也應該是符合臥龍生原有的構思及布局的。事實上，如果單就其前十回的架構而言，我們亦不難看出臥龍生的確也是天生的說故事能手。

《驚虹一劍震江湖》敘寫湖北巡撫俞瑞祖全家為權閹魏忠賢及貪官魏道宗、汪培所害，義僕李義奉二夫人及孤兒俞劍英脫走，投靠開封故友鐵筆震八荒王振乾，但仍逃躲不了官府及惡黨金霞宮妖道的追殺。王振乾攜俞劍英往九華山排雲嶺靈虛上人拜師學藝，並拜桑逸塵為義父，勤學武功。藝成下山後，先是刺殺貪官汪培，後又進京劫牢，救出王振乾，並斬殺魏道宗，最後於嶺南勾漏山剿滅金霞宮匪徒，大仇得報。但因其既先與師妹陳紫雲有盟約，

臥龍生的《驚虹一劍震江湖》（玉書出版）

卻又無心與程玉玲發生關係，自覺行為不謹，愧對師門，故跳崖自盡，自我懲罰。這算是典型的「遺孤復仇」故事，而穿插幾段兒女纏綿的情節。類似的情節，在後來台灣的武俠小說中反覆出現，寖至成為一種固定的「模式」，雖頗引人詬病，但首發其難的臥龍生卻也表現得相當不俗，篇幅雖短，而一氣貫串，情節緊湊，也是值得一觀的。

本書以宿命中「殺孽」、「情孽」集於一身的俞劍英為主角，既是意欲復仇，而面對的仇家又是如此的勢力龐大，故在武俠小說虛構的世界中，自不得不「以暴易暴」，故殺戮之多，自屬必然。既是難免於殺戮，則正邪交攻的場面，亦必不可或缺，這本就是武俠小說的常態。不過，俞劍英動輒將汪培、魏道宗滿門幾十人口全數滅絕，雖說不殺僕婦，卻也未免過當。但在正邪火併之餘，臥龍生寫俠義道中人士基於正義，不惜與好友割袍斷義，甚至公然協助俞劍英劫牢造反的無懼無畏勇氣，風骨凜凜，如王振乾、陸文魁、童維南等人，都寫得相當出色，亦屬可圈可點。

至於「情孽」，這不但是臥龍生早期小說喜用的橋段，也是武俠小說中最喜渲染的部分，此書前半，先寫俞劍英與陳紫雲兩小無嫌猜，而又款款情深、中與程玉玲綢繆宛轉、欲捨難捨，後又有毒娘子的一見鍾情，其實都是俗套；唯於俗套之中，俞劍英左右為難的心理掙扎與矛盾，卻也是相當細膩的，較之其他來者不拒、大享齊人之樂的「朱貞木模式」，自是高出一等，雖未能直追王度廬，倒也別有感慨，尤其是寫正派俠客岳鳳坤涉入於俞劍英與程玉玲的愛情之間，恩怨難分，情歸無處，憑添許多情海波濤及江湖恩怨，可以說是最精采動人之處，亦可窺出臥龍生講說故事層層翻波的能耐。

《驚虹一劍震江湖》是臥龍生難得一見的將「江湖」與「朝廷」繫聯在一起的作品，甚至連崇禎皇帝都曾露面，這當然是與權閹魏忠賢於天啟、崇禎二帝之間造亂的史實有關，但臥龍生不走一般古典小說「洗冤平反」的老路，而透過「江湖」手段解決，這固然是武俠本色，其實也隱約透露了當時作家小心翼翼的避開政治糾葛的態度。港台小說在政治態度上的分野，其實是相當明顯的，梁羽生可以痛斥朝廷，金庸甚至讓《碧血劍》中的袁承志「追殺」崇禎，但台灣作家，基本上是承接了《水滸傳》的精神，只斥貪官污吏，而不會對朝廷皇帝作若何的批判，思路顯然異趨，這也是相當耐人尋味的。不過，就從其故事背景設定於明末歷史而言，在「暴雨專案」實施「政治干擾」之前，作家其實仍然顧忌較少，還「敢」於與歷史繫聯，其後就完全別闢蹊徑，而與政治分道揚鑣了。但是，如純就這點而言，卻也顯現出臥龍生或黃玉書對歷史的隔膜，明末外有清兵，內有流寇，是何等的亂局，《驚虹一劍震江湖》居然將後來的江湖騷亂，委由海外、嶺南的魑魅魍魎承擔，純粹是「江湖爭霸」的模式，未免也太「辜負」了歷史，正不無令人遺憾之處。

臥龍生啼聲初試，儘管尚未見出自我風格，受前輩作家影響頗深，但從《風塵俠隱》及《驚虹一劍震江湖》已展現的思致與格局來說，台灣第一代的「武林宗師」，可謂已是嶄露頭角了，而其一鳴驚人之作《飛燕驚龍》，則於一九六〇年代大放異采。

二、「吳樓居士」（司馬翎）開新猷

繼臥龍生之後，台灣武俠作家在一時風氣潮湧中，亦放開手腳，於武俠小說中試其身手，於是也出現了從香江渡海而來的「吳樓居士」——司馬翎。

吳樓居士（一九三三～一九八九），本名吳思明，廣東汕頭人。其父吳履遜，為國軍十九路軍將領，一九四七年移居香港。吳思明曾入香港新法書院就讀，一九五七年，因其父吳履遜於台北開古玩店之便，決意自港赴台求學，入政治大學政治學系。

吳思明自幼泛覽古代典籍，於儒釋道三家、經史子集、詩詞歌賦、琴棋書畫、金石銘刻、土木建築、堪輿風水、兵法戰陣，甚至是花道、茶道及版本之學，都廣有涉獵，「雜學」之豐富，近代作家罕有能比，而對《孟子》尤情有獨鍾，皆能自如揮灑、展現於其小說之中。

吳思明十五歲時，首度接觸到舊派武俠作品，尤喜還珠樓主之《蜀山劍俠傳》，甚至一度因嗜讀而中輟學業。來台之後，正逢台灣武俠小說發軔之時，故於大學二年級時開始嘗試創作武俠小說，一九五八年，以「吳樓居士」為筆名，出版了《關洛風雲錄》，一舉成名，一九五九年，即受邀於香港《真報》，以「司馬翎」之筆名，連載《劍氣千幻錄》，此後吳樓居士、司馬翎二筆名交相互用，發表了一系列的武俠小說，而中期主要作品，則皆以司馬翎為之，且多於台灣發表，為台灣武俠小說中擎旗的健將。大學畢業後，吳思明曾短暫於台灣就業，但終以專力從事武俠俠創作為主，並曾與王潛石、臥龍生、伴霞樓主創辦《藝與文》雜誌。發表過《白骨令》。

一九七一年，頗思經商創業，惜未能成功，後又因「故」無法居留於台灣，遂回轉香港，但仍常於台灣及香港報刊發表相關武俠作品；一九七八年，首度取「吳思明」三字之偏旁，轉以「天心月」之名，於香港報刊發表《極限》、《強人》諸作，融冶古龍筆致，重塑風格。一九八三年，在葉洪生力邀之下，於《聯合報》發表《飛羽天關》，惜因故未能完帙，寫至李百靈初遇血屍席荒後即戛然而止。其後因病患纏身，數度往大陸求醫而無效，於一九八九年病逝於汕頭故居。

吳樓居士一生創作武俠約四十餘部，小說風格三變，大抵可以吳樓居士、司馬翎、天心月的三各不同筆名為分期，各有其特色。一九六〇年之前諸作，僅《關洛風雲錄》及《劍氣千幻錄》兩部，

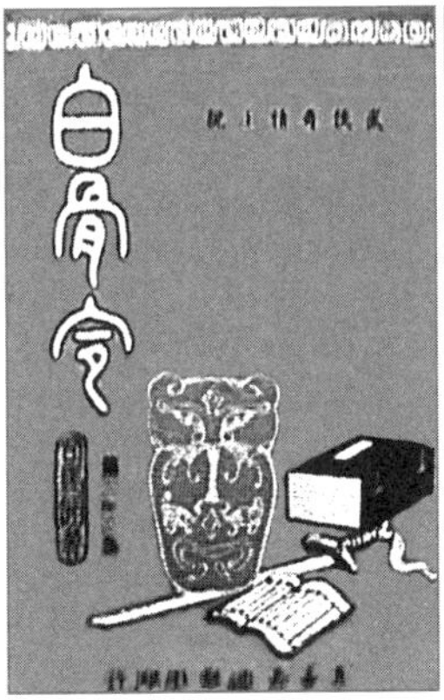

吳樓居士所著的《劍氣千幻錄》和《白骨令》（真善美出版）

但《關洛風雲錄》故事未完，一九六〇年以後陸續有《劍神傳》、《八表雄風》、《仙洲劍隱》三部相關作品，組構成一完整系列，故一併於此討論，至於其他作品，則於下章中闡說。

《關洛風雲錄》為吳樓居士初試啼聲之作，明顯受到舊派武俠，尤其是還珠樓主及王度廬的影響，不僅回目以對聯形式出之，回末也援例用了「欲知後事如何，且看下章分解」的古典說部俗套，且「插敘」頗多，但已可約略察見其自樹風格的企圖心，於雜揉舊派之中，又能別出新裁，以細膩深刻的心理狀態描繪見長，實已貫串了他作品「舒徐遲緩」、縝密推理、強調氣勢，以及特重女性的特色，而「雜學」，尤其是機關陣法的設計，更是當行而出色的。

《關洛風雲錄》敘寫崆峒子弟石軒中，因受同門誣陷，不得已而流落江湖，邂逅了碧雞山「鬼母」冷婀的徒弟「白鳳」朱玲，因其正直仁厚的俠客胸襟，使朱玲於患難相扶中生出真情。但冷婀野心勃勃，創設「玄陰教」，欲爭霸天下，且石軒中負有師門之任，必須挑戰冷婀，而冷婀素來御下極嚴，早已將朱玲許配給其師兄「厲魄」西門漸。正邪之分、師門恩怨，交揉為一，向強權挑戰，以及石、朱兩人戀情的發展，為《關洛風雲錄》的主線；而支線則複雜多端，既有正邪知名人物如峨嵋三老、碧螺島主于叔初、火狐崔偉、苗疆陰無垢、隴外雙魔、白駝派、星宿二怪的諸多糾葛，更旁及因「江南七俠」（了因已亡）欲刺殺雍正的枝節[1]，帶出大內高手與玄陰派的勾結，且引發出裕親王貝勒德榮與珠兒的感情波折，魚龍曼衍，駭駭紛紛，在結構上明顯是取法舊派武俠而來的，故其中每以插敘、補敘手法道出。

如第三章敘寫移山手鐵夏辰與冷面魔僧車丕之戰，就以大段回溯兩人三十年前的恩怨，長達三千五百字；而第二十章火狐崔偉與峨嵋赤陽子在苗疆有關陰棠的一段恩怨情仇，本與正傳無關，竟連篇累牘的延續了數回之多；尤其可怪的是，在廿七回敘述化名為鍾靈的石軒中，道逢隴外雙魔時，不但追溯回前十數回碧螺島主于叔初二鬧碧雞山，隴外雙魔追躡而下，竟遭逢西域白駝山的人馬，雙方大打出手之際，竟又回溯到冷面魔僧車丕十多年前因採花而受制於星宿兩怪天殘地缺，替他們取一少婦的紫河車，再由此又回溯到他當初如何因採花而生下一女，而此女正是他欲取紫河車的對象，從而鑄下大錯的往事，在幾回之中，回溯再加回溯，轉而又轉，雖說可以將車丕的歷年行蹤、惡跡，交代完結，並將其如何又與石軒中遭逢的理由敘說清楚，但就全書來看，車丕不過只是玄陰教外三堂的堂主，雖與石軒中多有糾葛，但畢竟只算是三流角色，本無必要描敘得如此詳盡，但卻明顯可以看出，這正是舊派武俠敘事手法的一大特點，剛出道的吳樓居士顯然食而未化，仍跳脫不開前賢的牢籠。

不過，《蜀山劍俠傳》的篇幅自不可與《關洛風雲錄》相提並論，吳樓居士在收束上也還是頗有節制的，且其中相關人物，皆於後文有交代，不至於旋生旋滅，要亦難得。不過，也由於涉及人物及

---

1 此書背景原設定在康熙年間，第七回中明白寫道「原來此時正是康熙後期」，但後來卻改換成雍正時期，於時序上前後未能關照；同時，《劍神傳》系列由於篇幅頗巨，也不免偶有疏漏，雖是雍正時事，卻會出現王國維的「最是人間留不住，朱顏辭鏡花辭樹」詩；引李白〈上韓荊州書〉，卻誤將韓朝宗當作韓愈等，皆為小疵。

情節太多，《關洛風雲錄》一書無法交代完結，故不得已而有《劍神傳》、《八表雄風》的續篇，以及《仙洲劍隱》的外篇。

《關洛風雲錄》嚴格說來只是一個較長的楔子，其中主要是將石軒中逐步塑造成一代劍神的雛形，因此，先是誤入泉眼，巧食千年火鯉的內丹，後又夤緣巧得達摩三劍功法，並重獲師門《上清秘笈》的上半冊，為其後來的成功預作鋪墊；同時亦點逗出石軒中與朱玲恩怨交雜的感情糾葛，但重要的情節，皆還未有完續。《關洛風雲錄》只寫到石軒中一上碧雞山，正逢冷㛧替西門漸與朱玲舉辦婚禮，石軒中挑戰失利，朱玲逃離師門，及其他諸江湖人物的糾葛，最後則以石軒中二上碧雞山，而冷㛧正閉關修習，石軒中敗於西門漸的詭計之下，心灰意冷，「寒冷的風依舊在山頭悲號，天色灰灰黯黯，使人但覺這世本竟無一處安樂土」，「他踉蹌下山，直奔南方海濱」：

穿過南昌府城時，白鳳朱玲在一家客店的上房中，托腮凝眸，正想念著一個人，與及今後茫茫的投止——店外此時卻有一輛大車經過，裡面坐著的正是石軒中，這輛大車緩緩過去了，並不太高的牆，薄薄的簾幕，便把兩個身負天下絕技的人隔開，比天涯還遠和無法超越！

留下裊裊的餘音，娓娓的情愁，等待著《劍神傳》膠合。

在《劍神傳》中，作者已將朱玲置身於邪派角色西門漸與正義俠客石軒中兩難的愛情糾葛中，西門漸面貌奇醜，卻對朱玲真情不渝，關照有加，且在嚴師蓄意搓合之下，已有婚約；而石軒中則是正正堂堂、忠誠厚實的正派俠客，兩人在患難之間建立起深摯感情，這是後來台灣武俠小說中常見的「邪女正男」的感情模式，其間可供發揮的空間，已經夠大，但在《劍神傳》中，作者猶嫌未足，還增添了一正一邪的宮天撫與無情公子張咸，對朱玲不但也是一往情深，更是屢加援助，原本的「三角戀」轉成「五角戀」，朱玲陷身於一女四男的情感漩渦中，除了對西門漸只有感念，絕無情感之外，對石軒中、宮天撫、張咸，都有難以喻解與割捨的情感。《劍神傳》系列作品中，儘管已寫到石軒中與李月娟、玉華姐妹的複雜情感，也有珠兒與德榮、孫懷玉，以及史思溫和上官蘭間娓娓動人，而又百般無奈的感情戲，直承王度盧的「柔情」格調，但無疑當屬以朱玲為核心的感情衝突、矛盾與掙扎，最為細膩深入。《劍神傳》第十五回，寫道石軒中與朱玲睽違三年後重逢，作者旁發感慨：

> 這是一幕微妙而奇異的重逢，當他們都遠離得彼此不知蹤跡時，他們時時會覺得對方就在咫尺之近。可是如今相距不過兩丈，彼此清楚地看得見時，卻感覺到相隔著千山萬水之遠，比一個陌生人更覺陌生。

這段文字，摹寫久別重逢，而仍心有隔閡的情人心境，事實上是未必遜色於王度盧的。就朱玲來說，究竟應該情歸何處，連她自己也是躊躇難定，時左時右，雖然最後還是在細剖內心下，選擇了石軒中，但他們之間的感情卻也更是歷經幾番風風雨雨後，才最終達成的，與後來其他武俠小說自始至終都「情定於一」的摹寫，有極大的差異。其間不但朱玲委曲複雜的心事得以呈露，而四位「候選者」的內心世界及其行止，也都環繞著朱玲而開展，獲得了深入摹寫的機會，故事，就在此回環往復之中，一波數折，搖曳生姿。

在第廿六回中，石軒中得知朱玲的容貌已毀時的一段表白，其實正可代表其他三人的共同心聲：

在以前，她有可以驕傲的容顏，還有許多護花使者，因此我決不肯向她低頭……可是現在，我覺得一刻也不能忍耐，我要用我的熱愛去安慰……。

同時，對朱玲來說，最大的感情障礙所自的師父冷婀，無疑也獲得一洗其平面化、刻板化的機會，而另具人性化的一面。冷婀為了測試四人對朱玲的真情，讓朱玲戴上醜惡的人皮面具，雖說有偏袒西門漸的用心，但無疑更堅定了四人對朱玲的真情實意，完全未能達成讓人「見醜而退」的目的，但其間對朱玲的維護與愛惜，也是呼之欲出的。此所以冷婀在《八表雄風》中，所面臨的最大挑戰，也從代表武林正義的石軒中，轉而成為西疆大雪山與冷婀有宿怨，且欲席捲整個武林的冰宮主人瓊瑤公主一脈，而石軒中「劍神」的名號，乃落實在抵禦外侮之上。從「關洛」到「八表」兩個不同界域的書名中，由小及大，石軒中乃成為作者數十部武俠小說中最凸出的俠客。

《仙洲劍隱》其實可視為《劍神傳》的外篇，場景自中土拉至海外，敘寫曾敗在石軒中劍下的仙人劍秦重，攜妻子袁綺雲遠走海外學習足以剋制崆峒劍術的「浮沙派」武功，中間經歷了秦重在海外逞其心機、遂其陰謀，乃至拋棄妻子，終於習成劍術的歷程。然後，在《八表雄風》中挑戰石軒中，卻仍以失敗告終，石軒中對其寬厚的態度，終於讓秦重迷途知返，於後來「瑤池」一戰中，反而成了石軒中的臂助之一。

縱觀《劍神傳》整個系列，吳樓居士不但能巧妙的融冶還珠樓主的神怪想像與王度廬的柔情纏綿為一，也開展出了他最重要的擅長於細膩摹寫人物心理思維變化的特色，儘管在「鬥智」上猶有待一九六〇年後的作品中陸續加深加強，但一代名家的氣勢，已可謂宣告建立，其中特別值得關注的，略有三點，一是初步擺脫了武俠小說將女性視作瓶花的缺失，以較大的段落、較細膩的摹寫，讓女性在整個虛構的江湖世界中，展現出其能與男性旗鼓相當的能力，鬼母冷婀、瓊瑤公主，雖是如同男性般野心勃勃，攪亂江湖，作者其實並未將其妖魔化或逕加否定，這是相當難得的。同時，作者也打破了歷來武俠小說對女性必須「專情」的窠臼，以及對女子「貞節」的苛求。朱玲在四個男子中三心兩意，自有其考量及抉擇，且皆曾與宮天撫、張咸，有過真情流露的「深吻」，這雖未至於導致對「貞節」的逆反，但從石軒中在化名為鍾靈時訂下婚約的妻子李月娟「紅杏出牆」一事中看來，石軒中也從未對李月娟有所鄙夷，反而處處為之維護、成全中，可以窺見未來如《丹鳳針》中雲散花如此女子的出現，已是勢所必然的了。

其次，就武俠小說向來最著重的「武功」層面而言，吳樓居士雖仍難避免巧獲奇緣，神劍、秘笈、靈藥的還珠故技，如《關洛風雲錄》中頗具「活色生香」之妙的的「奼女迷魂大法」，就是從還珠樓主書中衍生而出的，[1]但他卻能從中國傳統儒家思想，尤其是《孟子》的「浩然正氣」、「自反而縮，雖千萬人吾往矣」的堂堂正正氣勢中，別開生面的將儒家哲學思想灌注於武道之中，如以下這段的摹寫：

1 司馬翎受還珠影響頗深，這點從人物的命名就可窺出，如「鬼母」、「天殘地缺」、「猿長老」與「晶球傳真」等，皆可從《蜀山劍俠傳》找到出處。

史思溫全副心神馭劍禦敵，由開始時起，總是那麼誠敬不懈。這正是正宗劍法最主要的原則，所謂「不誠無物」、「夙夜敬止」。同時劍法不偏不激，永守常道。配合起誠敬之心，威力之大，天下莫敵。鄭敖劍法雖然奇詭蓋世，但終入偏道，自不能勝得史思溫這一套正宗劍法。

史思溫是石軒中的弟子，其所施的劍法，正是由石軒中所傳授的，而石軒中最後真正悟到的「身劍合一」馭劍法，基本上也正是由內心的誠敬、無畏，滿腔正義的雄烈信念，由內而外，灌注於劍身之中，故能無堅而不摧。這種揉合了儒家哲學的武功，在武俠小說中是吳樓居士所獨擅的，於此處發端，成為後期小說中最重要的特色，「後金古時代」的黃易，對此讚不絕口，亦步亦趨，良有以也。

武俠小說雖以武為主，但《劍神傳》系列中，文事的場合亦所在皆有，其中引用古人詩詞以表述情懷的隨處可見，而雜藝如燈謎之道，亦頗能隨處提點，至於足以與武功相提並論的土木機關之學，在此系列中亦可謂發揮得淋漓盡致，玄陰教總壇「雪樓」神秘莫測的「玻璃銅鏡陣」；靳厓取自「天一生水」的「天一園」之「黃泉陣」；由怪鳥守護，處處危機，藏有「玄天秘錄」與十二奇珍的紫湖底下石室、公孫策所佈的陣法、玄陰教方家莊的地下機關、大雪山冰宮的機關埋伏，無不描寫得驚險萬狀、處處危殆，令讀者屏息震顫。在雜學的運用上，是無人能出其右的。

此外，就目前所知資料看來，武俠小說中著名的「四川唐門」，應該也是由吳樓居士首先提出的，《關洛風雲錄》第三回中就明言，「一個是四川唐家的名手唐森，四川唐家以毒藥暗器馳名天下，他是個中翹楚」，儘管唐森於此書中僅僅是個小角色，且在毒藥暗器的表現上極微不足道，卻是遠承萬籟聲在《武術匯宗》所提到的「四川唐婆子」之說，後來經由無數作家援用，尤其是古龍的發揚光大，寖至成為武俠小說中除了丐幫之外，另一個特異的武林門派。

在一九六〇年之前，吳樓居士另以司馬翎之名在香港《真報》與台灣《民族晚報》分別發表了《劍氣千幻錄》（一九五八）一書，這是他的第二部作品，也可一論。

相較於《劍神傳》系列，《劍氣千幻錄》的成就顯然就遜色不少，全書內容主要以崑崙、峨嵋、華山、武當「四大劍派」傳統的比鬥為主線，敘述崑崙二代弟子鍾荃獲得五行劍中玄武寶劍，以癸水劍法，最終奪得盟主寶座的經過，其中穿插了上一代前輩的恩怨情仇，以及鍾荃與陸丹的戀情，雖說主線分明，格局卻顯得較為逼仄，且依然備受舊派武俠的牢籠，在敘事手法上，「插敘」、「補敘」，用得相當頻繁，如僅僅在前四回中，首回就大段補敘了當年四大劍派比劍的經過，而且作者還特別強調，「這一次鬥劍，關係到二十年後的無盡恩怨，因此作者必須補敘一章」，而在第三回中。則又追溯崑崙派白眉和尚赴西域薩迦寺參謁尊勝老禪師，而遭逢瘟煞魔君朱五絕前往挑釁的前後往事，還是不免有支離之病。不過，在武功的摹寫上，卻是別出新裁的。

「四大劍派」的鬥劍，主要的勝負關鍵在於「五行劍」，據書中第三回所述：

秘籍記載著在春秋時代，歐冶子為越王鑄湛盧、巨闕、莫邪、魚腸、吳鉤五柄稀世寶劍，他暗中在每一柄劍的爐中，另外鑄成一劍，合起來又是五劍。這五劍可不像湛盧、魚腸等五劍，能夠截金削鐵，吹毛過髮般鋒利，卻是按著先後天五行生克之數，潛具威力，如玄機子的劍即是五劍中的朱雀劍，離火為質，按劍訣舞動時，劍身射出紅光，宛如燒得通紅，五劍都同樣能在暗中破壞敵人真氣武功，重者走火入魔而死，輕則也會昏迷不醒一段時候，端的厲害陰毒無比。

五柄劍的劍身和劍鞘，都刻滿了古篆，那便是和歐冶子同時的道家異人玉洞真人，把五柄劍各自的妙用和劍訣刻在其上。若是能夠五行合運，那威力簡直無堅不摧，雷崩電閃，風雲變色。據說玉洞真人為了怕後世得劍的人妄用這種至寶神器而又无人能克制，便將每一劍的最要緊秘訣漏掉，刻在另一柄與它相生的劍上，要把劍訣學得完全，配合起本身自具的武功，才能發揮全部威力，否則便不過能夠用出五成威力而已。

這是相當巧妙的構思，也印證了司馬翎活用雜學的功力，第一代的鬥劍，武當玄機子之所以能獲勝，就是仰賴於朱雀劍上的離火劍法；故鍾荃步入江湖，最主要的任務就是找尋玄武寶劍，利用其中的癸水劍法，擊敗玄機子，書中一應的波折，也以此為發端。不過，司馬翎在寫作的過程中，似乎渾然忘了「玉洞真人為了怕後世得劍的人妄用這種至寶神器而又無人能克制，便將每一劍的最要緊秘訣漏掉，刻在另一柄與它相生的劍上，要把劍訣學得完全，配合起本身自具的武功，才能發揮全部威力」的設計，只在簡單的五行相剋上著眼，劍法最菁華的相生之處，卻平白放過，也因之少了一些可以拓展發揮的空間。

值得注意的是，書中敘及尊勝老禪師與瘟煞魔君朱五絕二十年前的比鬥，言明朱五絕以「琴音蝕堅」的方式欲讓尊勝禪師法體灰飛煙滅，尊勝實已練成金剛不壞之身，本可安然度過此劫，但卻因心念群鶴未能先行遣散，以致心有罣礙，為琴聲趁虛而入，故法體成灰，唯餘一手，寫下「鶴兒」二字，這是武俠小說中以聲音當武功的創舉，開啟了後來武俠小說中「魔音穿腦」的先聲，如倪匡的《六指琴魔》就以此為經緯，貫串全書。可惜的是，這段比鬥過程，僅是透過白眉和尚的補敘而得，並未詳摹其過程，直到一九六〇年後的諸作，才陸續有所發揮。不過，其開創之功，卻備受葉洪生等學者的肯定，前台大校長李嗣涔對司馬翎的相關摹寫，更是讚不絕口，甚至以其科學背景加以檢視，認為司馬翎之說是符合科學原理的，曾在台灣學術界引起不小風波。

吳樓居士在一九五〇年代末期，啼聲初試，已引起矚目，當時執武俠出版牛耳的真善美出版社社長宋今人，對他格外重視，曾在《八表雄風》的書末，特地以〈出版者的話〉，力加揄揚，並認為：

> 吳先生似乎跑前了一點，相信今後的武俠作品，大家都會跟蹤而來的。

此語出之於資深出版人之口，雖多少有點為自己出版社張目的企圖，此後司馬翎即是真善美作家群的主力之一；不過，從其後來的表現看來，實亦非屬虛言，在台灣武俠作家群中，其評價僅屈居於古龍之後，一代名家，曖曖內含光，註定要在台灣武俠小說史上大放異采。

三、還珠後勁說諸葛

一九五〇年代的台灣武俠小說，幾乎都是全由大陸來台的各省人士擔綱寫出的，舊派武俠的內容、風格，自也深受濡染，舊派五大家的筆致，無不各有傳習者，而其中諸葛青雲，無疑是受影響最深的一位。

諸葛青雲（一九二九～一九九六），本名張建新，山西解縣人，台北行政專科學校（後來的中興大學法商學院）畢業，曾任總統府第一科科員。出身書香門第，國學根柢深厚，自幼雅好詩詞文章及古典小說，詩詞歌賦，信手拈來，即為佳作，又精於書法，龍飛鳳舞，自成一格。及長，以文筆典麗，詩才佳妙，蜚聲士林。少時曾隨父親轉戰四方，遍歷大江南北，增廣不少見聞，故於各地名勝佳景、人物掌故，娓娓可道，使其小說充滿古典文學之趣。

諸葛青雲於武俠說部中，最鍾情於還珠樓主，嘗自謂能將《蜀山劍俠傳》回目倒背如流，故其初入武壇，即步趨還珠，一九五八年的處女作《墨劍雙英》，即以老讀者耳熟能詳之至寶「紫青雙劍」為引子，祖述峨眉派第三代傳人李英瓊等劍俠飛昇成道、封存仙劍之遺事，緬懷《蜀山》之情，溢於言表，其後諸作，如《紫電青霜》（一九五九）、《天心七劍》（一九六〇）、《一劍光寒十四州》（一九六〇）而下，每每取徑還珠，化為己用。台灣武俠說部，源自於舊派五大家，還珠一系，沾溉者多，然亦步亦趨，較少變化，唯諸葛青雲最為當行，本色既在，又能加以變化，可謂還珠以後的第一人。

《墨劍雙英》是諸葛青雲的首部作品，所謂「墨劍」，即是《蜀山劍俠傳》中的紫郢、青索二神劍，「雙英」則指書中身負血海深仇的石中英、索英珠二人。小說實際上接續《蜀山》，李英瓊當年除魔未盡，僥倖走脫九影仙娘仇小香，預知其將二度出山，而其時天下復亂，「原來自昔年第三次峨眉鬥劍，正邪各派，同遭浩劫之後，峨眉前輩長老，多已道成飛升，又以時移世異，古道淪亡，人欲橫流，門下後輩新進弟子之中，頗有為物欲所誘，以一身道力，為非作惡，甚至作為貪緣富貴之階者」，故封劍留書，並以八句偈語預示「真金之精，紫郢青索，得者雙英，終南一角，廿載塵寰，黃粱早覺，葛鮑雙修，遨翔碧落」。全書以復仇、除魔（一僧二道三煞四神魔）為兩大主幹，走的是還珠樓主的仙俠路線，故長生、修仙的觀念頗多，而奇禽異豸，如金眼黑雕、綠鳥、雞冠獨角吹蚺、玄帶奇蛇、惡蛛；靈藥仙草，如兜率仙果、苗疆奇花；寶劍，如紫郢、青索；秘笈，如三才劍訣、白骨玄經等，無不是從還珠脫化而來。

在敘事手法方面，《墨劍雙英》雖用倒敘法，先敘述上官子彤攜帶石中英避仇尋師，然後再於次回轉敘石鈺一家遭惡人覆滅的前事，且明言「六盤之事，至此處交代清楚，再說中英隨清虛道長乘雕飛離終南」，舊派蹊徑未化之處，猶可考見。如第三回末，竟以長達一百三十多字的「欲知後事如何，以及三次放雲涵，君山較絕技，獨角鬼王，神功敗四傑，索英珠墨劍劈降龍，白骨神君怒擺群雄宴，石中英一劍斬雙煞，三陣鬥神功，巧度白骨神君，上官子彤臨危救眾俠，鐵心雙道二次出世，下苗疆中英中惡蠱，紫青劍合璧斬妖邪，玉笛飛仙與索英珠二女同歸等熱鬧節目，請看下文書中分解」，將後續的一應情節關目，盡行告知讀者，平鋪直敘，顯是舊派故技。

諸葛青雲古典詩文造詣頗深，故於寫小說之際，常忘情至忽略了人物吐屬，理當有人物性格、出身的區別，故對話皆文皺可厭，這是諸葛青雲小說最大的弊病，此書亦然，誠所謂積習難改了，偏偏他又頗喜自炫，如第四回中藉鐵簫漁子之口，將唐人崔顥的〈黃鶴樓〉一詩，以原詩八句為首，化為八律，雖詩情不俗，卻於通篇無關宏旨，殊無必要。

諸葛青雲對《墨劍雙英》的整個故事架構是早有定見的，但不知何故，只寫到第九回就戛然而止，於第四回前所透露的後續故事發展俱未開展，反而另以《紫電青霜》與《天心七劍蕩群魔》別開新頁。

《紫電青霜》是諸葛青雲緊接著處女作《墨劍雙英》後的第二部作品，一九五九年七月三十日至一九六〇年八月十一日，《自立晚報》連載，不久由春秋出版社集結成冊出版，共十一集；《天心七劍》為其續完之作，雖云二書，實為一體，故應一併論之。

《墨劍雙英》等於是續寫還珠樓主的《蜀山劍俠傳》，步趨模擬之餘，因未成全帙，故所能開展者有限；此書雖亦未能忘情於《蜀山》，故連書名《紫電青霜》都與《蜀山》中的「紫青雙劍」相關，但諸葛青雲從此書開始，卻已展現出一時大家的格局，雖仍祖述還珠，卻已非亦步亦趨，反而能擷取新、舊各家之長（尤其是朱貞木、金庸），融冶而出，自成一家。

《紫電青霜》對還珠的步趨，是非常明顯的，一開首葛龍驤奉師命至廬山冷雲谷投書葛仙子的橋段，分明就是模仿《蜀山》中司徒平奉神駝乙休之命投書岷山白犀潭韓仙子一折，其他如書中的靈禽異寶（能談詩論詞的白鸚鵡雪玉、能解百毒的碧玉靈蜍）、人物造型（如諸葛雙仙、獨臂窮神）、武功名目（如十二都天神掌、冰魄神功、六賊妙音）等，皆不難從《蜀山》中尋得淵源。不過，由於諸葛青雲腹笥廣闊、辭采優美，無論寫情摹景，都婉約細膩，饒有風致，於當時步趨還珠者中，無疑是個中第一流。

一九五七年，金庸的《射鵰英雄傳》成功塑造了武俠小說「東邪西毒南帝北丐中神通」的「名人」模式，對同時期及後來的武俠作家都有相當深遠的影響，《紫電青霜》立即以「武林十三奇」轉化跟進，標舉出「諸葛、陰魔、醫丐酒、雙凶、四惡、黑天狐」等武林前輩，為全書提綱挈領，且模仿「華山論劍」，安排了「二次黃山論劍」，以重定名位順序，這是書中最主要的情節。「十三奇」中分正邪兩派，其中不老神仙諸一涵與冷雲仙子葛青霜夫婦、龍門醫隱柏長青、獨臂窮神柳悟非、天台醉客余獨醒為正派，諸葛雙仙顯然含有作者自喻之意，刻意寫得智慧絕倫、瀟灑出塵；蟠冢雙凶、嶗山四惡及黑天狐則為邪派，而苗嶺陰魔邴浩則名銜似惡，且江湖聲譽不佳，但為人爽朗豪俊、慷慨好義，唯獨名心未盡，是書中寫得最具特色的人物。正邪互鬥，自然各逞藝能，彼此爭勝，而書中主角葛龍驤則穿梭其間，或得臂助，或遭阻礙，逐漸成長為新一代的大俠，並於其後《天心七劍》中，成為新的「名人」。儘管諸葛青雲所摹寫的人物各有特色，與《射鵰英雄傳》未必雷同，但在既定的模式下，事實上是不易有所開展的。此書儘管名氣甚大，但故事平平，可觀者唯在葛龍驤的數段情緣而已。

武俠小說以「俠骨柔情」為兩大主幹，自王度廬以來，不於武俠說部中兒女情長一番的，幾乎是絕無僅有。諸葛青雲最樂此道，每以俊男美女的數段旖旎戀情中，於崢崢俠骨內深致婉婉柔情，男角必定是英俊瀟灑、文雅風流；而女角亦必然美貌多情、蕙質蘭心，如書中的葛龍驤，「鳳目重瞳、面如冠玉」、「倜儻權奇、丰神絕世」，而柏青青「神比冰清，人如花豔」、冉冰玉「似比柏青青還要美出幾分」、魏無雙「兩隻鳳眼，眉痕似柳，吹氣如蘭」，而更重要的是，這些春蘭秋菊、各擅其勝的美貌女子，一縷情絲，皆牢牢繫在葛龍驤一人身上，且最後結局必然仿擬朱貞木，來個數女同歸一男。這是「才子佳人」手筆，是諸葛最獨到之處，也是最受詬病之處。

為強調男主角的文雅風流（**才子，諸葛青雲本身也欲借此炫技**），男主角吐屬斯文，似於文學藝術無所不知，簡直半點「江湖氣」都沒有，流波所及，書中人物，不分階級、身分，也都個個宛如儒門耆宿、詩壇老手，連形象頗為鮮活、個性爽直、嫉惡如仇的獨臂窮神柳悟非，說起話來都可以引經據典、出口成章，遑論其他！此外，少年俠女（佳人）之情投意合，無論是患難生情或是一見鍾情，都算順理成章，即便後來三妻四妾，也合於古代禮法，不必厚非，但天下靈氣固皆鍾於男角一身，可天下豈無其他男人，非得個個投懷送抱不可？書中之魏無雙，年約三十，且江湖閱歷豐富，本身又是夙有淫聲的門派「風流教」教主，雖則云身有苦衷，且出污泥而不染，但豈有一見葛龍驤之面，就下定決心解散風流教，且將眾弟子殺戮盡淨的道理？及至後來又因自傷年老，僅以裸裎共眠、不及於亂而告滿足，雖號稱「風流而不下流」，其實未免「假作正經」，違拗人性之常了。

諸葛青雲的小說，相較於同被稱許為「三劍客」的臥龍生與司馬翎，濡染還珠最深，而又多受朱貞木影響，揉合之功多，而開創之力少，不過其後以此為基礎，倒也開出「才子佳人」一派，且留待下章說明。

綜上所述，一九五〇年代的台灣武俠小說，自郎紅浣而下，已逐漸在舊派武俠諸大家的影響下，頗有開展，不僅有蓽路藍縷的開創之功，也力開風氣，為台灣的武俠小說奠築了厚實的發展基礎，而且其中如臥龍生、司馬翎、諸葛青雲、成鐵吾等，除了自身仍孳孳不懈的投入武俠創作的事業，形成自我特殊的風格外，更吸引了許多對武俠饒有興趣的作者，紛紛投入武俠創作的行列，英雄競起，各擅其場，遂開啟了台灣武俠最繽紛多彩、燦爛炫麗的二十年。

貳

發展篇

風雨如晦——政治與輿論陰霾下的台灣武俠小說（一九六〇年）

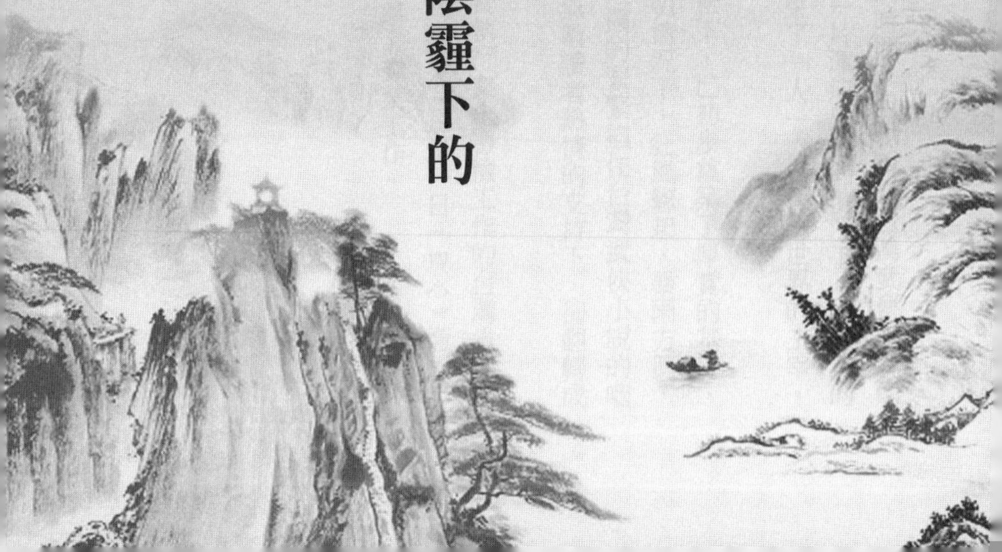

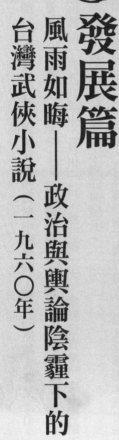

第一章 「暴雨專案」始末

「暴雨專案」是台灣首度，也是唯一一次專門針對特殊文學類型展開查禁，並嚴格實施的行政命令，相關的文件內容，在一九八七年「解嚴」之後，為逃避「秋後算帳」，已遭到銷毀，故至今仍有人頗持異議，不過，透過當時各媒體的報導，仍不難將其始末覶縷呈現，而這又必須從國民政府遷台後的圖書管制政策說起。

第一節 國府遷台後的圖書管制政策

民國初肇，儘管號稱「民有、民治、民享」，但許多規制，依然延續著舊時代的政策，未遑，亦未盡能夠更張，專制的陰影始終揮之不去，尤其是其中有關文化、思想的控制，由於攸關整個政權掌控的穩定，更是執政者捨不下、放不去的利器，是以民國以來，凡是牽涉到思想、文化傳播的圖書、出版事宜，無不牢牢緊握，絲毫不願放鬆。執政者通常以嚴格的審覈、嚴密的防堵、嚴厲的懲罰，執行相關圖書查禁的工作，洋洋灑灑的一系列禁書目錄，於焉誕生。

但防民之口，艱於防川，在過去印刷技術猶未發達之時，已經備見窘態，查禁書目屢經公告，而猶不免時見疏漏；民國以來，印刷技術突飛猛進，出版事業極為發達，且傳播工具又迅速便捷，更是難以有效防堵。國民政府在大陸的挫敗，誠如蔣介石所觀察到的，「中共乘了這一空隙，對文藝運動下了很大的工夫，把階級的鬥爭的思想和感情，藉文學戲劇，灌輸到國民的心裏。」於是為了防範一般國民受到負面因素的影響，而予查禁。

是以一九四九年國民政府遷台，便有懲於大陸失守與文藝工作失敗攸關的教訓，痛定思痛，隨即於當年五月十九日發布了「戒嚴令」，在文藝政策上採取了嚴格管控的措施，從作者的身分、立場到出版物內容，都有相當嚴密的檢查和控制。

先是於五月廿八日制定了「台灣省戒嚴時期新聞雜誌圖書管理辦法」，初步展開相關查察作業；繼而台灣省保安司令部在十月以「穩定勘亂」為名，積極「清除反動書刊」，十月卅一日，由台灣省政府公布了一份「反動思想書籍名稱一覽表」，揭開了光復以來台灣禁書的序幕。

就其表面上揭櫫的理念而言，「貶抑商業化的出版品」及「表揚民族文化的作品」，實為兩大要點。挾著政治的威權，蔣介石的理念及主張，在一九五四年五月由甫成立的「中國文藝協會」積極響應，推行「文化清潔運動」；八月發表〈除三害宣言〉，為其後數十年的圖書出版管制確定了基調。

事實上，武俠小說在前述所謂的「三害」中，或多或少都有干連，其中「黃」所指涉的「煽情」描寫，在武俠小說中較不常見，但個別作家偶爾會觸犯到；「黑」所牽涉的黑社會暴力、目無法紀，則是武俠小說經常受到指摘的部分；但恐怕防共才是其中最關鍵的。縱觀此時禁書的真正緣由，很明顯是針對島內民眾的心防而來的，蔣介石於一九五三年發表〈民生主義育樂兩篇補述〉一文，雖云用以承繼、彌補孫中山《三民主義》之不足，實則乃欲藉此強化「反共心防」教育，其恐共的心理灼然可見。

一九五八年六月二十日，在社會輿論一片譁然、抗議聲中，立法院通過了貽禍匪淺的「出版法」修正案[1]。此法條文模糊籠統，如第三十二條規定出版品不得「觸犯或煽動他人觸犯」的「妨害公務」、「妨害秩序」、「妨害風化」等罪，在認定上本就大有問題；而最大的弊端，則是賦予了行政主管單位過多的行政裁量權，第三十六條規定：「出版品如違反本法規定，主管官署得為左列行政處分：一、警告。二、罰鍰。三、禁止出售散布進口或扣押沒入。四、定期停止發行。五、撤銷登記。」

換言之，實際執行的政府機關、單位，可在不經法院審理的狀況下，直接「處分」他們所認定的非法報刊及書籍；將原來已經普遍行之的書刊檢查制度，予以「合法化」，且更變本加厲，振振有詞。

在這波禁書的政令中，掛名執行的單位一是台灣省政府，法源為《出版法》；一是台灣省保安司令部，法源為《戒嚴法》；但實際負責指導的則是國民黨「中央改造委員會」的第四組[2]。

1 此一眾所詬病的惡法，於一九三〇年十二月十六日公布施行，至一九九九年一月廿五日公布廢止，先後經五次修正，此次為最重要的一次。據陳國祥所引述的《聯合報》〈論團結之道〉社論，當局的表面理由是「取締黃色」，然項莊舞劍，志在管束新聞出版自由，則是路人皆知。或許是因此法爭議過大，且當局也樂於在行政裁量權的灰色地帶自由心證，故此法第四十五條所規定的「施行細則」，遲至一九七四年四月十日才由行政院新聞局公布，此時乃所謂「黨外」異議團體開始蓬勃發展的時期，當局的「施行細則」，正針對此而來。

2 國民黨「中央改造委員會」成立於一九五〇年八月五日，第四組工作主要負責「整理宣傳工作之指導」、「黨義理論之闡揚」及「對文化運動之策劃」，後者還分成「文藝改革運動」及「文化檢肅運動」兩項，組長為當時報業聞人曾虛白，所謂「檢肅」，即包括檢查及查禁反動書刊。

一九五八年五月十六日，「台灣省警備總司令部」（簡稱「警備總部」或「警總」）正式成立[1]，成為負責查禁書刊的最高機關；其主要業務共有十三項，其中「文化審檢」（政六處）就是針對禁書而設的單位。

「警總」的成立，顯示了當局在文藝管控上的強烈意志，由於其成立時間密邇於出版法修正案，我們有理由相信，此法乃是特為「警總」量身打造的。

「警總」的文化審檢工作，向來是秘密進行的，取締標準、流程、對象等，在往後的十幾年間，只能以「諱莫如深」四字來形容。直到一九七〇年五月，才由國防部正式公布了〈台灣地區戒嚴時期出版物管制辦法〉[2]，其中第二、三條規定的管制，方向明確，然用語模糊籠統，未可究詰，卻成了戒嚴時期台灣文藝發展的緊箍咒。

1「台灣省警備總司令部」是一九四五年九月於重慶成立的軍事單位，任務為負責接收台灣、遣返日俘及維持台灣治安，首任總司令為陳儀；一九四七年，更名為「台灣全省警備總司令部」，由彭孟緝任總司令，一九四九年奉命裁撤，另成立「東南軍政保安公署」及「台灣省保安司令部」；一九五八年五月，將原有在台的「台灣防衛總司令部」、「台灣省保安司令部」、「台灣省民防司令部」及「台北衛戍總司令部」合併，又回復原稱「台灣省警備總司令部」，先後由黃鎮球及黃杰任總司令。「暴雨專案」實施之際，是黃杰任總司令之時。一九八七年七月，政府解嚴，原由警總負責的工作分別移交至司法、行政單位，一九九二年八月一日，正式裁撤。

2此法依據的母法為〈戒嚴法〉第十一條第一款，其中規定：「戒嚴地域內，最高司令官」「得停止集會、結社及遊行請願。並取締言論、講學、新聞雜誌、圖畫、告白、標語暨其他出版物之認為與軍事有妨害者」。然是否真合於母法，恐未必見得。

第二節 「暴雨專案」的實施過程

自一九六〇年始，歷年來，台灣省政府、台灣警備總司令部均會銜編印一本《查禁圖書目錄》[1]的小冊子，分「違反出版法」、「違反戒嚴法」兩部分，並附有「暴雨專案」查禁書目，「免費贈送各出版業、書商業者參考」，可能亦提供給執行查禁工作人員參照。可見一直到一九八七年解嚴為止，當局的查禁動作均持續在進行中。書中所列的禁書目錄，事實上遠低於實際查禁的數量與種類，蓋舉凡「可疑」而未列入書目中的書刊，亦可由執法人員自由心證，予以查扣。就其中所開列的禁書而言，種類極其繁多[2]，可謂是巨細靡遺，無所不包，稍有隻字片語的掛礙，即懸為厲禁。其中特別引人矚目的則是「暴雨專案」的查禁書目。

「暴雨專案」是一九五九年年底，由「警總」所推動實施的，為台灣地區唯一完全針對特定種類的作品（**武俠小說**）展開查禁的一項工作；實施期間始於民國四八年十二月卅一日（**文號為四八年十二月卅一日（四八）憲恩字第一〇一八號代電頒發**），總計查禁書目共四百多種。專案的內容究竟為何，至今

1此書版本甚多，出版年月、發行單位各有不同，最簡單的是由台灣省政府及警備總部會銜，有時亦見台北市及高雄市政府聯銜，內容也有所不同，最初只有「違反出版法」及「違反戒嚴法」兩部分（如一九六六年十月版），其後則增加了「暴雨專案取締之武俠小說」（如一九七七年十月版），禁書書目亦略有不同，一九六六年前兩部分的書目遠較一九七七年為多，但也有新增的，如柳殘陽的《血笠》於一九六八年三月三十日遭禁，至於何故逐漸減少，尚有待專家研究，此處暫不贅言。本人所用為一九七七年十月所出版者。

2請參考史為鑑《禁書大觀》（《禁》，頁二七一至二七四）中所開列的廿九大類禁書目錄。然不知何故，此文未列武俠等通俗小說。

乃一九五四年五月頒布的《台灣省戒嚴時期新聞雜誌圖書管理辦法》中的第二條，幾乎一網打盡了當時未隨國民政府遷台的文人。儘管後兩者可以「未減」，以改頭換面的方式出版，且「舊派」武俠作家多半屬之，似可援例獲得寬容；但一則武俠小說向來不被正統文人所重視，再加上武俠小說嚴重「商品化」現象，屢成輿論集矢攻擊的鏢靶，自然連「具有參考價值」都談不上。但「暴雨專案」的大張旗鼓、全面掃蕩，規定則遠較前述者更為嚴格。

如此這般，武俠小說就轟轟烈烈的成為「暴雨」摧殘下的犧牲品了。依蔡盛琦的分析，在「暴雨專案」之前查禁的武俠小說，基本上都是以舊派武俠作品居多，書籍也多半是由香港輾轉傳入的版本，而後來則為台灣的版本所取代（部分為盜版），一方面這是因為前面幾波的查禁已經使這些刊物逐漸稀少，而為台灣的翻印本所取代，另一方面則是因為出版商為規避查禁，將若干受歡迎的武俠小說改頭換面出版所致。

不過，一九六〇年展開查緝行動時所開列的九十七種武俠書目，雖僅列書名，作者、出版者、冊數的資料均闕，但從後來《查禁圖書目錄》所附的〈暴雨專案取締之武俠小說〉書目看來，實際上百文堂、光明出版社、南天圖書公司、國光書局、祥記書社等都為香港出版社，台灣主要的出版社有海光、真善美、大美三家，但作者都是香港作家，如金庸、梁羽生、江一明、蹄風、我是山人等都是；至於司馬翎和其被禁的首部作品《關洛風雲錄》，實因其為香港僑生之故而受到牽連。從整個翔實的資料加以觀察，不難發現「暴雨專案」實際上是特別針對香港作家所寫的武俠小說而來的，除前述幾位外，還包括了牟松庭、毛聊生、張夢還等，幾乎一網打盡了當時的香港武俠名家，反而舊派的武俠作家，僅見還珠樓主、朱貞木二人的寥寥數部，個中緣由，頗耐人尋味。

第三節　九十七種查禁武俠小說目錄及查禁目的分析

「暴雨專案」的實施，是經過詳細策劃的，光是台北市就出動了二三一九個小組，且皆備有查禁的武俠書目，可以按目檢索，茲據當時報刊登載的九十七種[1]目錄臚列如下表：

表：「暴雨專案」查禁書目九十七種

編號	書名	作者	出版者	備註
1	射鵰英雄傳	金庸	華風出版社	《查禁圖書目錄》作射鵰英雄傳
2	碧血劍	金庸		《查禁圖書目錄》無此書
3	江湖情俠傳	風雨樓主		據《查禁圖書目錄》作者
4	降龍十八掌	金庸	香港光明出版社	即《射鵰英雄傳》之「偽續」本
5	一燈大師	金庸		即《射鵰英雄傳》之「偽續」本
6	神龍擺尾	金庸		即《射鵰英雄傳》之「偽續」本
7	亢龍有悔	金庸	香港光明出版社	即《射鵰英雄傳》之「偽續」本

1原始表單目前已無可查考，本表據當時各家報紙所載之九十七種書名依序羅列，但因各家排印工人辨識程度問題，書名間有出入，本表以當時最代表官方立場的《中央日報》為主，參考諸家校正，信則存信，疑則存疑，一一詳載；至於作者及出版社，則分別據《查禁圖書目錄》及本人所查考出來者補入，但仍多有難以周全之處，容待後日補正。此處特別要感謝北京的趙躍利（鱸魚膾）先生，為本人補正了不少資料。

編號	書名	作者	出版者	備註
8	簫聲劍影	金庸		《查禁圖書目錄》作者標為玉郎，實則金庸之《碧血劍》
9	寶劍恩仇錄	金庸	呂氏書社	據《聯合報》應為《書劍恩仇錄》
10	白髮魔女傳	梁羽生	真善美出版社	同名作品
11	七劍下天山	梁羽生	大美出版社	同名作品
12	塞外奇俠	梁羽生		《查禁圖書目錄》作《塞外奇俠傳》
13	雪魂珠			不詳
14	南帝	金庸	光明出版社	即《射鵰英雄傳》之別本
15	金鞭女俠傳	江一明	真善美出版社	據真善美出版社目錄
16	虎嘯靈山	江一明	香港南天圖書公司	據《聯合報》應為《虎嘯雲山》，《查禁圖書目錄》同
17	獨山劍俠	還珠樓主	香港鴻文書局	《查禁圖書目錄》無此書，疑應是《蜀山劍俠》
18	血戰羅浮山	我是山人	香港百文堂	應即為我是山人之《洪熙官血戰羅浮山》
19	血戰粹羅漢		興新出版社	不詳
20	中國七雄		南風出版社	此書各報皆同，但應是誤抄，乃毛聊生之《巾幗七雄》。
21	碧血恩仇	嵐樓主	國光書局出版祥記書社發行	據《查禁圖書目錄》作者為嵐樓主，疑即金庸之《碧血劍》
22	鐵旗俠	毛聊生	台光文化出版社	毛聊生同名作品
23	武林三雄		大眾文摘什誌社	《查禁圖書目錄》無此書，唯另有一書《武林三雁》
24	秦嶺髯俠	毛聊生	大眾文摘什誌社	毛聊生同名作品
25	天南九大俠	避秦樓主	國光書局	避秦樓主作品，原名《千里共嬋娟》，以《江南九大俠》書名出版

26	太極混元劍	避秦樓主	國光書局	避秦樓主作品，即《天南九大俠》，但出版時署名毛聊生
27	神拳奇俠	歐陽東明		此書作者署名歐陽東明
28	天山英雄	亮政（梁羽生）	祥記書社	《查禁圖書目錄》無此書，另有《天山英雄傳》，作者題為亮政，應即為梁羽生
29	紅花亭豪	牟松庭	祥記書社	一作《紅花亭豪》，《查禁圖書目錄》無此書，唯另有《紅花亭豪俠傳》，疑即此書
30	八手仙猿	南鑄	祥記書社	據《查禁圖書目錄》作者為南鑄
31	沈劍飛龍	張夢還		疑應作沉劍飛龍，《查禁圖書目錄》無此書，另有《沉劍飛龍記》
32	青靈八女俠	張夢還		同名作品
33	女俠小紫燕	何若	香港南天出版社	據《查禁圖書目錄》作者為何若
34	碧湖魔劍	雙魚樓主	國光書局出版祥記書社發行	據《查禁圖書目錄》作者為雙魚樓主
35	巫山獨俠	雙龍湖主	國光書局	據《查禁圖書目錄》作者為雙龍湖主
36	七虎囚龍	毛聊生		毛聊生同名作品
37	翠湖紅娃			不詳
38	雪嶺爭雄	毛聊生		毛聊生同名作品
39	青鋒奇俠傳		祥記書社	不詳
40	碧血恩仇錄			疑即金庸《碧血劍》
41	迷樓劍影錄	湖海樓主	榮華出版社	據《聯合報》應為《迷樓劍影錄》，《查禁圖書目錄》同，作者題為湖海樓主
42	山東大俠	牟松庭	國光書局	牟松庭《山東響馬全傳》後四分之一部分

編號	書名	作者	出版者	備註
43	湖海恩仇記	湖海樓主	榮華出版社	據《查禁圖書目錄》作者為湖海樓主，疑即風雨樓主同名作品
44	大俠罩雪雨	牟松庭	重光書店	《查禁圖書目錄》無此書，另有《大俠單雨雲》，作者題為毛聊生，但應是牟松庭《山東響馬全傳》前四分之三部分
45	一劍羈南天	何劍奇	國光書局出版祥記書社發行	據《查禁圖書目錄》，應作《一劍霸南天》，作者為何劍奇
46	湖海爭雄記	風雨樓主	永安圖書發行社	據《查禁圖書目錄》作者為風雨樓主，疑即風雨樓主《湖海恩仇記》另名
47	江南七怪	金庸		《查禁圖書目錄》無此書，疑即《射鵰英雄傳》之別本
48	三劍鬧江南		友聯出版社	《查禁圖書目錄》無此書，另有《八劍鬧江南》，又，高天亮有《三俠鬧江湖》一書
49	江湖三劍鬧京華			《查禁圖書目錄》無此書
50	刁斗風德		海光出版社	《聯合報》作《刁斗鳳德》，《查禁圖書目錄》作《刁斗風德生》。案：疑應為《刁斗風聲》，曾在《大公報》連載，署名「白羽」，但非宮白羽
51	涼山八俠	雙魚樓主	友聯出版社	《查禁圖書目錄》作《涼山八使》，雙魚樓主有同名作品
52	遊俠英雄傳	蹄風	海光出版社	同名作品
53	玉簫銀劍記	尉遲玄	海光出版社	《查禁圖書目錄》分別有《玉蕭銀劍記》與《玉簫銀劍記》，應是同一書
54	靈山三劍			《查禁圖書目錄》無此書，另有《炙山三劍》，「炙」疑因「靈」之簡字而誤，下書《青靈四女》，《查禁圖書目錄》作青炙四女可證
55	隔簾花影		海光出版社	疑為清代通俗小說

56	青靈四女			《查禁圖書目錄》作《青炙四女》
57	太乙劍			不詳
58	南帝段皇爺	金庸		即《射鵰英雄傳》之別本
59	太乙神雷			不詳
60	風雷劍			《查禁圖書目錄》無此書，另有《終南風雷劍》
61	羅公劍			《查禁圖書目錄》無此書，另有《終南羅公劍》
62	崑崙劍			不詳
63	大俠蘆海公	毛聊生		據《聯合報》應為《大俠董海公》，《查禁圖書目錄》無此書，另有《終南大俠董海公》一書，應即此書，原名《終南俠
64	旋風劍		百文堂	不詳
65	三德和尚三探西禪寺	我是山人		同名作品
66	域外屠龍錄	田風	環球圖書什誌出版社	據《查禁圖書目錄》作者為田風
67	高原奇俠傳	高鋒		據《查禁圖書目錄》作者為高鋒
68	草莽龍虎傳	梁羽生		據《聯合報》應為《草莽龍蛇傳》，《查禁圖書目錄》作《草奔龍蛇傳》
69	紅花亭豪俠傳	牟松庭	祥記書社	同名作品
70	七殺碑	朱貞木		同名作品
71	閻王外傳	朱貞木		同名作品

編號	書名	作者	出版者	備註
72	大俠狄龍子	還珠樓主		同名作品
73	庶人劍			同名作品
74	關洛風雲錄	司馬翎（吳樓居士）	真善美出版社	《查禁圖書目錄》無此書
75	四海英雄傳	東海漁翁（蹄風）	真善美出版社	即蹄風《遊俠英雄傳》，真善美出版社題為東海漁翁
76	四海英雄新傳	東海漁翁（蹄風）	真善美出版社	即蹄風《遊俠英雄新傳》，真善美出版社題為東海漁翁
77	四海英雄後傳	東海漁翁（蹄風）	真善美出版社	即蹄風《清宮劍影錄》，真善美出版社題為東海漁翁
78	青城十九俠	還珠樓主		同名作品
79	新搜神記			《查禁圖書目錄》無此書
80	赤胆挽狂瀾	江一明		同名作品
81	猿女孟麗絲	蹄風		《查禁圖書目錄》作《猿女孟麗焦》，同名作品
82	碧血洗天仇	觀武樓主、展雲	海光出版社，建業書報社	《查禁圖書目錄》有二書，作者分別為觀武樓主和展雲
83	流沙河遊俠傳			《查禁圖書目錄》無此書
84	屠龍奇俠傳	青霜樓主		據《查禁圖書目錄》作者為青霜樓主
85	四俠飛山燕		海光出版社	《查禁圖書目錄》無此書，另有《女俠飛山燕》
86	大藏奇俠傳	官溪室主		《查禁圖書目錄》無此書，官溪室主有同名作品

87	子母返魂刀	白鳳玲		據《查禁圖書目錄》作者為白鳳玲
88	關西客傳	牟松庭	祥記書社	據《聯合報》應為《關西刀客傳》
89	風虎雲龍	鍾文泓	香港文滋出版社	據《查禁圖書目錄》作者為鍾文泓，疑為百劍堂主同名作品
90	江湖三女俠	梁羽生	九龍光明出版社	同名作品
91	丹墀碧血			《查禁圖書目錄》無此書
92	紅船英烈傳	胡希明	（彈劍樓主）	《查禁圖書目錄》無此書，彈劍樓主有同名作品
93	紅襖楊四娘			《台灣新生報》作《紅旗楊四娘》，《查禁圖書目錄》無此書
94	林沖			《查禁圖書目錄》無此書
95	滿宮春			《查禁圖書目錄》無此書
96	公孫九娘			不詳
97	茅山俠隱	商清	祥記書社	同名作品

此波行動，究竟是因何而起？官方說法是「政府如此嚴格管理武俠小說印行，並不是妨害出版自由，而是有效的保障著作人版權，以杜絕盜印風氣」，有關這點，若干書籍曾被不肖書商盜印的文藝作家，如王藍、趙滋藩、趙友培、姚葳等，均大表贊同，但是，從各大報的標題中卻可以看出，重點不在盜印，而是在這些武俠小說，「類多顛倒歷史混淆是非」、「顛倒史實影響心理危害社會」、「翻印中共統戰書本」、「含有負面思想」，這恐怕才是武俠小說遭到全面查禁的原因。

其中，二月十八日的《中央日報》第四版引述王藍的說法最為明白：

連載於《香港商報》的《射鵰英雄傳》是「暴雨專案」的導火線

例如盜印本《射鵰英雄傳》、《碧血劍》、《簫聲劍影》等小說，係在香港中共機關報「商報」所連載，在中共尚未印行單行本之前，此間盜印集團便將報紙剪報照相，翻印成書大量應市，其內容則俱是歌頌李自成、張獻忠、黃巢是「人民大英雄」、「農民軍領袖」、「人民救星」。……無論如何，民主自由的中華民國，絕對不能容許暴民做主，享有搶劫扼殺善良作家的自由，與為中共進行統戰的自由。

此外，《中華日報》一九六〇年二月十八日第三版，亦謂轉述當時負責此行動的台北市警察局長潘敦義的說明：

近來本市部份書店、書攤上發現有出售出租內容荒謬下流的武俠小說甚多，其中並有以中共統戰書本翻印出版者，顛倒歷史，混淆是非，影響社會心理，危害社會安全至大。

所謂「中共統戰書本翻印」及「顛倒歷史」云云，王藍明確指陳為「係在香港中共機關報『商報』所連載」，而其所說的三書（**實則為二書**），《碧血劍》及《射鵰英雄傳》都是金庸於《香港商報》上連載的，而《射鵰英雄傳》（**一九五七年一月一日至一九五九年五月十九日**）則是仍在連載期間，在台灣已有許多盜印本刊行，[1]更已獲得甚高的評價。[2]《香港商報》是香港三大親中報紙之一（**另兩家為《文匯報》及《大公報》**），符合王藍「香港中共報」的看法。不過，該二書雖對李自成、張獻忠多有好評，但未及於黃巢，更未有如王藍所說的如此誇張的讚語。《中華日報》同一則新聞中又謂（**可能亦是轉述王藍的話**）：

> 香港亞洲出版社董事長張國興，副總經陳劉篤，副總編輯楊仲碩去年回國時，曾向政府抗議沒有盡到保護忠貞人士出版的責任，一方面為什麼還容許盜印中共小說集團的存在。

張國興（一九一六～二〇〇六）是香港亞洲出版社的創辦人，原為國民政府要員，一九五二年在美國福特基金會援助下創立了後來號稱為「執香港出版界牛耳」、「全球銷數最廣之中文刊物」的亞洲出

---

1 目前所知台灣最早盜印的金庸小說，為時時出版社於一九五七年所印的《書劍恩仇錄》、《碧血劍》、《射鵰英雄傳》三書，皆取原名原著出版，其後莫愁書局於一九五八至一九五九間改用綠文的名字印行《射鵰》，題名為《萍蹤俠影錄》，同一時段，亦有《降龍十八掌》、《一燈大師》、《神龍擺尾》、《亢龍有悔》等書，據考證，應為「偽續本」，乃自《射鵰英雄傳》衍生而來的小說。但當時查緝單位根本沒有能力分辨，仍視為金庸小說。

2 如當時學院派的夏濟安教授看了《射鵰》後，即慨嘆「真命天子已經出現，我只好到扶餘國去了」，見陸離〈金庸訪問記〉引述林以亮之說，收入《諸子百家看金庸（五）》（台北：遠流出版社，一九九七），頁十五至三六。

版社和《亞洲畫報》，是香港「反共」最力的重量級人士，與台灣關係甚為密切。我們有理由相信他的意見影響力是可以上達層峰的。

因此，整個「暴雨專案」的來龍去脈，至此可以一目瞭然，是在張國興等人的抗議下，明顯針對香港武俠小說而來的一次大規模禁書行動，是故當時亦有一位任職於警總「書刊處理小組」的許組長出面解釋並強調：「如果被取締的武俠小說，其作者如在台灣，而能提出原稿或在台出版的各大刊物為證，可以申請發還，否則，即予沒收銷毀」、「今後凡在台灣出版的書籍，必須提出版權所有權憑證，經過核准，方准出版，否則不准隨便盜印香港報刊上的任何文字」。

換句話說，台灣作家的武俠作品，是不包含在「暴雨專案」中的，此所以在後來的《查禁圖書目錄》中所列的四百多種書目，其中絕少台灣的武俠作品[1]，而司馬翎的《關洛風雲錄》後來也未見於禁書目錄中；相對地，高庸的《罪劍》、柳殘陽的《血笠》、諸葛青雲的《奪魂旗》與《陰陽谷》、司馬紫煙的《寶刀歌》與《情劍心燄》、陳青雲的《劍塚痴魂》等書，雖然也被查禁，卻是以違反出版法條律論處的。

在香港作家中，毫無疑問的是以金庸為最主要的查禁對象，此所以在九十七種書目中，前十四種裡與金庸相關的武俠小說就占了九種之多，梁羽生為次，有三種。項莊舞劍，實際志在金庸（梁羽生），只是劍鋒所向。也連累到其他的武俠作家（香港）遭到池魚之殃，一體同禁。

1《查禁圖書目錄・暴雨專案》所載諸書，多數已難以查考，筆者仔細核校，僅發現《八劍平蠻》、《大漠女俠》二書，作者題為伴霞，台灣作家有伴霞樓主，有時亦以伴霞出書，但相關書目中並無此二書，頗疑香港另有一名為伴霞的武俠作家。待考。

第四節 「暴雨專案」的影響

這一波雷厲風行的大規模查禁動作，可以說是台灣有史以來僅見的，其影響之大，自是可以想見。事實上，連當時美國在台灣的辦事處都為之驚詫，就在一九六〇年三月十七日，僅時隔專案實施一個月，就以電文傳知美國華盛頓當局，並附錄了手抄的九十七種查禁書目，可見其受到矚目之一斑。「暴雨專案」大規模掃蕩武俠小說是在一九六〇年的二月十五到十七日，隔天《中華日報》第三版作了個粗略的估算，僅僅十五日當天，就取締了十二萬餘冊之多，其中以台北市最多，前兩天就高達七萬多冊[1]。

三天的查禁雖然告一段落，但整個專案卻是一直在暗中持續實施的，從一九七七年出版的《查禁圖書目錄》中仍然臚列「暴雨專案查禁書目」看來，「暴雨專案」最少實施了十七年之久，因此在不同版本的《查禁圖書目錄》中，《暴雨專案》所收的禁書目錄大量擴增，從九十七種成長到四百多種，但在原有的九十七種中有廿一種未見於《查禁圖書目錄》（見上表），其中多數是因出版社為規避檢查，更名出版，坊間已無存書，故而取消者，而亦有部分是書名訛誤，而未列其中者；蓋《查禁圖書目錄》編輯得極為草率，文字錯漏、舛訛處甚多，且登載體例不一；除書名外，作者及出版者往往漏

1 有關「暴雨專案」實施的確切績效，據華志中《武俠六十》的記錄片，警總曾編有一本《暴雨專案實施工作報告》一書，但本人想方設法，均無法借閱此書，只能暫時從缺，待未來有機會再補足。

填，且重複者不少，甚至有非武俠的作品闌入（如《隔簾花影》、《兒女英雄傳》）。大抵是因查禁人員不一，所呈報的相關資料也不齊全，編者據此資料一概照錄，只求應卯交差所致。

縱觀台灣的武俠小說禁書史，早期是以違反「戒嚴法」及「出版法」的名義查禁的，查禁的理由全是政治性的，尤其是針對當時仍然留居大陸的作家，因此從「南向北趙」到「五大家」，無一倖免，絕跡市面，五〇年代出生的台灣人，幾乎從來未曾聽聞過這些作家的名字，等於是完全斬斷了台灣武俠小說與大陸舊派武俠臍帶的血脈關係，已可說是一大禍害；而「暴雨專案」，則基本上連法源依據都未曾明說，僅以空闊的「維護版權」之說勉為搪塞，明眼人一望即知其為遁辭無疑，根本上還是延續著「畏共」、「恐共」的心態，意圖全面斬絕所謂「附共」、「陷共」作家的影響力，特以金庸為發端，而波及了幾乎所有的香港作家。

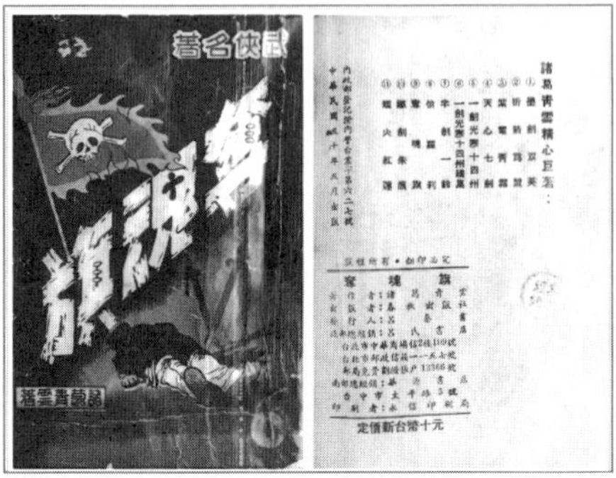
被以「違反出版法」查禁的諸葛青雲武俠小說《奪魂旗》（蠹覺提供）

當局如此慎重其事的展開掃蕩，並加之以嚴竣的罰則，不但出版者及小說出租店動輒被警告、查扣、罰鍰，且後續警總有關單位持續的「關切」，更形成極大的精神困擾及壓力。「家藏禁書」往往與「為中共宣傳」的罪名牽扯在一起，就連讀者（擁有者）也戒慎恐懼、戰戰兢兢。此一專案，延續了查察禁書的「因人而禁」的政治手段，於是原本還在民間私下流傳的許多舊派武俠小說及新派中的佼佼者梁羽生、金庸的作品，在一九七九年解禁以前，成了名副其實的「秘笈」，只有少數精於門道的讀者，才有緣獲睹。

台灣的武俠小說，早期模擬、步趨舊派武俠路數，取法於五大家者甚眾，如諸葛青雲之青睞還珠，《墨劍雙英》即步趨《蜀山》，而成鐵吾之《年羹堯新傳》取法陸士諤至王度廬一脈相傳的歷史武俠，皆是顯例。早期舊派武俠的禁絕，既已斬斷了此一臍帶，而變本加厲的「暴雨專案」，則更進一步擴張、加深了此一影響，連香港作家也遭受一體查禁的命運，且破天荒的完全針對武俠小說此一體式而發，正不可不謂是武俠小說的一大「浩劫」。

儘管如此，此一「浩劫」也還是可以從正負兩方面來加以觀察、分析的。

就負面角度而言：

（1）武俠小說的傳統臍帶驟然被斬斷，源泉枯竭，乃使有心創作武俠者失去依傍，無法全面承續、發展舊派所積累的豐厚遺產，只能靠一兩部老書為範本參考，或是自行摸索，而失去了香港新派武俠作品的參照，無疑延宕了台灣武俠小說發展的歷程，台灣武俠小說直到一九六〇年代中晚期才逐見蛻轉，成就不免受到局限。

（2）由於台灣曾受日本半個世紀的殖民統治，本省人士對武俠小說的歷史傳承原就感到陌生；「暴雨」一來，更無機會「補課」學習創作，遂造成武俠小說清一色是外省作家（**占九成以上**）的奇特現象。而其作品中摻雜著「鄉愁」和「故國之思」，亦理所當然。

（3）更重要的是，在「暴雨」狂掃之下，多數作家因懼文字賈禍，皆避免以歷史興亡為故事背景；轉而馳騁想像，翻空進入一個「不知今夕是何年」的迷離幻境。乃使其創作取向朝著純虛擬的江湖世界偏枯發展，而自限於武林情仇、奪寶爭霸的窠臼之中，樂此不疲。台灣武俠小說之所以缺乏史詩般的大手筆、大格局之作，與其說是作者不肖，毋寧說是暴雨專案的「寒蟬效應」[1]有以致之。凡此，殆非妄肆譏評、「有的放矢」的文人學者始料所及。

然而「失之東隅，收之桑榆」。從較正面的角度來看，台灣武俠作家在斧鉞森森的環伺之下，擺脫歷史，別闢蹊徑，卻柳暗花明的創造了獨特的「去歷史化」的特色。所謂「去歷史化」，即是假想一個古代的時空場景，而抽離相關歷史事件、人物、背景的一種摹寫方式；只要「今古」的區別把握得宜，則騰挪變化，大可無拘無束，而不致有任何掛礙。歷史抽離之後，小說中的人物關係，就成了最主要的情節脈絡，作者可以依據個人主觀的意識予以安排設定。事實上，台灣武俠小說所凸顯出的濃厚虛構意味，正得力於此。

從現實角度審視，如此的虛構，自然難逃違背史實或逃避現實之譏；但如此縱恣洸洋的時空場景，卻足以極意發揮瑰奇的想像，塑造出作者筆下各呈異采的江湖世界。於是武俠小說中的「地理中國」，蛻轉成想像的「武俠世界」，塞北江南，可以一日而至；少林武當，也不妨近若比鄰。小說家可以細數作品中的武林「世譜」，從幾百年前到幾十年前，從達摩到張三丰，從四川唐門到青龍會；雖云荒唐無稽，卻又自具理致，可謂突破了舊派武俠的羈絆，而另開新局。

最顯而易見的現象是：作家只要文情可觀，不必具備太多的歷史知識，僅憑「常識」，即可編造出許許多多的「古代俠義故事」；這使得作家的門檻大幅降低，透過模仿、變造，就可以投入武俠創

1 「寒蟬效應」指的是因當局可以隨時假借「違禁」的名義，入人於罪，故作家「噤若寒蟬」，不敢發聲。在本人訪談多位武俠作家時，就有數位坦承不諱其「畏禍」心理，如雲中岳就直言其撰寫具有相當明確歷史背景的《大刺客》時，就曾受到警總「善意」的「關切」。一九八〇年，知名武俠作家溫瑞安，即因「誤觸」底線（但非武俠作品），而遭囹圄之災。

作的行列。台灣武俠小說自一九六〇年代以來，蓬勃發展，曾出現過數百名新興作家，儘管多數旋起旋滅，卻也算是締造台灣武俠小說盛況的「功臣」。我們不宜以其粗製濫造者眾而一筆抹殺。

此外，由於大陸及香港作家等於「被迫」退出了武俠小說的市場，而台灣武俠小說的讀者卻有增無減，在供不應求的市場效應下，各武俠出版社則不得不於台灣本地作家中開闢泉源，砸下重金，舉辦各種武俠徵文比賽，並積極拉攏若干前景看好的作家，培育人才、厚植班底，因而也造就了「八大書系」競出爭逐的一時盛況，武俠小說在通俗市場上一枝獨秀，從而亦締造了台灣武俠小說長達二十年的燦爛佳績。

重新檢視「暴雨專案」，對以政治手段干預文學創作的「白色恐怖」，我們自然凜懼在心，可以大加撻伐；但在秋霜冬雪磨礪下，武俠作家舉步維艱，還能「殺出一條血路」，有所創新發展，則更是我們不能忽略的客觀事實。

第二章 胡適風波與社會輿論

「暴雨專案」，秋霜肅殺，是一九六〇年初台灣武俠作家無以迴避的困境，可以想見得到當時作家所承受的壓力；然而，事不僅此，當時的武俠作家，還必須面對社會輿論的嚴峻挑戰。

武俠小說屬通俗小說的一環，自古以來，中國社會對通俗小說向來鄙為「小道」，清代以來的碩學宿儒，開壇授業，往往列「淫詞小說」為厲禁，各地督府，對此亦深懷凜惕，查禁、銷燬，時時而有，儘管通俗小說始終受到中下階層民眾的歡迎，亦不乏有知名文人為其聲援，但就整個社會輿論的走向而言，幾乎可以說是一面倒的以貶抑、批判的態度，加以否定，不是視為「閒書」，就是目為「毒物」。在此等氛圍之下，武俠小說的流行，不僅遭到社會各界人士的反彈，閱讀武俠小說也幾近於等同「不肖」的代稱。一九六〇年代的武俠讀者，共有的經驗，往往就是如何千方百計的逃躲家長、師長的嚴格檢查，夏夜於棉被中用手電筒照明、將武俠小說層層掩蔽、偷竊回被沒收的小說……，不一而足，既驚險又緊張，卻又大有金聖嘆「雪夜讀禁書」的「不亦快哉」。

台灣社會對武俠小說的排斥，除了因作者的身分、地域涉及到「政治」因素外，主要導因於傳統對通俗小說的誤解，與一九三〇年代以來大陸對武俠小說的批判，本質上是大不相同的，其間並無太多的社會階級及文學效用的意識，而是以其內容可能對讀者產生的負面現象為主，其中荒廢學業及好勇鬥狠是最常見的批判，偶爾也會從讀者受到的誤導著眼，如一九五四年六月十日的《聯合報》、一九五八年的《大華晚報》，皆記載了小朋友因看武俠漫畫而離家出走，欲上山拜師求藝，而迷失山間的消息，引起社會廣泛批評；但基本上並未全盤否定「俠」的精神及意義，俠客既非鷹爪，亦非走狗，更少見有人與統治階級的「鴨片」、「毒藥」繫聯為一，而純粹集矢於其對讀者身心兩方面的傷害，因此，從未禁止過武俠小說的創作，而是在讀者閱讀的自由上，藉輿論加以限制。此一輿論，可以胡適「武俠小說是下流」一語，為最典型的代表。

第一節　武俠小說是「下流」的？

一九五九年十二月八日，當時望重一時，身居中央研究院院長之尊的胡適，應台灣世界新聞專科學校校長成舍我之邀，以〈新聞記者應有的一種修養〉為題，作了一場演講，在演講當中，鼓勵學生多讀偵探小說，卻不知為何，竟語出驚人地說：「武俠小說是下流的！」[1]以他當時身居中央研究院院長之尊、學術地位之崇隆，自然引起不少騷動。

1見一九五九年十二月九日，《聯合報》第二版，〈看偵探小說增辯冤能力〉。就胡適演講的對象是未來的新聞從業人員而言，胡適在演講中特別舉了「偵探小說」可以增強記者為民眾「辯冤白謗」的能力，其實是相當適當的，他還刻意講了兩個「玩票偵探」如何為人昭雪冤屈的故事，以資鼓勵，不料卻爆出要學生「不要讀下流的武俠小說」的失言風波，應也是始料所未及。

以胡適本身對中國古典小說的精深研究，甚至曾將古典俠義小說《三俠五義》列入「國學基本書目」，真的很難想像胡適為何如此輕視武俠小說，甚至就通俗小說門類來說，還遠落在「偵探小說」之後；但胡適始終對武俠小說若有憾焉，卻是不爭的事實，故曾致慨於「我覺得真是奇怪，為什麼我們中國的武俠小說沒有受到大仲馬的影響？這是世界名著，在歐洲和美國流傳很廣，為一般社會人士所愛讀」[1]，儘管頗有學者已論定早在一九三〇年代就有白羽取徑於大仲馬，力圖打破「超人武俠」神話，而一概還原為「有血有肉的現實人生」[2]，但胡適顯然不為所動，依舊有此成見[3]，可見當時輿論之一斑。

殊可怪異的是，台灣的武俠作家對胡適如此貶抑他們致力創作的武俠小說，幾乎都以冷淡對之，除了當時仍只是讀者身分的雲中岳，曾親口說道他就是衝著胡適這句話才下定決心投入武俠創作的行列之外，竟無人敢為武俠小說挺身而辯；相反地，遠在香港的武俠愛好者，對胡適將武俠小說視為「等而下之」的「次次級文類」，卻是大表不滿，群起抗議。

當時的香港，各大小報無慮有數十家，幾乎每家都有連載武俠小說，相關作者也幾十位以上，聞得此言，紛紛撰文質疑與抗議，「為武俠小說辯」，是眾家所集矢的焦點。一九六〇年初，梁羽生、金

1見李青來〈胡適博士養病有術〉，原載一九六一年四月廿二日《中央日報》副刊。事實上，民國舊派武俠中的白羽，早就取徑於大仲馬，而新派作家如梁羽生、金庸等，更多方借鑑於西方類似的俠義說部。

2見白羽《話柄》（天津：正華學校出版部，一九三九年）；附錄葉冷〈白羽及其書〉，頁一一八至一二六。又，葉冷〈白羽及其書〉收入《鴛鴦蝴蝶派文學資料》，頁三二〇。另參見葉洪生《武俠小說談藝錄》（聯經版），頁一九五至二三〇。

3無獨有偶，一九九〇年代的中央研究院院長李遠哲，也認為武俠小說是有害無益的，但李遠哲不過是專精於化學，對文學不甚了了，當時武俠小說在「金庸旋風」的影響下，已然備受學界肯定，故其影響甚微。

庸已是聲名鼎盛，尤其是金庸的《射鵰英雄傳》早已掀起香港的武俠熱潮，武俠小說已是香港最受矚目的通俗文學代表，故香港作家的群情激憤，實際上代表的是武俠作家集體對武俠小說捍衛與正名的決心。

一九六〇年一月三日《聯合報》第三版，〈武俠小說何以下流？——胡適博士一句話在香港的反響〉，以相當大的篇幅報導了此一自香港傳來的訊息，並刊出某位作家的〈為武俠小說辯〉全文，且代表武俠作家呼籲胡適，「盼望胡博士更進一步的解釋」。

港、台兩地，皆是當時武俠小說的重鎮，反應竟如此懸絕，無疑地，當時香港的言論尺度較台灣來得寬鬆，是港、台兩地武俠作家反應異趨的最主要原因。台灣自從一九四九年「戒嚴法」公布實施以來，對言論自由力加縮減，所謂「避席畏聞文字獄」，在寒蟬效應下，即便不以為然，也從來未敢聲張。不過，更重要的原因可能在於當時社會上普遍對武俠小說持反對的態度，誠如化名「獨行俠」者所說：「黃色固然是『誨淫』，而武俠也免不了是『誨盜』。」[1]，甚至連武俠作家自己，都未必能嚴肅而堅定的面對自己的武俠作品。

武俠小說何以下流？
——胡適博士一句話在香港的反響

〈武俠小說何以下流？——胡適博士一句話在香港的反響〉

這情況與三〇年代大陸的「通俗小說論

1語見獨行俠〈近一年來台灣的雜文和武俠小說〉，刊登於一九五二年二月《自由報》八二六期。

戰」相當類似，主流系的文人提出各種理論，猛烈抨擊通俗小說，而通俗作家則默不作聲，偏安於讀者對其支持的榮寵之中，獨木橋與陽關道，各行各路，又何須呶呶致辯？

第二節　社會輿論的反響

胡適的批評，基本上可以代表當時學術文化界對武俠小說的「蓋棺論定」，連帶所及，社會一般大眾對武俠小說也持同樣的反對與批判態度。一九六五年七月二日的《台灣日報》第八版，刊登了一位署名虞彪的讀者，寫了一篇相當沉痛的文章，題為〈武俠小說害了我——一個年青學生的痛苦自述〉，這是一篇由讀者以「受害者」身分「現身說法」的「泣血控訴」，雖說不無「炮製」出來的可能，卻也足以反應當時社會對武俠小說一般認定。

這篇文章相當長，作者虞彪不知為何許人，因甚具討論意義，茲重點節錄如下：

> 我看武俠小說，足足有五年的歷史。打從一開始，便落進了武俠小說的陷阱裡。……我曾為了它廢寢忘食，被學校記過、留級、並且由於它的媒介，變成了一個人人所頭痛與討厭的不良少年——太保。如今想起來，實在非常慚愧。（中略）
>
> 記得在初二時，因為武俠小說的「介紹」，在書攤上認識了許多「道上的朋友」，開始與太保圈發生關係。打架稱雄的事，對於我已是家常便飯。而且自己開山立戶，與其他各派分庭抗禮。因此難免得罪於人，前年高一時身上被「捅」了一刀，方才立

志不再「混」了。（中略）

同時我還幻想具有那些「爐火純青」的神奇武功。每當打架的時候，我總立刻想到那些什麼「殘金摧枯掌」、「五毒掌」、「七禽掌」……和那些什麼「罡氣」、「神功」等等。

很早，我就知道我中了武俠小說的毒，而且頗深，也有好幾次立誓不再看武俠小說，可是它卻像鴉片煙一般，沒有它，渾身不舒服，像是失落了什麼東西。沒有幾天，兩腳還是不服從腦神經的指揮，再走進書攤裡去了。因此武俠小說始終就沒「戒」掉。（中略）

朋友們！武俠小說對我們身心的禍害，是不能用筆墨所寫出的。我也可算是一個「大難不死」的過來人了。朋友！如果你是它的「忠實讀者」的話，我希望你馬上放下手上的武俠小說，永遠不要和它結緣，那麼，才會有燦爛的前途，美麗的人生。

這是一篇非常典型的「懺悔錄」，從個人上初中時如何「誤入歧途」接觸到武俠小說談起，然後不可自拔的沉迷其中，以致違反校規、成績退步，並因而留級；更糟的是由此而結識了一群好勇鬥狠的不良少年，拉幫結派，胡作非為。最後「被捅了一刀」，才開始痛定思痛，並展開一段為時兩個月的艱苦「戒改」歷程；深覺武俠小說的貽害匪淺，過去五年受到蠱惑的日子實為「可恥」。因此以「大難不死」的過來人身分，奉勸所有的年輕人「永遠不要和武俠小說結緣」，這樣才會有「燦爛的前途，美麗的人生」。娓娓道來，煞有介事！我們不必理會其是否弄虛造假，蓄意「抹黑」武俠小說；但這個「反面教材」所涉及的教育、社會問題卻很有商榷餘地。

縱括而言，本文是分別從武俠小說「荒廢」了他的學業，以及因閱讀武俠小說導致於他誤交損友、好勇鬥狠談起的，其實這是「似曾相識」的指控，前者就是中國歷來將通俗小說視為「閒書」的觀念，而後者我們從清末梁啟超將廣東一帶村里械鬥的現象簡單歸諉於受到《水滸傳》的惡劣影響中，也可以按圖索驥而得。

「閒書」是在傳統以作者為核心的文學觀念派生的一種偏見，認為世間有許多書籍是觀之無益的，除了耗費光陰，有妨於進德修業外，更可能會因其「誨淫」或「誨盜」的內容，產生對社會的負面影響，因此要求作者必須寫「有益於天下」的文章，而嚴格禁止讀者觀覽「多一篇多一篇之害」的「無益於天下」的作品，而通俗小說，當然就歸屬此類。儘管「有益」、「無益」的判定標準很成問題，但在此一觀念強力介入下，缺乏獨立思辨能力的一般民眾，就不免以此為口實了。一九六〇年代的台灣，很明顯仍承續著此一觀念，故虞彪會發為此論，也不足為奇。

的確，閱讀武俠小說因而導致荒廢學業的問題，往往是父母、師長屢加禁止的最主要理由，尤其當時升學主義開始瀰漫，武俠小說自然更成為代罪羔羊了。平心而論，虞彪既然能順利在競爭劇烈的高中聯招考上了省中，顯見武俠小說的「為害」恐怕也有限；至少他的文筆通順，能在報紙副刊中發表文章，或許也未嘗不是受惠於武俠小說。

其次，因武俠小說而誤交匪類、好勇鬥狠的問題，也一直是社會批評、關注的焦點。早在清末民初之際，梁啟超就將中國村里間的械鬥，歸咎於《水滸傳》的不良影響了。武俠小說較之過去的古典俠義小說，在武功的摹寫上更發揮得淋漓盡致；而其自成一個擺脫國家法律、社會規範的虛擬世界，

盛況，就是在如此複雜多變的情境下，舉步維艱的締造出來的。

《莊子・大宗師》有云：「泉涸，魚相與處於陸；相呴以濕，相濡以沫，不如相忘於江湖。」正是武俠小說家「苟全性命於亂世」的真實寫照。因此他們自求多福，不與圈外人來往，不參加任何文藝團體，其故在此。

第三章 一九六〇年代台灣武俠小說的盛況——從兩部「奇書」說起

一九六〇年代，台灣武俠小說發展極為迅速，儘管在龐大的政治壓力與社會輿論的批評下，戰戰兢兢，但在廣大讀者的熱烈支持下，終究還是突破萬難，各不同風格的作家齊心協力，奮筆而書，開創了台灣武俠小說二十年的盛況。

究竟當年的盛況如何？過來人往往以自身閱讀的經驗出發，實難作為有效的憑據，而當年參與作家、出版數量、印銷部數等，卻因其時對武俠小說的輕蔑及出版社的率意，也未有充分的數據，只能依稀彷彿的言其大概，所謂「數百位作家、數千部的作品」，從來多為揣測之詞而已。儘管苦無確切證據，但我們從一九六〇年「暴雨專案」一口氣在三天之內的五個縣市就查獲十二萬冊的數量來說，也是可想見一斑的。

這些遭查扣的武俠小說，都是從散布在全台各地的武俠小說出租店繳獲的。台灣武俠小說出租店，向來有「文化地攤」之美稱，據我所知，一般是不用繳稅，也無需開發票、收據的，往往只需一個小小的臨時店面，如住家的客廳，四牆擺列書架，購進圖書，就可以堂而皇之的營業。據說在台灣武俠小說最盛的時期，全台有四千多家武俠小說出店，正如杜牧所說的「南朝四百八十寺」，無非是概說其多而已，總之也多為臆測。

臆測之詞，苦無佐證，於學術研究而言，不免是個缺憾，或許我們可以別闢蹊徑，從作品中去尋找相關的蛛絲馬跡，聊作驗證。在此，眾名家接力完成的《武林十字軍》，以及洪嘯的《八寶圖》，就是頗值得我們觀察的兩部「奇書」。

這兩部書之所以「奇」，並不是因為其作品的內容有多少如金聖嘆所標榜的「文學之奇」，因為如果從文學角度來說，此二書情節散漫枝離，人物性格駁雜不一，實在很難入方家法眼；其所以「奇」，乃是因其「成書之奇」而來，接力而作、借用而為，與一般武俠小說的創作過程大異其趣，而透過此「奇」，卻可以佐證當時的武俠盛況。

第一節　接力小說《武林十字軍》

一九六三年，大美出版社推出依序由慕容美、東方玉、玉翎燕、劍虹、秦紅、令狐玄（高庸）、陽蒼、東方英、范瑤、丁劍霞等十位作家輪流合撰的《武林十字軍》一書，共二十冊，一〇七回。這是一部「接力式」的小說。

大美出版社成立於一九五八年，以張子誠為發行人，是台灣武俠「八大書系」中最具有企圖心的出版社，深諳出版行銷的謀略，屢以具體的徵文活動推促武俠小說的流傳，並以「首倡武俠小說革新運動，闡揚民族固有道德精神」為己任，極力培養新血、開拓武俠新領域，一時風頭甚健，睥睨諸家。一九六〇年代初，即已開始舉辦武俠小說徵文，一九六二年，即別出新裁的以邀稿方式，約集了

大美出版社於一九六三年舉辦的「特別大徵稿」

東方玉、慕容美、丁劍霞、劍虹、玉翎燕五位所謂的「名家」，輪番上陣，以接力方式創作了《群英會》一書，共三十集一〇七回。一九六三年，更擴大「特別大徵稿」，以「忠孝節義」為主題，用命題作小說的方式，標出「少年頭、感天錄、烈婦血、刎頸盟」四題，公開徵求書稿，並強調「這四部書，本社盼能與《遊俠列傳》、《水滸傳》等書同成為一時代之代表作」，儘管成效不彰，僅有高庸的《感天錄》、范瑤的《烈婦血》、劍虹的《少年頭》三部入選，但其所特別標舉的「要求」中，除一般文學性的「文字通順流暢，簡潔有力」、「情節新穎脫俗，氣氛氣魄雄偉」、「高度賞閱價值，尤須深刻感人」外，還強調「絕對避免黃色」，不可不謂是用心良苦，值得肯定。同年，更繼《群英會》後，再度邀集十位名家，創作了《武林十字軍》一書。

據大美出版社的廣告，此一「氣勢磅礡，結構完整」的「無比巨獻」，是可以作如是看待的：

一、本書的第一特點是「新」，揚棄陳腔爛（濫）調，故事情節，風格筆調，亦無不以新面目出現。

二、本書堅守純武俠形式，闡發忠孝節義的固有民德，排斥偵探之恐怖，與言情之黃色。

三、本書承受第一部集體名著《群英會》之經驗，特別著重於結構之密合與完整。

平心而論，《武林十字軍》故事龐雜、結構渙散、人物性格參差、結局草率，從文學角度來說，是相當拙劣的一部作品，本不足與數，但從武俠小說史的角度來說，此書不但呈顯了當時武俠出版商戮力耕耘武俠園地、積極拓展武俠影響力的用心，尤其是大美出版社，自是以後仍然卯足全力的於一九六四年以「紀念創社六周年」為名，公開徵求新血為「基本作家二十名」，並「同時徵求武俠故事一百則」，不遺餘力的為武俠小說蓽路藍縷、開創新猷，是頗值得大書特書的。

《武林十字軍》的書名，除了剛好作家人數符合「十」字，且書中亦刻意有「十大門派」、「十全老人」、「十絕魔君」、「十公主」、「十絕谷」的設計，但顯然有取於西方十一世紀到十三世紀「十字軍東征」的典故，藉天主教組志願軍打擊「異端」為比喻，強調武林正義之師，在宗岳及九大門派小掌門率領下，逐步擊潰當時武林罪魁「十絕魔君」邪惡勢力的過程及行動。最後一冊的作者丁劍霞點出題旨：這群生力軍，「不僅實力已經茁壯，而且名震海內外，江湖上譽之為『武林十字軍』，群起響應。」無論功過、評價如何，西方十字軍東征，展現了對天主教的虔誠與熱愛；《武林十字軍》的成書，無論其文學價值如何，也標誌了當時武俠界的同好對武俠此塊園地的熱愛與耕耘，同時更見證了那個六〇年代台灣武俠小說風起雲湧的不凡時代。

另外，值得一提的是，自《群英會》、《武林十字軍》之後，由於「名家合著」從商業的角度來說，的確是一個極好的噱頭，因此儘管其文學價值不高，卻無疑是招攬讀者的有效手段，因此，集結名家接力合撰的風氣，從此大開，如古龍與蕭逸合著《龍吟曲》，諸葛青雲、古龍、司馬翎、冷楓、伴霞樓主、臥龍生、蕭逸、蠱上九等八人合著《武俠天下》，司馬紫煙、臥龍生、諸葛青雲、獨孤紅合著《龍虎風雲》，臥龍生、獨孤紅、黃鷹、司馬翎、司馬紫煙、諸葛青雲合著《神劍山莊》等，皆是。

於今網路上流行的「接力小說」，無疑亦可自此取得淵源。

儘管《武林十字軍》成書晚於《群英會》，但參與作家之眾，兩倍於此，且沒有如丁劍霞般的唐突，就整體結構上說，自是勝過於《群英會》，故也不能不謂之為「奇書」。

第二節　洪嘯《八寶圖》

一九六四年，新台書店出版了署名洪嘯的《八寶圖》一書，共十八集，七十二回。洪嘯這位作家向來未有人提及過，據其書末所加的〈絮語〉，可知其尚有《黑掌》[1]一書，曾在香港《商工日報》連載，即將出版，但亦未曾經見。

洪嘯的《八寶圖》

《八寶圖》的故事，敘寫一位身世迷離的青年褚劍（原名古石劍），在不明所以的被賊人追殺後，掉落入「鬼谷」的絕地，得逢八位老人，由於其養父傳給他一柄「五風輪」，引起老人的注意，而且又身具「龍骨」，是絕佳的練武奇才，故八位老人一則憐才，一則欲從五風輪中去追尋他們所失去的寶物，因此願意耗損真元，以造就一個武林第一人。褚劍出谷之後的整個江湖歷練，基本上就以探查身世及追尋失寶為重心，當然，江湖恩怨、正邪爭鬥、異族侵擾、兒女

1　一九六五年，清華曾出過署名「馮嘯」的《黑掌》一書，共十二冊，疑即為此書，洪、馮音近，可能為作者另一筆名。

情長等武俠小說的慣例，是必須要走幾遭的，最終，八寶俱得，又得「乾坤溶寶爐」之助，鑄成一柄「八寶飛劍」，蕩平海外妖人「紅毛島主」與一干黨羽，保住中原武林的安全。

《八寶圖》的情節成就如何，另有公評，但非此處所關注的部分，重要的是這號稱「鬼谷八絕」的老人，各個都有不凡的來歷，以及叱吒風雲的「豐功偉業」，這八人，連同「八寶」，以及其來歷，分別是：

徐元平，戮情劍——臥龍生《玉釵盟》

白如雲，鐵血旗——蕭逸《金剪鐵旗》

皇甫維，聖女劍——司馬翎《聖劍飛霜》

宋青山，七孔笛——田歌，《天下第二人》

上官靈，奪魂旗——諸葛青雲《奪魂旗》

葛長生，五鳳輪——古如風《沙漠客》

方立青，陰陽扇——上官鼎《烽原豪俠傳》

駱一峰，美人佩——（待考）

這樣的構想，很明顯是摹仿自清末民初的古典說部《仙俠五花劍》中將唐人傳奇中的十位俠客：虬髯客、黃衫客、崑崙摩勒、精精兒、空空兒、古押衙、公孫大娘、荊十三娘、聶隱娘、紅線女等集中在一起，共鍊「五花寶劍」，下凡尋覓傳人的故技，只是，另從前此的武俠小說中取徑而已。

續寫名著，本就是中國通俗小說的慣例，「四大奇書」與《紅樓夢》，乃至於《七俠五義》、《小五義》，皆琳琅滿目；但多為遵依一書而續寫，武俠小說亦復如此，如金庸的《射鵰英雄傳》甫成書未久，即有迄今不知撰者為誰的續作面世，《降龍十八掌》、《一燈大師》、《神龍擺尾》、《亢龍有悔》等，皆列名於「暴雨專案」的查禁書單中。但是，像洪嘯這部《八寶圖》雜取諸家武俠小說中的主角人物及其兵器，交揉為一，而另外衍生一個故事的小說，倒是絕無僅有的。

這八位作家的八部作品，既涵括了當時盛名卓著的「三劍客」，如臥龍生的《玉釵盟》，在當時曾經轟動全台、聲名赫赫；諸葛青雲的《奪魂旗》亦為人所津津樂道；而司馬翎的《聖劍飛霜》，則為司馬翎漸趨「新派」的代表作；而又有如上官鼎的《烽原豪俠傳》、古如風的《沙漠客》、蕭逸的《金剪鐵旗》、田歌的《天下第二人》等的一九六〇年後新興作家的代表作，在無意間卻透露了一九六〇年代初期，台灣新、舊兩代武俠作家共同耕耘武俠小說的實況。

洪嘯基本上是以主觀觀點加以揀擇的，「三劍客」固然可說是取法得宜，但其他諸家恐就未必是人所共識的了，駱一峰與美人佩，經筆者詢問，至今仍無法得知究竟出於何人何書，可以概其一斑。洪嘯在《八寶圖》中對於前此小說中主角與兵器的關係，其實是拼湊出來的，《玉釵盟》中的戮情劍是小說中極重要的線索，牽涉到一段武林秘辛與最後孤獨之墓的陰謀，但自始至終，都不是徐元平的隨身兵器；《奪魂旗》前後有五個奪魂旗，真真假假，諸葛青雲用以製造小說中撲朔迷離的效果，上官靈固然曾一度假扮成奪魂旗，但這杆由風磨銅打造的旗子，也非上官靈所專擅；《聖劍飛霜》中的「聖劍」，原為「心池聖女」用以號令正派群雄的信物，本非兵器，洪嘯改名為「聖女劍」，更是牽強。大抵洪嘯是隨意拈取，多方雜湊，和一般的續作之謹守前人小說中的人物性格、經歷及故事脈絡，大異其趣，平心而論，頗有莊子「重言」的嫌疑，假借前人的名氣，為自己增添光耀，這顯然是只有在武俠小說盛行之際，才有可能發生的現象。《八寶圖》之「奇」，正是奇在鼎嘗其一臠，而可以略窺當時武俠小說流行的盛況。

一九六〇年，可以說是台灣武俠小說的「創世紀」，也就在這一年，前輩作家臥龍生的《玉釵盟》正開始展現膾炙人口的魅力、司馬翎的《劍神傳》逐漸模塑著一代大俠石軒中、諸葛青雲的《一劍光寒十四州》持續著白馬青衫江湖行；此外，伴霞樓主的《八荒英雄傳》延續出《紫府迷宗》傳奇、孫玉鑫撰述《滇邊俠隱記》、高庸（令狐玄）摹寫《血影人》，老將健筆，依舊虎虎生風，在武壇上高視闊步。而也正在同一個時間，蕭逸伸展《鐵雁霜翎》、慕容美（煙酒上人）迸流《英雄淚》、東方玉矢志《縱鶴擒龍》、武林樵子誓結《十年孤劍滄海盟》、墨餘生《瓊海騰蛟》翻生波瀾、上官鼎閃出《蘆野俠蹤》的身影與蹤跡，而一代鬼才古龍，則從《蒼穹神劍》到《孤星傳》，一連六部飄散著《劍氣書香》，獨抱樓主亦不甘寂寞的以新秀的姿態，掀開了《南蜀風雲》。英風俠影，同時現蹤於武壇，縱橫於江湖之上，真是「一時多少豪傑」！

大抵上，除了稍晚的柳殘陽（一九六一，《玉面修羅》）、司馬紫煙（一九六一，《環劍爭輝》）、雲中岳（一九六三，《劍海情濤》）、獨孤紅（一九六三，《紫鳳釵》）、秦紅（一九六三，《無雙劍》）外，台灣武俠小說名家幾乎已全員到齊，這是何等的盛況！

這兩部「奇書」，都出版於一九六三至一九六四年間，此時台灣的武俠名家群雄競起，出版社亦著力栽培新秀、拓展版圖，《武林十字軍》與《八寶圖》雖只是毫不起眼的小書，卻正見證了那一個武俠小說風起雲湧的時代。

第四章　台灣武俠小說的「流派」

台灣武俠小說的發展，其實說是在「內憂外患」中逐步成長的，所謂「內憂」，指的是台灣本島內肅殺、嚴厲的政治干擾及社會輿論的強烈批判；而「外患」則是指整個從大陸衍續而來的舊派武俠傳統的臍帶為之斷絕，以及香港新派武俠遭到的厲禁，這使得台灣武俠必須在一片砂礪之中，頑強而堅韌地自我茁長，其中作家的奮志不懈，以及讀者的大力支持，顯然就是最重要的關鍵；當然，這也有賴於六〇年代整個台灣社會在經濟、教育上的快速成長。

通俗小說的普遍流行，向來是以繁榮的經濟為基礎的，經濟富裕後，大眾文娛的需求就顯著地提高；而台灣自一九四九年以來推行的國語教育，更增加了大量的閱讀人口，正是在如此的底氣下，台灣武俠作家各以其不同的風格、思致，創造了近四千部長短不一的武俠小說，百花齊放，丰姿各異，造成了一時的繁華景象。這些為數眾多的武俠小說，各標異趣，也互相影響，其中歸趨類同者，自可併作一談，故而就有了「流派」之分。

台灣武俠評論家葉洪生在《台灣武俠小說發展史》中，論及台灣武俠「流派」時，曾標立了「超技擊俠情派」、「奇幻仙俠派」、「新派」及「鬼派」之說，歷來學者對此說皆無異辭，儼然成為定論。儘管葉氏曾分別將台灣一九五〇至一九七〇年代的重要作家皆分屬於這「四大流派」之下，但對其「流派」的命名，事實上是缺少「定義」的，尤其是「超技擊俠情」一派，不僅對「技擊」如何「超」，未作詳解，且分隸於派下的諸作家，其風格之迥異，亦是相當分明的，連葉氏自己也承認：

此派（超技擊俠情）其後又有所變化發展，如司馬翎小說以推理鬥智及雜學取勝，自成「綜藝推理派」；柳殘陽小說以描寫幫會／黑道的殺手生涯為主，自成「鐵血江湖派」；而諸葛青雲、獨孤紅小說則偏好風流才子／紅粉佳人故事，遂形成「才子佳人派」等等，不一而足。[1]

換句話說，「超技擊俠情」之下，又可細分出「綜藝推理派」、「鐵血江湖派」及「才子佳人派」三個分支。儘管葉氏特別強調「其後」，但這幾位作家的風格，除司馬翎晚期又有變化外，事實上早在一九七〇年之前就已完全建立，是否合宜歸派於「超技擊俠情」之下，恐亦不無疑問。

一九九四年，葉氏為江蘇文藝出版社導讀「台灣武俠小說九大門派代表作」時，卻又分別以「傳統俠情派」（司馬翎）、「詩情畫意派」（慕容美）、「諷世喻世派」（高庸）、「超技擊俠情派」（孫玉鑫）、「新派」（古龍）、「傳統技擊派」（臥龍生）、「鐵血江湖派」（柳殘陽）、「才子佳人派」（諸葛青雲）、「台島本土派」（秦紅）立論，其中又多出了「傳統俠情派」、「詩情畫意派」、「諷世喻

1見葉洪生、林保淳合著，《台灣武俠小說發展史》（台北：遠流出版公司，二〇〇五），頁一六四。

世派」、「傳統技擊派」（臥龍生）、「台島本土派」五派，且其中的司馬翎，居然同時為「傳統俠情派」，又為「超技擊俠情派」下的「綜藝推理派」，既是「傳統」，又是「超技擊」的「非傳統」，究竟葉洪生的「流派」之說實指為何，不免讓人眼花撩亂，殊有重新加以檢驗的必要。

第一節 所謂「流派」

在傳統中國文學史中，歷來不乏有「流派」之說，如宋代著名的「江西詩派」，明代的「復古派」、「唐宋派」、「竟陵派」、「公安派」，清代的「陽湖派」、「桐城派」等皆是。這些詩文「流派」，儘管未必如文學史上說得如此壁壘分明，但是其作詩為文，宗旨明確，且頗有師弟子、朋友淵源和地域關係。但台灣武俠小說雖可粗分「流派」，但一來彼此之間較乏師弟子關係（「新派」的古龍弟子丁情、申碎梅是少數的例子），即便是朋友交往密切，也都於創作時各自為政，不相模仿，其中即便有所因襲，卻也從未有所歸屬；至於創作宗旨，則更是隨時流移轉，從未明標趨向。

基本上，武俠小說連作者都往往目為「稻粱謀」的「小道」，從未有過風雨名山、流傳後世的雄心壯志，不過以吸引廣大的群眾為目標而已，當然也談不上所謂的旨趣、主張。因此，所謂的「流派」，只能大致上從其作品風格的特色上取其似者歸併為一。其間固然可能有相互借鑑者，最多也不過是「私淑艾」者而已。

再者，武俠小說作家大抵生平創作數量極為夥眾，不僅前後風格可能轉變，且更可能一人兼具不同的風格。如諸葛青雲早期規仿還珠樓主，《墨劍雙英》更是延續《蜀山劍俠傳》而作，在《奪魂旗》一書中充分展露「鬼派」特色，且刻意不摹寫男女情愛，但其後諸書，皆是以俊男美女為個中要角，故實應歸之於「才子佳人派」，然而，諸葛青雲的《奪魂旗》才真正可視為其一生的代表作；而陳青雲在一九七〇年之後，逐漸捨棄「鬼派」作風，而回歸於傳統；慕容美於一九七〇年代末期，極力規仿古龍、蕭逸於一九八〇年後，轉向於歷史，凡此種種，都難以一概而論。

大抵上，台灣武俠小說的流派，就是首創流派之說的葉洪生，也未必是以嚴格的學術角度加以論析，不過籠統說其大要而已；而出版社版行武俠作品，為了吸引讀者矚目，故刻意分門歸派，原就是作口號式的宣傳，更是難以為據。因此，究竟台灣武俠作品有哪幾個流派？主要的派別為何？派屬有誰？其衍傳如何？都是相當難以釐劃的。

基本上，所謂的「流派」，「流」指「主流」；「派」為分支；有「流」必有「源」，有「派」必有不同。因此，如欲分流論派，自當從台灣武俠小說的源頭說起。

台灣武俠小說不可否認地是從「舊派武俠」衍傳下來的，一般來說，實與香港梁羽生、金庸的「新派武俠」，無論是從時間點或是承續舊派風格而言，都可視為同一軌轍的，自也可以歸為「新派」之列。但是，此一「新」，相較於香港的「新」，首先在時序的進程上是有差異的。梁、金的「新」，從一九五四年梁羽生的《龍虎鬥京華》開始，就已可見其與「舊派武俠」相當顯著的區別，而台灣武俠由舊而新的進程略晚於香港，儘管在一九五一年已有郎紅浣導其先路，寫出了《古瑟哀絃》，但直到一九六〇年以後，才逐步走出自己的「新」路，而與香港的「新派」同流共趨，引領風騷；在此之前，無論是郎紅浣、孫玉鑫、臥龍生、司馬翎、諸葛青雲、成鐵吾、伴霞樓主諸早期名家，都仍依循舊派武俠的風格，甚至一九六〇年初期的墨餘生、向夢葵、獨抱樓主等，仍難以擺脫舊派武俠的牢籠。

在此，我們必須先加以申說，文學的流變，往往是立基於先前的傳統上逐漸蛻轉、變化而生的，非一朝一夕可完成，更絕非橫空出世、截斷眾流，突然間就「冒」出來的。因此，即便是早期備受舊派武俠濡染的名家，多少也有自出新意的變化，而當然一九六〇年後崛起的諸家，也必然受到前期大家的影響。這是無庸置疑的。

即此，本章論「流派」是以台灣早期的武俠作品為基點的，從源流上區別出「奇幻仙俠」、「才子佳人」、「歷史武俠」、「爭霸江湖」四大派，但主要的分派，則是以一九六〇至一九八〇年之間，台灣武俠小說繁盛時期各家的風格為主要分析對象；但從一九六〇年以後，由於武俠名家輩出，而各有其迥然有異於前期的風格，故於此亦粗略區別為「奇情推理派」、「諷世喻世派」、「鐵血江湖派」、「新派」、「鬼派」，總共是「九大門派」。

當然，分派歸類，是不可能周全的，我們只能說這「九大門派」是其中較顯著的派別，全台灣有近四百位的武俠作家，也勢必無法將所有的作家皆一一歸列其中，此正如武俠小說中的江湖世界，儘管有較知名的名門正派撐起大半壁的江山，但依然有許多別有特色的小門小派介身其間，凡無法歸類，而又有值得一述者，則以「其他」名之，以待未來再細作探討。

再者，雖云區流分派，但各流派之間，其實是往往互相參照，多有雷同的，故所謂「流派」也者，僅就其小說的主要特色而論，有許多作家的作品，是常有「跨界」現象的，如獨孤紅在摹繪男女之情上，固多有「才子佳人」之風，但實則其可觀者，反而在「歷史武俠」這部分，故在論列諸家時，有時候也會將其特殊處加以分說，儘可能地呈顯出其全豹。

平江不肖生的《近代俠義英雄傳》和鄭證因的《鷹爪王》

本章所據以區別「流派」的名目，乃從葉洪生論述中衍生而來，前賢見地，雖有補正，而不敢掩沒。不過，本人捨棄「超技擊俠情」與「綜藝俠情」之名，蓋「俠情」二字，即「新派武俠」共同具備的「俠骨柔情」特色，無須再加以強調；而推估葉氏「超技擊」之語，似意欲與「舊派武俠」中以平江不肖生《近代俠義英雄傳》與鄭證因《鷹爪王》所顯示的，一招一式、有板有眼，充分與傳統武術搏擊相結合的寫法別異，特別強調其對「武功」的想像與虛構，故此定名。

但就整體台灣武俠小說而言，幾乎所有的作家都是「超技擊」的。至於「綜藝」一語，應是「綜合各種藝術手法」之意，一如現今的「綜藝節目」般，集多種藝術表演為一，而台灣武俠小說，幾乎每一位作家也都可以說是「綜藝」的。兩者皆無法展現出「流派」的特色，故寧捨而不用。

以下就分從其「流派」作簡要的概括，而於下篇中予以分述。

第二節 台灣武俠「九大門派」概說

一、「奇幻仙俠」派

武俠小說是承續中國通俗說部發展而來的新興文類，分別受到范煙橋所說的「民國舊派」及後來「舊派武俠」的影響。台灣早期武俠作家，清一色是從中國大陸到台灣的人士，因此在整體創作風格上，皆明顯乞靈於「舊派武俠」，「五大家」的作品，還珠樓主的影響最大，首先肇生了「奇幻仙俠派」。

所謂的「奇幻仙俠」，遠承唐人傳奇中的「劍俠」作品，以充滿道術氛圍的不可思議「武功」為特色，而還珠樓主以其對佛、道「內典」的精熟，依據佛、道兩教的「功法」傳說，塑造了許多「半人半仙」的俠客形象，而以仙佛修練、仙佛鬥法為主軸，發揮了瑰奇炫目的想像能力，遂成此派宗師。台灣早期作家，除了郎紅浣外，幾乎無不受其沾溉。諸葛青雲的《墨劍雙英》首開其風，據葉洪生所述，海上擊筑生、醉仙樓主、天風樓主、丁劍霞、南湘野叟、蠱上九、向夢葵、徐夢還、秋夢痕，皆屬此派；不過東方玉的《縱鶴擒龍》奇幻色彩不顯，而墨餘生、獨抱樓主則亦可涵括於其中。

「奇幻仙俠」武俠，取徑於還珠樓主，無論是從廣袤的地理環境之鋪排，寶物、奇物、秘譜之誇張渲染，或是武功之神妙詭異，都饒有還珠之風。其中值得注意的無疑屬墨餘生、秋夢痕及向夢葵、獨抱樓主四人。

儘管「奇幻仙俠」，尤其是其中關涉的「武功」——包括了靈藥、秘岌、神獸、寶劍，皆深入影響到台灣的作家，然而，畢竟已時移世異了，仙劍雖奇，終究非關人事。葉洪生謂「仙俠奇幻派」於四大流派中「衰微最早」，這是極有見地之言，蓋科學昌明，神怪褪色，劍仙幽渺荒誕的傳奇，已漸未能令讀者信服，故自一九七〇年後，雖猶有蕭逸的《塞外伏魔》及臥龍生《劍仙列傳》復出，卻也只是強弩之末，無法激起波瀾了，一直要到九〇年代香港黃易的崛起，才再度開啟「玄幻」、「修真」之風，遠紹其緒。

「奇幻仙俠」派諸家，可以視為台灣武俠小說自「舊派」過渡到「新派」的津梁，故後文不單獨論列，而於「新派」中敘及。

二、「才子佳人」派

所謂的「才子佳人」，命名源自於明清之際甚為流行的「才子佳人小說」，此派的小說特色，基本上可以約化成「男女一見鍾情——小人撥亂——大團圓」的模式，主要在敘寫英俊瀟灑、才華洋溢的「才子」與才、情、德、貌俱佳的女子的戀情。武俠小說向來是「柔骨柔情」並重的，「才子佳人」主要是對應於其間「柔情」的部分，儘管在「俠骨」上亦不乏鐵錚錚的俠客風貌，但畢竟花費較多的筆墨在男俠、女俠的情愛糾葛之上，其人物塑造，男俠除了必須具備英俊的面貌，更經常是文武兼備的，這與才子佳人小說中的「才子」相當；也必然會受到一位或多位的「女俠」（佳人）基於種種因緣而家以垂青，其中與才子佳人小說最相類的，就是「一見鍾情」。

武俠小說中男俠、女俠的感情經歷，必然會多有波折，「小人撥亂」雖然亦經常可見，但往往擴充成「正邪」立場的掙扎與衝突；「大團圓」的模式也佔了大部分，偶爾也會有悲劇，但男主角掃除妖氛、建功樹業的英雄成就，則取代了「高中狀元」，最終也是團圓的喜劇收場，甚至眾美歸一，男俠大享其齊人之樂。

台灣武俠小說在此頗取徑於王度廬的「情與義的衝突」和朱貞木的「眾美歸一男」模式，而以郎紅浣的《古瑟哀絃》發其端，再由諸葛青雲紹其後，東方玉繼起效尤。英雄固是氣壯，而兒女更是情長。

不過，由於武俠小說自王度廬以來，情愛糾葛，就成為武俠小說不可或缺的元素之一，因此，除了硬橋鐵馬的柳殘陽、雲中岳外，幾乎鮮少作家不在這點上刻意加以鋪敘、渲染的。

三、「歷史武俠」派

武俠與歷史向來是不可分的，俠客的彰顯，誠如荀悅所說的，通常是在「末世」，「末世」即是「亂世」，正是英雄發跡變態最佳的溫床

早期武俠小說走的是「民國舊派」通俗說部的路徑，歷史演義體的小說影響甚大，凡一應小說，雖未刻意標舉歷史事件，但卻對其時代背景有具體的陳述，從陸士諤到王度廬，都擷取此一傳統，而特別刻劃備受爭議的有關清朝雍正皇帝的傳聞軼事，尤其是「江南八俠」與「血滴子」傳奇，更是膾炙人口。台灣武俠小說，從先行者郎紅浣擅寫清宮故實開始，陸續有其傳人，其中成鐵吾一系列的《呂四娘別傳》、《年羹堯新傳》、《江南八俠別傳》，與香港的蹄風同一機杼，開啟了「歷史武俠」一派，其後雖因台灣實施「暴雨專案」，導致作家儘量避免「以古非今」之嫌，改以「去歷史化」的方式撰寫武俠小說，但後起的獨孤紅卻又以清朝康雍乾三朝的史事入武俠，可謂再開生面，傳下「歷史武俠」一派。

其中較為別異者，當非雲中岳莫屬。雲中岳精熟明朝史事，故所著諸書，皆刻意明標歷史，從洪武到崇禎，皆斑斑可考，又擅於藉用史事為背景，將筆下的江湖社會與歷史上的明代社會，作了神似的聯結，儘管屬小說體式，而明代社會的覶縷情狀，卻宛然可見。

四、「江湖爭霸」派

「江湖爭霸」可以說是多數台灣武俠小說共同的模式，無論歸屬何派的小說，都免不了會帶上類似的情節。此派由臥龍生、伴霞樓主啟其端，而後幾乎鮮少有作家不於江湖中分門別派、相互角鬥的。「江湖爭霸」的模式，主要可從「爭霸者」與「反霸者」的角度加以分析，其間正邪之分、黑白之辨，是相當壁壘分明的。要而言之，「爭霸者」皆是野心勃勃，不是意欲一統江湖、爭奪「武林盟主」權位，就是與外族、異族勾結，意欲禍亂中原或中國的「邪派」，其勢力龐大、組織嚴密，且手段殘狠，平靜的江湖，因之掀翻出無數波瀾，名門正派，如非猶懵然未知，就是束手無策；此時則必有一不世出的豪傑，起而與之對抗，在歷經多次的艱辛困難後，終能化解危機、揭穿陰謀、揪出禍首，動蕩的江湖，回歸於平靜。

此一模式，更可以涵攝其他種種的武俠敘述模式，本書將特為別出一章，藉此凸顯台灣武俠小說的共同特色。

五、「奇情推理」派

武俠小說中往往充滿這各種「謎團」，從仇殺的幕後主使者、陰謀家的真面目，到難分難解的恩怨情仇，其中都充斥者許多待解的謎團；破解謎團，自然須得有「偵探」的手段，抽絲剝繭，方才足以真相大白。多數的武俠作家，都會刻意將謎團的揭破作為情節鋪陳的重要脈絡之一，其中古龍的小說，是最擅長援取偵探小說的敘事手法以結構全書的。

在此，「奇情」，即情節出人意料之外，而又不無線索可循，乃至於合乎情理的撲朔迷離、離奇變化的情節，無疑就成為吸引讀者最重要的技巧。

破解謎團，須仰仗於智慧，而智慧的表現，則有待於「推理」。但此一推理，於古龍的偵探手法之外，司馬翎所特別鍾愛的「鬥智」，則又在其間展現出與古龍不同的特色。其後的司馬紫煙、慕容美，賡而續之，更足以別開生面。

古龍主要以「新派」的特色為眾所矚目，故將其列排為「新派」。此派的特色與古龍最大的不同，在於其所謂的「智慧」，並不專屬於主角，而是全書所開展的是一個「智性的江湖」，即便是小說中二三流的角色，也絕非只是好勇鬥狠的一介武夫，心思的縝密、細緻的觀察，以及對敵手的心理窺探，往往足以取代武功的高低；因此，各種足以展現智計的「雜學」，尤其是特具神秘色彩的數術、陣法之學，亦隨之發皇張揚，寖至成為一大特色。

六、「喻世諷世」派

武俠小說雖云虛構，但在虛構之中，作者也往往影射現實，以移花接木的方式，將當代社會，或是人性當中的種種怪形惡狀，一一藉武俠的體式加以點染。其批評的焦點，可以是政治性的，也可以是社會性的；批評的方式，有時出之以幽默諷喻，有時則隨機點破。其特色在於將原只在當代社會中

參

流派篇

——台灣武俠小說的流派

「江湖爭霸派」

第一章 一代正宗臨俠壇——臥龍生小說論

一九六〇年，台灣武壇新秀蠭起，老將亦不甘後人，各自有後續的精采作品問世。臥龍生繼《風塵俠隱》、《驚虹一劍震江湖》後，推出了《飛燕驚龍》（《大華晚報》一九五八至一九六一），緊接著，《鐵笛神劍》（一九五九）、《玉釵盟》（《中央日報》一九六〇至一九六三）、《天香飆》（一九六一）、《無名簫》（一九六一）、《絳雪玄霜》（一九六三）、《素手劫》（一九六三）陸續發表，無不叫好又叫座，尤其是《玉釵盟》，是在當時台灣最具權威性，銷量也最大的《中央日報》[1]上連載，更是風靡一

1《中央日報》是國民黨的機關報，創設於一九二八年的上海，一九四九年轉撤於台北，直到二〇〇六年取消實體報紙，在台灣發行了五十餘年，在「解嚴」之前，可以說是獨擅勝場的報刊。儘管所載的新聞皆屬官式報導，殊乏可觀的內容，但其《中央副刊》鼓吹文藝、栽培心秀，不遺餘力，培養了不少的作家。該副刊審稿標準極嚴，等閒作品，不易刊登，《玉釵盟》是第一部蒙獲於《中央副刊》上登載的武俠小說，可謂是破天荒之舉，直到一九八〇年，中央副刊簡直就是臥龍生的天下，其間除了《玉釵盟》外，陸續刊載了《天涯俠侶》、《飄花令》、《神州豪俠傳》、《金筆點龍記》、《天龍甲》諸長篇巨著，中間僅有雲中岳的《大刺客》（一九七六至一九七七）稍作間隔。《玉釵盟》一稿三賣，也同時稍晚在《大華晚報》、《上海日報》連載。

時，可以說是臥龍生的全盛時期。

第一節　臥龍生的創作之路

有關《玉釵盟》在台灣「風靡」的事證，流傳兩種說法，一是「公車排隊」，一是「豆漿店的故事」。這兩個傳說不同，但卻是在一個共通的背景下形成的。一九六〇年代，一般家庭訂閱報紙的風氣尚未形成，多半是機關、學校、商家、店舖才訂有報紙。當時的《中央日報》為了擴增影響力，在台北市重要路段的候車站牌邊，往往會設置閱報欄，以供民眾觀看，其時報紙篇幅只有兩大張，甚便於觀覽。當時台灣民眾還未形成排隊上車的風氣，可卻有眼尖的人發現，在某個站牌邊，竟然大排長龍。初時還頗驚訝，台北市果然不愧是首善之區，居民都已循規蹈矩，開始排隊起來了。趨前而看，才知道他們是排隊在看《中央副刊》的《玉釵盟》。

另有一家豆漿店，每逢清晨，都是座客滿堂，人人都以為是生意興隆，客源如流；可卻見老闆愁眉苦臉，閒在一旁，原來他店裡訂了《中央日報》，客人非得輪番看完《玉釵盟》才肯離開，因此皆慢條斯理，客流有限，故老闆悶悶不樂。[1]這兩個傳說，流播甚廣，雖苦無佐證，卻也可見得《玉釵盟》在台灣人心目中的分量。

1 臥龍生仙逝之後，其好友胡正群於〈臥龍生與玉釵盟〉（《中央日報》一九九七年四月）一文中，提到其受歡迎的程度：「那時大街通巷有很多賣早點的豆漿攤，吃豆漿的人一坐下，不拿燒餅，也不端豆漿，而是忙著找中央日報看『玉釵盟』。」說的正是此事。

不過，一九六〇年九月三十日的《中國時報》，卻刊登了一則新聞，題為〈胡健中談武俠小說〉，倒是可以作為旁證。胡健中是當時《中央日報》的社長，又是國民黨的中常委，在循例作業務報告時，就因破例刊載臥龍生的《玉釵盟》一事，備受所謂「黨國元老」的指摘，但胡健中基於讀者的需求，依然堅持非刊不可，也足以佐證臥龍生當時的魅力。

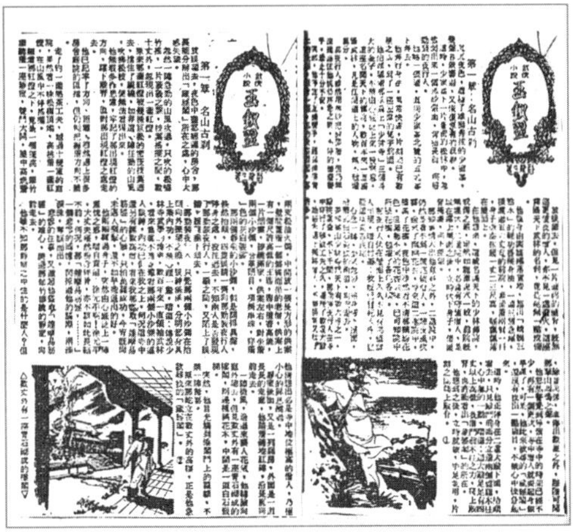
《中央日報》刊登的《玉釵盟》

此時的臥龍生，聲譽鼎盛，就連香港的金庸也聞其大名。據臥龍生口述，一九六〇年代，他第一次造訪香港時，經文友介紹，即與金庸會過面，且飲宴間，金庸以二人分別於港、台兩地武俠執牛耳地位予以定位，並引了「天下英雄，唯使君與操耳」為註腳。儘管此事曾遭金庸否認，或許是臥龍生自抬身價，但金庸與臥龍生乃當時武壇「一時瑜亮」，卻是人所共知的。

不過，真正開始使臥龍生成為名譟一時的武俠大家的，倒還不是《玉釵盟》，而是《飛燕驚龍》。這部作品，曾以「金童」為筆名，改名成《仙鶴神針》，在香港《武俠世界》連載，並將其中主要角色的名字，多方改換，因此，香港讀者所熟悉的，反而是馬君武（楊夢寰）、李青鸞（沈霞琳）、白雲飛（朱若蘭）、趙小蝶（藍小蝶）、蘇飛鳳（李瑤紅）、曹雄（陶玉）等名字。

據沈西城回憶[1]，在一九五九年時，《武俠世界》在香港創刊，不數月就已暢行於香港，這對金庸產生相當大的壓力，故亦新創《武俠與歷史》雜誌，而以《飛狐外傳》當先鋒。當時的主編羅斌，遂以臥龍生的《飛燕驚龍》「舊瓶裝新酒」與之抗衡，甚至還取了個「金童」的作者名稱與「金庸」互別苗頭。結果是旗鼓相當，互擅勝場，卻共同促進了香港武俠小說的發展。不過，應該是《飛燕驚龍》略勝一籌，因為此書推出後，在一九六一至一九六三年間，就有《仙鶴神針》、《新仙鶴神針》等五部電影面世，而《飛狐外傳》則遲至一九八一年方才有張徹加以拍出。

此時的臥龍生，睥睨武壇，躊躇滿志，金庸的小說因「暴雨專案」被阻於國門之外，古龍尚未崛起，而同時諸家，聲名亦遠在其下，外無強敵，內乏對手，拔劍四顧，莫之與京。一時海內外報刊、雜誌，紛紛邀稿，臥龍生來者不拒，黽勉從事，最高曾有五個長篇同時寫作的記錄。在心分力散之下，作品的水平自然難以維持。大抵上，自一九六四年以後，臥龍生的作品雖是量產，但質量已無法與全盛時期相較，只有一九六五年的《天劍絕刀》，稍有可觀，一九六四年的《金劍鵰翎》開篇前半部頗具匠心，尤其岳小釵此一角色，允稱其作品中女俠的翹楚之一，但後半部冗言贅語，充斥全書，居然寫了九十六集，連載期長達五年之久，而自《雙鳳旗》（一九六五）以下，一再自我重複，了無新意，雖仍頗具聲名，其實已漸見江郎才盡的窘態。

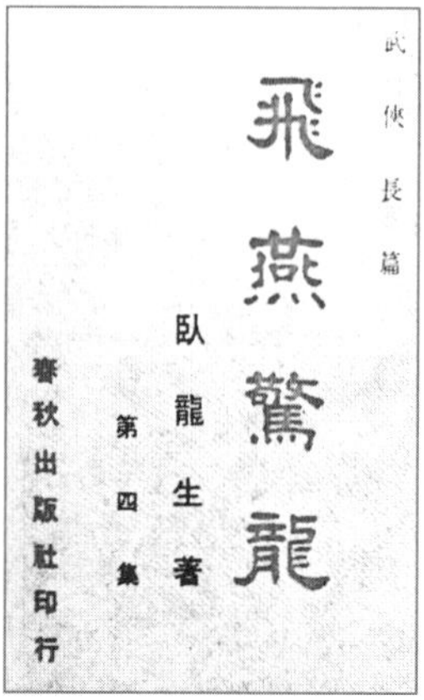

臥龍生的《飛燕驚龍》（春秋出版）

1見沈西城《江湖再聚——武俠世界六十年》（香港：中華書局，二〇一九），頁一一三。

臥龍生當初投入武俠創作的因緣，固然是他本身就對武俠小說有深濃的興趣，但促使他積極投入，並孳孳不懈的努力創作，直到垂老而不曾放下的最大動力，無疑就是「為稻粱謀」之計。臥龍生本身未受過太多的教育，對小說創作的意義與價值，並未有深刻的認知，往往不過隨俗而寫，順時而撰，而名利雙收之後，於聲色犬馬、燈紅酒綠上，頗多揮霍，沈西城前書所提及的「金黛」，其實不過是其中之一而已，收入雖豐，而開銷不知節制，故每思以他途彌補，屢屢投入他所不熟悉的「生意」之上，創寫小說反視為不急之務，而屢戰屢敗，簞瓢屢空，晚年生活相當潦倒，雖欲鼓勇再戰[1]，而時不我予，也只能徒呼負負了。

自《雙鳳旗》而下，臥龍生仍然以「多產」為務，但在質量上全無管控，每部小說，開篇時倒還算用心，而後繼無力，草草收場，甚至倩人代筆、借名虛掛，幾乎所有武俠小說的弊端，一一盡犯，開了武壇不少惡例[2]。一九七〇年，有位學者作家韓道誠（筆名寒爵）以「不了翁」之名發表《儒林新傳》，對當時文教、藝文界人士極盡揶揄譏諷、批判挖苦之能事，亦波及到武俠小說。在《儒林新傳》第四十二章中，虛構了「司馬雄風」這位專門以低價「收購」他人作品偽充己作的武俠作家，儘管未曾指名道姓，但熟習於武壇者，一望即知其影射的正是臥龍生。

1據皇鼎出版社老闆趙震中面告，臥龍生晚年經濟極為困窘，而別無他長，只能回頭重拾筆桿，再作馮婦，但當時臥龍生幾已成票房毒藥，新作亦無吸引力，出版社雅不願投資，臥龍生居然寧可比照新秀而低一階的稿酬，委曲其辭，降價求售，回想昔日輝煌，令人不勝浩嘆。

2參見蔣秋華〈以臥龍生為定位看台灣武俠小說的特色〉，收入淡江大學中文系編《俠與中國文化》（台北：學生書局，一九九三），頁二七三至二九三。

小說家言，固未必即是事實，但臥龍生類似的弊端著實不少，許多作品，如果能夠持之以恆的盡力寫下去，未必不無可觀，如《鐵劍玉珮》（一九六八）的開篇，明以「鐵劍」為線索，其實是暗以「玉珮」為伏線，呼應著原來的書名，布局相當用心，也頗令人期待，但不知何故，竟由朱羽代筆續完，而「玉珮」竟不知所蹤，即為一例。名器窮濫，不惜羽毛，晚年愈甚，祁鈺的《巧仙秦寶寶》、李涼的《奇神楊小邪》，原先都是掛臥龍生之名出版，實際上卻只是掛個虛名，坐收利益而已。真偽相參、魚目混珠，既多且濫，連臥龍生自己都搞不清楚究竟自己「親撰」過多少作品[1]，一代正宗，最後竟走上窮途末路，正不能不令人惋惜。

臥龍生一生作品雖豐，但真正能拿得出檯面的作品，不過在寥寥十部左右，且幾乎集中在一九六〇年後的三、五年之間，其餘的大抵皆是「自鄶以下」，不足深論，揆其所由，實導因其「為稻粱謀」之心過於殷切，汲汲於將名求利，而未肯於創作事業上盡其心力，初時以創意、才華為人所知，震驚一時耳目，但成名之後，未能自我策勵，束書不觀，最終乃不免有仲永之傷，雖可惋惜，但畢竟也是咎由自取。當初金庸與臥龍生並駕齊驅，而其後竟乃成天壤之別，這不僅是他個人的損失，也是台灣武俠界莫大的遺憾。

清初的袁枚，曾有首〈論詩絕句〉云：「不相菲薄不相師，公道持論我最知；一代正宗才力薄，望溪文集阮亭詩。」此詩評騭清初古文大家方苞、神韻詩派宗主王士禎，以其「才力薄」為憾，而其

---

1 筆者曾經多次與臥龍生晤談，所知如此。陳墨曾經晤訪過臥龍生，於《港台新武俠小說五大家導讀》（昆明：雲南人民出版社，一九九八）一書中，亦謂「臥龍生的小說知多少？只有天知、地知，連臥龍生本人也說不大清楚。——這是事實」（頁三五一）。事實上，這是台灣武俠作家的通病，僅少數作家能免於此。

「薄」的原因，雖因詩文不同調，難以兼賅，但畢竟問題仍與「不相師」有關，臥龍生之「薄」亦何嘗不是因其故步自封，未能多方參照同時期名家的作品所致，其時金庸已是高名鼎盛，而古龍、司馬翎諸家亦駸駸直上，臥龍竟直言「從未讀時人的武俠小說」[1]，其實臥龍生「才」亦非薄，只是「心薄」，故彩筆回收，江郎自然才盡了。「公道持論我最知」，臥龍生只做了小半截的「宗師」。

儘管如此，就其前期的作品而論，臥龍生依舊不能不說是台灣除古龍、司馬翎外有數的大家之一，從武俠文學史發展、流變的角度觀察，亦自有其不可輕忽的地位。

第二節 臥龍生作品述要

臥龍生自一九五〇年代末期，以《風塵俠隱》及《驚虹一劍震江湖》一鳴驚人之後，陸續有所創作，雖仍不免有「未完待續」之病，但從其已經展現的內容觀察，亦真不愧為名家手筆，對台灣武俠小說的發展，有其舉足輕重的影響。以下挑選數部作品，加以論列。

一、《飛燕驚龍》

這是臥龍生一九五八年就開始動筆，在《大華晚報》上連載到一九六一年的作品。在這部作品中，臥龍生展現了其驚人的才華，雖仍不免可以看到還珠樓主秘笈、靈獸的影響，但已逐漸脫胎換

1 這是臥龍生與筆者晤談時坦承的，想來非是自謙。

骨，將草澤群雄置於紛擾多變的江湖格局當中，開啟了臥龍生對台灣武俠小說影響甚大的「武林爭盟」模式；儘管男主角楊夢寰優柔寡斷、輕信人言，除了面貌俊秀外，一無足取，卻成為眾家俠女一見傾心、百般追求的對象，甚是不可思議外，其他無論正邪各派的人物，都表現得相當出色，尤其是已奠定了他後來武俠小說中「女強男弱」的一貫風格，堪稱為其代表作之一。

《飛燕驚龍》是一部「人間性」十足的武俠小說，江湖就在人間，既在人間，則人世間種種的愛恨情仇、權力欲望，自然是無可避免的。在此書中，臥龍生將江湖區劃成九個強弱不等，卻頗具實力的「九大門派」——少林、武當、華山、崑崙、點蒼、崆峒、雪山、青城與峨嵋，儘管吾愛紅接續《驚虹一劍震江湖》時，亦有類似的設計，恐怕也是參照此書而作，例來咸公認這是臥龍生最有創意的設計。門派分立，這是個均勢，但彼此爭衡，必生波瀾，臥龍生更別出新裁的於「九大門派」之外，凸顯了有意角逐天下、爭盟武林的「天龍幫」，在雄才大略的海天一叟李滄瀾領導下，意欲打破此一均勢，江湖自然開始動蕩不安，權力的欲望、個人的恩怨情仇，於此就有相當大騰挪發展的空間。

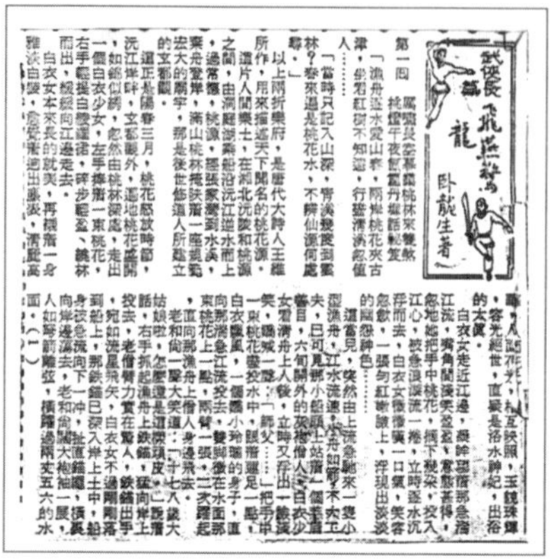

臥龍生的《飛燕驚龍》，刊登於《大華晚報》1958.08.16

江湖世界是個「尚武」的世界，意欲爭勝，武功的高低是最重要的決定因素，因此，蘊含著當世無人能及的高絕武功的武林秘笈，當然就是人在江湖中的眾家門派或個人，身不由己的非爭奪到手不可的寶典。於是，江湖中善惡不等的人物，無論是居心叵測，或是胸懷仁義，都可以有淋漓盡致的發揮。

不過，無論江湖再如何的動蕩、如何的紛亂，《三國演義》所揭示的「天下合久必分，分久必合」歷史規律，在武俠小說中衍化成「靜—動—靜」的模式，也形成無可迴避的鐵則。因此，其中必然會有一位不世出的人材，以其高絕的武功、超卓的智慧，扶顛定傾，讓江湖重歸於平靜。《飛燕驚龍》的全書架構，正是如此。以現在的角度來說，如此的架構幾成俗套，但在臥龍生當時，卻是新穎別致的一樁創舉，開一時風氣之先，當然是不能等閒視之的。

《飛燕驚龍》以三百年前括蒼山的天機真人與阿爾泰山的三音神尼合著的《歸元秘笈》及指示秘笈所在的「藏真圖」為江湖動蕩的導火線。無論是秘笈中所載的武功，如「一元罡氣」、「大般若神功」、「馭劍術」、「彈指神通」等，或是藏真所在的懸瀑危崖、人跡難至，或是能使人因貪欲而生幻象的「反五行花樹陣」，很明顯都是從還珠樓主的小說中化出的。值得注意的是，這兩位高手，當年正是為爭奪「武林盟主」的敵手，而且一處中國浙東，一處西北絕遠，在大徹大悟後，方才罷手言和，共著秘笈，以「歸元」為名，自是有泯消異心，終歸本源之清淨之意，與後來全書的紛紛擾擾適成「反諷」，且亦隱伏了終歸平靜的結局，以此也可見臥龍生潛藏的真意。

於是，《歸元秘笈》頓成禍水，江湖中無論正邪，莫不爭先恐後，欲奪之而後快，「九大門派」固然不能置身事外，而天龍幫更是志在必得，三山五嶽的人馬，傾巢而出，各懷私心，江湖動亂，於焉成形。臥龍生在此，當然不會放過窮形盡相的摹寫人性醜惡一面的機會，隱隱然對社會人心作嘲諷。

不過，平心而論，臥龍生在《歸元秘笈》的設計上，是有相當大的破綻的。無主秘笈，或是初得而未習成者所擁有，「有德者居之」，倒還不妨來個你爭我奪，但實際上，《歸元秘笈》早已為趙海萍所得，並傳給了其女趙小蝶，趙氏父女功深力厚，幾乎無人能敵，又如何去爭？書中諸野心家，既不敢向趙氏父女開刀，而轉相自我為難，到頭來不仍是一場空？最後，是金環二郎陶玉「偷」走了趙小蝶的秘笈，可未曾習成，就墜下山谷而亡，竟終歸無用。

當然，我們若視此為臥龍生的「反諷」，本未嘗不可，但觀其前後脈絡，恐怕還是當歸於臥龍生之未能善加經營。楊夢寰最後與李滄瀾對決，雖是以《歸元秘笈》中的武功取勝，但一來非自秘笈中習得，是趙小蝶傳授的，二來還是因趙小蝶打通了他任督二脈的成效。當時李滄瀾已勢窮力蹙，趙小蝶大開殺戒，天龍幫潰不成軍，趙小蝶一人就綽綽有餘，又何必讓楊夢寰撿這個現成便宜？

其實，楊夢寰是臥龍生相當刻意「栽培」的人物，且依慣例也非得有此一英雄出場收結不可。但楊夢寰出場次雖多，卻完全未能展現一代人中之龍的俠客風範，優柔寡斷、善惡不分，對口蜜腹劍、笑裡藏刀的金環二郎陶玉，幾乎毫無戒心，一味相信；武功始終未有太高成就（結局除外），每出場格鬥，總是輕傷、重傷不斷，皆有賴於朱若蘭、趙小蝶、李瑤紅，乃至玉蕭仙子等女性的救援，才能僥倖度過難關。既乏智慧，又缺武功，而卻能讓眾家女子一見傾心，誓同生死，不但不可思議，反倒成為敗筆。反觀其對手陶玉，儘管居心險惡，兩面做人，且行事狠辣、不擇手段，最後更對童淑真始亂終棄，且叛出師門，令人恨得牙癢癢的，卻寫盡了小人心事與作風，光芒掩蓋過了楊夢寰。其後臥龍生在《風雨燕歸來》中，讓陶玉重挑大樑，也不是沒有道理的。

《飛燕驚龍》的格局相當宏大，地域也跨越浙東與西域，情節雖乏詭奇之變，卻也有條不紊，盡在情理之中。但最引人矚目的，還是其中幾位智慧與美貌兼具的奇女子。天真無邪、嬌婉可愛，成天「寰哥哥」掛在口上的沈霞琳，雖較乏特色，但令人「我見猶憐」；智慧超卓、冷若冰霜，但卻氣質高華的朱若蘭[1]，則使人又敬又愛；個性強悍、手段狠辣，但巾幗不讓鬚眉的趙小蝶，則使人又懼又憐；刁鑽驕縱、爽朗明快，而又一往情深、死生無悔的李瑤紅，則令人感慨生情；就是連風流駘蕩、以色相誘人的玉蕭仙子，幡然而鍾情於楊夢寰，也教人敬服。只可惜，這幾位各有其性格特色的奇女子，居然都對不甚起眼的楊夢寰情有獨鍾，且無嫉無妒，在臥龍生筆下，就未免明珠暗投了。女俠之於男俠，自是以感情為重，臥龍生在此書中頗著力描摹，而李瑤紅與玉蕭仙子之於楊夢寰，是後來台灣武俠小說常見的「正男邪女戀情」的模式，也終算確立，臥龍生於此之外，還新筆開寫了陶玉與童淑真的「邪男正女戀情」，兩相映照，也是值得密切觀察的。

由於此書的優異表現，連載未完，就受到香港的重視，《武俠世界》雜誌特將此書改名為《仙鶴神針》，並化名「金童」，以與金庸的《飛狐外傳》爭鋒，隨後改編為電影，遂成為香港武俠電影除《如來神掌》外的另一傳奇。

《飛燕驚龍》書雖完帙，但臥龍生卻讓書中最重要的反派角色金環二郎陶玉懷挾著《歸元秘笈》墜崖而死，預留了伏筆，一九六四年，遂有《風雨燕歸來》之作，讓陶玉重出江湖，一開始就布設懸疑，一連出現了四個假的陶玉，似有意藉此四個假陶玉禍亂江湖，可惜後來雖仍以陶玉擔綱演出，後續發展卻大不如人意，這四個冒牌貨一早就暴露了真面目，未能起多大的作用，實為可惜。較特殊的是，原本溫順天真的沈霞琳，竟性格大變，宛若朱若蘭與趙小蝶的結合體，成為小說中的最重要人物。

1 朱若蘭的人物設定頗為奇兀，書中說她是明孝宗的女兒「蘭黛公主」，因明孝宗不願她在宮廷的爾虞我詐中受到傷害，故命令錦衣衛趙海萍攜出扶養，並賜與一宮女翠蝶（即趙小蝶生母）。不過，此一設定不但殊無必要，更顯示出臥龍生歷史常識的窘乏，明孝宗號稱是「弘治中興」，在位期間是明朝難得清平的時代，自不可能有類此「託孤」之事。

二、《玉釵盟》

《玉釵盟》是臥龍生第四部作品，從一九六〇至一九六三年在《中央日報》連載，是六〇年代台灣家喻戶曉的武俠故事，風靡了整個台灣，據傳連當時的蔣介石都非常關注，每有脫稿，必命人致電查詢，是臥龍生聲名鼎盛，一躍成為台灣武俠泰斗的關鍵小說。

本書雖仍由所謂的「門派」為骨幹，但只有少林、武當還具有較重的份量，而轉以當時新興的「一宮二谷三堡」及未成幫會，而隱然具有操縱江湖動態實力的「神州一君」易天行為核心，可以說是臥龍生亟欲突破前此諸作的嘗試，而獲致成功，其實也顯現了臥龍生非凡的創作功力。

此書一開首的〈夜闖少林〉就氣勢非凡。少年俠客徐元平為報父仇，夜闖少林寺，欲盜取少林寺藏經閣中的《達摩易筋經》，屢經波折，闖過少林一〇八人的羅漢大陣，最終夤緣獲得慧空禪師的傳授，並以「灌頂大法」傳輸了三十年的功力，大功告成。這是武俠小說中的少林寺藏經閣及《達摩易筋經》首度在江湖世界上嶄露頭角，是值得大書特書的「貢獻」。

臥龍生的《玉釵盟》（春秋出版）

不過，徐元平的「復仇」雖是個開端，當世最高強的武林秘笈，亦由徐元平習成，但其「復仇之路」走得並不順暢，一來神功初成，未臻絕境，畢竟還是略遜一籌，故亦屢戰屢敗，甚至一次瀕臨死境，還害得蕭姹姹毀容以殉。如此寫法，與其他武俠作家一經獲得神功，即如有神助般的無往不利，大相徑庭，卻是非常符合中國傳統武術觀念的，臥龍生甚至拋開了

「傳功」半甲子的優勢，寫得平實可信，此雖小事，卻也可以見識不凡的。

其次，徐元平雖是念念欲報父仇，卻得知其父原即滿手血腥，自有取死之道，而仇人易天行究竟是惡是善，又渾沌未明，徐元平內心其實也充滿矛盾，未必如此積極，故中間雖有誓欲一決生死的決戰，卻終因各種因素的干擾，未能實踐。易天行惡人無恙，徐元平反因蕭姹姹一語，死在南海奇叟手上。中國傳統的復仇觀念中，其實也有所謂的「推刃之道」[1]，臥龍生在這裡藉徐元平的復仇點出此理，雖可能純屬巧合，卻是引人深思的。

最後，江湖爭勝，武功雖是重要的憑藉，而智謀運用，有時是更佔優勢的，徐元平雖聰明穎悟，而個性耿直，行事衝動，武功再高，也無法與勢力龐大、老謀深算的易天行相抗衡。因此，臥龍生並不以復仇為骨幹，而轉寫江湖各門各派，外加南海奇叟爭盟武林的勾心鬥角、爾虞我詐的眾生相，全書的主角、配角，都在此一漩渦中各顯其能，各盡其分，組構成精彩迭現的一部小說。

《玉釵盟》最核心的書膽，無疑就是「戮情劍」。戮情劍有一個十分神奇詭秘的來歷，先是貌美而無情的「無情妃子」專用以殺戮對她多情的男子，然後是貌醜而重情的「恨天一嫗」[2]，用以殺戮天下負情的男子，無論有情無情，均慘遭殺戮，是柄不祥之劍。如果從書中徐元平最終重傷身死，辜負了蕭姹姹、丁家姐妹、上官婉倩等人對他的深情的角度而言，未必不能說是虛設，但戮情劍三度出世，前

---

1 語出《公羊傳．定公四年》：「父受誅，子復讎，推刃之道也。」這是在強調其父如果本身是該殺的（受誅），為人子者就不應該復仇，如果還執意復仇，則仇人之子，亦可循例復仇，如此，則冤冤相報，成為惡性循環，此謂之「推刃之道」。

2 此處臥龍生未有清楚交代，據書末所述，此女子應是南海奇叟夫人的姐姐，與慧空大師有情感上的糾葛，故慧空禪師才會被囚禁於「悔心禪院」。

此的軒然大波，在《玉釵盟》中卻無若何影響，唯一相關的上官婉倩，雖是「恨天一嫗」的傳人，卻也絲毫未及於此，就不免失之可惜了。

戮情劍最關鍵的是它的劍鞘，徐元平得到此劍：

> 只見那古銅劍匣之上，由精工雕刻著很多花紋和很多似花非花、似字非字的點痕，他望了半天，仍然看不出個所以然來，暗道：「這柄古銅劍匣，除了鋼質堅硬，雕刻的花紋精緻之外，絲毫看不出可疑之處，不知有何珍貴之處。」——《玉釵盟》第三回，〈雲夢二嬌〉

殊不知，此古銅劍匣，竟攸關於書中最重要的場景「孤獨之墓」的秘辛。原來這是南海奇叟當初因情場、武場皆兩敗於慧空禪師，因而遷怒於中原，故意設計了一座「孤獨之墓」，宣揚其中藏有「玉蟬金蝶」的寶物，以引中原群雄入彀，意欲一網打盡。而戮情劍匣上，雕鐫的正是古墓中的機關、密道布置圖。中原群雄貪念難止，千方百計想搶奪戮情劍，正導因於此。武林秘笈、藏寶密圖，向來是武俠小說波瀾起伏的重要推動力量，臥龍生反用為詭譎設局的陰謀，不能不說是一番巧思。本書從第三十四回〈二探古墓〉到第四十回〈英雄末路〉結束，共是七回的篇幅，都以「孤獨之墓」為場景，所有江湖的恩怨情仇，都在「孤獨之墓」中獲得了結，可見得此一劍匣的重要性。

不過，其中卻隱伏了一個相當大的破綻。蓋戮情劍早在六十年前已為慧空禪師取得，且因與劍主發生一段感情糾葛，方才引發南海奇叟的嫉恨，布設了「孤獨之墓」的騙局。南海奇叟又在何時取得戮情劍匣，雕鐫出機關密道圖？更何況，此一陰謀怎會連自己的女兒、徒弟都蒙在鼓裡？筆者曾與臥龍生當面請教，他也自認「交代不清」，擬於未來修訂補全，可惜終無下文，不能不說是白璧之瑕。

《玉釵盟》中的人物刻劃，算是相當成功的。臥龍生擺脫了一味自正面描摹男女主角的窠臼，徐元平與蕭姹姹的性格都有相當明顯且相同的缺點，孤高冷漠、倔強好勝，誰也不肯在誰的面前示弱，且行事一樣都是衝動而決絕的，這是兩人相互吸引，卻也相互排斥的最大原因，可謂是「不是冤家不聚頭」。徐元平是個「酷型」的男人，這種男人通常較易受到女性的青睞，因此蕭姹姹、千毒谷的丁玲丁鳳、上官堡的上官婉倩，都情不自禁的鍾情於他；但徐元平念念復仇，對她們的愛意，從來不予正面的回應，尤其是對蕭姹姹，幾乎可以說是從來沒給過好臉色看，蕭姹姹也是正因這點，往往故意百般刁難，兩人從未表現出柔情款款的一面，好不容易在「孤獨之墓」中彼此吐露了真情：

> 徐元平默然半晌，緩緩道：「你……你難道還不知道我？」
>
> 紫衣少女道：「我……怎麼會不知道你。」
>
> 兩人俱都垂下頭來，誰也不再多說一字，但兩人心意相通，情意互流，都覺得自己一生之中，再無比此刻更歡愉的時光。——《玉釵盟》第三十七回，〈玉蟬金蝶〉

他們彼此都知道對方及自己的心意，但是卻從不肯表露出來，在生死關頭中，終於一切都「盡在不言中」了；可接下來卻因丁玲的死，徐元平懷疑蕭姹姹因嫉妒心作祟，當面斥責蕭姹姹，蕭姹姹無以自明，又不願多言，竟就嚼碎雪魂珠意圖自盡，一對有情男女，正因「不言」，所以情海生波，最後以悲劇告終。但相較起來，徐元平對愛情較未執著，而蕭姹姹卻是熾烈而決絕的。當徐元平誤傳死訊，蕭姹姹便情願毀棄自己美麗的容貌，戴上面紗，並親手為徐元平造假墓，將自己心愛的寒玉釵陪葬於中——此即書名《玉釵盟》的由來；而當最後徐元平果真身死之後，蕭姹姹也決心封墓不出，一輩子陪伴著徐元平。臥龍生寫了一輩子的武俠小說，每拙於寫男女之情，《玉釵盟》可以說是唯一的例外。

蕭姹姹是《玉釵盟》中最出色的人物，尤其是她不懂武功，卻又博識天下各種武學，兼且懂得醫藥、五行之學，金庸《天龍八部》的王語嫣，未必不是受到她的影響。其他的次要角色，也寫得相當不俗。年輕一代巧智多謀、溫婉多情的丁玲，以及情根深種、捨己為郎的上官婉倩，都與徐元平有感情的對手戲；而查家堡的查玉，其光明磊落的氣度，也令人心折。

老一輩「一宮二谷三堡」的領導人，如心機深沉的楊家堡主神算子楊文堯，的確人如其號；但鬼王谷的鬼王丁高，卻一無鬼氣，反而顯露出其父女的天性；千毒谷的谷主及三谷主冷公霄，其實也是面毒心不毒；金老怪是全書徐元平家仇底細的關鍵人物，也是面冷心熱的怪傑。《玉釵盟》雖有意藉「孤獨之墓」示現江湖中爾虞我詐、倏忽變化的人心之可怕，但更難得的是不會過分渲染，正邪之間，界限並不如非黑即白般的分明，而於其中凸顯出人性的一面，尤其是丁高父女、上官嵩父女，乃至查子清父子、鬼王谷主與上官婉倩（義女）間的親情，都摹寫得相當令人動容。當然，尤其不可忽略了神州一君易天行與神丐宗濤。

易天行是在少林、武當及新興勢力「一宮二谷三堡」外，另一支暗黑勢力的幕後主使人，外示恭謹謙厚，實則野心勃勃，不但暗中藏納黑道高手，更派遣臥底潛伏於各大門派之中，甚至參與了少林掌門人元通弒師篡位的逆謀，可以說是道地的「偽君子」，葉洪生曾判斷易天行實即金庸《笑傲江湖》中君子劍岳不群的「原型」，雖經金庸否認，但其間的類似點卻是驚人的相像，未必不能成立。不過，臥龍生對易天行的描寫，卻是依違在善惡之間，既呈顯出其殘刻狠毒、不擇手段的一面，似又欲為其開脫，在徐元平死後，易天行有如下這段話語：

> 忽見易天行大步走了回來，面對徐元平的屍體，曲下一膝，單掌當胸，朗聲道：「世人都知我易天行積惡如山，卻不知我易某人的霹靂手段正是我慈悲心腸，仁善與凶殘未到真相大明時，極難分辨……」
>
> 只聽易天行繼續說道：「我易某生平之中除了對宗濤敬重之外，折服的只有你徐元平一人，天不假英雄之年，留下了一局殘棋，但望你英靈相佑，助我易天行完成你未竟之願，待武林底定，大局坦蕩之日，易天行將結廬孤獨之墓，以餘年相伴英靈。」——《玉釵盟》第四十回，〈英雄末路〉

易天行的「霹靂手段」，在小說中處處不難見到，但「慈悲心腸」究竟何在？臥龍生並未明說明示，這是極為可惜的，如果能夠在這一方面有更多的寫照，則岳不群又何足道哉！

神丐宗濤是《玉釵盟》首先揭露易天行「偽善」的風塵怪傑，因此也與徐元平相交莫逆，易天行對他雖是痛厭，卻也佩服其識見及光明磊落的行事作風；在此書中，宗濤與易天行正可形成反襯。但臥龍生顯然也有刻意藉宗濤以諷刺社會現狀的用心，此與他藉堂堂名門正派的少林掌門元通，雖是滿口仁義道德，其實卻是逆倫弒師之輩，隱約譏刺當時社會多少打著冠冕堂皇的旗號，卻暗中幹盡不少邪惡勾當的人一樣。宗濤雖是江湖中難得的丰標挺立的人物，卻完全缺乏道德勇氣，面對其師妹綠衣麗人、師姪何行舟的倒行逆施，只因其擁有祖師爺傳下來的「金牌」，就束手無策，甚至被逼迫去作違背道義的事，而當時社會，這種循循縮縮，見義不敢為，甚至屈從於非禮非義的命令的人，又豈是少數而已？如果元通與宗濤是兩把利刃，臥龍生對當代社會的批判，無疑也是非常精準的。

三、《天香飆》

《玉釵盟》雖然藉著「孤獨之墓」對江湖中無論正邪門派或個人但求私利，罔顧正義的行徑，多所批判及諷刺，且對所謂正邪的區別，未必持嚴格的標準，就是像易天行如此的「惡人」，也是以渾沌難明的角度加以摹寫；但正與邪畢竟還是壁壘分明的。不過，究竟正之與邪，是何種對立的狀態？身居正邪雙方的人馬，有何可以協調、溝通的空間？臥龍生更進一步，在《天香飆》中嘗試作了解說。

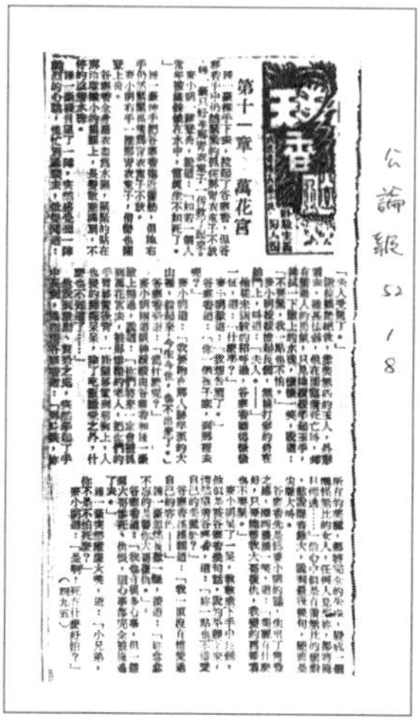
公論報 52 / 18
天香飆
第十一章 萬花宮

臥龍生的《天香飆》

《天香飆》的故事，可以分成兩截來看，前半截以江北六省綠林總瓢把子冷面閻羅胡柏齡因受到溫柔和順的妻子谷寒香的影響，決心改邪歸正，並約束、整頓綠林群雄，但卻遭受到正、邪雙方的強力杯葛，最後志業未成，壯烈犧牲為引首；後半截則續寫谷寒香為報夫仇，也想完成其夫的遺願，遂一改舊貌，出賣色相，招攬眾邪，重建迷蹤谷，最終引發武林正邪大對決，谷寒香也飲恨黃泉的結局。書中最重要的關鍵，自然就是「改邪歸正」這四個字。

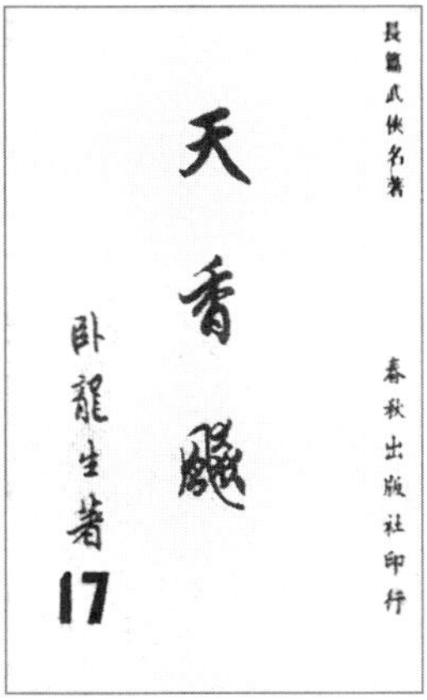

臥龍生的《天香飆》（春秋出版）

所謂「浪子回頭金不換」、「放下屠刀，立地成佛」，不但是中國傳統社會中勉人為善的格言，更是武俠小說中經常出現的橋段，似乎邪派之人，只要一心幡然悔悟，就可以水到渠成一般，殊不知其中涵藏著多少權力的衝突與利益的糾葛，豈是如此一廂情願就能輕易做到的？《天香飆》非常尖銳的指出了「正邪勢難兩立」的殘酷事實，使得這部小說反而在這一層面上取得了與眾不同的優異表現。葉洪生認為《天香飆》為臥龍生寫得最好的一部小說，從這個角度來說，也是站得住腳的。

「改邪歸正」，當然需要有一個大徹大悟的過程，這個過程，各家小說腕底生花，可以各有不同創意的發揮，很可以當成一個論題來討論，但臥龍生顯然是故意迴避了這個問題，僅僅在首回輕描淡寫的帶過：

> 在未遇你之前，我確實是個嗜殺成性之人，行事從無是非之分，但憑當時的好惡之念，恣意而行，而且出手險毒，從不肯留人一步，因此江湖上才送我一個冷面閻羅的綽號，當時我並不以此為憾，反有些沾沾自喜。但自從和你相識之後，不知不覺間性格上有了很大的轉變，以往把殺人視為賞心樂事，現在，卻變成極大痛苦。——《天香飆》第一回，〈冷面慈心，俠影紅顏〉

平心而論，如此的敘寫，未免誇大了愛情力量的偉大，是很難說服人的。[1] 但這不是《天香飆》的重點，姑且置之不論。重要的是胡柏齡身肩率領綠林群雄的重責大任，而綠林中人，本就是憑藉其勇力與暴力而維生的，這也是他們被目為「邪」的主要原因之一，而一旦領頭羊必欲盡棄其賴以資生的作為，底下眾人又將何以為生？而更重要的是，胡柏齡當年大權在握，「惡跡血債，堆積如山」，那些曾被威逼壓迫，甚至慘遭殺戮的人，又豈肯善罷干休？胡柏齡當然也明知其窒礙難行：

> 一個人從罪惡之中，拔身向善，豈是一件容易之事？且不去說什麼江山易改，秉性難移的話，單就內受同道排斥追殺，外難獲一般正大門派中人的諒解，這兩面受氣之事，豈能使一個出身綠林，殺人成性的人所能忍受得了？——《天香飆》第一回，〈冷面慈心，俠影紅顏〉

不過，胡柏齡雖有此體悟，卻仍堅定著此一信念，不畏萬難的欲付諸實踐，則是道地的英雄本色。於是，在歸隱數年之後，胡柏齡重出江湖，再度奪回了盟主的寶座，而也依計進行，並訂下了「霸奸良家婦女，採花傷命」、「屠殺無辜，殘暴善良」、「不守信義」、「逆不受命」等四大戒律。但是，也果如胡柏齡當初所料，綠林群豪不但口服心不服，甚至暗蓄陰謀，亟思反抗；而所謂的名門正

1 其實少林寺的天明大師也曾勸過胡柏齡，「施主一身武學，舉世無匹，如能步入正途，不難成為一代大俠，正邪之分，一望即知，是非之辨，全由心念，老衲不揣冒昧，說了這番肺腑之言，尚望施主三思」，但顯然胡柏齡未曾受到影響。

派，自然也是不敢輕信，嚴密監督。終於，正邪雙方嚴重對立，胡柏齡隻木難撐大廈，在一場血戰之後，雖臨死前以血熄滅了巨量火藥的引線，挽救了部分少林、武當的高手，卻也壯烈成仁了。

緊接著的故事，就是谷寒香一方面痛恨少林、武當等名門正派的人士，不但不理解胡柏齡的用心良苦，甚至還殺害了胡柏齡；一方面又對這些綠林人士的陰謀詭詐，耿耿於懷，因此心性大變，誓以殘酷的手段為夫報仇。但因她武功低微，迫不得已只好與綠林群邪虛與委蛇，更以美色誘引，騙取武功，並加以攏絡。其後她從當年偶然援救的義子白翎所持有的「問心子」，尋得昔年三妙書生的協助，因而武功大成。谷寒香於是開始了她的復仇之路。最終在天台山萬花宮一場正邪慘烈的決戰，谷寒香雖是終於殺了武當派的紫陽、金陽兩道長，也殺了對她一直照顧有加的少林天明大師，於戰事結束後，自殺殉夫。

谷寒香以一介弱女子，含辛茹苦，誓報夫仇，其艱難困頓之處，自然不難想像，其強毅卓絕的意志，亦令人敬佩，可以說是臥龍生小說中最令人動容的女性。但值得注意倒未必在此，臥龍生在此極力摹寫的邪派諸人，從羅浮一叟霍元伽、鬼老水寒、人魔伍獨、毒火成全、陰手一魔到萬花宮主佟公常，甚至胡柏齡的師叔酆秋，都心懷異志，詭詐百出，基本上就是胡柏齡所說的「江山易改，秉性難移」，當然不可能真心追隨胡柏齡，就是始終無二的鍾一豪，也無非是迷戀於谷香寒的美色；而正派人士，則亦多半心有成見，氣狹量窄，也根本不可能容得下邪派人士，尤其是武當掌門紫陽道長，偏狹剛愎，完全沒有轉圜的空間。唯一有心斡旋的少林天明大師，勢孤力單，於間也無能為力。因此，正邪嚴重對立，一場決戰，雙方都損失慘重，「屍橫遍地，血流成渠，人們幾乎無法舉足」。

谷寒香身死以後，戰事告終，臥龍生以一小段短評，為谷寒香作了定論：

她！美絕塵寰，豔蓋人間，但是來也匆匆，去也匆匆，像一陣起自天際的狂飆，橫掠大地，重又消逝於無形，留給人的，除了永難磨滅的記憶，便是永不消散的芬芳，一種來自天上的香氣。——《天香飆》第三十回，〈武林浩劫，香消玉殞〉

這顯然是有意呼應書名的《天香飆》了。但是，真正應引人深思的，反而是結尾這句：

少林弟子仍舊在朗誦經文，人群之中，開始響起了哀哀的哭聲。

這是為谷寒香而哭？還是為這一場糾結著權力與利益，而卻出之以「正邪」名目的慘烈戰事而哭？武俠小說中的正邪對立，究竟意義何在？谷寒香的悲劇，又豈僅止於她一個人的悲劇？

歷來的說法，《天香飆》是另一武俠名家易容（盧作霖）接手完成的，但究竟易容是從何處開始續接，已經無法考究，因為全書前後貫串，渾然一體，這是接續書中難得一見的佳作。

不過，儘管可稱佳作，但其中還是有個令讀者難以釋懷的疑問：谷寒香企圖以色相誘人，而其誘引的對象，無一不是閱歷豐富的老奸巨猾之輩，而臥龍生自始至終，卻在強調谷寒香從未「獻身」，做出對不起胡柏齡的有違「貞節」之事，這就未免蹈襲了武俠小說受傳統貞節觀念影響的窠臼，雖維護了谷寒香的形象，卻將這群「不見兔子不撒鷹」的「邪派」人士當成了獃子，畢竟是美中不足。

四、《無名簫》

《無名簫》是臥龍生長篇武俠中僅遜色於《金劍鵰翎》的作品，長達近百萬字，刊登於一九六一至一九六四年間的《大華晚報》。這是一部徹底實踐臥龍生「爭霸江湖」模式的代表作。

「爭霸江湖」的模式，必然有一暗蓄陰謀、蠢蠢欲動，四處收羅亡命、派遣臥底，而又利用迷魂之藥控制屬下，企圖在江湖中獨霸稱尊的野心家，無所不用其極的以各種殘酷陰險的手段，排除異己，禍亂江湖；當然，亦必然須有一群正義之士，在某一位武功高絕、智勇兼備的英雄領導下，揭發其陰謀、戳破其技倆，然後眾志成城，終於將此一邪惡的勢力摧毀滅絕，罪魁禍首難逃報應，使江湖復歸於平靜。

在這個模式中，禍首的惡人、邪派組織、迷藥、易容術、獨挽狂瀾的俠客、正邪對決，幾乎就像連體嬰一般，是緊密繫聯為一的。在《無名簫》中，雖小有變化，沒有組織的名稱，只以「滾龍王」為代號，而下轄東西南北四路侯爵，是差相彷彿的；臥龍生對易容術較不青睞[1]，往往代之以臥底，而迷藥（忘我神丹）卻是必備「良藥」；獨挽狂瀾的俠客，則一分為二，分別由窮家幫「文丞」逍遙秀士唐璇與男主角上官琦擔綱；最後的對決，當然

臥龍生的《無名簫》（真善美出版）

1《無名簫》中亦有易容術，是「關外鞭神」杜天鶚自「化身書生」身上得來的，曾教給上官琦使用。但這一手法，與一般「爭霸」模式中派人易容化裝成某門派中的重要人物不同。

是「正義必勝，暴政必亡」的了。但儘管只是小小的變化，卻也可窺見臥龍生的苦心經營。

「滾龍王」以「王」為號，下面又有東西南北四侯，以及四位郡主，這是「儼若敵國」了，臥龍生顯然有意將江湖視同一個國家，當然就有「不盡之意，見於言外」，是在影射政治圈中的權力爭奪了。他的出身來歷，書中並無詳細交代，只知他與唐璇為師兄弟，性格陰狠，但武功高強，曾弒殺師父、騙婚師妹，而嫁禍於唐璇。初時以青衣裝扮，在古剎前搏殺了包括西藏僧侶、雲龍莊主、青城二老、茅山一真、拘魂雙牌等高手在內的六、七十條人命，且為了保密，連為其收拾善後的部屬，皆一個不留，心性之惡毒、手段之慘酷，自然是這種「惡人」的傳神寫照。耐人尋味的是，這一群人之所以聚集於古剎之前，乃是持續已久的「十年之約」，由西藏僧侶與「天下第一莊」的雲九龍所訂，言明以武功定勝負，而賭注居然是：

一方賭注是終身為奴，連帶西域數省所有。另一方則是誘殺中原所有武林高手後，自廢武功退隱江湖，拱手奉讓十萬里錦繡河山。——《無名簫》第六回，〈萬里河山〉

上官琦在乍聞之下，還以為訂約的是個「皇上」，未料到只不過是武林人物而已，滾龍王趁隙出手，一舉搏殺藏僧及雲九龍，豈非等如是全盤掌握了天下？其間的喻意，是不問可知的了。

緊接著，滾龍王便分別派遣部屬，滲透入各大武林門派，其中混入窮家幫的神行柏公保，以及冒充「閔老爺子」孤女的連雪嬌最具關鍵性。連雪嬌是滾龍王義女（大郡主），冒充的目的，是為了逼取閔家的「三寶」，並企圖假借閔家喪事，引天下英雄入彀；而柏公保之臥底於窮家幫，則是將窮家幫視為未來獨霸江湖的最大敵手。滾龍王已進一步展開獨霸江湖的積極行動了。

滾龍王的野心暴露無遺，自然引起正派人士的戒慎恐懼，紛紛起而反抗，滾龍王祭出「血河大陣」，將群雄圍困在一隅，並驅使一批服食了「忘我神丹」迷藥的高手，意欲將群雄一網打盡。正邪對決的態勢，已然成形。

在此對決的形勢中，滾龍王一直不以真面目示人，這本來是大有文章可做的，被面具遮掩的真面目，極可能是江湖中向來聲譽卓著的某一偽君子，但臥龍生並沒有朝這方向設計，反而是在滾龍王的武功、智謀，以及其暴虐、苛酷上多施筆墨。少了一層轉折變化，雖未免有點可惜，但《無名簫》篇幅已經夠長的了，如果再另生波折，恐怕字數會再增多不少。

面對如此龐大的邪惡力量，正派當然不可能坐以待斃，因此，窮家幫的唐璇與主角上官琦就出現了。

唐璇是《無名簫》中相當有創意的設計，他與滾龍王是師兄弟，但身體孱弱，無法修習武功，故只受傳了奇門遁甲、行兵佈陣的豐富知識。他先託庇於窮家幫，與關三勝分任「文丞」、「武相」之職，為幫主歐陽統不可多得的股肱。在他精心調度下，窮家幫實力蒸蒸日上，雙衛、二童、四婢、八英、四十八傑，天下聞名，已隱隱成為武林的中流砥柱。窮家幫理所當然的就是對抗滾龍王最重要的門派。

一文一武，兩師兄弟的對壘，自是無比精彩，《無名簫》有相對於其他台灣武俠小說較宏偉雄闊、劇力萬鈞的對陣場面，以及玄妙無比、步步陷阱的陣法、機關之學，泰半都是這兩個師兄弟互有攻防、勝負的對決拓展出來的。可惜的是，唐璇身體既是孱弱，而擬計定策，又耗費了過多的心力，終於嘔血而亡。不過，唐璇雖死，卻早已安排了兩著伏棋，一是營造機關重重的墓穴，料定滾龍王一定會前來搜索唐璇的遺物，屆時將他活埋於墓穴之中，而由上官琦主導其事；一是推薦叛出師門的連雪嬌繼任窮家幫「文丞」，全幫聽其號令，以與滾龍王對抗。這兩著棋，無疑都取得了絕佳的效果，正是「死唐璇逼殺活龍王」。臥龍生此處的安排，顯然有取於自小熟讀的古典小說《三國演義》，而化用之下，的確不由得不令人讚嘆。

唐璇雖善於謀劃定策，但不通武功，自然無法與滾龍王當面對決。於是，上官琦的重要性便凸顯出來了。

上官琦是《無名簫》一開首即中毒而死的「中原五義」之首葉一萍的弟子，在古剎中目睹師尊死亡，又得知「中原五義」門下出了叛徒之後，企圖將此事告知江湖朋友，但卻已身中巨毒，瀕死不遠，正當無可奈何之時，忽聞得一縷簫聲，竟能助其解毒，後來得見神簫翁，兩人相談甚歡，得以盡得其真傳，具備了俠客所需的高強武功。這也是「江湖爭霸」模式中俠客的必經之路，至於後來又獲得武當派養元道長傳授「太極慧劍」，就是錦上添花了。此老人無名無姓，曲調也不知其為何，呼應了書名的《無名簫》。雖云「無名」，此曲卻剛好可以克制滾龍王「忘我神丹」的迷幻效果，自然更是相得益彰了。

依照慣例，「江湖爭霸」模式中的俠客，很少是單打獨鬥的，上官琦身旁自然也少不了類似的人物，一是性格直爽的「關外鞭神」杜天鶚，易容化名，潛伏入滾龍王的陣營中，暗作內應；一是上官琦在深谷絕壁中偶然結識的半人半猿、直樸忠懇的袁孝。

袁孝的設計也是個熱點，上承隋末的小說《補江總白猿傳》，旁參香港作家蹄風的《猿女孟麗絲》，而能別具機杼。袁孝在《無名簫》中不但忠心耿耿、武功高強（拜在神簫翁門下），是上官琦迎敵作戰的得力助手，更是他情場上的對手。袁孝雖非全人之形，但也具有人的感情，對貌美多智的連雪嬌用情甚深。上官琦因受猿婦臨終的囑託，雖自己亦深愛連雪嬌，卻不忍見袁孝傷心痛苦，尤其是目睹到連雪嬌誤食媚藥，赤身裸體與袁孝同床共枕的時候，更心灰意冷，便決心成全。

其實當初是上官琦與連雪嬌同食了媚藥，正當緊要關頭時，袁孝救了上官琦，連雪嬌當時欲火焚身，才會與袁孝廝纏，但連雪嬌突因浸了湖水，懸崖勒馬，點了袁孝穴道，自己亦昏迷過去，兩人並未發生關係。但連雪嬌既與袁孝裸裎相見，卻也只能認命，答應下嫁袁孝。但連雪嬌究竟情歸何處，臥龍生卻是自相矛盾的。在末回中，袁孝提及連雪嬌時，用了「內人」二字，顯見已結成夫妻，但才隔不到兩頁，當上官琦大事已了，欲隻身遠走之際，連雪嬌竟然攜同維吾爾族的青萍公主一起去追他，而袁孝居然說：「不錯！不錯！連姑娘應是大哥的。」恐怕是急於脫稿，才有此不合情理的安排。

在「江湖爭霸」的模式中，依照慣例，挺身而出，力抗群邪的俠客，當然都需要有一段「情史」，方能收得紅花綠葉的相襯效果，上官琦自不能免此，青萍公主算是一段小插曲，而主旋律往往是來自於敵方陣營中的佳麗，「正邪戀情」模式，也幾乎成了通例，連雪嬌正扮演了這樣的角色。

連雪嬌是滾龍王的義女，被稱為「大郡主」，貌美多智、聰慧可人，而又有點心狠手辣。初時奉滾龍王之命，假冒為「閔老爺子」的女兒，設計陷害前來祭拜的江湖群雄，連上官琦都被迷藥所惑，供其驅使。所幸有簫聲協助、唐璇出馬，連雪嬌詭計方才未能得逞。

連雪嬌幾度失利，為群俠所擒。此時上官琦仍為藥物所迷，幾度奮身援救連雪嬌，連雪嬌對他漸生情愫。但連雪嬌連番失利，滾龍王對她已失信心，先是派東平侯以金鎖加以拘禁，後又親自出馬，見上官琦的武功高強，大為猜忌，欲置之於死地。連雪嬌力爭不得，遂決心為愛情叛出師門。這段「反正」的過程，無非都是舊套，並不足為奇。奇的是臥龍生翻生波瀾，讓當初對連雪嬌刮目相看的唐璇，在臨終之際，推薦連雪嬌繼任「文丞」，連雪嬌也因上官琦之故，慨然接任，取代唐璇，成為領導窮家幫人馬對抗滾龍王的靈魂人物。

在連雪嬌運籌帷幄之下，決定以破除忘我神丹為首要任務。連雪嬌率領群雄，趁滾龍王不在，進襲滾龍王府，雙方大戰方酣，滾龍王回師救援，卻已是來不及，被困於十三道攔劫關卡之內，連雪嬌知己知彼，獲勝自非僥倖。但滾龍王挾持了上官琦，歐陽統不願犧牲上官琦，遂網開一面，救人放人。巨凶未能伏誅，自當另有一番決戰，此時滾龍王精銳已失大半，就妄想探尋唐璇墓穴中的遺物，卻不料早落入唐璇的算計中，最後被困於墓穴，羽翼盡殲，服藥過量，發狂自盡。江湖終於復歸於平靜。

江湖既然復歸於平靜，滾龍王「爭霸江湖」終究是一場空夢。但是，就是這樣的一場夢，卻令江湖中無數的人在此空夢中慘遭荼毒，尤其是滾龍王府中還有許多喪失心神的人。在此，臥龍生花了三回的篇幅，收拾善後，摹寫歐陽統悲天憫人的心胸，親入滾龍王府，閉關不出，救治那些無辜受苦的人。如此的寫法，幾乎是「爭霸江湖」模式中決無僅有的，不但不為蛇足，更增添了《無名簫》的深度與厚度。連雪嬌在這幾回中，也發揮了他精明的才智，料準了上官琦必然會於此時出現，於是事先通知了對上官琦一往情深的青萍公主，最後兩人追隨上官琦而去。

《無名簫》布局嚴謹，波瀾不斷，處處扣人心絃，可以說是臥龍生數一數二的佳作。不過，其中也有不少交代未清的情節，如開首時「中原五義」的四位叛徒，顯然就是滾龍王派遣去作臥底的，但在後來的故事發展過程中，一個都沒有現身；而當少林的錫木大師聞知滾龍王倡亂時，兼程趕回少林求援，本欲藉羅漢陣與滾龍王相抗衡，但一去無蹤，少林竟未派人前來；唐璇臨死前，曾留有兩封錦囊給上官琦，言明在「勢態危急」與「情海生波」時啟開，但卻沒有著落；滾龍王的二、三、四郡主，下落如何，亦未有交代。凡此種種，如果臥龍生能夠像金庸一般，重新加以修訂補全，相信這部小說一定會更有價值。

五、《素手劫》

據沈西城的說法[1]，臥龍生晚年接受訪問時，曾說自己最喜歡的作品是《飛燕驚龍》、《素手劫》與《金劍鵰翎》。他二書不論，提到《素手劫》倒是有點令人不解。蓋此書曾於《公論報》連載至一九七期（**接續《天香飆》**），並未寫完，一九六三年真善美出版社集結成書，但自〈死谷二奇〉以下，乃是由易容續完，相對於《天香飆》的水乳交融，前後如出一手，易容後來的接續，顯然忽略了許多前面臥龍生埋下的伏線，丐幫五老、破雲七鞭、終南七劍、華山十一劍，還有武功高深莫測的摩伽法王都只是驚鴻一瞥，後無交代；而最重要的南宮太夫人，更是神龍見首不見尾，只在結局中現身，前後對照，落差相當大。尤其是書名《素手劫》，纖纖素手，攪亂江湖，雖亦可解說成「南宮世家」中的女性，但無疑中造成武林最大浩劫的「素手蘭姑」，更具關鍵性，但後來居然大出人意料之外的成為

1見沈西城《江湖再聚——武俠世界六十年》，頁一一三。

主角任無心的母親，全無蹤跡可查，實為一大敗筆[1]；而南宮世家的田秀玲，因愛生恨，轉變得太過急遽，也令人百思不解。此書既非成於臥龍生一人之手，後續的破綻又如是之多，何以臥龍生會如此推重，竟是一個未解之謎。

不過，臥龍生的推重，也不是完全不可理解，因為《素手劫》無論是在人物的設計與謎團的營造上，都顯然是下了一番工夫經營的。臥龍生小說的開篇布局，往往都令人驚豔，伏線佈得十足，顯見其勃勃的雄心，可惜雷聲大雨點小，後續不是因「故」而輟，倩人代筆續完，就是虎頭蛇尾，草草收場。此書與《鐵劍玉珮》一樣，都是讓人空留餘恨之作。

《素手劫》一書，兼有古龍懸疑詭變及司馬翎的推理鬥智之長，此時古龍、司馬翎的個人風格尚在醞釀之中，而三人彼此相交頻繁，應該對他們二人後來的寫作路線有所啟發。

第八章　死谷二奇

臥龍生的《素手劫》，刊登於《公論報》

《素手劫》的開篇，就以「中原四君子」在原本是秘密聚會的場合中，突然遇害，手心留有一塊四方形的紅印，卻預留遺書，且先行柬邀多位武林高手與會製造懸疑，究竟是誰殺害了四君子？四君子既是秘密聚會，何以又會柬邀多人與會？何以又會得知自己將遭殺害？手心中的紅印，究竟代表什麼意義？最重要的是：兇手到底是

1 據書中所云，此一「素手」早在三十二年前就帶來殺劫，而任無心是以年少劍客身分出場的，以時序論之，怎可能是「素手蘭姑」之子？

誰？一連串的謎團，都有待索解，緊緊扣住讀者的心絃。

為了追尋兇手，群俠齊聚「武林第一家」南宮世家，原先是為了求借「三寶」中的水晶鏡與玉蜈蚣，以探明四君子死因，未料卻赫然發現南宮世家的陰謀。「世家」是台灣武俠小說中別出一格的門派設計，援用了司馬遷撰寫《史記》的體例，特指在江湖中「世代相傳」且居「領袖地位」的家族，由於四字的稱呼較為順口，故多取複姓當之，如南宮、上官、皇甫、慕容等，偶爾會以地望稱呼，如東方玉就常寫到萬姓的「黃山世家」，這是臥龍生首創的，對台灣武俠小說的門派設計有相當大的影響，連金庸的《天龍八部》也有所謂的「慕容世家」。

「南宮世家」五代的男主人，都因積極投身於維護江湖秩序的志業，死於非命（中間亦另有秘辛），只剩一門孤寡，因而對武林人士深惡痛絕，故設下機謀，欲滅絕武林，暗中吸收了各門各派的不肖者（如少林百維和尚），並培養了一個武功高絕的殺手「素手蘭姑」，造成武林的殺孽。正當群雄為南宮世家的「迷魂牢」所困，束手無策之際，卻出現了一位武藝高強、智計絕倫的少年劍客任無心，開啟了江湖正邪對立的鬥爭序幕。

任無心的身世來歷不明（後來竟變成「素手蘭姑」之子，實在牽強），但憑藉他的縝密策劃，以及三寸不爛之舌，說服了各大門派，集結成一實力堅強的團體，開始了與南宮世家一連串的鬥智與鬥力。雙方的實力是有相當大的差距的，因為南宮世家以迷藥「鎮魂丹」掌控了許多江湖人物，所以第一關就必須先研發出破解迷藥的解方，任無心集結了江湖中的名醫，合力破解，但終無成效；同時，群雄最大的隱患，還在於神出鬼沒、如魅如幻的素手蘭姑，其武功之高絕，只要素手輕輕一揮，「纖纖玉掌，一閃而沒」，就完全無人能夠倖免，少林、武當的前代掌門就是喪命於其手。在此，臥龍生並沒有將任無心摹寫成萬能的武林救星，反而是重重難關，無法突破，甚至在「素手蘭姑」掌下受到重傷。

田秀玲的出現，是全書的轉折點，但對任無心來說，是轉機，也是危機。田秀玲是「南宮世家」第五代主人南宮壽的「未亡人」，對南宮太夫人的作為，不敢苟同，因此暗中施予援手，免了任無心的殺身之禍；同時亦透過任無心的轉知，懷疑南宮壽並未死亡，於是任無心相偕田秀玲前往死谷探尋。在路途中，兩人情愫漸生，但任無心雖對田秀玲亦有眷戀，但卻礙於道義與清譽，而且「似乎」他心裡早已有了別人的影子，故不願接受田秀玲的感情。田秀玲愛極生恨，反過來協助南宮太夫人。由於田秀玲對任無心瞭若指掌，因此任無心所有的計謀，完全為田秀玲所識破，節節敗退。轉機反成了危機。

儘管田秀玲的由愛生恨，居然只是因為受到死谷中天心神姥的折磨，因而怨憤任無心，不免顯得過分突兀，但故事到此，其實都還算可圈可點。

「素手蘭姑」中途認子，是戲劇性的大轉折，原本最強悍的敵手，逆轉成最得力的助手，這是最簡便的捷徑，南宮老夫人自此開始漸屈下風，隨著真相的大白，陰謀盡洩，因而眾叛親離，為其師天心神姥追回武功，死於四君子中葉長青之女葉湘綺之手。

結局的出人意料，導因於南宮老夫人程玉萼因愛成仇的變態心理。原來程玉萼與南宮世家第一代主人南宮明結褵後，南宮明移情別戀，愛上了雪山派的銀拂仙子，程玉萼一怒之下，滅絕了雪山派，南宮明因而氣憤而死。當時銀拂仙子產下一子南宮孝，程玉萼謹遵師命，不敢殺害，將其撫養長大，並娶妻，生子南宮望；其後父子均為程玉萼所殺，第四、五代的南宮毅、南宮壽，則假託已死，捨棄妻子，逃離南宮世家。程玉萼極端偏激的愛，轉化為恨以後，南宮家一連五代，都受禍匪淺。如此曲折且慘絕人寰的秘辛倒是武俠小說中罕見的。易容的續接，儘管有點讓人覺得不可思議，程玉萼已經年歲近百，居然一腔恨意，綿延了七八十年，但卻也頗有驚悚的效果，較諸後來的許多荒腔走板、全篇一律的作品，無疑還是頗有可取的。

六、《金劍鵰翎》

《金劍鵰翎》刊登於一九六四至一九六八年的《自立晚報》，一共連載了將近五年，總字數當在一百五十萬以上，當初春秋出版社出版時，有九十六集之多，不但是臥龍生最長的小說，也是台灣武俠小說史上最長篇的一部。

從全書的架構來說，《金劍鵰翎》可以說是集武俠小說各種模式之大成的一部小說，既有百花山莊（神風幫）的沈木風企圖「爭霸江湖」，又有內藏武林秘笈的「禁宮之鑰」，也有俠客蕭翎「少年成長」為一代大俠的經歷，更有「紅顏禍水」岳小釵造成江湖動亂的因子，這四種常見的模式，交織穿插，遂衍為一部又臭又長，幾乎讓人難以卒讀的小說。

金劍鵰翎
臥龍生著
第一回 天涯飄來血舟

臥龍生的《金劍鵰翎》，刊登於《自立晚報》

之所以用「又臭又長」來形容，主要是因為全書的前三種模式，除了「禁宮之鑰」還頗有些新意，能就當年十大高手於「禁宮」比試時的錯綜複雜的恩怨另翻波瀾，而與其他幾種模式聯起來外，基本是承襲類同的模式而來的。

沈木風的野心、陰狠、狡詐，大抵就是一副惡人應有的造型，而收納亡命、蓄積實力，也不過是常見的手段，但除了善於使毒之外，卻未見有若何的梟雄威勢；而蕭翎以一介病體纏身的凡夫，偶然間為岳小釵攜入江湖，歷經波折，先食千年石菌，後又獲得「三聖」的垂青（後來又習得華山劍法、少林彈指神功），武功終於大成，遂開始步入江湖，展開一生扶危定傾的事業。其間因初入江湖，不諳世事，受到沈木風的蠱惑，一度助紂為虐，稍見曲折之外，走的也是一樣的「大俠」之路——廣結善緣、雅納群雄，挺身而出，肩負起除魔衛道的神聖使命。其間蕭翎除了武功高強，且具有正直厚道的道德品質是大俠必備的條件外，性格特色，並無若何的彰顯，表現得相當平面化。凡此三種，有如大雜燴一般，一鍋共炒，也就是尋常的三鮮燴菜而已，品嘗不出若何的特殊滋味。

臥龍生的《金劍鵰翎》（春秋出版）

相較於此，「紅顏禍水」的岳小釵，算是較有發揮的空間，書中雖有百里冰、南宮玉兩位紅粉佳麗，充其量不過是在蕭翎身上引發若干情海波瀾而已，卻不似岳小釵般，整個牽動了武林大局。《金劍鵰翎》因篇幅過長，後來出版時以兩套書名印行，後半部出版社逕以《岳小釵》為名，算是很有見地的。無疑，岳小釵才是《金劍鵰翎》中的關鍵人物。

岳小釵與多數武俠小說中的女主角一樣，無論作者再以若何的筆墨加以誇張渲染，無非就是「紅顏」，就是「美」，似也無須多加鋪陳。美麗的女俠現身於江湖，通常都是為男俠未來的「賢內助」作準備的，定情於一，在男俠的生命歷程中增添一些感情的波折，有時則可以是仗義行俠的得力助手，但除了梁羽生、司馬翎之外，很少會讓她們有其他的「附帶價值」，臥龍生則是除了上述二人外，還肯別有託寓的一位。《金劍鵰翎》走的路線，略近於司馬翎《劍神傳》中的朱玲，但在感情上較乏波動，也較為專一，而也正因其對蕭翎的專一，乃竟成為激起江湖動蕩的「禍水」。

麗質天生，固然並非懷璧之罪，岳小釵因其美貌而受到藍玉棠與玉簫郎君張俊的苦苦追求，本也是少男少女自然的情感發展，但問題並沒有這麼簡單。岳小釵的母親岳雲姑，在瀕危之際，獲得蕭翎父母的援救，而蕭夫人又待她情同姐妹，岳雲姑心知自己傷重必死，於是留遺書命岳小釵下嫁給蕭翎，以表感激。儘管岳、蕭兩人相差五歲，也是無可厚非；但岳雲姑好像忘了她曾與巫山五毒門的巫公子有「指腹為婚」的婚約，這就有點不近情理了。

但這還不算是最大的問題。男女戀情，本當順其自然發展，玉簫郎君苦戀不捨，或許還是個人情之所鍾，死鑽牛角尖，這也罷了；可臥龍生居然搬出了張老夫人以及玉簫郎君的姑姑，不顧一切的要成全玉簫郎君的心願，不但對岳小釵苦苦追逼，甚至不惜勾結沈木風等一干邪道，欲殺死蕭翎，並逼岳小釵就範，故而有了最後的正邪對決，如此安排，真的是令人百思不得其解。臥龍生在這個問題上反覆牽纏，花了許多的篇幅去陳述，又翻生不出新見解，簡直將岳小釵原來的形象摧毀殆盡，完全窄化了「紅顏禍水」本可以發揮的空間。

因此，從以上四種模式而論，臥龍生的企圖心固然不小，卻是未見其有若何的突破，岳小釵在前半部表現得相當出色，後半部顯然就遜色不少了。同時，就此四種模式的穿插融併而言，事實上是否有必要作此連篇累牘的衍生，恐怕也是不無疑問的。

一九六四年以後，臥龍生的創作能量，已逐漸因其外騖之多，呈露疲態，《金劍鵰翎》中已有相當明顯的跡象。此書架構頗為鬆散，許多應當以細筆摹繪之處，都用簡單而又冗長的對話替代。以末回正邪最後決戰的場面為例，張老夫人為兒子玉簫郎君出氣，邀約了小姑忘情師太為幫手，與洪婆婆和岳小釵講說了半天的話，一會兒要打，一會兒又不打，全是在口舌上爭辯，又講說不出什麼樣具有說服性的道理，就像老太婆的裹腳布一樣，讓人甚不耐煩；而全書最重要的罪魁禍首沈木風，既已早有準備，則必然應有一場激烈的生死搏鬥，殊不知一上場就以一連串號無意義的對話展開，拖拖拉拉；其後搏戰展開，如以下的描寫：

其實，這一陣工夫，四面八方，都已有毒物攻來，有奇毒的怪蛇、蜈蚣、蠍子等，奔擁而來。

忘情師太、岳小釵、三絕師太，加上張成，各揮兵刃、擊打毒物。

這幾人個個身手非凡，那毒物雖眾，卻也無法逼近幾人。

這是沈木風邀請的巫公子施放毒物，正派人馬相抗的場面，原本應該是激烈而慘酷的，可是臥龍生偷懶到連一絲搏殺的血腥味都不願多寫；而最重要的蕭翎與沈木風的決戰，居然只是：

剛剛包好洪婆婆的傷臂，突聞大喝一聲，寒芒陡斂，搏鬥終止，沈木風高大的身軀，緩緩分成兩半，倒在地上。

連正面搏殺的場面都省略了，還哪有半點對決的緊張勢態？類如上述的段落，充斥於全書之中，《金劍鵰翎》之所以篇幅拉得如此之長，多半都是一些冗言贅語和偷工減料所造成的。臥龍生當省者不省，不當省者，卻草草幾筆就帶過，也無怪乎是「又臭又長」，結構一盤散沙了。

臥龍生自《金劍鵰翎》以後，每況愈下，往往開篇布局用心，一旦能登列報刊，便開始漫不經心起來，大有拉長篇幅騙稿費的嫌疑；而自《雙鳳旗》以下，不但不能夠開新，就連守成都做不到，越發慘不忍睹，讀者也逐漸開始厭煩，終至於江郎才盡了。

七、《春秋筆》

《春秋筆》是臥龍生一九七五至一九七七年，連載於《中華日報》的小說，基本上可以說是失敗的作品，選取此書，是為了具體說明臥龍生後期小說已是欲振乏力的窘狀。

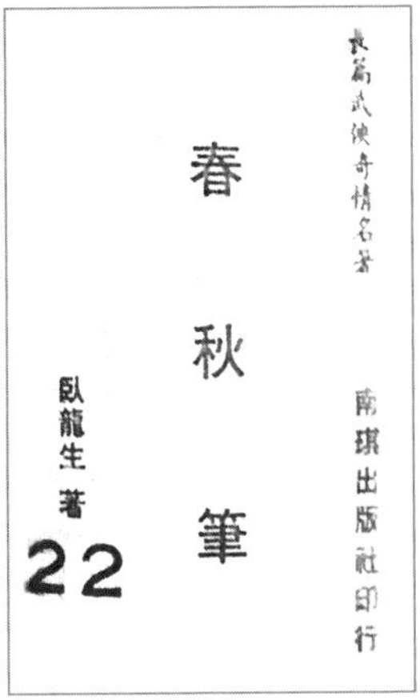

臥龍生的《春秋筆》（南琪出版）

其實，《春秋筆》的命意是相當出色的，儘管頗受到司馬翎《帝疆爭雄記》中武林太史居州介將江湖群雄分公侯伯子男五等排定高下，以及古龍《多情劍客無情劍》中百曉生的「兵器譜」排名影響，其中也有所謂萬知子的「兵器譜」排行，但顯然此書的構想與司馬翎、古龍是大異其趣的，重要的不在江湖排名的高下，而在春秋筆主人稟承孔子「筆則筆，削則削」的史家精神，每逢十年，揭惡揚善，所謂「一雙劍，可以取人性命，但春秋筆殺死的，卻是一個人的聲譽，一個人的靈魂」（十四回），以此隱隱成為江湖中撥亂反正、揭發奸宄的一股正義力量，而春秋筆主人八次現身，八十年來也使江湖上維持著基本的和平與穩定，姦謀不生，梟魁斂跡。

為武林作史，兼且筆削善惡，這是何等功業，何等盛事，而又須耗費多少人力物力以及秉筆之人的超凡史才、史學、史識與史德，才足以稱得上公允平正，一如孔子之作《春秋》，具有「亂臣賊子懼」的警戒功能？在虛構的江湖世界中，這是一個不可能的任務，以司馬翎與古龍的學養及識見，最多也只敢論名排次，僅就武學高下論列，而不敢稍逾界線，於善惡上作文章，正是有先見之明。

臥龍生儘管文筆頗佳，構思亦極巧妙，但學歷不完整，再加上平生未肯多讀多學，於「歷史」一門學問，僅有常識而乏知識，居然敢碰觸此一問題，並敷衍成小說，實不能不謂之「大膽」，以其能耐，如果走慕容美《公侯將相錄》的江湖排名路線，原是綽有餘裕的，且也頗符合其一貫喜歡套用的江湖大一統格局，不此之圖，反而欲別出蹊徑，自艱難處下手，就不免破綻百出，徒見其窘態而已了。袁枚的〈論詩絕句〉曾評論清初詩文兩大家王士禎與方苞，謂「一代正宗才力薄，望溪文集阮亭詩」，臥龍生在台灣武俠小說史上的地位，向來被目為一代正宗，聲望之隆，評價之高，在古龍崛起之前，無與倫比，但據其作品素質而論，恐怕正難免「一代正宗才力薄」的譏評，《春秋筆》就是一個最佳的例證。

本書非常強調春秋筆「懲惡」的功效，十年一度的披露，使許多表面為善的江湖人士，無所遁形，甚至當場即逼迫得幾位門派的掌門人自盡謝罪，一時江湖上似是弊絕風清，人人心懷凜惕，但卻也使得為惡者不得不採取更隱密、陰狠的手段，以逃躲「史筆之誅」，以此，表面上雖風平浪靜，實際上卻暗潮洶湧，大有山雨欲來風滿樓的危機。

臥龍生在此書中注意到了秉筆者所擁有的評論威權，並對此發出警惕，藉第三代春秋筆主人假排教教主之口道出「春秋筆不可傳下去，它專門找人的隱私，再加上那身霸道的武功，稍為心志不堅的人，就會受它誘惑，走入邪途」（四十八回）的隱憂，從「權力讓人腐化」的角度來說，臥龍生的觀察不能不說是頗具洞識的，但是他卻忽略了此一威權究竟是如何產生的問題，更疏略了受評議者對威權的反擊可能。

司馬翎寫武林太史居州介的權威性評論，刻意凸顯「帝疆四絕」對居州介評議的不滿，故聯袂找上居州介，施以懲戒；古龍寫百曉生的兵器譜，也尚有銀戟溫侯呂奉先不滿其排次，而企圖挑戰郭嵩陽及李尋歡的有形抗議，在司馬翎和古龍的筆下，居州介和百曉生的威權是武林所公認的，而猶有威權的質疑者與反抗者出現，《春秋筆》中的江湖人物卻一無反應，等如是默受宰割一般，其威權的來源，完全沒有交代，這是極為不合理的。居州介和百曉生不過是就武學論高下，猶有質疑抗議者出現，而春秋筆除此之外，更擁有無上的道德判斷威權，足以殺死一個人的聲譽與靈魂，怎可能沒有人對此稍加懷疑？

臥龍生賦予了春秋筆的秉筆者無遠弗屆的威權與力量——春秋筆主人武功冠絕當代，且形蹤隱密，除十年一度露面外，無人知其為誰，這與居州介會遭帝疆四絕懲處、百曉生會死於李尋歡飛刀之下，大不相同，司馬翎和古龍將秉筆者視為「人」，有其精絕的眼光與智慧，但也具有人的某些缺陷（如百曉生道德上之惡），臥龍生卻將之擬為「神」，無論武功、道德皆莫可質疑，唯一的缺憾是可能誤傳匪類。臥龍生並未詳細交代春秋筆選擇繼承人的原則及方法，這是全書最大的致命傷，誤傳匪類，固然可能有損於春秋筆的威權，並極可能造成威權的濫用，但即便並未傳之匪人，就一定可以保證其評論的公允與平正嗎？臥龍生信服道德的絕對性，卻忽略了道德的限制，忽略了「人」的複雜性，因此儘管此書命意頗佳，卻無力支撐，最終只能走上他後期小說的老路，草草收場。一代正宗，志大才疏，其「薄」正在於此。

臥龍生的小說，後期模式化極其嚴重，大抵從《雙鳳旗》開始，就喜歡採取「揭密」的模式——一個野心陰謀家，為了一統江湖，成立一個隱密的幫會，以毒藥、心神控制或是人質脅迫的毒辣手段，掌控黑白兩道的眾多高手為其前驅，而自己則隱身幕後；然後便由書中的主要人物，層層剝洋蔥，由外而內，逐步揭穿其陰謀，最終則是元凶現形、授首，江湖得以復歸平靜。

《春秋筆》有命意而乏創意，才力不足以支撐大結構，只得依循故套，信筆而寫，甚至情節上漏洞百出，有甚多未能關照及不合理的地方，例如一開首無極門的滅門之禍，是因其中不肖弟子勾結外人而造成的，此數人背師叛道，究竟為何？未作交代不說，且結局似乎也根本渾然忘了他們的存在（書中寫的是二、五、九三位弟子，但第九弟子之叛離，似別有用心，理應有發揮餘地，可惜臥龍生後來忘了）；且書中開場極重要的人物（本應是女主角的）歐陽佩玉，消聲匿跡了大半本書，卻突然於書末化身為七先生，轉折得莫名其妙；而養蜂的歐陽老人、灰衣老人，乃至於後來的五毒玉女，都曾占有過不少篇幅，卻也消失得無影無蹤，等如是開讀者的玩笑。更重要的是，幕後操縱的罪魁禍首假排教教主，既然企圖統治武林，且也實際掌控了天下數一數二的排教勢力，卻不會善加利用排教勢力為羽翼（甚至還派出四英、二童協助對手楚小楓），反而故弄玄虛，搞出了一些名不見經傳的「先生」出來，還彼此勾心鬥角，真不知臥龍生當初是如何設想的。

《春秋筆》連載期間，同時有《黑白劍》連載於《自立晚報》、《花鳳》連載於《大華晚報》、《天龍甲》於《中央日報》開筆也一個多月，四部作品同時撰寫，心分力散，本就難作巧炊，更何況「才力」淺薄，自然無以為繼，《春秋筆》的失敗，不但凸顯出臥龍生「江郎才盡」的窘狀，更預示了台灣武俠小說「臥龍生時代」的終結，臥龍生的江河日下，此書可以作個見證。

第三節　公道持論說臥龍

臥龍生自一九五七年創寫《風塵俠隱》以來，直到一九八〇年代，在他名下的作品，雖因其書往往「妾身未明」，而細細數來，也有將近五十部之多，雖說在部數方面不算最多，但因其書篇幅通常都相當的長，總體字數當居台灣武俠小說的第二位（略遜於諸葛青雲），這是可以確定的；而三十多年來，儘管頗有外騖，從事了若干經濟貿易方面的投資，以至有心分力散的現象，但基本上始終還是以武俠為本業，除了偶爾替影視公司製作電影、電視劇，充任製作、編劇工作外，撰寫武俠小說，可以說是一直在戮力進行中的。台灣武俠小說的蓬勃發展，是全台所有傾力投入武俠創作行列的作家共同締建而成的，其作品雖有風格之異、高下之別，卻無疑都曾有過大小不等的貢獻，而臥龍生創作數量之宏鉅、創作時間之長，都可以說是名列前茅的，無論任何人談論起台灣武俠小說，都不能，也不會忽略這位曾經風靡一時、舉足輕重的作家。

臥龍生在台灣武俠初興之際，即奮筆投入，是繼郎紅浣之後為台灣武俠小說鋪路奠基的一大功臣，而前期作品殫精竭思，以優異的身姿，迅速攫奪了讀者的青睞，更推促了台灣武俠小說的發展，儘管他優秀的作品多集中在一九六〇至一九六四這短短的五年之間，但凜凜雄風，卻有如他筆下最喜歡摹寫的「世家」一般，雖實力漸弱，依然有主盟武林的威勢，論其於台灣的武林聲望，除了後來居上的古龍，可以說是無人能望其項背的。因此，儘管在其創作能量已盡顯疲態之際，據一九七六年馮幼衡的調查報告顯示，臥龍生猶有高達百分之四十七點零六的支持率，僅僅次於古龍，足可證明其在讀者心目中的地位。

臥龍生在台灣武俠作家群中，算是學歷較低的，創作能量完全仰賴於幼時所看的諸多古典小說、舊派武俠及閒雜等書，不主一家，擅於融通重鑄、取宏擷精，而發為一家之言，這不能不說是先天上才氣使然。他的前半段人生，歷盡顛簸，人生閱歷豐富，思慮周詳，更使他的作品每能透視人性、洞察人心。如果臥龍生能夠秉持初入武壇時的信念，雖說是為稻粱而謀，至少也還盡力以說一個「好故事」為讀者、為自己負責，而不過分以「利益」為念、為聲色犬馬所惑，同時亦不斷自我鞭策，廣學博覽以增進自己的智識與學問，則其成就當遠遠不僅止於此，可惜卻蹈襲了方仲永「受之於天，而不受於人」的遺憾，五色之筆，實未必是郭璞回收，而是自家棄用，令人為之扼腕。

儘管臥龍生多數的作品，都頗不如人意，但在精挑細選下，本人認為，《飛燕驚龍》、《玉釵盟》、《天香飆》、《無名簫》、《絳雪玄霜》、《素手劫》、《天劍絕刀》這七部作品，都還算頗有可觀的，即便就是這少數的作品，雖未必能比肩金庸、古龍、司馬翎、梁羽生，但也未必會遜色於其他名家。尤其是臥龍生在盛名之下，當然也對台灣的武俠小說創作，有其一定的影響。

臥龍生武俠小說的特色，葉洪生曾將之歸納成如下三點：

> 臥龍生善於繼承並運用前人武俠遺產，將還珠樓主《蜀山劍俠傳》中的神禽異

獸，靈丹妙藥及各種玄功絕藝、奇門陣法、與鄭證因《鷹爪王》中的幫會組織、風塵怪傑及獨門兵器共冶於一爐；再揉合王度廬小說之「悲劇俠情」，朱貞木小說「奇詭佈局」，乃至「眾女倒追男」戀愛模式，兼容並包。因而形成了博採眾長、最具傳統風味的新時期武俠小說風格，被目為一代「武林正宗」。

臥龍生所倡導以武學秘笈掀起江湖風波、群雄逐鹿以及正、邪雙方大會戰的寫法，成為六十年代台灣武俠小說新模式。同輩或後起作家競相摹仿效尤，不知伊於胡底！

臥龍生所創「武林九大門派」[1]等說法，亦被同行普遍採用；而「爭霸江湖」幾乎變成武俠小說家共同的創作主題了。

基本上，葉洪生概括的這些特點，都普遍為學者所公認，陳墨對臥龍生的評價，也奠基於此而有更深一層的發揮，同時更舉出了其小說中普遍存在的破綻。[2]值得注意的是，葉洪生此說乃針對《飛燕驚龍》而提出的，事實上，臥龍生自《飛燕驚龍》而下，已經揚棄了還珠樓主中的神禽異獸；鄭證因的幫會組織也是貌同而實異，王度廬的「悲劇俠情」，則僅見於《天香飆》與《玉釵盟》，風塵怪傑除了《玉釵盟》中的神丐宗濤，也未頻繁出現，至於獨門兵器，除了《天香飆》中胡柏齡的「劍枴並

1見《武俠小說談藝錄．葉洪生論劍》（台北：聯經出版公司，一九九四），頁四一三。
2見《港台新武俠小說五大家精品導讀》（昆明：雲南人民出版社，一九九八），頁三四一至四〇九。

用」外，其實還是以劍及拳掌指爪為多；朱貞木的「眾女倒追男」也未必部部皆如《飛燕驚龍》中的楊夢寰，真正存留的，不過就是「武林秘笈」、「九大門派」及「奇詭佈局」而已，顯見臥龍生於承襲舊派之長外，也還是有自創新意的部分。而這些存留的部分，則完全可以用「爭霸江湖」四字加以概括。有關這點，前文在評述《無名簫》時，已有扼要的分析，在此不贅。

「江湖爭霸」是台灣武俠小說發展過程中，由於不願碰觸到政治忌諱，故從可能含有對政局影射的政權興替、政治臧否的歷史中脫離開來，而以虛構的江湖世界中的種種徵名逐利、勾心鬥角、攬權擁勢的現象加以模糊化的替代方案，儘管其中亦未嘗沒有隱含譏刺或指桑罵槐的可能，畢竟沒有具體的指涉，因此可以規避嚴格的政治審檢，以免因文而賈禍。

自古典俠義小說以來，直到民國舊派、香港新派，武俠與歷史向來是宛如連體嬰般無可區劃開來的，金庸在一九五九年創辦的雜誌以《武俠與歷史》為名，正可以佐證。歷史之所以要規避，主要是由於「史觀」的不同，而國民政府統治下的台灣，「史觀」迥然有異於大陸的「唯物史觀」，這是人所共知的，而一旦涉及歷史，就不免有「史觀」正確與否的問題。

香港作家當時遠較台灣自由開放，故梁羽生、金庸都自不妨藉武俠大抒其歷史見解，對歷代所謂的「封建制度」、帝王作為，極盡其批判、嘲諷之能事，但在台灣便懸為厲禁，尤其是對「統治者」，從不允許有過多的批評，而對歷史上若干倡亂造反者，則一律貶之為盜匪、賊寇，梁羽生與金庸的小說被台灣列為禁書，雖主要由於其「左派」的政治立場使然，但未嘗不是「史觀」之異，此所以金庸的《碧血劍》「膽敢」指斥崇禎皇帝，而對李自成等「流寇」大表推崇，無論如何都逃躲不了被禁的命運。[1]在此情況下，為避免無謂的干擾，武俠作家索性拋開歷史，遁入虛構的時空當中，反而能夠大顯身手，在虛擬的江湖世界中縱橫馳騁——這也就是台灣武俠小說「去歷史化」特色之由來。

「江湖爭霸」，在武俠小說「尚武」的世界中，武功自然是最重要的憑藉，臥龍生的武俠小說多採取「少年成長」的模式，年輕的俠客欲與已在武藝上卓然有成的武林前輩爭勝，速成而且威力十足的「武林秘笈」（另一變型則是「名師」），自然就是不可或缺的；而既是「爭霸」，必然是若干勢均力敵的集團相互爭衡，於是「九大門派」便應運而生。

門派的紛爭，其始源應出自平江不肖生《江湖奇俠傳》的崑崙派與崆峒派之爭，臥龍生巧妙的參照了戰國群雄爭霸的歷史，將「夙仇」轉化成爭奪「武林盟主」的權勢。各門派爾虞我詐，勾心鬥角，自會更出機謀，於是倏忽變化，令人防不勝防的詭詐，便一一出爐，於是，也就免不了「奇詭佈局」。不過，臥龍生通常不會讓「九大門派」中的任何一派有主盟的機會，因為「九大門派」中縱然偶爾會有居心叵測如《玉釵盟》中少林的元通掌門，但其所代表的是一種均勢，均勢象徵著穩定的秩序，而維持穩定秩序的門派，必屬白道、正派，相對地，任何妄想破壞此一均勢的集團，就是黑幫、邪派，於是，正邪的衝突就難以避免。

正邪對立，是武俠小說必有的橋段，但高明的作家，不會將其作太過於涇渭分明的區劃，於是所謂的「正邪之分」，往往是以「敵我關係」作決定的，在臥龍生的筆下，亦正亦邪的人物顯然較少，唯獨《玉釵盟》中的易天行可以勉強歸為此類，多數黑幫、邪派的人，從李滄瀾、滾龍王、南宮夫人，

1參見本書有關「暴雨專案」一節所述。

到沈木風，大多都是作惡多端、野心勃勃的惡人；至於白道、正派，則較多變化，固陋偏狹、剛愎自用，如《天香飆》中的各大門派，代表了在傳統規約下不知變通的老頑固，偶爾有之，但也不會像梁羽生《白髮魔女傳》中的武當派長老如此過分，但多數還是深明大體，能夠齊心協力，如《無名簫》中窮家幫的歐陽統，合力抵抗邪派。

臥龍生的小說，基本上還是「正邪分明」的，也正因此，無論是正派、邪派人物的摹寫都往往流於平面化，缺乏對人性的洞識。其實臥龍生未嘗沒有這樣的體悟，故在《天香飆》中就多所著墨，使《天香飆》成為難得的佳作，但其他諸書，就未免遜色不少，這也是臥龍生始終無法與金庸、古龍、司馬翎比肩的重要原因。

「武林門派」守成有餘，臨危不能擔當大事，而黑幫邪派又來勢洶洶，勢不得不於武林門派之外，別尋一位不世出的奇材，以領導正派群雄，於是又回轉到年輕俠少的身上。這就是「江湖爭霸」的主要模式，而由臥龍生發其端，台灣武俠作家群起仿效，葉洪生說，「『爭霸江湖』幾乎變成武俠小說家共同的創作主題了」，洵為的論。以此，我們也可以窺出臥龍生對台灣武俠小說的貢獻。

臥龍生的「江湖爭霸」，雖說是為了規避牽附於歷史而所難免產生的政治、社會批判而生，但其實亦未嘗不能拐彎抹角、不著痕跡的達成類似的功能，而從《天香飆》看來，臥龍生顯然也頗有意藉此而抒憤，這點，如果我們聯想到臥龍生當初之所以從軍中退役，主要是因為受到「孫立人事件」[1]的牽

1 「孫立人事件」是指一九五五年蔣介石免除抗日有功的新一軍領導「陸軍總司令」之職，所引起一連串國民黨內部鬥爭風波的事件。此一事件，牽涉問題極廣，到現在還沒有定論，但事發之後，孫立人的部屬三百多人被牽累下獄，臥龍生時雖僅任中尉，亦遭間接波及，故倉皇自軍中退伍。

連中，可以略窺一二。不過，由於還是過於拘謹保守，對所謂的「名門正派」只能點到為止，因此，與同樣是藉「江湖爭霸」模式為包裝，卻能一筆橫掃，對「明門正派」力加批判、諷刺，將千古以來所謂「權力使人腐化，絕對的權力使人絕對腐化」的至理名言發揮得淋漓盡致的金庸小說《笑傲江湖》相較，就顯得單薄得多了。

以此而論，儘管陳墨所說的台灣武俠小說「起點」較低，可能是事實，但此一模式的創發，卻是普遍影響及於當時港台全體的武俠小說界，連金庸亦難以擺脫，這也是事實，姑不論臥龍生還是能拿出數部擲地有聲的作品面世，即便僅就其創一代模式之新，竟能風行而草偃來說，也是應當加以肯定的。

不過，從另一個角度來說，誠如蔣秋華所批判的，臥龍生雖於台灣武俠不無開創之功，但台灣武壇種種惡劣的風氣，也都是臥龍生為「始作俑者」，這又是另一個不同層次的問題了。

臥龍生的功、過，究竟應如何評斷，讀者可能各有仁智不同的見解，但斯人既已云亡，就無須太過苛責，重要的是，有相當多的讀者曾經為臥龍生的小說風靡過，而且，到目前還是有若干部優秀的小說可供流傳，我想，這也儘夠的了。

第二章 《王者之劍》霸江湖——易容武俠小說論

自臥龍生的《飛燕驚龍》開啟了台灣武俠小說的「江湖爭霸」模式後，幾乎少有作家能自外於此，無論情節可以如何百變多端，內容可以如何曲折離奇，作家可以自有其側重的表現，但「爭霸江湖」的元素，始終都涵括於其中，即使不以之為主要的架構，也必然多多少少會涉及於此。其中受影響最大，且步趨最明顯的，毫無疑問，當屬易容為第一。

易容（一九三二～），本名盧作霖，湖北武漢人。據其自述，他自少小離家失學，十六歲始入空軍通訊學校初級班，畢業後曾任一段時間的通訊員；二十歲時，參加普考，轉任公職，一九五五年轉調至政治大學圖書館工作，得以博覽群書。然仍勤奮向學，一九六〇年考上中興大學法商學院合作經濟系。大二時，因經濟困窘，遂趁當時武俠小說廣受歡迎之際，以唐煌為筆名，撰寫了處女作《血海行舟》（一九六一），頗受春秋出版社的呂秦書賞識，乃正式跨入武壇，但並未引起重視。

一九六三年，臥龍生在《公論報》連載《天香飆》期間，因故輟寫，原由春秋出版社發行的單行本，後繼乏人，呂秦書遂力邀盧作霖為之續完，竟乃一舉而成名，使《天香飆》備受好評，成為代筆中罕見能超越原著的佳作；其後又為臥龍生的《素手劫》代筆，亦頗有好評。一九六三年，獨立創作

《劫火音容》（待考）；一九六四年，改以「易容」筆名，陸續發表《王者之劍》（一九六四）、《河嶽點將錄》（一九六七）、《大俠魂》（一九六八）諸書，更受到真善美出版社的宋今人，以及臥龍生、司馬翎等名家的讚賞與推薦。但其後轉往南投埔里高中任教，遂決意「金盆洗手」，退出武林，直到一九九二年退休。

易容是個才氣縱橫的作家，但其所以知名，乃由為臥龍生代筆而來，故其撰作風格，亦難免受到臥龍生原有格局的囿限，尤其是臥龍生開創的「江湖爭霸」模式，更是如影隨形。易容在晚年對此頗有憾焉，寄人籬下的委屈，可能是其急流勇退的因素之一。但平心而論，論才氣、論文筆、論情節，易容都遠勝於臥龍生，即使以「爭霸江湖」的模式而言，發揮得亦較臥龍生更為縱橫自如，《王者之劍》，即是其代表。

臥龍生所開創的「江湖爭霸」模式，大抵上以野心勃勃的邪派意欲稱霸江湖，故以各種陰謀詭計攪亂武林，而最終由不世出的俠客加以戡平為核心。此一模式可以開展的空間極廣，幾乎可以串聯起武俠小說中大大小小的模式為一。通常，夙具野心的爭霸者多為單一幫派，但《王者之劍》卻一反故轍，一開首就刻意塑造了一幫一會一教「三足鼎立」的格局，藉用三派的相互爭衡，點出江湖中正派式微、邪派囂張的武林大勢，而不世出的俠客，則在此微妙而複雜的局勢當中，縱橫捭闔，不但凸顯出俠客的智慧與胸襟，更道盡了江湖中爾虞我詐、徵名逐利的本質，其間的衝突性，無疑是更具張力的。

《王者之劍》的故事，要溯及十年前的「北溟大會」，當時一幫一會一教齊心合力，對正派施予強力的攻擊，雖有俠客華元胥率領群雄奮力抵抗，無如強弱殊形，終以失敗告終，正派名宿，死傷殆盡，華元胥亦敗戰而死，夫人文昭懿攜幼子歸隱山林，而江湖遂為一幫一會一教所盤據，神旗幫據河南，風雲會制河北，而通天教則掌控了江南一帶，各佔勢力，彼此制衡，表面上維持個平和的局面，而各自有其盤算。密雲不雨，一場可以預期的風暴，已在醞釀之中。而正派人士，經此挫敗，意冷心灰，潛隱山林，只能坐視一幫一會一教橫行天下、荼毒武林。

文氏是個堅強果毅的女俠，在「北溟」一役，武功盡失，但其心不死，躬撫遺孤華天虹（小名星兒），十年有成，遂命其行走江湖，待時而動。

華天虹「氣度恢宏，堅忍不拔，小節不拘，大節不苟，縱然面對殺父的仇人，他也能不亢不卑，量力行事，一生之中，不傷無辜，更不殺失去抗力之人，因之，便連他的死敵，也對他敬畏三分」[1]，為人仁義大度、謙和有禮，遂成為當時變動江湖中的中流砥柱。

當時江湖的局勢，是邪派三分天下，各有企圖，亦各自牽制，形成微妙的制衡局面，但誠所謂「天下大勢，合久必分，分久必合」，而能否由一派獨大，統合武林，關鍵卻在一柄「金劍」，據說這柄「金劍」關涉到百十年以前「劍聖」虞高所傳下來的武林秘笈《劍經》，任何人能獲得此一《劍經》，就可以擁有遠超於眾人的武功，睥睨江湖。而這部《劍經》，為當年西域高人向東來仗以威震中原武林的憑藉，後來向東來為邪派高手所圍攻，武功半

易容的《王者之劍》

1見易容在《大俠魂》中白嘯天對華天虹的概括評論。

廢，而為華元胥所救，護送其返回西域，向東來感激之餘，慨贈玄鐵重劍一柄，華元胥自創「重劍十六招」，遂成為華家一門專擅的武功，但「金劍」的下落，有真有假，既成為各方人士搶奪的目標，更連帶引發出各種的陰謀詭計。

武俠小說「爭霸江湖」的模式，必然以俠客消弭江湖亂源為終結，而俠客既承擔起如此的重責大任，就非得具有高強的武功不可；同時，依武俠小說俠骨柔情的慣例，也必然要讓此一俠客身陷於各種的情感糾葛當中。《王者之劍》，基本上就是以華天虹蕩妖除魔與多角戀情為主軸，開展整個故事。

在武功方面，華家的重劍固然威力十足，能使華天虹在江湖中嶄露頭角，但畢竟仍有所不足，在這裡，易容仍不免受到臥龍生的影響，以靈藥助長華天虹的功力，先是被迫服食「丹火毒蓮」，一度瀕危，幸賴苗疆「九毒仙姬」之助，勉強壓抑下來，但每日午時，丹毒爆發，就必須以「跑毒」的方式，予以消解；其後，獲得玉鼎夫人的垂愛，贈予「千年靈芝」，才告完全消除，而此二味一反一正的靈藥，不僅讓華天虹功力進展到更深更高的境界，更帶出了秦畹鳳與玉鼎夫人與華天虹的情愛糾葛。而在此過程中，華天虹先是獲得周一狂所授的「困獸之鬥」掌法，能右劍左掌，交互為用；更從逍遙仙朱侗之處，獲得《蚩尤真解》中的武功，漸有與諸邪派高手抗衡的能力；最後當然也獨得「金劍」之秘，從玄鐵重劍中獲得《劍經》，武功無人能敵，終於能掃平妖氛，重建落霞山莊，成為武林中人人景仰的「武林至尊」。

乍看之下，此一模式基本上已是格套，有點平淡無奇，但易容的功力，卻往往能在此一固定的模式架構中掀翻波瀾，自作變化，如「困獸之鬥」武功的取得，乃因周一狂的別有用心，從中逗引出邪派高手間的勾心鬥角與恩怨情仇；而《蚩尤真解》，則是受贈於朱侗，則關涉到正派群雄對華天虹的期許；而最後《劍經》的獲得，更是夾雜著許多江湖間錯綜複雜的陰謀詭計與勾心鬥角，都不是以簡單的「巧獲奇遇」可以概括的，即此，其實已具有突破臥龍生牢籠的實力。易容之所以能超越臥龍生，除了本身的文學根柢強過臥龍生，腹笥充盈，出口成章，儘管胡正群認為這樣的挪用成語、多援典故，甚至不惜大談歷史故事，是其缺陷之一[1]，但就文字表達功力而言，的確是勝過臥龍生的；至於思致變化，於不變中求變，其能力也未必遜色於臥龍生；但更重要的顯然跟他擅於巧學當時大家優長有關。這點，我們從他對重劍門虞高的摹寫中，是很可以窺探而出的。

華元胥的「玄鐵重劍」，很明顯是從金庸《神鵰俠侶》的獨孤求敗而來的，而書中有關《劍經補遺》中的一段虞高自述，更與金庸神似。金庸在敘述獨孤求敗畢生的武學經歷時，曾謂：

> 縱橫江湖三十餘載，殺盡仇寇，敗盡英雄，天下更無抗手，無可奈何，惟隱居深谷，以鵰為友。嗚呼，生平求一敵手而不可得，誠寂寥難堪也。凌厲剛猛，無堅不摧，弱冠前以之與河朔群雄爭鋒。紫薇軟劍，三十歲前所用，誤傷義士不祥，悔恨無已，乃棄之深谷。重劍無鋒，大巧不工，四十歲前持之橫行天下。四十歲後，不滯於物，草木竹石均可為劍。自此精修，漸進於無劍勝有劍之境。

在《王者之劍》中，虞高在埋劍塚中則說：

1見胡正群為《王者之劍》（見古龍武俠小說網《易容作品全集》所收）所寫的序〈美如甘蔗嚼漸甜〉。

余束髮藝成，仗玄鐵重劍行道江湖，托師門餘蔭，無往不利，十年之間，俠名滿天下，少年得志，沾沾自喜，不想器小而溢，一時失察，誤殺義士，十年功果，毀於一旦，愧作之餘，毀玄鐵劍，閉門思過，不敢復談武事……。行年百歲，回首生平，功過參半，差可兩抵，自念師門一脈，不可因我而絕，乃重鑄玄鐵重劍，並將一生所學，著《劍經》一篇附之。……一劍在手，天下幾無足堪一擊之人，無足堪一擊之物，不禁意興蕭索，生有劍不如無劍之歎，但恩師門以玄鐵重劍傳宗，其中必有至理，乃閉關面壁，苦苦參詳，經十九年瞑思默想，始悟徹無劍勝有劍，重劍勝輕劍之精義，惟精无耗竭，已不及傳世，乃著「劍經補遺」，附錄於後，遺諸有緣……。

其中「誤殺義士」、「無劍勝有劍，重劍勝輕劍」的文句，以及拔劍四顧，無有敵手、高處不勝寒的「蕭索」、「寂寥」，其類同之處，是宛然可見的，後來華天虹即使無重劍在手，亦可輕易獲勝，自又與獨孤求敗的「不滯於物，草木竹石均可為劍」，有異曲同工之妙。至於在玄鐵重劍中含藏武林秘笈《劍經》，其與金庸在《倚天屠龍記》屠龍刀中暗藏《武穆遺書》，更是同一機杼。顯然，易容在當時必然已讀過金庸的這兩部小說，且據之化入《王者之劍》中，是無庸置疑的。臥龍生固然高才，但據其面告筆者，自創寫武俠小說以來，殊少觀摩他人作品，如此「閉門造車」，自然有所不足，故其後作品每況愈下；而易容反而能鎔鑄前賢作品，自較臥龍生略勝一籌。

就全書而言，《王者之劍》是頗令人驚豔的，這不但是作者在構思上以「三足鼎立」外加以華天虹為首的正派群雄，四角相犄，在分合之間，各逞其能，既足以揭露江湖詭詐的一面，更能讓華天虹折衝於其間，以「王道」觀念——以德服人，而非唯力是視的謙退恭謹，搏得即便是敵人的敬畏，因而實至名歸的成為「武林至尊」。平心而論，在主角人物的設計上，大概也只有臥龍生《玉釵盟》的徐元平、《素手劫》的任無心差堪比擬，是遠遠為《飛燕驚龍》中的楊夢寰所望塵莫及的。

《王者之劍》一書的可觀處，一是鼎足三分的邪派彼此的各懷機謀，寫得波詭雲譎，三派的角力，從華天虹在落霞山莊看見風雲會的少主任鵬被刺殺開始，一路寫下來，無論是黃河岸邊、曹州鬧區中、黑風洞前，都在表面的平靜中，可以嗅出其間劍拔弩張、山雨欲來風滿樓的緊張氛圍；更在最後一場的子午谷「建醮大會」上展現得淋漓盡致。

「建醮大會」是全書寫得最精彩、緊張的部分。此會是通天教的天乙真人以傷悼、祭祀當年「北溟大會」慘死的英雄為名，所召開的一次武林大會，全書重要的人物，幾乎全部會聚於此。其中正派的群雄，勢力最為單薄，而三派之間各有秘謀，合縱連衡，表面上齊心欲消滅群雄，可是卻各有盤算，中間詭變多端，倏忽轉換，令人目不暇接，光看三派間的勾心鬥角，就頗為酣暢淋漓，更何況又異軍突起，不但西域的向東來重出江湖，更有詭秘離奇的太陰教，在其間蠢蠢欲動。

一場鏖戰下來，風雲會、通天教大敗虧輸，僅僅少數人得以倖存；正派人士在向東來協助之下，也只能僥倖度此劫難，唯獨神旗幫一枝獨秀，元氣未損。眼看著神旗幫佔盡優勢，將兼併整個武林了；卻不料華天虹神功已成，出面力挽危局，而神旗幫則變生肘腋、禍起蕭牆，不但白嘯天、許紅玫夫婦反目為敵，更因毒諸葛姚策暗中勾結了太陰教，徒眾譁變，也只是贏了面子而輸了裡子。「建醮大會」，其實漁翁得利的反倒是新興而詭秘的太陰教，所謂的「爭霸江湖」，只剩一盤殘局，尚有待華天虹的重整旗鼓。

《王者之劍》對「建醮大會」的摹寫，可謂是倏忽變化、劇力萬鈞的，無論是氣氛的點染、鏖戰的激烈、詭謀的運作，都絲絲入扣。易容在此處，更巧妙的將「爭霸江湖」的模式，帶出「民族抗爭」的主題，轉折上都是透過經心安排的。

太陰教的崛起，其實作者早已佈下了伏線，一是當初刺殺風雲會少主任鵬的秘謀，乃是由身居通天教客卿的玉鼎夫人所策劃的，而其詭計，則亦暗示出不僅是與太陰教有關，更與向東來的「金劍之秘」繫聯為一；而姚策與太陰教的暗通款曲，也都早是胸有成竹的（**唯一可惜的是對秦百川的加入，未有合理說明**）。

在「建醮大會」之後，武林局勢丕變，一派一教已無足輕重，神旗幫大權也為許紅玫所取代，而因白君儀、素儀姐妹與華天虹、彭拜的關係，也向正派靠攏，形成了以華天虹為首的正派群雄與太陰教對峙的局面。

「民族抗爭」元素的加入，源於向東來的西域身分，而由他帶出了西域星宿派魔教此一帶有外侮性質的邪派，而魔教的武功，又源生於一百多年前九曲神君徒弟曹天化所寫的《天化札記》，故魔教亟思入侵中原，攫奪深藏於地底「九曲神宮」的寶藏與秘笈，這又形成了整個中原武林齊心合力對抗西域魔教的形勢，等如一波未平，一波又起。

易容花了不少篇幅回溯九曲神君發跡的經過，大抵是以白羽的《偷拳》為藍本，而又多加了渲染的色彩，「九曲掘寶」遂成為《王者之劍》壓軸的重頭戲。

「九曲掘寶」較諸「建醮大會」不遑多讓，除了增多了東郭壽所率領的魔教人馬外，幾乎所有的中原武林人物都會聚於此，連已經式微、沒落的一幫一會一教，也都出動了，其間邪派的陰謀，自然再度秘密進行中，而最主要的則是與魔教勾結的無量神君弟子谷世表，炸山決河，山洪爆發，造成不少人的罹難。

在「建醮大會」出盡風頭的華天虹，以其高強的武功及武林威望，率領群雄度此劫難，並以開闊、謙讓的襟懷，公平的分配了「九曲神宮」中的秘笈與寶物，利益均霑外，也成功將星宿魔教驅離了中原，正式成為「武林至尊」，並獲得了「天子劍」的封號。

「九曲掘寶」雖亦相當可觀，且其主題的轉換，也未嘗不能緊緊扣住前面的情節，但一切的鋪敘，似乎僅僅在抬高、建立起華天虹領袖群倫的地位而已，其實是顯得有些鬆散的，不但九曲神君的經歷寫得過於冗長，而鎩羽復出的風雲會、通天教殘餘人物被弱化成一般的江湖人物，未免太過於理想化；而其中最關鍵的「掘寶」大工程，會聚了三山五嶽、中原西域高達千人以上的人馬，卻竟未提到任何開山破土所需的必要工具，且歷時不過數日便完成，這當然是很難說服讀者的。如果要說《王者之劍》的敗筆，無疑這是其中最明顯的。

不過，此一敗筆，相對於易容在《王者之劍》中精彩的「柔情」摹寫，卻也顯得是瑕不掩瑜的。《王者之劍》的另一項成就，在於刻劃華天虹與書中三位重要的女主角秦畹鳳、白君儀與玉鼎夫人的戀情。

秦畹鳳是華天虹初入武林時奉母命馳援的秦白川的女兒，性格溫柔恬靜，在屢次受到華天虹的援助下，從感激到萌生愛意，寫得相當令人動容，尤其是華天虹此時是以易容術掩飾了本有的英俊瀟灑面貌，這就跳脫開一般武俠小說慣常的男主角以其俊美而讓女俠傾心的窠臼，這在秦畹鳳在見到華天虹被迫服食「丹火毒蓮」，竟成癡呆，而後抱持華天虹千里迢迢的趕赴苗疆，懇求九毒仙姬醫療的款款深情中可以發現。

白君儀與玉鼎夫人的情感糾葛，易容採取的是「正男邪女戀情」的模式，這應該與臥龍生《飛燕驚龍》中楊夢寰與李瑤紅的摹寫相關。白君儀是神旗幫主白嘯天的女兒，心高氣傲、手段毒辣，在與華天虹初識之時，曾公開的羞辱華天虹，不但命其下跪，更曾打斷了華天虹的三顆牙齒，但後來逐漸為華天虹的胸襟與氣度所吸引，由恨轉愛，但夾處於其父白嘯天與華天虹的對峙局中，百般為難，卻始終無怨無悔，所幸後來能為秦紅畹所接納，在神旗幫歸正後，成就了華天虹得享齊人之樂的圓滿結局。

玉鼎夫人也是邪派的要角，以風流冶蕩的姿態出現，卻也在發現了華天虹的俠客風範後，專一的傾心於他。但玉鼎夫人的身分相當複雜，她既是華天虹欲鏟除的通天教妖邪的客卿，曾一手擘劃的任鵬之死，想藉機引發江湖紛亂；而又是太陰教的臥底，處心積慮想奪取華天虹的玄鐵重劍；但在愛上華天虹之後，寧可受到太陰教「陰火煉魂」之苦，也不改其志。

華天虹在《王者之劍》中，是有情有義的俠客，而正因有情有義，他既不願辜負秦畹鳳款款深情，又大受白君儀與玉鼎夫人厚愛的感動，如何取，如何捨，就成了一大難題。尤其是白君儀與玉鼎夫人，都是邪派中人，華天虹受到的阻礙，是可想而知的，而也正在此處，易容展現出其小說中對柔情的深刻摹寫。

《王者之劍》在感情上的鋪陳既細膩又合理，雖最終還落入女主角「歸正」的模式，但中間的衝突、變化，卻拿捏得恰到好處。最後的結局，是秦畹鳳、白君儀雙美同歸，玉鼎夫人也被安排為「待時而娶」[1]，江湖既定，感情有歸，是個圓滿結束。

《王者之劍》不但對三位女主角有相當深刻動人的摹寫，即便是邪教人物，如風雲幫主任玄的毒辣、通天教主天乙真人的陰狠，以及神旗幫主的謀略，都摹寫得相當具有特色，全書也就在這些各具特色的人物與變動不居的奇詭情節中展開。其中胡正群對全書後半才出現的高泰、小五兒等「小抖亂」盛加誇讚，但驚鴻一瞥，雖點綴了不少的「笑趣」，但終究只是個「插曲」，對大局並無太大的影響，甚至在續書《大俠魂》中的表現也未見精彩，足為可惜；但就其水平上說，可以置之於臥龍生《飛燕驚龍》、《玉釵盟》、《無名簫》等優秀的小說同列而無愧的。

易容的成名，頗得力於臥龍生，而也正因替臥龍生代筆，多多少少亦受到不少的影響，這是易容晚年頗感後悔的事。據說當初的「代筆」，是由臥龍生述其故事大要，而由易容自由執筆以完成的，但後出轉精，卻也難得能從既定的框架中，自作突破，亦展現出易容不可多得的寫作才華。自《王者之劍》後，易容先寫了《河嶽點將錄》，此書陳墨許其為「才氣橫逸、輕巧靈活」[2]，尤其對書中女主高潔時「半是天使，半是魔鬼」，忽而是抑鬱凶殘的高潔，忽而是天真純潔的雯兒的雙重人格（**離魂症**），大表激賞，可見易容不容忽視的人物塑造能力；其後，又續寫了《大俠魂》，此書是將《王者之劍》與《河嶽點將錄》融匯為一的作品，既寫《王者之劍》中華天虹的次子華雲龍繼承其父維持武林

1 玉鼎夫人的歸宿，在易容後來續寫的《大俠魂》中，另有一番波折，玉鼎夫人因前此冶蕩行為，自慚形穢，便絕意放下這段愛情，出家為道姑，法號「長恨」，最後則是華天虹的兒子華雲龍設計安排下，終於能夠下嫁華天虹（但也沒明寫）。

2 見陳墨《新武俠二十家》（北京：文化藝術出版社，一九九二），頁四二〇。不過，陳墨誤以為是司馬翎所著。

正義的襟抱，且藉之將《王者之劍》中未交代後事的玉鼎夫人、谷世表，作一收結，更從《河嶽點將錄》中創立金陵世家的雲震後代（外家的蔡薇薇），納入其中，由於華雲龍的設計，太過於類似華天虹，連情愛糾葛的模式，如蔡薇薇似秦畹鳳、梅素若似白君儀，雖較《王者之劍》略遜一籌，卻也頗具可觀的長處。此二書，基本的大背景，都以邪派欲爭霸江湖為主要架構，可見其步趨臥龍生的明顯痕跡。

可惜的是，易容自完成《大俠魂》後，就絕跡於武壇，未能繼續創作，否則的話，以其才華及功力，絕對不會遜色於臥龍生。

第三章 「大美一美」慕容美

在台灣的武俠作家中，有不少是從文藝界出身的，如陸魚本來就是一九六〇年代相當知名的詩人方旗，古龍雖未能以文藝名家，但也曾當過文藝青年，發表過〈從北國到南國〉的散文作品，其他如伴霞樓主、東方玉等與報刊關係密切的作家，也常有文藝作品發表，但真正出身文壇，而後以武俠名家，像民初的白羽一樣，偏師而竟奏功的，大概非慕容美莫屬了。

慕容美（一九三二～一九九二），本名王復古，江蘇無錫人；學歷不詳，昔隨青年軍來台，從事稅務工作多年。王氏青年時期頗愛好文藝，經常向台灣各報副刊投稿，曾用「勞影」、「筆鳴」等筆名發表中短篇小說，才華橫溢，而引起文壇注意。據其自述，他早年受知於國民黨文藝舵手張道藩，屢獲「中華文藝獎金委員會」獎勵撰稿，本無意從事武俠創作。一九五七年左右，因讀俄國著名小說家庫普林（Kuprin）的代表作《愛瑪》而深受感動，乃精心撰寫娼妓小說《網》，投寄《中華日報》副刊主編林適存。不料此稿未及發表，即在台北各女作家爭相傳閱下，不慎遺失。王氏於此耿耿於懷，遂誓與文藝絕緣。

退出文壇後，王氏轉向武俠發展，一九六〇年初，先以「煙酒上人」（蓋其平生愛好煙、酒）為筆名，撰寫武俠處女作《英雄淚》及《混元秘籙》二書，未獲重視。其後改名為「慕容美」，以兼融文史、亦莊亦諧的筆調，推出《黑白道》（一九六一）、《風雲榜》（一九六二）諸作，大受讀者歡迎；乃成為大美派王牌作家之一，與東方玉、秦紅齊名。

慕容美因出身文藝界，故文字根柢相當深厚，他又能博識文史掌故，經史詩詞，隨處點染，皆頭頭是道，故文筆清晰流暢，文白皆宜，尤擅於構思情節，奇趣頻生。慕容美頗受大美出版社張子誠賞識，故早期多數作品皆由大美出版，成為大美的台柱，有「大美一美」之譽。在同一時期，慕容美並應邀為春秋書系撰《金龍寶典》（一九六三）、《怒馬香車》（一九六四）等書；為四維書系撰《翠樓吟》（一九六七）、《翠樓吟》（一九六七）、《留香谷》（一九六八）等書；為南琪書系撰《解語劍》（一九六七）、《一劍懸肝膽》（一九六八）、《秋水芙蓉》（一九七〇）等書，備受矚目。

慕容美早期諸書，雖清麗芊綿、文采琳琅，但仍固守武俠舊貫，中規中矩，多數為爭霸江湖的格局，摹寫正直仗義的男主角如何揭破野心家的陰謀；但自一九七〇年以後，明顯受到古龍的影響，雖格局未變，而偏喜塑造瀟灑風流、玩世不恭的男主角，以簡潔俐落的文筆、莊諧並用的意趣，塑造奇詭變化的情節，尤其擅於摹寫市井小人物，風格為之大變，《天殺星》（一九七一）、《無名鎮》（一九七九）、《殺手傳奇》（一九八四），皆滑稽奇突，別開生面。可惜的是，一九八五年因中風而擱筆，遂告別武壇，一九九二年，病逝家中。

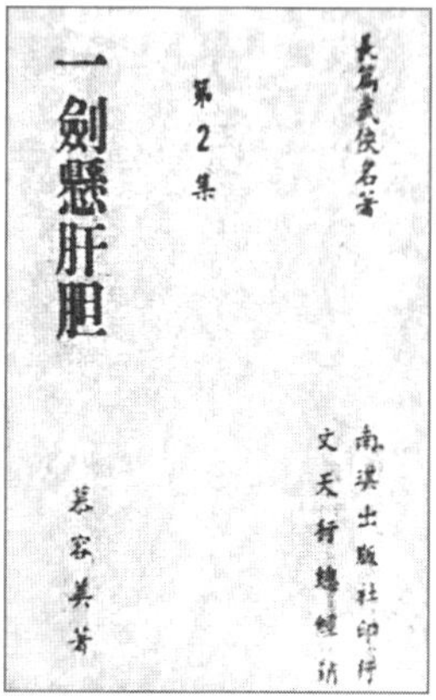

慕容美的《一劍懸肝膽》（南琪出版）

第一節 結構出奇的《風雲榜》

慕容美的處女作《英雄淚》啼聲初試，但可能因不熟諳武俠小說體式，故文字雖流暢有餘，情節卻不精采，故未能知名；其後以《黑白道》及《風雲榜》打破僵局，開始引人矚目，其中尤以《風雲榜》最獲稱道。《風雲榜》的開首，就是武俠小說中相當引人矚目的「武林盟主」之爭，據書中說：

> 本會十年一次，選出德能俱備之盟主一人，主持今後十年中的武林公義。盟主得自定令符一種，當場昭告天下。今後十年，令符所至，應視為盟主親臨，一體俯遵；有故違不服者，是為武林公敵，可由盟主令傳各門各派，召集臨時會議議罪。議案成立，集體執行；不分門派班輩，不念親故好友，一律無赦。——《風雲榜》第二章

可知「武林盟主」一位，當是位高權重，人人爭而欲得的「寶座」，但慕容美卻是相當反常的將此十年一屆的爭奪戰，寫得溫吞平和、揖讓進退（僅一人喪生），而且出乎意料之外的，竟是第一屆盟主一筆陰陽金判韋公正、第二屆盟主一品簫白衣儒俠武品修，這兩位前任的盟主「珠玉雙收」，同登盟主；更奇特的是，韋公正並未參加第二屆的衛冕戰，反而在第三屆才出來。

慕容美藉著旁觀戰局的無名老人和主角武維之的冷眼，一一點逗出其中可能暗藏的秘辛，製造懸疑，雖則有點拖沓，卻也引人欲一探究竟。更重要的是，無名老人藉戰局教誨武維之武林人士應有的觀察力、禁忌，以及最關鍵的「武德」，這與全書感慨「武風日熾，武德日衰」的主題是密合無

間的。其後，無名老人藉傳授武維之武功的暇隙，提出了這兩位現身的武林盟主可能是「假冒」的問題，則攸關於後續故事的開展。層層進逼、理致分明，卻又保留了想像的空間，這與其他武俠小說的詭計並用、廝殺激烈，迥不相侔，顯然是有所為而為的。

整個小說的主要情節，就由此鋪展開來，兩屆武林盟主的真偽，不但帶出了風雲幫的出現，更攸關於主角武維之的身世。武維之的身世，其實並非全書的重心，反而藉由他追查身世所引出的上一代，乃至上上一代的武林名人恩怨，才是全書的重頭戲。

這當然得重新梳理全書脈絡才能解說清楚。先從上上一代說起。數十年前，江湖上以「雙奇」、「三老」、「東海異人」、「天山盲叟」等人為尊，其中的「雙奇」、「三老」尤為關鍵，雙奇之一的終南無憂子有一徒一女，即一品簫武品修與歐陽皓珠（雪娘）；無名派天仇老人收有一徒，即金判韋公正。武品修後娶得人老諸葛符之女諸葛香君（梅娘），夫婦感情融洽，生一子即主角武維之。

武家後來發生變故，原因是江湖上流傳了「梅雖遜雪三分白，雪卻輸梅一段香」的謠言，有意無意間挑動了「凌波雙仙」雪娘和梅娘間的妒心，而玉門之狐陰美華就從中施展狡計，造成兩人之間的不合。梅娘一氣之下，拋夫棄子，回歸娘家，誓不與武品修見面，而雪娘也一時激憤，遠嫁給天山雪俠。武品修受此刺激，便也離家出走，闖蕩江湖，遇到了韋公正，兩人意氣相投，遂成為莫逆至交，一筆一簫，先後成為武林盟主。

慕容美的《風雲榜》（大美出版）

武林盟主的爭鬥，起因是人老諸葛符與師弟無情叟合煉了百顆的「南北兩極丹」，用以行道江湖，濟度世人，並懲奸鋤惡。人老出手嚴懲了玉門之狐，卻未料到居然為無情叟所救，無情叟更因此愛上玉門之狐。由於「南北兩極丹」是武林聖藥，故天下人都紛紛有意索取，江湖亂成一團。玉門之狐出身苗疆百花邪教，淫惡多端，為了報復人老，故意製造出幾可亂真的「一元丹」，更使得江湖紛擾不堪，故才有少林派出面倡議武林盟主之舉。玉門之狐猶未死心，故找上人老女婿武品修下手挑撥，又擒擄了他，並創下了風雲幫，企圖一統武林。

這是《風雲榜》全書的整個「來龍」，但慕容美故作狡獪，不願分說，不僅主角武維之不明究裡，就連讀者也被鬧得暈頭轉向。在「去脈」上，他所採取的方式，就是一個「藏」字，像擠牙膏一樣，每出現一個事件，才透露一點，先布下線索，然後故作糾結，繼之慢慢收攏，一一解開，誠如書中最關鍵的人物韋公正所說，「話要詳說起來，太多也太長。片片斷斷，各成一環；而每個環節之間，卻又有連帶關係」（第十章），的確造成了懸疑詭奇、撲朔迷離的效果。

葉洪生對慕容美的武俠小說是相當推崇的，尤其對《風雲榜》一書「佈線、打結、解扣，收網、解謎」的技巧高度稱賞：

> 慕容美畢竟不同凡流，他選擇的是一條「翻空出奇」的險路：即一面佈線中線、打結中結，一面卻用拼圖法將各自獨立的事件予以一片片整合還原，卒使真相大白，水落石出。[1]

1見《武俠小說談藝錄》，頁四三一。

這是《風雲榜》之所長，但也是其弱點。

之所以說是「弱點」，最主要的原因是慕容美的解謎方式，不是利用書信寫出，就是由人物口中分說，而不是由主角武維之或讀者去「發現」、「揭露」，這種故意「密而不宣」的手法，不但是全書中原可淋漓盡致發揮的情節被犧牲掉，如風雲幫紫燕十三女中的花解語，她對武維之令人動容的深情，居然是由韋公正「轉述」出來的，這就未免削弱了其間足以感人的分量；同時，最後正邪方雙方的決戰，突如其來的「賽魯班」章巧匠，居然是「天山盲叟」所化裝的，儘管未能瞞過有心的讀者，但卻要等到正派人士犧牲了不少人的性命，尤其是黑白無常兩個「無辜」的怪傑，最後才現身出來，就真的大違常情了。

不僅如此，如此「藏之又藏」的手法，就完全削弱了主角武維之的表現空間，整個縱橫捭闔於全書的，反而是金判韋公正，這就難免有所失焦了。

武維之儘管貫串於全書，是出場數最多的要角，但他在全書的參與方式，只能說是「被動」的傀儡，從一出場亮相開始，就是由金判韋公正操縱著，武林大事的分析、恩怨的原由，乃至武維之所有的重要行動，無一不是由韋公正以口頭或是書信交代的，甚至連愛情的蘭因絮果，都不例外。武維之千里奔波，倥傯於江湖之中，都是「奉命行事」，幾乎毫無自我發揮的餘地，就是連最後的決戰，都只能袖手旁觀，看別人的表演。或許，這也可以說是《風雲榜》之奇詭的一部分，但讀者見仁見智，就很難一概而論了。

《風雲榜》是慕容美前期作品中最受稱道的一部，曾被收入一九九四年江蘇文藝出版社的「台灣武俠小說九大門派代表作」之中，被歸為「詩情畫意派」[1]，揆其得立此派的緣由，應是慕容美擅於文史典實及詩詞掌故，故每藉小說中的情節，引古人詩詞，加以發揮，葉洪生就指出了「描寫名勝古蹟」、「運用象徵手法隱喻人事」、「活動畫、靜場面、交叉運行」[2]的行文風格為證。其實引用典實、詩詞，幾乎是多數台灣武俠小說家的慣技，只不過慕容美因腹笥飽滿，故不拘生冷、熟溜，都能俯拾即得，故能得心應手，詩韻宛轉而已，「詩情」固然而有；「畫意」則別有所在。在這點上，《風雲榜》一開首，藉洛陽城內參與武林盟主盛會的熱鬧景況，瞬間轉移畫面，摹寫九花叢殿清冷的一角，其所形成的冷、熱對比中，是可以窺看出來的；至於武林盟主爭奪戰，以及華山正邪兩派的初次對決，主場景（動）和次場景（靜）的輪番穿插，則得力於視角的轉換，可見慕容美敘事的功力。

《風雲榜》結構的新奇，自可展現慕容美組織架構的不凡功力，這也應是他成名的最大因素；但慕容美的小說，在「柔情」方面的經營，就有不免失之粗疏。以此書為例，書中出現過三個較有分量的女子，一是武維之表妹雪兒，一是天山藍鳳，一是紫燕十三花解語，但其與武維之的對手戲相當得少，自然發揮的空間有限。慕容美對女性心理的揣摩，顯然是不夠到味的，以玉門之狐挑撥武品修夫婦的情感來說，只不過武品修見到雪娘暈厥，趕忙去救援而已，梅娘醋意再重，也不可能如此嚴重，更何況，最後關鍵的《會真記》[3]一書是否可能具有如此強大的破壞力，恐怕是值得懷疑的。尤可怪異

---

1 所謂「詩情畫意」，恐不能從一般所習用的旖旎、浪漫角度加以詮釋，事實上，慕容美的小說正在這點上是較為欠缺的。

2 同前注。

3 慕容美在此犯了一個錯，將此書說成是元稹的作品，是將〈鶯鶯傳〉和《西廂記》混淆為一了。

的是，在第十七章中，武維之為了營救表妹司徒雪，與採花賊黃吟秋搏殺，因顧念他是地老黃玄的孫子，故手下留情，反被黃吟秋砍傷，情況危急時，在一邊旁觀的司徒雪，竟然大喊「活該活該」、「死死」的話，慕容美的解說是：

這位名門玉女，雖在這種情形，竟仍無出手搶救的打算。她口中的「死」字，是氣忿話，也是真心話。說來也許無人能信。這一剎那，的的確確的，她希望黃衫客一劍刺中武維之要害。換句話說，她希望看到武維之死！不過在這之後，她會為他報仇，甚至以身相殉，乃屬必然。有人說，恨是愛的影子。一旦走了極端，愛之深，恨之切。是這樣的嗎？

這也可以用「愛之深，恨之切」來解說，真的就不曉得慕容美將女性看成什麼樣的動物了。

第二節　詼諧奇詭的《天殺星》

靜靜告訴你！

有位擅作奇文的作家，他的奇不下於古龍，他的著作不但故事奇、變化奇、情節奇、對話更奇、奇在對話中詼諧百出，妙趣橫生，這位撰者就是譽滿東南亞的慕容美先生，各位讀友如果想要閱讀奇文的話，不妨購買一本「武俠世界」週刊睇吓，裡面的「天殺星」包你拍案叫絕！愛不釋手！

這是一九七一年台灣《武藝》香港版所刊登的廣告，用意在推介慕容美的《天殺星》。

慕容美從一九六〇年的《英雄淚》（以煙酒上人為筆名）開始，已陸續創作了十多部作品，基本上還是依照傳統武俠小說的格局作開展，但一九七一年之後，風格有相當大的轉變，不但文字的敘述開始活潑、輕揚，節奏增快、對話增多，情節更從中規中矩、有條不紊的敘說江湖爭霸的窠臼中跳脫開來，轉以懸疑詭秘、變化多端取勝，尤其喜刻畫瀟灑不羈、玩世不恭的男主角，以詼諧幽默的筆法，敘寫江湖上形形色色、層出不窮的陰謀詭計；這些詭計，雖亦可能涉及到所謂武林霸業的爭奪，但更多是財富的誘惑、美色的蠱迷，藉此，慕容美以他豐富的人世經驗，對當代社會作了相當辛辣的諷刺。

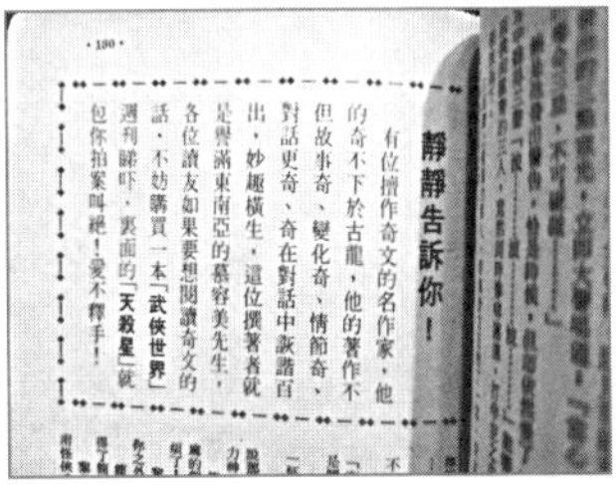

慕容美的《天殺星》（毅力出版）和1971年台灣《武藝》香港版刊登的廣告「靜靜告訴你！」

這段廣告詞雖不無推揚、宣傳的用意，但以「奇」字概括《天殺星》這部作品，並直指「不下於古龍」，倒是相當有眼光的道出了古龍對慕容美的影響。

《天殺星》的故事內容，基本架構仍不脫傳統台灣武俠小說「江湖爭霸」的格局，書中主角申無忌偶然在河邊撿拾到一個鐵盒，其中藏有一份名單，都是江湖中一些沽名釣譽的偽善者的名錄及其惡跡，這是江湖中的兩大名人「刀聖劍王」中的刀聖葛維義留下來的。葛維義與劍王薛應中原為八拜之交，但葛維義發現到薛應中狼子野心，恐不利於江湖，但礙於兄弟情份，因此不願撕破臉，但卻留下了這個鐵盒，以備不時之需。鐵盒中指示了他的居所中所藏的武功秘笈，並願有緣者能習成武功，且代他鏟除包括薛應中在內的一些偽善人物。申無忌習成武功之後，初入江湖，就切實地執行了這個任務，四君子、太原神醫公孫全、金陵公子曾少威、太湖漁隱江平波，以及南陽三英、葛氏兄弟等多人先後遇害。由於殺戮甚重，且「不辨是非，不講情理，沒有一絲絲人性」，故有了「天殺星」的惡名，但其來歷，卻是沒有人知道。

這就驚動了一力營造正義形象的「劍王宮」，薛應中祭出萬兩黃金的賞格，並派總管無情金劍艾一飛率領劍宮劍士，四處捕拿。財帛動人心，因此江湖中許多貪圖賞金的人便騷動起來，各逞機謀，想方設法欲捉拿申無忌。

由此開展，整個情節的走向，原亦不出「劍王宮」如何以陰謀詭計荼毒武林，附翼者如何為虎作倀肆虐江湖，然後俠客如何團聚志士，最終揭穿陰謀、消弭禍災的架構。但是，卻因為慕容美對申無忌的不同設定，遂使得《天殺星》發展出完全不同的格局。

申無忌是瀟灑不羈的浪子型俠客，足智多謀、武功高強不說，最主要的是他玩世不恭的行徑，故此依其性格所設定的場景，以客棧、酒樓、妓院、賭場為主，而這正是「浪子」最常出沒的地方，也是三教九流匯聚之處。因此，申無忌所交接的對象，雖亦有丐幫幫主十方羅漢、黃山掌門百媚仙子等名門正派，但僅是聊備一格，多數也都是混跡在這些場所的市井人物。慕容美對這些「公共場所」的熟悉程度，是相當令人訝異的，往往摹寫得維妙維肖，具有十足「市井風情畫」的風味，令人懷疑他是不是箇中老手。市井人物，所爭、所求，不過「酒色財氣」，而其中的「財」與「色」，更是趨之若鶩、死而不悔的。

「財」必須由劍王宮所懸的萬兩黃金開始說起，重賞之下，必有勇夫，故首先就有了貪婪好貨的笑裡藏刀勝箭與顛倒眾生的如意嫂出現。如意嫂是書中略帶負面性質，但後來「歸正」的女主角，也由她引領出一連串「色」的徵逐。小說中，慕容美對「財」字作了相當深刻的諷刺：

看看吧，一個人只要有上一千三百六十兩黃金，就可享受十年雖南面王不易的生活，真不知道大家為什麼那樣不知滿足，一定要獨得劍王宮的那筆賞格！剩下來的花不完，不知道又有什麼用？」——《天殺星》第四章

劍王宮所懸的賞格是一萬兩，申無忌願意束手就擒，讓勝箭與如意嫂獲得賞金，前提是將其中的四千兩贈送予當初他出身的信義鏢局，以挽救其鏢貨被劫的危機，剩餘的由他們二人均分，每人可得三千兩。申無忌細說一個人如果以十年為計，擁有土地、建築、園林、僕役、清客等多般享受，也不過只需一千三百六十兩，就是綽綽有餘，又何苦刀頭舐血、捨死忘生的去追求更多未必能花用的財富？但顯然勝箭、如意嫂與一般市井貪得無厭的人一般，是永不知饜足的，因此，不但未遵守諾言，更彼此互相殘殺，最終人死財失。套書中陰陽翁的話來說，「男子漢大丈夫，酒色財氣，在所難免，否則一個人練成一身武功，長年刀尖上舔血，為的又是什麼？」無疑，這是對世間急於求財的社會相當深刻的嘲諷。

最有意思的是，書中出現了一個假借申無忌名義成立的「天殺幫」，打著欲在江湖上爭權奪利的招牌，大肆招攬徒眾，而其最終的目的，卻就是「斂財」。冒名幫主尚三郎，以及其黨羽馬如龍、羊百城、楊二、大熊、猴頭及韻鳳，本身都不過是劍王宮中的劍士以下人物，武功既低，身分亦微，竟明目張膽的開宗立派，無非就是以詭秘的手段斂財而已，而最終也因「財」而分贓不均，導致消亡。

在劍王宮方面，劍王薛應中的大舅子羅七，虛報年齡，每年藉生日宴會收受禮金以斂財，已是一般武俠小說中罕見的「笑柄」，而薛應中暗地組織有求必應的「萬應教」，竟不思藉以拓展江湖勢力，反而一意以受賂殺人為急務，更是有違「江湖爭霸」的常情。在武俠小說中，固然俠客向來應該是仗義輸財，視金錢為糞土的，但其筆下的江湖人士，對名位、對權力的渴求，也向來遠重於財富；可《天殺星》中的人物，念念不忘的竟只有白花花的銀子，而為了銀子，再卑鄙、再無恥的手段都可以施展出來，「利」之一字，一馬當先，其實正與慕容美當時的台灣社會現狀是能緊密扣合的。慕容美站在制高點上，冷眼瞧看江湖中的許許多多名未必能上經傳的人物，如何汲汲營營的為自己的私利作盤算，時不時的就跳出來嘲弄一番：

> 你只要有了銀子，不論你是以什麼手段弄來的，你就可以隨時憑銀子的力量換取一切。——《天殺星》第九十章

說得正是實情。

「財」與「色」，經常是孿生兄弟的，書中有段話寫得甚是幽默：

當他（錢四）伸手拿起那兩隻元寶時，兩隻手一直抖個不停，抖得兩隻元寶差點就從手上滑下來。

真是太過癮了！

他記得，第一次摟女人時也沒有像這樣興奮過。——《天殺星》第六十六章

錢財可供人飽暖，人一飽暖，便思淫慾，錢四是金谷書院的龜奴，典型一個市井人物，慕容美巧妙地藉市井人物喜獲錢財的心理，與女色作了鉤連，豈非是「人同此心」？

在傳說中、實際上，都足以引人遐思的如意嫂，當然是「色」的典型代表，書中幾乎沒有一個人能逃避得了如意嫂美色的誘惑，連申無忌也不例外，粉樓怪客嚴太乙之所以願意加入「天殺幫」，竟單純的就是想藉機一親如意嫂的芳澤；勝箭之死，天絕叟之亡，也都是撲倒在如意嫂的石榴裙下。申無害是書中唯一能免去「色不迷人人自迷」禍災的一位，但也未嘗不傾倒於如意嫂的美色，二人在交互角鬥的過程中，申無忌始終手下留情，並不時施予援手，才逐漸獲得美人芳心。可惜的是，在過於渲染美色的誘惑力下，此一「情」字竟顯得如此的蒼白而無力。

《天殺星》一書，沒有驚心動魄的人命廝殺，卻有包藏禍心的人性角鬥，而其角鬥，非財即色，如此誇張的描述，在武俠小說中不能不說是「奇」的了，當然，也越發顯現出慕容美對當代社會嘲諷的用心。

就慕容美來說，《天殺星》可以說是他重新出發的一部小說，在歷經了十年的武俠創作之後，他

第三節　無奇不有的《無名鎮》

一個遠在深僻山林裡的無名小鎮，既非水陸交通要道，又非有險可守的兵家重鎮，居然吸引了大批的武林人士駐足、定居於此，形成畸型的繁榮，究竟是何原因？原來，是因為其中有個神秘而古怪的「無奇不有樓」。

無奇不有樓。
不是名勝。
不是古蹟。
也不是孟嘗君的集賢館。
它是個奇特的大商場。

「無奇不有樓」由一個神秘人物白天燈主持，是「任何稀奇古怪的東西，都可以在這裡找到買主和賣主的地方」，當然，這裡所買賣的「東西」，都是與武林密切相關的，包涵了各種的靈藥、秘笈、人命與資訊。

《無名鎮》一開首就點出了這一個畸型市鎮的特色，此一創意，很顯然來自於古龍的小說《蝙蝠傳奇》，所不同的是，它沒有蝙蝠島的恐怖陰森，也沒有隱密邀約的複雜程序，更不必遮遮掩掩的隱藏

慕容美的《無名鎮》（武林出版）

自己的面目，任何人都可以在任何時間，光明正大的來到這個市鎮，因而客棧、酒樓、妓院、賭坊特別繁榮，連賣黃酒的、賣豆腐的、賣兔肉的、賣茶的，都可以在這裡有興隆的生意。雖說「無名」，其實原本就不必指名，它就和一般社會中繁榮的小鎮沒什麼兩樣，所不同的是，來到這裡的人，都各有居心，各懷企圖，圍繞著「無奇不有樓」，作各自的盤算。整個故事，就是在這樣一個引人入勝的設計下開展，雖篇幅不長，卻高潮迭起、波濤洶湧。

所有的人都是針對「無奇不有樓」而來的，但沒有人知道為何「無奇不有樓」不選擇通都大邑，而揀選了這樣一個偏僻所在的原因，其實連作者慕容美也沒能夠好好的解釋，總之，它就在這裡開張營業，然後，就湧進了一大批的武林人士，於是，就此展了一連串的故事。

慕容美後期的小說，最喜歡以放蕩佻達、玩世不恭，卻又來歷神秘的浪子為主角，《無名鎮》中的主角是號稱「浪子之王火種子」的唐漢，「浪子之王」當然可以顧名思義到他必然引起諸多情牽意纏的「情孽」，而「火種子」就是一個火苗子，隨時隨地都可以引爆許多意外與意內的禍端。他武功高強、足智多謀，但卻沒人知道他的出身與來歷，更不知他為何來到這樣的偏僻小鎮。他整天遊走於客棧、酒樓、妓院、賭坊之中，與三教九流的人物廝混在一起，「無奇不有樓」讓人好奇，唐漢當然也讓人同樣的好奇。事奇人亦奇，兩奇加乘，這是《無名鎮》既懸疑而又吸引人的關鍵。

唐漢當然是有所為而來的，原來他是天心門大覺上人的門徒，奉了師命，調查一個叫「武統邦」的神秘幫會，而此一幫會，則顯然是暗中支持「無奇不有樓」的，所以來到了無名鎮。

「武統邦」是個野心勃勃的幫會，妄想厚植勢力、稱霸江湖，以「武統」為名，而以「邦」代「幫」，且自「武帝」而下，有左右丞相、左右將軍、護國公、散騎侍郎、金星特使、七品殺手、鷹兵燕卒等位階，儼若敵國，其志恐不在小。據負責「無奇不有樓」業務的左丞相白天燈所言：

> 無奇不有樓經營了將近三年，先後完成百餘件奇奇怪怪的交易，不僅營利收入可觀，為本宮奠定了經濟基礎，對江湖上各門各派武功的優劣，以及個人的隱私和恩怨，也大部分瞭如指掌，這對本宮統一武林的大業，極其重要。──《無名鎮》第十二章

顯然就是企圖以「無奇不有樓」作秘密基地的。

唐漢對上武統邦，正是典型的正邪之爭，雙方各有其陣容，各逞其機謀，固是不在話下，結局也必不會出人意料之外。在邪派的爪牙方面，窮兇極惡、貪婪好色，是一貫特色，尤其是自武帝而下，左右丞相、護國公、散騎侍郎，乃至特使、殺手，無一不是好色之徒，這樣寫起來，本不出尋常武俠小說的模式，不過誇張到大戰當前，還要先「床戰」一番，雖不免過於調侃，但卻意外的使書中顛倒眾生的風流娘子岑今佩、茶樓的刁四娘子有不少發揮的空間。稍有點出人意表的是侯門公子顏名揚居然是個臥底，省卻不少解釋的筆墨。倒是幕後的影武者，居然是江湖中聲名赫赫的正義俠客天雷派掌門天威老人，而且最後還來一記「啊，天啦！小唐，求求你，他是我爹！」就真的會跌破專家的眼鏡。在天威老人瀕危之際喊出這段話的人，如果是暗戀唐漢的燕京三鳳老么錢玉鳳，那也還算合理，畢竟也是武俠的舊套；可卻是由羅敷有夫，當初因私奔情郎呂子久，被天威老人逐出家門，而改換身

分到無名鎮賣黃酒的「潘」秀雲[1]，就有點驢頭不對馬嘴了。《無名鎮》在邪派人物的刻劃上，生動有餘，而精采不足，是頗大的遺憾。

不過，在正派人物的刻劃上，就相當的出色。為查探師兄死因的飛天豹子歐陽俊，化身為愛說故事的拾荒老頭方二爺；攜帶私奔情人避居無名鎮，化身為愛抬槓、愛打賭的賣酒郎「呂砲」；隱身於生藥鋪的生死大夫金至厚，本都是各有苦衷的無名鎮「名人」，卻被唐漢的「火種子」給燒灼了出來，黑笛公子孫玉如成為得力的臂助。名動武林的「江湖五公子」，或基於友情，或基於義氣，或基於賭約，也一一現身援助，其中多事公子高凌峰的頑皮、無眉公子張天俊直率、玉樹公子謝雨燕的瀟灑、黑笛公子孫玉如的拘謹，都各具特色。最有趣的是書中幾個女子，風流娘子岑今佩和燕京三鳳錢家姐妹，出場時善惡莫辨，以美貌姿色撩起風波，錢玉鳳更是為了吃岑今佩的「醋」，而特意到無名鎮來搗亂的，最終則都「改邪歸正」，雖未能在最後的決戰上發揮多大的功能，卻平添了小說中無限的意趣。

慕容美後期的小說，刻劃市井人物是相當見功力的，胡家賣兔子肉的「糊塗」；賣豆腐的丁麻子，最愛吃女顧客的「豆腐」；賣茶的刁四，因家有嬌妻，賣三天茶的所得，抵不過一碗壯陽的「人蔘茶」；夢鄉妓院裡比肥胖的老闆娘還肥胖的女兒，嫌院子裡的姑娘「太瘦」，雖不無調侃之意，但「善戲謔兮，不為虐兮」，卻也無形中以趣味沖淡了許多血腥與殺伐之氣。

《無名鎮》的靈感，來自於古龍，行文也和後期慕容美的小說一樣，走的是古龍乾淨俐落、語句精

1 按：書中交代，天威老人名叫朱洪烈，其女怎會姓了「潘」？

簡的路子，就是連句法、句意都有濃厚的模仿痕跡，茲引一小句為例：

當一個人命懸一髮之際，往往只有他的敵人，才能救得了他；正如一個人遭人出賣，這個出賣他的人，往往是他的好朋友一樣。——《無名鎮》第十六章

這豈不正是古龍「最可怕的敵人就是你最好的朋友」的申說？

《無名鎮》全書以唐漢為中心，一一帶引出眾多的人物，每一個出現的人物，都帶出一個新的事件與風波，層層波瀾，陸續推進，構思是相當巧妙的，雖然只是中短幅的小說，卻意趣橫生、高潮迭起，是一部相當耐看的作品。

慕容美本不欲以武俠成名，和白羽一樣，一心想在文藝界嶄露頭角，但因緣際會，竟以武俠名家，亦是異數；與白羽不同的是，慕容美並未像白羽一樣「悔其少作」，視武俠小說為「話柄」，而是在稅務公務之餘，奮力而作，至一九七九年，更辭去公務，專心武俠創作。與其他同行相較，慕容美作品數量並不算多，前後僅有廿七部，他嘗自謙是「駝子摔跤，兩不著地」，文藝、武俠，兩皆落空，但以他的文筆、才情及小說藝術而言，卻是足以與「武壇三劍客」分庭抗禮的，因有「三劍一美」之目，享譽至今。

「才子佳人派」

第一章 詩情畫意引俠氣——諸葛青雲小說論

一九六〇年代，先行作家因利趁便，亦仍繼續努力展開創作，「三劍客」之一的諸葛青雲，自《紫電青霜》中的葛龍驤援取朱貞木的「眾女追一男」模式後，雖陸續猶有所作，且卷帙之豐，在一九八〇年之前，即已高達七十部，恐怕是台灣武俠小說家中產量最多的一位。諸葛青雲遊走於台灣當時的各大報章之中，尤其是《大華》、《民族》、《自立》三大晚報，長年連載不衰。不過，據一九七六年馮幼衡的調查，在所標列出的八位讀者較喜歡的作者中，已落居到最末一位[1]，可見得聲望已經大不如前。揆其所由，葉洪生所評論的，的確可以說是一針見血之論：

1見馮幼衡《武俠小說讀者心理需求之研究》，《新聞學研究》第廿一期（一九七八年五月），頁四三至八四。本文為其碩士論文，調查時間為一九七六年。其八位的順次是：古龍（56.86%）、臥龍生（47.06%）、獨孤紅（40.52%）、柳殘陽（35.29%）、東方玉（29.41%）、金庸（25.49%）、司馬翎（22.22%）、諸葛青雲（21.57%），其中金庸當時仍列為禁書，故讀者知曉其大名者還有限，故屈居第六。

多自我重複而缺乏創意。它始終依循著俊男美女文武兼修、琴棋書畫無一不精的老路『流』下去，不知伊于胡底。加以其小說聲口太文，尤喜用冗長之疊句形容事物，以炫其才學；是故每每弄巧成拙，產生反效果。久而久之，乃為後起之秀所取代。

事實上，這些特色，在《紫電青霜》中早已形成，可後來諸作，幾乎少有異動，讀者窺一知二，自然再也難以產生新鮮感，欲振力乏，也是勢所必然。

第一節 才子風調下的情海波瀾

諸葛青雲國學根柢豐厚，尤其是古文詩詞，素所習染，信手拈來，無不佳妙，其小說文字古雅優美，偶賦詩篇，又多自我創作，而情深意切，尤為動人，再加上其書法倜儻瀟灑，幾可比並當時名書法家，自是「才子」風調，在武俠小說家中，唯梁羽生、東方玉可與之媲美。其所為小說，往往代入自己的影子，如《紫電青霜》中文武兼備、斯文多才的葛龍驤，葛者，諸葛也；龍驤者，直上青雲也，無疑就是自己的化身。其實，諸葛青雲外貌肥碩，望之如商賈，或者是正因現實中未足瀟灑，難盡風流，故假託小說，以圓其夢想，故特喜朱貞木的燕瘦環肥，全歸己有，

諸葛青雲的《紫電青霜》，刊登於《自立晚報》三版1959.07.30

才子佳人，相得益彰，因此其小說可謂是道地的「才子佳人」派，而描摹最多的，也就是許許多多情絲纏結，剪不斷，理還亂的愛情糾葛。

武俠小說自王度廬開啟了「俠骨柔情」並重的架構，港台「新派」的作家無不受到濡染，「俠骨」主要表現在男性俠客如何憑藉著其高強的武功，在江湖世界中洗冤復仇、建功樹名的經歷，在這一環節中，可以發展出諸多的模式，如「復仇洗冤」、「爭霸江湖」、「鋤強扶弱」、「攘抑外侮」、「破解懸案」等等，而在這些「大模式」中，又可延伸出「武林秘笈」、「練功習藝」、「易容毒藥」、「改邪歸正」等「亞模式」，這些大大小小的模式，雖各有其側重點，但通常是迴環相關，互有聯結的，足以將男性俠客一生的重要經歷涵括在內；至於女性俠客，儘管也可能在這些模式中取代男性俠客的地位，如梁羽生《白髮魔女傳》中的練霓裳、臥龍生《天香飆》中的谷寒香、司馬翎《掛劍懸情記》與《劍海鷹揚》中的花玉眉與端木芙，甚至孫玉鑫《威震江湖第一花》中的梅傲霜；但就全體武俠小說而言，「大男人沙文主義」是普遍存在的。

台灣在一九八〇年的武俠小說家，清一色是男性作家，故筆下江湖，多半是男性角鬥爭勝的場域，頗吝於讓女性能在芸芸江湖中嶄露頭角，即便是金庸、古龍兩大家都難免於此，金庸《笑傲江湖》中的「五嶽劍派」，唯獨由「恆山三定」三個老尼姑領導下的恆山派，對《辟邪劍譜》、「武林盟主」興趣缺缺；而古龍在《多情劍客無情劍》中對天使面孔、魔鬼心術的林仙兒特表不滿，無疑就是明證。在多數的武俠小說中，女性俠客的存在，以瓶花點綴的姿態現身，是不爭的事實，而其「唯一」的重要性，就是在男性俠客的生命過程中，以其愛、因其恨，在男性的愛情經歷中翻掀起無數大大小小的波瀾，甚至引發成足以吞滅江湖的浪濤，金庸《神鵰俠侶》中的李莫愁、臥龍生《素手劫》

中的南宮老夫人程玉萼，無疑也是後者的明證——這就是所謂的「柔情」。

在「柔情」的框架下，也衍生出若干的模式，其中「改邪歸正」、「正邪男女戀情」、「因愛成仇」、「多角戀情」等，也應運而生，有時候，這些帶有濃厚叛逆意味的戀愛模式，反而有喧賓奪主的趨勢，青梅竹馬、父母媒妁、情堅金石的愛情，就未必討喜了。讀《神鵰俠侶》的人，肯定會受到小龍女、公孫綠萼、程瑛，甚至郭襄對楊過的深情而感動，但誰會去理會耶律齊與郭芙、武修文與完顏萍平淡如水、味如嚼蠟的戀情？愛情一入江湖，當然就得泛生情海波濤，才能相得而益彰。

於是，柔情牽纏，愛恨交織，搭配上男俠的生命經歷，就在此一「俠骨柔情」的框架中，無數的武林故事、江湖傳奇，就如跑馬燈般輪番演出，組構出一部部多彩多姿的武俠小說。

諸葛青雲的小說，主體仍是以「俠骨柔情」為架構，由此而將許多不同的大小模式交織互用，這是台灣武俠小說的共通趨勢，不同之處在於，諸葛青雲偏愛文兼武備、文采翩翩的少年俠客，像臥龍生《天香飆》中粗獷勇悍的胡柏齡造型的，不之一見，陽剛之氣少，而風流之姿多，類似《霸王裙》中年已廿八，而較顯豪邁雄奇的虞大剛的俠客，畢竟猶屬罕見，雖不能說是個個琴棋書畫「無一不精」，但動輒詩詞歌賦，琅琅上口，連虞大剛也不例外，這倒是真的。在諸葛青雲筆下，少年俠客俊逸瀟灑、滿腹詩書，其實就是個「才子」；而與「才子」搭配的，雖性格上頗有差異，但貌美如花，情定於一，豈非就是許多男性夢寐以求的「佳人」？除了武俠世界中的江湖紛爭，以及大量套用還珠樓主小說中的奇禽異獸、靈藥秘笈之外，無疑就是以「才子佳人」最引人矚目。

諸葛青雲的小說雖雜揉著江湖恩怨、武林爭霸，甚至攘抑外侮為一，但幾乎無不輔以男女的情愛風波，如《豈蔻干戈》（一九六一）、《劍道天心》（一九六九）都是以「江湖恩怨」為主幹的武俠小說，情節頗為曲折，但大旨仍不脫諸葛青雲最擅長的「愛海翻瀾、情天生變」主調。既是以「愛情」為主調，則女性所特有的對愛情的敏感度，以及因愛情所引發的喜怒嗔妒等情緒，自然為摹寫重點，故諸葛青雲甚喜以女性當主角，份量往往遠高於男性主角，如《荳蔻干戈》、《霹靂薔薇》、《劫火紅蓮》、《奼女雙雄》、《霸王裙》等，都明顯「重女輕男」，而《咆哮紅顏》、《武林三月》、《玉女黃衫》、《酆都玉女》、《俏羅剎》等，索性就擺明了是以女性為主體的，諸葛青雲應該是武俠小說家中對女性最為青睞的一位，可惜的是，萬變不離其宗，能令人印象深刻的畢竟少之又少，在「才子」筆下，終究成為附庸，反不如梁羽生、司馬翎、臥龍生之令人驚豔。

有關諸葛青雲小說中的「才子佳人」摹寫，我們可以略舉《荳蔻干戈》、《劍道天心》與《霹靂薔薇》作為說明。

《荳蔻干戈》以三粒具有能使傷重之人暫時沉睡，待獲得靈藥後再加以救醒的「天香荳蔻」為主線，鋪敘男角淳于俊與女角林凝碧之間的情感波折，而特別著重於其中江湖傳言集「淫怪狠毒豪」於一身的「無相勾魂天魔女」鍾素文。儘管鍾素文自有一番難以明言的淒楚身世，且絕不如傳言中所說的一般，在她初露面時化名成「文非」，對淳于俊青眼相看後，即身受重傷，早早讓她服下「天香荳蔻」成為「睡美人」，中間不過由「大力金剛」龐信插敘一段其受冤枉的始末，就不再現身了。但是此一角色，是諸葛青雲刻意安排她成為淳于俊和林凝碧「情海波瀾」的變數的。

淳于俊與林凝碧相伴行走江湖，原已目許心成，書中不只一次詳細摹畫其間的兒女情長，但鍾素文憑空殺出，淳于俊不但對她也滿腔愛意，且為她想方設法，尋求另一顆「天香荳蔻」及靈藥而奔走江湖；這就使得林凝碧因愛生妒，由妒生恨，發起嬌蠻脾氣，甚至化名「薄青仁」（**薄情人**），對淳于俊百般嘲諷戲弄。其中男女恩怨相雜、誤會頻生，是諸葛青雲最擅長描摹的。結局最後當然是一如他書般的圓滿收場，雙美同歸。

《劍道天心》以分居正邪的江湖高手「十二金剛」為主軸，輔以位居苗疆、野心勃勃，以及中原武林中欲意爭霸江湖的「血光會」、「天地教」，展開全書正邪衝突、武林爭勝的故事。雖說是武林爭霸，但平心而論，群邪彷彿皆作陪襯的樣板，正派中人幾乎可以說是輕輕鬆鬆的就讓對方「萬惡歸宗」、自食惡果了，全書反而集中在英俊瀟灑，「武則胸羅萬有，文則學究天人」的男主角玉金剛司馬玠，與連扮起男裝都「面如冠玉，相貌美得驚人，在英朗挺拔中，並深深流露出瀟灑俊秀之致」的女主角粉黛金剛諸葛蘭的戀情之上，從初識到誤會，因誤會而生波折，由波折而堅定情感，才子佳人的旖旎纏綿、恩怨爾汝，才是其中主調。

諸葛青雲小說中類似如此天成的佳偶，頻頻出現，可謂俯拾皆是，其中《霹靂薔薇》（一九六二），應該可以說是諸葛青雲「才子佳人派」的典型代表作。蓋此書雖以江湖恩怨、門派鬥爭，外加力抗域外群邪為主線，但全書一開首的「薔薇墳」，就明指為擁有「薔薇願力」，「願天下有情人皆成眷屬」的一個神秘場所，凡有情男女來此參拜，必能得償宿願。如此的安排，在武俠小說中可以說是絕無僅有的，諸葛青雲藉此幾乎將《霹靂薔薇》當部「情書」來寫，大玩其談情說愛的「才子佳人」戲碼。

此書以被情郎毀容的「凌波玉女」柴無垢於「薔薇墳」前控訴其當初的許願未能完成開始；負責願

長篇武俠小說連載 荳蔻干戈 諸葛青雲

諸葛青雲的《荳蔻干戈》，刊登於《大華晚報》三版 1961.09.01

力的「薔薇使者」，先是為「凌波玉女」回復容貌，又查探出原來其所愛的「龍飛劍客」司徒畏並未變心，而是其孿生哥哥司徒敬所冒充，最後揭穿了點蒼派欲與祁連派合謀一統武林的陰謀，終使兩人情天無憾。但情感的主戲卻在夏天翔。蓋夏天翔於江湖中偶然邂逅一不知來歷的女子，傾心相慕，但又不知其為何許人，故到「薔薇墳」前許願，希望能藉「薔薇願力」助其完成一片相思之情。這本是頗為捕風捉影的荒誕事，諸葛青雲卻有本事從中一波三折，藉夏天翔尋線追尋的過程中，先是鍾情於仲孫飛瓊，再與霍秀芝情投意合，最後方才尋獲正身鹿玉如，然後「一箭三雕」，讓夏天翔大享齊人之福。當然，一男三女之間的情愛糾葛，以及因此發生的際遇，也一一衍生，與前述江湖恩怨、武林爭霸的主線彼此綰合。

其實全書不僅止於寫柴無垢、司徒敬及夏天翔的兩段戀情，中間還穿插了一段「巫山仙子」愛慕「一缽神僧」，終於能夠僧凡結合，以及霍秀芝、鹿玉如的父母「風塵狂客」、「絳雪仙人」、「九天魔女」間的情與仇；尤其是「薔薇墳」的設立，居然也是因為「多情書生」、「無情劍客」、「懺情居士」三人同時爭奪「薔薇女俠」，導致「薔薇女俠」因無法抉擇而自殺的悲劇。

諸葛青雲的小說，無論吟詠的詩詞、設問的難題，波折的衍生，都往往環繞「情」之一字，甚至連書中一些老一輩的角色都隨時脫口而出一大堆有關「愛情」如何如何的微妙而堂皇的道理，如《霹靂薔薇》之藉「天外情魔」，長篇累牘的大發「深情」、「淡情」、「真情」、「假情」、「悠然之情」、「黯然之情」、「極為悲苦之情」、「極為壯烈之情」的議論，全書幾乎成為一本「愛情理論」的「指南」了。

平心而論，這些充斥在諸葛青雲作品當中的「情論」，最多不過是披上一些詩詞歌賦的外衣而已，事實上是頗為膚淺的；而且男女之間的情感波折，多半是出之於嫉妒、怨恨、誤解等因素組構而成，未能進一步深入摹畫其間情與義、情與仇等可能的衝突，如《紫電青霜》中的魏無雙、《荳蔻干戈》中的鍾素文，本都是惡名昭彰的邪派魔頭，如何會一夕之間痛改前非，又如何可能如此簡單的就對男主角一見鍾情，完全缺乏鋪陳；而《霹靂薔薇》中柴無垢與司徒畏的戀情，夾雜在點蒼派與羅浮派積數十年的師門恩怨中，又難以遽然割捨司徒畏、司徒敬的兄弟之情，兩人的情感發展，原是可以設計出較《羅蜜歐與朱麗葉》更淒美動人的情節的；「巫山仙子」和「一缽神僧」之戀，所可能涉及到的出家僧眾與世俗情愛的衝突，當然也是相當值得發揮的，但諸葛青雲捨此而不圖，只一味鋪陳小兒女的情感波動枝節，窺樹而未能見林，雖說是取法於王度廬，但其遜色之處，真是不可以道里計了。

武俠小說以「才子佳人」配對，且往往眾女同歸一男的模式，普遍存在於新派武俠小說中，這當然是受到朱貞木的影響，但除了諸葛青雲傾其全力加以摹寫外，在其他作家中，並未如想像般如此將之作為全書骨幹，而是在類如武林爭霸、江湖恩怨的大結構下，以男主角為核心，在其弭平江湖陰謀、創建事功的過程中，點逗出幾段愛情的插曲而已，其間較少生死以之、纏綿悱惻的情愛摹寫，而是一見傾心，終生不渝。這對增強男主角外在形象的風流瀟灑，固然有所助益，但卻往往失之淺薄浮泛，趣味有餘，而感人之力則不足。

第二節　難以突破的文腔文調

諸葛青雲小說的遣詞用字，極盡其古雅優美之能事，如詩如畫，自是不在話下，但雕章琢句，不免有故意炫才的意味，不但聲口文文謅謅，且喜暗用詩文典故，完全忽略了說話者的身分及場合，如《一劍光寒十四州》（一九六〇）中，慕容剛與呂崇文叔姪二人下天山、赴中原，途經王屋山，慕容剛見王屋山風景絕美，就對呂崇文道：

千疊雲橫，一規月漾，疏疏列宿，耿耿銀河，配上這些宛如煙鬟霞佩，玉笱瑤簪的遠近峰巒，王屋夜色，果然清絕！

這段話語，置之於古文中，絲毫不見遜色，而且「千疊雲橫，一規月漾」的對句，竟廣泛被選錄於詩詞聯對的範例中，近人顏其麟的《威海賦》亦有「或者樂水，水有一規月漾；或者樂山，山有千疊雲橫」之句，只有詩賦才用得上如此精妙的對句，慕容剛雖有「鐵膽書生」之號，但在對話中如此擺弄，未免不近人情、矯揉造作了。我們且與下文中「只見林外是半崖之間的一片平石，壁間幾條不成瀑布的細泉，宛如鳴琴拖練，順崖下流，幾竿翠竹，戛玉錚錚」的寫景文詞相較，簡直毫無區別，諸葛青雲沒有分清口頭語和書面語的差別，全書都一徑出之以駢對的文句，美則美矣，卻完全不符合小說塑造人物的原則，此所以連黑道中的九現雲龍裴叔儻對女兒裴玉霜說話，也要掉個書袋，說什麼「有女已如古紅線，生兒何必孫仲謀」的瞎話了。諸葛青雲的小說，雖云江湖、武林，但濃郁的書香氣息，始終是主調，凡屬正派人物，個個皆是學富五車、飽讀詩書的一樣，出語字字珠璣，比文人尤甚，葉洪生說他「尤喜用冗長之疊句形容事物，以炫其才學」，還算是有所保留了。隨著台灣年輕一代的古文詩詞賞鑒能力的逐漸低落，這樣的文句，看懂的能有多少，都是令人懷疑的，也難怪他的小說愈來愈不受到新生代讀者的喜愛。

儘管諸葛青雲積習難改，始終在自己構築的「才子佳人風流圈」中打轉，而無從跳脫開來，但是，連他自己也不免會意識到如此雷同的框架，也一定會對他所創作的小說有很大的傷害，因此，他也想要「突破」，想要「變」，例如在他最富盛名的《奪魂旗》（一九六一）中，就一改舊貫，乞靈於還珠樓主的妖邪群相，參之以「鬼派」的陰森鬼魅之氣，外加金庸的「東西南北中」的「五強」模式，寫出了別出一格，但卻譽滿江湖的難得作品。在《奪魂旗》的上半部（正傳），諸葛青雲也應該意識到他過分著重於「才子佳人」的缺憾，刻意不讓女性角色出現，並強調：

> 但這些詭奇驚險，悱惻纏綿，足令人拍案興嗟，掩卷垂淚，種種意想不到的精彩節目，均請俟筆者在《奪魂旗後傳》以內，敬為讀者諸君，殫智竭力地仔細著意安排，目前且先描述這部似乎生面別開，全書中無需女主角出現的《奪魂旗正傳》！

這段話是寫在《正傳》將作完結，而《後傳》還未開始的部分，窺其語意，很明顯是前篇《正傳》之不讓常碧雲有表現機會，是有意為之的，而且頗沾沾自喜。事實上，諸葛青雲也是的確想「變」的，但卻不是每部小說都能夠像《奪魂旗》般成功，主要原因在於他的「變」，往往只在若干「名目」上求變化，而未能從小說藝術上的需求著眼，因此就陷於膚泛淺薄之病，雖欲云「變」，而才華不足，終究難以突破。

如果說《奪魂旗》是諸葛青雲「變而成功」的實例，則《霸王裙》（一九六六）即可視為可供我們一探究竟的失敗顯例。諸葛青雲小說最大的毛病就是愛掉書袋，不僅寫人狀景象物，都要徵典故、引書史，詩詞歌賦，滿溢全篇，而且個個都才學滿腹，宛如書生文人，就連書名，也要掉掉書袋、炫炫學問。《武林八脩》（一九七一）之取靈於「八仙」傳說故事，以呂洞賓三醉岳陽樓開場，敘寫八位正道俠士組成「武林八脩」團隊，計有純陽劍客呂慕岩、鐵枴酒仙李玄、玉笛韓湘韓劍平、衡山隱叟張太和、崑崙處士曹長吉、三手大俠藍啟明、鍾離秦、何可人，七男一女，連姓氏都剛巧與「八仙」吻合，為了符合「暗八仙」[1]，還特地先將漁鼓簡板、青驢送給了張太和，為藍啟明特別打造「聚寶萬花籃」，且為了呼應傳說中的「呂洞賓三戲白牡丹」故事，還安排了個名叫白牡丹的「美人狐」，好讓呂慕岩加以「度脫」，然後「八仙渡海」，乘著「八脩仙槎」，遠赴南海普陀山，來個「八仙鬥八魔」。

除了漢鍾離的歸隊，有孿生兄弟鍾離秦、鍾離漢的一善一惡，以及何仙姑分別化身為何可人與魔鈴公主諸葛飛瓊，算是稍有變化外，幾乎就是泛泛無奇的降魔衛道故事而已，但如此大費周章安排，無非就是為了湊合八仙故事，未免就等如是「按題作文」，死在書名之下了。其他如《鐵板銅琵》（一九七九）取之於宋人俞文豹《吹箭續錄》的「學士（東坡）詞，須關西大漢，銅琵琶，鐵綽板，唱大江東去」；《五霸圖》（一九七一）取之於「春秋五霸」歷史，皆如出一轍。

諸葛青雲的小說，通常都會先以歌謠點出主要人物，天下大勢，就已定位在此一歌謠當中，這明顯是參照了金庸《射鵰英雄傳》「東邪西毒南帝北丐中神通」的手法，而略加變化，早在《紫電青霜》的「武林十三奇」中，就已見端倪，其後則由「人」擴展到「幫會」、地點，如《劍道天心》（一九六

1 「暗八仙」指民俗中八仙隨身的法器而言。

九）中的「十二金剛」、《四海群龍傳》（一九六五）的「七友三凶十四煞，一奇雙怪兩神仙」等皆是，而《北令南幡》（一九六五）中除了北令「紅葉令主」虞心影和南幡「青幡仙客」衛涵秋外，更以古風「勸君莫上祁連山，凍髓裂膚冰雪寒。勸君莫登子午峰，好漢難禁子午風。勸君莫下銷魂谷，谷中女鬼顏如玉。勸君莫進白骨溝，古來白骨無人收」，點出「聖藥、神兵、美人、秘笈」，然後，全書大抵上就以此為框架，而將「才子佳人」冒險驚奇、纏綿悱惻的傳奇，納入其間。

《霸王裙》中的「人皮雙煞虎皮裙，七劍三魔一暴君，紅粉霸王烏指女，銷魂鬼域是氤氳」也是同樣的模式。本書一開始就刻意在「名目」上作「翻案」：

「霸王」和「裙」，一個是武勇蓋世，一個是香豔無儔，兩者絕不相侔的名稱，聯在一起，配得上麼？

配得上的！因為這「霸王」和「裙」，是當代武林中，十七位絕世高手之內的一男一女！

你若認為「霸王」是男子，「裙」是女子，那就錯了！

說來異常有趣，「裙」的外號，是屬於雄奇男子，「霸王」的外號，卻屬於粉黛英雄！

陽剛、陰柔，相互顛倒，其實不過是玩弄文字的技倆，可諸葛青雲卻頗為得意，書中到處賣弄其「作文」的能力，如其中一位名為「艾皇堂」的風塵異人，自述其名字的意涵，就說：

老花子年輕時吃喝嫖賭，浪蕩逍遙，把百萬家財，花費乾淨，遂被人把「艾皇堂」稱為「愛荒唐」！年老時耽於杯中之物，又被人稱做「愛黃湯」！其實「皇堂」也者，「堂皇」者也，我是堂堂皇皇的血性漢子，為朋友兩肋插刀，顧不得這條老命。

話是說得冠冕堂皇，但卻完全是從諧音入手，大玩其文字遊戲，這點小聰明，其實對其小說的文學藝術性並無若何的幫助。尤其是此書從「霸王」二字著眼，分明就是故意以楚霸王項羽為粉底，故「紅粉霸王」自當姓「項」，且騎的是「烏騅寶馬」，而其愛侶也不得不姓「虞」，以扣合虞姬。楚霸王的「鴻門宴」故事最為出名，故也非得讓「劉季」在「鴻門山」設下宴席不可；「鴻門宴」中，樊噲護衛劉邦，故虞大剛也就暫時化身為護衛，樊噲割彘肩，虞大剛就來個「割鹿」，這就是諸葛青雲「顛倒秦漢風雲」自鳴得意之筆，矯揉造作，硬湊書史，斧鑿斑斑，莫此為甚，而於此書毫無創發，同樣落入舊有的框架中。項小芸雖是「紅粉霸王」，「鳳目籠威，蛾眉含煞」，性情剛烈，不似諸葛青雲其他小說中清雅柔弱的女俠，但仍是不能免俗的要對「英挺俊拔，不怒而威，粗豪之中，透風華而不莽，熊腰虎臂，卻偉而不拙」的「虎皮裙」一見鍾情，而且才不過略要分離，便情淚滿眶；而「虎皮裙」虞大剛雖是粗豪剛健、器識偉岸，不若一般「才子」的風度翩翩，但也是吐屬文雅、出口成章，立刻吸引了項小芸。這豈不是「才子佳人」的舊調，只是換了一種方式彈唱？

諸葛青雲的小說自一九六〇年以後，幾乎都維持著同樣的風格，故作品雖多，而自我重複之弊，卻是更加明顯，久而久之，自然令讀者心生厭煩，吸引力逐日褪消，到晚年則因金庸的崛起，頗欲挾金庸自重，自一九八八年起，陸續寫了延續《鹿鼎記》，讓韋小寶的兒女在揚州開妓院，以償其宿願的《大寶傳奇》、以及接續《笑傲江湖》，讓令狐冲重新整頓華山派，光大門派，並讓林平之痛改前非的《大俠令狐冲》，甚至還想寫《天龍擺尾》，以接續《天龍八部》，可惜的是，市場反應、讀者評價，皆不甚理想，諸葛青雲雖欲再奮雄心，無如時不我予，最後只能齎志以歿了。

第三節　跳脫蹊徑的兩部書——《奪魂旗》與《石頭大俠》

儘管諸葛青雲主要以「才子佳人」為主調，而所成就者不免未能令人饜足，但諸葛青雲真正引人矚目、看重的，反而是別闢蹊徑，打破「才子佳人」框架束縛的兩部書——《奪魂旗》與《石頭大俠》，《奪魂旗》堪稱為諸葛青雲的最佳作品，《石頭大俠》則在台灣武俠小說史上有其特殊的意義。

一、《奪魂旗》

諸葛青雲小說的最大特色在於擅於融冶前輩名家之長，而又自出機軸，從他第一部作品《墨劍雙英》之脫胎於還珠樓主，就可以略窺端倪。諸葛青雲雖最推崇還珠、朱貞木等前輩，作品也無處不受到影響，但對同時期的名家，也不無擷採，其中尤以金庸為最多。

早在一九五九年的《紫電青霜》中，諸葛青雲就頗受金庸的影響，「諸、葛、陰魔、醫、酒、丐、雙凶、四惡、黑天狐」的「武林十三奇」，就脫胎於金庸的《射鵰》，而《奪魂旗》中所設計的「西道東僧南筆北劍奪魂旗」，更明顯就是毫無忌諱的「挪用」了。不過，儘管頗有「挪用」、「模仿」之

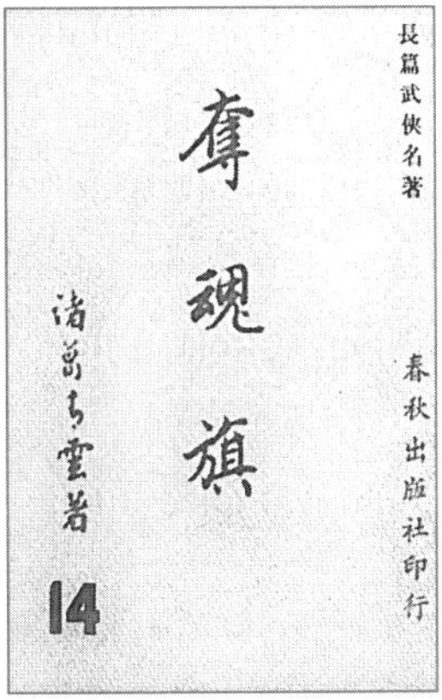

諸葛青雲的《奪魂旗》（春秋出版）

嫌，諸葛青雲也並未一味套用，反而以書名中的靈魂人物「奪魂旗」翻生波瀾，製造出小說緊張、熱鬧而奇詭、懸疑的情節。

《奪魂旗》書中的「東西南北」四人，雖各有特色，但較諸金庸，未免仍多有遜色。諸葛青雲的小說向來不擅長人物性格的刻劃，但卻傾全力營造曲折離奇的情節。書中的「奪魂旗」，以一面血色骷髏旗及一根風磨銅棍為標幟，蒙面打扮，任何人都能夠妝扮，因此，書中就陸陸續續出現了「真奪魂旗」（**鍾離哲**）、「好奪魂旗」（**諸明**）、「壞奪魂旗」（**姬天缺**）、「第四奪魂旗」（**閻元景**）、「第五奪魂旗」（**上官靈**）等真真假假的人物（**此處明顯是取法朱貞木《羅剎夫人》**），於令讀者眼花撩亂之外，卻撐起了整個故事的主要架構，其中每個「奪魂旗」的動機、目的、手段皆各有不同，彼此間的恩怨情仇、衝突矛盾也每為整個情節的重要焦點，而其間關鍵性的「武功」（**施展旗藝的武功**）——《幽冥十三經》，就無巧不巧的分別為這些「奪魂旗」習得全部或部分。在此，諸葛青雲的巧思完全無遺的表露了出來，從而也脫離了金庸的牢籠，不可謂之不是一項成就。《奪魂旗》是諸葛青雲最膾炙人口的作品，良有以也。

《奪魂旗》中的「奪魂旗」真真假假，充滿懸疑詭譎氣氛，而奪魂旗的旗藝，完全來自於《幽冥十三經》，既以「幽冥」為名，自然鬼氣森森、魔影幢幢，一開場，《奪魂旗》便以十二具死屍揭開序幕，其後的若干重要場景，如「萬姓公墳」、「九幽地闕」等，亦陰森恐怖，宛如鬼域，葉洪生謂此書「乃予稍後聞風而起、變本加厲的『鬼派』武俠小說起了惡劣的催化作用」，雖未必盡然，卻也算是異軍突起。諸葛青雲作品，向來被歸為「才子佳人派」，此書別闢蹊徑，甚至於前半部中刻意不讓女主角常碧雲有出場表現的空間，力圖營造「生面別開，全書中無需女主角出現」的「正傳」，以奇詭取代纏綿，也頗能顯示出諸葛青雲始終關注的「創新」用心。

不過，諸葛青雲積習難化，喜歡賣弄詞章、咬文嚼字的毛病，此書亦觸目皆是，儘管論者盛讚其中逍遙散人鍾離哲一首〈一剪梅〉「一片雄心自此消，名是無聊，利是無聊。梅色雖好亦須凋，枝上香銷，心上魂銷，何必紛紛競比高？你勝今朝，他勝明朝，不如隨我且翺遨，來也逍遙，去也逍遙」，無論詞采、詞意、詞境都頗符合逍遙散人之性格與行事，但全書雕龍繡虎，刻意彬彬，人物聲口皆文皺皺的，連丐幫閃電神乞諸明說起話來，都能引用詩詞典故，大發感慨，不免就令人瞠目難信了。

葉洪生對《奪魂旗》讚不絕口，但謂其開「鬼派」之先，則恐怕猶有可商榷的餘地，最主要的是，「鬼派」的創始人田歌，在一九六一年即以「晨鐘」為筆名，出版了《魔窟情鎖》等書，在時間上絕不晚於《奪魂旗》相關的說明，請詳見本書有關台灣武俠小說流派中對「鬼派」的評論。

二、《石頭大俠》

台灣的武俠小說基本上是由大陸傳衍而來，大陸早期的舊派武俠，由於作家都身居大陸，因此無論是地域場景、風俗人物的描繪，皆純粹為大陸風情，從帝都景觀到江南春色、塞北風光到滇粵民族，中國全境無不在摹寫之列，唯獨台灣，因甲午戰後，淪於日人之手，大陸名家遊歷所難及、見聞所囿限，故幾乎完全未曾提及。新派武俠興起，香港的金庸，於《鹿鼎記》中藉施琅攻台、韋小寶巡視，略有所及，而未遑細描其人情風物。大抵從中原角度觀之，台灣不過蕞爾小島，遠絕中原，自家

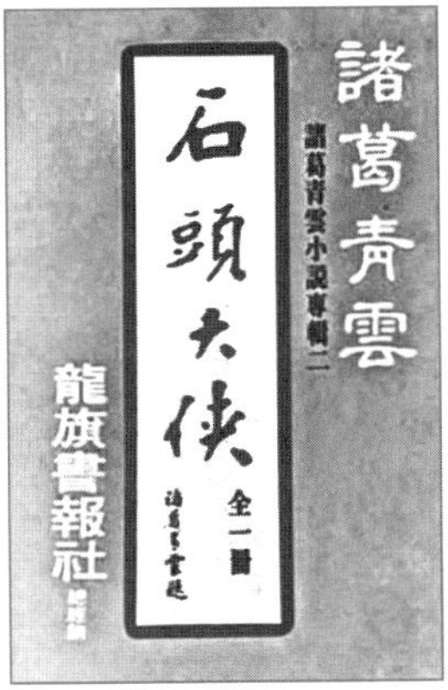

諸葛青雲的《石頭大俠》

國以迄江湖大事，皆不必與台灣相關，能避免如清人夏敬渠於《野叟曝言》般將台灣視為蠻荒未化、禮義放失之地，已是難得，更不必論以正眼相待了。

大陸幅員廣袤、歷史悠久，各地名勝古蹟、人情風物之盛，自古皆為文學表現之對象，而其間歷史要聞、英雄傳說，又復引人津津樂道，故以大陸為武俠背景，實亦有其自然之道，連韓國「武俠」之作，都不免移樽就教，大暢其江南塞北、少林武當之事，可見其一斑。然而，自武俠新派崛起，台灣無疑已成武俠重鎮，作者身居台灣，於鄉梓風物、人物載記，居然亦視若無睹，上千部的武俠說部，以台灣為背景的小說，竟屈指可數，其間自有值得探索之隱衷。蓋台灣武俠之作，肇興於郎紅浣、孫玉鑫、臥龍生等大陸來台作家，此輩作家遠絕鄉關，顛沛流離，至於斯土，心懷客念，無意久居，而隔海鄉關，遠望難歸，故不免藉武俠寄其鄉關之思、京華之想，如湖南作家武陵樵子即明言，「茫茫神州大陸，中共據倏已十三載，嶺南塞北，盡是胡塵，中原父老如火如荼，播遷來台，生活安定，海天遙望，益增懷念，故筆者屢屢以筆下荒誕不經之武俠說部，簡介山川人物，藉資彌深懷念」[1]，蓋指點江山、細數傳說，亦「遠望當歸」之意，自有其可憫之隱衷，然台灣婆娑之洋、美麗之島，遂與武俠懸絕，亦不免是椿憾事。

事實上，自明末以來，台灣的歷史發展，即與大陸密邇相關，從鄭氏經略、清廷開發，乃至歐日

1見武陵樵子《丹青引》第二冊，廿二章。

入寇、割讓日據，無不烈烈轟轟，而其間矯然出群之英雄人物，上從鄭氏諸將、清中葉之曾切、晚清之西螺七崁，到日據時期之廖添丁，亦為史籍及傳說所博載，不難藉此發展成一部精彩的武俠小說。可惜的是，「無有乎爾，則亦無有乎爾」，令人慨歎。

當然，以台灣為背景的武俠小說不是沒有，至少一九四〇年台籍作家林朝鈞，就以半文半白的方式，撰寫了《台灣奇俠傳》，其後亦有鄭坤五之《鯤島逸史》；一九五一年，郎紅浣亦有一部以鄭成功收復台灣、驅逐荷蘭人的《北雁南飛》（書已不存），七〇年代，台灣說書名家吳樂天亦連講了二十多年的「廖添丁傳奇」（未成書），不過，鳳毛麟角，目前真正能看到的，只有一九七六年諸葛青雲的《石頭大俠》。

《石頭大俠》的篇幅短小，故事也相當簡單，主要是敘述朝中奸王七王爺，風聞明代「三寶太監」鄭和航海歸來，取得「立業發財」、「安邦定國」、「長生不老」三種寶物，中途為船員盜去，流落台灣，故意欲取來獻給皇帝，以鞏固權位，而找上了倪非。倪非在好友石二勸說下，接受此一任務，實則暗中另有盤算，打算取得「三寶」後，以偽品呈交七王爺，而另由吳大人轉呈真品，以打擊七王爺。七王爺亦唯恐石二、倪非不聽號令，故專委師爺王恩入台，在當地心腹陳濟川協助下，欲先取得真品。

朝廷中臣僚的爾虞我詐，是武俠小說中常有的題材，本來也很有發揮的空間，《石頭大俠》將場景由北京移轉至台灣，卻顯得太過平面化，忠奸分明，缺乏了彼此立場各異、互逞機謀的多樣性，嚴格說來，是很平凡無奇的。儘管為了讓故事多有波折，刻意將書名《石頭大俠》弄了玄虛，設計出一個石二假冒石大的情節，但實則石大始終如影隨行，暗中保護，石二石大，都是「石頭大俠」，最多只是石大藉著隱密的身分，以「假三寶」讓七王爺上了惡當，犯下欺君之罪而已，情節單純，波瀾不生，頗無足觀。尤其是所謂的「三寶」只取得二寶，「長生不老之寶」，為石二所食，難以奉獻；「安邦定國之寶」，雖說為鄭和所留，卻莫名其妙的「變成」「荷蘭人留下來長槍大砲等幾種厲害武器的製造圖案」；至於「立業發財之寶」，則並未交代清楚，關鍵的「三寶」落空，諸葛青雲大抵也知無法說服人心，故化實為虛，竟藉私塾先生林學究之口，將「三寶」轉為「勤儉、仁愛、淡泊」六字真言，一片迂闊之論，真不知如何扳倒奸王、說服皇帝。

平心而論，《石頭大俠》無論在人物設計、情節布局，以及武打、愛情上，都平淡無奇，甚至連文辭也與諸葛青雲慣有的風華俊逸未能相襯，書名「石頭大俠」，主角名字為石大、石二，就「土氣」十足；書中的武功為「石頭神功」，也是俗氣得可以，唯一值得一提的是，這是首部以台灣寶島為背景的武俠小說。不過，僅就此而言，諸葛青雲也相當粗心，對清代台灣的風土地貌以及風俗習慣頗為隔閡，不僅所謂「蕃人」的生活習性，多出於「想當然耳」，且於清代台灣地理環境的沿革及變遷，也多未加考究（如「台北」一名，乾隆時尚無；「台中」亦至光緒年間才設置），因此，雖以台灣為背景寫武俠，而「台灣」的特色，並未呈顯出來。但是，在台灣武俠小說幾乎完全以大陸為背景，而缺乏本土色彩的趨勢中，卻可以說是戛戛獨造，大有開創之功的。寫台灣武俠小說史，自不能不在此記上一筆。

二〇〇五年，在林保淳策劃下，圓神出版社規劃了「台灣武俠」系列叢書，出版了諸英的《諸羅奪寶》、方晨的《翎月情仇》等書，頗有意推揚台灣武俠，可惜的是作品質素不高，未能帶動風潮。

二〇〇八年，台灣明日工作室出版了施達樂以台灣民族英雄林少貓為主角的《小貓》，開創了所謂的

「台客武俠」，其後，《本色》、《浪花》陸續出版，以台灣人、台灣地、台灣事、台灣話以及台灣歷史風情為主脈的「台灣武俠」方才逐漸獲得時人重視。諸葛青雲的《石頭大俠》雖非佳作，但為此作了前驅，在台灣武俠小說發展史上，亦是功不可沒。

總體而言，諸葛青雲的確不愧是個「才子」，但其「才」恐僅限於古典詩詞歌賦之才，於撰作小說，猶有一間之未達，而最大的毛病，卻在於自矜於才子風調，於武俠小說中亦處處故炫其才、強扮才子，古調雖自愛，今人多不彈，此其所以難以為後來的讀者所接受，這也無怪其然。不過，古代的文人風骨、友朋相敬，諸葛青雲卻是不遑多讓。諸葛青雲雖亦有倩人代筆、虛掛名義的劣行，如最廣為人所知的《江湖夜雨十年燈》，開筆未久，就由司馬紫煙接續；而獨孤紅的《血掌龍幡》，初出書時就是掛諸葛青雲的名字，此雖為人所詬病，但司馬紫煙、獨孤紅當時初入武壇，無所知名，如非諸葛青雲大力提攜，恐怕台灣武壇也將遜色不少，在這點上，諸葛青雲卻也不至於蹈上「文人相輕」的故習。

據沈西城回憶，諸葛青雲寫稿是從不拖欠脫稿的，而且從不像其他作家一樣，會先要求預支稿費；在晚年經濟極度困窘之際，也願意將自己原已說定的武俠連載機會，慨然奉讓給比他更為窘迫的慕容美[1]，古道熱腸、俠骨錚錚，正與其小說中的俠客相得益彰。

1見沈西城《江湖再聚——武俠世界六十年》，頁一二七至一三一。

第二章 易容變相兩東方——東方玉與東方英

台灣武俠小說中的人物喜歡用複姓，南宮、慕容、西門、上官、皇甫、東方、諸葛、歐陽……，不一而足，好似用了複姓就能增添不少武俠風味一般，不僅如此，連作家也頗喜複姓，如諸葛青雲、上官鼎、獨孤紅、歐陽雲飛、司馬翎、司馬紫煙、宇文瑤璣等皆是，其中尤以「東方」最多人喜歡使用，如東方玉、東方英、東方白、東方客皆然。司馬翎、司馬紫煙，都擅於奇情推理，久傳盛名，有大司馬、小司馬的佳話流傳；而「東方世家」中，東方玉與東方英皆喜用易容、變相撐起全書架構，也頗同趣，自不妨合稱「兩東方」。

第一節 「兩東方」及其武俠小說

東方玉（一九二一～二〇一二）[1]，本名陳瑜，字漢山，浙江餘姚鸚山人，生於上海市，畢業於上海

1有關東方玉的生年，有一九二一、一九二二、一九二四、一九二五四說，此處依據淡江大學的採訪記錄。

誠明文學院中文系。廿九歲隨政府來台，曾先後在國防部、救國團等黨政機構任職。他的專業是詩，一九五〇年創立香港梅嶺詩社，出任社長，其後又任中華學術詩學研究所研究委員、世界詩人大會總顧問、台灣詩書畫家協會秘書長等。一九六〇年以詩人之雅投身於武俠創作之列，以東方玉之名，在《台灣新生報》上發表《縱鶴擒龍》，一舉成名。其筆名由來，是因「陳」字右邊是東，左邊有類方字，而瑜則為「美玉」，故以之為名。

早期作品，頗受還珠樓主影響，有「奇幻仙俠」之致，其後改走「超技擊俠情派」路子，三十年創作不斷，多數在《中華日報》、《台灣新生報》及《中國時報》上刊載，尤其是《中國時報》，自一九七〇年登載《流香令》後，十年來連載不斷，迄一九八〇年的《泉會俠蹤》，共有十三部之多，只有在古龍連載《天涯・明月・刀》（一九七四，共四十五期）時暫告中斷，幾乎等於是《中國時報》專屬作家，可見其受歡迎重視的程度。一九九〇年，東方玉封筆，轉寫有關國術、氣功的武術著作。綜其一生，創作了約五十部左右的武俠作品，其中《縱鶴擒龍》、《九轉簫》（一九六七）、《流香令》（一九六九）、《珍珠令》（一九七一）、《武林璽》（一九七六）等，皆享有盛譽，在台、港二地及東南亞都擁有不少讀者。由於其知名度頗高，故鄉鸚山也引以為榮，特別為他設立了「陳漢山紀念館」加以紀念。

東方玉的作品，模式化的跡象非常明顯，大抵上易容術、毒藥、女扮男裝、武林陰謀這四項成素，幾乎是每部小說都必備的環節，而男主角英俊瀟灑，允文允武，輕易就博得眾多江湖俠女的青睞，一往情深，數美同歸，更是未能免俗的了。不過，由於他是中文系出身，對文史掌故極為熟稔，詩詞曲文，信手可拈，整體文風俊雅蘊藉，也形成自具一格的風味；再加上他早年周歷大陸各地，對各地方民俗風情頗為熟悉，如《泉會俠蹤》摹寫河南輝縣百泉鎮的「藥市」，《東風傳奇》敘說陝西鳳翔的「酒會」，娓娓述來，情致宛然，也算是不可多得的奇趣。

一、《縱鶴擒龍》

《縱鶴擒龍》一書，據葉洪生所云，為作者第一部武俠小說，東方玉在接受訪問時，也作如是表述。案《縱鶴擒龍》於一九六〇年九月一日起，在《台灣新生報》開始連載，先是以《縱鶴擒龍》之名，後又用《鳳簫龍劍》之目，迄一九六二年二月十六日刊完，但故事未完，其末篇附識，有「鳳簫龍劍續集，當另撰單行本」、「由大美出版社出版」之語，這就是大美《縱鶴擒龍》（題為「鳳簫龍劍續集」）三十冊六十章單行本全書的始末。無論如何，最早也不會超過一九六〇年九月一日。不過，大美出版社曾於一九六〇年七月出版《情天劍侶》一書，亦題為東方玉所作，早於《縱鶴擒龍》之連載，因此，可以論定，《情天劍侶》才是東方玉的首部作品，《縱鶴擒龍》應是第二部。

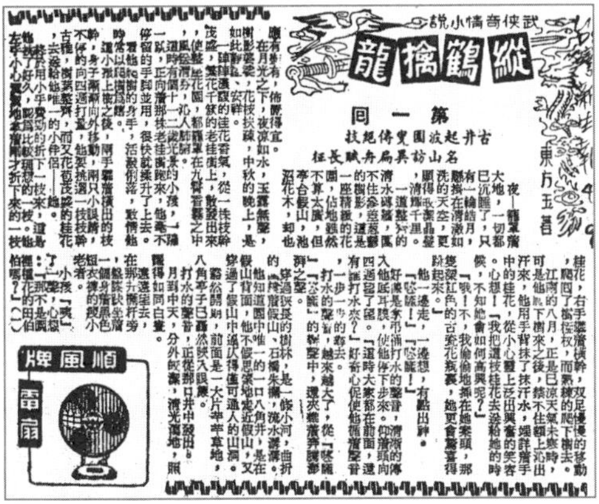

東方玉的《縱鶴擒龍》，刊登於《台灣新生報》1960.09.01

《縱鶴擒龍》之名，來自於書中崑崙派的獨門絕學「縱鶴擒龍功」，此武功在東方玉後來的武俠小說中仍不時現蹤，大抵上，此功一出，幾乎無人可擋，本書主角岳天敏自幼蒙獲「崑崙四老」之田潛傳授，習成此技，亦終憑藉此技，解難鋤強，進而使魔頭授首、魔教隳敗。至於《鳳簫龍劍》，則來自於男主角岳天敏於褚家潭所獲得的上古神兵「龍形劍」，以及女主角之一萬小琪師父「玉簫真人」所贈的玉簫。不過，由於簫與劍皆不過是稱手的兵器，對全書故事未起關鍵性的作用，因此後來的書名仍選用了《縱鶴擒龍》。

本書的故事，是由典型的復仇模式，男主角岳天敏幼逢家難，雙親慘遭水蛇何成蛟、雙頭鼠王三元殺害，岳天敏踏入江湖，尋覓仇蹤伊始；但因何、王二人不過是個不起眼的小角色，因此全書對復仇的過程著墨不多，反而集中在岳天敏與江湖中正邪各派人物的交鋒為主，如崑崙派、崆峒派、五台派、點蒼派、排教、黑龍幫、玄陰教、碧落宮等，而最重要的一役，則是與「赤衣教」的對抗。在此期間，岳天敏「縱鶴擒龍」之武功日漸增進，更巧獲天柱老人所遺留的「天府玄珍」、《太清心法》，打通玄關，並更上一層樓；同時，更憑藉著他一派溫文瀟灑的身段，博得了萬小琪、尹稚英、上官雲錦三位女俠的垂青，俠骨與柔情兼備，以現今的角度來看，故事未免有點老套，但在當時卻頗受讀者歡迎。

在此書中，東方玉已初步顯示了他日後武俠小說的若干特色：岳天敏瀟灑俊逸的書生形象，幾乎成為他後來所有小說中男主角的原型，而萬、尹、上官三位女俠對岳天敏毫無猶豫、一往情深的垂青，最後不分大小，眾美同歸，大享齊人之福的結局，也是他後來小說中的慣例；甚至，女俠女扮男裝與岳天敏結識，岳天敏直到最後才恍然大悟的「愚蠢」，也是一以貫之的。至於毒藥的運用、解毒靈藥的出現，乃至迷人神志的「聖水」，此書也可以說是後期小說的先鋒。除了神奇莫測的「易容術」在此書中尚未出現外，其他的可謂應有盡有，東方玉在《縱鶴擒龍》一書中，其實已為他的小說作了定調。

東方玉的《縱鶴擒龍》

此書全篇的完成，是頗有周折的，在報刊連載的時候，雖分兩部，但情節連貫，以正反派之間的恩怨為主，其中名門大派如崑崙與崆峒，雖難免有師門恩怨情仇的糾葛，但還是以稍具負面形象的玄陰教及碧落宮為反派主力，可以施展的空間較少，碧落宮一戰，本來應該是最終的收場，但如此一來，全書平鋪直敘，波瀾不多，可觀處就顯得薄弱了。因此，在集結成單行本時，東方玉改絃易轍，讓碧落宮一戰，以傳來江湖上驚人的消息而雙雙罷兵言和，可以說是草草收場，轉而新創一個陰險邪惡的幫派「赤衣教」密謀統一武林，而讓原來的正反兩派人馬團結一致，傾全力予以對抗。

「赤衣教」的設計，是非常政治性的，東方玉長期在國民黨內任職，黨政關係極佳，自然對國民黨的政策、風向熟諳於心，再加上他自身與共產黨對抗的經歷，在那個以「反共抗俄」為最高政治指導原則的時代，以「赤衣教」影射共產黨政權，不但反映出他當時的政治立場，更是「政治正確」，符合當時的政策。因此，東方玉也因此獲得當局重視，所作小說，在各大報刊連載幾無中斷。

以江湖邪惡幫會影射共產黨政權，「赤衣教」不是首例，在此之前的墨餘生在《瓊海騰蛟》中已以「赤身魔教」開其端。本書沿其餘緒，將「赤衣教」摹寫成擅於蠱禍人心、手段陰險毒辣，妄圖統一江湖的邪惡幫會，教主茅通（影射毛澤東）勾結白骨教的「赤磷魔君」（影射俄共），以「萬派歸一，四海同赤」為號召，而手段殘酷，凡不聽命者，「赤旗所指，遍地骷髏」，其人「髻上插著一顆黃星，生得濃眉粗眼，臃腫橫肉，簡直醜俗不堪」；副教主朱缺（影射朱德）具「魔眼神通」，足以使人暫告迷惑，又利用「聖水」（影射共產思想）昧人神智，連正道人士，如華山西嶽老人、終南白鶴真人、少林一心大師、武當玉清真人等（影射當時投共諸人），盡遭蠱惑；而其手下藍飄波（江青，本名藍萍）、彭失意（彭德懷）、尤少異（劉少奇）、葉見陰（葉劍英）、傅老義（傅作義）、徐落後（徐向前）等，也都影射當時共產黨高層人士。書中巧妙的將當時國民黨「殺豬拔毛」的口號穿插其中，而「一杯水」、「靠攏分子」、「投共分子」、「污星毒腥」等用以批判共產黨的用語，更隨處可見。最後的結局，當然是正道獲勝，邪派殞滅，在洞庭君山的一場正邪大戰中，在正道人士同心協力下，群邪授首，武林終歸平靜！

平心而論，藉文學作品傳達政治理念，甚至以文學為政治鬥爭的工具，自古至今，從無間斷，明末閹黨與東林黨的鬥爭，閹黨中人撰寫《大英雄傳》、《放鄭小史》等小說誣蔑東林，即為其例；國、共兩黨相爭，彼此視如寇讎，東方玉身心俱在黨國，對共產黨赤裸裸的含沙射影，以凸顯其政治立場，自有其時代背景及個人因素，未可以厚非。不過，表達是一回事，其所傳達的是否能令人認同，又是另一回事。從文學的角度而言，這種只是以負面人物冠名影射的方式，很明顯是非常粗糙的手法，任何人都可以借此優為之。《縱鶴擒龍》在書中的表現手法，相較於金庸《笑傲江湖》之影射文革，其間之差，不可以道里計，其中得失是一眼可以辨明的。但是如果從社會、政治史的角度來說，此書正反映了當時兩岸局勢的嚴峻與台灣的政治思想走向，倒也是詳實的史料之一，亦不無其意義。

二、《武林璽》

《武林璽》，一九六九至一九七〇年連載於《大眾日報》，是一部以「易容術」為骨幹的「爭霸江湖」模式小說。

書名《武林璽》，指的是小說中代表「武林盟主」威信的金印，是權威的象徵。台灣武俠小說自臥龍生的《飛燕驚龍》揭啟了所謂「爭霸江湖」的序幕之後，整個江湖世界就成了江湖群英爭雄角力的場域，在某種意義下，就等同於尚未統一，或者是面臨分裂而亟待統一的國家，一如春秋之五霸、戰國之七雄，競相雄長，武林盟主之有「璽」，正是因此而來。權勢，向來就是爭做一國之主所追求的最大目標，江湖視同國家，所爭亦復在此，金庸的《笑傲江湖》已經闡釋得非常剴切了；所不同的是，爭奪國家權勢，孰善孰惡，殊難論定，而「爭霸江湖」則是正邪對立、善惡分明的。

《武林璽》的開場，是江湖局勢大體穩定，黃山世家的萬鎮岳出任武林盟主，各大門派受其節制，相安無事；但兩年前萬鎮岳突然萌生退意，交還武林璽，位高權重的武林盟主虛懸已久，遂引起歹徒的覬覦，隱伏了無形的禍患。

「千面教」是東方玉武俠小說中屢屢出現的邪教勢力之一，以「千面」為名，自然是擅長於易容變相的幫派，在此之前，即因其作惡多端，為正道人士所勦滅，而玉面妖龍祝少游、千面人魔褚陽秋則僥倖漏網。祝少游不甘挫敗，重整齊鼓，約集了千面教殘存勢力，以及諸多江湖匪類，作死灰復燃的打算。

本書一開頭看似平平無奇，譽滿江湖，眾望所歸的下任武林盟主候選人鐵面神判耿存亮於太行山遭到妖人伏擊，身受重傷，其弟子尹天麒急赴川南桑藥師處求救，治癒了耿存亮。桑藥師與耿存亮是舊識好友，察其傷勢，竟頗類於耿存亮自己的乾元指力，而妖人又是素來精通易容術的千面人魔，因此頗感懷疑，卻苦無證據。假的耿存亮在眾人公推下出任武林盟主，多所更張，但都是在為千面教鋪路。千面教外有祝少游，內有褚陽秋，裡應外合，一場緊鑼密鼓的正邪之爭，於焉展開。

全書起最大關鍵的是「易容術」（幾可亂真的人皮面具），不僅千面教的褚陽秋先是假扮了耿存亮，而在桑藥師啟了疑竇之後，更命另一人假扮鄭錫侯，戴上耿存亮的人皮面具，讓他被揭發；然後自己則戴上李全忠、耿存亮雙層的人皮面具，被營救於牢獄之中，李全忠的人皮面具揭開後，赫然又是一個耿存亮，誰也不知道這個也是假扮的。不僅如此，千面教更找人假冒了已退隱的前任武林盟主萬鎮岳，兩任武林盟主皆為假冒，且真真假假，假中又假，令人難以辨清，千面教就倚仗著此一神妙的易容術，將江湖擾亂得天翻地覆，而整部小說也在此層出不窮的陰謀詭計下，跌宕生姿，極盡其曲折離奇的詭譎變化。

尤其有趣的是，當桑藥師與尹天麒等人發現千面教利用易容術攪亂江湖的技倆，索性也「以其人之道，還治其人之身」，也用「易容術」對治，以真亂假，正邪雙方勝負的關鍵，就在於有無被揭穿而已。

東方玉的《武林璽》

「易容術」在武俠小說中幾乎是已被用到氾濫成災的地步了，《武林璽》的高明之處，就是在於利用真假難辨的迷離景況，橫生許多波瀾起伏的情節。其後東方玉食髓知味，又在《劍公子》（一九七三）中依樣畫葫蘆，就不免落入了窠臼。東方玉在此書中運用得頗有節制，雖有迷離恍惚之致，卻是頗為合情合理。「易容術」最受詬病處在於可以「替換」到至親好友都無法辨識，簡直是不可思議的。《武林璽》顯然注意到了這點，因此，特意安排了假的耿存亮將與他最熟識的徒弟尹天麒調離身邊，命其往川東查案；而最終假的萬鎮岳也是在其夫人以黃山劍法測試下，才原形畢露。

尹天麒雖是書中的男主角，依東方玉的慣例，自然是劍眉星目、英姿颯爽，且屢有機緣，可以習得上乘武功的，但在整體表現上，涉世未深，過於誠樸可欺，反不如女主角桑南施的靈秀穎慧，尹天麒屢遭困蹇，幾乎都仰仗著桑南施出手相助，方能化險為夷。桑南施又是精通醫理的桑藥師之女，東方玉的小說少不了要有迷人神思的藥物，千面教統御教眾的手法，亦如同他書的邪派般，是用「雲中散」，而此號稱「無藥可解」的迷藥，也仰仗著桑南施手中的靈藥加以化解。

《武林璽》中的千面教及教中妖人，各有其獨到的武功，如千毒針、化骨針、太陽戮魂針等淬毒暗器自不消說，祝少游精擅的「奪命金蝗陣」，更是可觀，因此在打鬥的描寫上，也相當的精彩，尤其是千面教總壇的一場「輦車大戰」，千面教的副總護法麻冠道人因行動不便，由四位童子抬輦車出戰，正派四大高手及尹天麒、桑南施併力圍攻，人影、轎影、拳聲、掌聲、劍光、拂光，交織一片，戰況描摹生動而激烈，可以說是東方玉武俠小說最精彩的一戰。

東方英（一九一九～），本名盧讓泉，湖南長沙人。相關生平不詳，僅知其為中央軍校十七期運輸科畢業，曾任國防部上校高參，一九六二年退役後，即開始武俠小說創作，為大美出版社主力作家，被冠以「正宗俠情王牌」及「情節派王牌」稱號，頗為知名。不過，東方英作品「俠重於情」，擅寫英雄俠客艱困的際遇及其俠懷仁心，但往往拙於寫情；其小說情節曲折多變，不拘一格，但常不免以「易容」應急救變，略嫌便捷，然寓意頗深，力破常規，亦不失其為可觀。目前所知第一部作品為

《河漢三簫》（一九六二），其後陸續有《武林潮》（一九六二）、《竹劍凝輝》（一九六三）、《烈日飛霜》（一九六七）等二十餘部作品及五十多篇短篇小說問世。

三、《武林潮》

《武林潮》是一部以「復仇」為經，而武林秘笈為緯，而又摻雜著大量「易容術」情節的一部小說。

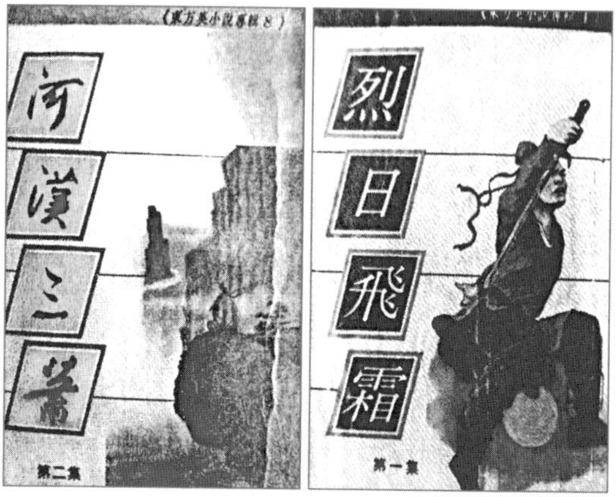

東方英的《河漢三簫》和《烈日飛霜》

「武林秘笈」是武俠小說慣用的模式之一，多數的武俠說部對其中武功的描寫都是正面而肯定的，蓋秘笈是武俠小說主角少年成長過程中武學「速成」的關鍵，且最後必然將歸屬於主角，以輔佐其未來的江湖事業，並展現出一代大俠的英姿與手采，俠客是正義的象徵與執行者，故武林秘笈內容的「道德性」，往往是被刻意標舉出來的，多是正大光明的武學，絕少邪魔歪道的習練法門，金庸在《射鵰》中寫梅超風的「九陰白骨爪」，雖脫胎於《九陰真經》，但這是梅超風自己誤讀了《九陰真經》，才會淪於魔道，並未妨害於《九陰真經》的「道德性」，正是個非常典型的例子。東方英《武林潮》中卻相當別開生面的從反面去寫武林秘笈，可以說是一個「點的突破」，而藉此突破，東方英也引領讀者更進一步的去思考所謂「正義」的問題，這是《武林潮》在奇詭的部局中透顯出的命意所在。

故事是以「中原四皓」的一場「蕭牆之禍」開始的，結義數十年、情同手足的異姓兄弟，三個義弟居然設計了一個陰謀，「揮淚」殺了結義大哥「日月叟」駱一飛，引發了其後其子駱人龍一連串尋兇、復仇的過程。

情同手足的結義兄弟反目成仇，自然有其原因。原來，在十年前，駱一飛與少林、武當、王屋三派的高手，在無意間獲得了一部習練者固然可以快速增長武功，用以傲視武林，但卻會因此徹底扭轉人性、淪入魔道的「可怕的」武林秘笈《天魔寶錄》。當時四人合議，交由駱一飛保管封存，並發誓不得習練其中的魔功。未料數年之後，江湖上「三堡四派」的正道人士，竟有許多人陸續喪生在「天魔武功」之下，而且也截獲了幾封由駱一飛具名，邀請邪魔中人共圖江湖大業的書信。因此，「三堡四派」（舒家堡、落星堡、高陽堡、終南、王屋、青城、羅浮）中人，認定是駱一飛偷偷習練了其中的武功，以致心性大變，將危害於江湖武林。為了維護江湖正義，他們懇求「四皓」中的金風叟、流霞叟、飛雲叟「大義滅親」，三叟在「正義」的大纛下，雖心有不忍，卻不得不忍痛揮淚，作了這件親痛仇快的「弒兄」慘劇。

駱人龍身為人子，父親遇此戕害，依武俠小說慣例，自是非復仇雪冤不可，但卻也碰到了難題。殺父仇人是向來愛他如子的三位叔叔，且為人向來正義，在慘劇發生後，也百般維護自己；而背後運作的「三門四派」，也都是素以正道自居的名門正派。一旦「親仇」與「親情」、「正義」發生了衝突，此仇當報不報？又當如何報法？

東方英筆下的俠客，多數是仁心俠懷、情義兼重的，雖然略顯平面化，缺乏對人物性格更深一層的刻劃，但卻彰顯了東方英對俠者氣度與胸襟的傾慕。駱人龍以東方英一慣的俠客形象出現，雖志切父仇，卻能衡情量理，以謹慎而細心的態度面對此一家門慘劇。因此，儘管「三堡四派」挾嫌報怨，甚至將駱一飛的屍骨於大道建塚立碑，樹立「警世戒妄」的牌樓，以示羞辱（這與古典小說《薛剛反唐》中武則天將薛丁山一家三八三口盡戮，於兩遼王府原址立「鐵坵墳」，並刻碑警世，有異曲同工之妙），仍然不失冷靜與慈悲，於武功大成之後，未以慘酷的手段以牙還牙。

少俠雪冤復仇，少不得需讓少俠先擁有足以報仇的武功，在此，東方英也依例安排了駱人龍的一連串「奇遇」，先是服食了助長功力「靈石鐘乳」，又習成了前輩高人所遺留的「九曲步」身法，並巧悟「天元心法」，規避了「心性大變」的危機，學成了《天魔寶錄》的武功，其後，又有「三絕先生」杜允中授以醫、劍、指三絕，更習得天香散人「天香鴻爪」、「長恨生」朱振武所遺的「馭劍術」，這些都是循舊有的模式開展的。不過，這些武功固然驚世駭俗、高絕一時，但卻不是駱人龍報父仇的最大憑藉。《天魔寶錄》中有半篇「謀略」，專門載錄各種機謀運用的法門，駱人龍就是以此謀略，展開復仇的進程，並逐漸揭穿了其中的隱秘。這也是全書最得力的地方。

《天魔寶錄》中誘人的超高武學，在江湖中引起莫大的紛亂，駱人龍首先就必須面對接踵而來的一些魔道高手，如陰手書生、陰魂不散、太行三煞、芒山六友、中條七煞……等對《天魔寶錄》的覬覦；而「三門四派」挾「正義」之名而妄斷是非的蠻橫作風，則激起了若干「魔而不魔」的江湖怪傑之公憤，如逆天翁、紅柳莊卓家、黑煞手、是非老人……等，皆紛紛起而加入駱人龍的陣營，儼然形成江湖正邪的大對決。代表江湖正道的「三門四派」，固然實力堅強，但步調未必如一，且武當、少林、崆峒及窮家幫，也因其過於狠辣而未予全力支援，而在駱人龍巧妙的智謀運用及是非老人的協助下，以離間、分化，各個擊破的方式，又造成各派間離心離德的隱憂，正道人士眼看就岌岌可危了。

雖說駱人龍是以計謀取勝，但實際上所謂智謀的運用並未有多大出奇的地方，東方英小說的最大缺憾就是過於仰仗「易容」的功效。駱人龍在全書中有三個身分，一是志切復仇的駱人龍，一是草藥郎中馬文玉、一是天香散人高徒鐵鈺，都是以人皮面具和縮骨神功改形易貌，其中鐵鈺的身分，更是他展現機謀、內外查探，得以洞悉「三堡四派」內情的關鍵。不但如此，書中落星堡的八堡主田巧，更是易容高手，一會易容成內間田七，一會又易容成駱人龍，簡直讓人目不暇給、眼花撩亂。易容最大的弊病，就是削弱了對手的智慧，在易容術橫掃之下，敵對方幾乎是只有任人宰割的份，當然就不可能有勢均力敵的鬥智場面了，全書中的人，幾乎就等於被駱人龍玩弄於股掌之間，全處於挨打的局面。

不過，也憑藉著高超的易容術，駱人龍查探出了父仇的隱情，揭穿了真相。原來，駱一飛之死，是一樁處心積慮布局的武林陰謀。事實上，打從《天魔寶錄》的出現，就是一個陰謀，是血影人魔莫澤為了宰制武林，故意讓駱一飛等人「巧獲」《天魔寶錄》（可惜，作者並未交代清楚），然後利用江湖正道的俠義之心及彼此的嫌隙，以一封威逼而來的假冒書信及殺戮，坐實了駱一飛偷學天魔武功的罪名，而導致「三門四派」在基於防患未來的考量下，推促了一場「大義滅親」的兄弟鬩牆悲劇；然後利用遺孤駱人龍的復仇之舉，化名為打抱不平、仗義聲援的是非老人，從中挑撥離間，並厚植自己的勢力，想利用正邪的對決，達成自己成為武林盟主（操控）的險惡目的。在全書中，是非老人假仁假義，縱橫捭闔，陰謀之深、手段之狠，是寫得相當精彩的，整個江湖，幾乎都在他的掌握之中，也因此泛生無數波濤，《武林潮》一書的命名，正在於此。

在此，東方英擺脫了武俠小說僵化的「正邪對立」模式，駱人龍舉起義幟，向武林正道挑戰，聞風而來的江湖英豪固然不少，如逆天翁任性、黑煞手鄭昆等，但此一對峙的局勢，分明又是是非老人居間作祟的，「三門四派」等所謂的「正派」，所堅持的偏偏又是顢頇、形式、僵化、自以為是的「正義」，於是，駱人龍的一方，究竟是正是邪，就顯得模糊起來，而此一模糊，大可視為東方英對所謂「正義」的質疑，假仁假義的是非老人與僵化剛愎的「三門四派」，正好處於兩個極端，其實打的都是「正義」的幌子，姑不論人間是否真有所謂的「正義」，但顯然都絕對不是這兩個極端的陣營所能假借的。在此，東方英隱隱有對「正義」之遭到誤用的反思，可以引領讀者進一步深思其間的關竅，這也不妨看作是《武林潮》一書的一個「點的突破」。

陰謀是藉著駱人龍易容化裝成鐵鈺，救治了當初被迫寫了假書信的田八，逐漸揭穿的，而也藉著易容術，將計就計，查探出是非老人潛伏於各門各派的內間，並藉著正邪對決，一舉擊垮了是非老人的惡勢力，駱一飛沉冤得雪，被譽為「武林完人」（有點過譽），而駱人龍則大仇得報，寬恕了三門四派的罪過，登上武林盟主之位，圓滿收場。

此書另外值得一提是，罪魁禍首血影人魔（是非老人）的下場，並未安排由主角駱人龍親手殺戮，而是讓他斷臂脫逃後，死在他苦心培育、饒有乃師性惡狠辣之風的徒弟徐少麟之手，且在故事最後，讓徐少麟脫身遠走，逃之夭夭，頗異於一般武俠小說中「惡有惡報」的寫法。

《武林潮》的焦點，完全集中在男主角駱人龍的「俠骨」，除了是非老人外，其他角色，較無發揮表現的餘地，自「柔情」方面，雖有舒玉珍、殷如雲和曇花一現的卓菁（菁兒）三位女性出現，但僅有舒玉珍勉強可以說擔當得起「花瓶」的角色，風雲氣多，兒女情少，也頗不同於其他武俠小說的蹊徑。

第二節 兩東方的「易容術」模式

「易容術」是武俠小說中相當常見的組構情節的手法，幾乎很少有作家棄而不用的，所謂「易容」，指的是利用種種人工的手法改變原有的形貌，用以掩飾自己，並欺瞞他人。這當然不是指簡單的戴上隨時可脫卸下的面具就能了事的，易容的最大目的在於「欺騙」，在歷史上最有名的實例，無過於《史記・刺客列傳》中豫讓「漆身為厲，吞炭為啞」的故事了。

豫讓為了刺殺趙襄子為智伯報仇，將全身（應該是臉部）塗抹滿桐油漆，使其潰爛後認不出形貌；又唯恐聲音被人認出，又吞下燒熱的煤炭，破壞了聲帶，意圖瞞過趙襄子的部下。這種從面貌與聲音雙管齊下的「易容」方式，顯然可視為中國「易容術」之祖，因為視覺和聽覺，是人類認識外在世界的兩種最重要感知方式。但嚴格說來，豫讓所用的方法，其實是很笨拙的，因為欲達到「欺騙」的目的，最重要的就是使人在不知不覺當中受到蒙蔽，故最好以低調進行；豫讓面目潰爛，與常人有異，必然會受到矚目，反成了高調，史書中將豫讓行刺的失敗，歸諸於趙襄子的「心動」，但從「執問塗廁之刑人」一語可知，必然是趙襄子已注意到豫讓形貌的古怪了。

武俠小說中摹寫刺客的橋段極多，而多半採取的隱蔽身形，不使人察覺，然後出其不意的一擊得手，最多蒙起臉孔，倒不必刻意毀容傷己，憑藉的是高強的武功、迅快狠毒的行動，而非易容術。唐人小說中，精精兒和妙手空空兒行刺劉昌裔，就完全沒提到要「易容」這件事。其實真正要藉易容術完成刺殺的任務，最高明的方法，其實就是古龍在《隱形的人》中所說的，像一滴水藏身於大海之中，這就是老子所說的「和其光，同其塵」，豫讓顯然是弄巧成拙了。

但如此的「易容」，只是最簡單的不使人察知，也就是說化裝成為最普通、最常見、最不引人注目的「眾人」，以掩飾真身而已，透過「化妝」的方式，其實就不難達成。在古代的典籍中，撇開道教神仙法術中可以千變萬化的的「變化術」不說，明代話本小說《喻世明言》〈宋四公大鬧禁魂張〉中的宋四公，可以說是「易容術」的遠源，武俠小說中更不乏這些能巧扮變形的「千面人」，可以用不同面貌、身分、職業、年齡，甚至性別出現，令人防不勝防。但武俠小說中的「千面人」很少是當刺客的，這些千變萬化的「易容術」，在武俠小說中用途之廣、設想之妙，以及其荒誕不經、匪夷所思，則另有其令人瞠目結舌之處。

所謂「易容」，用最簡單的話來說，就是「改換形貌」，在武俠小說中是常見的情節模式，大多數的武俠作家或多或少都會運用到此一簡便快捷的法門鋪陳情節，其中尤以東方玉、東方英、古龍、黃鷹等最常利用，就是連一代大宗師金庸也未能免俗，在《天龍八部》中設計出一個精擅於易容術的阿朱，曾經易容成蕭峰，並為防止蕭峰與其生身之父的恩怨，易容成段正淳，最終慘死於蕭峰之手，成為蕭峰一生中最大的傷痛。不過，這種模式的弊端卻是顯而易見的，溫瑞安曾謂「武俠小說最忌乃是強調『易容術』無瑕可襲，因為那不但誇張了易容術本身，也過分簡化了一切問題；這等於在武俠小說中加入了機關槍、手榴彈一般礙事。在金庸寫給我的書信中，也提到類似的看法」[1]，特別鍾情於「易容術」，且塑造出得意夫人（《護花鈴》）、王憐花（《武林外史》）、司空摘星（《陸小鳳傳奇》）、犬郎

1見溫瑞安《天龍八部欣賞舉隅》（台北：遠流出版事業有限公司，一九九七再版），頁十五至十六。

君（《幽靈山莊》）、南海娘子（《九月鷹飛》）等易容高手，並在《名劍風流》中極盡其巧妙之能事的將「易容術」貫串成全書情節關鍵的古龍，儘管用之不煩不厭，甚至誇張到人可以易容成一條狗，而不會被人發覺（犬郎君），可是，有時候他反躬自省，還是不得不承認：

> 天下沒有任何一種易容術能讓一個人改扮成另一個人，而且能瞞過這個人最接近的朋友和親人。……最高深精密的易容術，也只不過能把一個人改扮成一個根本不存在的人，或者是一個沒有親戚朋友會在附近看見他的人，讓別人認不出他是誰了。[1]
>
> 世上並沒有那麼精妙的易容術。……一個人若真的能改扮成另外一個人，連他自己的親人朋友都瞞過，那就沒有易容術了。……那就已經是神話、奇蹟，而且是很荒謬的神話，絕不可能發生的奇蹟。[2]

儘管荒謬、儘管不可能，但因為此一法門簡便快捷，因此連一代鬼才古龍也是割捨不下，而其他作家更樂得蹈故襲常，以偷懶式的改形換貌方式，進行全書的情節布局。

「改形換貌」的層次有二，一是改，就是以各種化妝、喬扮的方式，掩蓋自己原有的形貌，以規避他人的察覺。這種方式的易容，相對來說是較簡單的，誠如古龍所說的，「其實只要是會打扮的女

1見古龍《劍神一笑》（台北：風雲時代，二〇〇八年一月），第六章，頁二三一至二三二。

2見古龍《九月鷹飛》（台北：風雲時代，一九九八年四月），第三冊，第十七章，頁一一四。

人，就一定會一點易容術的」[1]，就武俠小說而言，武林人物行走江湖，為進行某種不欲為人所知的活動，有時難免需要將自己的本來面目、身分加以掩飾、隱藏，有類於特務、間諜或刺客的行動。事實上，以粗淺的化妝術來說，畫眉黏鬚、變裝易服以改變原有形象，並非難事，近代科學技術發展下的各式各樣面具（不必是人皮），已足以掩飾一個人的原有面貌與身分，完全製造出一個「嶄新」（原本不存在）的「人」，但如欲「換」（取代）成一個另一個原本就存在的人，甚至連親近的家人、朋友都無法辨識出來，恐怕就過於誇張了。儘管香港導演吳宇森在一九九七年的《變臉》中，以醫學科學的方式盛誇其事，但恐怕到目前為止還是不可能的。然而，這卻是武俠小說中最強調的，也是運用最浮濫的——「換」。

在武俠小說中，「改」幾乎成為舊套，任何作家都可優為之，兩東方在這方面自然不遑多讓；至於「換」，兩東方不但用得「出神入化」，而且還能「掰」出一些理論，就頗令人稱奇了。

東方玉在《旋風花》與《東風傳奇》中都提到一個極為特殊的江湖門派——「奇胲門」，此一門派精擅稀奇古怪的學問，諸如奇門遁甲，和各種機器消息之類，尤其是「易容術」，儘管二書對其祖師有倉公（《旋風花》）、諸葛亮（《東風傳奇》）的不同說法，但就「易容術」而言，提倉公卻是較有道理的，因為倉公（淳于意）是漢代有名的醫學專家，《史記》將他與扁鵲同傳，而「易容術」則屬醫學的一環。「奇胲」二字，源自於《漢書・藝文志》的《五音奇胲用兵》，本是指兵法、謀略而言，但「胲」字又有「臉頰肉」的意思，東方玉便由此虛構出一個專擅「易容術」的「奇胲門」，以及易容寶

1古龍：《火併蕭十一郎》（台北：風雲時代，一九九八年一月）第三冊，第二十三章，頁一五三至一五四。

書《奇胲經》，也算是頗具巧思的。

在東方玉的觀點下，「易容」可分為兩種，在《刀開明月環》中，張老實說：

一種是把易容藥丸直接塗在臉上，那有一個好處，一切表情，喜怒哀樂，都可以表現出來，比戴上一張面具，臉上多了一層薄皮，要好得多，但也有缺點，不能立時改換，如果你身上帶有兩張面具，轉個身，就可以改變容貌了，還有，就是不能用熱水洗臉，藥物一遇熱水，就會洗去，用這種面具，就可不怕熱水洗臉，千面教是易容的老祖宗，所以他們採用的是面具。——《刀開明月環》第十三章

以藥粉當化妝品，或是戴上人皮面具，不但是東方玉最常用的「易容」手法，也是其他武俠作家常見的，而其利弊，果然也正如東方玉所說；此法不僅可以交互使用，而且自用、用於人，兩相便利，在《旋風花》中，他藉奇胲門的掌門竹逸先生之口說：

易容可以分作兩種；一種是給自己臉上易容，要使旁人看不出絲毫破綻來，一種是臨時給別人易容，那就非內功到了某一程度，再輔以熟練的手法，使對方在你舉手之間，就被你易了容，依然一無所覺，才算成功。——《旋風花》第七章

這段話表面上其實不難理解，畢竟正如化妝師般，既可以自己化，也可以幫別人化；但實際上他

所強調的「內功」，卻是別有所指。這是一種可以完全不憑藉藥物或人皮面具就可隨心所欲的改換形貌的「武功」，利用「內功」調整自己或他人骨骼位置、體型、面貌，連聲帶都可以自行調整變聲，簡直成了神仙的戲法，顯然是從古典小說中的道術變化而來的，「易容術」可以神奇到如此的地步，未免讓人匪夷所思。東方英也是持有此觀點的，《武林潮》中有一段敘述：

飛鴻無影吳隱到落星堡代替了裝病的七堡主田七，讓七堡主恢復了自己的本來面目，八堡主聖手書生田巧卻化裝成了駱人龍，而駱人龍，則放心的以落魄書生的身分，準備和是非老人周旋——《武林潮》第十五章

其中的田巧，可以忽而是田七，忽而是駱人龍，隨心所欲，令人眼花撩亂，連作者都必須在文中隨時提點，此人原來應該是誰的話，若非揭開真面目，完全無人能夠辨識。儘管說「易容術」的最大功能，意在「蒙騙」，但「騙術」可以高明到如此的地步，就十足有「欺騙」讀者之嫌，畢竟，武俠小說不是神怪小說，讀者心中自有一把尺，過於神怪謬悠，未免就將讀者當成傻子了。

「易容術」在武俠小說中的作用，從「改」的角度來說，可以用來掩飾形藏、刺探機密，偶爾用之，也還算合情合理，而維妙維肖的化妝術，也的確可以做到令人無法察知的地步；但從「換」的角度來說，即使外貌、體型幾可「亂真」，也還牽涉到所「替換」之人的動作、語言方式、生活習性，這絕非臨時就可揣摩而得的，尤其是至親好友，連這些都區辨不出，豈非就是個傻子？

事實上，兩東方的確是將書中「被替換者」的親友都當成傻子，於此毫無交代，而刻意貶低對方

的智商，用以高抬書中某些角色的智慧與能力，在一智一愚的對峙當中，原來應該各出智計、機謀相互頡頏的交鋒場面，就大大的被削弱、簡化了，古龍說這是「神話」，溫瑞安說這等於是武俠小說中加入了機關槍、手榴彈，固然有其道理，但真的原因是作者的「偷懶」，不願意精心去摹劃對陣雙方應有的交鋒，以及其間可能產生的矛盾與衝突，這就成為一種便捷的法門，可以省卻無數的筆墨。武俠小說過分渲染「易容術」的神妙，無疑就是一種「歧途」，儘管其中偶爾會有如古龍的《名劍風流》，利用「易容術」的真假難分，塑造出疑信難定、撲朔迷離的詭譎氣氛，反映了社會中其實人人都戴有假面具的實情，且映現出古龍對社會、人世的不信任感；或是像東方玉的《武林璽》，可以藉真真假假、虛虛實實的錯綜複雜關係，帶動起情節波瀾起伏的發展，亦自有其機趣，且亦不失為可讀性極高的佳作，但畢竟不能視為常態，否則，流波不返，反倒成為一樁笑柄了。

「推理奇情派」

第一章　「奇情推理」司馬翎

一九六〇年代，台灣前期的武俠作家吳樓居士，仍陸續開展其武俠創作的歷程，而筆名雖偶爾援用吳樓居士，卻主要以司馬翎建立起聲名，且亦在此時期，取臥龍生而代之，奠定其在台灣僅僅次於古龍的武俠地位。

在這段期間，司馬翎偶爾還有延續前期模仿舊派武俠的作品，如《白骨令》、《斷腸鏢》、《鶴高飛》、《劍膽情魂記》、《金縷衣》等，但自一九六二年的《聖劍飛霜》後，一舉突破舊有窠臼，發表了二十餘部作品，其中《掛劍懸情記》（一九六三）、《纖手馭龍》（一九六四）、《飲馬黃河》（一九六四）、《劍海鷹揚》（一九六六）、《血羽檄》（一九六七）、《丹鳳針》（一九六七）、《金浮圖》（一九六八）、《武道·胭脂劫》（一九六九、一九七〇）、《獨行劍》（一九七〇）等，無不部部精彩，而《劍海鷹揚》則最受矚目。一九七〇年，因故一度輟筆，返歸香港，雖仍有所作，則已改用「天心月」之筆名，揉和古龍筆法，在香港報刊登載了《極限》（一九七八）、《強人》（一九七九）諸小品；一九八〇年後，拾筆欲重回江湖，復因病魔纏身，無法專力投入，僅有《倚刀春夢》（一九八一）、《飛羽天關》（一九八五，未完），重拾司馬翎舊名，而日薄西山，琉璃盡碎，終成絕響。

從他的創作歷程而論，以司馬翎為名的一段時日，是成果最輝煌、收穫最豐碩的黃金時期。早期名家，如香港的金庸，台灣的臥龍生、古龍皆對他讚不絕口，宋今人稱許其為「新派領袖」、張系國讚譽之為「作家中的作家」[1]，葉洪生則認為其生前名氣雖遜於二龍（臥龍生及古龍），「實則卻居於『承先啟後』的樞紐地位，影響甚大」[2]，在老一輩的讀者群中，司馬翎往往是為人所津津樂道的。

以他部部紮實、精采不凡的作品質量而言，理應能讓他的名聲永持不墜才對；然而，除了老讀者而外，他受重視的程度，卻遠遠遜於聞名遐邇的金庸、古龍、梁羽生諸「大師」，除了葉洪生對他「情有獨鍾」之外，幾乎沒有人願意為他推介；從受歡迎、流傳的層面而言，似乎亦不及臥龍生、諸葛青雲、東方玉、柳殘陽等擁有廣大的新舊讀者，在武俠小說出租店中，他總是委委屈屈地踡伏在偏僻的角落。窺其原因，可能有兩點，其一是司馬翎過早中輟寫作生涯，一九七一年以後，他歸返香港經商，在此時期，由於武俠小說出版界的混亂情勢（主要是著作權法問題），「司馬翎」之名，幾乎成為一切冒名偽作的代名詞，非但如《豔影俠蹤》、《神鵰劍侶》等猥濫諸作，假其名以問世，就是金庸的

1臥龍生對司馬翎的推崇，是筆者訪談過程中提及的；古龍則自承其對司馬翎的喜好，是「常到真善美門前守候新書出爐」（張系國《司馬翎全集・序》）；宋今人是真善美出版社的負責人，司馬翎的作品幾乎都由其發行，此語見其令嗣宋德令〈一代宗師司馬翎──武俠小說的新時代意義〉一文（手稿）；張系國的稱許，原文為「武俠小說家的武俠小說家」，見《司馬翎全集・序》（手稿）。

2見仝注1，頁三六六。

作品，在出版商運作之下，也大量以「司馬翎」的招牌，偽版印出，如《一劍光寒四十州》、《獨孤九劍》（即《笑傲江湖》）、《神武門》、《小白龍》（即《鹿鼎記》）等，造成了讀者「司馬翎就是金庸」的錯誤印象，在金庸挾媒體的雄厚力量席捲了台灣武俠小說界之後，司馬翎的光芒，被掩蓋殆盡，雖然晚期欲有所作為，已是時不我予了。

其次，司馬翎成名期間，台灣學術界仍然視武俠小說為旁門小道，所有的武俠作品，包括金庸在內，都不能登大雅之堂，自然沒有任何人願為他張目、推介了；而一九八〇年以後，由於金庸旋風的影響，儘管相關的武俠論述，得以大量正式披露，卻在「商品化」的傳銷策略主導下，集矢於金庸一人，論者幾乎「無暇」顧及其他的作家，司馬翎還是無法引人注意。一九八五年以後，大陸興起一股「武俠小說熱」，學界亦順風駛船，展開以武俠小說為主的通俗小說研究工作。大陸的研究、論述，層面較廣，眼界較雜，在芸芸武俠作家中，司馬翎倒算是一顆較引人矚目的新星，陳墨《新武俠二十家》[1]，即以他為「台灣小說四大家」之一。

但是，由於大陸出版界魚目混珠、張冠李戴的情形，較諸台灣更形混亂，司馬翎的作品中，夾雜著許多偽作，大陸學者眼目迷濛，有如「盲俠」，「聽音辨位」之能既少，自然只是迎風亂舞、嚮壁虛說了。[2]以陳墨為例，在〈司馬翎作品論〉中所分析的三部作品，《河嶽點將錄》、《黑白旗》分別為易容、紅豆公主所作，唯一的司馬翎作品《金浮圖》，也是他較「媚俗」的一部，這卻導致他評論司馬翎

1見《新武俠二十家》（北京：文化藝術出版社，一九九二年），頁四一一。

2葉洪生曾針對此一現象，撰有〈為大陸史學界「盲俠」看病開方(一)(二)〉，分論王海林、羅立群之失，（台北：《國文天地》第七卷第二期，頁七四至七八，民國八十年七月；第三期，頁七六至七七，民國八〇年八月），頗為中肯。

為「二流作家」的定位。

事實上，以他的小說藝術造詣而言，在金庸的流麗高華、古龍的詭奇懸疑、梁羽生的典雅平正之外，他能以樸實厚重的風格，獨樹一幟，在武俠作家中是非常值得注意的。平心而論，司馬翎的際遇與他的武俠作品成就，是有一段相當大的落差的，他宛如一顆蒙塵的明珠，未琢磨的璞玉，亟待有識者的發掘，重新為他作定位。

不過，在「天心月」的時期中，《極限》、《強人》、《倚刀春夢》等作品，在舊有的風格中，揉和古龍簡單俐落的筆法、明快變換的場景，亦頗有可觀，未能等閒視之。

第一節 司馬翎作品舉隅

司馬翎的作品數量極多，且部部紮實可觀，限於篇幅，無法一一詳介，大體上，《聖劍飛霜》（聯合報，一九六二年六月廿八日）可視為其確立風格的開端。此書以昔日「一皇三公」中的日月星三公在備受「一皇」皇甫孤壓制下，欲趁「一皇」生死未卜之際，在江湖中重建勢力為緣起，未料卻出現一位名為皇甫維的年輕俠客，手持「一皇」的「免死金牌」前來阻擋。皇甫維此人的面貌酷似「一皇」，武功亦是「一皇」一脈，故不但引起「三公」疑懼，分別派遣其女舒倩、佟秀、冷清影，欲加以攏絡；而因皇甫孤過去在武林中聲威赫赫，殺戮甚重，當初唯有「心池聖女」的「聖女劍」方堪壓制，故亦引起江湖各門派群起欲搶奪「聖女劍」的風波。

皇甫維的設計，與後來司馬翎小說中正義凜然的俠客不同，可以說是道地的「兩面人」，在溫文

司馬翎的《聖劍飛霜》，刊登於《聯合報》1962.06.28

敦厚的外表下，時有狠辣無情的一面。他的來歷是個謎團，而全書也環繞著揭開其身世之謎而開展，其間懸疑、推理風格已宛然呈現，其中各不同派別、立場的人物，鬥智鬥力、機巧迭現，一反前此平鋪直敘的敘事手法，使得其最擅長的推理及心理描繪得以派上用場，的確可以視為一個開端。其中神算公子屠元庭與冷月神狐谷雲飛就追魂爪金旭指甲究竟有無淬毒的鬥智，直接以「鬥智」為名，「空城計」、「激將計」交互為用，相互攻防，就在此書中開啟了司馬翎小說的鬥智之路；尤其是「鬼醫」向公度約聚群雄煉「寶鼎丹」這段，眾人各逞心機，立場倏忽變化，背信棄義，除了顯現武林人物的各懷鬼胎之外，亦可謂將心理描繪與懸疑性發揮得淋漓盡致。其中神算公子的「詐死」、向公度以煉藥為名，實際上乃為了吸收眾人功力，描寫得最為出人意表。

皇甫維起先完全不知自己身世如何，亦不知其所負任務為何，整個故事內容，等如是皇甫維追尋、認識自己的過程。後來才揭示出，他正是皇甫孤與「心池聖女」的兒子，分別有正邪兩方面的遺傳，故一方面會以義氣為重，而一方面亦時而頗有乃父之風，風流不羈，而出手狠辣，殺戮甚重。皇甫維正義的一面，實為司馬翎所有小說俠客的基調，故不足為奇，反而是其「負面」的描寫，頗值一究。

在武俠小說中，「採陰補陽」之術，向來是被目為淫惡之流的邪派人士才會施用的下流手段，但皇甫維卻是倚仗著此一功法，才能恢復武功，而且並不會對與他交合者（夜明珠、杜筠）有若何傷害，這是相當可玩味之處。固然，皇甫維兼具正邪雙方面的特質，時而天真純厚，時而狡詐多變，可能是司馬翎敢於突破常規作此描述的原因，書中的皇甫維多情到有點濫情的地步，先後有日月星三公之女、杜筠、夜明珠、喬詩蘋等六人，其中喬詩蘋是皇甫維偶然結識的書生之未婚妻，皇甫維居然還是與她發生關係，分明大違俠義之道，居然會被選為主角，卻是相當罕見的。

《掛劍懸情記》是司馬翎小說中首度張揚女性智慧的一部，敘寫花玉眉在「鐵血大帝」竺公錫挾借異族勢力，欲逞其一統江湖，甚至稱尊為帝的過程中，如何領導群俠籌謀劃計，憑藉其超卓的智慧力挽狂瀾的過程。花玉眉徹底顛覆了傳統武俠小說女主角嫻靜莊貞的格局，以充滿女性魅惑力的形象，縱橫於正邪雙方的人馬中，其所擅長的「媚功」，在一般武俠小說中都被摹寫成邪派妖女用以蠱惑男人的下流手段，但此書則不避忌諱，從正面的角度加以描述，司馬翎從現代心理學的角度，將其定位成「懾心法」，此法與一般純粹出賣色相以誘人入彀者迥然不同，所謂「她的媚功所以能冠冕天下，遠遠超出於千百種淫娃蕩婦的媚術之上，便是因為這媚功不單是挑起男人慾火，而是利用種種不同環境氣氛，作出悲喜不同的的手段媚態，先感動了對方，然後才用最後的一招殺手鐧。也就是女人最後的一注本錢」，其間心理分析佔了相當重要的部分，無疑對司馬翎此後的小說風格開啟了先機。

花玉眉無疑是《掛劍懸情記》中的靈魂人物，也一手挽救了武林的危局，她精擅各種機關陣法、醫藥方術之學，尤其擅於窺測人心，司馬翎借此將其豐富的雜學知識，一一加諸於花玉眉之身，遂使得粥粥群雄，黯然失色。其中花玉眉化解「毒中之聖」的手法，揉醫學、藥物學、音樂為一，甚是精采；而其面對勾魂怪客崔靈的心靈禁制學，更發揮了當代催眠術的精要；與亂世間人公孫博的鬥「法」，更是奇妙的設想。但是，司馬翎也並未將其「神化」，花玉眉多情易感，頗具一般平凡女子的真實性，如她對桓宇雖是深情，但對如方麟、薩哥王子等愛慕她的人，卻也不是完全無動於衷，甚至有時還會因吃醋而想捉弄桓宇，小兒女的情態，娓娓動人。這和司馬翎在《劍神傳》中寫朱玲與石軒中和其他諸位男子的模式相近，但《劍神傳》無疑還是以石軒中為主體，而《掛劍懸情記》則純藉花玉眉生色，桓宇為亦不失英雄氣概，但顯然就不如石軒中傲岸，對比之下，花玉眉更能代表司馬翎心目中的完美女性形象。

《掛劍懸情記》雖以花玉眉為靈魂人物，桓宇的設計也是毫不遜色。儘管桓宇不是其他小說中穎悟靈敏、天縱英明的人物，但憑藉著內心堅定而頑強的信念，卻也使他成為花玉眉之外唯一能挽救武林危局的人。桓宇本身是以孟子所說的「浩然正氣」，「自反而縮，雖千萬人吾往矣」的精神與氣勢而顯著壯氣凌雲，尤其是當武林安危牽涉到種族興亡時，此一氣勢更顯得宏闊無比。書中寫到桓宇與花玉眉歷經波折與艱苦，難得能小聚一番，互吐情衷之際，桓宇突然兒女情長起來，提不起勇氣面對隔日與竺公錫大弟子廉沖的決鬥，花玉眉利用竺公錫可能派人刺殺當時首輔張居正，導致朝中無人領導，因而俺答入侵之事，竟激起他為國為民奮戰的勇氣，此無須長篇大論，就充滿真切的愛國之心——「直到這時，他的豪俠雄心才激揚發歷，壓倒了兒女私情」，就頗令人動容。

除此之外，《掛劍懸情記》中反派重量級人物，也寫得十分出色，其中竺公錫的摹寫，與後來《劍海鷹揚》中的嚴無畏，頗堪比擬。竺公錫雖屬邪派，野心勃勃，但行事光明磊落，具有堂堂宗師氣度，較之金庸《射鵰》中的歐陽鋒，勝過數籌。如其分明可以趁桓宇與智度和尚傳功修鍊之際，一舉殺死二人，但卻保持風度，絕不趁人之危，甚至寧可讓桓宇習成後與他作決戰，既是重人，亦是自重。竺公錫雖因武功無法與龍虎山莊的司徒鋒較一長短，而情場又敗於智度和尚，故忿而遠走關外，欲假託異族之力重歸中原。但其雖於異族中培植羽翼，卻未有引異族入侵中原之意，此與一般武俠小說的出賣祖國大異，而其因暗戀沈素心，數十年如一日，對相貌、言行舉止宛如沈素心再世的花玉眉，心中既憐又愛，雖明知此對其霸業的完成有害，終究難以割捨，而花玉眉則充分利用其此真摯的情感，最終反敗為勝。竺公錫失敗處，即是司馬翎摹寫人物的成功之處。即便大奸巨惡，亦有人性，此間善惡衝突的微妙關係，正是作家可大力發揮之處。梁羽生持正邪對立、黑白分明的嚴格分際，對金庸多所責難，觀此恐怕更要氣得跳腳。

《掛劍懸情記》中描寫桓宇與蒙古施娜郡主之戀，這是武俠小說中頗為常見的「正邪戀情」，結局固然在武俠小說的「大中原文化主義」下，是以喜劇完滿收場的，但身當其際的桓宇，卻飽受來自各方面的責難與誤解，幾乎目其為通敵賣國的叛徒，桓宇不免自思：「他曾經為國家執干戈出生入死，奮戰疆場，也曾為了武林同道，作螳臂擋車之舉，這等彪炳壯烈的往事，此刻竟沒有人記得，大家都冷漠地遺棄了他，到底他捨死忘生的壯舉為的是誰」，「似乎天下之人都遺棄了他」，如是的淒涼與孤獨，卻也反襯出異族戀的悲楚。這與金庸《倚天》中的趙敏、張無忌之戀，實在大異其趣。

《纖手馭龍》，顧名思議，是以女性角色主導全局的作品，當然主要在強調書中以辛黑姑與薛飛光兩位巾幗英雄，如何憑藉著武功、智謀，操控、掌握住以裘淳、淳于靖、朴日昇為代表的少年英雄。辛黑姑是名震天下、人人聞之膽寒，而具有強烈宰制武林野心的魔影子辛無痕的女兒，順承其母志向，以收攬群雄入其彀中為志，智計雖出於薛飛光之下，但擅長易容、輕功，更承繼了其母辛無痕的威名，一出場就震懾人心，牢牢掌握住時下各派的高手為其所用；薛飛光武功不高，而智計過人，在正派群雄勢窮力絀之際，每能以其超卓的智慧，一一化解難題，無論正邪官三方都對她既敬又畏，縱橫捭闔，不遜於《掛劍懸情記》中的花玉眉與《劍海鷹揚》中的端木芙，徹底顛覆了江湖是男性俠客翻雲覆雨、逞其英俠的傳統。

《纖手馭龍》的主要情節，相當巧妙的藉書中摹寫的元末混亂的時代為背景，將正派、邪派及官方三個不同立場的勢力彼此角智鬥力中微妙的利害衝突刻劃出一個江湖的變局，朴日昇所代表的元廷官方勢力，以及元朝的政治情狀，雖亦會偶爾述及，但基本上還是以「江湖爭霸」為主體，其中雖亦有粗陳梗概的民族意識，藉丐幫的淳于靖表現出來，但並未若想像中的強烈，如書中與正派群雄站在同一立場的「宇外五雄」，皆是來自異域的高手，甚至老大普奇還是蒙古人。朴日昇為高麗人士，統率元廷高手與群雄對抗，充其量亦不過是江湖的另一種勢力而已。正派的裴淳、淳于靖與邪派的辛無痕母女、官方的朴日昇，彼此角鬥，有分有合，極盡其反覆變化之能事，而最引人矚目的女主角薛飛光，卻能在此變化莫測的局勢中，以其絕妙的智計，化解了諸多橫梗於正派群雄前的難題，雖未若花玉眉、端木芙般的出色，卻也是《金浮圖》中紀香瓊以及《丹鳳針》中雲散花的等級，是司馬翎武俠小說中五位最傑出的女性。

司馬翎的《纖手馭龍》（真善美出版）

儘管如此，此書卻是隱隱然以「情」為最重要的線索。上一代的中原二老之一趙雲坡，與辛無痕、薛三姑之間因愛成仇；下一代裴淳、朴日昇、淳于靖與雲秋心、薛飛光、辛黑姑之間，亦是因情而變化萬千，而全書其實就不過是如何安排這三對若有情似無情，彼此糾結的情感歸宿而已，這三對「情侶」，各有其難處，情感亦飄浮不定，描寫得錯縱複雜、深刻婉轉，不遜於金庸的《神鵰俠侶》，就是連次要角色，如金笛公子彭逸之暗戀薛飛光、神木秀士郭隱農之暗戀紫燕楊嵐，都寫得相當細膩。而這三對情侶既各有著落之後，一應的紛爭，也就順理成章的消泯了。

書中的男性角色，卻未嘗因此而失色，裴淳的質樸忠厚、朴日昇的豁達氣度、淳于靖的豪邁正氣，甚至如南奸商公直的奸險、北惡慕容赤的粗直、九州笑星褚揚的瀟灑，都頗具特色。其中尤其是質樸淳厚的裴淳，一反武俠小說中智珠在握的俠客，以其誠懇忠厚的為人，獲得所有正邪人物的敬重，商公直雖是處心積慮欲陷害裴淳，終未能得逞，反而心服口服，棄惡從善，而裴淳也在幾經磨鍊後，得以蛻轉、成長，是武俠小說中難得一見的如郭靖般的俠客。

《纖手馭龍》中，司馬翎刻意凸顯其「雜學」的知識，第五章，裴淳與雲秋心入書肆，論及有關宋元書版的特色；第十章提到「藏密」的流傳；第十二章論墨子；第十七章論印度種族；第十八章論元代制度、佛道發展；第卅一章敘及樊潛公的「六壬神數」，都顯見其廣博的能事；而第卅二章「不歸府」中畫聖吳同與雕仙司徒妙善以繪畫和雕刻所布設的逼真的景物，配合著機關、陷阱，設想之奇妙，竟有點像現代的「全息」投影，更令人嘆為觀止。

《飲馬黃河》的故事，內容相當緊湊，先從朱宗潛援救林盼秋開始，繼而補寫朱宗潛為追尋師父冷面劍客卓蒙下落，誤食「紫府禁果」事，從而帶出康神農及其叛逆弟子之事。由計多端、屈羅又帶出「三凶兩惡」中黑龍寨的黑龍頭，以及冰宮雪女；再點出「龍門隊」人士追捕「狼人」，並企圖藉此鏟除黑龍頭之事。在朱宗潛巧妙設計下，查探出黑龍頭首腦實為沈千機，而沈千機不但是康神農的逆徒，更是陷害卓蒙的元凶。又從龍門隊中的符直，帶出東廠，並揭露朱宗潛實際上是明室親王遺孤

司馬翎的《飲馬黃河》（真善美出版）

之秘。而此時，又自冰宮雪女引出冰宮主人，以及三十年前「三大異人」甄虛無、金羅尊者、啞仙韓昌之事。於是，黑龍寨、東廠、冰宮、龍門隊，四方角力，精彩紛陳。朱宗潛憑其智力，先壓服冰宮，繼而鏟除沈千機以及安順等邪惡勢力，最終制服東廠首腦武瞻。一波未平，一波又起，整體結構井然不紊，而條理分明。其中無論正邪人物，都寫得相當的出色，可謂無一虛筆。

《飲馬黃河》最引人矚目的，一是「推理」，一是「氣勢」，前者藉細膩的心理摹劃，縝密的推理過程，帶動全書情節。書中的「黑龍頭」之秘，最是全書關鍵，第十章寫朱宗潛揭露三手殃神門達與黑鷹史良就是「二合一」的惡名昭彰的「黑龍頭」一段，雙方既鬥力又鬥智，瞬息萬變，縝密推理，寫得相當緊湊；而第十六章朱宗潛與東廠春夢小姐的鬥智、第廿二章寫黑龍頭沈千機以詭詐多變的計謀，使歐大先生千里迢迢從武當取得的百歲藏紅花失效，層層機謀，高潮迭起，正是司馬翎的長項。

此書以朱宗潛所展現出來的意志與氣勢的特色，為後來「後金古時期」作家黃易最所心儀，且處處可見步其軌轍之處。

意志與氣勢，是司馬翎小說中最強調的武學特色。朱宗潛與史良一戰，全然靠意志力的撐持，誰先氣沮，誰就落敗。其後朱宗潛能不受春夢小姐「銷魂手」的迷惑，亦由於此。這是司馬翎最強調的「堅心忍性」的武功法門，在第廿四章中，朱宗潛說：「晚輩的一身藝業，勉強可以稱得上與眾不同之處，便是意志強毅，養成一種凌厲氣勢！但這股氣勢，碰到了武功高明，而又修養功深之士，仍然難收大效。因此，必須益以強烈的殺機才行。但這股殺機，如是從兇心惡性中發出，那只不過是暴戾之氣，非是上乘境界。唯有從俠義之心生出的殺機，方足以持久不衰，無物可攖其鋒。這俠義之心，便是抑強除暴，殲滅惡人之意。」這一觀點，源出於孟子所說的「自反而縮，雖千萬人吾往矣」，最能體現出司馬翎的俠義觀念，儘管作者自身所為未必能遵循於此，卻深刻的揭示了武俠小說中「俠義」信念。

《劍海鷹揚》可以說是司馬翎最富盛名的作品，武俠評論名家葉洪生就對此書特為推崇。這是一部以「江湖爭霸」為主線，而帶上「國仇家恨」的雙主題結構。書中敘寫黑道霸主七殺杖嚴無畏為了「獨尊」天下，率眾襲擊了白道主盟的羅希羽的翠華城，在一番血戰之後，翠華城傾覆，羅希羽生死不明，而翠華三傑保護少主羅廷玉逃遁回故居千藥島，誓言三年後將回返中原，重建翠華城。

嚴無畏一戰成功，雖經負傷，卻仍積極展開獨霸天下的陰謀，策劃了搏殺白道名宿的「黑名單血案」，威震天下；但嚴無畏心知普陀山聽潮閣是他稱霸江湖唯一的剋星，無法力敵，遂早在十數年前，就安排了宗旋這枚棋子，以白道俠客的面目，接觸聽潮閣未來的劍后秦霜波，企圖以「情」攏絡秦霜波。

司馬翎的《劍海鷹揚》（真善美出版）

翠華城少主羅廷玉在千藥島上悟出羅家「血戰刀法」後七招「君臨天下」的奧秘，武功大成，駸駸然向「刀君」境界邁進，積極籌備重建翠華城的工作，而聽潮閣的秦霜波，亦於此時以「劍后」之姿，行走江湖。刀君劍后，既相互吸引，又相互抗衡，形成微妙的局面。

就在翠華城與獨尊山莊各自籌備，形成僵局之際，西域各國高手在疏勒國師塔力克的率領下，以索回「銅台玉馬」為名，大舉入侵中原。中原群雄暫時放下恩怨，抵禦外侮，在足智多謀的端木芙領導下，與西域群雄展開激烈的擂台戰，鬥智鬥力，出奇制勝，不但大獲全勝，且與疏勒國師化敵為友。

淮陰小明湖戰後，江湖又回歸到翠華城與獨尊山莊之爭的局面。端木芙一戰成名，為眾所矚目的對象，原本有心拉攏疏勒國師形成三足鼎立的另一勢力，但後來查探出其所負的血海深仇，原來竟是嚴無畏所為，遂決意與羅廷玉、秦霜波合作，先擊敗了雷世雄，繼而揭穿了宗旋的真面目，最後在孟夫人的協助下，直搗獨尊山莊。羅廷玉與嚴無畏對決，擊潰獨尊山莊，最後娶了秦霜波、端木芙與蒙娜為妻，重光翠華城。

《劍海鷹揚》的故事梗概如此，但內容波詭雲譎、倏忽變化，無論是正邪雙方的主要人物，都寫得相當出色。羅廷玉的氣概恢宏、豪爽雄邁，不愧一代刀君；秦霜波聰穎細膩、武功高強，自是劍后丰姿；嚴無畏雖是梟雄，而豁達大度，也有一派宗師的氣象。其他如深沉多智的楊師道、沉穩厚重的雷世雄、瀟灑倜儻的彭典，也無不各擄特色，而其中描摹最深刻的，無疑屬端木芙與宗旋二人。

端木芙不懂武功，但身負南海端木世家的深仇，先是托庇在毒尊山莊，為嚴無畏籌謀劃策，抗倭一役，展現出其過人的才智，其後率領中原群雄，力敵西域高手，深獲敵我雙方的佩服與敬重，又結合西域及中原武林門派，對抗獨尊山莊，凡所策劃，料敵機先，無不順遂，而縱橫捭闔於三方不同的勢力間，是全書的靈魂人物，更可以說是司馬翎小說中的第一女性。相對來說，秦霜波雖也佼佼出色，但卻過於不食人間煙火，如人間仙子，反而不易讓人喜愛。

宗旋雖非第一主角，書中地位不如羅廷玉，也遜於嚴無畏，但司馬翎的設計可圈可點。他是嚴無畏安插於正派的奸細，在秘密培訓的過程中，除了本門武功外，多是名門正派的武學，忠孝節義之書，更多有觀覽，同時，嚴無畏更到處冒名替他作了許多行俠仗義的事。因此，宗旋甫出江湖，就是名滿武林的大俠客。宗旋既須奉行嚴無畏交付的命令，又頗質疑自家所行之事，正邪的觀念時有衝突，司馬翎能從其內心的掙扎加以詳寫，使得此一人物充分的立體化，相當難得。宗旋最後身分被揭露，而仍然不肯背師，更是堂堂正正，這或許也是受到早期浸潤的俠義思想所影響。嚴無畏雖是書中反派，但所收四徒，雷世雄、彭典、宗旋，都是矯矯不群的英雄，唯洪方略遜，也可見得其眼光及器度。

《劍海鷹揚》一開首就以翠華城血戰開端，而結之以大破獨尊山莊，從頭至尾，鏖戰不斷，幾無冷場，其中抗倭之戰、追襲羅廷玉的陸戰與水戰、雷世雄挫敗之戰、獨尊山莊傾覆之戰，都描摹得激烈慷慨，尤其是端木芙抵禦西域高手之戰，中原群雄暫時團結於端木芙號令之下，而各陣營彼此利害相參，疏勒國師亦心中另有盤算，情勢非常詭異，而端木芙運籌帷幄，取己方所長，識彼方所短，上駟、中駟、下駟，各得其所，出奇而制勝，司馬翎交互用比鬥雙方及旁觀者的視角，將各個人物的性格、武功、心思，一一凸顯而出，更是面面俱道。後起的黃易，在《大唐雙龍傳》中對戰爭場面的描繪，也未嘗不是自此取得靈感的。

司馬翎在《劍海鷹揚》中仍不忘炫其雜學之能，除了藉端木芙展現出陣法之學外，更藉羅廷玉和楊師道、章如煙的對談中，大肆引經據典，暢論輪舸之學、芍藥花品種、宋元版本書的真偽、品茶之道，尤其是宋代定窯瓷器以及景德鎮的官民窯瓷品，一一詳說，信手拈來，就是專家之學，雖未免有點逸離主線，但閒閒說來，亦自有妙趣。

《血羽檄》雖是以查家滿門滅絕、孤子查思烈報仇的「復仇」故事為主線，但作者的處理方式，卻相當有創意，他不從孤子復仇展開，而別從查家公子查若雲的秘密情人（裴夫人）復仇開始，然後才帶出查思烈，之後別出一副線極樂宮的野心，而將整個江湖大勢皆涵括而入，如七大門派的緝兇、魔女劍派與丐幫的恩怨、九大門派的名位等，最終則從丐幫幫主陸鳴宇身上向上追源至人魔沙天桓與逍遙老人的賭約，往復迴環，結構相當巧妙。

《血羽檄》全書以推理鬥智開展，頗具偵探小說的懸疑性，如化血門一門滅絕後，究竟是誰還有能力發出「血羽檄」，就是個懸疑，但作者早早就點破乃鳳陽神鉤門的裴夫人，且於此未有後續的追究，可見顯然司馬翎志不在此；即便是丐幫幫主陸鳴宇的來歷，是全書最終必須揭露的謎團，但讀者一早也就在閱讀的過程中知道陸鳴宇絕對就是大反派，缺乏解謎的樂趣；全書最得力的反而在其中無論任何一個角色的行動，都是謀定而後動，考慮周詳才展開的，司馬翎深入人物的內心，面面俱到的將人物內心的思維層層推衍而出，因而節奏緩慢，有時會讓人覺得煩瑣，故讀者必須是好學深思者才會有漸入佳境之感，此所以宋今人言其書為「大學生」的最愛，這是極有道理的。

《血羽檄》中查家滅門的禍首是風流倜儻、處處留情的查若雲，因此，查思烈明知其父乃咎由自取，故復仇之意逐漸淡化，這頗能擺脫武俠小說的舊慣。但也因禍端肇於「濫情」，故書中對女性「情感」的態度，非常值得玩味，以洛川派的紫衣玉簫吳丁香為例，她本是姚文泰的妻子，與丈夫不和，先是愛上了姚文泰派來刺殺她的彭春深，後又對高青雲似有心靈默契，最終又愛上了書生李益，以一個有夫之婦，居然如此「不貞」（靈與肉），在其他武俠小說中一定是被描繪成淫蕩無檢的妖婦，而備加貶抑，但司馬翎卻因其對此三位「情人」，皆是出之於真感情的表露，而對她無所責難，這是極不容易的事。

司馬翎的武學設計，每每出人意表，《血羽檄》中鬼厭神憎曾老三與錢如命的「厭功」，是以散發某種攸關於人七情六欲氣質，刺激出內心強烈的心理反映，因而受到影響，遂失去常態的一種「武功」，曾老三具有讓人一見到他就煩悶、難受，甚至了無生趣的特質，被他纏上後，就如附骨之蛆般，讓人痛不欲生，這樣的設計，可謂創了武俠小說的先例，這與司馬翎強調「心靈」的力量，完全同出一系。

《丹鳳針》以充滿陰森恐怖氣息，處處機關密道，其中藏有《天罡絕藝》和「丹鳳針」的「天罡鬼堡」為主要場景，司馬翎藉此盡情展現其有關機關陷阱、土木消息的豐富雜學。

盛極一時的天罡堡，在數十年前突然遭罹奇禍，全堡人盡滅絕，成為鬼魅傳說不斷的鬼堡；但其中珍藏的「天罡二寶」，卻引發江湖人士的覬覦，先有殺人如麻的許公強、扈大娘夫婦竊佔其間，後又有各門各派的武林中人，以鏟除惡人為名，群聚於天罡堡外，實則各懷鬼胎，企圖染指二寶。

主角杜希言本非武林中人，卻精通土木消息之學，進入鬼堡，憑藉著對機關密道的掌握，以及所獲《毒經》的藥物之學，隱身幕後，以旁觀者的角度，冷眼看群雄的角力鬥智，最終加入正派陣營；而群雄之中，除心思、步調不一外，更有六指鬼王魏湘寒的黨羽滲透其間，司馬翎藉此展開了縝密的推理格局，循序而進，終於揭露了此一廣佈眼線於各大門派之中的邪惡集團的真面目。其中為了揪出花蝴蝶蕭春山的真實面目，在李天祥道長及南霸天孫玉麟的嚴密布局下，步步設阱，高潮迭起，寫得最是精彩。

司馬翎的《丹鳳針》（真善美出版）

《丹鳳針》男女角色的分量，分配得相當均勻，杜希言雖是男主角，但全書前半幾乎都看李天祥和孫玉麟的表演，後半離開天罡堡後，才開始有嶄露頭角的機會，但也被身負白骨教與鬼王兩派絕藝的年訓，以及天性殘忍刻毒的凌九重分潤過去；純潔善良的余小雙當是女主角，但在具體表現上，不但讓足智多謀的雲散花搶盡風采，甚至連多妙仙姑李玉塵都較她為顯眼。因此，《丹鳳針》全書並未特別著重凸顯單一角色的手采，較諸前述諸作，大有不同。

孫玉麟此一角色的摹寫，是頗值玩味的。他是江湖中聲名卓著的正義俠客，但內心中實仍潛藏著邪淫的因子，面對美色如黃華的性誘惑、痛厭者如凌九重的仇恨心，往往掩不住其內心勃發的衝動，欲往邪淫一路沉淪，但幾經矛盾衝突中，在李天祥的開示、提點下，終於以後天的意志力壓服了內心蠢蠢欲動的惡性，人性善與惡的分界，在此有相當深刻的描繪。

雲散花在書中的分量極重，她不但美貌絕倫，智慧過人，更精通「木石潛蹤」的東洋忍術，但性格多變，佚蕩失檢，在古代社會簡直就是淫娃蕩婦之流，在此書中除了杜希言外，也與凌九重有過肌膚之親，對孫玉麟、年訓、黃秋楓都不惜以色相誘惑，但司馬翎雖對其用情之不專及貞節之難守有所摹繪，但卻多數以相當正面的角度予以肯定，這顯示出司馬翎相當現代的「情慾自主」觀念，相對於其他武俠小說的一味排斥，無疑是更具現代精神的。不過，司馬翎還是未能免於大男人觀點，使雲散花因自己已非完璧之身，自慚形穢，而決定不與最愛的杜希言結合，而別選了峨嵋派的黃秋楓。雲散花對愛情歸宿的抉擇，是相當功利的，這與當代社會的女性觀點頗為吻合。

相較於雲散花，李玉塵以色相迷惑人心，在最後覺悟時，反而死在失心瘋卻愛她極深的凌九重之手，作者顯然有畸輕畸重之嫌；但司馬翎的小說向來不避諱情色場面的摹寫，本書許多香豔旖旎的情慾場面，多由此一「多妙」的女子擔綱演出。

此書邪派的代表為居幕後操縱的六指鬼王魏湘寒集團，但魏湘寒自始至終未現身，主要的人物是年訓，年訓天生邪惡，然外表溫文瀟灑，更擅於以言語欺人，故有兩面天王之稱。他身負鬼王及白骨教兩家絕技，司馬翎藉此大肆鋪揚白骨教「邪法」的陰森恐怖，較諸鬼派作家更為傳神，且其神秘主義之氣息甚濃，與一般常規下的武功不同。面對邪法，唯一能克制的，就是堅強的意志力，面對妖邪鬼魅，無畏無懼，胸中凜然不屈的正義，才是最終法門，此一「邪不勝正」的道理，闡釋得極為精道。最後才出現的百變公子魏平陽，是魏湘寒之子，被派往少林寺潛伏幾十年，是備受少林寺上下及江湖同道的敬仰，而一旦被揭穿後，天慈方丈問他，「何者才是本來面目」，這段饒具禪宗機鋒的對話，使魏平陽凜然憬悟，頗能顯現司馬翎對佛家精義的體會。

《金浮圖》的故事，以遭受到偽善師父朱公明誣陷的主角薛陵被追殺，逃躲至齊南山府邸，因而結識了齊茵，並由齊茵轉介給其師廣寒玉女，再夤緣拜在無手將軍歐陽元章門下，習成武藝，最終昭雪冤屈為主線；而另有印度與中原兩大高手建造金浮圖，內中藏有許多武林秘笈，引發武林人覬覦為副線，中間穿插了明代中葉沿海倭寇作亂的若干情節。結構相當龐大，但線索分明。

其中朱公明聯結出大秘門的袁怪叟和萬惡派的萬孽法師這兩個勢力龐大而邪惡殘酷的集團，此兩大集團狼狽為奸，分別以水晶宮與洪爐秘區為根據地，培養奸險邪惡之人，派往全國各地，進行各種殘殺、誣陷、顛覆、通敵的任務，人間所有造孽的惡事，皆是由其所發動的。朱公明勾結嚴嵩，陷害了薛陵滿門一家，卻又以偽善面目出現，收留了薛陵，然後再誣陷他逼姦師母，實則不過是這兩大集團慣行的惡事之一。

司馬翎的《金浮圖》（真善美出版）

此二集團隱身於幕後，未敢大肆活動，主要是畏懼無手將軍歐陽元章、孤雲山民徐斯及廣寒玉女邵玉華三人。但此三人有情感糾葛，故隱居不出，遂使這兩大集團開始蠢蠢欲動。

金浮圖是印度圓樹大師與中原天癡翁所建，內藏千百種武林秘笈，而唯需一鑰匙才能開啟，這是整個江湖的禍亂源頭，也是書名之所由自。但是，金浮圖在全書的作用，除了引發爾虞我詐的爭奪外，其實並無多大意義，因為世間最高明的三大絕技，無敵神手、無敵仙劍與無敵佛刀，並不在其中，而分別落在正邪兩派之手，而萬惡派勢力龐大，仍無法抵禦，最後反而是薛陵從看守金浮圖的吳氏一家洞府中，獲得了更高一層的「兩極心功」，最終大破萬惡派。

從整體小說經營上說，《金浮圖》是相對較多缺點的，大秘門與萬惡派被設計成全然惡性重大的邪惡門派，且爪牙密布，洪爐秘區中種種的慘酷、冷血、情慾的描繪，幾等於是人間煉獄，這當然是有意凸顯出「善惡」之辨，但卻不免落於平板化，而大破洪爐秘區，則又迅起迅結，草率了事，未免讓人遺憾。

不過，《金浮圖》中最重要的是首次出現了「隱湖秘屋」這個在司馬翎後期小說中極其重要的門派，純粹以廣博的雜學及超卓的智慧取勝。書中最重要的女角紀香瓊，就是出於這個門派。紀香瓊受薛陵姑姑之託，處處維護薛陵，憑借著胸中雜學的韜略，為薛陵及自己的終身大事、武林安危作劃計，是繼花玉眉與端木芙後又一「女智」的代表，全書對她智計的描繪，篇幅甚多，尤其是闖過夏侯空的「十三院」，鬥智鬥力，處處驚心動魄，將司馬翎的「雜學」發揮得淋漓盡致。

《武道・胭脂劫》是司馬翎小說中相當異類的作品，「武道」難免涉及殺伐，而胭脂必然與性相聯結，司馬翎在此書中綰結了性與暴力為一，是相當特殊的一部。

「性」的部分，以謝夫人開端。謝夫人並未如一般武俠小說中的邪派妖人，對權勢或名利有若何掌控的欲望；她本是沉迷於性欲中難以自拔的角色，卻在偶然的場合中，體驗到血腥殺戮的刺激，遂產生變態的心理，修練「身外化身」的邪功，以滿足內心中嗜血的欲望。而「暴力」的部分，則以魔刀傳人厲斜為代表。厲斜的角色，顯然受到古龍小說《浣花洗劍錄》中東洋浪人的影響，為了追尋魔刀的最後一招，上窺武道極致，故不惜以殺戮的方式，不斷磨鍊精進，所不同是，東洋浪人無分正邪，一體殺戮，而厲斜則專向邪派惡人開刀而已。但無論如何，厲斜的血腥殺戮，使得江湖中人憂危恐懼，而謝夫人的「身外化身」，則又於其間假冒厲斜，肆其殺虐，真真假假，是是非非，帶出全書情節的撲朔迷離。

司馬翎的《武道》、《胭脂劫》（真善美出版）

《武道・胭脂劫》的線索相當分明，先從偏遠的濱海角落厲斜與海盜「試刀」開始，帶出心灰意冷、了無生趣的沈宇，機敏伶俐的胡玉真，志切父兄之仇，必欲追殺其青梅竹馬戀人沈宇的艾琳，以及純潔樸實的海邊漁女陳春喜（陳若嵐）；然後再從這五位主要角色，一一將江湖中的各色人物牽引出來，人物雖多，卻有條不紊，處處有其關照。

全書的結局，是頗饒諷刺意味的，沈宇與艾琳之間的仇恨，後來查證出是受到「迷離秘宮」金童的陷害，但居間操弄的罪魁禍首無名氏與莊稼漢，在陰謀未顯露之前所發的義正辭嚴、堂堂正正的言論，無一不是相當具有說服力的，人世間這種表面冠冕堂皇，而內心齷齪不堪，假借正義之名為惡的人，不知凡幾，而最終如無名氏、莊稼漢會自食其惡報的又有幾人？司馬翎於此，不免有意在言外的諷刺；而最弔詭的是，厲斜不顧毀譽、不惜殺戮，盡心瘁力，欲窺探的武道最上乘的魔刀「最後一招」，居然與「道」無涉，而就僅僅是魔刀本身的「器」而已。早知如此，厲斜的殺戮又所為何來？所幸厲斜此時在修習《蘭心玉簡》有成的陳若嵐潛移默化下，已逐漸變化了氣質，借魔刀之威，真厲斜殺了假厲斜，其實等同是以今日之我，否定昨日之我，其間所透露的哲學，是值得深思的。

司馬翎後期以「天心月」為筆名時，發表了不少短篇格局的小說，雖仍一貫不失其原有的推理本色，但已開始有所變化，參照了古龍快速的場景變化故事，帶出整個小說，其中的《極限》、《強人》系列，都頗有可觀，但在台灣出版時，卻往往被割裂、拼湊，尤其是皇佳出版社的《沈神通傳奇》，簡直不忍卒睹，其中一九八一年在香港《工商日報》連載的《倚刀春夢》，最具有特色。《倚刀春夢》共分〈刀緣〉、〈恨事〉、〈雷怒〉、〈晦冥〉、〈歸去〉五章，約十二萬字，是短篇格局的小說。

有關司馬翎武俠小說的論述，多半集中在其早、中期的作品，無論是葉洪生、楊晉龍、陳墨、林保淳等學者，皆未曾加以探究，且有明顯輕估、忽視的傾向，如葉洪生在《台灣武俠小說發展史》中，亦不過云其「自一九八〇年左右，吳氏返港另以『天心月』為筆名，寫《強人》系列小說，企圖改走古龍新派路數，卻貶多於褒，並未成功」，事實上，司馬翎後期的作品，的確擷取了古龍小說簡潔明快的節奏，文句精簡、場景變動迅快，且嘗試以現代小說筆法為武俠另闢蹊徑，成果斐然，不僅可視為司馬翎的自我突破，也隱隱指出了武俠小說未來發展的可能脈絡。

一九七〇年代，台灣的武俠小說步入退潮期，諸名家雖仍不輟地有所撰述，但無論數量、品質，均呈顯大幅下滑的局面；新秀急遽銳減，僅溫瑞安以《四大名捕會京師》（一九七六）打頭陣，規仿古龍，成功地奠定了自己未來武俠發展的基業。此時諸武俠作者所面臨的問題是：在社會急遽變動、生活節奏加快、影視娛樂普及的當代，武俠小說應該如何「變」，才能真正掌握到讀者脾味？在一九七〇年代獨領風騷的古龍，事實上就已意識到這一問題的重要性，故於一九七一年的〈說說武俠小說〉中，就提出了武俠小說「不但應該要變，而且是非變不可」的「求新求變」主張。司馬翎雖遠歸香江，但也感受到此一求新求變的壓力，儘管並無具體的宣示，卻在實際的創作活動中，作了響應。

司馬翎的「新」，主要是向古龍取徑，並從現代小說的技法中汲取泉源。在一九七九年的《強人》系列故事中，司馬翎模仿古龍的偵探推理手法，結合自己原有的細膩心理描繪的特色，相當成功的塑造了「名捕沈神通」此一人物及其相關探案，也在《浮雲江湖》中，創造了江浮雲（後來被書商改名為李十八）這位朝廷的秘探。《倚刀春夢》則有更進一步的創新。

司馬翎的《倚刀春夢》

《倚刀春夢》主要寫徐龍飛歸隱江湖之後，他一手創辦的長江鏢局為奸人所滲透，凡是上門接洽生意的商家，均遭劫掠，一共發生十二樁驚人搶殺案。徐龍飛暗中派遣艾可從中刺探，查出了是江湖上惡名昭彰的「第一惡棍」官同於幕後主使，操控著當時的局主方少眉，意圖徹底瓦解長江鏢局。艾可在名捕「神鍊」王禹弟子衛遠的協助下，最後終於偵破了此案。整體故事採偵探辦案的架構，相當具有偵探小說撲朔迷離的特色，而人物關係之混雜，更於中增添了出人意表的秘辛。

徐龍飛號稱「鐵膽神刀」，是一個武功高強鏢行硬漢，以斬絕獨斷的姿態，破除了鏢局賄買、攏絡江湖匪徒的陋規，創建了聲勢如日中天的長江鏢局。此人英雄蓋世，但性欲極強，男女兼收，不但曾與好友張哲侯的妻子柳媚有染，更在收養其子徐（張）東風後，與徐東風的妻子王小怡通姦（生下了艾可），男女關係一團混亂；同時又與徒弟方少眉斷袖分桃。性欲的問題，可謂是此書的關鍵，尤其是男同性戀，正邪兩派中的人物，葛纏藤繞，徐龍飛、方少眉、官同、徐東風，各有曖昧，並因此引發情怨情恨。如此大張旗鼓的描寫男同性戀，且視為正常，不僅為武俠小說所僅見，也遠早於白先勇的《孽子》，儘管命意、意境、深度有高下之別，卻無疑可顯示司馬翎後期小說取材的開創性。

此書在敘事結構上也有嶄新的開創。其一是援用了第一人稱的筆法。書中的敘述人是艾（徐）可，一開場即由艾可深夜偵密越過城牆的行動揭開序幕，然後多處章節均以艾可所見、所聞、所思、所感及其行動為主體，帶出整個故事的情節。這是武俠小說中首度以第一人稱的筆法進行創作，儘管火候未臻圓熟，且偶而會犯視角舛誤的毛病，但企圖以新穎敘述方式經營武俠的創意，是相當值得矚目的。其二則是大量援進了古龍場景變換的電影蒙太奇手法，再加以時空跳蕩類似意識流的寫法，使得這部小說雖僅僅敘述幾天之內的時間，卻串連了數十年之久的事件，僅以徐龍飛而言，從年輕時走鏢、開創鏢局、與柳媚有染、與王小怡通姦、決戰「圓滿雙仙」到策劃揪出幕後主使者官同，均以散落的手法，交錯於全書之中。在武俠小說史上，也可謂是絕無僅有的。

第二節　司馬翎武俠小說的特色

司馬翎中後期的作品是其成名的關鍵，儘管可說是部部精彩，但卻無法像臥龍生、諸葛青雲等般獲得廣大讀者的歡迎，甚至也不容易獲致學界的青睞，在一九七〇年馮幼衡所作的調查報告中，竟然連前十名都排不上，遠遠瞠乎柳殘陽、獨孤紅等人之後，主要的問題，是來自他的作品整體所呈現的質樸厚重風格。

一、舒徐沉穩——司馬翎小說的特殊的節奏

從通俗文學的角度而言，作品「節奏」的掌握，為其是否能真正「通俗」的最大關鍵。結構主義學者傑聶（Gerard Genette）曾經將作品中的事件延續時間與敷衍時間（敘述時間）的比率關係，稱為「步速」（pace）[1]，事件延續時間的久暫與文章長短（字數、頁數）的反比越大，則「步速」越快（亦即，事件時間長，文章短），此一「步速」，實際上決定了作品情節推展速度的快慢（此處我以「節奏」名之）。

節奏的快慢遲速，原無一定的標準，更不能據以評斷一部作品的優劣，但就通俗小說而言，卻是最重要的指標，這與通俗小說的讀者心理、閱讀傾向是無法分開的。從「通於俗」的角度而言，「俗」是通俗小說的讀者群匯聚之處，由於讀者群的變化，「俗」的內涵也隨之而變，通俗小說較之其他類

1見高辛勇《形名學與敘事理論》（台北：聯經出版公司，民國七十六年），頁一五八至一六二。

型的文學作品，具有更大的「隨時以宛轉」的特性，它必須充分掌握「俗」的變化，提供滿足「俗」的一應需要，才能確保其生存的命脈。從作品與文學的關係而論，通俗小說是最能掌握時代脈動的作品，儘管此一掌握的表現方式訴諸於單純滿足需求的形式，而不作縱深式的挖掘，缺乏內省和批判，但是，卻直截而有效地觸及到當代讀者生活層面中所最感到欠缺的質素，而能迅速攫掠到讀者的喜愛。當然，這也無形地注定了通俗小說生命短暫的宿命，尤其是在社會變動迅速的時候，由於生活層面的改變劇烈，同一吸引讀者矚目的質素，勢必無法持續，就難免成為過眼雲煙了。

社會生活層面的變化，最明顯的就是生活節奏的急遽速化，讀者本身的生活節奏，在閱讀作品時，往往會和小說中的節奏自動作湊泊或調整，這種調整大部分是由讀者主觀意願主導的，讀者可以放緩、持續甚或加速自身的節奏，以取得和作品節奏的協調。此一主觀意願，往往與讀者的閱讀目的有關，以嚴肅、求知心態閱讀的讀者，通常會放緩自己的節奏，以細膩的眼光，蒐尋任何從字裡行間所可能流溢出的訊息，予以反思；而以閒情逸致或急於獲得迅速滿足的心理閱讀作品，則大體上不是延續即是加速原有的生活節奏。通俗小說的娛樂休閒傾向，原就為滿足一般讀者生活上的所需而產生，因此，通俗小說的節奏必須與讀者的生活節奏取得默契，才能獲得歡迎。

以三〇年代的武俠小說為例，還珠樓主、王度盧等作家的作品，在早期台灣武俠小說的讀者群中，還具有吸引力，這不但是一些「老讀者」津津樂道的盛事（葉洪生的《蜀山劍俠評傳》可視為代表），就是台灣早期的武俠作者，如臥龍生、諸葛青雲等，也不諱言曾取徑於這些先輩作家，初期作品清一色的「舊派」。六〇年代的讀者，由於社會的進步，生活節奏明顯加速，讀者已不易「欣賞」「慢工出細活」式的冗長敘事筆調，先輩作家已開始了步上寂寞的路徑。連帶著，後進作家也不得不作調整與更張。

古龍在所有作家當中，對節奏最為敏銳，六〇年代末期，《多情劍客無情劍》以變幻不羈的筆法，闖開了「古龍世紀」，影響所及，至今披靡。七〇年以來，王度盧、還珠等先輩作品陸續翻印出來，所受到冷落，可以「悽慘」一言蔽之，擺在租書店中，幾乎沒有人問津。原因何在？三〇年代的敘事節奏，已明顯無法配合現代人的生活節奏，這是無庸置疑的。

武俠小說向有所謂「新派」[1]之說，事實上，「新派」的崛起，正是緣於情節節奏由慢而快的轉變，司馬翎小說的創作巔峰時期，正處於新舊世代交替的時候，而整個敘事的筆調，在節奏上相較於先輩作家已有明顯的增進，這點，從早期《劍神傳》系列與中期自《聖劍飛霜》而下的作品比對中，可以窺探得出。宋今人曾謂司馬翎對「新派」，「有創造之功」，並許其為「新派領袖」[2]，若從「開風氣之先」的角度而言，是很確切的看法。不過，司馬翎的「新」，卻與古龍等人的「新」不同，是屬於有節制性的「新」，既能避免先輩作家冗長的景物描述及成段成篇的插敘、補敘，使整個節奏進展如水流不竭，涓涓而溢；又不至於破碎斷裂，如拆七寶樓台，不成片段[3]，反而成為他獨特的風格。至於後期

1「新派」之說，至今還很難論定出於何人，學界也尚未釐清其定義，一般傾向於將金庸、梁羽生視為「新派」鼻祖，但也有認為古龍才是真的「新派」。究竟「新派」展現出如何的特色，葉洪生曾有所討論（〈世代交替下的「武林奇葩」——司馬翎武藝美學面面觀〉，前揭書，頁三六八至三六九），不過他認為「新派」是從「陸魚過渡到古龍完成的」，並且對「新派」成就有所質疑，觀點相當值得重視。這是很重要的論題，筆者將另文論述。不過，節奏的轉變，絕對是其中的關鍵。

2見〈告別武俠〉，收入司馬翎《獨行劍》廿九集（台北：真善美出版社，民國六十三年），頁六三至七一。

3參見葉洪生論司馬翎之文，前揭書，頁三六九。

的《強人》、《極限》諸作，司馬翎取法古龍，以變化快速的場景鋪敘情節，輔之以原有的縝密推理，兼有兩家之長，則又屬另闢天地。

事實上，司馬翎的特長在於舒徐沉穩、從容不迫，這是他的小說迥異流俗的展現，在六〇、七〇年代，台灣社會的生活節奏是與他的風格合拍的，以此，攫掠了許多老讀者的喜愛。不過，這也是他「蒙塵」的主因之一，越接近現代的讀者，生活節奏越快，已較無法接受舒徐沉穩的敘述方式，「成也蕭何，敗也蕭何」，這不得不從他所擅長的「推理」說起。

司馬翎後期作品：《強人》和《極限》（皇鼎出版）

二、縝密推理——司馬翎的絕活

宋今人認為司馬翎的作品，「有心理上變化的描寫，有人生哲理方面的闡釋，有各種事物的推理；因此有深度、有含蓄、有啟發」，很能抉剔出司馬翎節奏的特色。

「推理」是司馬翎小說獨具一格的，但並不是日本式的「推理小說」，因為司馬翎儘管也非常注意情節的撲朔迷離、跌宕多變，但卻未採用「破解謎團」的懸疑布局（唯一可以說含有濃厚「推理小說」意味的，是《杜劍娘》一書），反而藉人物內在心理的變化，以智慧與理性對各種事物、觀念作深刻的分析。「理性」的思維，是司馬翎小說中所有人物共通的特徵，上自主角，下迄若干不起眼的配角，司馬翎皆刻意營造其理性的思維。以《丹鳳針》廿二集中的一個不起眼角色尤一峰為例，他是個「眉宇之間，則透出一股慓悍迫人的神情」（頁十五）之人，通常這類人的特色是勇而無謀，以粗暴取勝，可是司馬翎卻著意寫其細膩的思致，花了相當大的篇幅，處理他與凌九重之間彼此勾心鬥角的場面。連如此一個角色司馬翎皆賦予他如此縝密的思維，以此可概其餘。

為表現出理性的思維，司馬翎不得不將重心置放於人物的心理分析與情節的「推理結構」中，以此也無形中使他的情節節奏放緩許多，以《檀車俠影》（大眾日報，一九六八年五月一日，十六版）中一場「救人」的情節為例，從林秋波開始發現到敵蹤，歷經中伏、受困、解穴、克敵，到最後林秋波飄然遠去，事件時間不過短短幾個時辰，作者卻以將近兩本半的篇幅（約一百五十頁）詳加描摹，其間欲救人反遭擒的林秋波，心緒可以說是瞬息萬變，而受援的秦三錯、挾持人質的幽冥洞府三高手（尉遲旭、黎平、黃紅）亦是幾度深思熟慮，彼此機鋒互逞、鬥角鉤心，寫得相當淋漓盡致。

但是，就全書的結構而言，此一大段落的作用，僅僅在於凸顯林秋波、秦三錯這兩個次要角色的性格而已（林秋波交雜於修道及動情的心緒、秦三錯邪惡而具有人性的性格）。習慣於情節迅快進展的讀者，於此可能會感到不耐煩，但是閱讀時喜歡思考的讀者，卻會興致盎然、拍案稱絕。然而，武俠小說的讀者，多半是以情節為主的，這使得司馬翎的愛好者往往限於文學程度較高的群眾，因而影響到他的普遍流傳，畢竟，宋今人所稱許的「深度、含蓄與啟發」，是屬於較高層次的閱讀。

「推理結構」在司馬翎小說中表現得最淋漓盡致的，當屬其中的「鬥智」場面。在他的小說中，闖蕩江湖的豪士並不截然以「武功」為最大的優勢，反而處處凸顯「智慧」的關鍵力量，甚至可以說「智慧」才是唯一的憑藉，逐鹿江湖，「智慧」隨時可能產生轉敗為勝的作用。在《劍海鷹揚》中，司馬翎藉典型的智慧人物端木芙，引發出一段足以代表其風格的文字：

人這時方始從恍然中，鑽出一個大悟來。這個道理，在以往也許無人相信。尤其他們皆是練武之人，豈肯承認「智慧」比「武功」還厲害可怕？然而端木芙的異軍突起，以一個不懂武功、荏弱嬌軀，居然能崛起江湖，成為一大力量之首。以前在淮陰中西大會上，露過鋒芒，教人親眼見到智慧的力量，是以現下無人不信了。[1]

因此，在司馬翎的筆下，所有的人物，包括了若干實際上無足輕重的角色，都具有縝密的心思、冷靜的頭腦，絕非一般小說中一味粗豪的可比。

在《獨行劍》一書中，司馬翎更設計出一個「智慧門」，以「智慧國師」領銜，將整個江湖世界的角鬥，從武力的戰場，移轉到智慧的競爭，其間無論是正派人物的朱濤、陳仰白、戒刀頭陀，或邪派的秘寨領袖俞百乾、智慧門諸先生，在武功上儘管各有所長，但真正克敵致勝的關鍵，卻在於智慧的運用。

在此之下，司馬翎實際上已「顛覆」了「舊派」武俠小說的江湖世界，改變了江湖的體質。武俠小說的江湖世界本是個「尚武」的世界，誠如司馬翎所說的，「這是一個崇尚武力的世界，你越有氣

1見《劍海鷹揚》。

力，和武藝越精的話，就越受人尊敬」[1]，武功，非但是英雄俠女行走江湖的憑藉（護身）、仗義行俠的條件（行俠），更是解決紛擾、快意恩仇的最終法則。

事實上，武俠小說之以「武」為名，正緣於有此「武功」撐起整體架構。因此，「武功排行榜」隱然成為武俠小說中的慣例，一如古典說部中的《隋唐演義》，排名在後的一定爭不過排名在前的，宇文成都排名為「第二條好漢」，其他「好漢」註定無法勝他，他也註定要在「第一條好漢」李元霸下吃癟受虧；而「第一條好漢」無人能勝，只得安排他受雷殛而死。慕容美的《公侯將相錄》，依公、侯、伯、子、男的位階，排定江湖次序，是最典型的例子。

武俠小說中必須安排「武林秘笈」的情節模式，以打破這個規律，亦是不得不然。古龍後期的武俠小說不取「秘笈」模式，可謂一大改變。此一改變，古龍的「兵器譜」（《多情劍客無情劍》）開創的是一個「當下情境」的局面，天機老人、龍鳳雙環、小李飛刀……等，雖以武功高低為序列，但爭勝的關鍵，卻在於面臨決勝時的一些細微變化，如地形、地勢、體力、心理狀態等的影響，隨時可以扭轉高低序列，楚留香之能夠擊敗武功遠高過他的石觀音、水母陰姬（《楚留香傳奇》），正緣於此。

古龍的手法，明顯取法於現代運動的競賽，所謂「球是圓的」，勝負很難預作定論，熟悉運動此一「非法之法」的讀者，應該頗能感受到古龍此類安排的合理性。司馬翎開創的則是另一格局，在逞強鬥勇、劍影刀光江湖中，凸顯出理性的決定力，這不但使他所構設的江湖世界是「鬥力又鬥智」的場合，更以此發揮了他自己所擅長的「雜學」，隨時藉智慧的表徵，如奇門遁甲、陰陽術數、佛學道

1見《丹鳳針》二十集（台北：真善美出版社，民國五十七年），頁十四。

思、醫學藥理等，刻意點出。

三、精通百家——司馬翎的「雜學」

武俠小說是一種包容性甚廣的類型小說，在江湖的背景下，可以寫俠客的豪情、英雄爭勝的酣暢淋漓；可以寫兒女情長、刻骨銘心的愛恨情仇；也可以寫歷史宮闈、複雜多變的權力徵逐；更可以寫懸疑緊張、科技幻想的情節，而「雜學」，正是支撐這種豐富內涵的砥柱。

「雜學」運用於小說創作，唯有武俠小說才能發揮其效用，蓋武俠小說本身就是中國文學中極為特殊的一種體裁；而整個背景，也以舊時代（清中葉以前）為範圍，因此傳統文化的適時添入，無形中即加強了整個小說濃厚的中國風味。武俠小說在海外華人地區風行一時，甚至成為「華僑子女的中文課本」[1]，事實上就是以這傳統的文化氣息吸引讀者的。金庸的武俠小說向來以學識淵博著稱，「書卷氣」甚濃，無論琴棋書畫、茶酒花食，藉書中情節隨時點染，將傳統文化知識濃縮於小說之中，享有傳統文化「小百科全書」的盛譽[2]，這在今人已逐漸淡漠於傳統文化的趨勢下，反而可以因閱讀武俠小說，而隨處「驚豔」，獲得智性的領略，也成為武俠小說立定根基的命脈了。

司馬翎「雜學」的豐富，在武俠小說家中是很特殊的，舉凡佛學道家、陰陽五行、勘輿命理、陣法圖冊、土木建築、醫學藥理、東瀛忍術，甚至神秘術數，信手拈來，說得頭頭是道，無不令人驚

1見梁守中〈武俠小說——華僑子女的中文課本〉，《武俠小說話古今》。
2見陳墨《金庸小說與中國文化》（南昌：百花洲文藝出版社，一九九五年），頁三。

喜。在《金浮圖》中，司馬翎特別設計了個「隱湖秘屋」的門派，出身於此的紀香瓊自謂：

敝派有一面銅鼓，甚是巨大。鼓內放有三百塊竹簡，每方簡上，都刻有一個極為深奧的難題。這三百個難題，內容廣泛無比，包括占卜星相、經史子集、算經歷法、奇門遁甲、行軍布陣、水陸武功，甚至旁及琴棋書畫，山川地理，謎語金石等等。每個門人入門十載，便舉行考試，任憑摸出一簡作答。這個難題便是決定終身的關頭。答得出來，便可以到江湖中闖蕩，如若答之不出，便永遠閉門精研苦學，永不出世。

此一門派所學，幾乎就完全涵蓋了中國傳統文化的重要內容，後來《飛羽天關》（聯合報，一九八三年八月十日，八版）中的李百靈，亦出自此派，司馬翎於此書中還特別標舉出夏侯空的「明湖顯屋」與之相頡頏，「十三院」的設計，洋洋大觀，亦無非都是傳統文化的內容。其中的術數部分，更是多所強調，幾乎每部小說都免不了要為之張揚，《掛劍懸情記》中花玉眉的「陣法之學」，隨手幾根樹枝，便可以導致眼目迷濛、視域混淆的效果；《丹鳳針》中雲散花的「忍術」，以隨身披風掩蓋，就可以「木石潛蹤」（藉自然物隱蔽形藏）；《情俠蕩寇誌》中幾場官軍與海盜的海戰，脫胎於兵法，寫得氣勢宏偉、驚心動魄；《飛羽天關》中李百靈的勘輿之術，經由作者引經據典予以闡發，更令人嘆為觀止。在此，司馬翎靈活運用中國傳統的「雜家百技」，使得小說中處處洋溢著傳統文化的氣息，雖然不無故神其技的用意，卻能收到令人意想不到的功效。

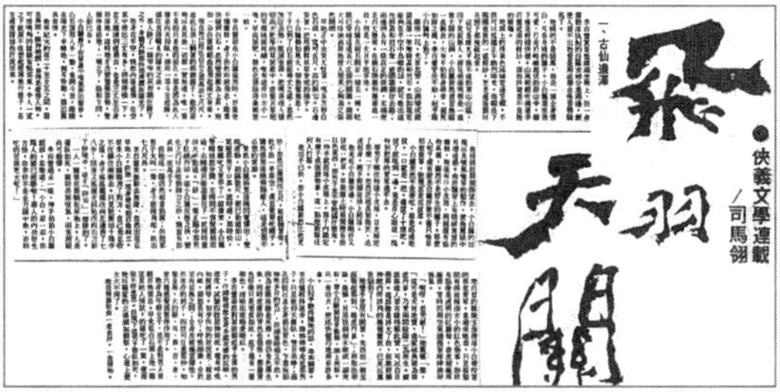

司馬翎的《飛羽天關》，刊登於《聯合報》八版 1983.08.10

在武俠小說家中，司馬翎的「雜學」，是足以與金庸並立而無愧的。[1]不過，金庸雜學的優長為文化與歷史，而司馬翎則於哲理、術數別有獨見，迥非一般作家可比。尤其是在有關傳統的奇門秘術方面，用力之勤，見解之精到，居然有專門名家的氣勢。武俠小說利用傳統道教術數刻畫武學，是普遍的現象，但大底皆以淡筆帶過，以金庸之能，在《神鵰俠侶》中寫黃藥師所排的「二十八宿大陣」，儘管名目繁多，不過只能將五行、五方、五色、二十八宿相應的道理，簡要敘述，實際上並未能說出其所以然來；司馬翎則不然，在《飛羽天關》一書，司馬翎將堪輿、陣圖之說化於小說情節中，神奇詭妙，而又引據確鑿，相較之下，顯又略勝一籌。

當然，這裡不免牽涉到傳統雜學（尤其是術數）的可信度問題，例如「陣法之學」，究竟實情如何，不免讓人匪夷所思。不過，從小說「虛構」的角度而言，即使司馬翎完全嚮壁虛說，也不妨礙讀者領略箇中趣味，甚至可能因為他敘述手法上的「理性分析」，而引領讀者對此問題作更深入的思索，從而產生濃厚的興趣。

1 葉洪生曾謂，關於雜學的運用，「環顧當今武俠大家，亦唯金庸與司馬翎二人可優為之」，《談藝錄》，頁三七七。葉洪生在文中曾舉《關洛風雲錄》中尊勝禪師「法體化鶴」及《纖手御龍》中雲秋心於病中唸《長阿含經》解痴的情節，推崇司馬翎於佛學的真解；亦舉《帝疆爭雄記》中狂生柳慕飛將詩詞歌賦化入鞭法之例，與金庸《神鵰俠侶》中朱子柳之「一陽書指」對觀，二家功力悉敵，讀者當不難窺出。

事實上，傳統的文化內涵，未必沒有其道理，否則也不可能衍傳千百年之久，更何況，有些道理，是的確可以獲得科學驗證的。李嗣涔曾作過一個有關「魔音穿腦」的實驗，證實了武俠小說中以「聲音」當武器的可能性，對司馬翎小說中「心靈修練」、「氣機感應」等的武功描述，從「人體科學」的角度，予以認可，推崇其「意境前無古人，後無來者」[1]，以此可知司馬翎絕非純粹「虛構」，而是真有豐富的雜學知識支撐的。當然，司馬翎的雜學也包含了現代的知識，在《掛劍懸情記》第三集中，司馬翎設計了一個「心靈考驗」的情節，擬從心理學的角度，探觸「精神催眠」對人類意志力的影響[2]，從書中人物的反覆辨難、絲絲入扣的分析中，我們可以看見作者於此學的功力。

司馬翎的「雜學」，在他的小說中發揮了極大的作用，在此，我們可以從他對「武功」別出新裁的設計，以及書中隨處透顯出的「道德關懷」予以探討。

四、司馬翎的武功設計與道德關懷

武俠小說以「武俠」為名，自然必須展現出俠客的武功。中國的武術，自有其淵遠流長的傳統，而從俠義小說到武俠小說，武功的設計，自始也是重要的一環。古典俠義小說中，唐代以神秘性濃厚的道術取勝；宋元以來，則棍棒拳腳，步步踏實；明清之間，此二系相互援引，分別有所開展，既有

---

1 李嗣涔是台大電機系教授，曾出任台大校長，開設有「人體潛能專題」，有關「魔音穿腦」部分，乃其告知，至於他對司馬翎的評價，有〈科學的武俠〉（手稿）一文，可以參看。

2 其情節大要是「勾魂怪客」崔靈以精神催眠的力量，控制一對姐弟，欲使其發生亂倫關係；但是在整個過程中，卻處處強調「亂倫的禁忌」，使他們在欲望與道德間掙扎，企圖探討「情慾」和「理智」衝突的問題，頗為深刻。

平穩紮實如《綠牡丹》、《兒女英雄傳》的，也有光怪陸離如《七劍十三俠》、《仙俠五花劍》的，基本上，初步奠定了民國武俠小說的兩大武功設計系統。平江不肖生的《江湖奇俠傳》和《近代俠義英雄傳》則分別標識了兩大系的開展。

不過，神怪一系，自還珠樓主《蜀山系列》以降，甚少創發；而平實一系，則自白羽的《十二金錢鏢》後，逐步擺脫以純粹中國武術描述武學的窠臼，走上「武藝文學化」的「虛擬武學」。所謂「武藝文學化」，是指作者設計的武功，只能藉文字領略其妙境，而未必能於現實施展，而且，通常以優美的文字引首，為其武學命名。就武俠小說而言，這是一個極大的躍進，不僅作者可以超越個人體能限制，依其深厚的學養，憑藉文學想像，設計各種冠冕堂皇、名目儼然的武功，讀者也可在這些變化莫測，而又似乎言之成理的武功中，沉浸於想像的武林世界中。這些武功的摹寫，道教養生術中脫胎而出的「內功」（通常以武當派為代表，但運用之廣，則可遍及所有武俠人物），是為主流；但變化之妙，存乎一心。在武俠名家中，金庸著名的「降龍十八掌」、「黯然銷魂掌」、「獨孤九劍」，首先在「虛擬武學」上廣獲佳評，大抵皆利用詞語串連，「顧名思義」，如「降龍十八掌」第一招「亢龍有悔」，據金庸所描述：

> 這一招叫作「亢龍有悔」，掌法的精要不在「亢」字而在「悔」字。倘若只求剛猛狠辣，亢奮凌厲，只要有幾百斤蠻力，誰都會使了。……「亢龍有悔，盈不可久」，因此有發必須有收。打出去的力道有十分，留在自身的力道卻還有二十分。那一天你領會到了這「悔」的味道，這一招就算是學會了三成。好比陳年美酒，上口不辣，後勁

卻是醇厚無比，那便在於這個「悔」字。[1]

很明顯地，這段文字以「亢」字所代表的「充盈」義和「悔」字的「潛藏」義對舉中，創發出來，頗符合道家「持盈保泰」的理論[2]，可謂別開生面。六〇年代後的古龍，則創發出「無招勝有招」之說，完全屏除了招式名目，簡截了當，開創了新一代的武功描寫典範。不過，在武功本身著墨不多，算是異峰突起的「別派」。司馬翎的開創性雖不如金、古二人，但介於兩家之間，卻自有其特色。司馬翎論武功以「氣勢」取勝，所謂的「氣勢」，實際上是一種心靈的力量，根源於道德與理性，不僅僅是人天生的性格與稟賦而已，在《血羽檄》中，司馬翎藉「白日刺客」高青雲面對「鳳陽神鉤門」的裴夫人時的一段解說，和盤托出他設計此一武功的底蘊：

古往今來，捨生取義的忠臣烈士，為數甚多，並非個個都有楚霸王的剛猛氣概的，而且說到威武不能屈的聖賢明哲之士，反而絕大多數是謙謙君子，性情溫厚。由此可以見得這「氣勢」之為物，是一種修養工夫，與天性的剛柔，沒有關係。[3]

1見《大漢英雄傳》（台北：遠景出版社，一九八四年），第一冊，頁四七一。

2不過，金庸所創造的武學事實上頗多不能自圓其說之處，如此招將其置於第一招，極不合理，依《易經》原意，當置於末招。然此處無法細論，筆者將有專文討論。

3見《血羽檄》第廿三集（台北：真善美出版社，一九六八年），頁三二五。

在此，司馬翎所援用的觀念，來自於傳統儒家，故其下又引孟子「自反而縮，雖千萬人，吾往矣」以為佐證。蓋高青雲雖為受賂殺人的刺客，卻與一般刺客不同，正義凜然，善惡分明，而裴夫人一則有愧於丈夫，二則被懷疑為殺死查母的兇手，於道德有所虧欠，因此，高青雲仗此道德的正義力量，足將其「氣勢」發揮到淋漓盡致，使得原來尚可力拚的裴夫人，一時無法抵禦。

當然，此一「氣勢」也並非決定格鬥勝負的唯一標準，同時，也不是完全無可抵禦的。司馬翎將「氣勢」歸之於道德理性，則另一種非關理性，純粹出之於強烈情感衝動的愛情力量，亦足以與之抗衡。因此，當裴夫人思忖及他所做的一切，全是為了查思雲復仇，無愧於心時，又足以在鬥志崩潰的情勢下，陡生力量，使高青雲恍悟到「原來真理與理性，唯有一個『情』字，可以與之抗衡，並非是全無敵手的」[1]。在此，司馬翎顯示了他對人類心靈力量的洞識。

在此，也展現出司馬翎所受到儒家思想，尤其是《孟子》的影響，武俠小說是同時受到儒、釋、道（**道教與道家**）三方面影響的，尤其是俠客的設定，幾乎就是純粹符合「儒俠」定義的，而司馬翎筆下的俠客，莫不具有此一特色（**皇甫維例外**）。所謂「理直則氣壯」，「配義與道」，自然無畏無懼，在氣勢上就足以壓倒對手，且能加強自我意志的控制力，在《飲馬黃河》中，朱宗潛與黑龍頭之一黑鷹史良的決鬥，朱宗潛與史良一戰，雙方勢均力敵，朱宗潛之所以能克敵制勝，全然靠來自正義的意志力的撐持，誰先氣沮，誰就落敗。此一「堅心忍性」的武功法門，也是其後朱宗潛能不受春夢小姐銷魂手迷惑的緣故，朱宗潛說：

---

1 仝上，頁三九。

晚輩的一身藝業，勉強可以稱得上與眾不同之處，便是意志強毅，養成一種凌厲氣勢！但這股氣勢，碰到了武功高明，而又修養功深之士，仍然難收大效。因此，必須益以強烈的殺機才行。但這股殺機，如是從兇心惡性中發出，那只不過是暴戾之氣，非是上乘境界。唯有從俠義之心生出的殺機，方足以持久不衰，無物可攖其鋒。這俠義之心，便是抑強除暴，殲滅惡人之意。

此語最為透徹。正因司馬翎此一對人類心靈的洞識，使司馬翎在武功設計上常有令人激賞的表現，以「情」字而論，金庸在《神鵰俠侶》中以「黯然銷魂者，唯別而已矣」（江淹〈別賦〉）的文藝化方式，設計出膾炙人口的「黯然銷魂掌」，意欲強調「相思」的偉大力量，唯有「哀痛欲絕」之時，才能發揮其莫大的效力，可謂是神來之筆，將武學文藝化的精微發揮極致。

讀者心領神會之餘，也許不免忽略了，當楊過在「心下萬念俱灰，沒精打采的揮袖捲出」[1]時，何處激生情感的澎湃動力？相對之下，司馬翎在《白刃紅妝》（民族晚報，一九七一年九月四日，七版）書中，設計了斷腸府的「情功」——據書中所述，斷腸府「情功」修鍊之要訣在於藉情感的力量以增強武功，府中弟子必須以各種方式激起對方的「真情」，對方情感投注愈深，自己獲利也愈大；反之，一旦自己陷溺不返，動了「真情」，亦將因之而削弱武功，甚至情絲牽纏，氣息奄奄——無論是對情感

1見《神鵰俠侶》（台北：遠景出版社，一九八四年），第四冊，頁一六二六。

的力量與人面對情感時的不由自主，都有相當深刻的描繪，蹊徑別出，卻又合情合理。此外，《血羽檄》中鬼厭神憎曾老三的「厭功」，《武道・胭脂劫》中怨望侯畢太沖的「怨功」，也都是訴諸於心靈力量的武功法門。

司馬翎武功的設計，不僅在別出新裁地呈顯書中人物五花八門，令人目眴神移的武功而已，如司馬翎除了規仿金庸將書法與武功融匯為一，在《掛劍懸情記》中，金筆書生岑澎的武功，由書法的真、草、篆、隸、楷、行等字體化出，更加上了畫法，如董源、巨然，便創意十足；而在《帝疆爭雄記》中，首創「武林排行榜」的先例，設計了「封爵金榜」，由武林太史居介州，以公、侯、伯、子、男五等評定江湖群雄的武功，這顯然是古龍在《多情劍客無情劍》中百曉生《兵器譜》的源頭，而其中的「公爵」級高手柳慕飛將詩詞歌賦化入鞭法之中，也是一絕。事實上，就在武學設計中，也顯示了其道德的關懷。前面所述的「情功」，原是邪派斷腸府的絕技，必要使對手心碎腸斷而後已，可是，當書中邪派的角色（**曹菁菁、王妙君、程雲松**）一旦面對自己的「真情」時，卻是寧可受「情功」反噬之苦，九死不悔，其中逼出了作者對人類至情至性的肯定。

在武學方面，司馬翎心目中時時有一「武道」的觀念，並用此名，創作了《武道・胭脂劫》[1]一書，正可代表司馬翎對人類生命道德的關懷。

從江湖世界憑藉著武功裁斷是非的角度而言，武功的極境，事實上就是權力的極境，這點，多數

1《武道》與《胭脂劫》（合稱《武林風雷集》）是司馬翎中期的作品，出版於一九六九年十月迄一九七一年九月之間（台北：真善美出版社），合計卅九集，名雖二分，實際上敷衍的是同一個情節完整、曲折複雜的故事。

的武俠小說都已展示了相當一致的共識。因此，武俠小說的結局，通常免不了出現一場武功／權力的對決，以決定江湖勢力的消長。不過，這種對決的形式卻又相當弔詭，作為權力象徵的武功，最終的目的卻是在「顛覆」權力。

「以權力反權力」，未免有「以暴易暴」的矛盾，卻和武俠小說「止戈為武」的性質是相合的，這是武俠小說最具辨證性的地方。「以權力反權力」之所以能成立，在於前者的外在形式（武功）被賦予了道德的內涵（善），而後者則是違反道德的（惡）；同時，後者的權力性質，是一種集權性的強橫統治，而前者則出於一種權力平衡的概念——權力一旦是平衡的，即無權力可言，是故武俠小說中如果有最後的「武林盟主」誕生，也必然是「無為而治」型的，甚至，更多的武俠小說以「退隱山林」的方式，迴避了權力集中的可能。以此而論，武俠小說的基本精神是反權力的。

權力是現實社會中無法否認的存在，虛構的江湖世界既以人世為藍本，自也無法不涉及權力的徵逐。人在現實社會中，可以自外於權力角逐，默默無聞；然而，武俠小說中的人物，既以「武功」（權力的外在形式）為主體，就無法自外於此，是則，個人生命意義與價值的安頓，該與權力如何應對？這是武俠小說必須處理的問題。可惜，多數的武俠小說都輕易放過了這原可以極力發揮的主題。相對之下，司馬翎的《武道・胭脂劫》正在這一方面提供了若干深刻的觀點，足以發人省思。

《武道・胭脂劫》以「武道」的探索為主線，先從霜刀無情厲斜追尋魔刀的最後一招為始點，深刻切中了「武功」與「權力」的關竅。厲斜畢生以「武道」的探索為終極，不惜以殺生歷練的方式，揣摹魔刀至高無上的終極心法；然而，此一「武道」的最終意義，不過是能使他成為天下武功最高的人，擁有旁人不敢冒犯的權力而已——武功就是權力的事實，在厲斜身上表露無遺。假如我們將厲斜一連串磨練探索的過程，視為他個人生命意義的發掘過程的話，毫無疑問地，厲斜企圖將生命安頓於權力的競逐上。

沈宇的出現，是厲斜生命史上重要的一個轉折。沈宇身負沉冤，以自苦為極，對人生原已無望，然而在目睹厲斜以人命為試練的慘酷手段下，雄心頓生，意欲憑藉個人的智慧才幹，防阻厲斜為禍。沈宇並未視厲斜為惡人，相反地，他認為厲斜不過是欲探索「武道」的奧秘。問題在於，沈宇以悲天憫人的胸懷思索「武道」的極致，徑路與厲斜完全異轍。

「武道」的究竟何在？權力能否安頓生命？司馬翎在此書中，利用了許多精采的情節，舒徐沉穩地鋪敘而出。最後，厲斜終於發現了魔刀最後一招的奧秘，原來，那是一把刀，當厲斜最後手執這把不屬於他追尋的意義內的「身外之物」時，頓時覺得大失所望，對他而言，這是多大的反諷呀！武功的奧秘，或者說權力的奧秘，竟然就是一把刀，厲斜可能將生命安頓在這把刀上嗎？厲斜終究不能不以退隱的方式，棄絕此一權力。

在此書中，作者刻意安排了一個「假厲斜」，藉對比凸顯武功與權力的關係。假厲斜是謝夫人的「身外化身」，而謝夫人雖然出場次數不多，地位卻非常重要。她原來是以「性」為人生極樂的淫娃蕩婦，在偶然的機緣中，嘗到了血腥的快感，從此將對「性」的追求，轉化成對暴力、血腥、殺戮的畸型欲求，因此以「身外化身」製造了假厲斜，在江湖中展開無情而狠毒的殺戮。性與暴力血腥，和權力一樣，都是潛藏於人內心的原始衝動，就權力的本質而言，事實上正操控著性與暴力，因此，謝夫人實際上是厲斜的一個「身外化身」。這種瘋狂的原始欲望，最後導致了謝夫人親手殺死了自己的獨子謝辰和兒媳胡玉真，實際上也暗示了權力徵逐的最終結果，必然是泯滅人性的。謝夫人最後被厲斜一刀斬絕，厲斜於此時才算真的體認到權力的可怕，從而能真正的擺脫受權力欲望操控的生命。

謝夫人的角色，是武俠小說中相當特殊的設計，然而，司馬翎並無意去批判這位既淫蕩而又慘酷的女性，相反地，我們透過他對謝夫人深入的心理摹寫，可以發現，謝夫人不過是一個象徵——一個集性與暴力的權利追逐者的象徵，這是「胭脂劫」書名的意義。司馬翎與所有的武俠作家一樣，秉持著武俠小說「反權」的基本精神，同時，更在「反權」中，展示了他的道德關懷。

沈宇含冤莫白的際遇，一度使他灰心喪志，儘管後來他赫然發現沉冤可雪，也因此獲得了愛人艾琳（艾琳是他青梅竹馬的情人，誤以為沈宇之父為其毀家兇手，因此千里追蹤，內心糾纏於親仇與情愛的矛盾中，寫來也非常出色）的諒解，但是，真正激發他雄心壯志的，卻是一股正義的道德力量。也正因他自道德重新燃起生命的意志，才能昭雪沉冤！從沈宇身上，司馬翎的道德關懷，已經是非常明顯了，不過更值得一提的是陳春喜（若嵐）這角色的設計。

陳春喜原來是漁村中的小姑娘，單純而直樸，卻嚮往著江湖中叱吒風雲的生命形態，在胡玉真引介下，她投入了謝家這個謝夫人的權力核心，透過謝辰，修習「蘭心玉簡」的武功。「蘭心玉簡」是謝辰為他的母親謝夫人千方百計尋求，欲使謝夫人變化氣質的武學，可是權力象徵的謝夫人不願修習，因為這武功與權力欲望衝突，「這種心法以純潔無邪為根，以慈悲仁愛為表」[1]，修習過後，「這顆心真是空透玲瓏，纖塵不染，已經少有心情波動的情形了」[2]。

1見《胭脂劫》第二十集，頁五九。

2見《胭脂劫》第十一集，頁六三。

權力等同於欲望，而「空透玲瓏，纖塵不染」，自然與權力絕緣，陳春喜以純真之心地，投身於權力中心，事實上是司馬翎所安排的見證——透過自始至終未變化的純真，見證權力之可怖與道德情操之高尚，此所以厲斜最終的領悟，也正是因其與陳若嵐密切接觸所受到的濡染。

魔刀的最後一招，關鍵居然是把刀；權力徵逐的下場為何？謝夫人身首異處，厲邪恍然了悟。「武道」的奧秘何在？司馬翎意欲告訴我們，「道在人，不在物」，在人高貴的道德情懷，在人的慈悲與仁愛，這是中國傳統武俠小說人與武功合一的終極境界，平實簡捷，意義卻深刻警策，事實上，這才是真正的「武俠」！

五、自足生命的開展——司馬翎筆下的女性

在武俠小說「俠骨」與「柔情」兼備的風格中，女性俠客無疑已成為武俠小說描繪的重心之一。小說中的「江湖」儘管可以脫離現實，任情「虛構」，簡化了現實中林林總總的複雜面相（**如正義與邪惡的道德規律、殺人流血的法律規範等**），但是，「人物」卻是「模擬」現實情境的；社會上有形形色色的女性，小說中自也應有各具丰采的女俠，我們可以看到，武俠小說中的女性，從空門中的尼姑、道姑，到千金閨閣、江湖名家之女、神秘幫會的首腦，乃至於三姑六婆、妓女貧婦，應有盡有；至於在形貌、性格上，俊醜兼具，內涵複雜，更是不在話下，其實也與現實社會（**小說中古代的現實社會**）可能出現的女性範疇相當了。從這點來說，女性是「江湖」中不可或缺的角色，這正如其他類型的小說一樣。

從武俠小說發展的歷史而言，女性俠客的出現，整個影響到江湖結構上的體質改變，主要的是注

入了「柔情」的因素，這不但使得江湖的陽剛氣息得以藉「柔情」調劑，更連帶影響英雄俠客的形貌與性格的描繪[1]，關於這點，陳平原曾分析：

首先，大俠們的最高理想不再是建功立業或爭得天下武功第一，而是人格的自我完善或生命價值的自我實現；其次，男女俠客都不把對方僅僅看成打鬥的幫手，而是情感的依託……，也就是說，不是在剛猛的打鬥場面中插入纏綿的情感片段來「調節文氣」，而是正視俠客作為常人必然具備的七情六欲，借表現其兒女情來透視其內心世界，使得小說中的俠客形象更為豐滿。[2]

大抵自王度廬的《鶴驚崑崙》五部曲後，武俠小說中的「柔情」，已經成為此一文學類型中不可或缺的元素了，而主要承擔起這個任務的，無疑是女性——尤其是女主角。在此，武俠小說頗有幾分「才子佳人」的味道，不但兀傲英雄與巾幗紅粉，總是刻意安排得相得益彰，而且情感描摹也往往可以細膩入微，令人蕩氣迴腸。

不過，在芸芸江湖世界中，究竟女性可以作如何的設計？基本上，一般武俠小說中所刻劃的女性，可以分成三種類型，第一種是柔弱可憐型的，性格溫柔、情感細膩，一副「亟待拯救」的楚楚情

1此間的轉變及意義，請參閱筆者〈中國古典小說中的女俠形象〉，《中國文哲研究所集刊》（台北：中央研究院中國文哲所，民國八六年九月），頁四三至八八。

2見《千古文人俠客夢》（北京：人民文學出版社，一九九二年），頁八一。

狀，是英雄俠客展現生命華彩的憑藉，仗義行俠的英雄，最樂於藉援救的過程凸顯出過人的英風豪氣，如金庸《神鵰俠侶》中的程英、陸無雙。

第二種是「魔女淫娃」型的，通常被描摹成因感情失利，由愛生恨，轉而向全天下的男人進行「肉慾式的報復」；或者甚至天生就是「性饑渴」，眼底下見不得男人，最擅長的就是「以色迷人」。她們是英雄磨練人格和品性的最佳對象，對這種美人，英雄不但往往可以輕騎過關，而且還可以藉斬除劃滅的行為，建立英雄的聲譽或品牌，如古龍《多情劍客無情劍》中的林仙兒。

第三種是「俠女柔情」型的，可以溫婉體貼，可以機伶多智，可以武藝高強，可以天真無邪，不過都必須對英雄一往情深，無怨無悔。她們是英雄仗劍江湖並轡而行的佳侶，是英雄心心繫戀的紅粉知己，只有她們才能在英雄鐵血的心湖中激蕩出陣陣波濤。她們最主要的作用，可能是當一面鏡子，在英雄意氣風發之餘，回首觀照，會發現自己和凡人一般，也是需要愛情滋潤，可以談戀愛的！如金庸《射鵰英雄傳》中的黃蓉。這三類彼此間交揉重疊，大體上是可以涵蓋一般武俠小說形形色色的主要女性的，很少有作家可以超脫於此。

從女性主義的角度而言，如此的設計，顯然是以「男人心目中的女性」為藍圖的，女性俠客儘管在武俠小說中已成為不可或缺的重要角色，但是，基本上仍然是以「附庸」的形態出現，女俠自身生命的開展，向來缺乏應有的關注。大體上，能賦予女俠生命姿采，跳脫開男性沙文圈子的武俠小說作家，只有司馬翎！在他筆下的女俠，開展出迥異於一般武俠小說的另一種生命世界！

在司馬翎的小說中，女性往往呈顯出各種不同的風貌，儘管在造型上難免也與其他武俠小說中的人物雷同，可是無論是對女性內在情感與生命的刻劃，或所賦予女性的尊重與肯定上，都遠較他人來得深刻與細膩。尤其難得的是，司馬翎的筆觸，更拓展及於許多武俠小說從未開展過的女性。

司馬翎筆下的女俠，類型相當複雜，涵蓋層面亦廣，其中不乏若干刻劃深入、綻現出動人姿采、難得一見的特殊女俠，如《劍海鷹揚》中一心向「劍道」探索究竟的秦霜波、智慧高絕，隱然可與男性分庭抗禮的端木芙；《武道‧胭脂劫》中擺蕩於性欲與權力中的謝夫人；《纖手御龍》中精練聰穎的薛飛光、《掛劍懸情記》中嫵媚多智的花玉眉、《金浮圖》中機智溫柔的紀香瓊；《丹鳳針》中開放而自主性極高的雲散花；均能別出蹊徑，刻劃出別具姿采的江湖女俠。

司馬翎總是不吝於讓他書中的女性展現出各種不同的風格，而且，對她們的內心世界均作深刻而細膩的描摹，絕非一般的「扁平人物」可比，而且面貌個性，均各如其分。如《聖劍飛霜》中日月星三公的女兒，絳衣仙子舒倩爽朗亮麗，如陽光耀眼；銀衣仙子佟秀深沉陰柔，如月光朦朧；玄衣仙子冷清影清雅冷漠，語若流星：無不宛肖其人。

即使是同樣寫智慧過人的女俠，而薛飛光之精練、花玉眉嫵媚、紀香瓊之溫柔，也莫不各有千秋；其他如《劍神傳》中刁鑽慧黠的朱玲、《纖手御龍》中溫婉柔弱的雲秋心、《鐵柱雲旗》中伶俐天真的單雲仙、《玉勾斜》中冰冷無情的冷于秋、《飲馬黃河》中精明剔透的春夢小姐、《武道‧胭脂劫》中高潔純真的陳若嵐……，隨書翻閱，無不處處令人驚豔。

難得的是，司馬翎筆下的女性，固然各具姿態，而作者所賦予的關注，更是遠遠超過其他的武俠作家，如《武道‧胭脂劫》中，「禍水」類型的謝夫人，儘管讓讀者毛骨聳然，但是，司馬翎也未嘗純粹以反面摹寫，反而對她整個從世家夫人轉變成武林禍亂的心路歷程，有詳盡的刻劃。

六、女俠的自主情感

武俠小說儘管以「俠骨柔情」為主體，不過，江湖畢竟還是權力鬥爭的場合，女性的柔情固然可以繫挽住英雄的情思，卻阻止不了英雄開創事業的雄心與壯志。武俠小說中的男俠或許也會款款深情，夢魂牽縈，可是在他們的生命天秤上，感情畢竟仍只是一種點綴，古龍《多情劍客無情劍》中的李尋歡，的確是「多情」的，可是「多情」的對象是死生義氣的朋友，而不是一心繫念、痛苦煎熬的林詩音，所以寧可「犧牲」自己的情感，成全龍嘯雲；金庸《笑傲江湖》中的令狐冲，固然心心戀戀於小師妹岳靈珊，可江湖責任在身，他也只有拋開情愁，勉力投入拯救武林的大業中。兒女情長，原不見得會使英雄氣短，其間妥為安排，更可以使英雄美人平添佳話；然而一旦有所衝突，則無論情感若何，恐皆在割捨之列——畢竟，英雄除了情感之外，仍別有安身立命的所在。

女性則不同，固然我們可以看見小說中令人激賞的許多女俠，如金庸《射鵰英雄傳》中機智敏慧的黃蓉、《神鵰俠侶》中溫柔多情的小龍女、《倚天屠龍記》中慧黠精明的趙敏，但是這些機智、溫柔、慧黠的作用，卻多半是為了她們心目中的英雄而發。女俠一旦情感傾注，則一往無悔，一切的考量，皆以英雄為重心；而一旦情天生變，恨海興波，則為情為愛，可以怨讟可以瘋狂，完全失去理智，《神鵰俠侶》中反覆感嘆「情為何物」的李莫愁、《天龍八部》中挾恨報復的甘寶寶、秦紅綿、刀白鳳，都是很好的例子。大體而論，武俠小說中的女性，「有愛則生，無愛則死」，藉愛情滋潤以綻現其生命華彩，也因愛情失落而人生褪色——這是武俠世界中的女性宿命，很少有作者可以超脫。很顯然地，如此以愛情為女性生命中唯一重心（意義）的人物刻劃，是相當具有大男人沙文色調的，在此，女性自身的生命未能獲得開展，充其量不過是點綴英雄的瓶花而已。

司馬翎筆下的女俠依舊擁有細膩的情感，也同樣會心儀俠客的風采，但是在整個情感面的鋪敘中，卻能擺脫一往情深、無怨無悔的慣常模式，其中饒有衝突與掙扎，而此一激烈的天人交戰，決定因素則不僅僅是情感深淺的問題而已，司馬翎通常會安排幾個各具丰姿、特色的正反派英雄，介入女俠的情感生命中，導致女俠面臨徬徨與抉擇的窘境，引發其「自主」的機能，她們必須深思熟慮，權衡情感與其他問題（如善惡、利弊、志趣、個人與社會等）間的比重。

如《掛劍懸情記》中的花玉眉，同時有桓宇、方麟、薩哥王子、廉沖四人，足以引起她情感的蕩漾，她必須在這四人當中，細細剖分其優劣，以定歸宿。於是，各男俠的獨特風采，獲得了盡情表現的機會。桓宇的正直憂鬱、方麟的孤傲脫俗、薩哥的機智多情、廉沖的陰險詭詐，無不淋漓盡致。桓宇最後的脫穎而出，雖是早就可以看出，但是其間各種情境的變化，卻隨時可能導致逆轉，讀者猶不免提心弔膽。在此，花玉眉的生命層次隨著故事情節的延續，屢有成長與拓展，決非僅僅陷溺於情感的漩渦中而已。《劍神傳》中的朱玲，夾雜在正直仁厚的男主角石軒中、貌醜而心細的大師兄西門漸、俊美狂傲的宮天撫、無情而深情的張咸之間，幾度波瀾，幾翻跌宕，如風捲柳絮，難以遽斷歸宿，作者藉一波三折的情節發展，將朱玲的內心情感與心事，描摹得盡致淋漓，而最終的選擇，雖然還是情歸俠客，可是卻因多了這番波瀾，其「自主性」也更凸顯了出來。正緣於此，司馬翎筆下的女俠，以「情感的自主性」獲得了在其他小說中難以企及的豐富深刻的生命層次。

《丹鳳針》中的雲散花是個相當成功的例子，書中以「彩霞多變」[1]為其性格的寫照，在故事中，雲

1見《丹鳳針》（台北：真善美出版社，一九六九年），第三四集，一〇二章回目。

散花一開始就不是處子之身，但卻非淫娃蕩婦之流，只是較任情任性而已（這已和多數武俠小說牢牢繫念於女主角的貞操不同），因此，既先與性格倔傲、自私自利的凌九重有一吻之情，復又對英挺瀟灑的孫玉麟心生好感；及至她遇到儒雅正直的杜希言後，不但深心仰慕，而且與他有了肌膚之親。依照武俠小說的慣常寫法，雲散花應該死心塌地，心心繫念於杜希言了；可是，雲散花非但因自己已非完璧，「自覺」不配，同時在後來既因察覺到凌九重對她實際上亦真情相待，而與他發生關係；又對外貌溫文的「白骨教」妖人年訓，考慮及婚姻問題；最後則與半路上殺出來的黃秋楓持續發展。每一段情感的波動變化，作者皆細膩委婉地將其心理變化和盤托出，而也不時地給雲散花自省的機會，「我幾乎已變成人人可以夢見的巫山神女，只要我還喜歡的人，就可以投入他的懷中。唉！我現在算什麼呢？」[1]究竟雲散花將情歸何處，連她自身也不曉得，正呼應了「彩霞變化」的主線，使得雲散花成為書中相當特殊的角色。

當然，如果從現代女性主義的角度來說，司馬翎對女性仍是不免有所偏見的，雲散花會因非處子之身而自覺「不配」，就顯見仍擺脫不了傳統「貞節」的局限，但相較於其他作家，司馬翎已算是相當難得的了。

七、司馬翎江湖中的「女智」與「女權」

一般武俠小說慣於將江湖寫成是男性角逐權力的場合，吝於讓女性於江湖中承擔起更大的責任，

1見《丹鳳針》第卅二集，頁六三二。

女性一旦妄圖涉足角逐，通常也是以「禍水」的姿態出現。如《多情劍客無情劍》中以色相牢籠英雄的林仙兒，幾乎集陰險、淫蕩、善變、狠毒於一身，古龍的反筆批判意味甚是明顯。司馬翎則經常以正面的筆法寫女俠，甚至將江湖中扶顛定傾的重責大任，託付於女性身上。花玉眉率領群雄對抗野心勃勃的鐵血大帝竺公錫，淵渟嶽峙，隱然就是中流砥柱，作者將她刻劃成智慧超群、思慮周密的女俠，擔負起挽救武林甚至國家安危的唯一角色，頗能渲染出另一種風格迥異的女俠。

這種「智慧型」的女俠，是司馬翎最鍾愛、最樂於刻劃的，因此出現的比率也最頻繁。花玉眉、紀香瓊固然如此，尤其是端木芙，以一個不識武功的女子，憑藉著謀略與陣法之學，不但能在正邪兩大勢力（**翠華城主羅廷玉與七殺杖嚴無畏**）間縱橫捭闔，巧妙周旋，更結合著矛盾的民族情結，不失立場、尊嚴地聯結疏勒國師的勢力，於江湖中鼎足而三，充分展現了高層次的女性智慧。相較於金庸《天龍八部》中的王語嫣，是更傑出的。同時，我們更當注意，司馬翎於此還更有拓展，如花玉眉之所以肯如此苦心孤詣，抗衡竺公錫，並不是為了「輔助」桓宇，而是她「關心大局，以天下為己任」、「要建百世之功」[1]，是個人的志趣！類似的女俠，所在皆有，《金浮圖》中的紀香瓊，以絕頂智慧「選擇」了可正可邪的金明池為其終身伴侶，所展現的除了情感之外，更是自我價值的完成，「她卻感到金明池詭邪險詐的性格，好像有一種強烈無比的魅力。使她覺得如若能夠把他征服，收為裙下之臣，乃是世間最大的樂事」[2]；值得重視的是，此一自我完成並不是純粹的好勝爭強之心，而是隱含著濃厚的道

1並見《掛劍懸情記》第二集，頁五四。
2見《金浮圖》。

德悲憫情懷的。紀香瓊欲透過金明池習練「無敵佛刀」以化解其邪氣，事實上是藉智慧展現出其對人類善性的關懷與認同，「老天爺當知我渡化了此人，該是何等巨大的功德」[1]。

在此，司馬翎賦予了女性其他作家所吝於開展的深廣的生命層次。在他筆下的女俠，情感的比重固然深重，但是被安排成以智慧的、理性的態度去思索她們生命中「應有」（和男性一樣）的意義與價值，這就遠遠超脫了其他武俠小說的牢籠，而展現出不同的江湖世界。《劍海鷹揚》中的秦霜波，是司馬翎特殊設計的一位女俠，她以探索「劍道」的奧秘自期，全書極力鋪揚她在完成此一「自我實現」過程中的種種困頓與波折，尤其是在面對情感與求道間的衝突與掙扎時，最後居然逼出了她以「婚姻」為安頓身心的前提，而朝向「劍道」的境界邁進，不但足以顛覆武俠小說一往情深的「柔情」格局，更提昇、見證了司馬翎筆下女性的獨特地位——「道」與女性的結合，於此恐怕是「破天荒」的嘗試！在武俠小說女性慣常「被命名」的模式中，司馬翎所賦予女性的「自主性」，實際上無異暗示了「女權」未來的合理發展。

當然，在此所謂的「女權」，是就女性生命的自主性上說的（這也應該是所有「女權」的一個基點），對女性的競逐權力，司馬翎亦未嘗贊同，但是這不僅是針對女性而已，而是他自身對權力徵逐的反感，男女同例相看。《纖手馭龍》中，司馬翎將同樣以智慧取勝的辛無痕、辛黑姑母女及薛飛光相互對照，正可凸顯出這一點。我們不妨說，司馬翎是武俠小說中難得一見的賦江湖予「女權」的作家，這不僅僅可以從他往往刻意設計隱隱操控著江湖命脈的女性（武功「天下第一」如鬼母冷婀、廣寒

1見《金浮圖》。

仙子邵玉華、魔影子辛無痕；智慧第一如花玉眉、端木芙、紀香瓊）中窺見，更在他對女性生命意義開展的認同中，可以深刻感受到。

八、司馬翎的重新定位

武俠小說發展的輝煌歷史，是由所有的武俠小說作家共同締建的，儘管在小說的文學藝術成就上，個別的差異極大，但是，不可否認的，每一位作家都為此貢獻過一分心力；尤其是台灣，在金庸、梁羽生的作品尚未能堂堂皇皇引入之前，實際上正是這些向來受到忽視的作家在廣大的讀者群中掀起武俠熱潮。因此，以司馬翎在台灣的影響而言，其地位的重要，是研治武俠文學者不能夠低估的。

晚近的研究者由於受到金庸盛名的影響，以金庸經十年修訂後的作品與這些作家未經雕琢的璞玉對比，以致抑揚之際，頗失其實；事實上，金庸在武俠小說上的成就固然是有目共睹的，但是，金庸儘管優秀，卻無法涵蓋所有武俠作品的風格。金庸於武俠小說誠如五嶽名山，令人高山仰止，但世間的景色，除名山大川外，依然有若干如桂林山水般秀麗的絕境，足以令人耳目一新。司馬翎正如桂林山水，儘管實際文學藝術的成就略遜金庸一籌，但置於梁羽生、古龍之間，則一點都不會遜色，這是筆者個人對司馬翎的評價。

第二章 武史交輝生紫煙——司馬紫煙小說論

在台灣通俗小說發展的過程中，武俠小說可以說是一枝獨秀，吸攫了多數讀者的目光，愛情小說由於有瓊瑤撐起大旗，還能吸引女性讀者的關注，勉維於不贅，其他各體小說，如偵探、黑社會、歷史等，無不受到擠壓，因此，「跨界」而寫的作家，頗不在少數，如擅寫偵探[1]的浪客有《一吻江湖》，瑞麟有《萬里剪金鯢》，龍驤有《七巧遊龍》，白天化名為「寒梅」，有《驚魂泣血》等；鄉野傳奇作家司馬中原也有《路客與刀客》，甚至據聞連歷史小說家高陽也寫過武俠小說。

不過，小說體式不同，寫法各異，欲兼善數種，委實不易，故這些「跨界」作家所撰寫的武俠作品，終究未能受到讀者青睞，其中卓然有成的，在香港是兼寫科幻與武俠的倪匡，在台灣則是左手寫歷史，右手寫武俠，人稱「小司馬」的司馬紫煙。

1 一九六〇年代，台灣頗流行所謂的「偵探」小說，其中以鄒郎的諜報小說與費蒙的偵探小說最為知名，不過，當時也有許多以「黑社會鬥智」為名的小說出版，其中雖亦不乏偵探推理元素，卻是另闢蹊徑，應是取法費蒙的《賭國仇城》（一九五三）而來，當時無以名之，坊間通稱「偵探小說」。其中作者，為數不少，如白天、浪客、龍驤等，也都頗受歡迎。其書通常一冊終結，情節簡單，不過是黑社會復仇、搏殺的故事，半日即可閱完，吸引力遠遜於武俠。

司馬紫煙（一九三六～一九九一）[1]，本名張祖傳，安徽人，相關生平不詳，台灣師範大學國文系畢業（一說中間輟學，轉至淡江文理學院中文系），另一筆名為司馬，專用於歷史小說創作。一九六一年，以本名創作《環劍爭輝》，開始步入武壇，但未引起矚目。

一九六二年，諸葛青雲應香港《明報》之邀，以「司馬紫煙」為筆名，連載《江湖夜雨十年燈》，然因稿債累積過多，分身乏術，亟欲覓得代筆之人，遂由當時春秋出版社的呂秦書介紹，由張祖傳續寫第十一至二十集，由於筆力矯健、姿采動人，大獲諸葛青雲讚賞，乃慨然將「司馬紫煙」筆名轉贈給他，故《江湖夜雨十年燈・前傳》二十集雖仍署名諸葛青雲，實為二人合力完成，《後傳》三十集，則題為司馬紫煙，為其所獨立完成。自此，司馬紫煙之名廣為讀者所知，自六〇年代伊始，迄其沒身為止，共創作七十餘部武俠作品，題材廣泛，不居一格，而搖曳生姿，精彩之作頗多，論者推為台灣有數名家之一，其中《江湖夜雨十年燈》、《千樹梅花一劍寒》（一九六四）、《刺客列傳》皆曾改編成電影。

司馬紫煙為台灣通俗作家跨類寫作的翹楚，一生創作通俗說部甚多，舉凡武俠、言情、歷史、推理、社會小說，皆有佳作，往往彼此融匯，故一部之中，各類題材皆能安排得錯落有致，相當具有可讀性。其代表作有《江湖夜雨十年燈後傳》（一九六三）、《金僕姑》（一九六五）、《荒野遊龍》（一九六八）、《英雄》（一九七〇）、《英雄歲月》（一九七一）、《煞劍情狐》（一九七一）、《八駿雄飛》

1有關生年，另有一九三五、一九四一兩說，但司馬紫煙首部作品發表於大學畢業後入伍時期的一九六一年，如果是一九四一年出生，此時年方二十，不可能已從大學畢業，故應在一九三五、一九三六兩年出生，但具體文獻無從考證，只能暫列。

（一九七三）、《大英雄》（一九七九）、《妙英雄》（一九八一）、《劍嘯西風》（一九八五）等。

第一節　《金僕姑》

《金僕姑》的書名，出自《左傳》：「乘丘之役，公以金僕姑射南宮長萬，公右歂孫生搏之。」是一種箭的名稱，據元人伊世珍的《瑯嬛記》所載，此箭是可以「不必善射」，就可以「宛轉中人」的，相當神異；但司馬紫煙可能是從唐人盧綸的詩句「鷲翎金僕姑，燕尾繡蝥弧」而得的靈感，轉而指弓而言，而另有一「天絕箭」，稍有改易，但神奇的色彩仍然非常濃厚。本書主角名為「金蒲孤」，兵器就是弓與矢，在武俠小說中是相當罕見的，卻完全吻合於書名，顯然是刻意為之的。

金僕姑
司馬紫烟

司馬紫煙的《金僕姑》，刊登於《自立晚報》五版 1965.07.07

一九六〇年代初期，由還珠樓主一脈相傳的神怪武俠逐漸褪色，但猶有相當深厚的影響力，墨餘生、向夢葵、獨抱樓主等，皆頗取徑於此。《金僕姑》於一九六五至一九六八年連載於《自立晚報》，亦未能免於蹈襲，故此書神奇莫測的武學、奇寶、道術仍層出而不窮，如本書主角所仗恃之「金僕姑」，就是衍傳於古代的寶弓，配上「天絕神箭」力可洞穿金石，無人可擋，頗具神異性；碩大無朋，能識字通語之靈禽「鋼羽」、皮甲堅厚的「鐵甲神鱷」、聲音可以迷惑人智的「美人蟒」、可以製隱形衣的「幽靈鮫魚」，亦皆不同凡物；而可以穿土、破石、避金、避水、排雲、隱形的六件寶衣及「縮地成寸」的神行之法，更是非科學所能驗證的神奇之物及道術；同時，書中更有莫根邪、袁餘生二人，居然是猿人與龍鳥所生的「人類」，這些都是受舊派還珠所啟迪、衍傳的神怪武俠常見的內容，足以印證早期台灣武俠脈傳於舊派的遺痕。

《金僕姑》在敘事手法上，也是明顯具有舊派印痕的，整個故事結構，由點而線而面，從金蒲孤的出場，引出少林、武當等十派掌門為劉素客所懾服，歷經耿不取、南海漁人、崇明散人等性格怪異、各具特色的奇人，再牽連出錢塘王等「棲霞八友」的恩怨，然後又別轉出浮雲上人、莫根天、袁氏兄妹、白小娟等人物，也不出舊派武俠的敘事策略。

不過，舊派武俠在獨抱樓主的手中，已有所蛻轉，到司馬紫煙，則有更大的轉變，舊派武俠插敘過多，人物與事件如葡萄串式的結構，已逐漸為單一敘事、條貫有序的方式所取代，相關人物的事跡，已不再用可自成故事的完整插敘來完成，而是化作簡單的對話或敘述加以交代，不再橫生枝節；而且眾多的人物，彼此關聯緊密，各具分量，在結構的完整、緊湊度上，是有長足的進步的。

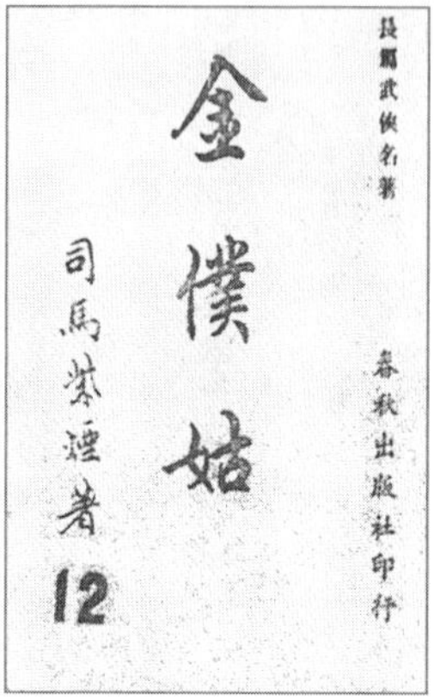

司馬紫煙的《金僕姑》（春秋出版）

《金僕姑》篇幅相當長，人物、事件亦非常多，但皆環繞著金蒲孤與劉素客的智計對決上，以此為核心，將一應人物事件繫聯起來，而若干人物，如一開場就因愧對金蒲孤而自盡的石廣琪之女石慧，雖是次要人物，但穿插在整個故事間，始終有其重要的作用。此書除了莫根天與袁餘生、袁靖姑兄妹最後的飄然遠舉，有如斷線風箏，頗令人遺憾，以及末尾突然冒出一個與書中女主角劉日英太過於雷同且未有表現的白小娟為蛇足外，全篇一氣呵成，首尾條貫，無論緊湊度、完整性，皆非舊派武俠可同日而語，這除了展示出司馬紫煙的寫作功力外，也顯示出台灣武俠於承繼舊派外的創新。

武俠小說卷帙雖多，但模式則有脈絡可循，此為論者詬病已久。儘管如此，所謂「運用之妙，存乎一心」，在相同的模式下，亦不無別出新裁之可能。《金僕姑》的故事類型，大抵不出陳墨所說的「爭霸」、「伏魔」、「行俠」三者，內容主要敘寫思想偏激、智計超人但卻又不通武功（書中交代是受「美人蟒」之害而失去武功）的狂人兼野心家劉素客，憑藉著博通的知識及超卓的智慧，妄圖變易人心、改造世界、掌控天下（爭霸），而不學而能、武功高強、正義凜然，也同樣智計絕倫的俠客金蒲孤，起而與之對抗（伏魔、行俠），彼此鬥計鬥力的過程。

但《金僕姑》於「爭霸」中大破武林常規，捨武功而不論，塑造了一個野心勃勃而不通武功的狂人，以胸中博深的知識及過人智計取而代之，致使金蒲孤的卓絕武功與寶弓神箭皆派不上用場，唯有以同樣超卓的智慧與之抗衡，於是書中雖仍不免有血雨腥風、刀光劍影，整個重心卻放在智能的對決上，即此已突破了一般武俠的既定模式。

智能對決，自然不免爾虞我詐、互懲心機，司馬紫煙不僅於此設計出許多鬥智題材，如金蒲孤初入萬象別府，與劉日英三姐妹「詩詞兼武學」、「織繡與繪圖」的競勝，以及與劉素客藉「悟謎與藏武」的交鋒，就寫得相當新穎而出奇，其中借棋藝以鬥勝的幾個場面，同中而有異，也令人激賞。角鬥智計，其要在於「料敵機先」、「因敵制宜」，書中借諸葛亮的「空城計」作說明，孔明之計，正是針對深沉機詐的司馬懿而設，如換了個莽張飛，則此計萬難成功，是以書中深入摹寫金蒲孤及劉素客的細微心思，以推理的方式將整個故事情節敷衍開來，皆頗具說服力，而在雙方虛虛實實、互相揣度的過程之中，全書處處充滿了懸疑與張力，大有力追司馬翎的趨勢，可圈可點。

以角智鬥計開展，勢不得不對人物性格、思想作細膩的描繪，因此，《金僕姑》此書的另一所長，即在於對人物內心的刻劃——尤其是一些思想迥異於常的一些「奇人」的「人性」剖析。劉素客是個狂人，魔性十足，而在魔性之中，又不免有些「人性」，對待三個女兒的態度，於無情中又不免深情，自己就是個「狂」與「聖」力量衝突中的「受害者」，在司馬紫煙筆下寫得入木三分，平心而論，遠較天生智慧、正義凜然的主角金蒲孤為精采。不僅主要人物如此，其他如纏夾於親情（此一親情亦相當複雜，有愛又有恨）與正義之間的劉日英、潔如白紙而又機伶智慧的黃鶯、天生素女，而又難免情慾的駱季芳、痛切親仇，而不擇手段的石慧，乃至於禽獸交合所生，面貌極其醜怪的莫恨天與袁餘生，其內心的隱密，皆一一在司馬紫煙的深入摹寫下，無微不至的展露出來。司馬紫煙在《金僕姑》以「人性」的角度，刻畫出書中形形色色「怪人」曲微心理，是此書最可觀的成就。

台灣武壇有「大司馬」、「小司馬」，兩司馬在部分寫作風格上頗為相近，司馬紫煙的《金僕姑》走的與司馬翎奇情推理路線相當接近，創作時間也與司馬翎約莫同時，雖未知兩司馬交情如何，但彼此的相互影響應必不少，尤其是此書中寫金蒲孤於萬象別府中的各項較技，在司馬翎《金浮圖》（一九六八）中紀香瓊與夏侯空於「十三院」的比試，頗有異曲同工之妙，只是大司馬鍾情於女性，而小司馬則託諸於男性俠客而已。但小司馬類似的作品不若大司馬的多，因此反而較未能受到矚目。

第二節 《大英雄》、《妙英雄》

《大英雄》與《妙英雄》分別於一九七九年、一九八一年連載於《武俠春秋》，雖分部刊行，其實是同一個故事的前後部。

一九八〇年代的台灣武俠，在金庸、古龍兩大家的威名下，已逐漸喪失創造力，但不甘於沒落的武俠作家，還是竭心盡力，欲揮魯陽之戈，力挽頹勢，雖仍不免略見窘狀，但雜揉諸家之長，化為己用，還是頗有可觀，司馬紫煙的《大英雄》、《妙英雄》兩部，就是相當有可看性的作品。

一九七〇年代末期，長時間為政治禁令所封鎖的作品，隨著台灣內部政局的發展，原負責文化審檢工作的警備總司令部之工作重心，已由大陸、海外所謂「陷共、附共」的作家，移轉至台灣本島新興政治社團「黨外」[1]所辦的政論雜誌及文藝創作上，對三十年代的文學作品及向來名列禁書之內的金庸武俠作品，已大幅鬆動其管制，甚至暗中放水，故當時台灣大學、台灣師範大學附近的書攤，明目張膽的公開販售三十年代禁書，而武俠出版商亦開始大量盜印金庸作品，一般小說出租店就可輕易租借到，鋪墊了金庸武俠小說廣為人知的基礎。這兩部作品，無疑是受金庸影響而創作出的作品。

司馬紫煙的《妙英雄》（毅力出版）

武俠小說以摹寫俠客、英雄的故事為主，但極少直接

1當時猶未開放自由組黨，故反對國民黨勢力的政治人物共同聯結，以「黨外」為號召。

司馬紫煙的《英雄》（春秋出版）和《英雄歲月》（南琪出版）

冠上「英雄」二字為書名，古龍雖有《歡樂英雄》（一九七一）、《英雄無淚》二書，但以「歡樂」、「無淚」為旨趣，別有所寄；司馬紫煙則自始就頗鍾情於「英雄」，從一九七〇年的《英雄》、《英雄歲月》到一九七九年、一九八一年的《大英雄》、《妙英雄》，共有四部，前兩部書的英雄梅山白、呂四海，皆智慧超群、武功絕倫，梅山白以一人之力大破修羅教，縱橫捭闔；呂四海出身名門，藏居市井，力破清水教，的確不愧為「英雄」。不過，《大英雄》、《妙英雄》中的杜英豪，能不能稱得上是「英雄」，這就頗有斟酌餘地了。

不過，杜英豪如此的造型，顯然也是從呂四海與梅山白而來的，詼諧、有趣、機智、活潑，尤其是根本不太像是「英雄」。我們拿《英雄歲月》與《大英雄》開首的形容中，自然可以發覺到其間本質上的相同：

> 除了呂四海自己之外，誰都沒有把他看為英雄，因為他身上沒有一點英雄的氣息，他的行為也沒有一絲英雄氣概，只有一點，那是誰也無法否認的，他有個絕對英雄的外號飄泊英雄。但這外號是他自己取的。
>
> 英雄是年輕英俊瀟灑的，他不是。

英雄都有一身超群的武藝，他也不是，他雖然打架，打抱不平，卻從來沒有贏過一次，在認識他的人們的記憶中，每次衝突，他總是被人打得落荒而逃。

……………

英雄都有一頭名駒，他連小毛驢都沒有一頭，倒是常常被小孩兒們拉著當馬騎，以及陪著小玩伴騎竹馬。

……………

英雄都有一枝寶劍，他也有一枝，整天掛在身上。卻很少使用過，大概只有那麼一兩次，惹了許多笑話。——第一回，〈落荒而逃的英雄〉

呂四海沒半點「英雄」應有的樣子，正如同回目所標的，豈有「落荒而逃」而能稱「英雄」的？但是，呂四海卻做出了許多自命為英雄的人做不到的「英雄」事業；至於杜英豪，《大英雄》開首，就以〈英雄小照〉點明：

有些人一生下來，就注定要成為一個英雄的。他們多半是武林世家的子弟，他們的祖上、父兄，已經是江湖上赫赫成名的大人物了。有家傳的武藝絕學，有光榮的俠義傳統，當然也必須要有良好的教養。於是，他們只要隨便做一兩件打抱不平的事，他們的俠行立刻就被傳誦開來，成為一個家喻戶曉，人人詩讚的少年英雄。杜英豪卻沒有這份福氣。

杜英豪當然不是這種「英雄」，不但不是，而且也根本做不了英雄，但他與呂四海一樣的是，都拚命想做「英雄」，理由是：

是他的身材軒昂，看來就有英雄氣概。

第二，是他的內心中充滿了英雄式的思想，任何一樁類似英雄的作為，他都會毫不考慮的去做。

……………

第三、是他的名字？杜英豪，就是英雄與豪傑的意思，名字是他自己取的。

……………

第四、他有著英雄式的好酒量，……

司馬紫煙以詼諧、生動的筆法，還寫了「第五……，第六十……」以作調侃。從《英雄歲月》到《大英雄》，呂四海與杜英豪，都是那種拚命想當英雄，但卻一點都不像英雄，卻偏偏能成就英雄事業的那種「英雄」，這顯然是「反英雄」的一種寫法，而也正因「反英雄」，不受一些英雄虛驕、做作的拘限，反而更可以揮灑自如，自亦不妨可視為對武俠小說中慣有的「英雄」的反諷。時隔十年，司馬紫煙本無須如此「自我重複」的，但如果我們將此書擺放到一九八〇年代前後，應該就能窺出其命意之所在了。

一九七二年，金庸在《鹿鼎記》中創造出了一個顛覆武俠小說「英雄」形象的韋小寶，以市井混混之身，夤緣而加入天地會、晉身清宮，以其能言善辯的口才、靈機善變的急智，縱橫江湖與廟堂之間，協助完成了清聖祖康熙殺鰲拜、平三藩、收台灣、挫俄羅斯的豐功偉業，震驚武俠界耳目。是書於一九七〇年代末期，在台灣盜版為《神武門》、《小白龍》（題司馬翎撰）二書，流傳頗廣，對司馬紫煙的影響顯然是非常之深的。《大英雄》、《妙英雄》的主角杜英豪，明顯就是取法（或模仿）於韋小寶的。也正因如此，所以杜英豪也從呂四海的影子中跳脫出來，從《英雄歲月》的掃蕩邪惡教派，擴充至「民族英雄」。

杜英豪與韋小寶有非常多的共通點，首先，他們都是出身於下層階級的市井混混，韋小寶為妓院妓女之子，杜英豪則是碼頭扛負的工人，所接觸的市井環境，使他們較少禮教的拘束，作風爽達明快，所不同的只是韋小寶性格機伶古怪、能言善道，而杜英豪智慧超卓、豪邁直截而已。

其次，他們都夤緣而得以與廣大的江湖俠客以及廟堂高層人物接觸，韋小寶由茅十八引領，加入天地會，繼而入宮得以結識康熙皇帝，從而協助完成康熙皇帝的一應事功；杜英豪則受晏菊芳之「騙」，與霸王莊產生衝突，進而與少林、武當等江湖人物扯上關係，乃至因威名風傳，得到朝廷以寶親王為首的高層人物賞識，從而建樹了屬於自己的事功。

三者，他們無論是在事功的完成或姻緣的締結上，幾乎都一帆風順，韋小寶娶了七個妻子，杜英豪則有六位美女相伴，其中都有一位是皇室成員（建寧公主、玉佳格格），只是韋小寶不過是純憑運氣，機變的性格，足以使他得道多助、化險為夷，而杜英豪雖說麤中有細、大智若愚，但過於強調運氣，反而讓人覺得不太順理成章。

四者，他們都不通文墨，且武功低微，只是韋小寶事功的建立，得力於縱橫捭闔的機變及口才，不必直接面對強大的高手，故從頭到尾，只學得「神行百變」的腳底抹油功即已足夠，而杜英豪則必須於強敵面對面角勝，初期雖猶可歸諸勇氣與運氣，但後來則不得不也讓他藉王老夫子傳授「萬流歸宗」的武學，習成絕頂武功以作因應。

五者，他們對朝廷，尤其是民族的觀念，顯然都是非常「民主」（以人民為最高考量）的，因此皆無意於反清復明、推翻朝廷，甚至對當時的皇帝都頗加稱許，不以異族為嫌。最後，他們都從市井混混，歷經江湖俠客，而成為民族的英雄，韋小寶助康熙完成康熙朝的豐功偉業，杜英豪亦不遑多讓，除了助朝廷破喇嘛、平奸黨之外，北定俄羅斯、東掃高麗與日本，更蕩平荷蘭海寇，幾乎已成為全能的「民族英雄」！以此看來，司馬紫煙受到金庸《鹿鼎記》的影響，而且有意跟金庸「別苗頭」，已是不言可喻的了。

一九八〇年後的台灣武俠作家，面對金庸這座名山大嶽，難免都有或多或少的「影響焦慮」，如何才能擺脫金庸的牢籠，甚至加以超越，是許多猶未心灰意冷的作家念茲在茲的夢想，但所取途徑不一，平心而論，至今尚未能看到有若何能超越的作品誕生。司馬紫煙是頗有心與金庸互別苗頭的，這可以從杜英豪面對俄羅斯企圖併吞中國北疆領土的野心時，極力強調「尼布楚條約」的後患中看出，而在金庸的《鹿鼎記》中，「尼布楚條約」卻正是韋小寶一手擘劃成功的，司馬紫煙企圖將杜英豪凌駕於韋小寶之上的用心，是呼之欲出的。

不僅如此，韋小寶所未能顧及的、攸關於中國近代兵連禍結的罪魁——日本，也由杜英豪摧陷廓清，震懾臣服，甚至還娶了個「日本公主」美枝子，雖是小說家言，卻也大快人心。可惜的是，司馬紫煙的創意不足，所取途轍又為模仿之路，既未能開新，又因為本身對歷史的熟悉程度不足，居然將明代足利義滿的侵華事跡，牽合到清朝雍正年間，歷史混淆，前後扞隔，心有餘而力不逮，終是未能邁越金庸，更不足以像《鹿鼎記》般「顛覆」了武俠。

然而，《大英雄》、《妙英雄》二書，不僅反映了一九八〇年代之後台灣武壇備受金庸拘限的現象，同時亦可略見台灣武俠作家面對困境，不甘沒落，而猶欲力圖振拔的企圖，足以見證台灣武俠小說歷史的發展過程。

第三節 《劍嘯西風》

一九八〇年代的台灣武壇，由於前期作家長期而大量的創作，幾乎將武俠說部可以寫的題材都挖掘殆盡，而在整個敘事策略上，多數仍以說書人口吻講述，能夠像古龍一樣以新穎的敘事方式重燃讀者熱情的作家，已寥寥可數；再加上一九八〇年代初期，金庸武俠小說在台解禁，巍峨五嶽，難以攀越，許多作家逐漸封筆隱退，台灣武俠至此已步入衰歇期，再也難能像過去的二十年一般，締造普遍閱讀的盛況了。

創作泉源的枯竭，造成武俠故事的千篇一律，身當其衝的作家，感受自然最為深切。早在一九七〇年代，古龍就已提出過警語：武俠小說已到了非變不可的時候了。可是多數作家才力不足，明知該變，卻也不知從何變起，古龍雖然提出「人性」的觀點，但語焉而不詳，似乎也難成為一個可依循的準則。這個困境，是當時武俠作家切喻於心的。司馬紫煙此時已是重要的武俠作家，對此也有極深切的體會：

這二十多年來，出現過不少撰寫武俠小說的名家，撰就了數以萬部計的武俠小說，這麼龐多的武俠作品，可以說把武俠小說中所能表達的範圍與情節都運用窮盡了，而且有了太多的雷同與重覆。這也是武俠小說漸趨衰微的原因之一。[1]

幾十年來的台灣武俠創作，格套已出，模式既定，陳墨所歸納的「民族鬥爭、伏魔、復仇、奪寶、情變、探案、學藝、爭霸、行俠、浪跡江湖」十大模式[2]，雖未必能籠括所有模式，但這十大模式的確已是讀者耳熟能詳的了，勢必非有所突破不可，「但創新二字，又談何容易，要超越窠穴，出奇制勝，跳出舊有的範疇而別樹一格，也是一件很吃力的事，但無論如何，這畢竟是值得去試，而且是必須要走的一條路」[3]，司馬紫煙是認知得非常清楚的。《劍嘯西風》就是司馬紫煙力求突破的一部力作。

《劍嘯西風》於一九八四年刊載於《武俠春秋》，內容是敘寫南宮世家的少主南宮少秋，如何因追查姐夫慕容世家遭滅門之禍、及外甥慕容天仇遭擄劫勒贖的事件，偵探出朝廷中以忠順王為首的奸黨，假借東廠勢力，搶掠北地豪富以充軍餉，意圖叛國造反的陰謀，並加以勦滅的故事。平心而論，大抵也不脫陳墨所舉的十大模式，但司馬紫煙卻信心十足地以為，是書「如果把這篇小說中『武的成份抽掉，它仍是一部可堪一讀的俠情小說，再把俠情抽掉，它仍是一部挖空心思的推理小說。即

1見司馬紫煙〈我寫「劍嘯西風」〉，收錄於《劍嘯西風》（台北：皇鼎文化，一九八五）卷首。
2見陳墨《海外武俠小說新論》（昆明：雲南人民出版社，一九九四），頁七七至一六五。
3仝注1。

使把上面那些都抽掉了，它還可以成為一部闡述友情、道義與純摯愛情的文藝小說」，融匯了武俠、俠情、推理、文藝等不同通俗內容為一，這不僅是司馬紫煙擅於寫作各類型通俗小說的功力之具體展現，顯然地，也是他積極實踐「創新」的一項嘗試與方向。

據司馬紫煙自論，《劍嘯西風》的特色，大抵有三，一是省略了主角「少年成長」的學藝過程，一開始就以「超人」的姿態出現。主角年齡廿八歲，無論武功、智略皆超人一等，因此在整個查探的過程中，幾乎鮮少遇到挫折，洞燭機先，一路順暢，完成了鋤惡懲奸、愛國忠民的大業。一是放棄了一般大俠的寫法，而以若干（六合四靈的七位女子與南宮世家的南宮素秋）活潑伶俐而極具性格的女子為主。一是書中的主角南宮少秋，與一般武俠說部中的大俠不同，雖向來以「好酒而無量，好色而無膽，好鬥而無勇，好讀書而不求甚解」的「四不像」面貌掩飾，卻是風趣幽默而智計絕倫。

平心而論，《劍嘯西風》的確頗具有可讀性，「推理」的部分，鬥智鬥計，頗具功力，諸位女子的性格，也都相當分明而凸出，而借東西兩廠引出江湖與朝廷間爾虞我詐、機關算盡，更凸顯出權力鬥爭、人性傾軋的寫實一面。但是，落入窠臼處依然難以避免，如「六合四靈」七女對南宮少秋幾乎都一見傾心、無怨無悔，最後是眾美同歸，這就是許多武俠小說的舊貫；而司馬紫煙雖極力欲摹七女的性格及其過人的表現，但如含沙射影、碧落地魔四女，雷同過多，而七女中五女皆以毒功取勝，區別不大，頗嫌不足，而最致命的是，在整個查探的過程中，除了南宮素秋偶有精采表現外，幾乎都是單看南宮少秋一個人的表演，七女淪為瓶花角色，未免還是武俠小說中「大男人沙文主義」的廚餘。

一九八〇年代的台灣，在經歷了二十多年的盛行之後，社會上對「俠」的形象，已逐漸滲透入現代的觀念，尤其是相對於清代的「官俠」，如《七俠五義》之類的俠客，是完全不同的，傳統「忠君」

的觀念，已為「民主」所打破，在《劍嘯西風》中，已是非常明確表現出來了，司馬紫煙借南宮萍之口說：「我們江湖人仗義行俠，行的是法外之法，向來都是跟皇家的權威牴觸的，我們所忠的是正義，是老百姓，而不是那一個皇帝，我們做的是該做的事，不是為那一個人去做這些事」[1]，「為國為民，俠之大者」，大抵已是港、台新派武俠小說作家的共識了。不過，其中還是有略微的差異，香港作家如梁羽生、金庸，對專制帝王是批判得體無完膚的，而台灣作家，對帝王猶有些許的尊重，雖未必予以認同，卻也不至於一掃無遺，因此，《劍嘯西風》中的皇帝雖是歷史著名的荒唐帝王明武宗朱厚照，但卻也被描繪成相當愛念百姓，處處委屈求全，寧可被逼退位也不願發動內戰的慈心帝王。[2]

當然，小說論評，常是見仁見智的，觀察點不同，結論自是會有所差異。不過，司馬紫煙身當局中，他可能連自己都未察覺，《劍嘯西風》事實上是受到古龍影響的一部作品，書中最著力的「推理」情節，本就是古龍最獨到的小說特色，南宮少秋的幽默風趣、放浪不羈，也正是《絕代雙驕》中小魚兒的翻版，尤其是有關「六合四靈」七女的出場介紹，熟知古龍小說的讀者，一看之下，就也應該可以察知，這正是古龍在《陸小鳳傳奇》（一九七三）中介紹西門吹雪、老實和尚、公孫大娘及花滿樓的敘事手法。

1見《劍嘯西風》第一冊，頁二五一。

2附帶一提，司馬紫煙曾經創作過相當多歷史小說，依理而論，對明朝史事應該不至於陌生，但書中對忠順王的描寫，卻完全錯誤，蓋忠順王於書中是朱厚照的三叔，名字卻是「朱由忠」，明代嗣裔的命名，以五行相生為原則，忠順王的名字應有「木」偏旁，不可能叫「由忠」（可能與崇禎名為朱由檢混淆了）；同時，既是親王，則必是「一字王」，不會用兩字的「忠順」。

古龍的小說，在一九八〇年代聞名遐邇，影響力之大，也是可以從司馬紫煙這位老牌作家的身上看出的。

台灣武俠小說，在將近三十年的發展過程中，至少有數百位作家投身於創作的行列，共同撐起了興盛繁榮的局面。但由於整個社會對武俠的漠視，再加上從作者到出版社發行的環節中，出了嚴重的問題，因此許多作家連自己究竟寫了哪些作品，都未必了了，而出版社屢於出版書籍時，未注明初版時間，且坊間存書，在屢經開本改變下，汰換速度極快，根本無法細考其創作時間。司馬紫煙的作品雖較少有代筆、冒名的問題，但出版時序相當混亂，又因其知名度未若臥龍生、司馬翎、古龍之高，故舊書亦難蒐羅，因此論者極少，但從其小說看來，實亦能算是台灣武壇中名列前茅的作家之一，精金璞玉，猶有待知者拋光琢亮。

「諷世喻世派」

第一章
突梯滑稽諷世態——秦紅武俠小說論

在一九八〇年之前，台灣的武俠小說幾乎可以說是「清一色」男性作家「獨霸」的舞台，不僅如此，稍有名氣的作家也大多數為「外省籍」的作家。一方面，這些來自大陸各省的作家，受到當時「舊派武俠」風靡的濡染，早已是如數家珍、津津樂道的了，據說諸葛青雲可以將還珠樓主的《蜀山劍俠傳》「倒背如流」，雖說未免誇張，卻也道出了部份實情；而台灣武俠，雖於日據時代已有開展，作品有限、風氣未開，報章偶有轉載、書局偶有販售，亦不過箋箋小數，台灣人無由親炙，故敢於投入者少。

二方面，武俠小說傳統即以中國大陸為地景，五嶽名山，處處勝景；古蹟故城，歷歷傳說；故塞北江南、海東嶺西，無不可資傳述。這些跨海來台的外省人，飄零異域，只能遠望當歸，而武俠小說最是能夠抒其念念鄉愁的題材，故不免各以所從來、所經歷、所思念者，一一於小說中鋪陳，寄寓其去國懷鄉之思，如武陵樵子、獨抱樓主之於湖北湖南，墨餘生之於海南瓊島皆是。而台灣人久居本土，前塵隔海，雖可依樣畫葫蘆，而畢竟如霧裡看花，終隔一層，故投入創作的意願，自然較小。三方面，台灣自光復之後，才實施國語教育，前此在日據時代「皇民化」影響下的台灣作家，白話文的功力，與當時大陸名家相較，稍顯劣勢，有能力創作的文人，甚至日文優於華文，故也未遑從事不急之務的武俠創作。因此，台灣武俠作家幾乎九成以上都是外省籍作家，亦在情理之中。

儘管如此，但自一九六〇年以後，在武俠小說逐漸展現其魅力，吸引住多數讀者目光之後，也開始有本土作家嘗試創寫武俠小說，如陸魚是苗栗人、田歌是宜蘭人，而表現最令人刮目相看的秦紅，則是彰化人。

秦紅（一九三六～），本名黃振芳，台灣彰化人。秦紅的父親從事燈籠業，家境小康，在家排行第八，幼時曾受日本教育至小學二年級，三年級後舉家遷至台北，始轉而接受華文教育。小學畢業後，未再升學，初為印書工人，後轉至台灣煙酒公賣局工作。秦紅一生未受過完整教育，但努力不輟，刻苦自學，曾發憤參加師大國文系教授李辰冬之文學講習班，奠下基礎；又曾為印書工人，故濡染文史頗多，扎下不凡的功力。一九六二年，以「秦紅」（閩南話「真紅」的諧音）之名參加大美出版社「武俠說革新運動特別徵文大賽」，以《無雙劍》入選佳作，一舉成名，遂開啟了其後武俠創作的歷程。在創作期間，頗與當時名家多有交流，而與同為「大美雙璧」的慕容美最為相得。一九八六年，在不敵「金庸旋風」下，且因感慨於武俠作家及出版界的歪風，秦紅正式封筆，告別武壇，賦閒家居。一生創作頗多，約有長篇廿七部，中長篇六部，中篇十八部，以及十數篇短篇武俠。目前於網路有「聊備一格」部落格，發表文化、政治評論。

秦紅的武俠作品，受現代小說影響頗深，從回目的擬定、語言的運用到思想觀念，均與過去的武俠著作大異其趣，而文字之生動流暢、用語之詼諧幽默，更有獨絕之妙，自《無雙劍》以下，《武林牢》（一九六四）、《九龍燈》（一九六六）、《戒刀》（一九六八）、《傀儡俠》（一九七〇）等，皆頗受讀者歡迎。七〇年代以後，模仿古龍楚留香故事之短章系列，陸續發表哥舒虎（《九品刀》，一九七七）、林歌（《俠歌》，一九七八）等系列故事，布局奇詭、情節生動，於武俠說部中別出一格，更令人矚目。

秦紅雖學歷不高，但創作態度相當嚴肅，由於生平從未涉入武俠小說慣有的大陸山川、風俗掌故，故皆以廣搜博覽為手段，絕不嚮壁虛構，所述中國大陸史地，字字皆有來歷，且頗能運用古典文句，為文本生色不少。秦紅出身基層，故亦深能掌握到一般武俠讀者之所好，故事不以曲折離奇取勝，人物中規中矩，頗有白羽「平凡英雄」的幾分味道，而擅於結合現代時勢、觀念，語言貼近日常，而時有突梯滑稽之趣，雖乏英雄悲壯之氣，而頗足把玩消遣，在眾多武俠作家中別出一格。《台灣武俠小說發展史》謂其為「趣味武俠」的「奇兵」，實為得之。

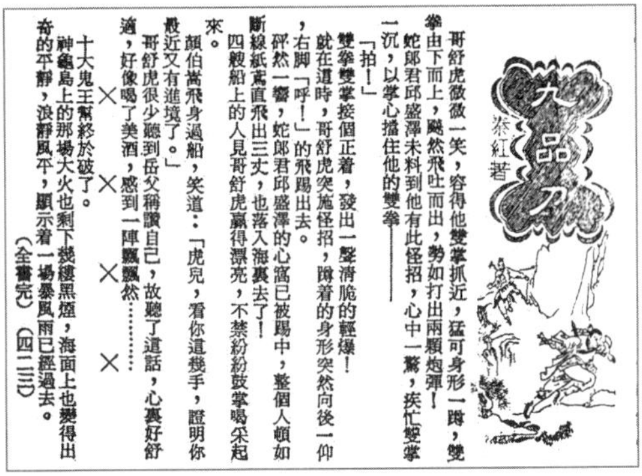
九品刀
秦紅著

哥舒虎微微一笑，容得他雙掌抓近，猛可身形一蹲，雙拳由下而上，颼然飛吐而出，勢如打出兩顆炮彈！

蛇郎君邱盛澤未料到他有此怪招，心中一驚，疾忙雙掌一沉，以掌心擋住他的雙拳——

「拍！」

雙拳雙掌接個正着，發出一聲清脆的輕爆！

就在這時，哥舒虎突施怪招，蹲着的身形突然向後一仰，右脚「呼！」的飛踢出去。

砰然一響，蛇郎君邱盛澤的心窩已被踢中，整個人頓如斷線紙鳶直飛出三丈，也落入海裏去了！

四艘船上的人見哥舒虎贏得漂亮，不禁紛紛鼓掌喝采起來。

顏伯嵩飛身過船，笑道：「虎兒，看你這幾手，證明你最近又有進境了。」

哥舒虎很少聽到岳父稱讚自己，故聽了這話，心裏好舒適，好像喝了美酒，感到一陣飄飄然……

× × × ×

十大鬼王幫終於破了。

神龜島上的那場大火也剩下幾縷黑煙，海面上也變得出奇的平靜，浪靜風平，顯示着一場暴風雨已經過去。

（全書完）（四二三）

秦紅的《九品刀》，刊登於《台灣新聞報》1977.08.22

第一節 《無雙劍》

一九六〇年是台灣武俠小說發展的關鍵時期，從古龍而下，幾乎台灣後期的武俠小說家，都在六

秦紅的《無雙劍》（大美出版）

十至六四年之間，紛紛仗筆投入武俠小說創作的行列中。大抵上，作家之所以樂於投入創作，「為稻粱謀」是非常重要的因素。秦紅是一九六二年，正當大美出版社推動「武俠革新」運動時，以《無雙劍》一書，獲得「破格」青睞的。而其創作動機，則來自於當時報章報導有關蕭逸的緋聞事件時，提及蕭逸以武俠創作，居然「月入上萬」，而他當時的工薪，僅寥寥六百元，「蕭逸何人也，予何人也」，自此壯志遄生，乃義無反顧的展開了長達二十餘年的創作。

《無雙劍》的入選，據聞乃是大美老闆「破格」收錄的，蓋其別出蹊徑，以幽默有趣的文字，雜揉了各種武俠元素為一，塑造了迥然與過去武俠不同的詼諧風格。大美的老闆眼光果然精準，因為此書出版未久，竟然就有人將其盜用，以「秦牧」之名，改書名為《南拳北掌劍無雙》，並將書中主要人物改換姓名，投刊《香港夜報》連載[1]，可見其受到歡迎的程度。

《無雙劍》的文字風格，僅僅就其章回命名中，即可見一斑，從篇首〈神童與裹氈的人〉以下，如：〈丐幫大會〉、〈無雙堡〉、〈奇兵〉、〈血染莫干山〉、〈美人心英雄膽〉、〈真真假假一家人〉，字數長短不拘，而皆能點出章旨，酷似於朱貞木，也可略窺其活潑機妙的語言技巧。而此一風格，則從第二部作品《武林牢》一貫而下，就等於是秦紅武俠小說的註冊商標了。

1見大美版《無雙劍》第九集（一九六二年八月）夾頁所附的〈本社緊急啟事〉。

《無雙劍》全書以「黃山論劍」為主幹，這點可以肯定是從金庸小說中的「華山論劍」而來的，故書中的前輩關鍵人物，也模仿了金庸的「東西南北中」（部分可能也參照了諸葛青雲的《奪魂旗》），而有東劍歐陽克昶、西刀米斯達、南拳翁笠、北掌歸陶、長白雪飄飛弄雪道人之目。不過，秦紅援用了台灣武俠小說慣用的「江湖爭霸」模式，稍加變化，讓野心勃勃的東劍歐陽克昶創建「無雙堡」，以「無雙堡外無劍士」的口號，懾服少林、武當、華山、崑崙、崆峒等五大派，並以威脅、利誘及捕殺的手段，欲一舉稱霸武林。

「黃山論劍」為百年前劍聖劉太白所號召成立的，每五年舉辦一次劍會，掄魁者將獲得「天下無雙劍」的美稱，先後有司馬松、屈信、游浩、李白雲、孫步風等，在經由慘烈的搏殺後登上寶座，最後則是由歐陽克昶蟬連六屆。為了爭奪名銜，江湖各派各自磨厲，也各逞機心，其中影響全書最大的，一是在歐陽克昶連續奪冠之時，五大門派的掌門人各創劍招，原欲與歐陽克昶一別苗頭，卻因一時頓悟，遂不作爭勝之想，反而將五派絕學，以黑白棋譜暗藏玄機，以待有緣者，此即最後攸關正邪爭鬥勝負的「仙機武庫」；一是屈信雖獲「無雙劍」名銜，卻生性風流，覬覦盟兄歐陽秉妻子美色，因而慘死，絕學為黃衫劍客黃瘦軒所得，而歐陽秉之子歐陽克昶嫉妒其武藝，遂暗下蠱毒，使黃瘦軒渾身得癩病，未能出席劍會。歐陽克昶接連得魁，天下側目，唯有西刀、南拳、北掌及長白雪飄飛能勉強抗衡，而終究無補於江湖大局。

《無雙劍》一開場就頗令人驚豔，寫圍棋神童黃勃的嶄露頭角，而隱伏後來黃勃參悟「黑白棋譜」，最終取得「仙機武庫」秘笈的因子；而全書也由黃勃尋父（黃瘦軒）為經，將整個江湖大勢串聯起來。黃勃同時拜在北掌及雪花飄門下，身兼兩家之長，又獲「千面叟」傳授易容之術，雖屢遭困頓，卻得以或明或暗的方法，查探出其父黃瘦軒的下落，並揭開有關「黃山劍會」的秘辛，最後終於粉碎了歐陽克昶的野心。

《無雙劍》人物繁多，江湖五奇各有特色，也各有其面目及經歷，雖故事頗稱曲折，但條理井然，雜而不亂，在前述的主、副線支撐下，結構相當完整。在人物的摹寫上，《無雙劍》頗能深入刻劃人物的心理，導出各人行事的合理解說與發展。如東劍歐陽克昶，儘管野心勃勃，在三十歲之前，卻是正直君子，後因得知其父母的慘痛遭遇（屈信害父奪母），逐漸才遷怒於江湖；「南天色魔」郝沙林，雖是風流好色，卻因其相知相愛的情侶祝琴心為其叔父「慈心閻羅」祝九齡逼死，方才心術大變；「九嫁寡婦」也因遇人不淑，方才以玩弄天下男子作報復。一飲一啄，皆有前定，故性格雖顯乖張，卻也非完全的窮兇極惡，頗為可取。在這些人物中，最引人矚目，且能爆出全書詼諧笑點的，無疑當屬南拳翁笠夫婦及其子翁金山。

翁笠等三人在全書中份量不多，但每一出場，都令人莞爾。翁笠雖然位高名重，卻是懼內成疾，季常癖嚴重，其子翁金山個性溫厚，受其父影響，也對翁大娘畏避如虎，父子兩人逃躲翁大娘，翁大娘則到處追趕，鬧出不少趣味橫生的情節。翁笠好抬槓，翁大娘貪財好賄，與黃勃有不少對手戲，黃勃奈何不了翁笠，卻牢牢握住翁大娘的死結，翁大娘又在其夫面前顯盡威風，一物降一物，趣言妙事一一呈顯，是全書最令人興味盎然處。

黃勃雖是全書主角，但性格缺陷相當多，尤其是面對美女，簡直就是賈寶玉復生，動不動就想吃女孩子嘴上的胭脂。開朗俏皮、活潑精靈的鄒小萍，溫柔沉靜、委婉多情的東劍姪女上官秋璇，都是與他嘗過「甘」、患過「難」的紅粉知己，雖曾左擁右抱，但卻未能得享齊人之福，兒女情長，恩怨不休，三人之間，打打鬧鬧，雖不免多屬恩怨相爾汝的飛醋，但篇幅卻是頗多，為此書劍拔弩張之氣中，平添了幾許「笑看小兒女」的趣味感，也是全書一大熱點。不過，此二女除了可解讀者之頤外，對黃勃來說，卻是一大負擔，她們太輕易就被「擒捉」了，動不動就被敵人俘虜，雖能令全書風波屢生，且增添黃勃「救美」的英雄氣概，卻擺明了只能充當花瓶的角色，這不能不說是一個缺憾。

《無雙劍》的故事，算是相當曲折的，作者也偶爾會在書中隱含某些對人性貪婪的譏刺，如寫五大派與「無雙堡」的對抗，除了少林派捨死忘生、義無反顧外，其他四派，莫不各懷鬼胎，暗扯後腿，而覬覦著「先機武庫」的秘笈。這些自詡為名門正派的白道人士，既貪婪好利，又自恃身分，往往錯失了消滅無雙堡的機會。如書中寫到少林眾僧與竹林七逸、江南五鐵一起在莫干山對抗無雙堡，無論人數與實力，均佔了絕對的優勢，但卻各自為政，各懷私心，結果幾乎全軍覆沒。秦紅透過黃勃與笑彌勒的對話，對這種自私、迂腐行為，作了相當大的嘲諷：

「啊！老前輩，您沒有幹傻事呀！」

「有，我們……的確幹了傻事……你看，今天來和無雙堡打架的……有多少人？」

「少林十僧，竹林四逸，江南二鐵，和南天獨臂魔一共十七人。」

「無雙堡呢？」

「四個。」

「好，老弟你……計算一下，如果十七人聯手……聯手對付四人……結果如何？」

「贏的！」

「不贏也不致死人！嘻嘻……但我們誰也不願這麼做……為什麼呢？因為……因為我們竹林七友一直自命不凡……而少林派也以……名門正派自居，大家都……都認為以多勝少……是最可恥的行為……現在想來，嘻嘻……這真是太好笑了……」[1]

笑彌勒是先前在場參與格鬥的人，傷在歐陽承劍的淬毒七虹劍下，到臨死前才有所覺悟「合作」的重要，顯然這是秦紅有意對世態的嘲諷；但笑彌勒明知自己重傷將死，卻執拗的不肯服用賽華陀沈九思的「百靈返魂丹」，原因是「常和他吵嘴」，最後才在黃勃義正辭嚴的「訓誡」一番後，服藥保命，又何嘗不是迂腐、頑固？這正是秦紅最拿手的不著痕跡的諷喻。

除此之外，在《無雙劍》中的江湖，倒是都頗有些人間溫情在，尤其是父子兄弟間的親情描繪。如黃衫劍客在得了癩病後，雖無法參加「黃山劍會」，更羞於見人，卻化身為紅氈奇人，不時暗中守護著愛兒；歐陽秉及歐陽承劍之母，更是在其兒子最危難之際，現身相救；西刀米達斯、摧花郎君單飛雲師徒二人，雖云為惡，卻師徒情深，而主角黃勃在得知單飛雲是其同父異母同胞後，為之百般設想，期望他能改過遷善；千面老叟薩三省，因姊九嫁寡婦惡名而自稱無名老人，但在其姊重傷之際，認了這位曾害他廢功的親姊。總言之，作者在人物的著墨上，跳脫了一慣小說的黑白分明寫法，著實讓《無雙劍》的江湖，更加貼近現實不少。

1見漢麟版《無雙劍》，頁三二四。

第二節 《武林牢》

《武林牢》是秦紅繼《無雙劍》後的又一力作，除了延續《無雙劍》的幽默詼諧風格外，更多了許多恢怪的想像與現代趣味，在秦紅諸多武俠作品中可算是佼佼出群之作。

「武林牢」的「牢」字，很容易讓武俠讀者聯想到當代監牢種種傳聞中的殘酷暴力與陰森晦暗，當然，秦紅也多少必須將其摹繪成「宛如」牢獄般的景象，如狹隘的囚室、腳鐐、手銬、苦工、刑罰，以及為人所熟知的獄吏「索賄」，還有，「不自由」等。儘管如此，整部小說雖先後出現兩座「武林牢」，卻都未見有若何陰森晦暗的描繪，負面的場景，多數一筆帶過，不但囚徒有相對的權益，就是連名號唬人的獄吏「十大閻羅」，雖然有點貪財，卻異常的和藹可親，絲毫未見其窮兇極惡之本性。雖然武俠小說中總免不了有血腥殺戮、陰謀詭計，《武林牢》終無法避免，但純就全書的「武林牢」中情景來說，卻像在搬演一齣「囚室的喜劇」般，一片祥和與趣味，遂使得此書展現出其與眾不同的風格。

秦紅的《武林牢》（大美出版）

《武林牢》全書以男女情愛的波折為主軸，但此一情愛，不是武俠小說慣常摹寫的那種纏綿悱惻、恩怨交織，令人動容的情愛，而是小兒女「恩怨相爾汝」，因一時誤會，或因小隙而滋生的波折，本來可說只是一池微瀾的春水，卻未料竟衍發成軒然大波，而正因原為細微瑣事，故其中所逗引出的情愛，大類於扮玩「家家酒」式的稚氣，每足以令人會心微笑。

全書頗著力於摹寫男女情感的「衝突」，從祖輩的天涯流浪叟與半死老尼公孫梅君，到父輩的一壺先生陶樂夫與天山雪婆施湘雲、天外不速客與武林牢主人，乃至於子輩的主角金舫、楊茵茵、凌美仙、穆舒蘭之間的多角戀，甚至連邪派的羅浮雙靈夫妻，或因誤解，或因吃醋，或因一時氣憤，都有許多令人發噱的情愛糾葛，但令人印象深刻的不是「至情」，而是「稚情」，七老八十的公婆，言語動作，都宛如初談戀愛的小兒女一般，一會兒扭捏，一會兒臉紅，又一會兒瞋怒怨怪、卿卿我我，非常的不協調，但卻也因其突梯滑稽，卻沖淡了不少血腥肅殺之氣，除了書末一場非有不可的浴血決戰外，全書幾乎都是在一片趣味洋溢的氣氛中進行的。其中最有趣的，當然無過於大巴山武林牢的創建緣起，而這正是全書的關鍵。

「武林牢」主人在大巴山創闢武林牢，幾乎一網打盡了江湖中正邪兩派的菁華人物，分龍牢、蛇牢予以囚禁，但卻是「願者上鉤」，訂下了許多令人啼笑皆非的「挑戰原則」，與一般武俠小說裡的深懷詭謀，完全不同。武林牢主人根本沒有任何獨霸或一統江湖的野心，費了如此大的周折，原因只有一個，她希望因誤會而分手的男友前來挑戰，以冀能破鏡重圓。原來武林牢主人司馬秀琴當初與天外不速客金璜相知相許，乃至暗結珠胎，卻因金璜偶爾發現其與師兄的無心親蜜，遂生誤解，遠走高飛；司馬玉琴生下兒子後，四處尋覓金璜下落，卻因遭船難，兒子為一壺先生救走，傷痛之餘，在大巴山又巧獲《天竺伽藍真經》，練成神功，就決意以武林牢誘使金璜前來。這理由真的是完全不充分，甚至有點莫名其妙的，但故事就這樣的開展下來。有趣的是，金璜明知武林牢主就是舊情人司馬玉琴，卻因武林牢中誤傷人命，就不願與之相認，反而另外在巫山別創一個「新武林牢」，與舊的武林牢打對台。新、舊武林牢，宛如商場競爭般，互以「優惠」條件招攬武林豪客，大作其武林生意。秦紅在此，將當代社會的「廣告」手法拉了進來，自不無隱含譏刺之意，但卻讓讀者覺得興味盎然。試看新武林牢宣傳的優惠「廣告」：

本牢設備優越，伙食豐美，牢卒待人親切，囚犯在牢亦不必帶手銬腳鐐及服勞役，一切設施保險遠勝大巴山之武林牢，絕非徒託空言，至盼天下英雄豪傑即早光臨指教。

舊武林牢深恐「生意」清淡，也相對提出優惠，提高囚徒待遇，並宣稱：

本牢為正宗之「武林牢」，歷史悠久，所訂各項辦法亦全屬合情合理，絕不以女色或旁門左道技倆取勝，此為歷年蒞臨本牢挑戰者及天下武林人士有目共睹之事實，而今忽有不法之徒盜用本「武林牢」之名，而冠以「新」字，派遣爪牙四出擄劫婦女，其危害武林及侵犯本牢利益誠屬膽大妄為，本牢除進行嚴厲追究外，茲修訂挑戰辦法如後，尚請武林牢舊雨新知一本愛護本牢之熱忱，繼續惠予捧場指教是幸。

一九六〇年代的台灣，社會逐漸進步，工商活躍，廣告大行行道，類似末兩句「尚請 XXX 舊雨新知一本愛護本 X 之熱忱，繼續惠予捧場指教是幸」的文字，在當時大報紙的廣告欄中俯拾即是，尤其是武俠新書的夾頁預告，經常可見。秦紅的《無雙劍》即飽受「盜用」之苦，這應是其發想之由來。放眼武俠小說，敢於將當代社會現狀移植到武俠世界中的，也大概只有這部小說了。不僅如此，他也完全不避諱的將「女朋友」、「上訴」、「合作精神」等現代語彙，以及纜繩、電梯（升降房）等現代設施，不著痕跡的混融入小說中，雖以古代為背景，卻有十足的現代感，饒具別出一格的興味。

《武林牢》不僅情節設想出奇，人物對白亦相當幽默，不僅老一輩的「怕婆症」，如一壺先生陶樂夫、羅浮雙靈的赤麒麟，延續了《無雙劍》中翁笠的「季常」本色，令人失笑，「小三奇」（金舫、楊茵茵、饕餮兒）之間的打情罵俏、插科打諢，也別有令人會心之處。但在整體情節的設計上，卻有成有敗，不能一概而論。

《武林牢》是部武俠小說，當然不能只有上述饒具趣味的主線，也必須有其他的輔線來支撐。基本上，本書除了愛用易容術之外，武俠小說中常見的元素，如邪惡的幫派（蝙蝠幫）、秘謀（統一武林）、奪寶（神機玉盒）、武林秘笈（大聖風神扇、葛家御劍術），復仇（弒師陰謀）、身世之謎（金舫）等，也都派上了用場，只是，在主體的詼諧性主導下，就顯得比較零散，只具有點綴的性質了。

《武林牢》的副線，主要在寫自武林牢囚繫了泰半的武林人物後，雖無稱霸江湖的野心，卻也使得陰謀家狐皇獲得了發展的機會，組成蝙蝠幫，並勾結了異族大宛國的武師，一方面想奪取神機玉盒中的靈丹與秘笈，一方面又想一舉席捲中原。有趣的是，原來被目為邪魔歪道的新、舊武林牢，在誤會冰釋後，竟成為中原武林的真正救星，雙方通力合作，最終在大巴山的一場浴血鏖戰中，一舉消滅了內憂與外患。

故事到此，理應有個圓滿的結局，但《武林牢》的處理，卻是不盡能符人意。當蝙蝠幫及大宛國一干人等皆已誅除，新舊武林牢解散，甫與金璜破鏡重圓的司馬秀琴，竟在補完自身及安排金舫與楊茵茵、凌美仙婚禮的當天，自覺罪孽深重，留書出走，欲跟隨半死老尼出家。不僅書中人物大為驚訝，讀者也實在無法明其究裡。以司馬秀琴的性格而言，是否合該如此，想來仁智會各有所見，就請讀者自行判定吧。

總體而論，《武林牢》設想奇妙，用語幽默，故事亦頗曲折離奇，秦紅是相當懂得群眾娛樂性需求的作家，此書也的確深具娛樂價值，值得一觀。

第三節　《冷血十三鷹》

《冷血十三鷹》為秦紅中篇作品，發表於一九七六年，是他的作品中少數改編成電影的小說之一（另有《請帖》、《金衣大俠》）。小說的故事結構相當簡單，主要在敘述一個自小在黑幫「鐵船幫」長大的青年戚明星，「十三鷹」中的老九，在一次受傷獲救後，受到人間溫情的感動，開始質疑過去血腥冷酷、淪為殺手生涯的意義。但在鐵船幫主越西鴻的積威下，還未敢有所動搖。及至他奉命去鏟除幫主的世仇——名捕「鬼見愁」王安時，才赫然發覺王安一家人正是他的救命恩人，心中百般糾結，躊躇不願下手，但最後還是只能眼睜睜地看著王安被擒，且為越西鴻殘忍的剖心下酒，心中開始動搖。此舉為越西鴻發現，就在另一次擊殺報復江湖名俠司馬欣的行動中，強迫戚明星殘殺懷有身孕的婦人司馬玉琴。戚明星當下不敢違抗，卻打了遠走高飛，脫離此一黑幫邪惡集團的算盤。

戚明星趁隙脫離鐵船幫後，逃躲到十萬大山，卻逃不過越西鴻一波波的追擊，在極度危困中，邂

冷血十三鷹

台灣新生報 十二版 76.10.13

秦紅的《冷血十三鷹》，刊登於《台灣新生報》十二版 1987.10.13

逅了一個自稱「流浪漢」的俠士，兩人惺惺相惜，擊殺了九名鷹殺手。之後，戚明星決意改採主動，欲正面迎擊鐵船幫，但卻不讓「流浪漢」牽扯於其中。

戚明星在前往鐵船幫的路途中，偶獲機緣，蒙「刀聖門」第八代掌門人「大殺俠」李青天的青睞，傳下「無刃」寶刀，並指派其為第九代掌門人。「無刃寶刀」向來為武林人士所覬覦，故戚明星反撲鐵船幫的舉動尚未展開，便已成為江湖人士狙擊追殺的對象。先後有「大小蛤蟆」、「北邙四鬼」、「山羊公」等黑道人士的狙擊，所幸在私慕李青天的江湖女俠「散花娘」，以及嫉惡如仇的江湖怪傑法明禪師與風雷真人協助下，才渡過危機。

越西鴻也風聞「無刃」寶刀之事，率眾前來攔截，「散花娘」派「江南八怪」助戚明星護送李青天靈柩回刀聖門，並親自阻擋了「天山飛狐」，而越西鴻則在即將得手時，誤以為李青天詐死，倉皇逃逸，戚明星得以依李青天指示，在陸老漁夫協助下，登舟升帆，出海而去。

越西鴻派三艘大船追襲，在陸老漁夫巧計下，鐵船幫船毀人亡，而戚明星則與陸老漁夫及詐稱為李青天女兒的女子，三人乘棺漂流於海上，在一名為蓬萊仙島的小島上登陸。原來，陸老漁夫正是刀聖門第七代掌門，蓬萊仙島也正是刀聖門修真練武之地。陸老人識破臥底女子陰謀，離島而去，留下戚明星在洞府修習武功。

陸老人離去未久，落海餘生的越西鴻出現，潛藏於棺木中的「流浪漢」居然適時現身，原來他就是司馬欣的女婿卓一帆，兩人前嫌盡釋，通力合作，搏殺了越西鴻。但戚明星一直因殘殺司馬玉琴母子而負疚在心，逼迫卓一帆為妻子報仇，而設計誤死於卓一帆之手，並遺命其接任刀聖門第十代掌門人。

整體故事，娓娓述來，有條不紊，這正是秦紅所長之處，而且「江南八怪」的玩世不恭，以及「鐵蛤蟆」的怕老婆，也多少還展現出秦紅的幽默風格。不過，全書漏洞太多，這是非常令人遺憾的事。

本書其實是將「背叛反正」與「奪刀佔寶」兩個武俠小說的常見元素組構而成。有關殺手痛改前非，但卻被視為叛逆而遭追殺，再反過頭來正面迎敵的故事，柳殘陽一九七〇年的《渡心指》寫「果報神」關孤背叛殺手集團「悟生院」就已有相當的發揮，《冷血十三鷹》的創意並不凸顯，但因此一故事的正反逆轉，對人性的摹寫，可以相當深入，故一直是武俠的永恆題材，甚至到二〇一一年，陳可辛導演，甄子丹、王羽、金城武領銜主演的《武俠》也都援用了此一題材。

書中極力摹寫的戚明星，在秦紅筆下，算是可圈可點，尤其是兩樁促使戚明星痛悟前非的事件，是相當合情合理的。不過，相較之下，身負岳家血海深仇的「流浪漢」卓一帆，就發揮得相當不足，全書中的一大半，都沒見到他的蹤影，卻最後突然從棺木中跳出來，尤其令人感到荒謬。蓋卓一帆瞞過眾人耳目，藏身於棺木之中，雖不無可能，但在棺中，一路上風塵僕僕，又是陸地又是海上，又是島嶼又是洞府的，時間長達十數日之久，居然未被任何人發覺，這也未免太令人匪夷所思了，至少也得有個「龜息大法」之類的說詞吧？

揆其原由，應是秦紅當初在《台灣新生報》連載未完，在被腰斬之後，重新接續，卻又硬生生的插入了「奪刀佔寶」的另一副線，故無法一氣貫串，破綻百出，最終只能草草結束。事實上，「奪刀佔寶」這條線也沒寫好，散花娘、法明禪師、風雷真人及降魔怪丐，這四個當初刻意標舉的人物，倏忽去來，未見多大作用（散花娘多些）；而其間戚明星所援救過的「江湖浪女」慕容燕，更只是驚鴻一瞥，等如完全浪費了。

相對之下，一九七八年，就在秦紅《冷血十三鷹》出版未久，由倪匡編劇的同名電影，刪除了「奪刀佔寶」的副線，直接讓戚明星與卓一帆攜手合作，赴鐵船幫與越西鴻一決生死，而在結尾之前，才點出卓一帆的真正身分，情節緊湊而合理，尤其是讓有點娃娃臉的傅聲飾演卓一帆，不乏插科打諢的妙言妙語，反倒暗合了秦紅小說的一貫風格。

秦紅為台灣武壇難得一見的「本土型」作家，雖未受過正規的教育，勤奮力學，有關於中國的文史知識，皆是不憚其煩、廣收博覽而得，或許也正因如此，所以反而較不易受到傳統武俠格局的羈絆，而能就其本身所處的社會為出發點，藉武俠小說以觀世態，將台灣在發展過程中的某些特殊現象，以幽默風趣的言語一一呈露出來，這當然也必須有其縝密細膩的觀察，遂展現出別具一格的武俠世界。秦紅也自知這種「出格」的寫法，在傳統武俠小說中可能被目為「旁門左道」，但他卻表示：

> 不過差堪告慰的是：這部書總算沒有遭到可怕的唾棄，而且據說在武俠文壇上「獨樹一幟」——當然這一幟絕不是好的一幟，而是名叫「旁門左道」的。
>
> 我對「旁門左道」非常感興趣。我覺得不管好書或壞書，總要有一點「味」，這一

點，我大概做到了。[1]

這一「味」顯然不同於其他武俠的特殊味道，吃慣了傳統武俠的山珍海味，偶爾嘗一嘗秦紅所調理的清粥小菜，當然也是足以怡然自得的。武俠小說家人人都知道要「變」，但究竟該如何個「變」法，向來都只是空騰口說，古龍以大膽創新的格局在「變」，顛覆之力強，故反彈的力道也大；而秦紅自側面出鋒，發人之所未發，寫人之所未寫，而平實易懂、不溫不火，其實又何嘗不是一種「變」？真正具有意義的「變」，往往都是透過不斷的「錯誤嘗試」而完成的，而秦紅的嘗試，雖自嘲是「旁門左道」，卻也可算是「歪打正著」，反而讓台灣武俠小說於刀光劍影中透洩出別開生面的鮮活機趣，這正是秦紅對武俠小說的貢獻。

1見大美版《無雙劍・後記》。

第二章
武林秘笈大放送——高庸的武俠作品

台灣武俠小說發展幾十年，作家幾逾三百人，知名度高、作品量大的作家，固然所在皆有，但旋起旋滅，只發表數部作品就寂然無聞，甚至名姓杳不可考的，更多如過江之鯽，但無論如何，都可謂是台灣武俠小說發展的功臣，居於其間，而有幾位名不甚高，量不甚富，但卻頗具功力的小說家，如東方英、高庸兩人，卻是不可不特別加以表彰的，而高庸的表現，尤其令人刮目相看。

高庸（一九三二～），本名王澤遠，四川西充人。其父王贊緒，為國共內戰時期的高階將領，曾任最後一任四川省主席，家境優渥。高庸小時生活闊綽，隨政府軍撤退來台後家道中落，為了維持生活，曾不得不以開設武俠小說出租店維生，並開始嘗試創作武俠小說。

一九五九年，以「令狐玄」為筆名，創作《九玄神功》等數部作品，頗受還珠樓主之影響；一九六二年，改筆名為「高庸」，以《感天錄》入選當時大美出版社舉辦之武俠徵文比賽佳作，開啟其新的創作生命，成為與秦紅、東方英齊名的大美作家班底。一九七六年轉任電視編劇後，即較少有作品面世。其一生創作廿八部作品，代表作有《天龍卷》、《紙刀》等。

高庸文筆精煉，語言流暢，故事節奏緊湊，並常有出人意表，不落俗套的情節設計，常令讀者拍案叫絕。《紙刀》中對各式暗器、機關的細膩描寫充滿巧思；《天龍卷》中打破門派之見的天龍門武功及主角出版武林秘笈傳布天下的情節安排，都可見高庸對小說情節的妙思佳構。據其自言，高庸對金庸作品相當傾倒，筆名高庸，乃期許自己能「高過金庸」，但其後深覺無論如何皆不可能超越金庸，故以「高於凡庸」自我解嘲，而於一九八〇年金庸小說在台版行後，遂決意退出江湖。

高庸小說中的主角，都擁有悲天憫人的俠者情懷，對傳統忠孝節義的道德情操格外關注，往往在其所安排的混亂江湖環境中，刻意凸顯仁義、博愛的精神之可貴。高庸的武俠小說並非只打算「單純說故事」，在其情節安排上，常可見諷刺之義隱含其中，對照現今社會，似有相似之處，這也是其作品特出之處。

第一節　打破「武林秘笈」窠臼的《天龍卷》

《天龍卷》，一九六六年大美出版社出版，廿五冊，曾於新加坡《南洋商報》以筆名林非連載，一名《空門三絕》。

高庸的《天龍卷》（大美出版）

《天龍卷》之書名，來自書中「天龍門」所傳習的武功秘笈《天龍卷》。「天龍門」在書中是個博納百家的門派，與一般武林中斤斤自守於師弟子相傳的門派不同，是由末代掌門人依武功、品德的條件，親自遴選下一代掌門人的。被獲選為掌門的，可赴苗疆玉皇峰的藏靈石穴中，習得《天龍卷》中的絕世武功。《天龍卷》中的武功，精深高絕，包含劍、掌、輕功、內功等六種武學。武林中人，能習得其一技者，就足以稱雄於江湖，如「神劍雙英」穆宇凡、羅玉麟，就以此名震江湖，連號稱「十三奇」中的人物，都不得不刮目相看，並也因此受到「空門三絕」中的虎牙師太猜忌，設計離間了穆、羅兩人的情誼，使羅玉麟羞憤自盡，而穆宇凡則遭到囚禁。天龍門中人不以門派聲名為意，因此知者不多，掌門人白吟風因面貌寢陋，偏又結識了美若天仙的「十三奇」中的飄香劍聶雲英，因自慚形穢，刻意逃避這份感情，隱姓埋名退居於金陵，以開書肆為業。未料卻因此中了虎牙師太的奸謀，派遣徒弟雪姑賣身為婢，混入其門下，並進一步廢其武功、盲其雙目，而冒用聶雲英之身分。白吟風在不知情之下，為其所害，《天龍卷》武功心法為虎牙師太所得，虎牙師太及其所暗中扶持的「天心教」，更是如虎添翼，將為禍於江湖。

這是《天龍卷》一書的主要背景，其實也不脫武俠小說中有關「武林秘笈」的常見模式。不過，高庸在整個敘事手法上，卻如剝春筍，一層一層慢慢透露，處處以懸疑延宕事件的真相，《天龍卷》及其所牽涉的秘辛，江湖中幾乎無人知曉，也不曾引起爭奪《天龍卷》的若何紛爭。這是《天龍卷》一書頗得力之處，可以說是突破了武俠小說中武林秘笈的慣常模式。

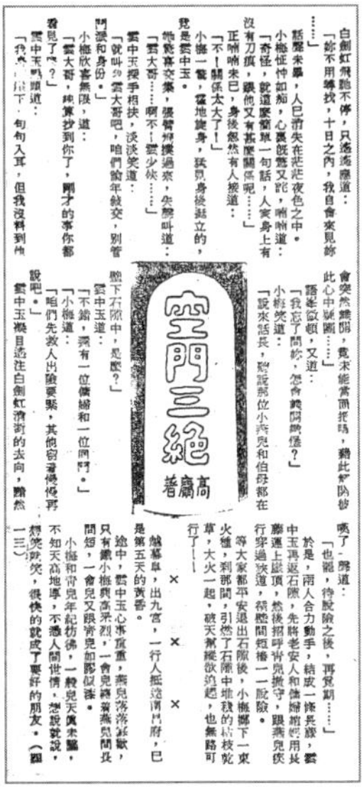
空門三絕
高庸著

白劍虹飛馳不停，只遙遙應道：
「妳不用尋找，十日之內，我自會來見妳……」
話聲未畢，人已消失在茫茫夜色之中。
小梅怔忡如痴，心裏既驚又詫，喃喃道：
「奇怪，就這麼簡單一句話，人家身上有沒有刀疤，跟他又有甚麼關係呢……」
正喃喃未已，身後忽然有人接道：
「不！關係太大了！」
小梅一驚，猛地旋身，猛見身後挺立的，竟是雲中玉。
她驚喜交集，張臂撲過來，失聲叫道：
「雲大哥……啊不！雲少俠……」
雲中玉握手相扶，淡淡笑道：
「就叫我雲大哥吧，咱們論年敘交，別管門派和身份。」
小梅欣喜無限，道：
「雲大哥，總算找到你了，剛才的事你都看見了嗎？」
雲中玉點頭道：
「我[illegible]下，句句入耳，但我沒料到他會突然[illegible]，竟未能當面挽留，藉此[illegible]此心中疑團……」
語聲微頓，又道：
「我忘了問妳，怎會[illegible]？」
小梅笑道：
「說來話長，總說那位小燕兒和伯母都在墜下石隙中，是麼？」
雲中玉道：
「不錯，還有一位儒婦和一位同門。」
小梅道：
「咱們先救人出險要緊，其他留着慢慢再說吧。」
雲中玉凝目透注白劍虹消逝的去向，黯然嘆了一聲道：
「也罷，待脫險之後，再覓機……」
於是，兩人合力動手，結成一條長藤，雲中玉再返石隙，先將老安人和[illegible]用長藤運上崖頂，然後招呼[illegible]撤守，跟燕兒依行穿過狹道，[illegible]一一脫險。
等大家都平安退出石隙後，小梅擲下一束火種，剎那間，引燃了石隙中堆積的枯枝乾草，大火一起，破天幫縱欲追趕，也無路可行了——
× × ×
離幕阜，出九宮，一行人抵達[illegible]門府，已是第五天的黃昏。
途中，雲中玉心事重重，燕兒落落寡歡，只有小梅興高采烈，一會兒纏着燕兒問長問短，一會兒又跟青兒如膠似漆。
小梅和青兒年紀彷彿，一般兒天真未鑿，不知天高地厚，不懂人間世情，想說就說，想笑就笑，很快的就成了要好的朋友。（四一三）

高庸的《空門三絕》，刊登於《中國晚報》八版 1977.01.02

武林秘笈的慣常模式。

《天龍卷》故事由一個尋常人家出身的書生江濤開啟，說尋常，江濤不過就是一個父母俱全、家世良好的書香門第子弟，聰慧過人，稟性善良；不過，作者故布懸疑，卻讓此一尋常人分明有完全不尋常的隱秘。他年方十八，且背後有一條明顯的刀傷痕跡。他的業師落拓書生韓文湘因其背後刀痕而刻意栽培，且叮囑他入江湖後，一定要虛報年齡，且不能將背後刀痕之事說出。這是第一個懸疑，江濤究竟有何真的來歷？關涉如何？

江濤初入江湖，原奉師命去尋訪古月道長，但在無意間捲入了譯介梵文武林秘笈《擎天七劍》的事件中。在天心教的總壇天湖中，他遇上了投靠天心教的古月道長，頗訝異於他以一介高人的身分，居然投靠天心邪教；且一路假扮成他僕人江富的千面神丐朱烈，在謀奪《擎天七劍》未成被擒後，原不肯屈服，但在見了梅劍虹之後，卻忝顏事仇。究竟梅劍虹這一個「沒有父親」的天心教少教主是何許人物，居然會有如此大的影響力？而天心教幕後的操控者「老菩薩」究竟是何如人？這又是一個接一個的懸疑。

江濤精通梵文，深恐譯介出威力驚人的《擎天七劍》後，將使天心教更加橫行無阻，故決意默記下來，而故意錯亂其譯文，使天心教無法窺其全貌。在此，作者也布設一懸疑，引出被囚於天湖秘牢中十七年的老人，此人究是何人？成為索解全書謎團的關鍵人物。作者苦心布局，用力精勤，但也因此有些不夠圓足的漏洞。蓋江濤身世，最主要的是背上的刀疤，據後來穆忠所述，是當初穆夫人被群賊圍攻，他背負少主而逃，當時被賊人砍了一刀所致。此事其實只有穆忠知曉，連賊黨也未必深悉。可是不但天心教據此大索天下，甚至還繪有刀疤圖形以資核對，此一資訊不知從何而來。尤其是，江濤師父落拓書生隱於私塾多年，而穆宇凡被囚十七年，也居然知道江濤背後刀疤之事，實在太令人不可思議。

《擎天七劍》是武林秘笈，也是眾人所爭奪的目標，正派人士為了防止被譯介成功，已連續殺了三位精通梵文的受聘儒生（在天心教總壇，當有內奸，但作者似乎忽略了，且江濤居然沒有遇上，也是漏洞），而邪派角色，如碧眼仙翁顏光甫，更處心積慮想謀奪心法——這些借秘笈摹寫人性貪婪的筆法，猶不出舊習故套。不過，也就在《擎天秘笈》上，作者大刀闊斧，破天荒的採取了武俠小說前所未見的「大放送」情節，令人驚豔。

顏光甫設計將江濤於天心教中救出，以「關洛四寇」假冒「中原四大劍派」，正義凜然地要江濤謄錄劍譜，讓武林之士得以團結對抗天心教，其實這五人各懷鬼胎，都想私佔劍譜，抄錄之時又引來「黑白雙妖」，最後互相殘殺，極其慘烈。江濤目睹眾人為搶奪劍譜引發殺戮，心有不忍，而劍譜又為顏光甫誆騙而去，遂作了一個驚世駭俗的釜底抽薪之計——將劍譜付印，公諸於世。他找上了金陵一家最大的書坊「吟風齋」，將《擎天七式》印成了五百五十冊，置放於通街大衢、酒樓、客棧、書店中，任人取閱。

於是，原是你爭我奪的武林瑰寶，變成江湖中人手一冊的廉價書，這總不會再引起無謂的機心與殺戮了吧？作者不可謂不用心良苦。這段情節，無論是從武俠小說的結構或全書的布局來說，都是饒具意義的。

從武俠小說的結構來說，武林秘笈最重要的作用，是讓少年成長的主角，在短暫的時間內速成武功，以在江湖中嶄露頭角，綻現英姿、丰采與江湖功業，主角勢非取得武林秘笈以躍居高手中的高手不可，因為武俠小說的內在結構是攸關於中國武術觀念中所謂的「內家功力」的，內功與年齡成正比，年歲越長，功力越深厚，少年成長的主角，一般年歲約在十八至二十之間，如無武林秘笈的外在助力（另一助力是仙丹靈藥），不可能說服讀者何以小小年紀就能超越其他江湖中的前輩高手。因此，

「大放送」之舉，無疑將使主角喪失武功超俗軼倫機會，又將如何建功樹業？況且，武林秘笈之所以成為眾人集矢爭奪的目標，必然是因為其中的武功遠遠勝過一般江湖的武功，一旦放送出去，人人可習，則江湖中人的武功同出一源，且勢均力敵，這樣的江湖，還有什麼可以寫的？

高庸設想出如此驚人的點子，卻無形中也造成自己的困境，因此，就不得不另有一個更高明的武林秘笈取而代之，且不能再重蹈覆轍，必須讓主角獨自習練成功，於是，《天龍卷》就於焉正式出現。筆力不凡的高庸，在此也作一轉折，摹寫人性的自私、疏離與更大的貪欲。江濤秘笈公布之後，有的懷疑這只是緩兵之計，江濤必然隱匿了其中最關鍵的部分，有的則妄想速成，拚命追尋江濤親自口授「心法」，結果，江湖上還是紛擾不斷。在此，高庸隱然有諷刺、批判當代社會中人與人互不相信、對人性的善良面多所懷疑的畸形現象。而也正因如此，《天龍卷》亦展現出武俠小說中前所未有的深刻意涵。

從全書的布局來說，江濤刻印《擎天七劍》之舉，帶出「天龍門」的當代掌門白吟風，這不但攸關於江濤後來承接天龍門掌門，武功能有所大成，且亦收束了全書分散於各章節的線索。原來，天龍門成立三百多年，江湖中多數的成名高手，其實皆與天龍武學有密切關係，「擎天七劍」不過是《天龍卷》六種武功心法之一，不但「奇不如英」的「神劍雙英」當初賴以名震天下，且如「十三奇」中人如江濤師父韓文湘的獨門絕學「赤陽指」也源出於天龍門。而這正是天心教的幕後操控者「老菩薩」之所以安排毒計離間「神劍雙英」，並派遣徒弟雪姑潛伏於飄香劍聶雲英門下最重要的原因——謀奪《天龍卷》。此一關鍵人物白吟風的出現，不但逐步揭露了此一陰謀，解開了江濤的身世之謎，同時，千面神丐、古月道長以及雷神董千里的許多「反常」行徑，也隨著梅劍虹的身世之大白，獲得了合理的解釋——原來梅劍虹是「神劍雙英」中羅玉麟在一次誤中桃色陷阱下，與天心教教主梅娘合體所生的遺腹子。

線索齊備，疑團漸解之後，剩下來的就是「老菩薩」的身分問題了。在此，作者借武俠小說另一慣見模式——「爭奪寶劍」的情節引出。不過，在懷玉山雙劍潭出世的「方邪」、「離火」兩柄寶劍，儘管號稱是削鐵如泥、能避水火，由軒轅古皇時代流傳下來的寶物，但在此書中並未有其作為兵器的多大功能，寶劍雖為江濤所得，但卻還是無法勝過「老菩薩」。作者用意在借此點出全書關鍵的陰謀。

此書曾以《空門三絕》版行，「空門三絕」指的是四十年前就已盛名卓著的一瓢大師、離火真人與虎牙師太。此三位空門修道者，偶於西湖畔獲得這兩柄寶劍，互不相讓，在虎牙師太挑撥離間下，離火真人攜寶劍身死於雙劍潭，而一瓢大師則被誆騙去武功心法，被幽囚於石室之中，而虎牙師太則開始展現一統江湖的野心，隨之成立天心教。這段過往，用意在引出一瓢大師，最後以「捨身餵虎」的佛家慈悲精神，感化了虎牙師太。因為此時虎牙師太的「血影神功」在《天龍卷》助益下，已告大成，江濤寶劍雖利，卻是無法抵禦她的「血手印」。儘管在人物性格的設計上，虎牙師太之頓悟前非，恐怕未盡能夠說服讀者，但整個寶劍模式的轉向，也可窺出《天龍卷》的確可以看作高庸有心突破武俠窠臼的努力，也正因此，使此書不但可讀性增加不少，也奠定了高庸在武俠小說中居於「二流之首」的地位。

總體而言，全書分明暗兩線，明的是以江濤尋求身世之謎及其相關際遇，如譯書、印書、入天龍門、奪劍、破天湖、認親等開展，中間輔以他和燕玉玲之間的感情波折，暗的則是「空門三絕」的寶劍之爭、「神劍雙英」的一死一囚，以及梅劍虹的身世。明暗交錯，奇峰迭起，不時有神來之筆令人驚豔，儘管除了江濤的仁厚慈悲、黃大牛的耿直憨厚，寫得相當不錯外，其他諸多角色如燕玲、梅劍虹，並沒有太多發揮，同時在情節安排上頗有不合理處（除前已述及者外，《擎天七劍》既源於天龍門，則應屬漢人武學，則穆、羅雙英何必大費周章以梵文謄寫，還有勞譯介？），但情節緊湊，曲折多奇，還是頗值一觀的。

第二節　短小精悍的《紙刀》

《紙刀》出版於一九七〇年，是高庸小說中較短的一部。高庸的小說向來以情節緊湊，奇峰迭起知名，《紙刀》篇幅雖短，而精湛生動，無論是人物性格、智謀運用及故事轉折，都讓人目不暇給，尤其是懸念的運用，處處疑團，令人愛不釋手，可以說是高庸小說中最精彩的一部。

小說一開始的布局，就頗具引人入勝、欲窺究底的懸念：一個風雨如晦的夜晚，一間老當鋪、一枚紙刀、一個形跡詭秘的馬臉漢子、一管紙條，究竟其間有何隱秘的內情？儘管隨後的答案揭曉，原來這是著名的俠盜集團「旋風十八騎」特殊的連絡方法，而想方設法連繫他們的，則是以燕山三十六寨總寨主「燕山雙戟」苗飛虎為首，「九頭龍王」楊凡、「飛天骷髏」歐一鵬為副的黑道集團，為了謀劫「雙龍鏢局」所保的一趟重鏢，刻意想尋求「旋風十八騎」合作的一次安排。但「紙刀」霍宇寰拒絕合作，雙方議定以黃河為界，各自努力。於是，

高庸的《紙刀》（武林出版）

導出了在武俠小說中常見的「劫鏢、護鏢」的情節模式。當然，在劫鏢者分成兩個陣營，彼此相互忌憚，而保鏢者為護重鏢，也必然廣邀人手，多所防範下，其間鬥智鬥力、各逞機謀的摹敘，高庸寫來已是相當不落俗套了；但是，在「百變書生」羅永湘精心策劃下，旋風十八騎果然技勝一籌，成功劫奪了鏢貨之後，開啟鐵箱，卻不見珍寶，竟蹦出一個活生生的美人！原來，鏢是假鏢，託鏢是假局、引子，用意是在引出霍宇寰一群俠盜，偵查一件命案。

這個假鏢、假局，是劫、護鏢三方的人都蒙在鼓裡的，設謀者孟宗玉、林雪貞師兄妹，為了探查師父「金刀」許武被一枚紙刀殺害之謎，故意布設此一假局，以「箱中藏人」、「琉璃指路」的技巧，成功探查出「旋風十八騎」的大本營桃花谷，在得知有兇徒假冒紙刀之名作案後，霍宇寰決定協助這兩位師兄妹探查實情。高庸在此段情節的經營上，煞費苦心，跳脫了俗套，可圈可點，但也不是沒有缺點，最大的問題是，箱中藏人，重量有別，如何能瞞過雙龍鏢局的人？而且，為時兩天兩夜，林雪貞隱匿於箱中，水火之急（大小便），如何解決？作者於此，未免想得太過於順當了。

不過，小說也由此開始轉向類似偵探小說「追兇」的布局，而也正此處，正式展開了「紙刀」的主要故事內容，其間波詭雲譎，屢生波折，而環環相扣，也展現了高庸不凡的才思。

霍宇寰此時化身為一名偵探（但不是全能的，有賴於其他兄弟，尤其是羅永湘的輔佐）。據孟宗玉師兄妹所述，金刀許武之死，極可能與他月前在蘭州所購的一幅「寒塘百鯉圖」有關，而蘭州城的「鬼眼」金沖卻是最具賞鑑力的專家，因此，十八騎兄弟風塵僕僕趕赴蘭州嘯月山莊。

金沖在此書中出場不多，卻是個極重要的穿針引線人物，先是懼禍詐死，後來竟真的被人毒死，而連帶引出了許武購買百鯉圖時在場五人——金刀許武、東關賀家、凌雲堡馬家、單家牧場、鬼眼金沖，全都在一個月內死於非命的離奇命案。於是兵分兩路，由羅永湘赴單家牧場查探，經歷險境，獲得了與「百鯉圖」有關，又與這些人相識的蘭州儒醫曹樂山可能是重要關鍵人的訊息；另由霍宇寰帶鐵蓮姑、林雪貞實地前往河間府許家勘察，發現百鯉圖居然連一條魚都沒有，卻有一對金鳳玉鐲與「金鳳現，百魚飛」六個字的線索。究竟曹樂山與整個事件關係如何？百魚圖是怎麼回事？金鳳玉鐲有何作用？都緊緊挑弄著讀者的心思。在這兩段情節中，單家牧場詭異的「人死復生」情境及險厄的密道機關的布設，以及在許府中鐵蓮姑與林雪貞兩女的糾葛心結，都有相當精彩的描繪。

此時，鬼眼金沖被人毒死，雙龍鏢局及燕山三十六寨的人馬，也聞訊趕至蘭州，在羅文湘定計策劃下，成功擊退兩方敵對人馬。未料，此時又發生冒「紙刀」之名的兇徒，挑了十八騎分舵陳家醬園，並殺害了「九環刀」楊承祖、「八卦刀」魏青松的慘事，而兇器究竟為何，卻是無法得知。於是，羅文湘設計誆騙貪財好利的怪醫「冷面華佗」楚恆的硯形磁石，於死者顱骨內取出了半化未化的暗器，那是一條魚的魚鰭，同時，也隱約察覺到金鳳雙鐲可能與魚形暗器有關。至此，百鯉圖與命案直接發生了關聯。這段情節，羅文湘取代霍宇寰成了主要角色，在設謀擊退雙龍、燕山兩撥人馬及用計誆騙冷血醫士楚恆的磁石上，運籌帷幄，不愧為十八騎中的智多星。

羅永湘因冒名兇徒的再度出現，設計了一個「霍宇寰決鬥霍宇寰」的計策，用「以真亂假」的方式，企圖引發兇徒的好奇心，因而在決鬥現場老鴉嶺布設陷阱，欲捉拿兇徒；同時為防範燕山人馬從中擾亂，以奇兵誘引對方受困於單家牧場；而在一場探查曹樂山府邸的衝突中，因霍宇寰的手下留情，與雙龍鏢局中人言歸於好。萬事具備後，已埋伏人馬於老鴉嶺，可以一舉擒拿兇徒。未料兇徒雖上當受傷，未能逞兇，卻已暗中協助燕山人馬脫困，趕至老鴉嶺，與群雄展開一場混戰，燕山人馬挫敗而去，兇徒卻也受傷遁去，羅永湘隻身追敵，下落不明。這段情節峰迴路轉，雙方各展機謀，相當可觀，而兇徒已是呼之欲出了。

霍宇寰不放心羅永湘追敵，親身趕往相助，路上援救得一女荷花，原為兇徒埋伏之間諜，幾度欲殺害霍宇寰，但卻被「童叟雙奇」中的泥丸童子董香兒識破，未能得逞。霍宇寰於追兇途中，結識得曹樂山胞弟曹樂天，得知曹樂山來歷及野心，已初步認定曹樂山即是兇徒。此段情節著力摹寫霍宇寰的大仁大義，雖懷疑荷花可能居心不良，但仍對她體貼關懷，使荷花非常感動。

霍宇寰幾經險境，終於脫困，偕同十八騎中兄弟及曹樂天，入曹樂山府邸緝兇，卻苦無確鑿證據，而為曹樂山詭計所趁，受困於石將軍府池塘底的秘室。林雪貞與十八騎中人因霍宇寰事起衝突，憤而離去，探知曹樂山為兇徒，欲獨自建立大功，入曹府擒捉曹樂山。曹樂山將計就計，欲假意受擒，欲因此探知桃花谷密境所在，林雪貞不知其底細，貿然押著眾人赴桃花谷。這段情節極力摹寫曹樂山之老謀深算與林雪貞之驕縱任性，相當傳神寫照。

荷花因感念霍宇寰的恩情，決意相助，輾轉將消息透漏給已救出羅永湘的童叟雙奇祖孫。羅永湘大急，立刻與董湘兒赴桃花谷聲援。林雪貞在不知情下引領兇徒入桃花谷，反被擒捉。羅永湘易容成霍宇寰，雙方僵持不下。而此時林雪貞在荷花相助下脫困，與賊黨混戰，曹樂山以魚形暗器殺害羅永湘，十八騎兄弟岌岌可危。此時霍宇寰雖然率眾兄弟趕到，但曹樂山魚形暗器無人可擋，一場混戰，十八騎兄弟非死即傷。孟宗玉提醒林雪貞雙鳳金鐲的用途，姑且一試，竟能破除魚形暗器。曹樂山失其所恃，倉皇欲逃，為群雄所困住。曹樂天趕至，向霍宇寰求情，霍宇寰心知曹樂天不願曹樂山死於外人之手，故亦縱之而去，曹樂天以「彩蛾毒精」與曹樂山同歸於盡。一代兇徒，終於自食惡果。這的梁羽生與金庸，也未必能符合此一標準。在梁、金小說的歷史時空中，除去清代這個時期在衣冠、服飾上的特殊性不論，從初唐、中晚唐到兩宋、明朝，眼尖的讀者必然可以發現，儘管俠客縱橫的時空有千百年的不同，但細味其活動的空間、穿戴的服飾，以及日常家居的環境，乃至法律、政治的規制，幾乎都是大同小異，無區無別的，真可以說是「乃不知有漢，無論魏晉」，使人泛起「不知今夕是何夕」之感。

台灣的武俠作品，由於受到「暴雨專案」的影響，寒蟬效應擴散，作家更以「去歷史化」為避禍之道，多數是別闢蹊徑地以虛構時空的「江湖霸業」為主軸，除了少數如獨孤紅之類的作家外，根本就是摹寫一個依稀彷彿的「古代」，表明與「現代」作區隔，就於願已足，更不可能細究此一「古代」究竟「應該」有何具體而真實的面貌了。但是，在軌轍相同的芸芸武俠作家中，卻有一位異軍蒼頭特起的作家，以其精熟的明史知識，為武俠小說締造了別出一格的範式。這就是——雲中岳。

第一節　雲中岳的生平及武俠小說

雲中岳（一九三〇～二〇一〇），本名蔣林（又名姬興），廣西南寧人。其父為名醫，又愛好舊籍，家藏古籍無數，故自幼即深受濡染，奠定了深厚的史學基礎，對武俠小說更是深感興趣。一九六〇年底，胡適之在台北世界新聞專科學校發表的演說中，提到「武俠小說是下流的」，雲中岳對此深不以為然，遂發願未來一定得創作出能令學界刮目相看的武俠作品不可。但他從早年起就投身軍旅，服役於某秘密單位教授武術，以隱密為要，未敢多作更張，只能在服役期間，一方面精研明清歷史，一方面即留心於武俠作品，另一方面亦私下著手創作。一九六三年，首部作品《劍海情濤》於黎明出版社出版，次年，又發表《傲嘯山河》，頗獲好評。

直到一九六四年以少校退役。即擺脫俗務，專事武俠創作，作品大多由四維出版社印行，與柳殘陽同為四維的兩大台柱。在台灣武俠小說名家中，雲中岳博聞強記，學問根柢深厚，尤其對明代歷史及邊裔之學，鑽研甚力，掌故、史實、考據，乃至山川地理、風土人情，於小說中皆歷歷分明，堪稱為武俠小說名家中最「寫實」的作家。雲中岳的武俠小說屬「以古復古」的寫實，以古代（尤其是明代）為背景，藉由他精研明、清史料的宏博學識，不留痕跡的完整呈現了明代社會、法律、制度的實際情況。在這一點上，雲中岳的表現可以說是武俠小說作家中無出其右的，駸駸然有直追歷史小說名家高陽的實力。

雲中岳的小說，凸顯了武俠小說中另一種「不一樣的江湖」，在他的江湖中，所謂的「正義」，其實是相當荒謬的，雲中岳對「藉武行俠」的意義與價值，每多質疑，而於書中俠客「人在江湖，身不由己」的處境，有相當深刻的揭露，即此塑造了他小說的特色。他用力甚勤，直到二〇〇〇年封筆為止，共有八十餘部的作品面世，其中《亡命之謌》（一九六五）、《大地龍騰》（一九六六）、《絕代梟雄》（一九六七）、《八荒龍蛇》（一九六八）、《匣劍凝霜》（一九六九）、《草莽芳華》、《大刺客》（一九七六）皆屬上乘之作。

雲中岳的《絕代梟雄》（武功出版）

茲將其重要作品述評如下：

此外，還有勢力平平，卻也在江湖中舉足輕重的四海龍神夏承光，其女白衣龍女夏苑君，與蔡文昌有一段愛恨交加的情愫。

蔡文昌的成長過程，與其他武俠小說的俠客有很大的不同，多數的俠客在出道江湖之時，就擁有高強的武功，並憑藉此武功行俠江湖，雖偶爾會有波折困頓，但很容易就聲譽鵲起，贏得江湖道的尊重，建樹起功名。但蔡文昌卻是「小人物奮鬥史」的模式，從混跡於江湖黑道開始，就一身傷痕累累的遭受到各種無情的打擊，雖然也行俠仗義，卻是出之以強橫的手段，與正統俠客大相徑庭，因此毀多於譽；由於屢受欺瞞及陷害，蔡文昌對江湖正道人士亦無好感，行事偏激，豁命而為，「亡命客」的綽號正代表了他不顧一切的蠻幹精神。在各路黑白兩道中，對蔡文昌真正發生影響力的有四人：黑魅谷真、非我人妖梅林公子、黑鐵塔范如海以及官宦千金施玉英。

「黑魅谷真」和「非我人妖梅林公子」都是江湖中聲名狼藉、亦正亦邪的高手，前者以色相誘人，讓蔡文昌幾乎不能自拔，後者挑撥離間，並有意以情慾加以牢籠，這使得蔡文昌初入江湖，就沾染了濃厚的邪氣以及不良的聲名，他之所以任性而為，不計毀譽，正是由於此二人的影響，為了達到目的，蔡文昌是不惜運用各種令人側目或不屑的手段完成的。所幸蔡文昌一靈不昧，心中猶有善根，尚不至於一往而沉淪，但也無疑形塑了他邪僻怪異的行事風格。小說中一開首江湖人士誤以為蔡文昌已死，替他樹立的碑文寫道：「亦正、亦邪、亦俠、亦盜。亡命天涯，遊戲人間。是耶非耶？見仁見智。敵耶友耶？存乎其心。」正說明了蔡文昌令人又恨又愛的行止。在江湖人士心目中，蔡文昌是顆彗星，突然而現，導致了江湖上許許多多的紛爭，令人畏而懼之，但他經空而現，華麗的光芒搖曳，卻也令人驚豔而嘆惋。

蔡文昌的不昧之靈，頗賴於他的好友黑鐵塔范如海的鞭策。黑鐵塔是江湖十三大高手中四空聖尼的姪兒，豪放曠達，嫉惡如仇，但在粗豪的外表下，實際上卻擁有深沉的智慧和正氣。他與蔡文昌是患難之交，但不苟同於蔡文昌的邪僻行徑，時時予以規勸，甚至不惜翻臉無情，與蔡文昌大打出手。他是蔡文昌即將沉淪於邪道之海的一椿浮木，有這根浮木支撐，蔡文昌方能免於在江湖中的滅頂之災。不過，真正能讓蔡文昌在驚濤駭浪的江湖中全身而退，拉挽而出的卻是出身官宦之家、手無縛雞之力的施玉英。

施玉英是致仕官員施若葵的女兒，蔡文昌先是誤入香閨與她遭逢，後來又因受傷沉重，蒙得她三天的細心照料，感受到他生平從未有過的「正眼相待」，因此感激且暗中慕戀於她。但因自己身負盜賊之名，自慚形穢，不敢與施玉英有若何感情糾葛，下定決心作一個暗中護翼的仰慕者。蔡文昌生平率意任性，從不聽人勸說，但只要施玉英一句話，他就乖乖俯首聽從。施玉英不喜殺戮見血，對蔡文昌諸多規勉，這使得後來假死復出，意欲大開殺戒以在江湖立威的蔡文昌，百鍊金鋼化為繞指柔，書末寫道，「這位桀傲狂野叱吒風雲，單人獨劍敢向天下英雄叫陣的青年人，在施姑娘的柔情撫慰下，卻成了溫順無比野性全消的文靜大孩子」，從此不再有爭霸江湖之想，江湖去來一遭，蔡文昌經此洗禮，反璞歸真，全仗施玉英之力。

《亡命之謌》一書，人物眾多，紛紛淆淆，但在雲中岳筆下，以蔡文昌貫串到底，結構井然，除了鮮明的刻劃出蔡文昌性格之複雜變化，令人印象深刻外，其中幾段兒女情長，如白衣龍女夏苑君與蔡文昌多次的衝突與誤解、方小娟對蔡文昌的始終如一、施玉英與蔡文昌相敬相知，也寫得入木三分，甚至如黑魅谷真和非我人妖對蔡文昌的情緣，都婉轉曲折，在雲中岳的小說中都是難得一見的。更值得注意的是，《亡命之謌》採用了武俠小說中少見的「倒敘」筆法，先以蔡文昌假死、江湖人士樹碑憑悼、蔡文昌化身老人向孩童述說自己的故事開始，然後倒轉回去，長篇幅地講述蔡文昌的前半生經歷，最後才又歸結到蔡文昌復出、雪恨、歸隱的情節，在運用上雖稍嫌呆板，但卻也讓人耳目一新。

「鐵拳如電，劍上光寒，歷劍海，闖刀山……，飽嘗了人間辛酸冷暖，走遍了宇內萬水千山，亡命人海兮，悽復悲；壯士一去兮，幾時回？」這首書中不時出現的「亡命之謌」，語調悲愴，可謂是書中主角蔡文昌半生闖蕩江湖的寫照，但是，水深波浪闊，江湖畢竟不是可以安身立命之地，雲中岳的武俠向來是反俠客、反江湖的，這首悽愴悲涼的〈亡命之謌〉，曲終人散，在君山洞庭，蔡文昌偕同施玉英、方小娟、夏苑君，從炫麗歸於平淡，也許，當初矗立在虎頭峰下的碑石猶在，但也應是很遙遠很遙遠以前的事了。

二、《八荒龍蛇》

雲中岳的《八荒龍蛇》（四維出版）

雲中岳的武俠小說，幾乎全以明代為大背景，上自太祖，下迄明末清初，無不涵括在內，其中著墨最多的，就是明世宗嘉靖皇帝，而鋒矛所向，則直指在《明史》中位列「六大奸臣」之首的權相嚴嵩。《八荒龍蛇》就是其中最具代表性的作品。

嚴嵩的評價與功過，目今學界的論斷不一，甚至有不少為之平反的聲音，其中尤其是以其故鄉分宜的學者呼聲最烈，充分展現了歷史評價的弔詭。不過，自明代學者王世貞撰寫《嘉靖以來首輔傳》，對嚴嵩大力抨詆，且撰述戲曲《鳴鳳記》四十一齣，極力表彰與嚴嵩對抗的「雙忠八義」以來，大抵論評已定，嚴嵩的奸臣形象，以及其倒行逆施、誣陷忠良、貪財受賄的行徑，已根深蒂固地厚植於人心之中，難以搖撼。《八荒龍蛇》，基本上就是依循如此的觀點展開創作的。

全書一開首即標明「大明嘉靖三十二年春正」（一五五三），顯然是有特殊用意的，因為就在這年正月，兵部武選司郎中楊繼盛行向嘉靖呈上了著名的《請誅賊臣疏》，劾嚴嵩「五奸十大罪」，卻為嘉靖論處下獄，備受折磨；也在同一年，海賊王直（汪直）引倭入寇東南海疆，為總兵俞大猷所敗，竄逃日本。這兩件歷史大事，作者雖未明敘，但卻可以說是《八荒龍蛇》全書的大經大緯，蓋全書的負面角色，以嚴嵩及羅龍文為主，楊繼盛之劾嚴嵩，可視為嚴嵩勢力逐漸削減的徵兆，前此雖有錦衣衛經歷沈煉之上疏論嚴嵩「十大罪」、南京御史王宗茂之劾嚴嵩「誤國八罪」，但沈煉被廷杖且坐謫保安，王宗茂貶謫平陽丞，並未搖撼到嚴嵩的地位，此疏之上，坐實了嚴嵩的奸與惡；而王直之通倭，則攸關於羅龍文的定罪。從史書記載而看，王直與羅龍文同為徽州歙人，關係頗為密切，故王直敗後，繼起的徐海、陳東原為王直麾下，也是歙人，故胡宗憲奉旨勦倭，就大膽起用時為太學生的羅龍文從中穿針引線。

羅龍文附翼於嚴嵩父子，故於嚴家事敗後，也與嚴世蕃同以通倭罪名被斬。嘉靖三十二年，本書的主人公柴哲年方十歲，書中的大反派羅龍文已經以嚴世蕃的心腹出現，正追殺著被貶的御史王宗茂。《八荒龍蛇》先以此帶出書中正反兩派最主要的人物柴哲及羅龍文，可謂頗具畫龍點睛之妙。不過，據相關史料，羅龍文之崛起，並附翼於嚴嵩，應在嘉靖三十五年胡宗憲定計除去徐海、陳東、王直，東南海疆倭患平息之後，時間略有參差。

這些歷史大事，構築了全書的大背景，但此書並非歷史小說，故對這些相關史事，大抵都是虛寫，而著力於武俠小說慣用的手法，將重心放在江湖中黑、白兩道的人物，如何附翼於嚴、羅二人，為其鷹犬，同惡相濟，以及如何維護正義、忠良，與嚴、羅相抗衡的事跡上。

《八荒龍蛇》的故事，可以分成兩個部分，第一部分是寫年方十歲的柴哲，由於遭受到嚴世蕃爪牙羅龍文的迫害，又被縹緲神龍徐方擄掠至湘西苗疆大天星寨，被迫訓練成為殺手；成長到十六歲後，奉派隨同以古靈、端木長風為首的殺手集團，從湘西出發，越過四川，西抵松藩高原，北到青海星宿海，就是為了搏殺當初上疏揭發嚴嵩十大罪，而被論處下獄致死的錦衣衛經歷沈煉之子沈襄。

柴哲精通西蕃地理，且沉潛內斂，聰敏謹慎，雖在眾人之中位階最低，卻無形中成為隊中的領袖。一路上高山峻嶺、雪原冰峰，程途艱辛而困頓，既有不肖漢人官民的凌逼與挑釁，又有蕃、蒙等少數民族的衝突與廝殺，逐亡奔逃，屢生波折。所幸柴哲稟性仁厚，性格堅毅，不但困境一一克服，贏得了蕃蒙少數民族的信賴，更無形中也感化了偕行的殺手（端木長風除外）。也正因此，柴哲得道多助，既有雪山三君、無為居士解元魁的協助，還獲得斑竹簫安閒雲傳藝，更有烏藍芒奈山裴岳陽等群雄的奧援。而到最後，當柴哲得知其奉命追殺的是忠臣之後的沈襄，而其所屬的殺手集團實乃為虎作倀的黑鷹會，遂義無反顧的與黑鷹會絕裂，反過來與諸邪對抗，與沈襄及保護他的正道高手，一起託庇於烏藍芒奈山。

雲中岳本身是國軍特種部隊的搏擊教練，訓練部屬，強調的是如何於險惡艱困的情境下，自救並擊潰敵人，故此在這部分中，面對西蕃大雪冰封、山巒險峻，而又強敵環伺的險境，雲中岳充分發揮了他所精擅的戰技，因地制宜的設計了許多精采而激烈的戰鬥場面，尤其是在藍雕旗堡寨中，外有上千名驍勇善戰的藍雕旗人圍攻，而內部又有彼此心懷詭詐、別有所圖的六撥離心離德的人馬，不但考驗著柴哲的判斷力與智慧，更展示出雲中岳別有所長的實戰經驗，寫起來緊張、刺激而又有條不紊，相當的精采。第一部分在萬般險境皆安然度過，柴哲的上司黑鷹會首腦端木鷹揚與他們會合後，情節急轉直下，柴哲發現了黑鷹會刺殺勾當的不義，奮而與黑鷹會絕裂，反而護衛沈襄一行人至烏蘭芒奈山安頓。

第二個部分，主要是敘寫在柴哲逆轉後，隱居烏藍芒奈山，與裴雲笙情感漸濃，在將其父母也接至烏藍芒奈山後，一對俠侶入江湖歷練，而以追尋羅龍文為主線。此時柴哲的主要對手為黑鷹會的會首端木鷹揚及背後隱隱操控著黑鷹會的嚴嵩。故事藉著嚴嵩被罷後，以重金賄賂伊王，然又不甘財物損失，故暗中派黑鷹會攔路搶奪，伊王自也多所防範，而更複雜的是，許多江湖黑道人士聞風而至，皆欲染指，故形成多方爭奪，爾虞我詐的局面。黑鷹會派出端木長雄夫婦假意與柴哲論交，曾帶給柴哲許多困擾，所幸在烏藍芒奈山諸長輩暗中維護下，且又感化了黑鷹會以徐方、古靈為首的眾人，故終能化險為夷，最後大鬧袁州嚴府，會同俠義道朋友及官軍力量，將嚴嵩、嚴世蕃、羅龍文等一干首惡，交付國法制裁，而與裴雲笙飄然遠走，回到烏藍芒奈山歸隱。

這一部分，是作者有意塑造柴哲英雄的一面，建樹柴哲的江湖功業，因此刻意安排了眾多波詭雲譎的場面，處處對柴哲加以考驗，而柴哲以其仁厚的性格、堅定的意志及高強的武功，一一克服了其中的難關。除了虛構的江湖人物角色外，歷史人物在這部分佔了極大的份量，如林潤、郭諫臣等反嚴嵩勢力的官員及嚴嵩、嚴世蕃、嚴年、彭孔等，都一一現身，結局也都依照《明史》的敘述交代清

理形成莫大壓力，造成他自卑自憐又自暴自棄的心理，這使得他雖然屢有俠女情緣，卻始終不敢面對，直到最後才紓解了心結。江彬在書中並未出現，但卻有個「代言人」、「代動者」，那就是良鄉的岳家兄弟（主要是岳璘）。

岳家兄弟因其舅重傷，未獲艾文慈之父神醫艾天華的救治，因而致死，故對艾家積恨在心，因此主動向江彬請纓，千里追緝艾文慈，更廣邀天下白道名宿，對艾文慈展開圍捕，甚至不惜與黑道玉面神魔郭芳芝勾結。白道英雄如岳家兄弟、神劍秦泰、擒龍客蕭哲等人的自私自利、剛愎自用、意氣之爭，對艾文慈形成絕大的壓力，卻也是作者雲中岳刻意嘲諷的對象，這與雲中岳小說對所謂的白道俠客之否定，若合符節。

不過，本書卻也沒有一竿子打翻一船人，還是描寫了以玉龍崔培傑、黃山天都老人雲樵、潛山樵徐海平、中原一劍楊世超、冷魔東方超為首的俠義道中人對艾文慈明裡暗裡的協助與支援，其中原本以追捕通緝犯為業的「賞金獵人」四海狂生張明，在得知艾文慈其實曾經救援過他，心存報德之念，後來反過來暗中相助一事，基本上也為白道俠客掙回了一點顏面；即便是處處為難艾文慈、翻臉便無情，拿著雞毛令箭以報私怨的岳家兄弟，雖是罪魁禍首，但在最後當岳璘發現他的所作所為將會使良鄉岳家遭到凶彊的報復時，他也能一肩承擔罪過，願意以一死換取諒解，猶不失英雄本色。白道人物，在雲中岳筆下，其實正是用以凸顯如艾文慈等不以俠客自命，而所行無非俠義的「真俠」的風骨與氣度。書中主角艾文慈，就是在如是的復仇之路上，不斷成長、蛻變，而展現了他強硬剛毅，而又不失仁厚廣德的精神與面貌。

一明一暗的兩道復仇之路，讓艾文慈備嘗艱辛，為了秘密查探賊寇下落，同時逃躲官府的追緝，他不得不屢易姓名（李玉、周昌、胡峰、南鳴、王縉等）變換身分（漁人、馬販、郎中、商攤等），潛藏於一般老百姓之列，而也因此在他遊蹤之所及處，無論是南京、山東、江西等地，皆頗能藉此與中下層級的百姓接觸，作者也藉此鉤繪出明武宗正德晚期社會的形形色色，如稅吏的橫行跋扈、自命清官的酷吏之剛愎、明代馬政的苛擾、錢鈔制度的紊亂等，於敘述中兼施批判，亂自上作，民何聊生？艾文慈最後終於體認到，他切齒痛恨的賊寇，其實都是逼不得已而聚眾造反的，因此對他們網開一面，而將劍鋒指向真正導致天下大亂的統治階層，最後則是以翦除即將叛變的寧王朱宸濠的羽翼，為自己尋求到了生命的定位。

發生於正德十四年（一九一九）的「朱宸濠之亂」，僅僅持續了四十三天就迅速為王守仁所戡平。這段史事在全書中並未出現，但朱宸濠蓄謀已久，朝野共知，唯獨正德皇帝予以優容。在叛亂之前，朱宸濠蓄養亡命、橫徵暴斂、違制稱旨、鏟除異己、勾結朝官，雖是多行不義必自斃，但如非朝廷昏暗、奸臣當道，亦未必不能消於未萌之先。在本書中，雲中岳以玉面神魔之偽善狡惡、布羅黨羽間接摹繪了朱宸濠蓄納亡命的不法之舉，而又藉岳璘等白道英雄與之暗中勾結，隱喻了朝廷的縱容與鉤串，矛頭所指的對象，其實已是呼之欲出了。故事的結尾，則是以艾文慈識破玉面神魔的陰狠面目，以馭劍之術鏟除巨憝，並迫使岳璘認罪悔過告終，艾文慈也終於破繭而出，消憤懣、除迷障，找到了自身的定位。

《匣劍凝霜》一書，以艾文慈為唯一主角，隨著他的遊蹤貫串全書，故事緊湊，不枝不蔓，而又能深刻摹寫身為一個法律所不能容忍的通緝犯，在面對復仇大義與律法限制下複雜而艱難的情境，內心的矛盾、衝突與困惑，以及他因天性的仁義，而逐漸擺脫仇憤，蛻變成長的過程；更藉其遊蹤，鋪展出一個君暗臣亂，賊寇橫行；官腐吏貪，民難聊生的明代中葉政治、社會實況，既可當小說讀，也可當野史看，不僅在雲中岳的小說中允為上乘之作，就是放諸武壇，亦是不可多得的佳作。

不過，《匣劍凝霜》的書名，與內文相較，似未盡貼切。蓋「匣劍」一語，當指本書主角艾文慈，一如「匣劍帷燈」般，雖身處幽暗之地，而未能掩其光芒，從全書對艾文慈的摹寫中看來，他從一個志切父仇、痛憤鄉梓遭滅，而追擊元凶、禍首，而成為全國海捕廣緝的通緝犯，到最後學藝有成、恩德廣施，終於獲得江湖認可的經歷當中，倒是頗能名副其實的，這點，在書中三十九章敘及艾文慈擅用的「日精劍」時，明確指出，「光氣是掩不住的，形容這種現象有一句成語，稱『匣劍帷燈』，也用來隱喻人的才華是掩不住的。寶劍在匣，明燈在帷，劍氣潛騰，燈光暗映」，而日精劍正是深藏於艾文慈行醫所用的金匣底層下的，曾多次發揮了極大的功能，並藉此而誅除了巨憝「玉面神魔」郭芳芝。

劍是俠客的象徵，故以「匣劍」為題，正能隱喻主角，這是沒有疑義的。不過，「凝霜」二字，關涉到的是書中東方「凝雪」及外號「飛霜」的雲璣，此二位女子雖然在書中亦非虛設，但是凝雪在本書中僅於開首不久出現，曾與艾文慈有過一段交往，但後來艾文慈懷疑她別有居心，便悄然離去，情天留恨，凝雪雖對艾文慈相思難忘，但後來都與他未有交集，直到書末，才又翩然出現，冰釋了這樁誤會，但此時的凝雪，已經知其緣不永，而移情於崔瑜了；至於飛霜，一開始出現時，即惑於一再與艾文慈為難的岳璘，對艾文慈殊無好感，更因妒恨，協助岳璘追捕艾文慈，雖然在書末終於了解了艾文慈的為人，且發現了岳璘的本來面目，幡然悔悟，反過來幫助艾文慈，但是卻未在全書中佔有多少份量。本書出現過五位女俠（另一位章敏姑為柔稚的弱女），除凝雪、飛霜外，還有與她們並稱的「隱紅、逸綠」，以及崔雙雙，份量較凝雪、飛霜為重不說，且逸綠與雙雙最後都被安排嫁給了艾文慈。

凝雪與飛霜的命題，顯然是有些不符內容的，推測應該是作者在寫作的過程中轉了方向所致。平心而論，雲中岳不擅長寫情感戲，故對此五女，著墨皆不算深，最後對隱紅的「情歸何處」，也未作安排，是本書不小的憾事。

四、《大刺客》

《大刺客》的時代背景，大約以明神宗萬曆廿六年（一五九八）後的明代亂象為主。當年，神宗以國家財政不足為由，奏准趙承勳之請，於全國派出宦官任「榷稅」大使，極力搜刮民財，所至之處，橫徵暴斂，民不聊生，甚至還激起民變，其中的高寀、李鳳、梁永、陳增等，都是殘刻貪婪無比的太監，雲中岳在他的小說中，如《劍在天涯》、《湖漢群英》中，都曾經提及號稱「梁剝皮」的梁永及「陳閻王」的陳增，《大刺客》則專以「梁剝皮」在陝西狂暴殘狠的行跡為主要脈絡，而因其殘虐百姓，故激起了江湖俠義人士企圖以刺殺方式除此大害的行動，「大刺客」林彥則是其中最讓梁永聞名喪膽的。

《大刺客》全書的架構，可以區分成三個大段落，而以林彥刺殺梁永為主要脈絡，第一個段落佔三十章，主要敘述林彥如何與梁永手下的爪牙周旋，積極謀劃刺並進行刺殺梁永的過程，而以翦除以毒龍石君章、智囊王九功為首的江湖助惡匪徒，終以御史余懋衡上章疏論梁永之罪，梁永被召返京師，告一段落；第二個段落佔八章，是林彥改絃易轍，不以直接刺殺梁永為手段，接受狂劍榮昌的建議，企圖以瘟毒讓梁永因病而亡，以免連累地方官紳，開始奔波千里，尋訪十方瘟神符安的過程；第三個段落佔十章，是梁永返歸京師，故布疑陣，林彥與諸俠義道中人與千面客聞健、黑狼會、一衛兩廠中人門智鬥力的過程，而以逼迫梁永吞服毒丸終結全書。

全書牽涉到的人物極多，虛構及歷史上的人物交互穿插，如走馬燈般輪轉，一連串缺乏創意，又無足輕重的人名、外號，旋起旋滅，頗讓人眼花撩亂。平心而論，這是雲中岳小說最大的弱點。《大刺客》書中的人物，主要可分成幾個陣營：（1）以梁永為首的集團，第一段落，主要是轄下的毒龍石君章、智囊王九功、四客、十一道、蘭宮綠苑，以及為數甚多的助紂為虐的江湖黑道邪惡之徒；第三段落，則有千面客聞健、黑狼會，及一衛兩廠中的高手。（2）以鐵面御史余懋衡為首的正派俠客集團，有鐵膽郎君、毒王、八荒神君等高手；（3）未加入余御史陣營，卻以刺殺梁永為職志的遊俠，如林彥、虬鬚丐、四海遊龍爺孫等人；（4）夾雜在此三陣營中，因江湖恩怨（主要針對林彥之叔狂劍榮昌而來）介入的無影門中人、關中群雄、晉北豪客等。這四撥人馬，各具實力，各有立場，在人物性格的設計上，除了林彥外，都頗為扁平，模式化的趨勢甚為明顯，但卻在本書中各自承擔了許多不同且重要的功能。其中第四類的人馬寫得較弱，但既是武俠小說，江湖恩怨也必不可少，姑不具論，以下針對前三個集團加以申說。

雲中岳熟諳明代歷史與掌故，其精熟之程度，不但於武俠作家中無出其右者，即便相較於鑽研明史的學者，也未必遜色多少。梁永是萬曆二十七年奉派至陝西的榷使，在《明史》、《明史紀事本末》、《陝西通志》等史籍中都有記載，在《大刺客》書中，雲中岳以扼要方式所說明的梁永惡跡，如：

> 皇帝老爺為了要錢，不信任戶部的官吏，不信任滿朝文武，而直接派出百餘名太

監至天下各地，直接向百姓小民抽稅，名義上稱為稅監、鹽監、礦監等等，他們卻自稱欽差，地方官一概不准過問他們的事，連各地的親王世子也禁止干預。他們每年加的稅多得嚇人。以西安來說，今年就比去年增加八成。十年來，西安破家的平民與士紳，總數不下三千五百戶。去年秋稅增一倍，激起三次民變，死傷軍民一萬六千人，兩位知縣大人被殺，三名被革職，一名自殺。一名知州被囚入天牢，一位巡撫被撤職。——**《大刺客》第二章**

梁剝皮荼毒陝西，屠人盈野。他所設立的督稅署，養了幾百名所謂稅丁，欽差府裡豢養了三百餘名的高手統領班頭，地方官一概不許過問稅務。假傳聖旨居然兼領鎮守使，親領一衛親軍，公然帶兵四出劫掠各地富裕城鎮，綁架勒索無所不用其極。遠掘各地古陵窖藏，墳場白骨遍野。所搜括得來的金銀，以十分之一送交皇帝收用，十分之九派親信護送至京由梁剝皮的家屬接收。——**《大刺客》第二章**

核對相關史事，幾乎可以說是分毫不差，連小說中敘述到的有關賈待問、滿朝薦等上章彈劾梁永，反因而獲罪，以及梁永手下毒龍石君章、副統領王九功，也都是歷史上真實的人物；甚至細微至萬曆年間的黃金、白銀兌換價之「以一兌八」，檢校明末大儒顧炎武《日知錄》所載，也有驚人的相合處。雲中岳嫻熟明史，信手拈來，綜合載籍，雖頗有虛構，卻儼然形同信史。

藉此集團，雲中岳不但展露了他在史學上的精深造詣，更藉此細摹了萬曆年間陝西因稅監橫行的亂象，如稅丁之霸道、清鄉之殘酷，以及衛所軍人的跋扈等，為本書鋪墊出一個英雄崛起的大背景。其中，黑道人物之貪婪畏死，罔顧道義，狐假虎威，大抵千人一面，缺乏特色，比較值得一提的是在蘭宮綠苑中，頗著意凸顯出蕭婷婷此一女性，她夾雜於父母九地冥君、神荼夫婦為石君章作倀，殺了虬鬚丐，與林彥結下深仇，而偏又欣賞、愛慕於林彥，多次於林彥瀕危時施予援手的情愛衝突中，糾結為難，最後則誤喪於其父之手，使林彥情天長恨，寫得可圈可點。此外，藉此集團，也細膩刻劃了梁永、石君章、王九功之間難免的相互利用、鉤心鬥角，橫生許多波瀾，豐富了不少情節。

余懋衡於《明史》有傳，是揭舉梁永不法的關鍵人物。余懋衡身為御史，自然知道刺殺欽差梁永，是於國法難容的，因此，他們只能循正常的管道、消極的抵制，以蒐羅罪證，加以舉發的方法，對抗梁永。雖明知梁永罪該萬死，也恨不得立即加以碎屍萬段，但囿於國法，投鼠忌器，還是得勸林彥放棄刺殺梁永的企圖。他們愚昧的深信，透過朝野忠臣的聯手，必然可以將梁永繩之以法，解一方之苦難，卻絕對不敢深入去思考，整個萬曆王朝的秕政，罪魁禍首其實正是他們萬萬不敢去觸犯違逆的萬曆皇帝。沒錯，梁永是被迫歸返京城了，可是，萬曆皇帝根本未加以治罪，反而如滿朝薦之類的清官，鋃鐺入獄，被苦虐六年之久，梁永不過回歸御馬監而已。

小說中讓梁永中「瘟毒」而死，規避了歷史的真實，連林彥都知道，除非將皇帝拉下馬，否則類似的禍害將一而再，再而三的上演。余懋衡諸人，當然不敢作如是想，弔詭的是，廿一年後的歷史，李自成、張獻忠兵起山西、四川，終究還是以革命的方式，推翻了大明王朝。儘管當代的讀者會認為余懋衡諸人的愚忠可笑且可憫，但卻是相當符合當代官僚士子的觀念的，而此一觀念，不但影響到了書中的主角林彥，也足以讓讀者更進一步去深思，所謂的「俠客」，究竟應該如何行俠的問題。

以林彥為首的「遊俠」集團，是堅決以刺殺梁永除害的俠客，其中虬鬚丐魯安瀾連續行刺了五六十次都未能成功，最後喪身於蘭宮綠苑之手；四海遊龍龍君崎，亦接連對梁永及其爪牙展開攻擊，而死於石君章的暗器之下，其藝業不算高明，純憑一股血氣之勇，一往無前，實則寡於計謀，對梁永未造成多大威脅。

林彥則大為不同，他一身兼具天癡鍾離雲璣及十一大高手之首狂劍榮昌的真傳，又獲葛老人傳授散手、千手魔君李如松教以暗器，武功之高，令梁永聞名喪膽。全書許多情節，都以林彥謀刺梁永、誅殺爪牙，以及梁永手下諸邪如何搜捕、圍攻林彥為主線。藝業高強的林彥，帶著龍芳，與諸邪周旋，雖入江湖日淺，難免遭愚受騙，但卻極有耐心，也頗具智謀，自是誅除梁永的不二人選。但在整個刺殺的過程中，思想卻有所轉變，與魯安瀾、龍君崎等人一味魯莽滅裂不同，逐漸了解其刺殺梁永後的問題。

余懋衡及環繞在他周遭的白道俠客，都深知一旦梁永被刺身亡，誠如龍杖金劍易天衡所說，「欽差如果被刺死，最少也有百十名大小官吏家破人亡」（十二章），其實還不止此，在暴虐的官府報復下，更不知會有多少無辜的老百姓慘遭荼毒，當林彥在上陽集擊退盤踞在集中的十一道人馬時，「林彥僵在當地，他發覺這些村民神情古怪，沒有人向他道謝，接觸到的全是並不感恩而含有敵意的目光」（十一章），何以如此呢？原因非常簡單，俠客行俠後，可以飄然遠舉，可是這些村民何處可逃？在此，雲中岳雖然對受到明代專制政體壓制的余懋衡之畏首畏尾、循循縮縮未必認同，但「守法」向來也是雲中岳小說中最著意強調的精神，林彥是雲中岳小說較少見的激烈叛逆者，蓋因張小蓮爺孫之死，而轉為偏激，表面上雖不以余懋衡等人為然，不願加入余之陣營，但深心中早已默默接受其觀念，因此在後面方才決定以「瘟毒」的方式除去梁永，既能夠翦除惡宦，又能不連累老百姓，此方為真正智仁勇兼備的英雄俠客。如此寫俠客，儘管雲中岳甚不喜俠，林彥也從不以俠自居，無疑翻轉了歷來武俠小說以除暴安良為職志的俠客形象，這是本書最值得稱道之處。

雲中岳曾自謂《大刺客》是他最滿意的作品之一，以筆者看來，本書儘管人物上頗傷蕪蔓，部分情節也經營得過於草率，如本書最後段落，梁永之故布疑陣，與林彥等人鬥智部分，本是很有發展空間的，可惜未能加以細寫；不過，本書在結合歷史與虛構的功力上，的確可以說得上是出神入化的，這點，在他寫作過程中，因過於貼近史實，被深恐其「以古非今」的警總「關切」過，是足以佐證的；且其摹寫林彥，雖為「刺客」，而其之所以「大」，正是因為他不是匹夫見辱，拔刃而起，或是惡聲至，必反之，純憑血氣衝動，罔顧大體，無視後患的一般俠客，宜乎雲中岳之津津自喜了。

第二節　雲中岳的「反俠」情結

武俠小說以摹寫「俠客」為主，總不吝於以各個不同的角度，讓俠客在小說中有寬廣的發揮空間，俠客堅守正義、直道而行，固然令人崇仰，就是稍嫌莽撞的路見不平、拔刀相助的義氣，也向來備受讀者的讚賞，尤其是對若干憑藉著官方的政治勢力，欺壓良善、荼毒百姓的貪官污吏，俠客以其無畏無懼的精神與勇氣，或刺或殺，予以迎頭痛擊，則是更為人擊節稱賞、人心大快的事蹟。中國歷史上，橫暴殘毒的貪官污吏，史不絕書，不知迤邐流瀉出多少無辜平民百姓的鮮血與苦淚，而礙於制度所限、律法所囿、威權所禁，往往只能隱忍熬煎，默默承受，斯苦斯難，如有一天外飛來的俠客，仗劍鋤賊，殲其魁首，以解民之倒懸，這是何等讓人快慰之事！這是專以「平不平」為能事的俠客之所以普遍獲得認可的內在心理因素，也因此俠客所行所為，也往往正如唐代詩人賈島所寫的〈劍客〉詩一般，「十年磨一劍，霜刃未曾開，今朝把示君，誰有不平事？」充滿了對世間缺乏正義的「不平」之痛憤，一往無前，欲平之而後快。然後，功成不居，事成之後，飄然遠舉，「事了拂衣去，深藏身與名」，何等縱恣，又何等瀟灑！

的確，俠客的無畏與無懼，淋漓盡致地展現出俠客的勇氣與精神，但往往問題也出現在此一「無畏無懼」上。事成之後飄然遠舉的俠客，因其武勇，因其不羈，當然無畏於律法的制裁，亦無懼於官方的圍捕；但是，身在當地，安土重遷，仍然備受律法、威權所羈限的良善平民百姓，該當如何「善後」呢？鋤去一個貪官，難免又來一個污吏，甚至必然會追查前案，即使不是變本加厲，而遷怒、懲戒的手段也絕對是不可能避免的。如是，俠客之愛民，反等於是擾民，甚至於是害民了。

武俠小說是個虛構的江湖世界，在此世界中，律法是被弱化了，因此，讀者也往往只看到俠客縱恣瀟灑的快意身影，而渾然忘卻了其中可能的後遺症。這是一般武俠小說的通病，甚少有作家能作更深一層的摹寫及思考。雲中岳在其間可謂是佼佼者，對一切蔑視法律，憑自己所認定的「正義」而行事的「俠客」，是多所凜懼的。

基本上，雲中岳的武俠小說對「俠」，尤其是小說中以「俠」自命的人物，是採取反對態度的，書中的主角從來不自認是「俠」，也不屑於「俠」這個名稱，但弔詭的是，反而才真正具有令人崇仰的「俠」的風範。

基本上，雲中岳對「武林」的存在，是根本不予認同的，對一般江湖上所推崇的「道義」與「正義」，更是多所質疑，在他眼中，「武林人是不講天理國法的」[1]，至於「行俠仗義」，更是荒謬可笑：

武林人以武犯禁，不足為法，如果學武志在行俠仗義，不學也罷，每個人皆以俠義英雄自居，那將是無法無天的可怕局面，也許天下會太平，但更可能遍地狼煙血腥滿地。——《八荒龍蛇》廿八集，頁七〇，四維出版社，一九六九

一個動不動就拔劍，迷信劍可以代表正義，劍可以解決一切困難的俠義門人，……比一個土豪惡霸更可惡一千倍，可憎一萬倍。遺憾的是，當今世風日下，武林道義蕩然，江湖上卻有太多這種所謂俠義人士，……到底人世間有沒有所謂的公道？——《江漢屠龍》，冊三，頁四八六，皇鼎文化，一九九七

在江湖行俠仗義，說好聽些，那是去暴除奸主持人間正義，說難聽些，那是作奸犯科向朝廷禮法挑戰。行俠與犯法是一刀的兩面，有理性的人善於應用，情理法兼顧，便可互不衝突，兩面相互為用。碰上那些任性、固執、自負、激憤的人，那還了得？手執正義的利刃，認為自己是正義的化身，神的執法人，狠砍猛殺天下大亂，為法理所不容。因此，天下間真正的所謂俠義英雄，幾若鳳毛麟角，求之而不可得，自

1《鐵膽蘭心》第五集，頁十九，四維出版社，一九七〇年。

命俠義英雄，那是欺人之談。——《劍影寒》廿九集，頁六，四維出版社，一九六八

其實雲中岳一樣強調「正義」，但是絕不在口頭上標榜，而是透過具體的行為實踐的，《火鳳凰》中的宋舒雲一肩挑起查探「逼上梁山」內幕的陰謀，只為了不忍見故人之女沉淪歧途；《江漢屠龍》中的林國華定計剷除清廷鷹爪，夾雜在天地會和清廷的民族糾葛中，卻不張揚所謂的「民族大義」，而只為了悲憫那些遭屠戮的村民；《風塵豪俠》中的吳秋華解救了牧場中的一群「牧奴」，並因緣際會，瓦解了明成祖為追緝惠帝下落而布設的天羅地網，主要的還是基於不忍和悲憫。

江湖霸業、武林名位、個人私利，在雲中岳的小說中是相對絕跡的，此所以《亡命之謌》中的蔡文昌，歷經「江湖」的「洗禮」後，終歸隱於林野；《匣劍凝霜》中的艾文慈，最終亦只想當一個平平凡凡的莊稼人；《八荒龍蛇》中的柴哲，也還是只願歸隱於烏藍芒奈山；而《大刺客》中的林彥，亦在顧念到百姓後，改採瘟毒的方式鏟除梁剝皮。

直道而行，義無反顧，這固然是「俠客」本色，但雲中岳筆下英雄，不為行俠而為俠，涉入江湖，或者是奮其怒火，除奸慝、去國賊，都是「不得已」，其真正嚮往的，毋寧是安安份份、規規矩矩的平凡日子，「平凡英雄」，正是雲中岳筆下「俠客」的共同風格。

在此，雲中岳真正關注到的顯然是「法律」的問題，人為的法律儘管可能有缺憾，但無疑卻是穩定社會秩序最重要的手段。法律代表的是公權力的威嚴，是社會大眾的最低底線，「正義」的要求，雖往往超乎法律，卻也必須以法律為基礎，而俠客的所作所為，在武俠小說的世界中，是完全挑戰到這個底線的，如果任由俠客憑藉著自家所認定的「正義」率性而為，置法律於度外，難免就會產生如墨

子所說的「一人一義，十人十義」的混亂狀況，而連帶著所謂的「正義」，也就形同虛設了。武俠小說的世界向來是「法律弱化」的，無論是惡人、善人，都可以蔑視法律如無物，雲中岳是軍旅出身，格外重視「紀律」，雖也讓他筆下真正的俠客會突破法律的框架，卻始終強調其「不得已」之處，而最後必然回歸於「法律」的規制之下，這很明顯是對武俠小說的一種突破，也是別有用心的。可惜的是，雲中岳畢竟不是思想家、哲學家，對所謂「正義」的問題，還是沿襲著一般世俗的觀點，而未能更深一層去思考、剖析所謂「正義」的問題，直到二〇〇〇年後的孫曉，在《英雄志》中才有所發揮。

第三節　雲中岳的武俠與歷史

台灣的武俠小說向來具有「去歷史化」的特色，但雲中岳從第一部作品開始，就別出心裁地以完整呈現古代的時空場景為追求目標。藉歷史場景敷演故事，其實早在明清俠義小說、民國舊派武俠小說中，即已屢見不鮮；新派崛起後，從香港的梁羽生、金庸到台灣早期老作家郎紅浣、成鐵吾，亦隱然繼承此一優良傳統。其鋪陳手法，通常若不是取歷史傳說、人物為主線，借題發揮，就是以某個時代為粉底，作為主角活躍的大背景；即便將若干政治上的重要事件引逗而出，也是點到為止，無心細述；其心力皆集中於摹寫「英雄如何創造歷史」之上，未遑顧及當時的社會、風土、人情的真實描摹。此法雖云「借古人生事」，惟讀者於閱讀之際，不過恍惚地感受到「歷史」的影子，而無從得知當時的實際生活狀態。

雲中岳的手法則明顯有所不同。他的小說人物是「如實」地存活在其所屬的時代之中；舉凡山川地理的形勢、城市鄉里的變遷、名物制度的沿革、工商百業的經營、日用生活的百態，都是雲中岳亟思完整呈現的。雲中岳以他宏博的腹笥、精深的學養，綜理爬梳，構築了他武俠小說別具一格的「歷史江湖」。

雲中岳的「歷史江湖」，在史事的選擇上，以明代與清初為主，尤其是明代，從洪武年間到天啟年間，是他最擅長摹寫的時代。眾所周知的，明代是中國封建專制政府秕政罄竹難書的一個朝代，君不君、臣不臣、太監宦官橫行天下；官不官、民不民、盜賊流寇烽煙四起。雲中岳的小說通常都先勾勒出這樣的一個大背景，然後以細膩的筆致，轉向對當時市井、社會的實況描摹；而重點則在凸顯出在諸多的秕政之下，整個社會、人群所遭受的種種磨難。其小說中的主角，通常是淡薄名利，與鄉土、社會緊緊連繫為一的「平凡英雄」——寧可安分守己、戮力本業，當殷實的商人、小販、遊方郎中、道士，而不願涉入江湖，過那刀頭舐血的日子。因此其小說中的主角，實際上經常徘徊於正常社會與江湖之間。江湖在此不完全是虛擬的，行走江湖其實無異於行走社會，處處受到舊有規範的制約。在雲中岳的小說中屢屢出現的「路引」，是極明顯的例子。

「路引」是舊時代百姓行旅的憑證，漢代以來即有，稱為「過所」，明代實施保甲制度，管制極嚴，《大明會典》中規定，「若軍民出百里之外不給引者，軍以逃軍論，民以私渡關津論」[1]，凡欲穿州過府、行遠越境者，皆必須向當地衙門申請憑證，詳載姓名職業、居里年歲，以備各地官廳盤查、繳驗。這是當時掌控人口流動資訊、維持治安的重要措施，故天啟年間憺漪子所輯的《士商十要》第一

1見《大明會典》。

條，即特別強調「凡出門，先告路引，關津不敢阻滯」[1]。在一般的武俠小說中，英雄俠客縱意馳騁、行俠江湖，似乎興之所至，即可無所羈絆，快其逍遙之遊；這自然是「想當然耳」的一種虛構。雲中岳謹守當時法令，以「路引」限制了書中人物的行動，無疑有意拉下英雄的身段，讓他回歸於現實、平常的社會。而書中申請路引的描寫，往往皆集中在主角人物，更可見雲中岳是如何渴欲塑造一種「守法俠客」的形象。俠客一旦願「守法」，自然須遠離江湖，渾融於社會之中。這正是雲中岳小說的基調，也是他「江湖寫實主義」的出發點。

如此實寫，無形中就將當時整個社會的政治、經濟、生活狀態，與英雄俠客的生涯連繫在一起。在雲中岳的小說中，英雄俠客仗義行俠的對立面，往往並不是出自想像的、概念化的強梁惡霸、土豪劣紳或盜賊匪寇，而是在實際上導因於明代腐敗的政經制度而產生的種種不公不義現象。他意欲凸顯的，不是個別的、特殊的反面人物，而是普遍存在的問題本身。

多數的負面人物，有時根本不具名姓，即使有名有姓，在書中可能占有重要分量，但基本上只是一種象徵——有此秕政，自有此人物。因此，雲中岳小說中的負面人物之多，俯拾即是，幾乎有「野火燒不盡」的趨勢；而英雄俠客也不像其他武俠小說一樣，具有一掃妖氛、肅清江湖的威勢。他們所面對的，是整個制度面的問題，而且不是單憑一時的仗義行俠就能解決的問題。在雲中岳筆下，江湖乃是非之地，亦是社會的縮影，而源頭則來自整個政經制度。

因此，縱恣快意的場面不再，意氣風發的豪情不再。雲中岳筆下的英雄，總陷於重重的危難之

1見《士商十要》。

中，無所逃遁於天地之間；最終只好選擇「退隱」一途，安於無奈，甘於平凡。《匣劍凝霜》中的艾文慈就是個極有代表性的例子。

《匣劍凝霜》以明武宗時劉六、劉七侵擾河北為大背景，相當忠實地描繪了當時官匪不分、百姓橫遭荼毒的現象。艾文慈一家在大亂之際遭毀，全莊受屠。他志切復仇，時匪時兵，亟欲追尋罪魁禍首，但也因之為官、匪視為眼中釘。千里奔波，緝兇亦遭追緝，莽莽江湖，只能踽踽獨行。書中藉他四處變裝（郎中、馬販、攤販）覓仇的經歷，和盤托出明代社會在秕政影響下的實際狀況；其中寫到稅吏橫行、四處畿徵（抽稅）的情景，熟讀明史的讀者，幾乎有恍然回到明代的身歷聲之感。艾文慈心存仁義，免不了於忍無可忍之際，行俠仗義；但因制度所導生的問題，則顯然就不是他所能挽救的了。尤其是當他明白劉六、劉七等盜賊的起事，事實上也是一種「官逼民反」之時，他悲憫、無奈地盡釋前嫌，但也對當時的制度一籌莫展。雲中岳的英雄不是反社會、反現實的，但對現實又充滿無力感，只好於結局中退出「江湖」（社會）。

這樣的退隱，不是逍遙，更非笑傲，而是一種逃避，一種對體制的無言抗議。在《八荒龍蛇》中，雲中岳遠離中土，在邊疆另闢了一個「烏托邦」——烏芒藍奈山，誠如千幻劍裴岳陽所說：

> 在敝寨安身的人，都是些不願受中原貪官污吏壓迫，不與江湖人爭名奪利的人；開拓異域自求發展，各有避世安居的抱負，耕牧辛勞，自給自足。——《八荒龍蛇》第卅四章

這是雲中岳的「海外扶餘」，立意與陳忱的《水滸後傳》差相彷彿；所不同的是，烏芒藍奈山不是一個國家，只是一個放牧養殖為生、安居樂業的牧場。或許雲中岳在此別有對當代體制不滿的諷喻，但終究不是這麼明顯。如果我們順著他的筆路，回到明代那個濁世社會，即不難發現，他是如何傳神而深刻的傳達出了那個時代的心聲。在此，他的武俠小說事實上是有濃厚的歷史小說味道的，而《八荒龍蛇》尤為經典之作。說一句大膽的老實話，金庸的「歷史武俠化」與之相比，亦不免顯得淺薄！

雲中岳小說以「還原」的方式「再現」了明、清社會的樣態，這自然得力於他對明、清史籍的熟稔，但寫作時援經據史、一絲不苟，更迥異於一般人的虛擬想像。從他回答讀者有關《莽原魔豹》中明末諸王下場的解說來看，二十一王中，有十九王與《明史・諸王世表》若合符節；而回應有關「大明寶鈔」（《風塵豪俠》中提及）的流通狀況，亦與《明史・食貨志》及顧炎武的《日知錄》所載相同，可見其審慎的態度。據其夫子自道，清代嘉慶年間出版的《一統志》，是他案頭常用的參考書籍，山川形勢、路途遠近、歷史沿革、軼聞掌故，完全有本有據，與多數武俠小說的幻想、神遊，虛擬出中國大陸的場景，是迥然不同的。

自一九四九年以後，大陸武俠風氣消歇，港台作家趁勢崛起，台灣的武俠作家多數是大陸來台的人士，客居異地，國族認同與思鄉情懷格外濃厚，大陸是他們想像中的夢裡京華。但多數作家都是少年離鄉，雖可能亦隨軍旅而遍歷各地，而兵馬倥傯，匆匆去來，畢竟認知有限；且大陸幅員廣袤，亦不可能蹤跡皆至；香港作家也大多如此。因此，在武俠這類完全以中國大陸為場景的小說類型中，欲有所描摹，除了想像虛擬外，自不得不乞靈於古籍的記載，在必要時抄錄一番，如台灣作家秦紅即自道其寫作經驗是：隨時赴圖書館借書、抄錄相關記載與傳說，而將文言轉為白話。但雲中岳卻不是如此「照抄」，而是在相當程度上以「化入」的方式呈現。例如在《八荒龍蛇》一書中，柴家父子面對蠻橫無理的官差時，有如下幾句話：

這一帶的地理環境，隋書地理志說：瘠多沃少。這一帶的風俗，寰宇記上說：剛強，多豪傑，矜功名。晉問上說：有溫恭克讓之德，故其人至今善讓。「讓」，當然包含有忍讓之義。平民百姓如不忍讓，少不了大禍臨頭。——《八荒龍蛇》第一章

雖然作者是引述古籍，卻在短短幾句中，將柴家父子的個性及當地的民風、環境，不著痕跡的表露了出來。類似的例子極多，幾乎只要一涉及到地理，雲中岳無不一一核實，信而有徵，有意將場景作最細緻而忠實的描繪。《八荒龍蛇》在此可以視為最具代表性的一部。

《八荒龍蛇》以「八荒」為名，從主角柴哲的祖居山西開始，歷經他十歲被擄至湘西苗蠻之地習武；再以《河源圖》為引線，帶領讀者上溯黃河流域，直達星宿海、唐古拉山等邊荒之地，然後再回到江西鄱陽湖。萬里路途，精心描摹，無論是道路交通、名山大川、風物景色，都歷歷如繪。尤其是寫塞北河源一帶，雖基本根據元代潘昂霄的《河源志》，但卻博採清代學者的研究成果，有補充、有修正，充分展露了他在史地、邊裔之學的功力。其中談論到「崑崙」的部分，更有破有立，學問之精到，有如一代史地名家：

老道說此至崑崙相去非遙，確是實情。就地理學言，崑崙西起烏斯藏北境帕米爾高原，下行分為三支：左為阿爾金山，東行人甘肅稱祈連，這就是玄門弟子所指的崑崙山。中為巴顏喀喇山，也就是黃河源。右為唐古拉山，山勢東南行。

玄門弟子認為崑崙是神仙的樂園，傳說中又說崑崙有瑤池王母這位醜八怪。瑤池，誤以為是天山的天池。因此，以訛傳訛，崑崙便落在阿爾金山的頭上了。

真正的崑崙山，該是指巴顏喀喇山。

首見於歷史記載的是《爾雅》一書，寫著：「三成為崑崙丘。」更古些是《書・禹貢》，寫著：「織皮崑崙析支渠搜。」織皮，指西戎之民，意為衣皮之民，居此崑崙。析支、渠搜三山之野。三成為崑崙丘，指崑崙山有三重。

清朝的大考證家閻若璩，寫了一本書叫《書經地理今釋》，他寫道：「山在今西番界。有三山，一名阿克坦齊欽，一名巴爾布哈，一名巴顏喀喇，總名枯坤爾，譯言崑崙也。在積石之西，河源所出。」

枯爾坤，是蒙語，番名叫問摩黎山。

巴顏喀喇山最大。阿克坦齊欽稍小，雙峰形如馬耳。

巴爾布哈在查靈海北面一百里。

玄門弟子的崑崙，是根據《漢書・地理志》而來的，該書說金城郡（今蘭州）臨羌（西寧）縣西北至塞外，有西王母石室，有弱水崑崙山洞。

有些玄門弟子自稱崑崙弟子，意指是神仙的門人，並沒有什麼崑崙派，他們連崑

崙在何處也一無所知。——《八荒龍蛇》第廿六章

「崑崙派」是武俠小說中出現頻率僅次於少林、武當的門派，但從來未見有人追根究柢，討論過此一門派的特質，幾乎都是以虛擬的方式呈現。雲中岳引經據史，又以神話、玄學旁證，頗能一新讀者耳目。雖然有時會因過多篇幅的講說引述，難免中斷了文氣，頗有炫學之弊，但卻全面勾勒出明代西蕃地區的異國風情，與一般武俠小說的粗陳梗概或道聽途說大異。更難得的是，他並沒有「大漢沙文主義」，對各少數民族均本著「人性」的角度著墨，可謂是其「邊裔之學」的最佳表現。

事事核實，處處引證，構築成雲中岳小說的「實寫」特色，這點他是巨細靡遺，連枝節都不肯輕易放過的。例如他細致到連明代糧船的顏色、道官的服色、道眾出家的法定年齡、轎子的等級設色、錢鈔的使用等等，都有所根據，絕不嚮壁虛造，徒託空言。當然，如此考證式的解說，就小說體裁而言，未必合適；雲中岳「炫學」的結果，難免會損及小說的流暢性。但因他長於蓄勢，每在細微處預留伏筆，頗有「草蛇灰線」、「隔年下種」之妙；故讀來常令人喜出望外，並不覺得冗長枯燥，反而更為其「融武俠與歷史於一爐」的小說筆法、博聞廣識而傾倒。如果拘泥於「俠情」創作模式，硬要挑剔的話，也許雲中岳拙於寫情，才是其唯一的「罩門」所在吧？

《文心雕龍・知音》嘗謂：「慷慨者逆聲而擊節，蘊藉者見密而高蹈；浮慧者觀綺而躍心，愛奇者聞詭而驚聽。」雲中岳或許是苦心孤詣地以其廣博深厚的史學知識為基礎，欲「如實地」描摹他筆下俠客所生存的那個時代的細節，這對明史較有了解或是真正有研究的讀者，固然可以因其中宛然相肖的歷史摹寫而驚豔，而獲得知識性的啟發，興味盎然；但對多數文化水平不高、只一味追求感官刺

激或故事曲折性的讀者而言，卻不僅無法領略雲書的苦心經營及其所述歷史真相，更可能因其絮絮叨叨的說明而感到不耐，以致形成或多或少的閱讀障礙，雲中岳的小說在一般讀者的心目中地位不算高，想來與他過分著重一般人所未必欣賞的細節描繪有相當程度的關係！

大抵上，一般武俠讀者所嚮往的是虛構的江湖、如夢似幻的愛情；唯有虛構，出奇制勝，才能讓讀者在神遊小說世界時，與俠客共享酣暢淋漓的快意。因此，在馮幼衡一九七六年所寫的《武俠小說讀者心理需要之研究》論文中，吊了車尾，只居第十名[1]，這就足以證明雲中岳難免是曲高而和寡、知音難覓了。實際上，這也不能怪讀者，畢竟，武俠小說的通俗性質，本就注定了武俠小說的娛樂取向，「以虛為實」的夢幻式武俠，正迎合了讀者的需要，讀者原也未必欲自武俠說部中獲得若何的學問與知識。不過，雲中所展現出的智性內涵，從另外一個角度來說，或許也是一條道路，可以指引或導引後金古時代的作家未來寫作的方向。

正是：「松柏後凋於歲寒，雞鳴不已於風雨。」作為台灣武壇的一位老兵（堅持創作迄至二十世紀末），雲中岳實事求是寫武俠，的確功不唐捐！在經過幾番江湖風雨的考驗之後，將來歷史終究會證明雲書「寓教於樂」的人文價值，是不可磨滅、彌足珍貴的「武林瑰寶」。

1見馮幼衡於《新聞學研究》第廿一期（一九七八年五月）發表之論文（頁三至八四）。

第二章 歷經「三變」成名家——蕭逸武俠小說論

在台灣武俠小說史上，多數的作家都堅守自己的崗位，作品風格自始至終皆相當固定，只有少數作家能夠俯察時變、順應潮流，自我新創，寫出前後風格迥異，而固自可觀的作品，其中司馬翎前後期的轉變、古龍的前中晚三期的變化，是最引人矚目的，此外，以「鬼派」成名的作家陳青雲，自一九七〇年後逐漸擺脫蹊徑，回歸正軌，也算是一種自我突破；而蕭逸這位曾歷經「三變」的作家，則更能反映出台灣武俠小說發展過程中「隨時以宛轉」的特色。

蕭逸（一九三六至二〇一八），本名蕭敬人，祖籍山東荷澤，幼年居於南京，其父蕭之楚，為抗戰名將。一九四九年隨父母移居台灣。建國中學畢業，先就讀於海軍官校，因志趣不合而輟學，轉讀中原理工學院化工系。一九六〇年，同時發表《鐵雁霜翎》、《七禽掌》兩部武俠，一舉成名，其後創作不斷，先後有五十餘部作品問世。一九七六年，舉家遷往美國洛杉磯，遂入籍美國，但仍然與台灣文藝界多有聯繫，且致力於海外華文創作的推展工作。一九九三年，被推舉為北美華文作家協會會長。

蕭逸出身簪纓世家，博通典籍，少年時酷愛文學，曾發表過短篇小說〈黃牛〉，並常投稿於《野風》、《半月文藝》等雜誌，二十歲後，對武術、瑜珈等漸感興趣，且善於養生。一九六〇年投入武

蕭逸的《馬鳴風蕭蕭》（漢麟出版）、《無憂公主》（武林出版）以及《西風冷畫屏》（漢牛出版）

壇，作品凡經三變，早期以復仇、柔情為經緯，取法還珠樓主與王度廬，風格纏綿、情致婉轉；七〇年代後，幻想奇異，以還珠樓主為典範，大寫劍仙御氣、神奇瑰怪之作，然尚難擺脫蹊徑；八〇年代後，增入歷史情境，尤其醉心於明朝宮廷野史，逐漸展現出成熟的大家風範，《甘十九妹》、《馬鳴風蕭蕭》、《無憂公主》、《飲馬流花河》、《西風冷畫屏》諸作，皆頗有可觀。然此時台灣武俠創作已漸近尾聲，故反響不大，反而在改革開放後的大陸較受到重視。一九八四年，台灣遠景出版社曾有《蕭敬人作品全集》面世，其後一九九八年，大陸太白出版社亦有《蕭逸作品集》出版。二〇〇〇年以來，蕭逸在大陸頗受歡迎，其武俠小說如《馬鳴風蕭蕭》、《甘十九妹》、《無憂公主》等，都被改編成連續劇，名噪一時。

武俠小說向來有許多固定的模式，也因此模式而往往遭致許多批評。蕭逸本人對此模式是有頗精到的看法的：

> 多數的作品都流入了一個格套，就是：仇殺——孤雛餘生——練成絕藝——復仇——壞人授

首。其實，這種格式未嘗不可以脫俗，只要作者肯匠心經營，將一切問題處理得深刻一點，並適當地融入作者所欲表達的主題，一樣可以寫得很好。[1]

所謂的「處理」，當然牽涉到許多敘事技巧的問題，例如敘事時間的安排、敘事角度的設定與轉換、敘事語言的運用……等等，不過，這些「處理」，都是在已有既定模式出現之後，才會引發的反思。蕭逸說這段話的時候，距離他初入武壇（一九六〇）已有二十多年，作品已發行近三十部，聲名夙具，箇中甘苦，自是冷暖自知，別有滋味。然而，當模式初起，作家習而未察、未通其變之時，欲「脫俗」是相當不容易的事。

第一節 《七禽掌》初締聲名

蕭逸一九六〇年以《鐵雁霜翎》初試啼聲，隨後即以《七禽掌》打開知名度。陳墨論蕭逸的作品，具有三大模式：復仇故事、朝廷野史、情仇互滲，但「朝廷野史」是蕭逸晚期作品中新增的，台灣武俠小說「去歷史化」的特徵，直到金庸小說解禁後才逐漸被打破，早期作品幾乎清一色是以復仇、情孽及江湖爭霸為主要架構，《七禽掌》表現得最為明顯，藉此亦可略窺早期台灣武俠小說的創作模式之一斑。

1見《甘十九妹．附錄》。

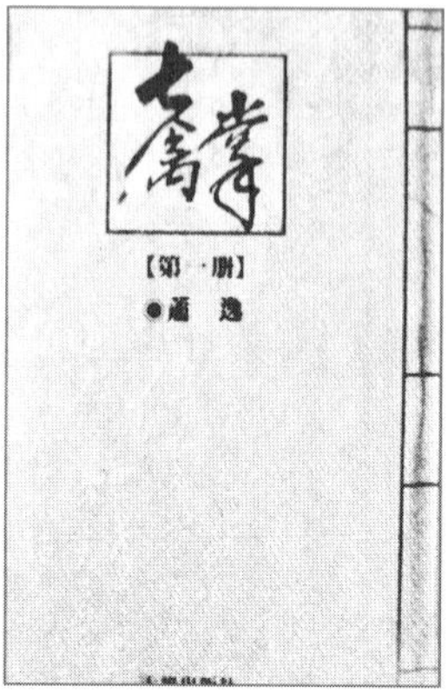
蕭逸的《七禽掌》（大梁出版）

以「復仇」為主體，夾雜兒女之情，在情仇之際掙扎擺盪，無疑是受到王度廬的影響，而俠客欲復得其仇，自不得不乞靈於源自還珠樓主的秘笈、靈藥諸神妙之物，台灣武俠作家事實上始終或明或暗地取法於前述二家，這點蕭逸也是直言不諱的。

從模式上來說，血海餘生的孤雛，自然非於成長（約十八至二十歲）後復仇不可，然復仇必須先具備有深厚的武學根柢，且必須在短期間完成，因此，武俠小說中的主角，首先必須有名師，其次要有奇遇。《七禽掌》中的石繼志，因家富而賈禍，覓緣得江湖異人上官先生的賞識，收其為徒，上官先生威震江湖百餘年，自然是不可多得的「名師」了，但師父引進門，修行還得靠個人，石繼志非得有一番奇遇不可，因此，巧食芝果、偶獲王蜜、巧得寶劍，最後又得窺《兩儀真解》的內功心法，無非都是為其未來高深的武功作鋪墊，而其中還珠樓主的影子，就呼之而欲出了，小說中具有脫胎換骨的芝果、神異的黑蜂、千年朱雀劍、金髮神猱，以及武林秘笈《兩儀真解》，無一不可遠溯至還珠。

武藝既成，俠客非出山復仇不可，但沿途必然有紅粉佳人相伴，石繼志在一路求師的奔波過程中，早已先結識了程友雪、司徒雲珠兩位俠女，其後赴天山途中，又有苗女綠珠、哈薩克女丹魯絲示愛，一路情緣不斷；而更重要的是邂逅了莫小晴，由她引發出男女情愛的種種恩怨情仇，而莫小晴偏偏就是石繼志毀家的大仇莫小蒼之女，情孽牽纏，欲理還亂，這分明是從王度廬所開創的俠骨柔情一系而來，只是「仇怨」的比重，顯然高過於「義氣」，但愛與恨的糾結，無疑是更具張力的。

石繼志所面臨到的問題，一是如何擺平諸女的情愛糾葛，一是如何面對情與仇的衝突和矛盾。其實這也是「復仇＋情孽」模式中所有角色的共通問題，如何解決，不僅關涉到作家才情，也與作家某些觀念息息相關。平心而論，《七禽掌》的處理是相當不圓熟的，作者放棄了原先已安排的伏線——一個面壁百年之久的老僧，早已為他指點迷津，「雪後起雲，雲過又晴，情情生剋」，暗喻了其後情感的種種波折，並答應了他未來可指點他一條明路；但「情情生剋」只在莫小晴與程友雪之間展演，司徒雲珠幾乎被冷凍起來，至於苗女綠珠、哈薩克女丹魯絲，恐怕由於蕭逸的大漢人沙文主義（書中對苗人、哈薩克人的風俗習性頗多偏見與誤解），則不免有所輕忽。問題的關鍵還在於嫉妒心頗強的程友雪，既看不下莫小晴、丹魯絲與石繼志的親蜜，卻對司徒雲珠無絲毫芥蒂，甚至在上官先生說合之下，兩女同嫁一夫，實難令人信服。莫小晴無疑是《七禽掌》中的第一女主角，在情與仇矛盾中，原本可有極大的張力，但蕭逸的處理只能說差強人意——石繼志的毀家大仇莫小蒼，臨老改過遷善，束手待斃，且拒絕石繼志的援手，莫小晴出家為尼（但又隱伏了未來結合的可能），仇未報而實報，情雖缺而能圓，是很圓滿的收場，但莫小蒼的改邪歸正，中間未有合理的交代，未免太過於突然了，完全不符合「一指魔」的稱號。

《七禽掌》是蕭逸成名作，雖是初入武壇的作品，表現未臻成熟，但卻可以窺見蕭逸早期作品的風格及當時武俠模式的一斑。

從一九六〇年到一九七〇年末期，蕭逸的創作路線，其實是較無多大變化的，中期的《塞外伏魔》（一九七四）、《冬眠先生》、《崑崙七子》等，雖雜染還珠樓主的神怪色彩，與前期稍有變化，但並未見出色，真正能代表他武俠成就的作品，反而是一九八〇年金庸小說「橫空出世」之後。當金庸幾乎橫掃台灣武壇之際，多數老牌作家，不是黯然擱筆，就是只能作困獸之鬥，猶存一息，唯獨蕭逸，還能賈其餘勇，敢作挑戰，這也是相當難得的。

第二節 《甘十九妹》出類拔萃

一九八○年代後的蕭逸，在歷經二十年的磨練之後，武俠創作已達臻成熟的階段，儘管後來有人恭維他為「俠聖」，甚至有「南蕭北金」的虛誇，明顯過於吹噓；但就此中期作品而言，的確也是精采迭現，神完氣足的，無論是整體故事架構、人物摹寫、氛圍設計，都有相當令人驚喜的表現，《甘十九妹》無疑是其中的代表作。

《甘十九妹》的故事架構，基本上還是以孤雛復仇為骨幹，敘述自幼雙親、師父遭人毒害的孤子尹劍平，因懾於對頭武功之高強、行事之鬼魅，苦心孤詣、堅苦卓絕地遍訪名師，先後投入了冷琴閣、坎離門、岳陽門門下，欲習得足以克敵制勝的武功，以報家仇，而最後終於因緣巧合，習得高強

蕭逸的《甘十九妹》（武林出版）

武功，手刃仇讎的過程。從表面上看來，這是武俠的舊貫，本無足奇。但此書卻不走由主角（血海孤雛）尋仇的路線發展，反而天外飛來，從仇讎的「追殺」推衍開來，尹劍平雖欲報仇，但實際上最主要的故事脈絡，卻由「避仇」構成。復仇與避仇兩相衝突，彼此糾結，於是整個故事的發展方向，便與一般的復仇小說大異其趣，這是《甘十九妹》得以

一新讀者耳目的起點。

順著敵方的追殺脈絡，不但主角尹劍平忍辱負重的大智大慧、堅苦卓絕的堅毅性格得以一一具現，就是一些配角人物，《甘十九妹》也顯然刻意作了別出新裁的設計。一開始時，岳陽門諸人面對甘十九妹追殺、尋釁的反應，相較於金庸《笑傲江湖》中福威鏢局的滅門慘禍，已不見遜色；而其後陸續出現的，如志氣頹墮、沉湎酒醪、畏怯懦弱的坎離上人米如煙；孤傲自負、不甘隱忍、寧違父命的晏春雷；自命不凡、寧折不彎、不惜玉石俱焚的樊鍾秀、樊銀江父子，在面臨災禍時的不同應對方式，都刻劃得淋漓盡致、各有特色。尤其是已年老體衰、心懷舊忿，處心積慮欲雪恥復仇的吳老夫人，其心志、性格及智慧，更寫得相當的出色，自焚的壯烈場面，亦十足具震撼的效果。

當然，全書寫得最透徹、最深刻的，無疑是其中的男、女主角。此書以《甘十九妹》為名，乍看當是以甘十九妹（甘明珠）為敘述主體，但故事主要環繞著男主角尹劍平的事跡作開展，一開始就頗具懸疑地暗示他的來歷不尋常，並讓他承擔起興復岳陽門、馳援坎離門與清風堡，以及追尋仇蹤的重責大任；由於自少年時期即隱身江湖、望名門而投止的艱苦磨難，尹劍平充分表現出沉穩幹練、謀定而動的性格；他所將面對的大仇水紅芍仍操控於幕後，但當前所須應付的武藝高強、智略超卓、慘毒狠辣的甘十九妹，則遠非他目前所能抵敵。故此尹劍平一路隱忍，委曲求全、忍辱負重，復仇之火如火山蓄積，將擇時地而爆發。當他從吳老夫人手中獲得武學秘徑、靈性功法之後，原本大可以堂堂之陣、正正之旗直接面對仇敵，但卻又因長時期化名分身與甘十九妹周旋，一方面驚豔於其美貌，一方面震怒於其慘毒，更一方面微察其本性之良善，竟不知不覺由恨轉愛，以致情仇糾結。大仇須報，至情須酬，尹劍平心理的衝突與掙扎，寫得細膩深刻，是全書最引人矚目的成功表現。

甘十九妹是水紅芍爭逐權力與欲望的一枚棋子，自幼無父無母，師父的嚴苛無情、同門的傾軋猜忌，使她戰兢危懼，不敢有所逾越，儘管一靈未泯、良善猶存，終究還是充當了水紅芍實現野心的劊子手，造成了江湖無邊的殺孽。甘十九妹是典型的悲劇性人物，外表堅強實則內心畏怯，明知師父多行不義，而未敢反抗；明知殺戮之不可倚恃，而猶出手狠辣，這就注定了她與正義的勢不兩立。她與尹劍平之間的矛盾，是你死我活的格局，絕非兒女柔情可以化解。尹劍平深知，甘十九妹肚明，因此最後的結局，不待終篇即可論斷。《甘十九妹》擺脫武俠小說慣常的圓滿結局，不為甘十九妹曲加迴護（如強調她亦是受害者之類），是很有見地的。於是，一對有情男女，在八月十五中秋月圓之際，先報大仇，後酬至情，情天固然長恨，而江湖正義卻能常圓，如此具悲劇性的小說，在武俠說部還是不多見的。

《甘十九妹》除了人物摹寫的深刻動人，情節安排的緊湊曲折外，外在情境氛圍之描寫、烘托，也頗引人注目。全書的設景造色，無論是雲雨江山、花香月色，都常能與主角人物的心理、情緒彼此聯結，情景交融，是景亦是情，尤其是摹寫尹劍平與甘十九妹最後「定情」的那一段，在大雨滂沱、四野寥曠下，兩人矜持密晤的真情，一剎那間傾洩無遺，是頗足玩味的。

> 一剎，尹劍平眸子裏，流露出「領情」的光采！
>
> 甘十九妹也用著一種奇異的神態盯著他！
>
> 兩個人誰也沒說一句話。
>
> 忽然，當空亮了個閃電，清楚地照見了他們彼此的狼狽！

甘十九妹恍惚向前走了幾步。

尹劍平只是直直地看著她，雨水斜斜地飄在他臉上。閃電再亮，照著他蒼白的臉，那張臉上早已喪失了原有的凌厲殺機！

不知何時，他的呼息變得急促了。就在這時，甘十九妹投進到他懷中，閃電再亮，雷聲隆隆，巨雨傾盆！

兩個人卻是那麼緊緊地擁抱著！咆哮的天籟，卻似與他們毫無關聯，他們幾乎溶成一體！

一邊聳立著大樹。

就在那棵大樹下，他們熱烈地擁吻著，雷聲拖長了尾巴，密如貫珠由頭上滾過去。——《甘十九妹》第卅七章

兩個原本勢不兩立的仇敵，在尹劍平刻意的偽裝下，本當有其慘烈廝殺的一場格鬥，甘十九妹擺脫了矜持，尹劍平隱忍住了殺機，就在雷電交加、大雨滂沱下，頓忘塵世的機謀詭詐，回歸到原始而自然的本能，傾訴著彼此的衷情。所可嘆的是，甘十九妹仍然不知道這個她傾心的郎君，竟就是她百般追索不得的仇人。再深濃的愛情，仍逃脫不了未來同歸於盡的悲劇宿命。

《甘十九妹》一書的風格，與擅長描繪心理思致及靈活運用雜學的前輩作家司馬翎極為類似，無論情節鋪展之採取細密推理分析方式為之，或是武打場面之以氣機為勝、奇門陣法與機關布局的運用（**銀心殿一役最為精彩**），都頗與司馬翎異曲同工，幾段尹劍平與甘十九妹敵對時的鬥力又鬥智的場

面，與司馬翎相較，也毫不遜色，不知可曾受到司馬翎的影響否。

儘管如此，《甘十九妹》還是存在著不少的缺陷，就整體結構來說，自甘十九妹攻下銀心殿，水紅芍親征清風堡之後，劇情急轉直下，缺乏蘊藉，可說結束得相當草率；而書中若干應具舉足輕重角色的配角人物，如為援助坎離門而死的晏春雷，既是奉父命行事，其父晏鵬舉竟然默不作聲，吳老夫人之子吳慶自水中逃逸後也毫無下文，已是一失；更可惜的是尉遲蘭心，這位原本應具有第二女主角地位的俠女，因尹劍平於晏春雷死時臨危授命，轉達其死訊並與尉遲家解除婚約，卻因玉玦、戒指信物，而被誤會為就是晏春雷本人，兩人實有一段微妙而惆悵的戀情，然而卻因作者草草結束，伊人芳蹤竟杳，深情盡負，令人嘆惋。一九九六年，山東三冠影業將此書改編為廿六集連續劇，雖對尉遲蘭心格外著墨，要難能一補此情天長恨。

第三節 《飲馬流花河》取徑歷史

一九八〇年後的台灣武俠，自金庸小說解禁後，雖說已漸成為強弩之末，漸趨式微，老將紛紛擱筆，但從創作題材上說，卻也是一種解放，過去引以為厲禁的「歷史」題材，已不復成為禁忌，仍然醉心於武俠創作的作家，遂因風趁勢，開始著手於武俠與歷史的重新結合。蕭逸就是其中仍孜孜不懈於創作的作家，除了一九八〇年的《甘十九妹》外，《西風冷畫屏》（一九八二）、《飲馬流花河》（一九八三）、《含情看劍》（一九八五）、《無憂公主》等作品陸續出版，且都以明確的明朝史事為背景，為自己的武俠小說開了新局。

蕭逸的《飲馬流花河》（毅力出版）

《飲馬流花河》是以明代永樂、洪熙、宣德年間，漢王朱高煦（一三八五至一四二六）「叛亂」為大背景所虛構出來的武俠故事。朱高煦是明成祖朱棣的次子，勇悍桀傲，在「靖難」之役，曾立下不少汗馬功勞，亦因此而驕縱跋扈，覬覦著皇帝的大位，終於在宣德元年（一四二六）據樂安起兵造反。宣德皇帝朱瞻基御駕親征，朱高煦色厲內荏，居然不戰而降，全軍瓦解。其後被羈押管束，仍心懷舊忿，最終活活被置於銅缸中燒死。

漢王朱高煦之亂，等於是重新演繹了明成祖與惠帝叔姪奪權的悲劇，但其實是有點雷聲大雨點小的，朱高煦雖然以勇悍自負、行為放蕩，但志大才疏、外強中乾，雖被稱為「叛亂」，影響卻是微不足道的。不過，依據「勝者為王」的史書書寫慣例來說，朱高煦在史籍上的記載之偏傾於負面，也是難以避免的。

《飲馬流花河》以朱高煦之亂為摹寫中心，基本上是沿續著此一觀點而來的，故對朱高煦的摹寫，也都集中在其如何貪淫好色、驕縱不法、勾結黨羽、潛謀叛變之上。不過，蕭逸也並未一味加以否定，至少，他透過君無忌的眼光，對朱高煦的勇悍足以鎮伏塞外蒙古的大軍，還是多有肯定的；而對史書中所稱其「淫蕩好色」的部分，卻著意以他對春若水的隱忍、愛惜加以沖淡，也還算是正反兩面互陳，於負面摹寫中尚留有餘地，倒也未必會落入窠臼之中。不過，如此一來，卻頗有將朱高煦「人格分裂」的嫌疑，他既是貪淫好色，四處蒐羅民女以供享樂，且日久生膩，就棄之如敝屣，如對季穗兒「始亂終棄」的無情，是全書中相當重要的情節，足以呈顯朱高煦狠辣的性格，且一方面對春若水屈意逢迎，又一方面對春若水的侍女冰兒勾搭挑逗，分明也未必有多少「專情」，可是卻對春若水自始至終未敢輕動一絲寒毛，結婚數月之久，都未曾強迫春若水與他歡好，於情於理，都是難以說服讀者的。

大抵上，可能是因為蕭逸仍然受到武俠小說慣例的影響，刻意想保持其筆下女主角的「貞節」，故而扭曲朱高煦的性格，造成前後未能統一的毛病，其得其失如何，倒是可以討論的。最可惜的是，蕭逸對朱高煦的描繪，是草草結束的，就在當春若水欲刺殺朱高煦卻又不忍下手，而遠遁離宮之後，朱高煦就杳無蹤影，只據史書略說其謀反不成，後來燒死於銅缸之內而已。前面偌多的鋪陳，如其如何的驕縱不法、鉤結黨羽、蓄意謀叛，竟是如同虛設一般。實際上，朱高煦後半截的事跡，反而才是大有可發揮餘地的。

蕭逸在《飲馬流花河》中，是藉朱高煦凸顯政治鬥爭之可怕的，明成祖與惠帝的叔姪相殘，再現於朱高煦和朱高熾二人身上，這是中國歷史上政治鬥爭常見的悲劇，蕭逸本身是頗凜惕於心的，這也是主角君無忌在小說中最大的作用。

君無忌在小說中被設定為明成祖的第四子朱高爔，因為宮廷的鬥爭，其生母姜飛花詐死，出走江湖，化名為李無心，成立武林秘密門派「搖光殿」，但母子失散，君無忌為異人蒼鷹老人所收養，隱遁於遠離京師的涼州流花河畔，這也是書名刻意點出「流花河」的原因。

朱高爔在《明史》中是有記載的，但據王世貞所說，應是生下未久，即已夭殤，蕭逸讓他起死回生，且作為全書主角，小說家言當然不妨如此虛構。但史籍中分明記載了朱高爔的生母是「康穆懿恭惠妃吳氏」，蕭逸未察，竟無端衍生出姜飛花一段「秘辛」，反而折損了其歷史的可信度。平心而論，

「搖光殿」的設計，是相當大的敗筆，李無心詐死所涉及的宮鬥事跡，語焉未詳，而其以嬪妃身分，何由得一變而為武林高手，並創立此一神秘的幫會，其目的何在，也都沒有交代清楚。「搖光殿」存在的作用，好似只是為其義子苗人俊、義女沈瑤仙，也就是全書的第二男女主角作鋪墊而已。苗人俊是為了襯托君無忌的「重義」而存在的，而沈瑤仙則是為君無忌的情有所歸作結局，固然也摹寫得相當細膩委婉，猶不失其中期小說擅寫「情孽」的本色（孽字稍淡），但就全書結構而言，卻是點水微波，頗辜負了蕭逸援引歷史入小說的本意。

《飲馬流花河》的主題，其實本意在摹寫宮廷鬥爭的慘酷，生在帝王之家，實際上比遠處於江湖之中更為險惡，蕭逸在書末以一首詩為言：

煮豆燃萁禍自取，逍遙城中不逍遙，玉蟒無聲今歸去，三羊有舊卻來遲，可憐英雄偏自棄，孰料今朝鼎中亡。

言下不勝其慨嘆之意。朝廷政爭、兄弟鬩牆，既是主題，則其場景，自當放在朝廷之中，但是蕭逸卻以側寫的方式，從江湖的角度著手，朝中爭鬥，雖然一一帶出明成祖、朱高熾、徐野驢、鄭亨、紀綱等人物，但卻未見朱高煦在其間有多少明槍暗箭的攻防，而一力去摹寫朱高煦在江湖中的種種作為，尤其偏重在其「情慾」上的糾結，其實是有點失策的。而身為龍種卻隱遁在江湖間的君無忌冷眼旁觀，除了一度基於父子之情，入宮探望生父朱棣，而竟險遭不測外，對朱高煦既是不滿於其跋扈荒淫，甚至巧取豪奪了自己心儀的佳人春若水，但又顧念兄弟之情，絲毫未有若何的介入，也大失其作為英雄的本色。

在江湖方面的描寫，書中提到有四個碩果僅存的神秘人物，李無心、蓋九幽、海道人、鍾先生，另有君無忌的師父蒼鷹老人。依照武俠小說江湖書寫的慣例，這五個高手，必當有一番折衝與矛盾，但全書蒼鷹老人、鍾先生均未現身；而海道人雖頻頻提及其名諱，他是君無忌的忘年之交，善於釀造美酒，並精通命相之道，但他除了以「蛇後羊前」的讖語，要春若水委屈求全嫁予朱高煦，以及以「氣數未盡」，阻止沈瑤仙殺害朱高煦外，不但神龍見首不見尾，連身分、立場都撲朔迷離，作用不大。全書最重要的李無心，「搖光殿」成立宗旨不明，尋找親生子君無忌反成重心；蓋九幽是朱高煦最關鍵的江湖幫會雷門堡負責人，但只在與李無心搏鬥失敗後，就守信退離政治紛爭。五位「江湖」關鍵人物，都未能展現出江湖爭鬥的應有格局。朝廷、江湖，兩不相顧，就顯得有些拼湊成章了。

儘管如此，《飲馬流花河》還是不失為佳作的。雖說對朱高煦的摹寫差強人意，但對主要角色淡泊坦蕩的君無忌、任性純真的春若水、深情婉轉的沈瑤紅，刻劃得都相當深刻、動人，在配角人物中，深藏不露的蓋九幽，出場時間雖不多，卻也可圈可點；而季穗兒、冰兒兩個角色，則更是令人激賞。

季穗兒出身於流花河畔的中等之家——米鋪老闆，其父將她「獻」給了好色的朱高煦，這在一般武俠小說中，由於朱高煦的負面形象，尤其是豪取巧奪的貪淫，通常都會被摹寫成受盡委屈、楚楚堪憐，亟待俠客伸出援手的弱女子，這當然都是片面的從現代人的角度來看的。事實上，對古代的小戶人家來說，未必盡是如此，反而極可能是視為一種「恩寵」。蕭逸筆下的季穗兒，正是如此。逮住了此一良機，她不但極力以美色爭取朱高煦的寵信，受封為「貴人」，而且也深深愛上了他。出於愛情的獨佔欲望，當她聞知朱高煦「移情別戀」，以更高的規格迎娶春若水時，其心中的妒恨就無法掩抑，還敢冒大不韙加以行刺；而到了最後，朱高煦絕情棄義，居然在冷落她之後，還要將她「賜」給心腹的大將，終至於絕望而自殺。

冰兒是自幼伴隨在春若水身旁的小丫環，春若水與她情同姐妹，在未入王府之前，她也是盡心伏侍著春若水，處處為春若水著想，並且與君無忌的徒弟小琉璃有相當深厚的交情；可入府之後，一來耳目炫惑於府中的繁華富麗，二來又為朱高煦所誘姦，遂爾心性大變，最終出賣了在流花河時期與她共歡共笑、同喜同悲的朋伴，因而慘死在春若水的手裡。

季穗兒和冰兒在小說中都只能算是個不起眼的小人物，身分既低微，又處處無法作主，但她們還都是一個「人」，既是人，也就有她們所嚮往、追求的人生目標，儘管她們可能免不了貪慕榮利、免不了替自己作盤算的自私，但這豈不是人之常情？世間不是每一個人都非得如俠士俠女般的高大上，她們非常的世俗，但這卻也正是「人性」的自然。

在《飲馬流花河》的序言中，蕭逸以一個在武俠小說中耕耘了二十三年之久的作者立場，說道：

如果你還不死心地渴望著要去發掘些什麼東西的話，便只有「深入」探討，努力「發掘」之一途了。特別是「人性」的這一方面，它的迂迴腹地可是大了，一經涉獵，浩瀚天邊，無遠弗屆。……捨此之外一意地要求「突破」與「創新」，何其愚也。其實「人性」的探討，本來就涵蓋了「創新」與「突破」。[1]

1見〈書劍二十春——為飲馬流花河催生作〉，中國友誼出版社，一九八八年，頁二。

其實，早在一九八四年，蕭逸接受訪談時，早就提出了類似的看法：

從《甘十九妹》和《馬鳴風蕭蕭》開始，我便有種覺悟，想將寫作路線趨向有關人性的描寫，闡釋人性中種種的問題。就我個人來說，我並不贊成時下所說的突破，我覺得人性本身就是一個突破，只要作者能夠觀察深刻、闡釋精細、照顧到別人切忽略的層面，那你便隨時都在突破。[1]

蕭逸與許多同時期的作家一樣，如金庸、古龍、溫瑞安等人，在經過了一段漫長的創作歷程之後，都體悟到小說創作最重要的就是要闡發「人性」。但什麼叫做「人性」？這些作家都非學術專家，因此都是含糊籠統的一筆帶過而已，「人性」究竟是人與生俱來的、可善可惡的天賦「本性」，還是如儒家所刻意強調的「善性」？金庸的絕技，在於刻劃出人面臨到「抉擇」的極限情境時，所迸放出的人性光輝，古龍則於後期作品中，極力推揚人的「善性」，這都是從英雄的角度來寫的；而從《飲馬流花河》中看來，蕭逸所指的「人性」，反而是對一些平凡人的生命特別關注。平凡的生命，不必有英雄的豐功偉業，也不必有多強烈的正義使命，他們所走的就是順著自己本

1見林二白、展琳〈俠歌——蕭逸先生訪問錄〉，《新書月刊》第十三期，一九八四年十月，頁八七至九一。林二白即是本人當初筆名，展琳為筆者夫人盧淑霞女士。當時是在台北自由之家採訪的，其時蕭逸正因台灣盜版其書的問題返台處理，訪談後慨贈三十餘套小說。此為本人初次與武俠作家當面接觸，還在台大博士班就讀，亦屬武壇一樁因緣，特此附記。

能的理想與願望的路，雖是尋常而卑微，卻是踏實而真切的。季穗兒和冰兒，雖各有她們性格上的缺陷，由於都是出身於中下階層，在那個時代、在那個世局，富貴榮利，當然不免就成為她們最高遠的理想，沒有人有權要求她們須如俠士、儒者一般，有太多的堅持與原則，她們的出身、她們的生長環境，決定了她們的行止，也決定了她們的命運。她們不是壞人，只是普普通通、尋常可見的平凡人，蕭逸反而在這些小人物上，寫得娓娓動人。

蕭逸晚期的作品，頗著力於設景寫情的文藝式筆法，往往刻意藉景物襯托、抒寫人物內心的性格、情感，文言、白話、詩歌，夾雜合一，春若水也是小說中摹寫得相當精彩的人物，書中一段春若水「待嫁」的文字，即頗得力於這種技巧：

> 芳豔欲滴的新娘子「春貴妃」，俏生生地默坐一隅。臉上沒有笑靨，當此畢生大喜之日，在她臉上甚至於看不出一絲喜悅的神采。迎面坐落著紫檀木座，形式壯觀古雅，鑲有珠翠的「月桂八棱古鏡」，在一對銀質長燈的映照下，迸射出閃爍流光。春若水便曾不止一次地仰起臉，向著鏡面注視，注視著鏡中的自己。
>
> 鏡中所見的她，似乎已失去了原有的豐采，變得那麼陌生，以至於在她一再注視之下，兀自難以認出。鳳冠霞帔，來自今上的恩賜，滿頭珠玉的襯托裏，似已難以找出昔日的童稚和任性，那兩彎原似濃黑的眉毛，也經過特意的修整，是時下宮中流行的「黛蛾」式樣。臉也開了，髮也分了，一個嬌滴滴俏佳人，朝廷命婦「貴妃」的形象，取代了天真任性、躍馬掄劍的過去，最起碼，這一霎，在這面白銅古鏡的映影

裏，昔日的形象是再也追不回來了。

沒有氣餒，不再流淚，甚至於也不再感傷，一切都已是深思熟慮，出自於心甘情願，沒有什麼好後悔的，剩下來的，便只是對於君無忌個人的深深歉疚與遺憾。那卻也是無可奈何的了。

這是春若水在被朱高煦「逼婚」後「待嫁」的一幕。春若水在流花河一帶，是出了名的「春小太歲」，任性霸道，不服管束，宛如天際翱翔的彩鳳，可盡情綻放其美豔動人的青春華彩；可純真又孝順的她，卻為了營救父親，被迫「心甘情願」地下嫁朱高煦，即將成為「春貴妃」，珠翠銀燈、紫檀古鏡，外表華麗高貴的諸般設施，其實就是一座巨大的籠子，將「小太歲」羈鎖成為「貴妃」，宛若金絲籠中的金雀。從此，流花河不再、父母高堂不再、心儀的情人君無忌不再，命運如此，她又如何能夠抵抗？也只有看著鏡中滿頭珠翠、似我而非我的容貌，付諸「無可奈何」了。從這時候開始，純真任性的春若水，為禮法所拘，為名份所限，就與原來的自己，漸行漸遠，轉個身，就成了令人惋歎的悲劇人物。

相對於這段藉「內景」（屋中景物）的摹寫，另一段摹寫君無忌的文字，則藉「外景」以呈現的：

旭日東升，紅光萬蓬，梅谷內洋溢著一片和煦春光。

君無忌推開柴扉，信步來到院中，滿谷春色，較諸往日，何嘗稍遜？葉上春露，晶瑩如珠；天邊粉黛，如佳人芳頰，曾幾何時，這一切都似著了別離景色。把一切得失、功名、富貴早已拋置腦後，卻將如火熱情，無限真率常留心底，那種「赤子」心懷，便是他處世的根本。

世界像是越來越複雜，一個人要想一塵不染地從容來去，該是何等的不易？尤其是像君無忌這等具有特殊複雜身世的人，更是休想擺脫乾淨，特別是在他學成了這一身傑出的武功，一經涉世之後，想要保持一份全然屬於自我的悠閑，簡直是不可能。這和他的原來性格，不啻大相徑庭，一想到這裏，直似有無比煩躁，恨不能立刻進入深山，尋一古剎，將自己永遠封閉，不再接觸任何世事……這自然是行不通的，只是下意識裏的一種情緒憤泄而已。

梅谷裏一片蒼翠欲滴，東升的旭日正以萬馬奔騰之勢驅散著破曉的晨霧，整個山岳，散發著氤氳的幻象，在充滿了細小水珠的霧氣裏，陽光折射出無數道凌雲架式的七色彩橋，大自然運使著他的神來之筆，又在有所賣弄了。（第十一章）

君無忌胸懷淡泊、坦蕩磊落，在流花河畔的梅谷隱居，以射獵赤兔為生，教導村童讀書、唱歌、跳舞，最是他引以為樂的；但他不幸身為皇子，又不幸身懷高強的武功，更不幸他的異母兄長朱高煦又是狼子野心的人物，他不得不無奈出谷面對這「複雜的世界」，他必須有所抉擇，東升的旭日，衝破黎明的晨霧，正是英雄即將出山的寫照。這段文字儘管也頗有「賣弄」之嫌，如「葉上春露，晶瑩如珠；天邊粉黛，如佳人芳頰」，刻意用駢對文句摹寫，不免流於纖麗，但卻一舉將君無忌的性格、思緒全然烘托而出，雖非「神來之筆」，而是有意為之，倒也是巧於摹寫的。

不僅如此，蕭逸在摹寫武技搏鬥之際，也是一味的文藝腔，如蓋九幽與君無忌、沈瑤仙的一戰，蓋九幽以一曲《奈何泣血》的笛音，就挫敗二人：

> 皓月當頭，玉宇無聲。一片波光，蕩漾眼前，映著月光，遠山近樹，盡現眼前，咫尺間，彷彿來到了另一世界。夜風徐徐，頗有了幾許寒意，卻吹不散那如膠似膝、幾乎與空氣凝聚一體的嗚咽笛音。
>
> 蓋九幽的這一曲《奈何泣血》，真有鬼神不測之異，給人的感受，驅之不去，揮之不離，才下眉頭，又上心頭，真個厲害得緊。
>
> 君無忌突然聽見了，便似兜心著了一記重拳般的震撼、無力。（**第廿九章**）

誠如書中所說，「明月、波光、樹影、笛音……該當是何等一幅詩情畫意？」但卻是如此兵不血刃的就作了終局，非得由搖光殿主李無心的《彩鳳新曲》琴音，才能剋制，後面一段琴、笛相抗的文字，也不妨參照，這正是《飲馬流花河》最擅長的筆法，也可概括其後期小說創作的藝術特色。

總體而言，蕭逸的武俠小說，雖說凡經三變，但真正可觀的，還是自一九八〇年代起的諸多作品。一九七七年後，蕭逸舉家遷移美國，唯靠通訊方式於台灣報章刊載作品，與台灣武壇較為疏遠，轉而致力於經營大陸市場，因此名氣反而在大陸上遠遠超過台灣，孔慶東稱其為「武俠小說中的美洲豹」，豹足捷登，且都不假手於中介商，這也是台灣武俠流傳於大陸的異數。

第三章
民族情仇矛盾多——獨孤紅小說論

武俠小說的背景，如涉及於歷史，則易代之際，或是民族鬥爭最劇烈的時代，無疑是最具表現力道的時空，歷史動亂愈劇烈，俠客的英風俠氣，也愈能有所展現，此所謂「時代考驗英雄」，而身當亂世的英雄，在此時此刻，也就愈能展現其號召群眾的魅力，以建立其功業，此即「英雄創造時代」。

朝政窳敗，官匪橫行，俠客行俠仗義，鋤強扶弱，固然值得稱道，這是「為民」，但如若再加之以外患駢臻、國家瀕臨於絕亡，則俠客揮魯陽之戈，力挽狂瀾，則更加為人所景仰，此是「為國」。「為國為民，俠之大者」，在武俠小說中幾乎成了俠行的最高典範。在武俠小說作家中，金庸與梁羽生是最擅長摹寫在民族存亡之際奮身而起的俠客的，梁羽生一系列以「天山派」為首對抗清廷的小說，金庸的《天龍八部》寫北宋與契丹、《射鵰》與《神鵰》寫南宋之與金人蒙元、《倚天》之寫元明之際，甚至《鹿鼎記》寫清廷與俄羅斯，蕭峰、郭靖、楊過、張無忌與韋小寶的傳奇故事，皆是膾炙人口的。

以武俠小說的特性來說，「大漢沙文主義」是非常明顯的，凡是牽涉到有關的「民族」問題，幾乎毫無例外的，必然特別強調俠客在面對「異族」侵略或企圖染指中原時，對懷有異心的「異族」，力持「華夷之辨」，「非我族類，其心必異」，儘管中國朝廷再如何腐敗、懦弱，一旦遭逢「外侮」，必然屏除異見，同心抗敵，邪道妖魔，為非作孽，只要不涉及鉤串異族，多少都會容情地給予其「改邪歸正」的機會；但如果甘心為虎作倀，為異族前驅，則萬無可以逭逃之理，此所以陳墨在歸納武俠小說的十大模式之時，「民族鬥爭」也置於首列的原因。

不過，此一導自於傳統「蠻夷猾夏」的觀念，到了以「五族共和」為號召的民國成立之後，由於情勢的轉變，類似明末遺民王夫之所強調的「可興、可革，而不可使異類間之」的觀念，是否還能屹立不搖，其實是不無疑問的。漢、滿、蒙、回、藏，外加其他的少數民族，共同組成了「現代中國」，則民族的畛域，自當不能如此的狹隘。許多當代的歷史學家，對此問題，多有討論，大抵上已一致認同「各民族一律平等」的觀念；但武俠小說卻始終難以跳脫此一框架，除了金庸之外，均缺乏省思，一逕以「漢賊兩立」的觀點，摹寫其書中的俠客。

台灣武俠小說在一九六〇年之前，仍頗延續大陸舊派的武俠風格，無論情節再如何的虛誕謬悠，總還是依循著古典小說的傳統，將俠客的平生事功與歷史相聯結；其後由於政治因素的影響，「去歷史化」的風格形成，鮮少涉及「民族鬥爭」的問題，但偶爾提及，也必然還是堅守著「此疆爾界」的「兩立」原則，成鐵吾以《年羹堯新傳》為代表的系列「抗清」小說，表現得最是明顯，即便是「去歷史化」最分明的古龍，在《蒼穹神劍》中也要明批暗損一下雍正時期的朝政。在諸多作家中，身為旗人的郎紅浣，反倒是其中的異數，在他的小說中，極力摹寫俠客與清廷的良性互動，清廷反而成了俠客的護身符與靠山。郎紅浣既是旗人，在他的立場，當然不可能對清廷有所批判，更不可能以「漢人」觀點，附議「蠻夷猾夏」之說，此理甚明。不僅如此，我們反而可以藉郎紅浣的小說去思考民族主義的相關問題，這在前面有關郎紅浣小說的討論中，已有述及，姑不贅敘。

一九六〇年以後，台灣武俠作家殊少將武俠與歷史作聯結，唯雲中岳與獨孤紅較能突破此一局限。雲中岳的小說主要以明代社會為背景，偶爾涉及到清初，但筆鋒所向，往往以明代內政的窳敗為重心，鮮少涉及到外患，而獨孤紅則多以康、雍、乾三朝為背景，而其間必然涉及到「反清復明」的情節，所以反倒可以讓我們去深思一些相關的問題。

第一節　獨孤紅生平與作品概述

獨孤紅（一九三七～），本名李炳坤，河南開封人，一九四七年來台，一九六三年畢業於台灣師範大學國文學系（一說未畢業，轉讀淡江大學中文系），曾任短暫教職，其後轉往廣播界發展。自小喜歡古典詩詞及說部，一九六三年創作第一部作品《紫鳳釵》（出版較晚），一九六五年，諸葛青雲創作《血掌龍幡》（封面誤題為「蟠」），倩其代筆，並贈予「獨孤紅」筆名，始漸為人所知，其後陸續創作，皆頗受讀者歡迎，稿約不斷，再無暇兼顧公職，遂辭去電台工作，專心從事寫作。獨孤紅受前輩作家郎紅浣影響甚深，偏愛撰寫以清代宮廷為背景的武俠小說。

獨孤紅亦熱愛戲劇，一九八〇年代後，專業投入電視劇本的創作，屢創收視佳績，尤其是一九八五年中視的《一代女皇》，曾創下百分之六十的高收視率，一時口碑載道。獨孤紅從事寫作三十餘年，作品近六十，名列台港十大名家，風靡海內外華人世界，所撰武俠小說無不一版再版，被譽為台港第一快手。主要作品有《大明英烈傳》（一九六七）、《滿江紅》（一九六七）、《豪傑血》（一九六八）、《丹心錄》（一九六八）、《玉翎雕》（一九六九）等。二〇〇二年，一度重出，為上硯出版社撰

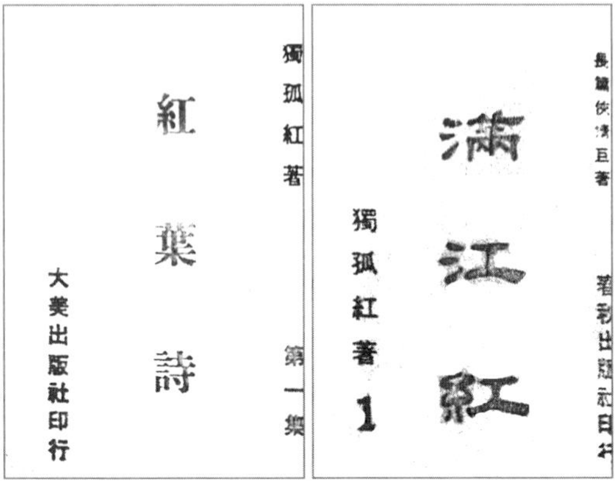

獨孤紅的《滿江紅》（春秋出版）和《紅葉詩》（大美出版）

寫《關山月》，為其最後絕筆之作。

獨孤紅的名字，據傳有「唯我獨紅」之意，但恐怕打趣的成分居多，此一「紅」字，明顯是因郎紅浣而來，因其作品處處規仿郎紅浣[1]，尤其是參照郎紅浣《瀛海恩仇錄》處獨多，在他一系列清初背景的小說中，「南海郭家」的分量極重，而此一「郭家」，就是《瀛海恩仇錄》中的郭阿帶苗裔。不過，獨孤紅的小說也並非全寫清初歷史背景的小說，如《血掌龍幡》（一九六五）、《斷腸紅》（一九六六）、《聖心魔影》（一九六九）、《檀香車》（一九六九）、《報恩劍》（一九七二）、《紅葉詩》（一九七七）等，皆還是以武林恩怨為主，不過，多數作品皆與清初滿漢對立的背景有關，這也是最能代表獨孤紅風格的作品。

一、《紫鳳釵》

《紫鳳釵》（一九六三）是獨孤紅最早的作品，但遲至一九六六年才由大美出版社出版。從此書

1 獨孤紅曾謂他受郎紅浣影響最大，讀過他的每一本書，且他在一九六九年所寫的《玉翎雕》，既不嫌與郎紅浣的小說同名，部分內容亦取材於郎書。因此，初出道時，尚有人誤以為獨孤紅為郎紅浣的另一筆名（同有紅字）。有關獨孤紅的寫作歷程，可參看一九九八年萬象出版的《高手雜誌》第二期〈武俠小說中的野史傳奇高手〉。

獨孤紅的《紫鳳釵》（漢麟出版）

中，已略可窺見獨孤紅小說風格之一斑。

《紫鳳釵》的故事可分前後兩截，前半屬於「爭霸江湖」的模式，後半則大體以「民族鬥爭」為主，但因一開首作者就點出了書中兩位主角一是炎黃世胄的「漢人」，而且還是明末的宗室；一是曾建威赫功業的滿族神力威侯，因此從「江湖爭霸」過渡到「民族鬥爭」倒也不算令人太覺突兀，只是，其「民族鬥爭」竟然迴避了滿漢之爭，不提「反清復明」之事，反而從藏、回二族與中原的對立上著墨，就大有可玩味之處了。

「江湖爭霸」的內容，主要在寫江湖黑道幫會羅剎教，在數年之前，為了爭奪「宇內三聖」的遺物及《萬流歸宗》的武林秘笈，而遭受到玉簫神劍閃電手夏夢卿的阻撓，差點滅派，因而蓄意報復，趁夏夢卿誤傳死訊，而其愛侶薛梅霞改嫁滿族神力威侯傅小天，而擁有比《萬流歸宗》更高明的紫玉釵、綠玉佛內的武學，故冒名潛入傅小天的護衛隊中，劫擄了薛梅霞，故復出江湖的夏夢卿與傅小天分別欲加援救。未料羅剎教的計謀，被當初薛梅霞的指腹為婚的表哥雷驚龍「黃雀在後」，反而被「黑吃黑」。雷驚龍一方面憤恨當初薛梅霞的變心，又巧獲機緣，獲得百年前毒魔西門豹所傳下的《毒經》，遂成立「千毒門」，意欲獨霸天下，在北邙山斷魂谷邀集天下武林群豪，以無影之毒宰制武林。所幸為夏夢卿窺破技倆，千毒門一敗塗地，爭霸江湖之夢，終告破碎。

但雷驚龍其實也不過是個傀儡，其背後是有布達拉宮的藏僧，以及「白衣大食」的回教勢力撐腰，且薛梅霞亦被囚禁於布達拉宮。藏、回二族聯手，意欲行刺乾隆皇帝，更鼓動被夏夢卿網開一面的雷驚龍，以「反清復明」為號召，串聯天下群雄反抗清廷。此時，夏夢卿表明其原為朱明後裔的身分，勸止群雄，勿介入此事，同時協助了傅小天對抗藏、回二族，乾隆皇帝發兵陝甘，在夏夢卿協助下順利敉平了回亂，此即「民族鬥爭」。

基本上，《紫玉釵》已奠定了獨孤紅小說的固定風格，首先是主角人物，必然是文武兼備，意態翩翩如佳公子的人物，動不動就是「宇內第一奇才」，且心懷慈悲，對惡人不為已甚，唯獨在感情上顯得特別脆弱。在「江湖爭霸」的類型中如此，在「民族鬥爭」中更復如此，所不同的是，必然多了個類似「復社」、「日月會」等「反清復明」組織的領導人，甚至可能是朱明的後裔而已。除了漢族的第一主角，也必有滿族的第二主角，通常都是戰功彪炳，深獲皇帝寵信的大臣，但豪邁壯逸、豁達大度，雖與主角站在不同民族立場，卻明理達情，與主角惺惺相惜。然後，必然有一舉世無雙的「奇女子」，如是漢人，必然委身嫁與第二主角；如是滿族，必是格格、郡主之類，則一心傾慕第一主角，展開生死纏綿而又矛盾複雜的「異族戀情」。夏夢卿、傅小天、薛梅霞，幾乎就是獨孤紅小說中主角的「原型」，萬變不能離其宗。

獨孤紅的小說雖文字流暢，但太過於溫溫吞吞，書中人物幾乎都是言語優雅、從容大度的，臨戰也喜歡先禮後兵，儘說些斯文客套、以理服人的話，整體風格輕飄軟綿，又動輒喜吟詩詠詞，看多了不免令人生膩。獨孤紅對小說中三位主角都有逾於常情的喜愛，刻意摹劃其人超卓、優越的一面，除了情感上面的衝突與矛盾外，幾乎就是人間龍鳳，可是窺其作為，卻也看不出有何真的當得起「奇才」之處，這是獨孤紅小說人物塑造上的最大缺點——假。

《紫鳳釵》雜揉了「江湖爭霸」與「民族鬥爭」為一，在聯結上還是頗能自圓其說，但獨孤紅將

「鬥爭」二字，看得太簡單，江湖與朝廷的對立，一般武俠小說都是刻意避開的，因為江湖勢力再如何龐大，無論如何都不可能與擁有軍隊優勢的「國家」相對抗，《紫鳳釵》中的羅剎教、千毒門，直接就針對朝廷命官、皇帝，發動攻擊，一副有恃無恐的囂張勢態，以為只要鏟除了為首之人，就是遂其霸業；白衣大食與布達拉宮合謀，以為刺殺了皇帝，就足以顛覆朝廷，背後完全沒有軍隊支撐，也未免過於兒戲，但獨孤紅夷然不顧，清代康雍乾三朝盛世，竟被視同瓦雞土狗，昧情違理，實在無法令人認同。

「民族鬥爭」本是武俠小說中最易令人血脈賁張、壯志沛發的題材，但在獨孤紅筆下，卻鮮少兩軍對壘、劍拔弩張的激烈場面，多數是小格局、小規模的打鬥，企圖以俠客隻手迴天，「反清復明」彷彿只是個無煙無硝的口號。夏夢卿既是朱明後裔，又似乎暗中在策劃著反清大計，但在藏回二族借千毒門撒下武林帖，以「反清復明」為號召之際，夏夢卿無論如何都當樂觀其成，甚至慨助一臂之力，但他不但按兵不動，且諭令正道群雄不得參與，更於後來「迫不得已」的協助清廷，理由是「不忍見生民受到戰爭的荼毒」，果是如此，那又何必去「反清復明」？獨孤紅在此，實不免自相矛盾了。

二、《大明英烈傳》

《大明英烈傳》出版於一九六七年，是獨孤紅作品中最出色的一部。獨孤紅是台灣武俠作家中的後勁，雖出道較晚，知名度卻頗高。他是中文系科班出身，熟知文史掌故，又特別心儀前輩作家郎紅浣的作品，極力規模其風格，無論京白語言、人物形象、感情摹寫，甚至整個民族觀、史觀，都受郎紅浣極大的影響，故其作品也多數以清代康、雍、乾三朝為背景。《大明英烈傳》取自同名的古典說部，則略為向上延伸，主要以明末清初的史事為其故事的宏大背景。

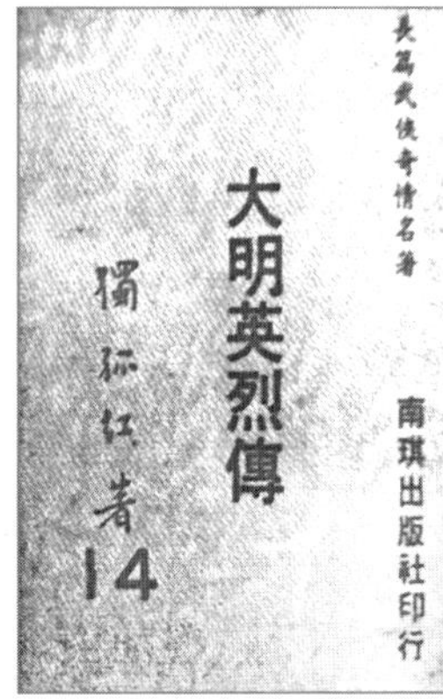

獨孤紅的《大明英烈傳》（南琪出版）

明、清易代，這是當時許多遺民視為「天崩地裂」的慘變，朝廷群臣角鬥、閹宦掌權，外有清人虎視眈眈，內有流寇四處縱橫，名副其實是個變動的時代，也正是英雄崛起的時代。以此時代為俠客活躍的舞台，不得不同時對明朝濁亂的政局、清人勃勃的野心、流寇的竄擾劫掠，加以摹寫鋪陳，而此三者明顯都是各有立場、各有主張，而且後世也都各有不同的評價。將俠客人物置身於如此的一個大時代中，無論如何，都必然會展現出作者個人的民族觀及史觀，同時也借此凸顯出置身於此一時代的俠客內心的矛盾與衝突。從這一角度來說，《大明英烈傳》就格外具有分析的意義。

基本上，歷史上所明文記載的明末朝廷亂象、百姓艱苦，事實俱在，是沒有任何人可以否認的，這也是大明一朝覆亡的根本關鍵。但是，置身於此亂局中的人，究竟應該如何決定一己的行止？是鞠躬盡瘁，死而後已，以展現其耿耿孤忠的臣子氣節？是因利趁便，揭櫫義旗，創一番革故鼎新的英雄事業？抑或是深山隱遁，來個帝力於我何有哉？或者，索性遑顧一切，以一己利害為考量，擺脫道德拘限、國族畛域，左投右投，唯利是視？大抵在亂世之中，這種人都不乏其類。問題是，中國傳統以來的儒家思想始終制約著大多數的人，尤其是有能力於此世局中有所作為的人，所謂「板蕩識忠貞，國難見忠臣」，講究的是「君恩似海，臣節如山」，無論君主再如何昏庸、朝政再如何腐敗、百姓再如何困頓，臨危致命，恪盡臣節，才是唯一的選擇！《大明英烈傳》同時摹寫了這些類型的人，不只是歷史上的真實人物，如洪承疇、吳三桂、曹化淳、李自成（虛寫）、傅青主等，就是虛構的布衣侯、李德威，也都以此觀點分別作了深刻的評價。書中「四大武林世家」可說是具體而微的表徵，東邊菊花島的海皇勾結滿清、西邊的祖財神先是欲勾結滿清不成，轉而附翼於李自成、南邊的師王盜投效張獻忠，而北邊的窮神蒙不名，則一心報效國家，作者筆鋒所至，橫掃前三者，而對蒙不名多所致意，於中略可窺見其史觀與民族觀。

獨孤紅十歲來台，於台灣受教、成長，一九四九年以來，台灣相對於大陸而言，是延續、保存了更多的傳統文化精神的，再加上當政者以「發揚傳統文化精神」自居，因此在明末歷史的論述上，仍然秉持著相當嚴格的「君臣」分際，批判矛頭，往往集中在當時的閹宦、庸臣，而對崇禎皇帝多所曲護，是很典型的「只反貪官，不反皇帝」的《水滸》精神。

因此，李自成、張獻忠一流的人物，是被目為叛逆、流寇的，在《大明英烈傳》中，獨孤紅對李自成、張獻忠陣營批判得不遺餘力，是絕不認同所謂「農民起義」觀點的，李、張二人私欲薰心、殘暴酷虐，要而言之，「李自成這幫流寇，都是沒心沒肺的大老粗」（五十三章）、「滿洲異族，入侵中國，當情有可原，這種人身為炎黃世冑，卻乘機造反，燒殺劫掠，置萬民於鐵蹄之下，陷蒼生於水火之中，生靈塗炭，民不聊生，應該是罪無可恕，殺一個便少一個禍國殃民的賊」（廿四章），而書中最主要的俠客李德威，劍鋒之所指，便是這群叛逆、流賊。連帶所及，獨孤紅對「白蓮教」的惡感，也是非常明顯的，套書中白蓮教「四龍四鳳」中大師兄的話，「總之一句話，白蓮教是個君不君，臣不臣，父不父，子不子的組織，淫穢邪惡，烏煙瘴氣」（十二章）。獨孤紅的觀點自然還有很多可以商榷的餘地，但卻可以說是台灣武俠小說中共同史觀。

在民族觀方面，獨孤紅是維持著「漢賊不兩立」的觀點的，對非我族類的滿清，仍具分明的此疆爾界，但一則受到後來滿清鼎革、五族共和趨勢的影響，一則又受到身為旗人的先輩作家郎紅浣的影響，對滿清卻稍見通融，與梁羽生大異其趣，書中安排了滿清的密探「七格格」與李德威之間相知相惜、而又矛盾複雜的情感，是本書中相當精彩的柔情畫面。獨孤紅作品，其實亦可被歸類於「才子佳人」一派，男女主角之間的情感交流，往往寫得細膩而動人，不過，本書最動人的畫面，反而是六十一章中李自成的妹妹李瓊與李德威「定情」的「一吻」，直追金庸《倚天屠龍記》中的張無忌與趙敏。李瓊最後的結局，是痛厭其兄的作為，不惜「反正」，為李德威救出太子、二王而犧牲，而由其犧牲中，也可佐證前述獨孤紅對流寇的批判。

《大明英烈傳》以明末史事為背景，藉書中形形色色的人物，曲折委婉地呈現了一個大時代的輪廓，於中凸顯了「忠義」的精神，藉李德威，寫出一個志士仁人在家國危難之際，戮力於國事，卻隻手難以回天的辛酸與悲哀，可謂是獨孤紅最優秀的作品。

不過，此書卻也存在著若干的缺陷，例如冗長而無味的對話過多，導致其書緩散而無力，這是獨孤紅作品一貫相仍的弊病，姑不具論。此書是台灣武俠小說對「去歷史化」的撥正，但最大的問題，卻也正在有關歷史的處理頗嫌疏闊，從一開首努爾哈赤的建國（一六一六），到最後吳三桂的縞素發兵（一六四四），相隔近三十年，期間的史事順序，往往顛倒錯亂，例如提到南明忠臣志士時，居然會史可法、袁崇煥並列，明顯訛誤；而是書相當重要的「白蓮教」，徐鴻儒起事於天啟二年（一六二二），尋為消滅，不可能於崇禎朝又再度復出。凡此，皆有瑕疵，讀者不可不知。

第二節 民族情仇的矛盾

獨孤紅的作品雖多，知名度亦廣，在一九七六年馮幼衡的調查報告中，以百分之四十點五二的佳績，高居榜上第三名的位置，僅次於古龍與臥龍生，且創作力驚人，直到二〇〇二年猶有《關山月》問世；但平心而論，是有點名過於實的，氣體萎弱、人物造型過假、冗長無關宏旨的對話過多、情節自我重複等，都是顯而易見的弊端；但是，在台灣武俠小說中，卻是唯一將全力著墨於有關「民族鬥爭」情節的作家，打破了台灣武俠小說「去歷史化」的局限，因此也算是別具特色的一位。

獨孤紅的小說以一系列以清初為背景的作品最為知名，而既以此時期為背景，有關滿、漢之間的衝突與糾葛，自是難以避免，而獨孤紅顯然亦特別鍾情於此一題材，故其小說也多半集矢於這個部分。

從民族主義的角度來說，滿漢軫域的嚴格區劃，是天經地義的事，獨孤紅既深受其中文系所學的儒家「華夷之辨」影響，又身為漢人，自難免會蹈入不自覺的「大漢沙文主義」框架中，故其小說中的主角，莫不以「漢族世冑，先朝遺民」自居，而致力於「反清復明」的大業，而不論其身分可以有多少變化，如《紫玉釵》的夏夢卿是朱明後裔、《丹心錄》的關山月是明末大將、《雍乾飛龍傳》的傅天豪是江湖志士，而自《無玷玉龍》南海王郭懷（郭玉龍）而下的「郭家六龍」系列，郭燕俠（《絕代天香》）、郭燕南（《滿江紅》），是清廷不敢攖其虎鬚的地方豪雄，面貌都只有一種，那就是「才子班中博士」，文兼武備，瀟灑俊逸，更難得的是滿腔忠義愛國（明朝）之心；當然，與他們相伴的愛侶，身分是漢人或滿人，也無論是否真能與他長相廝守，或是蕭郎路人，也肯定是「娥眉隊裡狀元」；然後也必然有個惺惺惜惺惺的滿族王公，什麼神力威侯、鷹王之類的作對舉，來個糾葛不清的三角「異族戀情」。獨孤紅顯然是對民族大義繾綣於懷的，每藉書中人物大發其感慨，如《雍乾飛龍傳》中：

傳天豪道：「中國是個泱泱大國，它有高山，有大川，有奇峽，有名湖，有瀚海，山川之壯大，文物之瑰麗，非筆墨所能形容，謂之為一副錦繡河山，實可當之而無愧，有黃金般的魚米之鄉，也有瀚海戈壁的萬里黃沙；有水送山迎的曲溪幽澗，更有浩浩蕩蕩的長江大河；有雲貴康藏的高原，也有港澤雲夢湖沼之邦；有渺無邊際的原始森林，也有雄壯無比的五嶽名山。風蕭水寒，燕趙多悲歌慷慨之士，湖山秀美，益增江左之文采風流。塞北秋風獵馬，聽那漠北的前聲駝鈴，嚼嘗那東北的大豆高粱，默默中可以認識那種粗獷的偉大，冰天雪地中的剛強。

杏花春雨江南，雖然崇山峻嶺，卻到處小橋流水，鳥語花香，真個『紅外風嬌日暖，翠邊水秀山明』，一片江南情調，丘壑泉林，濃樹疏花，無不欣欣有致，南湖的煙雨，蘇錫的庭園，黃山的松石，廬山的雲海，錢塘的狂潮，雁蕩的飛爆，乃至望太湖三萬六千頃，歷盡風帆沙鳧，看南朝四百八十寺，多少煙雨樓台，段段寸寸無不江山如畫，一景一物無不風流瀟灑，數千年來，我炎黃子孫便在這塊土地上流血，流汗，哭斯，歌斯，我能不對每一寸土都有所偏愛？」——《雍乾飛龍傳》第七章

這一大段雕章琢句的文字，其實就是一幅「如此江山圖」的感慨，而今竟淪於異族之手，怎不令仁人志士痛徹心扉？但是，細窺其文句，卻可明顯看出獨孤紅夾雜在歷史與現實之間的矛盾。獨孤紅

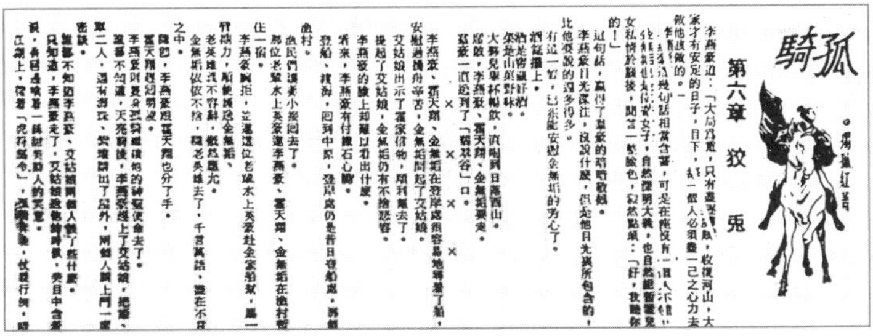

孤騎 ○獨孤紅著

第六章 狡兎

李燕豪道：「大局爲重，只有盡[illegible]，收復河山，大家才有安定的日子，目下，每一個人必須盡一己之心力去做他該做的。」

[illegible]幾句話相當含蓄，可是在[illegible]有一個人不[illegible]女子，自然深明大義，也自然能[illegible]兒女私情於腦後，閉着一整臉色，叙然點頭：「好，我聽你的！」

這句話，贏得了李燕豪的[illegible]歉疚。

李燕豪目光深注，沒說什麼，但是他目光裏所包含的，比他要說的還多得多。

有這一句，已經能安慰金無垢的芳心了。

酒菜擺上。

酒是窖藏好酒。

菜是山與野味。

大夥兒舉杯暢飲，直喝到日落西山。

飯後，李燕豪、霍天翔、金無垢要走。

李燕豪一直送到了「雁翅谷」口。

× × × ×

李燕豪、霍天翔、金無垢在登岸處很容易地雇着了船，安慰過擁舟辛苦，金無垢問起了艾姑娘。

艾姑娘出示了霍家信物，順利離去了。

提起了艾姑娘，金無垢仍有不捨悲容。

李燕豪的臉上卻難以看出什麼。

看來，李燕豪有付鐵石心腸。

登船、渡海，回到中原，登岸處仍是昔日登船處，那個漁村。

漁民們還是小艇回去了。

那位老漁水上英豪邀李燕豪、霍天翔、金無垢在漁村暫住一宿。

李燕豪婉拒，並邀這位老漁水上英豪赴金家泊叙，為一臂之力，順便護送金無垢。

老英雄義不容辭，慨然應允。

金無垢依依不捨，隨老英雄去了，千言萬語，盡在不言之中。

臨別，李燕豪跟霍天翔也分了手。

霍天翔趕回[illegible]。

李燕豪則隻身孤劍繼續他的神聖使命去了。

誰都不知道，天亮前後，李燕豪趕上了艾姑娘，把霍、艾二人，還有[illegible]調出了屋外，兩個人關上門一番密談。

誰都不知道李燕豪、艾姑娘兩個人談了些什麼。

只知道，李燕豪走了，艾姑娘[illegible]目中含着淚，[illegible]人的背影。

江湖上，從着「鬼符令」，孤騎[illegible]，仗義行俠，[illegible]

獨孤紅的《孤騎》，刊登於《自立晚報》1977.02.15

在數百年之後，遙想當年，卻將現實中的「國家」投射於其中，忽略了在文中所寫的「塞北秋風獵馬，聽那漠北的前聲駝鈴，嚼嘗那東北的大豆高梁，默默中可以認識那種粗獷的偉大，冰天雪地中的剛強」，可不是明朝的國土，而是滿清的故居；而也正因此一混淆，使其小說中的滿漢之爭充滿了矛盾與破綻。

獨孤紅等於是郎紅浣的私淑艾者，對郎紅浣可謂亦步亦趨，《贏海恩仇錄》中的「無瑕玉龍」郭阿帶是他「南海郭家」的鼻祖，自不消多說，甚至連《玉翎雕》就索性抄襲了郎紅浣的書名，是則身為旗人的郎紅浣對滿清的眷戀與容情，自然也對獨孤紅有深重的影響。因此，矛盾與破綻，就於焉形成了。

究竟應該對滿清抱持著何等的態度？相信這是獨孤紅最舉棋難定的困境。在「五族共和」之後，應該如何看待清初許多遺民志士的奮鬥？在此，不但漢人、滿人的身分，可能有不同的觀點，就是歷史的事實，也在其間加深了矛盾的可能，這不但是明末遺民的對匡復的努力，始終未能真的興復明室，更是因為畢竟很難否認的是，清初諸帝對百姓的照拂，較諸明代帝王是更加妥善的。在《孤騎》中，獨孤紅是如是說的：

各為其主，人家也有人家的立場，國仇、家恨，他們想匡復，想把滿人逐出關去，這是天經地義的事，並沒有錯，在這種情形下，只宜安撫，不宜壓迫，更不宜施暴，否則不但收不到效果，反而徒然加深這種仇恨。——《孤騎》第九章

兩個敵對的對方，固然有深仇大恨，但這兩個敵對雙方的本身，卻是沒有生命，沒有靈性的。而這兩個敵對雙方的個體，卻是有血、肉、有靈性、有感情的，一旦不同立場的兩個人之間有了感情，儘管你我之間有深仇大恨，要這個人去殺那個人，那不但是件殘酷的事，而且是件最讓人為難的事。——《孤騎》第十章

前一段是站在滿族格格的立場上說的，漢人志在匡復，天經地義，則強權在握的滿清，似不應以暴虐的手段加以鎮壓；後一段則是獨孤紅從人與人之間關係的角度所發的感慨，李燕豪與艾姑娘（格格）的「異族戀情」，在滿漢對立間的為難，呈顯得非常清楚。如果獨孤紅能夠如金庸般對此問題作更深一層次的思考，其實本是大有可為的；但可惜獨孤紅在這方面的素養明顯不足，因此只能以規避的方式，從「異族戀情」的糾結上大作文章，對明末志士既有所肯定，而又對滿清多所容情，依違於兩者之間，作繭自縛。因此，他筆下的第一男主角，從來都只能默默從事一些地下工作，除了擷採民間傳說，在行刺雍正上偶然奏功外，都無若何實際的作為，更遑論大舉義旗，烈烈轟轟的展現英雄偉烈的事跡。

更有甚者，如《紫玉釵》中的夏夢卿，反而成了清廷的護身符，可以藉其力量敉平「外國」勢力的入侵。這種「轉嫁」，無疑反映了獨孤紅的矛盾心理，同時也連帶損及了其作品的說服力與感染力，可以說是辜負了這樣的一個絕好題材。

「鐵血江湖派」

第一章 鐵血江湖逞豪強——柳殘陽小說論

武俠小說所構設的江湖世界，是以「武」為尊的，所謂的「武林」，正是以此而為名。既云「武」，則武俠小說與其他類型小說最大的區別也就在於「武」所代表的「暴力」傾向。「武」是江湖中大大小小的糾紛，最直接、最有效，也最為人所信服的手段，無論是行俠仗義、快意恩仇、護國佑民，在在都必須「動武」，因此，武俠小說的精采、懾人之處，也往往藉激烈、熱鬧，而帶有相當濃厚殘酷血腥意味的搏鬥展現出來。在所有的武俠作品中，幾乎都或多或少充斥著武打的場面，而其間表現得最為鮮血淋漓、殘酷暴虐的，無疑當數台灣夙有「暴力美學」之「美稱」的柳殘陽。

第一節　柳殘陽生平及作品概述

柳殘陽（一九四一～二〇一四），本名高見幾，山東青島人，生於重慶。早年隨父來台，定居於台中。年輕時曾一度參與黑道幫會，家中賓客盈門，深諳幫會門道，更受到其中義氣相激、恩怨讎報的行事風格濡染，為人重義，個性爽朗。其父曾任台灣中部警備司令部警備處長，因此得以廣閱家中許多因「暴雨專案」而被禁行的武俠小說，由此而與武俠小說結上不解之緣。

一九六一年，在員林的崇實高工畢業前夕，他試投其處女作《玉面修羅》，竟一炮而紅，從此踏上終身的專業武俠作家之途。高氏武俠向來有「鐵血江湖派」之稱，筆下人物性格堅定自信，無畏無懼，行事狠辣，作風強悍；內容則多半恩怨讎仇，氣義激蕩，斬盡殺絕，屍積如山——概括而言，陽剛勁健，似鐵如鋼；殺伐慘烈，腥血橫溢，正是名副其實的「鐵血」。正因如此，高氏武俠的評價也趨向兩極化，惡之者對其間「黑道江湖」之氣義與鮮血流迸的殘忍場面，大加抨擊，以為此將助長社會暴戾之氣；而好之者則驚悚於其快意恩仇、睚眥相報之行，藉慘烈殘酷的殺伐，紓解胸中的憤懣與不平，且有幾分嗜血的滿足，譬之為「暴力美學」。見仁見智，正不必求同。

自一九六一年始，高氏即以此特殊的風格縱橫武俠界，頗獲讀者喜愛。據一九九四年柳氏於大陸版《柳殘陽全集》中《青龍在天》的後記中所述，截至一九九四年止，柳殘陽共創作了七十一部作品，《全集》收了六十三部，並鄭重聲明，除此之外「不再有柳殘陽小說作品」。不過，由於其中有多部是原來一書拆成兩書的，且在一九九四年之後，他仍偶爾有作品問世，如筆者本身藏有《狼君不老》、《天劫報》兩部手稿，創作力相當驚人。諸小說中以《天佛掌》（一九六二）、《梟霸》（一九六六）、《梟中雄》（一九六七）、《斷刃》（一九六八）等最為知

柳殘陽的《玉面修羅》（四維出版）

名。其中《天佛掌》在香港被改編為電影劇本《如來神掌》，是台灣武俠作家中少數能跨海鷹揚的一位。

一、《天佛掌》

武俠小說之所以被命名為「武」俠小說，毫無疑問地，是因其中所摹寫的各形各色、威猛奇絕的「武功」，足以激發讀者想像，且為之沉迷不已而來的，如金庸小說中的「降龍十八掌」、「打狗棍法」、「乾坤大挪移」、「黯然銷魂掌」等，莫不是讀者耳熟能詳、膾炙人口的。但是，放眼當初武俠界，真正能夠家喻戶曉，且影響深遠，遍及於電影、電視劇、漫畫、電玩等領域，歷時長久而不衰的，大概是非「如來神掌」莫屬了。

「如來神掌」之名，最早是由署名「上官虹」的作家，在一九六二年十一月於《明報》發表的武俠小說《如來神掌》而來的，其中的主角為龍劍飛。由於此書情節緊湊，武打熱鬧，又穿插了多段纏綿悱惻的愛情故事，因此頗受讀者歡迎。一九六四年，香港富華影業公司便據此書開拍《如來神掌》，由當時當家的武俠明星曹達華、于素秋、林鳳、關海山等擔綱演出，凌雲導演、司徒安編劇，首集標注了乃上官虹的原著。此部電影在放映時，配合了情節的需要，利用電光投射技巧，在原來的黑白銀幕上增添了許多繽紛多姿的色彩，因此立即造成轟動，總共一連拍了四部武俠電影。一九六五至一九六八年，轉由富群影業延續，拍成《如來神掌怒碎萬

柳殘陽的《天佛掌》（毅力出版）

劍門》、《如來神掌大顯神威》、《如來神掌辟魔平九派》等三部，仍由凌雲[1]導演、司徒安編劇，而後兩部演員則改換成雪妮、曾江及石堅。在短短四年當中，「如來神掌」就由七部電影拉開它風靡香江的序幕，始終都是香港人心目中最具威力的武功，尤其是其中的第九式，當初飾演龍劍飛的主角曹達華，是在六隻鼎的內側，發現了「萬佛朝宗」的無上秘訣，最令觀眾難以忘懷。

自此以後，「如來神掌」威震江湖，成為武俠世界首屈一指的絕學，香港人的武俠標記。一九八〇年，黃玉郎以《如來神掌》繪成漫畫，開啟了玉郎漫畫的新紀元，隨後又在《龍虎門》、《天子傳說》、《天下第一部釋武尊》、《黑豹列傳》、《神掌龍劍飛》等漫畫中廣泛現身；一九八〇年，永盛公司拍《摩登如來神掌》，一九八二年，邵氏影業拍《如來神掌》、甚至二〇〇四年周星馳著名的搞笑功夫片裡，火雲邪神、如來神掌，也重現江湖，至於港台電視劇，以「如來神掌」為名者，亦屢見不鮮。「如來神掌」在武俠界風行四十餘年，盛況不衰，已經成為經典中的經典，不誇張地說，《如來神掌》可謂半部香港武俠史。

不過，儘管「如來神掌」如此威名遠播，卻鮮少有人知其原著來歷，事實上是台灣武俠小說作家的第二部作品《天佛掌》。《天佛掌》於一九六二年四維出版社出版，共三十五薄冊，主角是怒江派一個外貌奇醜的小夥子江青。此書出版未久，就在當年十一月，為上官虹所剽竊，以《如來神掌》為名，發表在香港的《明報》，但是把主角名字改成龍劍飛（**極可能是因為江青名字的高度政治敏感性所**

1此一凌雲，並非本名林龍松（一九四一年生），後來以主演武俠片知名的演員凌雲，據本人所收集的資料，凌雲所執導的武俠電影，多達六十部以上，多數由司徒安編劇，最早是一九六二年的《白骨陰陽劍》，一共拍了四集。

致），書中的武功「天佛掌」，也改成為「如來神掌」。

由於手頭缺乏原來的報刊資料可以核對，因此無法比較其中改動的情況，但從其第一期看來，內容、文字，與《天佛掌》一模一樣，而小說故事的主幹，「一邪雙飛三絕掌」的稱號，也來自《天佛掌》，這足以斷定《如來神掌》是剽襲之作。[1]但上官虹究係何人，目前已無法考證。據筆者與柳殘陽先生的交往，柳殘陽先生是完全不知道自己的小說曾在聲名顯赫的《明報》上刊登過的，可知並非柳殘陽的化名，殊可怪異的是，以《明報》的聲望，似不可能允許冒名偽作刊登的，其間的錯綜複雜關係，頗耐人尋味。

六〇年代，有關著作權的觀念相當薄弱，而武俠小說又被擯於不登大雅之堂之列，因此偽造、仿冒者多到不勝枚舉的地步，原作者也往往未予追究。據柳殘陽先生自述，當初他得知《如來神掌》實際上是抄襲他的《天佛掌》時，曾寫信跟富華或富群抗議過，對方亦曾派人專程到台灣來表示歉意。柳殘陽先生提出兩個要求，一是電影公司必須登報說明真正的原著是柳殘陽的《天佛掌》，一是收取新台幣一元的版權費。當時對方立即掏出了一元交付，但是有關登報說明之事，最後並沒有履行，他也未予追究，就如此不了了之了。

一九六二年，柳殘陽名聲尚未鵲揚，當初富華開拍《如來神掌》，的確是以上官虹的《如來神掌》為藍本的，可能當初的導演凌雲也不知道另有原著，但在陰錯陽差下，柳殘陽的《天佛掌》知者

1 網路相傳，《如來神掌》另有《千佛手》之名，實為大誤，蓋《明報》原刊，明標《如來神掌》，且《千佛手》一書，為徐壘和曹若冰所合著（時事出版社，一九六四年），主角為徐文麒，其中的武功名為「千佛掌影十八式」，乃源自一千佛手之手套，與《如來神掌》完全無關；其後，徐壘又獨立完成《千佛山》（時事出版社，一九六五年）作為續集。

寥寥，反而是《如來神掌》聞名遐邇，在澄清相關糾結之後，柳殘陽卻又拜「如來神掌」之賜，成為二十世紀武壇中社會影響最深遠的武俠作家，這是不幸，是幸運？倒也真的難以論斷了。

「如來神掌」聲名如此赫赫，但此一武功，究竟有幾招幾式，也是頗令人好奇的，在《天佛掌》一書中，曾云「天佛掌」有八招，故一九七九年合成出版社分拆成兩本時，就用了《如來八法》為第二本書名，但遍查原書，其實只有六招：佛光初現、金頂佛燈、佛問迦藍、迎佛西天、佛我同在、佛心一念，第七、八兩招闕如，這是柳殘陽武俠小說的慣用手法，未必皆一招一式詳盡交代。一九六四年富華影業的四部《如來神掌》是比較接近原著的，但卻多出了最重要的一招，那就是千呼萬喚始出來的第九招——「萬佛朝宗」。富群影業的三部電影，是演述龍劍飛歸隱及百年後龍劍飛後代的故事，已屬於再創造的同仁志作品，「如來神掌」一樣有九招，但創造了一個具有「天殘腳」絕技的鐵面修羅[1]為反派人物，在後來劉德華主演的《摩登如來神掌》中再度出現；黃玉郎的漫畫，《如來神掌》有十二式，其他的從七式到九式都有，名目頗不一致，其中最引人矚目的，無疑還是「萬佛朝宗」。從社會影響力來說，《天佛掌》以小小一部俠稗，而能引發如此巨大的迴響，也可說是「萬佛朝宗」了。

《天佛掌》為柳殘陽第二部作品，也是他的成名作。柳殘陽的武俠小說向來喜歡渲染暴力，血腥之味洋溢整個作品，此書自然也不例外，剛硬冷峭的用詞用字、慘酷滅絕的場景氣氛、激烈亢奮的搏擊殺戮、意氣激蕩的生仇死恨，以及柳殘陽深賴篤信的英雄「氣義」，交織成這部頗具驚悚效果的武俠小說。在某種程度上，本書延續了處女作《玉面修羅》「遭難—奇遇—藝成—報仇」的傳統武俠模

1第五集《如來神掌怒碎萬劍門》中出現，由石堅飾演，已遠逸原著範疇。

式，雖未如其後的作品般著力的渲染血腥殘酷的殺戮場面，足以讓讀者腎上腺素激烈爆發，獲得暢快淋漓的「暴力美學」快感，但打鬥的激烈場面，還是既多且熱鬧，初步奠定了其「鐵血江湖」的文字風格。同時，在全書結構的安排上，完足周延，相當具有可看性，無怪能獲得《明報》的親睞及導演凌雲的重視。

《天佛掌》基本上有三條主線。首先是主角江青的學藝、成名過程及其糾結的感情經驗。江青是怒江派的大弟子，但是因為相貌奇醜，不但失去了師妹華小燕的歡心，且無法獲得承接掌門位置的機會，在自卑自苦的抑鬱下，又因仗義援手，而墜落陰陽崖之下。不料絕處逢生，巧遇六十年前名震江湖的「一邪雙飛三絕掌」中的「邪神」厲勿邪，蒙其搭救，並收為義子，傳授佛門絕學「天佛掌」；然後又在紫龍秘穴的探寶過程中，遭到「輪迴神火」灼傷，卻因禍得福，舊貌盡去，變成英俊瀟灑的絕世美男子，且獲得神兵「金龍奪」。

三年之後，盡得邪神真傳，並習成「大尊奪法」，身著邪神的「火雲衣」，重現江湖，闖出「火雲邪者」的名號。自此，江青憑藉著超凡的武功，在江湖中過關闖將，不但壓倒了在「一邪雙飛三絕掌」之後名震武林的「南荒一霸、寒戟、雙鷹、三連劍、龍虎追魂、五伏羅漢」等高手，擊潰靈蛇教、金衣幫等頑強幫會勢力，更代「邪神」了斷了厲勿邪與無定飛環李琰玉的恩怨，大破「九索飛龍」全為柱後人「飛索專諸」全立的「煙霞山莊」勢力，勦滅「三絕掌」的後傳，從而樹立了新一代的武林魁首地位。

江青出身於邊遠地區小門派，所悲所苦者，全是屬於個人境遇之不順遂，與江湖中的個人雄長勢力或梟雄，並無若何的仇怨，若干見義勇為之舉，亦不過以小懲大戒為主，其恩怨之所自，多數源於厲勿邪六十年前的仇隙與積怨，而經過六十年的時間消磨，厲勿邪胸中的仇恨之心大減，故此書得以擺脫《玉面修羅》及其後來多數武俠小說的「報仇」故套，顯得相當特立，而也因此，血腥殺戮之氣只點到為止而已，也算是本書與眾不同之處。不過，柳殘陽小說唯力是視，強權就代表了真理的跡象，還是十分明顯。

江湖世界，原就是以「勝者為王」為原則的，誰的武功高，誰就能取得宰制的地位，柳殘陽的小說，在此展現得最為淋漓盡致。《天佛掌》中的上一代，「一邪雙飛三絕掌」中一二三的排序，即意謂著其武林宰制力的強弱，而其間的恩怨情仇，也正因爭取其中最高的掌控權所導生，「邪神」固然因凶暴殘忍而引起武林公憤，但當初瀟水一戰，黑白兩道齊聚七十餘名高手圍勦「邪神」，顯然爭權的意味遠遠大於他們所標榜的正義，是以即便在當時挫敗，後來仍由「無定飛環」李琰玉施出美人計，而將「邪神」困在絕緣洞六十年；後一代的江青，是在柳殘陽小說中難得的具有「仁者胸懷」的俠客，但所經陣仗，若非以威力十足的「天佛掌」、「金龍奪法」、「五大散手」先施之以壓逼，使對手或死或傷，而後不得不屈服。

江青的仁恕為懷，未必皆能讓人感恩戴德，反而是一腔憤懣，仇怨難解，只是在武功上奈何不了江青，只得忍恥含痛，這點，從「無定飛環」李琰玉和「飛索專諸」全立死前的痛憤中可以完全看得出來。也因此，江青的仁恕，就顯得是相當的假仁假義了。不僅江湖爭霸如此，就是小說中頗費力經營的兒女情長中，也可以看穿此一跡象。

《天佛掌》是柳殘陽小說中對情感經營較為細膩的一部，書中的情感糾葛，集中在江青身上，而另有祝頤和裴敏作為穿插。江青在未變容為美之前，先有一段與師妹華小燕「無言結局」的感情創傷，後來又有類似恐怖情人的唐小萱由愛生恨、感念救命之恩願捨身侍奉的黃倩倩，情感經歷相當豐富；但寫得最細膩委婉的，則是「雙飛仙子」之一全玲玲和「雲山孤雁」夏蕙的戀情。

夏蕙原是好色之徒「天緣洞主」田淨的門徒，因美貌動人，使田淨妄生不倫非份的覬覦之心，欲加以染指。所幸江青及時出現，伸出援手，並加以呵護照顧，雙方培養出深厚的情感。但後來得知江青心中猶有全玲玲，一時激動，遂不告而別，累得江青四處尋覓，最後才看透看破，願意與全玲玲同時下嫁江青。在這段感情經歷中，柳殘陽相當委婉的將一位懷情少女的心理層面作了適如其分的摹寫，算是可圈可點了，但也不脫一般言情小說中「三角戀情」的舊套。相較之下，江青與全玲玲的戀情就更具衝突性與張力了。

全玲玲是「雙飛」、「九索飛龍」全為住的孫女、「飛索專諸」全立的女兒。「雙飛」與「邪神」的恩怨，早種於六十年前，至第二代猶無法化解。全玲玲卻以仇人之女的身分，愛上了江青，不但癡情相繫，而且膽敢違逆父母之命，暗中援救身陷煙霞山莊「再世牢」中的江青，無怨而無悔。武俠小說中俠客與仇讎之女相戀，其實也是舊套，柳殘陽摹寫這段戀情，固然免不了將「情與仇」的糾結與矛盾作描繪的重點，以凸顯其中的衝突性。但筆鋒所向，多偏於全玲玲一方，全玲玲為情為愛，無悔無怨，獨攬了這段情愛的絕大部分壓力，內心的糾結與痛苦，寫得相當的感人。不過，就江青來說，就未免顯得過於輕鬆寫意了。在這場戀情中，江青無疑是站在被動接受的一方，是全玲玲主動示愛，並以具體的行動表現她對江青無比的深情，江青因感激、感動而接受，自也是世間戀情的正常發展形態。但全玲玲所背負的來自家長輩的壓力，江青是完全不存在的。無論是義父「邪神」厲勿邪，或是江青的忘年之交「長離一梟」衛西，乃至於他的三位結義兄長白孤、戰飛羽及祝頤，都一早便對此段戀情大表鼓勵與支持。橫亙在江青面前的問題，是如何取得全玲玲一方的認同而已。如此的寫法，與其他武俠小說的「正邪戀情」是相當異趣的，如在金庸的《倚天屠龍記》中，張翠山與殷素素、張無忌與趙敏，以及梁羽生《白髮魔女傳》中的卓一航與練彩霞，其壓力的集中點，皆落在男性角色身上，柳殘陽算是較能突破窠臼的；但是，也正在這裡，顯示出《天佛掌》一書，即便是在處理愛情問題上，還是以一貫「勝者為王」的姿態展現。

江青與全玲玲的愛情與未來的歸宿，關鍵在上一代的仇怨能否化解上。所謂的「化解」，當然是指雙方都願意不計前嫌，互無怨尤的放下仇恨，以成全這對小兒女。但柳殘陽從未讓江青在「化解」仇怨上，有若何具體及有效的行動，而是以武力威逼，打到對方不能不俯首認輸；既是認輸，則所有的認同，就也只是「城下之盟」而已，是無可奈何的屈從了。《天佛掌》書中，最後是以江青寧願承受全立最後的「雙煞指」一擊，顯示出他不惜身死，也要與全玲玲在一起的決心，章名為〈以命搏仁〉，似有意強調江青「化解」全立仇恨之心的「仁德」，但是，此時的全立，在江青高絕的武功凌逼下，早已身負重傷，最後更因強聚真力一擊，而導致內腑破裂，無可救治。

儘管全立因仇恨縈懷，意氣用事，頗有如衛西所說是「咎由自取」的了，畢竟，全玲玲一家的災禍，煙霞山莊之毀、全立之死、李師奶之亡，都還是因江青所肇，固然全立臨終許婚，但此恨此憤，依舊絲毫未減，即使是全玲玲母親「紅衣女」羅十娘最後的同意婚事，也可以看出其中掩飾不了的深邃的仇恨之心。在此情況下，全玲玲居然能嫁得如此心安理得，未免也讓人覺得太過於不可思議。全玲玲最後是得償宿願，獲得幸福了，可羅十娘心裡，則是想到——「在這幸福的裡面蘊藏了老一輩的多少辛酸？」在這點上，全玲玲其實比《水滸傳》中的扈三娘之下嫁王英，更令人不易接受。在《天佛掌》中，以威逼方式締結姻緣的，還有祝頤和靈蛇教的教主「君山獨叟」裴炎之女裴敏的戀情。靈蛇教主裴炎因祝頤的品貌武功較差，不允許兩人交往，甚至軟禁了裴敏，並派人追殺祝頤，可最後的結局，則是江青以強大的武力，大破靈蛇教，又在裴炎與龍虎追魂東九山兩敗俱傷瀕危之際，施以恩德，恩威相逼，迫使裴炎不得不同意，是如出一轍的。

《天佛掌》一書的另一條主榦，是強調朋友間的義氣。朋友間傾蓋可以定交，定交後恩義激蕩，可以水火中去來，兩肋插刀，也是柳殘陽小說中一貫的表現主題。書中主要藉「紅面韋陀」戰千羽、「大旋風」白孤、祝頤及江青的定交結義及「長離一梟」衛西對後輩的照拂中展現出來。戰千羽、白孤、祝頤對江青始終不離不棄，堅定地與江青共闖險地，兄弟之情，固然彰顯無遺，而衛西以前輩之尊，折節下交，其關照護愛之情，則更令人動容。

「長離一梟」，衛西是繼「一邪雙飛三絕掌」後名震江湖的高手，也是東海長離島的島主，手下擁有高手雲集的海龍、烈火、揚波、鐵血、怒浪、旭陽六旗人馬，可謂是一方霸主。名高位尊的衛西，在江青未脫胎換骨前就與他一見投緣，並傳授了他生平絕技「七旋斬」（「七旋斬」是後來「如來神掌」故事中備受傳誦的武功）。當江青受困於煙霞山莊時，衛西聞得此事，主動馳援，將江青救出生天；其後，更在江青欲見全玲玲而身陷重圍的時候，更是手下五旗盡出，抵擋全立諸人，才使江青得以專心與李琰玉對敵。獨行俠客闖蕩江湖，背後往往有強勢幫會的奧援，而此幫會奧援，不但盡情展露了柳殘陽小說中的「黑道義氣」，也是他後來武俠小說中一再出現、難以逾邁的固定模式之一。

《天佛掌》雖是柳殘陽的第二部武俠小說，但此書不僅曾經有如神話般的社會流播效應，同時更具體而微的展現了柳殘陽小說的一貫風格，是非常值得一觀的。

斑血漬……………——第三章

於是，他斧柄上的黑色細鏈猝然勒上了朱汾的脖脛，力量之大，令那朱汾悶嗥著往後倒歪，申昌玉面色冷白，斧背暴落，將朱汾的整個腦袋砸了個四分五裂，血肉模糊！……於是，那些圍攻上來的「紅蜘蛛會」會友的腦袋與血也就變成不同形狀的拋揚紛飛，慘號尖叫，亂成一團！——第廿二章

刀光飛閃，刀芒揮霍，人的肉和人的血便在拋揚灑濺了，震耳的吶喊、震耳的叱喝、震耳的怒吼，加上顫慄的號叫與慘嗥，千古以來不會變異的殺伐景象又再重演。——第五九章

類似的摹寫，可以說是俯拾即是，既暴力，又血腥，果不愧有「鐵血」之名。當然，柳殘陽其他小說可能有比《斷刃》更殘酷血腥的場面，那種連斬百刀、數百刀，數十條人臂人腿當空斷灑、幾十顆頭顱滴溜旋飛，腦漿迸溢，肚腸外流的畫面，實令人動魄驚心。之所以選擇《斷刃》，乃因此書頗也有些較出色的表現。首先是此書相當難得的以悲劇作結，厲絕鈴在黃君稚因一片慈心反橫遭殺害後，痛惜之餘，將兵刃「生死橋」折毀，退出血腥江湖，與他書之通常以圓滿結局大異其趣。除此之外，其中「黑樓」的季哥，本是奉命追捕厲絕鈴的，但他的頂頭上司，又是他最尊敬的申昌玉，居然背叛了「黑樓」，這已讓他在情義與幫規之間掙扎猶豫，而卻偏偏在「鬼臉幫」圍殺下，受了厲絕鈴救命

之恩，情與義的衝突，雖未能細加摹寫，倒也是可圈可點。

《斷刀》最凸出的人物，自然是出身宦門、溫柔體貼，而又慈心仁懷的黃君稚了，她以悲憫之心，屢勸厲絕鈴減輕殺孽，厲絕鈴雖自有一套振振其辭的江湖生存法則，強調「以暴制暴」的不得已與必要，但卻在其感化下，頗有轉變的跡象。黃君稚深信人性之本善，甚至不惜以「為奴為婢」為賭約，成功勸導厲絕鈴放過與他為敵的何星瑩、聶濟人、謝宗等人，認為這三人必然懂得知恩回報。不過，卻也在這點上，使全書的主旨有些淆亂起來。何星瑩在後來，的確知恩回報，向厲絕鈴透露了「鷹堡」即將對他展開圍勦的計劃，使厲絕鈴能有所防備，但聶濟人與謝宗，卻是怙惡不悛、劣性未改，人性究竟本善與否，在此已亂了陣腳；尤其是最後「黑樓」的曹羿，居然偽裝悔改，在厲絕鈴稍有遲疑之際，臨死一擊，狙殺了黃君稚以為報復。一心為善的黃君稚，正喪命於其善舉之中，厲絕鈴最後的折斷「生死橋」，退出江湖，究竟獲得的是如何的啟示？小說最末以一首不合律的詩作結：

說什麼江湖風雲？談什麼英雄豪膽？最見真情是摯愛，行仁者才是無敵。

「行仁者」必無敵乎？是耶？非耶？且留待讀者自行判斷。

三、《梟中雄》與《梟霸》

《梟中雄》與《梟霸》在柳殘陽的武俠小說中，是相當特殊的「二而一」的作品，書中以主角燕鐵衣的「俠行」為經緯，以十三個獨立短篇的格局，連綴成長篇，而分拆為兩部，類似前此古龍《鐵

柳殘陽的《梟中雄》和《梟霸》（四維出版）

血傳奇》及《俠名留香》的楚留香故事，但各篇獨立性相當強，彼此間未有繫聯，至多只是在某個故事段落中提及前事而已，[1]這與「楚留香」系列還有血脈相連、伏線潛藏有異，也因此全書的結構也稍見鬆散，且皆為燕鐵衣的個人秀，搭配的副手作用不大，相較於古龍的作品，不免遜色多多。

不過，此二書在柳殘陽的作品中，卻是相當具有關鍵性的。二書成於一九七〇到一九七二年之間，屬柳殘陽從早期過渡到晚期的作品，在此之前，一九六二年的《天佛掌》，可說是柳殘陽奠定他鐵血風格基礎的代表作，其後自《蕩魔誌》（一九六二）而下，到《渡心指》（一九七〇），其間《驃騎》、《搏命巾》、《銀牛角》、《大野塵霜》、《斷刃》、《血笠》、《霸鎚》等十餘部作品，無一不是屍橫遍野，鮮血淋漓的長篇之作，其中《血笠》（一九六八）曾被台北市政府依出版法加以查禁，顯然就是因為是書暴力血腥之氣過濃的原因。

但自一九七〇年後，柳殘陽小說對暴力血腥的描寫，逐漸有所收斂，而篇幅也隨之漸減，雖仍不

1如在《梟霸》一書中，即曾兩次提及《梟中雄》中有關「大幻才子」向燕鐵衣尋仇的事。這段故事，曾在《武俠春秋》第七至廿一期（一九七〇年二月十五日始）獨立連載，即標目為《大幻才子》。

免激烈殘酷的打殺廝鬥場面，但過去動輒百人、甚至千人互鬥，多少條人腿人手飛濺、血流漂杵的場面已不復再現，且也不會直接動用筆墨去摹寫那些殺戮後肢殘臂斷、腦破腸流的慘不忍睹畫面，而代之以點到為止的勝負結果，且過去「除惡務盡」、「以殺止殺」的狠斷決絕，也為刀下留人，不斬盡殺絕的仁恕寬懷所取代。此時的柳殘陽，年過三十，年輕時好勇鬥狠之氣漸漸磨平，故筆下超生，未嘗不能說是一種新的體悟。

不過，貫串於柳殘陽小說中的若干觀念，自柳氏開始動筆到封筆，事實上仍是非常清晰且連貫的，《梟中雄》、《梟霸》二書中的十三個事件，正好提供了我們進一步理解的案例。

柳殘陽小說中的江湖，以摹寫獨行俠客或幫會雄主的恩怨情仇為主，但幫會的勢力，始終都在他的小說中起關鍵性的作用，即便是像《斷刃》（一九六八）中以受雇殺人奪財為業的「閻羅刀」厲絕鈴，獨來獨往，但他與「黑樓」等黑幫的恩怨，仍然有賴於書中結義兄弟申昌玉在「中條山」的幫會實力之協助。柳殘陽筆下出現的幫派，有幫、派、會、社、教、盟、組、樓、莊、院等不同名目，凡可用以代表某群人集聚的字眼，都可派上用場，其中知名度最高的，無疑就是「梟霸」燕鐵衣所領導，位於北六省楚角嶺的「青龍社」，九〇年代的女性作家祁鈺，甚至在她的成名小說《巧仙秦寶寶》中完全仿照「青龍社」的組織架構，另創了一個「金龍社」，連「魁首」的名字都叫「衛紫衣」。

「青龍社」實力之龐大，儼然是可以敵國的，據書中所描繪，約莫擁有三千徒眾之多，幾乎就是一個軍團的模式了。在組織架構上，自「魁首」燕鐵衣而下，有「魔手」屠長牧、「金鈴主」應青戈、九牛戟莊空離等三大「領主」，另有一職司刑堂的大執法「笑臉斷腸」陰負咎，此外還有十名負責護衛本社安全的「衛山龍」，皆各有執掌，各有所屬，放出去都是可獨當一面的高手。燕鐵衣身旁還有

「快槍」熊道元、「煞刀」崔厚德兩名護衛，也是武功了得的高手。本寨之外，「青龍社」在全國各大城市，如咸陽、杭州等十個地區，都派有「大首腦」一名，手下一鐵手級「大頭領」，下轄五名「鐵手」、五名「銅手」，專門負責「青龍社」財源籌措及營運之事，定期向社裡繳納盈餘，以供開銷。此一生財系統，既「擁有正當的錢莊、店鋪、酒油坊、牧場、及客棧，也擁有不正當的賭檔、花菜館、私鹽隊、暗鏢手和暴力團」（《梟中雄》第一章），可謂黑白通吃。如此的架構，顯然是與柳殘陽所熟知的台灣當代如「竹聯幫」、「太陽會」等黑道幫會有極大的類同的。

「青龍社」行事，「素來奉行『鋤惡扶弱』、『安良濟貧』宗旨」（《梟霸》廿五章），這當然是向來黑道幫會冠冕堂皇的口號，不過，燕鐵衣倒也的確對周遭的村里，如「小蝸村」，極盡其照顧之能事，與一般魚肉鄉里的幫會大異其趣，也因此，燕鐵衣令人愛而不懼、敬而不畏，書中頗刻意強調他多次受邀參加地方婚壽宴請的經歷，其所受到的愛戴推崇，是不言可喻的。燕鐵衣雖側身黑道，但對黑白之分，卻有他振振有辭的一番道理：

> 黑白兩道，只是浮面上口詞的分野，白道之中不乏奸邪惡毒之輩，黑道之內，亦多行俠仗義之屬，黑白出身的意義，乃指其所處的環境性質，謀生的方式途徑而已，並不是黑道皆乃下品，白道唯獨尊高；「俠義」之名，自要以事實行為來表現，更非單憑自稱自詡便可欺瞞天下，從而鑄定。——《梟霸》第六十四章

人在江湖，是身不由己的，既然選入了黑道這一路，就免不了要過刀頭舐血，殺人被殺的血淋淋

的日子，而「江湖恩怨，難從細訴，更難分曲直，有些事實，誰能說誰是正確的、無差的呢？要生存下去，往往便避免不了這些是非了」（《梟中雄》第十九章），唯一能夠做到的，則是「只要在道義上不虧，在傳統上立得穩」（《梟霸》第十一章），至於這些逼不得已而非用不可的方法與手段，「內容並不值得計較，值得計較的是——待要完成的心願和目的，其內涵是否乃為正當的，仁義的，無愧於心的」（《梟霸》第四十三章）。無疑地，這是燕鐵衣行事的基本原則，實際上也是柳殘陽小說中所有正面形象的俠客的共通行為標準。看似言之成理的言論背後，其實隱藏著相當大的危機，也就是「正當」與「仁義」究竟是如何認定的？同時，「問心無愧」果真可以當成是「正義」的充要條件嗎？在此，我們看到的，是類似於《水滸傳》中的「強盜的正義」，而未必即是真的「正義」。即此，我們可藉《梟中雄》、《梟霸》中的十三個事例來作分析。

在這十三個案例中，我們可以發現「復仇」是其中最大的衝突根源，即便是俠行，其間亦多摻雜著復仇的原因，如女盜冷凝綺之賈禍，乃因其愛生恨，故為人所追殺。故相關故事，即佔有十一篇之多，可見作者之摹寫燕鐵衣，始終皆著墨在江湖中無可避免的、複雜的形形色色恩怨，及燕鐵衣的俠行義舉上。江湖中的恩怨，是很難判斷其是非黑白的，燕鐵衣可以為裴咏千里尋兇，而大幻才子、大紅七、佟雙青等，又何嘗不能為其兄弟、父親報仇？在此，「勝者為王」決定了其間的「正義」與否，而「為王」的關鍵，則端在於武力或暴力的強弱，燕鐵衣的「長劍太阿、短劍照日」，威力無人可擋，這就使得燕鐵衣儼然就成了「正義」的象徵，其實是未免荒唐而可笑的。

其中「為友求藥」的事件，是最能凸顯此一荒謬性質的。燕鐵衣為友向賈致祥求藥，賈致祥固然有點財大氣粗，不接受威脅利誘，也不願有任何妥協，且其行事，距離「為富不仁」恐怕也相當遙遠，燕鐵衣威逼利誘不成，居然以擄劫七夫人為手段，無論在情在理，都是說不過去的。套句司馬遷的疑問，「是遵何德哉」？此無它，只因求藥者是燕鐵衣的朋友，如此而已。從這一點看來，柳殘陽的江湖道義，與《水滸傳》是遙相呼應的，為了朋友、兄弟，可以水裡火裡去來，但究竟去水裡火裡做些什麼事，就是另外一回事了。燕鐵衣強調的「無愧於心」，其他人何嘗不自認為如此？所謂的「正義」，其實就是個借口而已。這正是柳殘陽江湖世界的基調，同時也是充滿了直覺、非理性，且危險性十足的觀念。大森府的秘謀，也正可以如此看待。

「大森府」是與燕鐵衣齊名，而盤據在南七省的幫會，為了爭奪地盤，削弱「青龍社」的勢力，秘密聯結了許多有志一同的幫會，決定與燕鐵衣展開爭奪戰。這基本上就是純粹的江湖霸業的爭奪，孰是孰非根本不重要，純粹看誰的力量大，誰就代表了「正義」。而此一「正義」，其實是有所犧牲的。在這事件中，大森府的秘密行動，是由大森府中的「小無影」叢兆，因感念燕鐵衣救過其兄性命而洩露的。就大森府來說，叢兆無疑是叛徒，可在書中卻將叢兆視為深明大義之人，殊不知其「義」何在，這豈不是「侯之門，仁義存，已饗其利為有德」？一開篇有關屠森挾恩要脅的事件，則更是引人深思的。

燕鐵衣因受蜂狐所傷，在危在旦夕時，為惡人屠森所救。屠森挾恩要脅，要燕鐵衣助其報仇。從整個故事看來，屠森氣狹量小，殘暴恣睢，根本就是個人渣，但燕鐵衣因受其救命之恩，卻只能虛與委蛇，明知不義，還是坐壁上觀，雖未真施以援手，事實上還是等於縱虎殺人，為一己小恩，終究泯忘大義，雖最後仍然出手殺了屠森，可傷害在屠森手下的許多人命，已無從挽回。燕鐵衣何以如此？說穿了，就不過是不願背「忘恩負義」之名而已，「烈士徇名」，但為此一「名」，真正的「正義」不僅來得太遲，而且幾乎要淪喪了。

從以上的分析看來，儘管《梟中雄》、《梟霸》二書，傾其全力欲塑造出一個迥異於柳殘陽以前小說中的俠客，仁德為懷、寬恕忍讓，但在骨子裡，殺戮之氣的減降，實際上並未能祛散這種盜賊式的正義所播弄的陰影，柳殘陽自始至終，相信的還是「義氣」、「氣義」，而非「正義」。

不過，就柳殘陽的作品來說，此二書也還是相當可觀的，在燕鐵衣人物的設計上，他擺脫了冷傲狠絕、剛硬強毅的刻板英雄形象，燕鐵衣是被如此描述的：

> 帶著天真氣息，童稚未泯的臉龐；那是一張瘦瘦的臉，皮膚呈嫩嫩的乳白。他生著一雙圓圓的大眼，柔和的眉毛，挺直可愛的鼻，一張紅潤潤的嘴——這些外表的五官，便組合成一副似是尚未成熟的年青人的形像。有時，他習慣露出一抹單純忠厚的微笑，眼神中也常常透射出那種溫柔安詳的光芒」——《梟中雄》第一章

這使得燕鐵衣的出場與身分的揭露，不僅讓書中人物驚疑莫定，也讓讀者頗有「意料之中的意外」的驚喜與快慰，可說是相當成功的。更難得的是，柳殘陽寫兒女之情，向來生硬，通常都是男方矜持忍藏，而女方主動告白，而一旦告白，就開始「哥哥妹妹情情愛」起來，肉麻而無趣，此二書寫燕鐵衣與大森府駱真真似有還無的情感，以及對江萍的恩仇纏裹的愛情，倒還有幾分含蓄而糾結的妙處，盡在不言之中。

此外，《梟中雄》與《梟霸》受到古龍「楚留香」影響之處，也是相當明顯的，如查探裴咏之死的

真相、追緝大幻才子的真身、為鄧長洗刷冤屈、解破黑圖騰教的隱語等，都運用了偵探推理的技巧，曲折往返，饒有餘意，與其他小說大馬金刀、開門見山的直截，是大異其趣的。

四、《巨靈出陣》

柳殘陽的武俠小說向來以黑道幫派的恩怨情仇為主線，不僅一般武俠小說中的名門正派，如少林、武當等鮮少出現（一九六七年的《銀牛角》有少林、武當出現，是主角秋離少年曾投師學藝，卻遭到漠視侮辱的名門正派，其後少林並因大興問罪之師，為秋離所挫敗，但可謂曇花一現）；官府、捕快等維護社會秩序的公權力機構，更消聲匿跡，一任好勇鬥狠、視法律為無物的「俠客」或「梟雄」，以鐵以血，行其殘酷與暴力的所謂「正義」。

基本上，台灣的武俠小說自「去歷史化」之後，轉向江湖霸業、武林權位的爭奪，不僅殘暴酷烈、剝削百姓的惡徒，未見懲處，就是連代表「正義」的俠客，刀頭滴血，殺人如麻，也被視為天經地義，絲毫未見「公權力」於中有任何有效的防制。偶爾出現捕快、大內侍衛等與國家律法攸關的執法者，也往往被詆毀成朝廷的鷹爪、走狗，不是協同為惡的幫兇，就是沆瀣一氣的惡徒，法律遠颺，江湖獨尊。溫瑞安的《四大名捕會京師》可以說是異數，以冷血、追命、鐵手、無情四名象徵國家律法的名捕，破案懲暴，扶危定傾，為無法無天的江湖世界稍稍注入些許法律的尊嚴。

柳殘陽的小說，在黑道江湖法律的缺席上，可謂是變本加厲，各種暴力的展演，活生生的就宛如血腥的修羅地獄，不僅滿手鮮血的暴力施加者，可以理直氣壯的宣稱執行「正義」，甚至連動輒出動千人以上群毆群鬥，有如戰爭的行為，也未見驚動到地方官府或軍隊加以制止。

年輕時候的柳殘陽，血氣方剛，且因深受所處黑社會背景的影響，樂此不疲，自一九六一年《玉面修羅》而下，一路血灑屍積，激揚烈厲，無悔無疚，到一九八〇年的《拂曉刺殺》，都是一貫的鐵血風格。儘管柳殘陽自一九八〇年後的作品，依舊是籠罩在他貫有的鐵血殺戮的風格中，但中年過後，對江湖，對人生的體認，多少難免有若干變化，如在他後期的江湖幫會所賴以維生的經濟來源上，就開始反思「賭場」的嚴重社會後遺症問題，因而將之排除在幫會經營的項目之中，這與《驃騎》中寒山重的「浩穆院」、《梟霸》中燕鐵衣的「青龍社」大異其趣。

更有深意的是，在《鐵腳媳婦》（一九八二）中甚至以咸陽總捕頭白方俠及其女兒助手白小宛為主角，讓白氏父女成為鏟除強梁、維護江湖安定的最大支柱，較之《梟中雄》中對因燕鐵衣説情，而對朱世雄網開一面的捕頭「大鷹爪」姜宜，算是更中規中矩的了。但白氏父女還是免不了夾纏在個人恩怨之中，在柳殘陽小説中難得一見的女性主角白小宛，正是書中主幹韓家滅門血案中的韓家媳婦。相對之下，《巨靈出陣》之以直屬刑部的總提調為主角，摹寫「巨靈公子」莊翼如何艱忍踔厲的維護社會法理於不墜，就顯得更是難能而可貴了。

《巨靈出陣》（一九八八）一開始就摹寫代表法律威權的總提調莊翼，率領著手下十二「鐵捕」中的錢銳、竇黃陂、苟壽祥、佟仁和四名幹探，押解作惡多端的嚴良、何恨、駱修身、艾青禾四位人犯，從老龍口到靖名府，跋涉三百多里路的艱辛途程展開。作者以寒漠僵冷的大雪天，九人五馬的一路的蹇偃苦況，點出了身在公門的不得已處境，捕頭這一行，「揭明了説，簡直就是拎著腦袋玩命的行當，神經若不夠強韌，還真幹不下來，晨昏顛倒，寒暑不分的在刀口下打滾，盡同些各形各色的凶煞惡鬼糾纏，生活當然是刺激，可是刺激多了，人便難免變得麻木啦」（第一章）。不僅路途艱辛，還得加意防範犯人趁隙脫逃，以及賊黨的攔路劫囚，畢竟，這些人犯都擁有非常複雜的社會關係，有的是黨羽相援，有的是懷挾私怨，區區公門五名捕頭，如何面對這些來路各不相同的大批玩命之徒，其苦況是可想而知的，但職責攸關，不容有絲毫怠忽，五名捕頭中犧牲了苟壽祥，而其他四人則幾乎遍體鱗傷。當我們看到溫瑞安的「四大名捕」極其風光、優雅的展現其結合著武功與智慧，破案有如神的丰采時，不可能會想到身為一個公門人士，所可能面臨到的各種不虞之災及龐大的壓力。在《巨靈出陣》中，莊翼固然也展現了他的武功與智慧，但給讀者印象最深的反而是他一方面既背負著執行公權力的職責，卻又不得不面對許多為維護公權力而不得不稍作妥協的壓力，而正是糾結於此等的壓力，更凸顯出公門中人的悲辛。

莊翼的壓力，有來自劫囚的惡黨，既有勢力龐大的嚴良之黨羽，如花落紅的劫囚，也有如趙六、孫銀鳳夫婦之企圖以囚犯及莊翼當「肉票」，以勒索取贖，更有如蘇婕之欲報私仇而劫囚；但最大的壓力還是來自於他身居執法之位所不得不考量的人際關係。身為十州八府的執法者，莊翼行事，是不能不考量到外在的人際關係的，「一真門」老爺子，向來對莊翼多所照拂，故提出了釋放嚴良的要求，莊翼在衡量之際，自然多有為難；「起霸山莊」是江湖聲名鼎盛的門派，要求釋放見義勇為而殺人的仇賢，於法未合，但於情卻難以峻拒。儘管莊翼自有其底線，最後終是以罪犯之罪責大小做了融通的處置，當機先斬嚴良，而對仇賢則網開一面，縱其逃逸，平心而論，是頗有瀆職之嫌的，但卻也可體會出公門執法之不易。

可惜的是，柳殘陽並未從官場上的利害關係入手描繪，莊翼的上司，基本上都無條件支持莊翼的決定，使得莊翼免除了體制上的壓力，但也因此而削弱了其間可能的矛盾與衝突，莊翼的形象，難免略有幾分蒼白。有趣的是，柳殘陽在此書中卻塑造了一個貪財好貨、不明事理的父親，莊老爺子收受賄賂，逼迫莊翼必須提拔施賄者，莊翼基於孝道，不敢反對，反而予以融通默認，這是柳殘陽有意將道德凌駕於法律之上，凸顯了柳殘陽小說中一貫的視法律為無物，而純憑俠客「自由心證」，未必皆與「正義」等同的風格。

更弔詭的是，莊翼身為公權力執掌者，理應擁有足夠的官府力量，壓制「一真門」、「起霸山莊」及龔慕俠等違法犯紀者的黑暗勢力，但是，我們固然也看得到莊翼及其手下鐵捕在此所展現的堅毅決心及不屈精神，可真正起到作用的，並非公權力的威行，而是隱身於莊翼背後龐大的黑社會幫派——「六合會」的協助。

柳殘陽的小說，幫會勢力之大，是遠遠超越公權力機構的，且不說眾所周知的浩穆院、青龍社、金雕盟，代表正義力量的都屬幫會，即便是若干不依傍幫派勢力的獨行俠客，如《天魁星》中的仇忍、《天佛掌》中的江青，其背後也都擁有如「紅白道」、「東海長離」等幫派奧援。

晚期的柳殘陽，儘管在《巨靈出陣》中別具匠心的以公門捕快為正義的執掌者，但舊習難改，骨子裡還是充滿了俠客個人義氣的激蕩，那種「無法無天」的快意。

柳殘陽具有相當程度的黑社會背景，似也可自此略略窺出他對公權力「黑白掛鉤」的洞識，以及箇中無意間流露的對法律的不信任或質疑。柳殘陽武俠小說中的江湖，原就是黑道幫會縱橫捭闔的江湖。

第二節 「暴力美學」的省思

柳殘陽的小說，以「鐵血」聞名，主角人物性格強毅堅忍，如鐵如剛；而又殺伐過甚，鮮血橫溢，是以頗有以「暴力美學」譽之者。此一評價，見仁見智，人各不同，如葉洪生即認為柳殘陽小說中殘酷血腥的場面，除了令人「惡心」外，毫無「暴力美感」可言（見江蘇文藝出版社葉氏的序文）。在此，事實上有兩個不同的層次，一是有關「暴力」是否足以呈顯出「美感」的問題，這始終是學界聚訟紛紜的議題，如要細論，可能必須要以至少一本專書的篇幅來加以討論，姑不具論；二是柳殘陽的暴力書寫，可否與「美學」搭得上邊的問題。當然，這首先牽涉到我們對「美學」或「美感」的定義。

從最簡單的意義上說，美學（aesthetics）指的是一種「感觀的感受」的系列相關學理，所謂「感觀的感受」，就是以人的感知器官，如眼、耳、鼻、口舌、皮膚，甚至是某些既定的道德觀，對外接觸後，在人心裡所泛生的各種不同感受，其中足以讓人感到滿足、喜悅、舒適者，就是「美」。自古以來，就有許多學者想查探此一奧義，企圖從中尋求一特普遍性的原則，作為「美的規律」，如西方雕塑、繪畫史中的「黃金比例」，中國的「詩律」等。不過，人心不同，各如其面，所謂的「情人眼裡出西施」，莊子在幾千年前就已經指出了這一個癥結之所在，「毛嬙、麗姬，人之所美也；魚見之深入，鳥見之高飛」，欲求得一普遍性的美感規律，事實上最多也只是原則性的，未必可執之為典要。就文學讀者而言，所好因人也各自不同，「暴力」，對某些人而言是惡心、殘忍的，但樂此而不疲，能於其中感受到莫大的刺激與喜悅的，固大有人在，未嘗可以一概而論之。

讀過柳殘陽小說的讀者，很少人不會泛起過癮、刺激，腎上腺突然分泌旺盛，而具有酣暢淋漓快感的。在此，當然需分辨此一快感是純屬於文學閱讀層次的，與現實中目睹真實的慘狀有所區別。姑且不論從「變態心理學」的角度上說，人在潛意識中多多少少具有某種「嗜血、殺戮」的隱暗衝動，有時可借血腥殘酷的畫面獲得滿足與消解，如魯迅所曾說過的舊社會中群眾「圍觀」殺頭場面的事例；而文學之為用，則具有「滌清」、「療癒」的功能，是與此異曲同工，甚至，還含有某種程度的「道德優越感」的。

所謂的「道德優越感」，是指讀者在閱讀的過程中，由於作者對作品中作非為惡的人，刻意加以摹畫、渲染，將其惡行惡狀，窮形盡相的呈顯出來，使讀者在道德意識中判定其人的罪愆，而自覺優勝於對方。柳殘陽的小說中，號稱維護正義的俠客，其實未必真的就是名副其實的，以《斷刃》中的「閻羅刀」厲絕鈴為例，既以「閻羅」為名，即可知其人行事風格之殘忍狠惡，他是以收受錢財為人賣命的殺手，儘管還算是遵守此一行業的行規，也偶爾會有些悲憫之心，但是從其職業上看，顯然就不是典型的俠客寫照，而且從來未以其職業殺手之殺人如砍瓜切菜而有所愧疚，以牙還牙，以血還血，是他的行事風格，相較於《渡心指》中的「果報神」關孤之會憬悟於其不當，相去甚遠，實在也很難讓讀者對他有多少認同。

不過，作者更多的筆墨，是置放在厲絕鈴的對手之窮兇極惡上的，如一開場買通厲絕鈴的「丹冠門」掌門妻子碩，見利忘義，居然罔顧道義，欲殺厲絕鈴滅口取財；其後的「紅蜘蛛會」中人，則因受到清官的制裁，竟於清官卸任後欲殺盡其全家以洩憤；而其中最關鍵的黑道組織「黑樓」，則因與厲絕鈴爭奪財物未成，傾其全力派人追殺厲絕鈴，更施出種種見不得人的陰謀詭計。

如果說厲絕鈴之展開殺戮，還是有些「不得已」（自保）的成分，這些慘遭厲絕鈴殺戮的對手，則簡直可謂是「腳底流膿，頭頂生瘡」壞到徹底的惡人，這些惡人，無理可說，無法可管，唯有以更惡之人加以摧折，才足以平讀者之氣。相對之下，厲絕鈴自然就顯得不怎麼樣的令人厭惡了。作者在故事中已明顯指出，受慘報的是絕對的惡人，而這種形形色色的惡人，事實上在讀者的現實生活層面，也往往層出不窮，一般人卻只能氣憤痛恨，而無可奈其何的。因此在閱讀的過程中，不免帶入現實中的憤懣，而由作品中仗義的俠客，代其出氣，以獲得內心一時的快意。這正如同中國古代的公案小說，其中有許多清官，其斷案判案，往往是以極慘不忍睹的酷刑施加於罪嫌身上而破案的，但由於小說中一開始就明說了其人之罪，因此清官之用酷刑，非但不會造成對清官聲譽上的任何損失，反而由此獲得讚賞，以為是真正的「正義」在清官手下得到了伸張。這是文學創作上刻意塑造的「盲點」，但卻因此「盲點」，讓讀者忽略了所謂「執行正義者」本身的問題。

柳殘陽的「江湖世界」，是「強者為王」的，此所以其筆下的主角人物，幾乎都是放眼江湖絕無敵手的「頂尖」高手，武功的高強，不但使他們高居力量的宰制地位，更加強了他們的「道德優越感」，此一「道德優越感」，在讀者閱讀的過程中，轉嫁於讀者身上，在快意之餘，就不免忽略了其所謂的「正義」，純粹是「強盜式的正義」，而這正是柳殘陽的小說以「黑道江湖」為主，有以致之的。

柳殘陽筆下的俠客，通常與黑道幫會有深密的聯結，其中最知名的，無疑是燕鐵衣的「青龍社」與寒山重的「浩穆院」，其規模之龐大、勢力之強盛，儼然就是一個法外的武裝團體，足以替代「公權力」執行其是非的判準與暴力的裁罰。

黑道幫會雖然也常祭出「正義」的名號，但其所為的行當，柳殘陽也不諱言，「青龍社」有龐大的生財系統，「他們擁有正當的錢莊、店鋪、酒油坊、牧場、及客棧，也擁有不正當的賭檔、花菜館、私鹽隊、暗鏢手和暴力團」[1]、「浩穆院所主持的各行生財之路，是有多種方式分為明、暗兩面的」[2]，既是如此，這些幫會就在基礎點上是與法律相違的，更何況幫會為了固結勢力、防止他人染指，就不得不以「暴力」為手段，燕鐵衣宣稱：

> 譬喻暴力，暴力本質當然殘酷又血腥，並非一種正當手段，不過，若用暴力來阻止另一種破壞毀滅更大的暴力，則暴力又何嚐（嘗）不是一種權宜的仁慈手段？[3]

柳殘陽無疑是「以暴易暴」的信奉者，強者永遠居於宰制的一方，而其所謂的「正義」，當然就是由勝者、強者所「定義」的。柳殘陽是反對「黑道」、「白道」的區別的，《銀牛角》中的秋離說：

> 江湖上的黑白兩道，本是同源，又是同道，為什麼到來了後（到了後來）卻分成了兩種性質，兩條道路些（呢）？原因十分明顯，只是為了彼此間對某些事物的看法不同，作法迥異，所以大家的處置手段也就大不一樣了。……大伙全是為了武林公義而行道江湖，黑白兩道之間，唯一的不同處，就是白道人物表面上只講仁義道德而不須

1 見《梟中雄》第一冊。
2 見《驃騎》第二冊。
3 見《梟霸》第十五冊。

報酬，而黑道人物呢？卻多少也在仁義道德之外顧點肚皮。[1]

黑道中有好人，白道中也有壞人，這是人盡皆知的道理，「正義」之被誤用、盜用，不但是現實世界中的常態，更是武俠小說中常藉以表現的主題；但柳殘陽的武俠小說，雖不能說是為黑道「張目」，其筆下的主角人物，有時也的確有行俠仗義的事跡，但果真是如其所強調的，「都是為了武林公義而行道江湖」的嗎？其間逸離「正義」規範，而純粹出於自己主觀判斷之處，實際上多得不勝枚舉。

例如《霸鎚》、《驃騎》、《金雕龍紋》寫的是江湖爭霸，只問權力鬥爭、勢力消長，根本與仁義道德無涉；《金色面具》、《七海飛龍記》、《天佛掌》寫的是報仇雪怨，也屬於個人恩怨之相讎；就是如《千手劍》中的南幻嶽、《銀牛角》中的秋離，雖不乏義行義舉，而南幻嶽不過為了毫無名分的「妾」於他失蹤三年後紅杏出牆，即大開殺戒、株連數派；秋離不過因朋友受師門誤解，竟意圖毀人全派以為報復，且為七千兩黃金報酬，為人跨刀爭奪翠苗礦脈，也實在難以令人苟同。

當《梟霸》中的「青龍社」可以名正言順地藉賭色行業擴張勢力財力之時，《搏命巾》中的「孤竹幫」居然可以認為汪家口的土豪包娼包賭屬不義之財，而橫加搶奪；當《斷刃》中的厲絕鈴受到「黑樓」人馬以眾凌寡、偷襲暗算之時，會怒斥其無恥下流，但《搏命巾》中的紫千豪在率眾圍殺仇人單光時，卻可以說「你的所行所為根本不能算人，因此，對付你也就沒有那麼多講究了」[2]！標準不

1 見《銀牛角》第三十集。
2《大龍頭》冊三，頁七七九。

一，正義何存？這點，是柳殘陽除「程序正義」的失落外，最嚴重的問題，往往因此而削弱了其表面亟欲維護的正當性，而形同「假仁假義」（有二義，一是虛假，一是作假）。「執行正義者」本身即未必「正義」，又如何能說服得了讀者？但是，喜愛柳殘陽的讀者，卻不以為怪，反而沉醉於其筆下充滿血腥描寫的故事內容之中，這又是什麼緣故呢？一九七六年，在學者馮幼衡《武俠小說讀者心理需要之研究》的一次田野調查中，總計有百分之六十四點零五的讀者對武俠小說中的「暴力」場面持認同的態度，而以「暴力美學」著稱的柳殘陽，則在古龍（百分之五十六點八六）、臥龍生（百分之四十七點零六）、獨孤紅（百分之四十點五二）之後，以百分之三十五點二九的受歡迎率，高居排行榜中的第四名，可見持如是觀點的讀者，還是不在少數。

在這一點上，除了柳殘陽刻意渲染、強調「惡人」之惡，造成「先入為主」的觀念外，中國文化中根深蒂固的「果報」觀念是有關鍵性影響的。「果報」觀念，除了最簡單的「善有善報，惡有惡報」外，其實還含藏了一種絕對的「嚴刑峻罰」思想，罪與罰的比例，往往未能相襯，輕罪有時也被超高的道德標準認定是必須加以重刑的，例如佛家所說的「十八層地獄」，其中有多少是輕罪重罰且殘慘悠長的？但卻成為民間普遍的觀念，以此戒人行惡。柳殘陽的武俠小說，正是在這種觀念的影響下，即便殺人如屠狗宰雞，卻因其所殺對象之「雞狗不如」，而顯得順理成章起來，反而津津有味的讓讀者產生莫名的快意。討論「暴力美學」，這層面的因素顯然是不能夠忽視的。

武俠小說中的暴力傾向，始終為許多人所詬病，甚至引為罪狀，認為這將助長社會暴戾之氣；尤其是武俠小說又特別喜歡摹寫英雄，而英雄又往往是青少年崇拜的對象，就血氣方剛的青少年讀者而言，我們很難說絕對沒有人會受到其影響，但比率的多寡，恐怕是必須加以分辨的。武俠小說擁有過數以億計的讀者，究竟有多少讀者因之而「好勇鬥狠」？這是從無相關研究可以證明的，多數的論見，往往只是主觀的臆見，自然不能據以為典要。事實上，有關武俠小說讀者的研究，到目前為止，最可憑依的，恐怕還是馮幼衡的那篇田野調查，而其中高達百分之六四點〇五的讀者認同武俠小說中「暴力」，可台灣在一九七六年代的暴力犯罪率可未必有如此駭人聽聞的比率，可見多數的讀者還是能夠區別「小說」的「虛構」與「現實」之間的差異。武俠小說向來有「成人童話」的形容，同是「童話」，成人（包括了青少年）與幼兒（五至九歲）最大的區別，就在於不會將「童話」的內容看成是現實社會的實況，反而可以藉小說中刻意凸顯的某些情境，紓解在現實社會上難以消弭的鬱結，這正是文學中相當可貴的「滌清」概念，世間大不平，並未必能真的「以劍消之」，而在想像的武俠世界中，倒是不妨讓書中的主角為我們快意恩仇、一澆塊壘。柳殘陽的小說，在某種程度上是可以藉筆墨的血腥，吐其鬱氣的，而其所刻意渲染的「惡人」之惡形惡狀，則足以讓讀者站在道德的制高點上，而抵消、沖淡了其背後可能隱藏的慘酷意味，從而也使他的小說與西方類似《十三號星期五》的電影分道揚鑣，這正是「美學」的效果，亦不能一概抹煞。

至於柳殘陽是否描摹得太過火，恐怕就見仁見智，端視乎讀者的性格取捨。武俠小說「文備眾體」，鐵血江湖，亦是一體，讀者正不妨各取所需。

第二章 鐵血江湖外一章——雪雁武俠小說論

台灣武俠小說自柳殘陽伊始，創立了「暴力美學」的獨特風格，後繼者雖然不多，但以血腥殺戮取勝的作家，亦偶有可見，如柳殘陽的尊翁單于紅的《紫枴烏弓》，父子同步，自是一貫家學；而雪雁繼武前脩，亦頗有可觀。

雪雁（一九四一～），本名薛東正，山東省青島市薛家島人。薛家以商業興家，多有土地田產。一九四九年，大陸局勢不穩，祖父舉家南逃，先福州，後澎湖，輾轉來到南投定居。初期從事火柴桿製作生意，後因經營不善，家道遂隨之中落。兄弟離居，雪雁隨父親定居於台東，父親投入食品生產事業，勉強維持家庭生計。雪雁於台東就讀初中、高中，隨後考上台灣師範大學化學系。

雪雁的《翠梅谷》（四維出版）

雪雁雖讀理工科系，但對文學一直相當感興趣，尤其嗜讀古典小說及通俗武俠作品。大一、大二期間，因偶然機會，開始嘗試自撰武俠小說，一九六三年，將未完處女作《翠梅谷》試投於四維出版社，因是新手出道，未蒙刊行。其後又續寫《血海騰龍》，為新生書店所賞識，連帶《翠梅谷》也得以在四維出版，兩部同時進行，皆有不錯的迴響，遂開啟了雪雁前半生的武俠創作生涯。

雪雁生性沉靜、溫文儒雅，除戮力本科外，埋首寫作，甚少與同時期的武俠作家往來，即便曾與憶文（本名周健亭）比鄰而居，也未有深交。大學畢業後，雪雁返鄉教書，仍寫作未輟，皆交由四維、大觀出版，偶爾發表在《武俠春秋》上。一九八一年，雪雁出任台東女中校長一職，因校務繁忙，遂告停筆，專心致力於教育樹人工作。一九九一年轉任台東農工校長。退休後，賦閒居家，以農藝自娛自遣。

雪雁武俠小說，自一九六三年至一九八一年，約有十四部，其中《血海騰龍》、《佛功魔影》、《邪劍魔星》、《龍劍青萍》等，都相當引人矚目。雪雁文風剛峭硬強，受柳殘陽「暴力美學」影響甚大，擅寫激烈猛厲的搏鬥場面，而兒女情長之氣則較為遜色。雪雁在台灣武俠作家中，應屬二流作家，雖相較於古龍、司馬、臥龍、諸葛、高庸等有所不足，但也是其中之錚錚佼佼者。大陸解禁武俠後，雪雁作品頗受大陸讀者歡迎，但改形換面、魚目混珠之偽贋作品甚多，猶待釐清。

第一節 《血海騰龍》試啼聲

《血海騰龍》（一九六三）是雪雁第一部正式出版的武俠小說，書名源自於書中主角最具威勢的武功招式「血海騰龍」，據書中描繪，此招一發，「騰空而起的身子，突然急旋如風車，他周圍罩著一片鮮紅如血的網牆，身體盤旋不定，恰似神龍升空，在一片血光之中，倒真個名副其實的像血海中騰空而起的神龍」（廿六章），威勢驚人，當者不死即傷。儘管這部小說只是雪雁初試啼聲之作，卻也隱隱涵括了他後來武俠小說的重要風格——一位夭矯的神龍俠士，憑藉著殘酷的血腥殺戮，在血海之中創建聲名、了了恩仇。

一九六三年，正是台灣武俠小說風起雲湧、作家蜂出的時期，雪雁的出道，較之同時期名家稍晚，因此或多或少也受到了若干自覺或不自覺的影響，從風格上來說，雪雁略近於柳殘陽，無論是主角人物冷漠剛毅的個性、狠辣決絕的手段，以及所至之處屍血流迸的場景，都有幾分類似。不過柳殘陽之作，結構緊密，往往失之僵硬，而雪雁則格局宏大，卻不免有疏闊之失，還是可以分辨出來的。

《血海騰龍》以主角季雁萍幼遭家難，蓄意復仇為開端，走的是傳統武俠小說「復仇」格套的路子。既欲復仇，則拜得名師、巧獲因緣，終至武藝大成，殲其渠魁，附帶功成名就、圓滿收場，就是無可避免的情節重點。因此，作者安排了先有「白龍神君」救其危難、助以「萬年蔘精」、授以「天絕七式」，其後又獲得「九葉靈芝」、「長春樹果」、「降龍鞭」，乃至得靈獸「翼手龍」，最後習得「血海騰龍」武學；然後在整個過程中，一一將逼害其父母的「神州鑣局」、「宇內三佛」、「南北二道」等斬盡殺絕，並獲得同道如「血海五霸」、「天門僧」、「蛇丐」、「窮僧」之助，將一干江湖匪類、朝廷奸宄，鏟除淨盡，最後恩仇俱了，攜美同歸，甚而拒絕了九派掌門的「號令江湖」金令，飄然遠走，都在意料之中，可謂是中規中矩的。

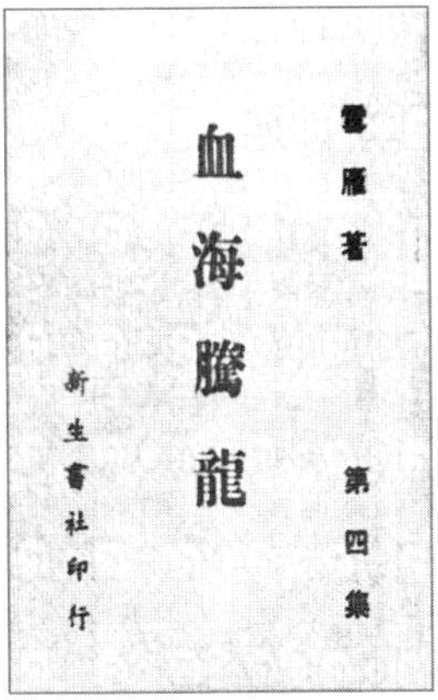

雪雁的《血海騰龍》（新生書社）

不過，儘管模式大體上是固定的，但在同一模式下如何開展，卻也足以看出作者的功力如何。事實上，《血海騰龍》已經相當用心處理了相關的模式，且以宏大的場景，利用了「翼手龍」能載人飛行萬里的功能，從南海到北海，從北海到南海諸島，又從南海到中原，一氣呵成的貫串了全書的龐大架構，在廣袤的時空中，鉤勒出江湖群魔亂舞，俠客雪冤復仇、建功樹名的故事綱領。這是頗足稱許的，因為雪雁正藉此擺脫了舊有的格套，而極力發揮其瑰奇的想像力，如在盤龍島出現的機械怪獸「鐵龍」、島上緣自楊家將故事的「天門陣」，在魔島洞府的幾場人鯊大戰、人鱆鯊大戰的摹寫，是相當精采的，尤其是設計出洪荒怪獸翼手龍，雖有點向舊派武俠的「神怪」靠攏之嫌，卻也別出一格。

但是，也因為將時空拓展得太廣，而每一重要場景，都出現不少或正或反的人物，這些為數上百的人物，空有一些驚人的名號、顯赫的來歷，如南海的白骨碧眼妖、鬼老頭、神山二老、天地雙靈；漠北的千毒叟、蛇魔神、四狼郡主、枯骨魔；中原天風教的四大天王、恨地無環、萬幻書生等，卻往往都是宛如走馬燈般的過場人物，旋出旋滅，而無法作集中的描繪。書中的關鍵人物之一，是季雁萍的師伯司徒聖，當初他為了一卷羊皮圖紙，設計陷害了師弟季雁風，導致一切的釁端，理當有非常詳盡的刻劃，遺憾的是，看完全書，不但連其中恩怨的實情若何，都未曾得解，司徒聖就一命嗚呼，而眾人搶奪的羊皮圖紙，究竟有何秘密，也不了了之，反而造成情節上的重大瑕疵。

人物的摹寫，是《血海騰龍》的最大疏失，不但層出迭見的一干妖魔惡徒，面目極不清晰，就是一群龍套性質的人物，就是連本書摹寫最力的五個女子：趙亞琳、趙亞琪、鳳玉嬌、天魔女、周燕玲，能力與性格都不相同，大有可發揮的餘地；可是，作者卻偏偏將重心放在「恩怨相爾汝」的小兒女情緒變化上，一個表情，一句言語，一個動作，都足以情海掀波，未免有如兒戲了。大抵因為雪雁創作此書時，年方青春，對愛情充滿了綺麗的憧憬和想望，因此不自覺的就以作者之姿投身入其所創作的小說之中吧？

平心而論，《血海騰龍》結構上是較為鬆散的，而人物的塑造也有不少缺失。不過，即便此書未必能入方家法眼，可是卻足以側面反映了當時武俠小說求稿孔亟的普遍情況。

第二節　《邪劍魔星》邪亦正

雪雁的武俠小說深受柳殘陽的影響，走上「暴力美學」的路徑，脈絡相當的明顯，連作者本身也不諱言。基本上，除了主角冷漠剛毅的性格、刀刀見血的激烈打鬥外，黑道幫會的設計、兄弟情誼的強調、人物對話的針鋒相對，也都處處可見其步趨「柳派」的蹤跡；最大的差別在於，雪雁筆下的人物，仗義而行，較少類似柳殘陽小說中的「霸道」之氣，仍屬依循武俠固有的「正義」原則，且較柳殘陽更強調其中「鬥智」的成分，算是稍有補正，非一味因襲者可比。一九七〇年，柳殘陽出品《梟中雄》一書，受到古龍「楚留香系列」的影響，開始有意轉變，一方面大量減少慘酷的血腥場面，強調「青龍社」燕鐵衣的「義行」，並以「長篇短章」的故事結構展現，雖然仍擺脫不了「鐵血」的模式，但也可說是自我的一項重大突破。這點，對雪雁來說，理所當然的也造成影響，《邪劍魔星》就是顯著的例子。

雪雁的《邪劍魔星》（四維出版）

《邪劍魔星》（一九七二）和《梟中雄》一樣，已擺脫了武俠小說「少年成長、報仇雪恨」的模式，主角初現身，即是口外強大幫會「邪劍七星」組織的首腦，與「青龍社」最大的不同是，此時的「邪劍七星」在兩年前與「太陽莊」一戰失利，「邪劍」雙目失明，「七星」零落。小說從「太陽莊」莊主太陽叟封鎖鐵樹嶺企圖以「千年蝮蛇膽」援救「邪劍」燕翎雕的莊院（未說明清楚），並結合「五梅莊」全力搜殺燕翎雕開始，然後分別寫了三段故事。

一是，燕翎雕雙目不但復明，且在兩年目盲期間，練就了「聽音辨位」的精準能力，恰巧可以破解太陽叟一身閃爍的金衣配備，在部屬「樵霸」柴洪、「幻狐」邊漢雲的協助下，一舉消滅了「太陽莊」。

二是，其後口外傳出「鐵血會」的「鐵血紅顏」欲護送一株萬年蔘王赴北海玄冰谷，以交換凶人「寒魄」金岳的寶物，遂引起天下群雄的覬覦。「鐵血紅顏」以燕翎雕部屬「雙頭龍」齊如飛所犯的「淫戒」（實則兩廂情願）為口實，要求燕翎雕一路護衛。燕翎雕與柴洪、齊如飛同往協助，一路上遭逢莫若愚的「血旗會」、冷省武的「飛沙堡」、海外江千里的「飛雲島」的攔阻，屢瀕險境，卻也與「鐵血紅顏」的雲姬產生情愫，且服用了萬年蔘王。原來雲姬以「交換」為名，實際上是想刺殺與她有毀家之仇的金岳，在幾經戰鬥後，燕翎雕終於大破玄冰谷，擊殺了金岳。

隨後是第三段故事，燕翎雕與「鐵血紅顏」定情後，遊歷江南，並受「天地雙鞭」委託，護送一箱寶物。江南的「金龍堡」雷氏三兄弟，為了打擊宿敵「飛虎嶺」的「暴虎」龍天豪，欲以「移禍江東」之計，造成燕翎雕與龍天豪的衝突。其後陰謀揭穿，燕、龍二人惺惺相惜，言歸於好，先以裡應外合之計，大破「飛龍堡」，然後直搗黃龍，進攻「金龍堡」，以「邪劍第七式」擊殺了實際掌控「金龍堡」的高手金佛，結束全書。

在這三段故事中，燕翎雕與柴洪是始終貫串其中的角色，一主一副，一英邁超絕，一樸厚勇猛，頗類《說岳》中的岳飛與牛皋，算是相得益彰的。但其他角色則是隨故事起伏發展而有所不同，尤其是敵對的勢力與暫時聯盟的夥伴，則因時制宜，各有特色。三段故事，主要的當然是在敘述「邪劍七星」雪恨復仇，並維護江湖正義的事跡，從這點說來，大抵都是武俠小說的舊套，並不足為奇；但每段故事緊湊有力，不枝不蔓，既可獨立成篇，又可聯成一氣，這樣的「長篇短章」形式，發想始於金庸的《天龍八部》，但並未真的實踐，直到古龍的《鐵血傳奇》才宣告完成，柳殘陽的《梟中雄》繼之，而《邪劍魔星》又加以援仿。「長篇短章」的好處，在於單一故事所需耗費的閱讀時間較短，且情節結構單純，人物集中，易於掌握記憶，且又通篇有一主軸或人物，又可貫串為一，乃屬新世代的「改良」創作方式之一，頗具特色。

值得注意的是，《邪劍魔星》雖為短章連綴形式，但三段之間的關聯處，並未疏忽，如在第一段中，已然點出「天王刀」海清的身分，乃介於敵友之間，而在第二段故事中，則逐漸彰顯出其屬於友陣的成分，最終對燕翎雕之擊殺金岳，起了相當重要的作用；第二段故事，雖以「鐵血紅顏」為主，但在第一段也先點出「鐵血紅顏」在未來故事發展中的重要性，至於第三段，則「鐵血紅顏」已成為「邪劍七星」中的一份子了。其中最引人矚目的是「天地雙鞭」莫成龍、莫成蛟兄弟的安排。「天地雙鞭」本是第一段故事中「太陽莊」聘雇的殺手，但卻折服於燕翎雕之手，而在第二段故事中，現身救了瀕危的燕翎雕一命。燕翎雕為表感謝，贈送他們一面「見令如見人」的「七星令」玉符；而第三段則是以莫氏兄弟獲贈的玉符為開端，託運一箱黃金（實則為石塊）敷衍開來。「天地雙鞭」出場次不算多，卻隱隱成為左右故事走向的關鍵人物，尤其是第三段，原來「玉符」早已經由「金龍堡」以詭計竊取，欲陷燕翎雕於罪，造成他與「飛虎嶺」的衝突，以坐收漁利，而此陰謀，也是因被擒捉的莫成龍逃生之後，才一舉揭穿的。以此可見雪雁在創作時，作了相當縝密的安排，可圈可點。

《邪劍魔星》有三段故事，但顯然應該有後續的發展，蓋「邪劍七星」中，七星只出現了柴洪、邊漢雲、齊如飛三人，「血佛」童逸真只聞其名，未見其人，其他三人，則完全沒有現身，這是一個相當大的缺憾，筆者推測是可能銷售狀況不是太好，因此沒能夠續寫，否則，應該可以如柳殘陽在《梟中雄》之後，還可再接再厲的推出《梟霸》。

平心而論，《邪劍魔星》雖然在雪雁的作品中可以算是較傑出之作，且智計的運用，也頗為凸顯，但燕翎雕表現得太搶眼了，幾乎事事都成竹在胸，相對地，敵對者的智計就等如兒戲一般，未能相互較量，就不免事事都在意料之中，減損了故事的可看性。同時，故事也有交代不清或前後矛盾之處，如一開篇的莊院，有關千年蝮蛇膽的部分，有頭無尾；而第一段故事中說「鐵血紅顏」手下有「十二金釵」，第二段卻變成了「四鳳」，前後不一。最可惜的是，「鐵血會」號稱一文一武的「天魁女」鳳如儀，既是足智多謀，就應給她發揮的餘地，可惜卻白白浪費了，只成為道地的花瓶。

第三節 《佛功魔影》佛魔殺

《佛功魔影》的書名，來自於書中主角雲天岳所擅長的武學名稱，「佛功」用以自保，「魔影」用以傷敵，功守相成，威力極大。佛、魔對舉，原是可以是兩面一體的，但顯然「佛功」所代表的慈悲善念，在全書中並未得到發揮，當一片佛影的扇面朝向敵人時，雖說手下會留點情分，卻多數是貓捉老鼠一般，說不盡的侮弄與嘲諷；反而更多是一片如血般鮮紅的扇面，屢屢面向敵人，而一時間魔影幢幢，鮮血迸流，非死即傷。雪雁的武俠小說，自《血海騰龍》取徑於柳殘陽一派的「暴力美學」風格後，已大體上奠定了他必須歸屬於「柳派」的性質，《佛功魔影》正是最具代表性的一部作品。

「暴力」是武俠小說無可避免的手段，古龍武俠小說中從未殺過人的楚留香，無疑是個例外；畢竟武俠小說中的江湖世界，無論是行俠仗義、鏟除奸宄，或是雪冤報仇、建功樹名，在法律幾乎完全退避的武林之中，「暴力」就是最有效且最乾淨俐落的手段，只是諸家作者的運用，有或多或少的差異而已。

有關「暴力美學」的問題，在述評柳殘陽作品時，已經提過，此處就不再贅述。不過，在武俠小說中欲渲染暴力（無論其是否達到「美學」標準），大體上需滿足兩個條件，一是主角的性格，必須設計或定位在冷漠、殘酷上，奉行「牙眼相還」、「除惡就是揚善」的叢林法則；二是必須安排一連串的武鬥、搏殺場面，各展其學，各盡其能的死生相決。從這兩點來看，《佛功魔影》是顯然符合的。

雪雁的《佛功魔影》

《佛功魔影》以幼遭家難的「玉佛幫」少主雲天岳為主角，「雁堡」三百餘口慘遭「五岳幫」殺害，親人的慘死，顛沛困頓的逃生路途，自然讓雲天岳心存恨意，在蒙獲奇人「佛魔尊者」搭救並傳授「佛功魔影」武學後，決心追尋仇蹤，重振「玉佛幫」。他個性堅毅、性情冷漠，抱持著「以牙還牙」的復仇心態，且有高強的武功為憑藉，出手不僅狠辣，更有一副

「鬼派」

第一章

「鬼派」源流及代表作家

「鬼派」是台灣武俠小說發展過程中，相當具有特色，但評價卻非常低的一派，此派作品的風格，概要而言，即陰森恐怖、血腥殘酷，最早是由葉洪生先生提出的，在一九九四年出版的《葉洪生論劍・中國武俠小說史論》中，認為諸葛青雲（一九二九～一九九六）的《奪魂旗》：

> 開場之屍骨堆山、血腥滿地，竟使銷路激增；乃予稍後聞風而起、一哄齊上的「鬼派」武俠小說起了惡劣的催化作用，殆非其始料所及。[1]

其後，在二〇〇五年出版的《台灣武俠小說發展史》中，討論《奪魂旗》對「鬼派」的影響時，

1見《葉洪生論劍》（台北：聯經出版社，一九九四），頁八五至八六。

更進一步強調：

所謂鬼派武俠小說是指這類作品水準低劣，內容嗜血嗜殺，非鬼即魔。彼等通常以屍山骨海、斷肢殘軀開場，陰風慘慘、鬼哭神號，令人不忍卒睹；而其所練武功則必邪門怪異，荒謬絕倫！如陳青雲《殘肢令》、《血魔劫》，田歌《血河魔燈》、《武林末日記》等，皆屬此類濫惡之作；對青少年讀者的心靈戕害至鉅，固不待言。[1]

葉氏對「鬼派」評價甚低，甚至頗為憂心忡忡，深恐其對青少年讀者的「心靈戕害甚巨」，在他看來，「鬼派」不但是台灣武俠小說發展過程中的「反面教材」、「濫惡有如毒草」，「必須大力批判，以警世人」[2]，而且認為「鬼派」造成「『劣幣驅逐良幣』的排擠效應；對於台灣武俠小說的整體發展，有一定的破壞力」[3]。

1見葉洪生、林保淳合著，《台灣武俠小說發展史》（台北：遠流出版事業公司，二〇〇五），頁一三二至一三三。
2見仝上，〈自序〉。
3見仝上，頁二〇四。

第一節　從還珠樓主到《奪魂旗》

葉氏儘管對「鬼派」甚是批判，但卻也不得不承認，「鬼派」在台灣武俠小說史上，還是個「不可忽視的存在」，故他將台灣武俠小說粗分為「四大流派」[1]（超技擊俠情派、奇幻仙俠派、新派、鬼派）時，「鬼派」亦堂堂皇皇佔居四派之一，並對此派作出如下的分說：

> 拾還珠《蜀山》之餘唾（採其中之下乘邪魔外道），書名、內容非鬼即魔，且嗜血嗜殺，幾近變態。代表者如陳青雲《血魔劫》、田歌《血河魔燈》、江南柳《血雨腥風》、孤獨生《血海殘魂》等。台灣武俠小說「濫惡」者流，概屬此類。彼等也有一定的市場號召力，為中下階層讀者所歡迎。[2]

復次，在論及「八大書系」中的「新台——清華書系」作家時，以陳青雲（一九二八～一九九九）為「鬼派大當家」，更補充了陳青雲、田歌（一九四一～）的多種書目，並對田歌有如下的評價：

> 按：田歌本名陳中，別署「晨鐘」，台灣人，生平不詳。其筆法、意構與陳青雲如

1見仝上，頁一六四至一六五。

2仝上，頁一六五。

出一轍，無不以武林狂人或屠夫「血洗」江湖為故事主題。其特點是：荒山、古墓、死亡、屍體、浩劫、仇恨……格調極低，俗不可耐，為「鬼派天下第二人」。[1]

除此而外，葉氏也將江南柳、孤獨生、陳文清、若明一併圈入了此派之中。據此而論，在葉氏的台灣武俠小說譜系中，「鬼派」可遠紹於還珠樓主，發源於諸葛青雲，而在陳青雲及田歌手上蔚然成風，影響及於江南柳、孤獨生、陳文清、若明等作家。扼要而言，葉氏認為「鬼派」武俠小說的特色，從書名及內容的遣詞用字、小說場景的設計、人物性格的偏激，以及通篇血腥無度的殺戮中，即可大體窺出其「鬼氣」，儘管亦承認其擁有「一定的市場號召力」，卻殊不以為然，故以「格調極低，俗不可耐」，歸於「濫惡」一流，評價頗低。

葉氏對「鬼派」的評斷，有相當大的影響力，放眼所及，凡是論及台灣武俠小說有關「鬼派」的文字，幾乎都不能超脫他的概括，甚至連文句都頗有幾分因襲。[2]評論者對小說的評價，通常都不免見仁見智，但類似對「鬼派」如此齊一步調的評價，倒也不是常見，儘管對作者或是其後人來說，面對如此直截、批刺的評論，在難堪之下，肯定會有所異議，[3]但只要是稍多涉獵於「鬼派」的讀者，都

1仝前書，頁二〇三。葉氏謂田歌本名陳中，有誤，田歌本名沈幸雄（一九四一～），台灣宜蘭人。

2有關學者對「鬼派」的討論極少，多數見之於網路流傳，頗沿襲葉氏之說，另如曹正文的《俠客行：縱談中國武俠》（台北：雲龍出版社，一九九八，頁一九八）、陳韻琦的〈出版社行銷武俠小說的文化創意——以八大書系與遠流出版社為例〉（二〇一一，彰雲嘉大學校院聯盟學術研討會會議論文），也不離葉氏之見，唯陳韻琦較審慎地認為「鬼派」對台灣武俠小說的影響如何，「仍應商榷」。

3如陳青雲的遺孀、田歌及其家人，都對此一評論相當不滿。

不得不承認，葉氏對「鬼派」風格的概括，儘管不無可商榷的部分，但還是掌握到了部分的重點。不過，由於葉氏的論評太過「貶抑」，且言簡意賅，只粗略明其源流、敘其風格、標其翹楚而已，未曾有更深一層的舉證與論述，且主觀的評斷意味稍濃，反而未能真正闡發其值得更深入探討的問題。

葉洪生將「鬼派」推始於諸葛青雲的《奪魂旗》，而認為「鬼派」乃拾「還珠之餘唾」，換句話說，「鬼派」可以更往前推，溯源至還珠樓主。

台灣早期武俠作家，幾乎都是一九四九年後來台的大陸人士，受「舊派」影響相當深，諸葛青雲無疑是其中最顯著的。諸葛青雲於武俠說部中，最鍾情於還珠樓主，嘗自謂能將《蜀山劍俠傳》回目倒背如流，故其初入武壇，即步趨還珠，一九五八年的處女作《墨劍雙英》，即以老讀者耳熟能詳之至寶「紫青雙劍」為引子，祖述峨眉派第三代傳人李英瓊等劍俠飛昇成道、封存仙劍之遺事，緬懷《蜀山》之情，溢於言表。其後諸作，如《紫電青霜》（一九五九）、《天心七劍》（一九六〇）、《一劍光寒十四州》（一九六〇）而下，每每取徑還珠，化為己用。台灣武俠說部，源自於舊派五大家，還珠一系，沾溉者多，然亦步亦趨，較少變化，唯諸葛青雲最為當行，本色既在，又能加以變化，可謂還珠以後的第一人。

《奪魂旗》於一九六一年一月廿三日至一九六二年十二月廿八日，連載於《徵信新聞報》，其後春秋出版社集結成書。此書模仿金庸「東邪西毒南帝北丐中神通」的設計，改換成「東僧西道南筆北劍中奪魂」，名之為「乾坤五絕」，書中的「東西南北」四人，雖各有特色，但較諸金庸，未免仍多有遜色。諸葛青雲的小說向來不擅長人物性格的刻劃，但卻傾全力營造曲折離奇的情節，此書借「奪魂旗」中的真真假假（**總共有五個奪魂旗**），刻意營造懸疑詭譎氣氛，而奪魂旗的旗藝，完全來自於《幽

這段文字畫面感極強，令人毛骨悚然，綠袍老祖之殘酷狠毒，展現得淋漓盡致。《蜀山》一書，除少部分之外（如屍毗老人），大抵都是正邪分明的，正道諸仙，無論在形貌、性格、功法、洞府中，皆呈顯出一派靄靄瑞氣，禀性純正，而相對的「邪魔外道」，則幾乎無一非肢殘體缺，面貌醜怪，而淫惡狠毒，鬼氣十足者，此正可以反襯正道諸仙之祥和慈悲，葉洪生以「烘雲托月」稱許還珠樓主對綠袍老祖人物刻劃之成功，正可以作如是觀。[1]

不過，透過葉氏的說解，我們固然可以發現諸葛青雲的《奪魂旗》的確是不無在恐怖氛圍上受還珠樓主影響之處，但卻也不難發現其同中而異的部分。《奪魂旗》基本上並未對人物的形貌有若何醜怪的描寫，人物性格皆有脈絡可循，不至於偏激狹仄，而功法、手段，雖云狠厲，亦不過於殘酷，唯獨擅以陰森詭異的氛圍，釀造全書的神秘離奇的氣息，頗取法於還珠，而卻自有其變化之妙。蓋還珠樓主是在寫「邪魔」，為與正道諸仙對襯，故極力誇張邪魔之窮兇極惡；而《奪魂旗》雖云人物有善有惡，卻還是在寫「人」，即便惡人行事，不免殘忍凶暴，但卻還凜守若干「人性」的原則，依其性格，作合理的開展。《奪魂旗》的「鬼」，主要是藉「奪魂旗」變化而來，一幅面紗，一面風磨銅的旗幟，任何人都可以假扮成「奪魂旗」。

此處諸葛青雲分明模仿金庸的《射鵰英雄傳》，但卻藉五個真假好壞不一的「奪魂旗」，不但突破了金庸的牢籠，而且也為《奪魂旗》一書營造出神秘詭譎的情節。儘管此一詭變，完全仰賴書中《幽

1見《蜀山劍俠評傳》，頁一四〇。

冥真經》的零散，分別為五位不同的人物所得，未免過於巧合，但也不能不謂別出新裁。以此可見，《奪魂旗》的陰森恐怖，還是與一般一味沿襲者不同。

第二節 「鬼派」代表：田歌與陳青雲

從諸葛青雲的《奪魂旗》遠紹還珠樓主的邪派妖魔的風格看來，諸葛青雲自當歸屬為「鬼派」的一員，但儘管《奪魂旗》的成就也遠勝於一般「鬼派」的作品，卻只是諸葛青雲興之所至、偶一為之的戲筆，其大多數作品雖偶亦有如《陰陽谷》般刻意摹寫陰森恐怖的場景，但還是以兒女情長的「才子佳人」風格為主，「鬼派」的代表作家，無疑還是當推田歌與陳青雲為箇中翹楚。

田歌（一九四一～），本名沈幸雄，台灣宜蘭人。生長於蘇澳的小漁村，自幼家貧，中學畢業後即無力升學，十五歲就一個人獨自到台北謀職。曾接受電影課程訓練，充任場記，後來因覺得自身學識淺薄，轉入一家書店當店員，利用時間苦讀、自修、並勤於閱讀各類書籍、小說，刻苦自學，終於有點根柢。一九六一年，適值台灣武俠小說盛行，頗有意從事武俠小說寫作，即辭去工作，以筆名「晨鐘」，發表、出版了《陰陽劍》、《劍海飄花夢》、《魔窟情鎖》（此書曾被楊麗花改編為歌仔戲）等作品，被譽為台灣最年輕的本省籍武俠小說作家。其後改用田歌筆名，發表《天下第一人》、《陰魔傳》、《血河魔燈》、《吊人樹》、《鬼宮十三日》、《黑書》等共廿五部作品，在當時造成轟動，極受年輕讀者喜愛，成為新台書系的扛鼎作家。

一九七〇年，從藝文界轉往影視界發展，為電影、連續劇編寫劇本，並自任導演，在影視圈頗富盛名，尤其是所編導的諸多閩南語電視劇，如《阿公店》，本土風味極濃，曾造成萬人空巷的收視效果。一九七三年，轉任製作人，遊走三台，製作出多齣知名閩南語連續劇，直到二〇一二年，仍孜孜不懈地投入。

田歌的武俠小說，節奏緊湊，人物駁雜，氣氛以陰森鬼趣知名，喜用效果慘淡血腥的字詞表現，並擅於揉雜武俠小說的各種元素為一，時有誇張到無厘頭地步的想像，故事情節破綻過多，因此評價始終不高，往往被歸為武俠小說的「濫惡」之流（鬼派），但在當時卻也吸引不少讀者的青睞，形成非常獨特的通俗小說流衍現象，正是研究通俗小說的最佳切入點。

田歌的《天下第二人》和《陰魔傳》

陳青雲（一九二八～一九九九），原名陳崑隆，雲南省大理州雲龍縣人。早年從軍，投身抗日行列，一九五〇年，隨軍自蒙自徒步抵達越南金蘭灣，一九五三年抵達台灣高雄市。一九六〇年退役，後從事武俠小說創作。為了表達對家鄉和親人的思念之情，他以故鄉的橋名「青雲」為筆名，同時寓志步登「青雲」，展開了武俠小說的創作。

陳青雲是「新台－清華」書系的當家作者，一生創作豐厚，論者稱之為台灣「鬼派天下第一人」，作品受廣大讀者歡迎，與當年「正宗武俠泰斗」臥龍生為同一暢銷級別的作家。他愛寫邪魔歪道、恐怖血腥、陰森怪氣題材類作品，想

陳青雲的《殘肢令》

像豐富，故被目為「鬼派」，代表作有《殘人傳》、《鐵笛震武林》、《殘肢令》及《鬼堡》、《死城》等，據說《死城》曾版行五版，每版五萬冊之多，可見其受歡迎的程度。但從創作時間來說，田歌早過於他，故「鬼派」誰為「大當家」，尚有爭議。「鬼派」作品，向來不為學界所重視，每以「濫惡」歸之，但陳青雲未予置辯，其弟陳昆俊及其遺屬，皆頗不以為然，認為陳青雲後期作品，才是他最得力之作。實際上，自一九七一年後，陳青雲的確大變風格，揚棄了殘酷血腥的「鬼派」作風，以懸疑推理、鬥智鬥力為主，如《索血令》、《復仇者》等，雖書名驚悚，但已別開新面，迄一九八九年《怪俠古二爺》止，約共創作了五十多部作品。

在葉洪生的「鬼派」譜系中，陳青雲為「鬼派大當家」，而田歌則為「天下第二人」，如果這是就其武俠的成就而言，應是可視為定論的；但如就其創作的先後來說，恐怕就值得斟酌。蓋田歌雖在一九六二年底發表了其第一部作品《天下第二人》，但在此之前，已用晨鐘的筆名，完成了《陰陽劍》、《怒劍紅顏》、《劍海飄花夢》、《血龍傳》、《魔窟情鎖》等五部作品[1]，其中的《陰陽劍》，由南祺[2]出版社於一九六一年四月刊行，共十四冊，《魔窟情鎖》廿四冊，出版於一九六三年，其他三部無疑亦

1此據田歌自己所論定者，坊間另有《狂濤》、《鑄情》、《凱旋路》三書，亦署名晨鐘，但田歌並未認可此三書。
2此一「祺」字，與後來作「琪」不同，推測如非誤排，則是原先就用「南祺」，後來才改為「南琪」。

在一九六三年之前完成[1]，自《天下第二人》以田歌成名後，晨鐘筆名已不再援用。不過，《陰陽劍》一書，以「陰陽劍客」徒弟趙亦秋為師復仇為線索，夾雜錯綜複雜的兒女情仇，主角人物雖高傲冷漠，恨意深濃，但全書並未顯現出「鬼派」的特色，倒是在稍後的《魔窟情鎖》中，才逐漸步入「鬼派」，而至《天下第二人》，才正式開展了「鬼派」的風格，始終未曾變化過，迄一九七一年最後一部作品《天下第一劍》問世，共完成廿五部作品。其後，田歌轉行入影視界發展，所作為電視劇劇本為多，遂無新作發表[2]。

陳青雲的作品，據《台灣武俠小說發展史》，最早是一九六二年的《鐵笛震武林》[3]，創作時間稍晚於田歌，幾乎一開始就走「鬼派」的路線，但在一九七〇年《石劍春秋》以後，其後的《索血令》、《殘紅零蛙記》、《復仇者》，就開始有轉變的跡象，皆頗借重於古龍的筆法，鬥智又鬥力，以懸疑取勝，明朗俊爽中又略有幾分突梯滑稽，可惜的是，此時武俠已漸入日薄西山之境，故未引起太大矚

1 據《田歌官網》所載，《怒劍紅顏》列在《陰陽劍》之前，為革心出版社於一九六一年十月出版，但據現有書籍，《陰陽劍》為南祺出版社於一九六一年四月到八月間出齊，時間在《怒劍紅顏》之前，且田歌於一九六一年五月七日，將《陰陽劍》第一集題贈與當時女友（現在的夫人）陳吉子女士，因此，田歌第一部作品應為《陰陽劍》，出版時還請了臥龍生題字。此外，目前可以確定的是，《劍海飄花夢》完成於一九六二年四月十四日，見眾利書店二〇〇一年新版的《劍海飄花夢》第三冊末的題記。

2 南琪出版社一九七五年有部《血劫》，題為「田歌故事，金鼎著」，《田歌官網》未提及，詳情如何，待考。

3 《鐵笛震武林》現存有一九七九年新星書店版本，從封面設計看，已屬中期製作，未必是初版，另有《音容劫》、《殘肢令》二書，與《鐵笛震武林》約莫同時，究竟何書為陳青雲處女作，猶待考證。不過，此三書風格極為類似，皆足以窺出陳青雲的小說風格。

目。陳青雲作品極多，一九八三年後，更辭職專事小說創作，作品號稱有百部之多[1]，無論是質或量，都明顯較田歌為優勝，故以他為「鬼派大當家」，亦屬順理而成章。

以此而論，所謂「鬼派」盛行的期間，約在一九六一年到一九七一年之間，但鬼派是否因《奪魂旗》而受啟發鼓舞，則恐未必盡然。蓋《奪魂旗》完成於一九六二年底，儘管當時頗富盛名，故一九六三年，香港影業公司即以此改編，拍成《奪魂旗》（上下）電影，但全書的出版，當在一九六三年以後，而此時，田歌、陳青雲都已有「鬼派」風格的《魔窟情鎖》、《鐵笛震武林》出版，其風格之建立，未必是受《奪魂旗》的影響可知。

至於被葉氏列入「鬼派」的其他作家，如江南柳的《血雨腥風》，出版於一九六一年十二月，孤獨生的《千面閻羅》則是一九六二年十二月，出版時間都可能比《奪魂旗》為早，未必可歸於受諸葛青雲所影響者。大抵當時創作蜂湧，更逞其能，在眾聲喧嘩之中，作者取徑或者英雄所見略同，但是否受誰人影響，也未必能有確論。

值得注意的是，從現存書目來看，當時出版「鬼派」的出版社，重要者有三家，一是新台，一是新星，一是南琪，尤其是前二家，本是同一書系分化開來的（清華書系），我們可以論斷，「鬼派」的流行，必然與出版社的行銷策略有關，新台書店在六〇年代初期，即以高達十二萬的獎金，擇優徵稿，挖掘新秀，若明的《血谷幽魂》、陳中平的《天星神劍》就是首期得獎的十四部作品之二，但除了若明和陳中平外，其他作家多如曇花一現，後繼無力，反而是「鬼派」作家大獲青睞，除上述作家

1 實際上，約在五十部上下，蓋坊間更改書名、誤掛作者，甚至冒名偽作者極多，紛淆混亂，莫可究詰。

外，如金鼎、依人、曉風、幻龍等，都可歸為「鬼派」，新台書店儼然成為「鬼派」的大本營，遂造成一時風氣。同時，從這些「鬼派作品」的出版時間看來，最早是一九六一年，晚不過一九七二年[1]，這十年，正是所謂「鬼派」盛行的期間。

但這些作家，無論是作品的數量及知名度，都遠遠不及田歌及陳青雲二人，故未引起廣泛矚目。因此，以田歌、陳青雲作為「鬼派」的代表作家，無疑是允當的。

葉洪生從《奪魂旗》的開場來說明其影響，但諸葛青雲雖以兀鷹回繞十二具屍體開場，卻是很有節制的，相較於「鬼派」的開場，如陳青雲的《鬼堡》，在開場未久，就是：

那是一具白骨骷髏。

接著草叢中、屋角、廊沿……

兩具！

三具！

四具！

全是森森白骨。

少年人止住腳步，渾身顫抖，牙齒打戰。

1參見【附錄一】之《「鬼派」武俠作品知見書目》。由於所見原版有限，部分作品未能確認其出版年代，但明顯的是，一九七二年以後，僅寥寥數部，以此可窺見其大要。

暗夜！

荒莊！

白骨！

加以東飄西蕩的陰磷鬼火，構成一幅極為恐怖的畫面。[1]

再如田歌的《武林末日記》開場：

不是行人如鯽的夜街：

——而是荒山大澤！

不是美麗的春夏黃昏：

——而是恐怖的深夜！

黑……

見不到任何物景，荒山一切，沉欲在黑夜之中，所能見到的是一片漆黑！鬼火秋螢，點破了這漆黑的恐怖深夜，使這荒山，平添一份怕人的恐怖氣氛！[2]

1見陳青雲《鬼堡》，第一章。

2見田歌《武林末日記》，第一章。

從二書的開場來說，「鬼派」實則未有如葉氏所說的以「屍山骨海、斷肢殘軀開場」那麼誇張，但此二書皆刻意強調了「恐怖」二字，很顯然地，就是企圖塑造出一幅鬼魅陰森的氛圍。相較之下，《奪魂旗》開場的「小巫」，與「鬼派」的「大巫」，還是有明顯差距的。

事實上，諸葛青雲的《奪魂旗》固然脫胎於還珠樓主，初期還刻意避免讓過多的女俠出現，但經轉化後，反而多承襲自王度廬，走上「才子佳人」一派；而「鬼派」作家，其實也是直接從還珠衍生，只是變本加厲，畦徑未化而已。田歌生於一九四一年，成長期間，還有機緣獲睹北派作家的武俠，固有可能直接從還珠樓主汲取養分；而陳青雲生於一九二八年，本身即是大陸雲南人士，更不可能未讀過《蜀山劍俠傳》，「鬼派」從還珠衍生而出，也應是合理的推論。

第二章　「鬼派」小說的遣詞用字與風格

葉洪生論「鬼派」的風格，云其「書名、內容非鬼即魔，且嗜血嗜殺，幾近變態」，且在論及田歌時，又謂「無不以武林狂人或屠夫『血洗』江湖為故事主題。其特點是：荒山、古墓、死亡、屍體、浩劫、仇恨……格調極低，俗不可耐」，姑不論其評價的是與非，「鬼派」作品的取名，的確是有其特殊喜用的字眼的。

第一節　「鬼派」小說的「用字」

我們從田歌（晨鐘）及陳青雲一百多部小說的命名中，可以發現，鬼、魔、黑、斷、魂、殘、血、死、毒等字，運用得特別多，其中田歌最喜用「血」字，如《血路》、《血龍傳》、《血河魔燈》、《血屋記》；以「魔鬼」為名的則有《魔窟情鎖》、《魔影琴聲》、《血河魔燈》、《魔船》、《鬼歌》、《鬼宮十三日》；陳青雲則特別喜用「殘」和「血」字，有《殘人傳》、《殘肢令》、《殘紅零蜨記》、《殘中之懺情記》、《孤劍泣殘紅》、《血榜》、《血劍留痕》、《索血令》、《血魔劫》、《血劍魔花》、《血帖亡魂記》、《鐵血奇妞》、《毒血浣劍》、《血書》、《血魔神》等，以「魔」為名者，則有《怒劍飛魔》、《血魔劫》、《魔戀》、《血劍魔人》、《血魔神》、《血劍魔花》。這些字眼，皆非常容易與「鬼」的形象、特性及氛圍聯結為一。

至於小說的場景（景物），荒山、古墳、廢墟、兇宅、幽洞、深谷、寒潭、危崖，以及青燐鬼火、白骨骷髏、青塚黑棺、殘肢斷臂，層出迭見，更無一不是魂鬼魔物出現的特殊光景，十足可以驚心駭目，毛骨悚然。事實上，如果我們採取統計學的方法去分析「鬼派」小說的內文，當可發現這些字眼及場景的出現比例一定相當偏高的。在此，筆者挑出「鬼」、「魔」、「殘」、「血」、「魂」、「死」等與「鬼」極易產生聯想的七個字，以及標點符號驚嘆號（！），共八個字眼，以《古龍武俠網》（http://www.gulongbbs.com）中所刊載的內容為據，作個約略的統計，其結果如表一和表二：

表一：「鬼派」用字表

書名	字數	鬼	魔	殘	血	魂	死	恐怖	！
天下第二人[1]	八十萬	六一三	二八五八	四十	五七六	一三六一	一四七二	一二一	四四六五
鬼宮十三日	三十萬	九三五	一一九三	廿三	七六五	四三九	七六六	三十	三三七二
武林末日記	三十萬	二七一	一〇六七	十一	一八九	一六五	六六六	一三六	一八二四
魔影琴聲	三十萬	三九一	一〇二二	四十	六二〇	六一	一一五四	二五	四四九九
殘肢令	三十五萬	二八六	八九六	九五三	六四七	五五二	七四二	七一	四四二〇
鬼堡	四十五萬	九〇六	九二二	一一二	一〇五三	五七五	一〇四〇	八八	五八一一
血帖亡魂記	三十五萬	一三二	五一六	九七	六二七	六九	一三六四	七三	四七〇三

書名	字數	鬼	魔	殘	血	魂	死	恐怖	！
鐵笛震武林	四十萬	五五〇	一〇八七	一一九	五〇九	二三五	八六一	六五	三九三〇
奪魂旗	六十五萬	五七二	三二二	五一	三一七	二九一五	六三六	九	七九八三
渡心指	四十萬	九五	四三	二四一	三三五	四一	二六三	十七	二四七五

表二：「鬼派」用字比例（個字／萬字）

書名	字數	鬼	魔	殘	血	魂	死	恐怖	！
天下第二人	八十萬	七·七	三五·七	〇·五	七·二	十七·〇	十八·四	一·五	五五·八
鬼宮十三日	三十萬	三二·二	三九·八	〇·八	廿五·五	十四·六	廿五·五	一·〇	一〇九·一
武林末日記	三十萬	九·〇	三五·六	〇·四	六·三	五·五	廿二·二	四·五	六〇·八
魔影琴聲	三十萬	十三·〇	三三·七	一·三	二十·七	二·〇	卅八·五	〇·八	一五〇·〇
殘肢令	三十五萬	八·二	廿五·六	廿七·二	十八·五	十五·八	廿一·二	二·〇	一二六·三
鬼堡	四十五萬	二十·一	二十·五	二·五	廿三·四	十二·八	廿三·一	二·〇	一二九·一
血帖亡魂記	三十五萬	三·八	十四·七	二·八	十七·九	二·〇	三九·〇	二·一	一三四·四
鐵笛震武林	四十萬	十三·八	廿七·二	三·〇	十二·七	五·九	廿一·五	一·六	九八·三
奪魂旗	六十五萬	八·八	四·九	〇·八	四·九	四四·八	九·八	〇·一	一二二·八
渡心指	四十萬	二·四	一·一	六·〇	八·四	一·〇	六·六	〇·四	六一·九

1《古龍武俠網》此書實際上已將《陰魔傳》接續於下。

從表格中我們可以發現到，「魔」、「鬼」、「魂」、「血」、「死」等字，出現頻率都相當高，尤其是「魔」和「血」，是田歌與陳青雲最常使用的字眼，而陳青雲又格外鍾情於「殘」字。諸葛青雲的「魂」字用得極多，但因為這是書名即有「魂」字，而「奪魂旗」又是書中最重要的標幟所致，如果扣除「奪魂旗」連用的兩千一百六十三次，則僅剩七百五十二次，與「鬼派」頗相當，「鬼」、「死」二字也不少，可見諸葛青雲和「鬼派」是有同樣用字趨向，應是分別從還珠樓主繼承而下的；而向來有暴力血腥之稱的柳殘陽《渡心指》用字，「鬼」、「魔」、「魂」三字都只有幾十次，與「鬼派」幾乎不能相提並論。值得注意的是，「鬼派」直接用「恐怖」二字的比例相當高，而《奪魂旗》與《渡心指》則相對少得多，可見「恐怖」可以視為「鬼派」風格的重要標籤。

不僅如此，「鬼派」在標點符號的運用上，特別愛用驚嘆號，用以強調其恐怖與驚悚的力道，如陳青雲的《殘肢令》，在短短幾行中就連用了五個驚嘆號：

這古怪的兵刃，卻有一個恐怖的名稱：「殘肢令！」
「殘肢令！」
代表著
恐怖！
殘酷！

血腥！[1]

而田歌的《武林末日記》用得更是誇張，居然在短短三十一個字的段落中，連用了八次驚嘆號：

空氣在岑寂之中，帶著一份襲人的恐怖！

沉寂！

死亡！

陰風！

白骨！

血腥！

鬼火！

秋螢！[2]

這顯然是有意為之，以營造恐怖氛圍為目的的。葉洪生謂「鬼派」「非鬼即魔」，其實也算是有根據的，我們試看田歌在《魔影琴聲》中的人物綽號：鬼琴書生、地獄魔花、血海浪子、吸血妖花、鬼

1見陳青雲《殘肢令．引子》。

2見田歌《武林末日記》，第一章。

谷神女、魔鬼劍手、死亡魔姬、血海騎客、飛魔幫銀羅剎、玫瑰血神、懾魂劍客、魔環手、黑魔影、魔海四霸、東海魔王、陰魂教、閃電魔君、魔鬼聖劍、幽靈老人（北極神魔）、血魔手，二十幾個出場人物，都非鬼即魔，要不就是血，這自然容易讓讀者疑入鬼境、步步驚魂了。

從其字眼運用如此頻繁來說，顯然不能說是偶然或巧合，而是有意營造恐怖、殘酷與血腥的鬼魅氣氛的。當初「鬼派」小說在初版時，出版社也刻意以此為號召，喜以鮮血、骷髏、魔爪、墳墓等為封面構圖的主要元素，如田歌的《鬼歌》、《血屋記》，陳青雲的《劍塚凝魂》、《血劍魔花》，皆一派鬼氣，幢幢魔影。事實上，「鬼派」武俠小說的風格，也正可以「恐怖」、「殘酷」、「血腥」三者為代表，葉洪生謂其「嗜血嗜殺」，當非厚誣，但未必就可歸於「變態」。

第二節 「鬼派」小說的風格

在「鬼派」作品中，「恐怖」是藉由人物的醜怪面貌及場景的陰森鬼氣營造出來的。醜怪的面貌，多數集中在一些邪道魔頭的形象上表現出來，如田歌《天下第二人》中的「扁頭老怪」，生得是「骨瘦嶙峋，臉若鍋底，黑得發亮，髮如白雪，鬚長蓋膝，而奇怪的是，他一顆頭顱卻扁得可怕」[1]，而陳青雲《殘人傳》中的黑堡護法「綠判官」則是「那巨大身影，月光下看來有如山魈鬼魅，綠冠綠袍，白襯皂靴，手中持著一方兩尺來長的鐵笏，凸眼塌鼻、闊嘴匏牙、頷下無鬚，說多難看有多難看，十折

1見田歌《天下第二人》，第廿二章。

不扣像城隍廟中的綠判官顯靈」[1]，有時候，也偶爾會將受到仇家折磨、陷害，而導致毀容殘肢的正邪人物（或主角）作這般光景的描繪，如陳青雲《冷星寒月仇》中被仇家所害的「玉金剛」陳其驤，陳霖一眼見到的是：

> 他雖然不知道鬼是什麼形狀，但眼前的這怪物，確實恐怖猙獰至極。……只見他五官不辨，頭頂上一邊是灰白如亂草的頭髮，另一邊卻是白森森的頭骨，半邊臉已被削去，只有一隻眼算是完整的，其餘眼鼻之處，露出三個黑洞，半邊無腮，半排牙齒和牙床，全暴露在外。[2]

邪道魔頭在「鬼派」小說中出現頻繁，故類此的描寫，雖詳略不一、輕重有別，卻很少不是屬於殘忍狠毒、濫殺無辜之輩，故所到之處，血腥洋溢、暴力充斥的景象，就俯拾即是，形成小說中的常態，如田歌《天下第二人》寫正邪雙方爭奪裝有「七彩鐵券」的銀色鐵盒，四周是如山的白骨堆積，十幾個武林高手在狂風暴雨中圍攻「狂笑一君」，展開「血戰」；陳青雲的《殘肢令》，在〈腥風血雨七里坪〉之戰，數百人搏殺的結果是：

1見陳青雲《殘人傳》，第二章。

2見陳青雲《血魔劫》，第九章。

淒清的月色，襯映著一幅慘絕人寰的畫面

殘肢

斷體

鮮血[1]

而手段之凶毒，往往令人畏佈，類似「被活生生撕成了兩半，肝腸五肚，和著血灑了一地」[2]、「地上蜿蜒蠕動的血水，順著地勢，積成灘，匯成渠」[3]、「白骨累累，屍橫遍野」[4]的場面，屢見不鮮。武俠小說以「武」領銜，好勇鬥狠、血腥殺戮，自是在所難免，號稱「暴力美學」的柳殘陽，在他的小說中，有時更是渲染得厲害，「血灑在地面上，斑斑點點，成灘成團。一塊萎縮的人肉變了色散置四周，一顆顆臉部表情猙獰駭異的人頭歪斜各處；還有殘肢斷骨、疾病的臟腑；充斥著的全是血、血、血……」[5]，平心而論，柳殘陽「崇尚」暴力、渲染血腥的程度，無疑較之「鬼派」更令人觸目驚心，蓋他往往喜歡以細膩的文字，描摹鮮血迸流、肢體橫飛的慘烈殺戮情狀，更喜歡寫血戰之後，一片淒厲殘斷的肅殺景象，但是何以充滿暴力與血腥的柳殘陽，從未見有人將之歸於「鬼派」？其實非常簡

1見陳青雲《殘肢令》，第九章。
2見陳青雲《殘人傳》，第六章。
3見陳青雲《殘人傳》，第九章。
4見田歌《天下第二人》，第十三章。
5見柳殘陽《渡心指》，第六七章。

單，柳殘陽的血腥，自成一格，而殊少與「鬼」、「魔」氣氛聯結，是以儘管殺戮氣十足，卻未能以「鬼」形成特色，「恐怖」，從來就不是柳殘陽想營造的氛圍。在這方面，田歌與陳青雲也有些許不同，類似前引的凶毒的殺人手段，田歌不會直接作血腥畫面的描寫，而只是以動作代替，如《魔影琴聲》中，心懷怨憤的王文青，曾經有兩次「戮屍」的殘酷手段（邵惠雯與周麗麗），但也不過用了「劈得血肉模糊」[1]、「身軀劈成兩段」[2]簡單帶過，而未就殺戮後的慘酷畫面細加描摹，但陳青雲渲染得就相當厲害，「血洗」的場面，如《寒星冷月仇》，幾乎可以說是連篇累牘，類似「腦袋被劈為兩半，紅白之物流了一地」的描寫極多，無疑較田歌更為血腥。

「鬼派」的恐怖氣氛，往往是藉特殊營造的場景構築而成的，前文所舉的若干常見場景，雖非部部皆有，但其實也不在少數，而其場景之形容，則皆以「恐怖」為核心，如田歌的《魔影琴聲》，寫王文青登上無情崖，入殿所見，「殿上殿下，瀰漫著一片白霧，王文青突感到，他好像置身在閻羅地府之中……，他打了數個無名恐懼的冷戰。靜悄悄地，看不出有一點氣息，那像死亡之殿，充滿一片恐怖而駭人的死亡的氣氛」[3]，而《心燈劫》中重要的場景「心燈潭」，則是：

> 心燈潭畔，果是白骨累累，腐臭四溢，令人作惡。……夜靜如死！除了夜梟哀

1見《魔影琴聲》，第八章。
2仝上，第十七章。
3見《魔影琴聲》，第十三章。

嗚，秋螢點點之外，「心潭」之畔，再也聽不到有另外的聲音。可怖的氣氛，籠罩了四周。……潭畔有白骨，有腐屍，也有剛死之人屍體，……這些人的腦袋均不翼而飛。[1]

陳青雲的《殘肢令》摹寫荒山場景，亦不遑多讓：

兩具血肉模糊的屍體，血跡淋漓，頭碎腦破，腹膛大開，肝腸內腑，狼藉一地，另外草叢之內，赫然又是具白骨骷髏，毛髮猶存，顯見死的時間並不太久。

荒山！

靜夜！

新屍！

白骨！

這情景夠陰森，夠恐怖，令人不寒而慄！

在《鬼堡》中，韓尚志跟隨師叔所到的「廢莊」，四處白骨、鬼火，「暗夜！荒莊！白骨！加以東飄西蕩的陰磷鬼火，構成一幅極為恐怖的畫面」[2]，都是同一機杼。這些可怖的場景，如果再加上「鬼

1見田歌《心燈劫》，第廿六回。
2見《鬼堡》，第一章。

派」最喜歡的「狂風！猛雨！駭雹！轟雷！」[1]，其中所可能發生的事，將會有何等震懾人心的力量？更何況是總免不了有濃厚的殘酷血腥味道，當然更是驚悚畏怕了。

在「鬼派」小說中，「嗜殺」者，不僅僅只有若干窮兇極惡的邪惡魔頭，就是書中主角也往往不留餘地、大開殺戒，動輒以「血洗」的手段，發洩他內心的忿懣與仇恨。從性格上說，「鬼派」的男、女主角大抵都是冷漠、孤傲而偏激的，鮮少見有生性忠厚的人，而殺戮的目的，也少有為武林正義之舉，反而都是為了仇與恨。

因此，在「鬼派」小說中，「仇恨」是其中的主旋律，主角通常是幼遭家難、際遇坎坷，不是家破人亡，就是師門宿仇，或者是情人變心，有時更索性三者皆備，因此心懷怨憤，恨仇人、恨敵人、恨男人、恨女人、恨對他不公的人，甚至恨所有的人，田歌《武林末日記》中的鍾振文，「有一段淒涼的身世，和血淋淋的一段往事……無數的心靈痛苦的煎熬，使他開始對茫茫的社會人生，發生憎恨，然而他憎恨的人卻更是無數的人」[2]，固然如此；《吊人樹》中的張美琪，因為失身給所愛而不愛她的男子，在男子死後，「變成一個毫無人性的人，尤其她恨男人，恨天下所有的男人」[3]，亦宛然同轍。陳青雲的小說亦不遑多讓，極力鼓吹「仇恨」，認為：

1見陳青雲《死城》，〈楔子〉。
2見田歌《武林末日記》，第一章。
3見田歌《吊人樹》，第五十三回。

世間有兩種最大的力量，「愛」與「恨」。

愛，可以成全一個人，產生超人的力量，創造出奇蹟，但也可以毀滅一個人。恨，是愛的另一極端，同樣可使一個人創造奇蹟，但那奇蹟是破壞性的，可怖的，對象不限於本身，可以擴及很大的範圍，而恨的最大特徵，是促使一個人打破一切的規範與有形無形的枷鎖。[1]

在陳青雲的《鐵笛震武林》中，司徒文一出場就遭到一莊二谷三堡的邪道魔頭無情的追殺，這使得「他越想越不是味，他恨自己的命運不濟，他恨那些使他亡命江湖的人，他氣無所出，掣出鐵笛向路旁的山石林木，猛揮狂掃，奪魄褫魂的怪嘯聲中，樹折石崩，碎石如雨，夾著點點火星」[2]。「鬼派」的小說中，許多人物都具有類似「反社會」的人格特質，怨恨旁人、社會乃至命運對他的不公，一旦身經百般磨難而擁有了權勢或武力的時候，就「以其人之道還施其身」，變本加厲的索回，甚至認為這才是正義與公道。暴力、血腥的殺戮，無疑是最痛快而直截的，故田歌《魔影琴聲》中的王文青，在全書中造了重重殺孽，「屠殺，可怖的屠殺，一個心目中充滿了恨意的少年，為發洩他的恨意，而造下了屠殺」[3]，而陳青雲《殘肢令》中的楊志宗，為報甘露幫滅門之仇，在七里坪則「屠

1 見陳青雲《孤劍泣殘紅》（台北：新星出版社，一九七八）第二集，頁十九。
2 見陳青雲《鐵笛震武林》，第二章。
3 見田歌《魔影琴聲》，第一章。

殺」了上百人，作者有如下的描寫：

於是

一場亙古未有的大屠殺開始了！

只見——

肢體橫飛！

血雨飛灑！

腥風四布！

慘嗥聲！

掌風激撞聲！

金刃破風聲！

慘絕人寰的畫面，層層疊出，觸目驚心，慘不忍睹！

人慢慢的減少！

屍體逐漸的增多！

「殘肢令主」渾身浴血，變成了一個血人，似乎他的神志已被殺氣淹沒，只一味的殺，瘋狂的屠殺、一掌拍出，必有兩人以上倒下。

天昏地暗！

星月無光！

這真是武林中前所未見的大殺劫！[1]

葉洪生謂「鬼派」「無不以武林狂人或屠夫『血洗』江湖為故事主題」，「血洗」未必是故事主題，武林狂人、屠夫，則所在皆有，且犯下屠殺罪孽最多的，反而不是邪道中人，而是故事中一開始就備受冤屈、恨意盈胸的主角。

1見陳青雲《殘肢令》，第九章。

第三章 「鬼派」小說的情節架構

「鬼派」小說的「鬼」，固然可以直接由其「用字」之喜用與「鬼」容易繫聯的字眼、刻意營造的恐怖鬼魅場景，以及由此場景導生出的恐怖、殘酷、血腥氣息，窺出其風格，但真正的「鬼」，還是在「鬼派」的整個情節架構。

「鬼派」的武俠小說，除了文字風格陰森鬼魅、血腥慘酷外，基本上完全仰仗著三個主要的元素展開布局：隱情、偏激矯怪的人物性格，以及急迅快速的節奏。

第一節　以「隱情」帶動故事發展

所謂的「隱情」，指不為人所知、暗藏的人物關係。凡是事件的真相、人物間的關係，都必然不如表面上所顯示的如此單純，其間不是有驚人的詭謀密計，就是難以言說的誤會或苦衷。就小說創作而言，「隱情」是製造小說懸疑的最大助力，通常都會採取「藏之又藏」的方式，不到最後關頭，絕不加以戳破，而且也絕不輕易讓讀者一眼就看透。如果用心經營，未必不能開展出頗有可觀的小說內容。

「鬼派」小說，最擅長運用的「隱情」，集中在主要角色的「身世」之謎及「仇恨」的真相上。「身世」之謎，是武俠小說製造懸疑相當重要的手法，許多作家都優於為之，如金庸《俠客行》中的石破天，古龍《邊城浪子》中的傅紅雪，作家往往藉此帶出一大段的「隱情」，在後續的故事中慢慢加以揭露，其真相如何，就成為全書最具震撼性的關竅。

「鬼派」武俠充分利用了主角的身世，帶出撲朔迷離的情節，在懸疑的效果上，是相當有助益的。但多數優秀的作品，對此如謎的身世，通常不會一開始就點破，甚至藏之又藏，直到結局，才欲破不破的予以揭露，從而扭轉了整個故事的發展方向。但「鬼派」作家，則往往在開篇未久，就直言其有一段不為人所知，且關涉甚大的秘辛，於是，全書主要的結構布局之一，就是如何查探出主角的身世，但處理手法相對較為粗糙，如田歌《魔影琴聲》中的王文青，出場時原用王世烈的名字，自己也居之不疑，但開篇未久，就立刻揭露出其師「鬼琴書生」之所以將之以其父之名命名，是別有隱情的，本名叫王文青，然後就是一連串的追查動作，帶出王文青一段自己懵然未知，但幾乎每個人都知道，但卻又不肯明言的家仇家恨；陳青雲《鬼堡》中的韓尚志，原受師叔「毒龍手」撫養長大，一直視之如父，但一開篇，就由「毒龍手」明言其身世坎坷，但對此卻不肯多說，其後則是韓尚志逐步追查，浮現出家破人亡之恨及書中最神秘的「鬼堡」之謎。

主角的身世，必然牽涉到江湖中的大事，也必然與相當多的人物產生糾葛，以主角探查秘辛為核心，許多人物、事件，就如眾星拱月般環繞著主角而衍生，這是「鬼派」最常用的手法，而最終則必然導向主角悲慘身世背後的「血仇」及後續的「復仇」過程。

「復仇」在武俠小說中是出現最頻繁的模式之一，不知有多少武俠小說都曾描寫過此一主題，但除了尋覓仇蹤、報仇雪恨之外，優秀的作品通常會引導讀者對「復仇」的意義，作更進一步的省思，如古龍的《邊城浪子》，透過「真受害者」葉開的寬容與「假受害者」傅紅雪的嫉恨，對「復仇」的荒謬，作了深刻的揭示。但「鬼派」作品，從未對此作更深的闡論，在他們的小說中，「復仇」永遠是「天經地義」的，牙眼相還，無止無休，而且可以極盡其慘酷報復之能事，導生了「鬼派」血腥、殘酷的風格。在「復仇」模式中，「鬼派」也喜擇用「隱情」手法，同時更樂此不疲。

在「鬼派」小說中，一樁樁鮮血淋漓的家仇家恨，通常絕對不是表面上看起來這麼簡單，其中必有會出人意料之外的秘辛，不是已死的未死，就是兇手背後還有兇手。尤其是田歌，最擅用「案中有案」的手法，製造撲朔迷離的效果，但運用既多，且缺乏「探索」的過程，反而極易令讀者看穿。以《天下第二人》為例，書中的骨幹是主角宋青山的殺父之仇。

宋青山原以為其父「鐵面神龍」宋文獄與結義兄弟「穿天一劍」黃倫、「五指酒丐」董某，同遭殺戮，未料此一牽涉到許多武林高手及九大門派的慘劇，真相卻是五指酒丐、穿天一劍皆未死，而遭致仇殺的原因，卻是穿天一劍垂涎宋文獄之妻「玄天龍女」美色所致；而玄天龍女紅杏出牆，喜愛上當時名劍客「醜劍客」（甲），趁亂與之私奔；然而，此一醜劍客（乙）並不是真的「醜劍客」（甲），而是穿天一劍化妝的；但「醜劍客」（甲）也不是真的「醜劍客」（丙），如此撲朔迷離、希奇古怪的人物關係，居然在全書不到三分之一就完全揭露，絲毫不必有任何探察、索解的過程。再如《琴聲魔影》中的王文青，原「不知其身世」，由「鬼琴書生」教養成人，而突然發現其不但有父親王世烈，因「鬼琴書生」與其庶母邵惠雯通姦，故設計殺了其父；但邵惠雯其實並不愛「鬼琴書生」，另有一情人雷天仇，實為借刀殺人之計，故「鬼琴書生」臨時發覺，救走了王文青。但雷天仇其實也完全對邵惠雯沒有真情，而是傾心於「慾海嬌娃」周麗麗，但周麗麗也只不過是利用雷天仇而已。

《心燈劫》則是充分以陰謀詭計為「隱情」鋪設的故事，「情海魔子」之父「血影神君」一直被誤認為是好色如命、殘忍凶毒的大惡人，一生中不知締造了多少情孽與殺孽，「情海魔子」原本身世不明，得知之後，自然對這狠心殺戮包括自己母親在內的「父親」痛恨不已，欲殺之而後快，但最後的「真相」，卻是原來真正的「血海神君」早就於十九年前就被調包了，一切的罪孽，都是「百變書生」所造成的，峰迴路轉，前塵若夢，頓如虛設。

相對之下，陳青雲倒是較循常規的，身世固然隱密，但仇家卻是非常分明的，至多在「致仇」的原因中，有若干轉折，如《孤劍泣殘紅》中，「天下第一堡」的遺孤吳剛，因其兄吳雄突然心性大變，濫殺無辜，故導致「武盟」與八大門派聯手，滅了第一堡全堡五百人，吳剛以「索血一劍」為名，展開復仇之路，對象非常鮮明，殺戮也非常慘烈，其中的轉折點，唯在吳雄是因受到藥物及武功的禁制，方才變得如此，而其中的罪魁禍首「武盟」，實際上則是由「七靈」暗中操控，如此而已。故全書並沒有太多的離奇變化，情節集中在如何復仇、如何追查出「七靈」的陰謀詭計，以及正邪雙方的鬥智鬥力之上。全書不枝不蔓，一氣貫串，平心而論，是略勝田歌幾籌的。

田歌的小說之所以「鬼」，原因在於其故事情節變化詭譎，處處離奇，層出迭見的事件，總是令人錯愕的發生，突如其來的變故（隱情），往往就可鋪陳出一大段的故事。如此的結構方式，人物可以頻繁新出，情節可以轉折變化，看似離奇複雜，其實卻非常簡單。如此一個人物引出另一個人物，完全不必有任何伏線交代，作者說了就算，人物和故事如走馬燈般出現，有時就難免偏離全書架構，以《魔影琴聲》最後兩章的故事為例，王文青、程英率「神劍門」中人與幽靈老人拚搏，身中毒針，又一次墜入山谷，然後為一對姐妹花呂燕及呂鳳所救。因為看見了呂燕在澗中洗澡，故要求王文青與程英分別娶她們為妻，才願意解其針毒。王、程二人不得已答應下來，卻又因呂家姐妹不欲放他們離開，於是又生出脫逃之舉，一逃一追之際，最後則是「地獄魔姬」勸服呂氏姐妹隨同離去，方才圓滿解決。「墜谷／受傷——獲救」的橋段，田歌在此書中已運用不下數次，每次都帶動新的事件，但至少人物都還能非常「巧合」的與整體故事相關（總是為某人的戚友或師門），而呂家姐妹完全是平空蹦跳出的人物，最大的作用在於解除「金劍門」副門主陳綠的「反心丹」之毒，終於使「幽靈老人」授首。但「逼婚」與「捉放」的情節，顯然就是蛇足，從中可以看出田歌是想到哪就寫到哪，完全缺乏通盤考量的。但也正因如此，使田歌的小說，得以將許多不同武俠小說元素「雜燴」在一起，事件多而熱鬧，吸引所好不同的讀者。

第二節 偏激矯怪的人物性格

「鬼派」小說的「鬼」，與人物性格的超乎常情，也有非常密切的關係。在前文中，筆者已論及「鬼派」小說的基調，就是一個「恨」字，恨意盈胸的人，往往性格偏激矯怪，孤傲冷漠，幾乎是所有「鬼派」小說男主角的共同特色，在此就不一一贅舉了。這些人物，在作家筆下都被描摹成「直覺式」的人物，大喜大悲，大恨大怒，缺乏理性的思維，往往因一時情緒的波動，就直接付諸荒誕可怪的行動，如陳青雲《鐵笛震武林》中的司徒文，原為雪山魔女所救，在一間茅屋中享受到溫馨的待遇，心中對雪山魔女充滿了情意；但是因為不察，誤飲了催情的「千年合和露」，慾火陡生，就與雪山魔女發生了關係。春風一度後，居然不明究底，就認定這是雪山魔女有意勾引他的「可恥的陰謀」，完全不顧念雪山魔女捨身相救之情，更忽略了雪山魔女本來還是清白的女兒之身，立刻翻臉相向，無情的加以斥罵後，竟揚長而去；其性格之偏激矯怪，實非常理可以推測的。

這種人物，幾乎充斥於「鬼派」小說之中，如依人《驚魂帖》中的余夢秋，幼遭家難，欲投身至清心寺修習武功，在跪了四天四夜後，猶未遭到接納，因此就懷恨在心，在向「三面人魔」習成武功之後，第一時間就趕至清心寺，大開殺戒，以洩憤懣，以微末之嫌隙，而鬧成血洗佛門的慘劇，此在田歌筆下，運用獨多。

田歌小說中的人物，也泰半是「直覺」式的人物，鮮少具有理性思維的能力，往往只因某一個人的某一句話，就直接觸發他強烈的波動情緒，進而作出盲目而非理性的行為，如《魔影琴聲》中的王文青，只因聽了「血海浪子」說「地獄魔花」生性淫蕩，且與他有過肌膚之親，就深信不疑，完全不去查證，更不去探求其前因後果（是為了救王文青），就認定「地獄魔花」是個淫佚無恥的女人；在「二母爭子」的情節中，王文青就因邵惠雯說她才是他的母親，就立刻懷疑生母蔡淑娥以謊言欺騙了他，而未去思索其中可能的隱情，更匪夷所思的是，當王文青面對二母互鬥，而自己又無法辨識真偽的時候，居然以「全殺妳們倆」的方式喝止，且無情而猛烈的攻擊生母蔡淑娥，身為人子，在未明究底之下，豈可能有如此荒謬錯亂的行為？

此外，如《吊人樹》中，章菁菁因為單劍南說單仇是玩弄女人的惡魔，她也不分青紅皂白，只看見發了瘋的白蓉，就深信不疑，欲殺之而後快；更離譜的是，《心燈劫》中的「情海魔子」，原已認定其父「血影神君」因受「百劫情花」蠱惑，故狠心殺害了包括其母親在內的三十六名嬪妃，故萬里追蹤，欲報此仇，可見了面之後，卻因「血影神君」簡單而荒謬的「反控」——「萬聖手」「不但與我母親有染，還把東、西二宮宮主，三十六名宮女，全部玩盡」[1]，就反臉相向，欲殺與其相處了十八年的養父，完全沒去思考這分明就是誣蔑、造謠的手段[2]。

大抵上，「鬼派」小說中的人物，無論「智商」或「情商」都相當低，田歌《人間閻王》一書中，頗刻意強調主角朱懷宇的「忠厚」，這本來是可以脫卸舊有畦徑的嘗試，但卻是相當失敗，尤其是其中武林人物「智商」之低，簡直難以想像。

蓋書中寫朱懷宇因誤食「萬毒陰陽果」及毒潭惡水，故全身皮膚皆有巨毒，觸之者死，故被稱為「人間閻王」。但儘管他是「毒人」，卻心懷「忠厚」，實無意殺人害人。可是他誤信「三英會」女少主之言，以解毒為餌，命他赴少林、武當、崑崙三派強奪派令，遂令近百位三派子弟死於他的手上。他既明知任何人一觸及或攻擊他，就會遭到毒死的命運，居然為求一己保命，遂忍教百名無辜喪身，謂此為「忠厚」，其誰能信？且本書情節太過不合理，枉死諸人，既明知觸之者死，竟仍如飛蛾撲火般送死，莫非都是癡傻獃子？朱懷宇沒有武功，近攻不成，難道不能用弓箭、暗器、火藥等遠攻或埋伏嗎？上述這三種「暗器」，可皆是「鬼派」最拿手的慣技。

不僅如此，「鬼派」書中人物處理感情的方式，也是完全不按牌理出牌的，「情商」極低，其中田歌《天下第二人》表現得最為漓淋盡致。此書的男主角是身遭母親背夫棄子、父親慘被殺害之痛，又

1見《心燈劫》，第七十五回。

2後來真相揭露，原來此一「血影神君」是「百面書生」假扮的，一切的惡事，都是他造的孽。

因未婚妻「移情別戀」（實則沒有），故心懷憤恨，誓言「殺盡天下愛上他的女子」；無獨有偶，女主角「天仙魔女」則因幼時遭男人強暴，故痛恨男子，要「殺盡全天下愛上她的年輕男子」，此二人身遭「心靈創傷後遺症」之害，故偏激矯怪，未必不能解說得通，但誇張至專殺「愛上他（她）的人」，就實在於理未通，而更荒謬的是，口口聲聲「此恨綿綿無絕期」的二人，卻一遇到對方，就愛得死去活來，絲毫不見衝突轉折。此外，「索魂嫦娥」周蘭，對宋青山一見鍾情，向他示愛，宋青山一時未能立即回應，就立刻反顏相向，由愛轉恨，甚至明珠暗投，轉嫁了顧柏蒼和海王子，最後更因此而發瘋；毒龍潭苦女子邵玲，援助過宋青山，原本為一可人，兩人相許，約了後會之期，宋青山因故失約未至，立即轉為偏激狠戾、嫉妒善變。全書恨意充盈，翻臉比翻書還快，全憑直覺行事，愛恨交織，一觸即發，雖不能說就是「變態」，但肯定也是「病態」。

不過，這種「病態」式的人物，卻可以引發出許多因一時衝動而導生的事件，越是衝動，越是能引發出一個接一個的事件，造成小說中迅急快速的節奏。

第三節 迅急快速的節奏

所謂的「節奏」（Rhythm），本是音樂的術語，指在同一時間中，速度的快慢與音調的高低所組合成的旋律；此處的定義，則是指在同樣的時間中，因字數或事件的多寡所營造出的不同「步速」（space）。結構主義學者傑聶（Gerard Genette）曾經將作品中的事件延續時間與敷衍時間（敘述時間）的比率關係，稱為「步速」（pace），事件延續時間的久暫與文章長短（字數、頁數）的反比越大，則「步速」越快（**亦即，事件時間長，文章短**）[1]，此一「步速」，實際上決定了作品情節推展速度的快慢（**此處我以「節奏」名之**）。「鬼派」小說，最得力的節奏營造手法，是大量的壓縮時間。

「時間」的壓縮，是「鬼派」武俠小說的慣技。一般武俠小說中，高強的武藝，往往是藉「武林秘笈」締造的[2]，「鬼派」小說中出現大量形形色色的「武林秘笈」，簡直是俯拾皆有，不凡列舉，僅以田歌《陰魔傳》來說，《七彩鐵券》是《天下第二人》中武林群雄眾家爭奪之物，已經夠讓江湖人士為之瘋狂了，而續此的《陰魔傳》更變本加厲，居然同時有《閻羅神書》、《三魂絕譜》、《劍術精錄》、《宇宙武學秘笈》、《武學歸元經》、《陰魔經》、《華陀神術》等秘笈同時出土，出現之頻繁，令人嘆為觀止，而無一不是足以讓人物武功「速成」的寶典。

不過，在一般武俠小說中，即便是有高明的師父教導傳授，或是奇緣巧獲武林秘笈，都必須借由較長時間的習練，才能獲致，為了縮短時限，則通常有兩種方法可以增速，一是巧食靈藥，一是轉輸功力，田歌最懂得充分利用靈藥和轉輸的方式，迅速增強主角的武功，往往在幾天，甚至短短的幾個時辰中，即讓主角獲得一甲子、二甲子，甚至三甲子的功力，他的每部小說中的主人翁幾乎都是透過這種模式成長的，於是，不斷的遭難，不斷的奇遇，就成為田歌小說中的主要結構模式之一。

時間的壓縮，也運用在身體創傷的療癒上，田歌小說中有無歇無止的打鬥場面，重要人物也不斷受創，但也有許多名目不一的靈藥，再嚴重的傷勢，都可以在極短暫的時間內，迅速復原，如在《陰

1 見高辛勇《形名學與敘事理論》（台北：聯經出版公司，民國七六年），頁一五八至一六二。

2 請參看筆者〈武林秘笈——武俠小說「情節模式」論之一〉，收入《縱橫今古說武俠》（台北：五南出版公司，二〇一六），頁二五一至二七一。

魔傳》中，宋青山雙腿、左手被火藥炸斷，奄奄一息，居然巧得《華陀神術》，可以在五天內接續死人的手腿，就完全恢復如常，較之《蜀山劍俠傳》中的綠袍老祖還來得神奇。

時間的壓縮，有時是借忽略空間的方式處理的。在田歌的小說中，地名幾乎都是虛設的，人物的行跡，完全可以隨心所欲，天南地北，一躍即至，如《心燈劫》中有一段：

天亮時分，「情海魔子」已趕到了這名山古剎——少林寺！躍下了少室峰，向右側的禪院梵宇落去。[1]

「情海魔子」本來人在開封，一夜之間，就可以趕到登封，且上了嵩山少室峰，並一躍而下，就到了少林寺，然後，第二天又到了終南山，此三處的距離不下數百里，真不知是如何可以如此迅捷即達的；尤有甚者，在《陰魔傳》中，楊世川在湖北的大洪山奉命去河南的伏牛山取「百禽膽」為宋青山重續斷肢時，天仙魔女與王芳黛正在激烈拚鬥中，而在去的過程中，他先救了宋美珍，將之安頓好；然後在伏牛山發現到邵玲殺害了紀石生的父母，趕去相救，又與陰魔展開一場惡鬥，最後終於取得靈藥，再趕回大洪山，帶了宋美珍回到原地，如此千里迢遙的往返路程，發生如許多般的事故，而天仙魔女與王芳黛的拚鬥，居然還在進行中——即便大洪山與伏牛山就在隔壁，也不可能吧?!平心而論，田歌對大陸的山川、城市的運用，信手拈來，就宛如兩個相鄰的攝影棚，人物可以自由穿梭，然後展

1見田歌《心燈劫》第六回。

演出一幕幕的故事。

愛情的糾葛，是田歌武俠小說中的一大癥結，幾乎所有的仇恨，背後都有幾段不為人所知的情感恩怨在其中，言情小說中擅用的「多角戀愛」，也被田歌運用得淋漓盡致，而「愛情」的緣起，都是「一見鍾情」。田歌小說中的男主角，在情場上是得天獨厚的，幾乎是書中所有的年輕貌美女子，都會對他一見鍾情，生死以之，《人間閻王》中的朱懷宇，一開場就有數名女子因對他一見鍾情，而無辜喪身在其體內的陰毒上，但猶有多位女子無畏無懼，飛蛾撲火式的傾心於他。男主角之所以如此具有磁性，田歌殊少交代，總是讓人覺得不可思議、不合情理。如《心燈劫》中，淫毒狠辣，害死不知多少男子的「攝魂花」，只因「情海魔子」能抗拒她的色身誘惑，就突然間愛上他，寧可背叛「森羅殿」而喪生。

愛情來得既迅猛而又多元，其間難免有相互的衝突，一有參差，愛情也去得快速無比，立刻轉愛為恨，中間鮮少有轉圜餘地。在《天下第二人》中，宋青山周旋於天仙魔女、索魂嫦娥、桂秋香、邱雯、邵玲五個女子之間，幾乎全都是女子對男子一見鍾情，然後就開始「愛」了，而一旦男子稍有遲疑或不願接受，於是就開始「恨」，然後就自暴自棄，轉而報復其他男子；但可能過沒多久，又重新愛一次，再重新恨一次，一幕一幕的波折，也就在這愛恨之間翻騰而出，其中完全沒有轉變的緩衝，只看到作者沾沾自得地以相當多的篇幅暢論膚淺的「男女情愛論」，當真令人氣結。瞬息變化的情感，時間快速的壓縮，自然帶動了小說事件的發展，營造出迅急快速的節奏，而在這些事件中，作者可以自由揮灑，將武俠小說中的諸多元素涵納其中，遂造成「鬼派」小說曲折離奇的整個故事架構。

相對來說，陳青雲在這方面的表現，顯然就較有節制，儘管每位成長中的男主角都有機緣獲致

「武林秘笈」，但總給對方較長時間的習練；儘管也是恨意充盈，但不會翻臉翻得如是之快；且陳青雲畢竟腹笥、閱歷均較田歌來得廣闊，對武俠小說的背景（大陸）的山川史地也較為稔熟，故雖云仍有諸多「鬼派」所難以豁免的風格，但如果要與田歌相比，其「鬼」真的還是要略為遜色。因此，從「鬼派」特色之顯著來說，田歌應可「當仁不讓」，穩居第一；但是如果從作品的文學水平來說，田歌恐怕還是只能屈居「天下第二人」。

第四章　「鬼派」平議

在中文的語彙系統中，「鬼」字所聯結的意象、氛圍，通常是令人不快的，這點，我們從許慎《說文解字》對「醜」字的說解中，可以窺出：「醜，可惡也，从鬼，酉聲。」，何以「从鬼」就「可惡」呢？段玉裁說：「非真鬼也，以可惡故从鬼。」換句話說，因為鬼是可惡的，所以醜字要从鬼。基本上，這規範了中文「鬼」字的語境，可以視為中國人自漢代以後對「鬼」的一般觀念。「鬼」是幽緲難知的異類，「鬼境」自然也超脫了人所共知的普遍性規律，因此在大量的與鬼相聯繫的負面詞彙中，也會偶然出現若干未必純屬令人不快、厭惡的詞組，如「鬼斧神工」、「鬼靈精」、「鬼點子」、「鬼聰明」等，而在文學創作上，則有「鬼仙」、「鬼才」等反而屬稱頌的名銜。

在中國文學史中，唐代詩人李賀（約七九一至八一七），向來被目為「鬼才」或「鬼仙」，蓋其詩穿幽入仄、詭怪恍惚，出神入鬼，似非人間所有，故有斯名。據近代學者李曉峰用統計學分析，李賀之所以被稱為「鬼才」，是與其喜用「鬼」等具有衰老、死亡意象的字詞有莫大的關係：

翻開長吉詩集，這類意象觸目皆是，到處是老、死、衰等字眼。其他像殘、斷、惰、瘦、古、鬼、枯、頹、病、敗、朽、暮、敝、破、哭、愁、幽、折、荒、血、寒、泣、悲、淒、苦等字眼也隨處可見。[1]

李賀的詩，向來與杜甫、李白並稱，評價頗高，以「鬼」來形容奇詩體的幽奧詭仄，未嘗會損及其身價。在武俠小說中，台灣的古龍，亦普遍有「鬼才」之譽，用以誇許其作品之別出新裁、創作力之迸射，與武俠宗師金庸，一正一奇，雙峰並峙，始終為人所津津樂道。以此而言，將田歌、陳青雲等作家歸類為「鬼派」，就未必純為貶義，而是有意明確的點出其小說的「風格」，甚至，由「鬼派」二字出發，也未嘗不能如李賀、古龍般，達到某種程度的藝術高峰或異軍突起，形成與眾不同、別具一格之特色。問題在於：這幾些作家的作品，可以達到哪種的高度？

由於「鬼」字在中國人觀念中的負面形象，使得「鬼派」也往往成為「濫惡」作品的代稱，這不但完全抹煞了「鬼派」在台灣武俠小說發展史上的重要貢獻，也讓諸多喜歡「與鬼為鄰」的讀者不愜於懷，更讓被納入「鬼派」的作家及其後嗣視為一種貶抑與屈辱。深究其因，一方面是因「鬼」極易引起人們負面的聯想，一方面也因論者從未深入討論「鬼派」特色所致。

「鬼派」的特色，在其鬼魅陰森、殘酷血腥的氛圍及畫面，足以導生讀者恐怖（horror）或恐懼（fear）的情緒，儘管在學理上可將此兩種情緒分別歸諸於「超自然」與「非超自然」兩方面的不同影響，而其關鍵則在是否足以構成「生命的威脅」。但在中文的語彙中，最恰當的理解，應當是「恐

1見李曉峰〈試析李賀詩歌創作的藝術特色〉，《河北大學教育學院學報》，二○○四年九月，第六卷第三期，頁四九。

怖」屬於外在的情境，而「恐懼」則屬內在的情緒，通常是因為外在有「恐怖」的情境，引發觀者或身處於當下情境者內在心理的「恐懼」，而恐懼所伴隨的，則多是屬厭惡、噁心、不快等負面情緒。在現實生活中，人們會對可能造成我們生命威脅的無論是「超自然」或「非超自然」力量，予以迴避，但是，觀賞文學作品或是電影，由於所觀看的對象是虛構的，因此，都不會有威脅到個體生命的危險，因此，除非文學作品或畫面足以讓觀者宛如置身其境，否則不易引發上述所說的負面情緒。這就正如聽講鬼故事一樣，在白天和深夜、光亮的廳堂和漆黑的墳場講述，同樣的故事，顯然就會產生不同的感受。因此，恐怖的作品，必得有濃厚的陰森鬼魅氣息，方才足以讓觀者身歷其境，在這點上，「鬼派」作家基本上做到了，而「鬼派」的讀者，也正可以從此虛擬的恐怖情境中，獲得閱讀的快感。

此一快感的來源，在於人類本身的情緒，雖有如 Ekman 所細分的快樂（happy）、驚訝（surprise）、恐懼（fear）、悲傷（sadness）、生氣（anger）、噁心（disgust）等六種「基本情緒」（basic emotion），但這六種情緒其實並不是孤立的，而是具有「共生」特質的，研究者發現，在觀看恐怖電影時，「不是只有產生負面情緒，而是同時產生正面和負面情緒，因此在觀看完恐怖電影後會進一步引發享樂感」，也就是說，儘管電影非常恐怖，觀眾卻是一面觀看，體驗到恐懼的負面情緒，更一方面也由此恐懼，產生一種興奮的快感，尤其是「場景符合的情境，正面情緒與負面情緒皆顯著較高，導致情緒共生的程度也高」[1]，越是恐怖逼真的電影，所能享受到快感也越強烈。

1 見林姿君《以情緒共生檢視恐怖電影的享樂感》，國立交通大學傳播研究所碩士論文（二〇一四年六月），頁六七。

【附錄一】

「鬼派」武俠作品知見書目

作者	書名	版本	冊數	出版年	備註
田歌	陰陽劍	南祺	十四	一九六一．四	筆名「晨鐘」，當為作者第一部作品，據自述，完稿於九月。
田歌	怒劍紅顏	革心	九	一九六一．十	筆名「晨鐘」。據《田歌官網》，此為首部作品，但出版時間晚於上書。
田歌	劍海飄花夢	南琪	十六	一九六二	筆名「晨鐘」。
田歌	血龍傳	南琪	廿五	一九六二	筆名「晨鐘」。
田歌	魔窟情鎖	南琪	廿四	一九六三	筆名「晨鐘」。
田歌	天下第二人	新台	廿七	一九六二	
田歌	陰魔傳	新台	十九	一九六二	「天下第二人」續集。
田歌	人間閻王	新台	二十	一九六三．三	
田歌	血河魔燈	新台	二十	一九六三．十	
田歌	武林末日記	新台	二十	一九六三．十	
田歌	倜儻炮	新台	十八	一九六四	
田歌	黑書	新台	十八	一九六四．三	
田歌	南北門	新星	二十	一九六五．一	
田歌	鬼歌	新台	十八	一九六五．三	

田歌	魔船	新台	二十	一九六五・九	
田歌	天地牌	新台	十八	一九六五・十一	
田歌	心燈劫	新星	二十	一九六五・十一	
田歌	鬼宮十三日	新星	二十	一九六六	
田歌	血路	新台	十八	一九六六・一	
田歌	水晶球	新台	廿二	一九六六・一	
田歌	魔影琴聲	新台	二十	一九六六・一	
田歌	血屋記	新台	二十	一九六六・六	
田歌	斷天烈火劍	新台	二十	一九六七・一	
田歌	吊人樹	新台	二十	一九六八・一	
田歌	天下第一劍	先鋒	二十	一九七〇・一	
陳青雲	血魔劫	新台	廿四	一九六三	
陳青雲	殘肢令	新台	二十	一九六三	
陳青雲	音容劫	新台	廿二	一九六三・十	
陳青雲	血劍魔花	新台	廿二	一九六四	
陳青雲	鬼堡	新星	廿六	一九六四・七	
陳青雲	醜劍客	新台	二十	一九六四・七	
陳青雲	死城	新台	廿二	一九六五・八	
陳青雲	劍塚癡魂	新星	廿二	一九六六	
陳青雲	毒手佛心	新台	廿二	一九六六・一	

作者	書名	版本	冊數	出版年	備註
陳青雲	孤劍泣殘紅	新星	廿四	一九六七・六	
陳青雲	殘人傳	新台	廿二	一九六八・五	
陳青雲	劍影俠魂	新台	二十	一九六八・十一	
陳青雲	黑儒傳	四維	三十	一九六九・十	
陳青雲	血榜	新台	廿四	一九六九・十一	
陳青雲	血劍留痕	四維	三十	一九七〇・六	
陳青雲	石劍春秋	武俠春秋		一九七〇・八至十期	
陳青雲	索血令	四維	廿四	一九七一・二	
陳青雲	殘虹零蜨記	四維	卅二	一九七一・十一	
陳青雲	復仇者	四維	三十	一九七二・六	
陳青雲	怒劍飛魔	四維	廿五	一九七三・二	
陳青雲	孤星零雁記	四維	廿五	一九七二・十二	
陳青雲	孤劍吟	四維	卅六	一九七四・九	
陳青雲	劫火鴛鴦	四維	廿八	一九七四・十二	
陳青雲	殘中之懺情記	四維	卅二	一九七五・四	
陳青雲	血帖亡魂記	新星	廿二	一九七七・三	
陳青雲	鐵笛震武林	新台	二十	一九七九	未見較早版本
陳青雲	狂龍傲鳳	武俠春秋		一九七九	
陳青雲	羅剎門	武俠春秋		一九八〇	

陳文清	無極狂魔	新台	二十	一九六三・八	
陳文清	萬劫魔宮	新台	廿二	一九六四・一	
陳文清	血盟令	新台	十六	一九六四・七	
陳文清	魔血俠心	新台	十八	一九六四・十二	
陳文清	骷髏血旗	新台	二十	一九六五・三	
陳文清	陰陽界	先鋒	二十	一九六五・十	一題陳中平著
陳文清	九重天	新台	十八	一九六六・八	一題若明著
陳文清	鐵血飛虹	新台	十八	一九六六・十一	
陳文清	金蛇令	新台	十六	一九六七・一	
陳文清	碎玉青鋒	新台	十八	一九六七・七	一題曹若冰著
陳文清	神梟鬼俠	新台	廿二	一九六八・九	
陳文清	劍王鞭后	新台	十八	一九六九・二	
陳文清	青燈紅淚孤劍寒	新台	二十		一題若明著
若明	盲俠醉客	新台	十六	一九六四・一	一題陳文清著
若明	血谷幽魂	新星	二十	一九六四・九	
若明	人中龍	新台	二十	一九六四・十二	
若明	金魔鏡	新台	二十	一九六五・四	
若明	鐘鼓雷鳴	新台	二十	一九六五・九	
若明	地獄客	新台	二十	一九六八・五	
若明	火龍谷	新台	十六	一九六八・七	一題陳文清著

作者	書名	版本	冊數	出版年	備註
若明	追魂寶劍	新台	二十	一九六九・三	
若明	青燈紅淚孤劍寒	新星	二十	一九七九・七	一題陳文清著
若明	神燈崖		十六		
金鼎	血劫	新台	廿二	一九六二	題田歌故事，金鼎著
金鼎	魔劍	華源	二十	一九六二・六	
金鼎	閻羅宴	南琪	十四	一九六三・三	
金鼎	碎玉奪魂	南琪	十三	一九六六・二	
金鼎	雌雄榜	南琪	十二		
孤獨生	千面閻羅	四維	十六	一九六二・十二	
孤獨生	血光魔影	新星	十八	一九六三・七	
孤獨生	血海殘魂	新台	二十	一九六四・八	
孤獨生	血神	新星	廿二	一九七七・六	
依人	五步追魂	南琪	廿二	一九六三・九	
依人	驚魂帖	南琪	廿二	一九七七	
依人	孔七刀	南琪			
江南柳	血雨腥風	新台	十二	一九六一・十二	
江南柳	鳳笛龍符	新星	十八	一九六三	
江南柳	五龍旗	新台	二十	一九六四・三	
江南柳	天魔劍	新星	十八	一九六四・二	

江南柳	鐵人	新台	十四	一九六七・七	
江南柳	狂俠傳	新台		一九六七・八	
江南柳	金骷髏	新台	二十	一九七七・二	
曉風	屠龍驚鳳	新台	廿二	一九六三・一	
曉風	魔影香車	新台	廿二	一九六三・八	
曉風	黑谷神魔	新台	十六	一九六四・三	
曉風	牛鬼蛇神	新台	十八	一九六五・七	
曉風	銀河古鼎	新台	十八	一九六五・十	
曉風	草莽龍蛇	新台	十八	一九六五・十一	
曉風	雨橫風狂	新台	十六	一九六六・八	
曉風	黑名單	新台	十六	一九六七・六	
曉風	挑燈看劍錄	新星	廿一	一九七七・十二	
曉風	古堡蛟龍	新星	十八	一九七九・六	
曉風	大漠驚魂	新台	十八	一九七九・六	
陳中平	獨劍蕩江湖	新台	二十	一九六四・十二	
陳中平	碎心劍	新台	十八	一九六四・十二	
陳中平	金劍飛龍	新台	二十	一九六五・九	
陳中平	陰陽界	新台	二十	一九六五・十	
陳中平	天星神劍	新台	廿四	一九七七・三	
幻龍	傲視江湖	華源	十六	一九六二・十二	

作者	書名	版本	冊數	出版年	備註
幻龍	閃電驚魂	華源	廿六	一九六三・四	
幻龍	孤天星月	南琪	十八	一九六三・九	一九六四年三月廿九日完稿
幻龍	煞星末日	南琪	廿四	一九六三・十一	
幻龍	飛虹鐵衣	南琪	十六	一九六四・四	
幻龍	殺人指	新生	十四	一九六四・十一	
幻龍	落日屠龍	新生	廿六	一九六五・三	
幻龍	金蛇梭	新生	十八	一九六六・二	
幻龍	虬龍傳	新生	二十	一九六六・八	
幻龍	狼劍邪鈴	先鋒	廿二	一九六九・六	
幻龍	蒼穹血影	南琪	廿一	一九六九・七	
幻龍	殘缺書生	新生	廿六	一九七一・五	
幻龍	冷虹劍	南琪	十六	一九七七・十二	
幻龍	伏魔飛龍	新生	二十	一九七九・十二	
幻龍	玉狸長虹				
幻龍	摘星劍客				
幻龍	九陰血魔				
幻龍	九幽奪魂劍				
幻龍	落日屠龍續				
幻龍	無字天書				

幻龍 神行無影

本書目依據筆者自製之《武俠小說總目》、台灣顏雲所藏的《武俠書目》以及天津馬志強自印的《明玉武俠文學社善本書目》第一輯，並參考《田歌官網》、「陳青雲吧」等網路資料製作而成，收錄時間起於一九六一，迄於一九八〇，其中陳青雲於一九七〇年後所作仍多，但風格已走出「鬼派」，故其後所撰諸書（多數曾刊於《武俠春秋》雜誌），暫未收入。大抵上，一九七一年以後出版者，多非原版，但仍列出，以待補正。凡有更改書名、誤掛作者、冒名偽作者，皆不收入。所收諸家，未必盡全，儻有遺漏，且待來茲。

【附錄二】

此書目僅收錄一九八〇年之前的作品，選取二十一家，乃創作時程較清晰者，非謂僅止於此而已。台灣武俠作品出版時序混亂，舊本又復難尋，故只能粗列於此。

台灣武俠二十一家書目

作者	書名	創作時間	備註
郎紅浣（十二部作品）			
郎紅浣	古瑟哀弦	一九五一	原名北雁南飛
郎紅浣	碧海青天	一九五一	
郎紅浣	瀛海恩仇錄	一九五二	
郎紅浣	莫愁兒女	一九五三	
郎紅浣	劍膽詩魂	一九五五	大華晚報於一九五五・十二・十九至一九五六・十一・十三全
郎紅浣	玉翎雕	一九五六	大華晚報於一九五六・十一・十九至一九五七・三・二十。一至一一八停刊
郎紅浣	青溪紅杏	一九五八	大華晚報於一九五八・四・六至一九五九・三・十五全
郎紅浣	黑胭脂	一九五九	大華晚報於一九五九・三・二十至一九六〇・二・九共連載一至三三〇
郎紅浣	赫圖阿拉英雄傳	一九六〇	
郎紅浣	四騎士	一九六〇	大華晚報於一九六〇・二・三至一九六一・五・六共連載一至四五四
郎紅浣	酒海花家	一九六一	
郎紅浣	青春鸚鵡	一九六四	聯合報於一九六四・一・一至・五・十四全
成鐵吾（十部作品）			
鐵吾	秦良玉外傳	一九五六	大華新聞一九五六・九・一起連載，國圖無此報，存有單位因資料不全致無法確認總篇數，至少連載超過一年十一月以後，署名鐵吾

鐵吾	年羹堯新傳	一九五五	香港上海日報一九五五・十二至一九六二・一連載，據宋今人於本書第卅五集書末（一九六二年二月出版）補跋一文説明，本篇於香港上海日報連載了二二〇二日，合計時長六年又十二日，署名鐵吾
鐵吾	呂四娘別傳	一九五六	徵信新聞報一九五六・五・一至一九五七・十二・廿六連載，真善美出版社一九五八出版，署名鐵吾
鐵吾	江南八俠列傳	一九五八	徵信新聞報一九五八・一・七至一九五九・三・卅一連載，署名鐵吾
鐵吾	龍江風雲	一九五八	中央日報一九五八・九・一至一九五九・九・十六連載，曾於一九五九年出單行本，署名鐵吾
鐵吾	鄭成功別傳	一九五九	徵信新聞報一九五九・四・一至一九六〇・一・十五連載，署名鐵吾
鐵吾	花城恩怨	一九五九	中央日報一九五九・九・二十至一九六〇・九・廿七連載，曾於一九五九年出單行本，署名鐵吾
海上擊筑生	南明俠隱	一九五九	真善美出版社一九五九出版，書籍出版廣告，首見於一九五七・二・十二聯合報，署名海上擊筑生
成鐵吾	海國英雄傳	一九六〇	一九六〇由大美出版，大眾發行，署名成鐵吾
海上擊筑生	大寶法王	一九六一	據傳一九六一於中央日報或自立晚報連載，署名海上擊筑生，待查

伴霞樓主（廿七部作品）

伴霞樓主	萬里飛虹	一九五七	可能為其處女作
伴霞樓主	劍底情仇	一九五七	民族晚報於一九五七・十・廿六至一九五八・八・二十連載全集
伴霞樓主	鳳舞鸞翔	一九五八	聯合報於一九五八・八・卅一至一九五九・七・十八連載三一六全集
伴霞樓主	青燈白虹	一九五九	民族晚報於一九五九・一・一至。一九六〇・一・廿四共連載七十二集完
伴霞樓主	八荒英雄傳	一九五九	聯合報於一九五九・七・廿一至一九六〇・七・廿一連載三三〇全集
伴霞樓主	姹女神弓	一九五九	自立晚報於一九五九・七・三十至一九五九・十・七完集

伴霞樓主	羅剎嬌娃	一九五九	
伴霞劉主	金劍龍媒	一九六〇	
伴霞樓主	斷劍殘虹	一九六〇	上海日報於一九六〇・四・三至一九六一・一・廿七連載二至二一九章
伴霞樓主	神州劍侶	一九六〇	
伴霞樓主	紫府迷宗	一九六〇	聯合報於一九六〇・七・卅一至一九六二・五・十九連載三六〇全集
伴霞樓主	武俠天下	一九六一	左近出版，八人合著
伴霞樓主	天魔女	一九六二	
伴霞樓主	天帝龍珠	一九六二	
伴霞樓主	龍崗豹隱	一九六二	
伴霞樓主	武林遺恨	一九六三	
伴霞樓主	武林至尊	一九六四	武林遺恨續集
伴霞樓主	玉佛掌	一九六四	
伴霞樓主	獨步武林	一九六四	
伴霞樓主	劍斷情殘	一九六四	
伴霞樓主	紅唇劫	一九六五	
伴霞樓主	俠義千秋	一九六七	
伴霞樓主	風雲夢	一九七一	
伴霞樓主	閻王令	一九七八	
伴霞樓主	追蹤	一九六二	可能是平江不肖生的《江湖奇俠傳》
伴霞樓主	追殺	一九六二	找不到資料確認，可能是偽作

伴霞樓主	江湖道	不詳	找不到資料確認，可能是偽作
臥龍生（四十三部作品）			
臥龍生	風塵俠隱	一九五七	處女作，成功晚報連載
臥龍生	驚虹一劍震江湖	一九五七	台中民聲日報連載
臥龍生	飛燕驚龍	一九五八	大華晚報於一九五八・八・十六至一九六一・七・八連載全集
臥龍生	鐵笛神劍	一九五九	上海日報於一九五九・九・二起連載
臥龍生	天香飆	一九六〇	公論報連載
臥龍生	翠袖青霜	一九六一	
臥龍生	無名簫	一九六一	大華晚報於一九六一・七・廿二至一九六四・十・廿八連載全集
臥龍生	絳雪玄霜	一九六一	曾連載於《武藝》
臥龍生	武俠天下	一九六一	左近出版，八人合著
臥龍生	驚虹一劍震江湖續集	一九六二	
臥龍生	玉釵盟	一九六三	中央日報於一九六〇・十・一至一九六三・七・三連載全集
臥龍生	素手劫	一九六三	公論報連載
臥龍生	天涯俠侶	一九六三	一名天馬霜衣，中央日報於一九六三・七・廿七至一九六六・五・卅一連載全集
臥龍生	金劍雕翎	一九六四	自立晚報於一九六四・一・三至一九六八・十一・十連載全集
臥龍生	天劍絕刀	一九六五	公論報連載
臥龍生	雙鳳旗	一九六五	台灣新聞報於一九六五・三・一至一九六八・十一・六連載全集
臥龍生	飄花令	一九六六	中央日報於一九六六・六・一至一九七〇・三・四連載全集
臥龍生	還情劍	一九六六	大華晚報於一九六六・十一・十二至一九六九・六・三十連載全集

臥龍生	天鶴譜	一九六八	台灣日報連載
臥龍生	指劍為媒	一九六八	中華日報於一九六八・三始連載
臥龍生	聖劍情刀	一九六八	民眾日報一九六八・五・一至八・廿七連載全集
臥龍生	鐵劍玉珮	一九六九	自立晚報於一九六八・十一・廿七至一九七〇・八・廿四連載，疑由朱羽代筆
臥龍生	翠袖玉環	一九六八	台灣日報於一九七一・十一・四連載完，共一〇六一集
臥龍生	鏢旗	一九六九	大華晚報於一九六九・七・一至一九七一・九・十七連載全集
臥龍生	神州豪俠傳	一九七〇	中央日報於一九七〇・三・五至一九七二・五・九連載全集
臥龍生	俠影魔蹤	一九七〇	自立晚報於一九七〇・八・十四至十二・廿二連載全集
臥龍生	寒梅傲霜	一九七〇	
臥龍生	玉手點將錄	一九七一	自立晚報於一九七一・一・一至十二・九連載全集
臥龍生	飛鈴	一九七一	大華晚報於一九七一・九・廿四至一九七四・六・廿二連載全集
臥龍生	八荒飛龍記	一九七一	台灣日報於一九七一・十一・五至一九七四・二・十七連載全集
臥龍生	搖花放鷹傳	一九七二	中華日報於一九七二・十一始連載
臥龍生	血劍丹心	一九七二	
臥龍生	金鳳剪	一九七二	自立晚報於一九七二・一・六九至一九七四・十二・三十完集
臥龍生	金筆點龍記	一九七二	中央日報於一九七二・五・十六至一九七四・十二・十八連載全集
臥龍生	無形劍	一九七三	
臥龍生	花鳳	一九七四	大華晚報於一九七四・七・一至一九七七・九・六連載全集
臥龍生	煙鎖江湖	一九七四	台灣日報連載
臥龍生	春秋筆	一九七五	中華日報連載

臥龍生	黑白劍	一九七五	自立晚報於一九七五・一・廿八至一九七七・四・廿五連載一至六七八集
臥龍生	幽靈四豔	一九七七	大華晚報於一九七七・九・廿七至一九七九・一・廿七連載全
臥龍生	劍無痕	一九七七	中華日報一九七七・十・十三至一九七八・十二・卅一載一至四三六
臥龍生	天龍甲	一九七七	中央日報於一九七七・八・三十至一九八〇・二・九連載全集
臥龍生	龍虎風雲	一九八〇	《武俠故事》第十七期「龍虎風雲」，是諸葛青雲，臥龍生，獨孤紅，司馬紫煙四個人接龍創作的武俠小說。
司馬翎（四十六部作品）			
吳樓居士	關洛風雲錄	一九五八	處女作，真善美出版，署名「吳樓居士」，曾用名達摩三劍
司馬翎	劍氣千幻錄	一九五九	香港真報連載，真善美出版，曾用名劍影留香（育幼）
司馬翎	劍神傳	一九六〇	真善美出版，署名「吳樓居士」，民族晚報連載時原題鋒鏑情深。關洛風雲錄續集，曾用名達摩之劍
司馬翎	仙洲劍隱	一九六〇	真善美出版，署名「吳樓居士」，別題劍神外傳
司馬翎	白骨令	一九六〇	真善美出版，原刊本內外頁分署「吳樓居士」／「司馬翎」
司馬翎	鶴高飛	一九六〇	真善美出版，曾用名蓋世奇俠
司馬翎	斷腸鏢	一九六〇	中華日報十三冊，曾用名修羅扇（行宇十八冊），斷腸鏢+兒女英雄傳（漢牛），強龍壓境（瑞如）
司馬翎	金縷衣	一九六一	新台出版，十四冊，曾用名璇璣情俠傳
司馬翎	八表雄風	一九六一	真善美出版，署名「吳樓居士」，劍神傳續集。
司馬翎	劍膽琴魂記	一九六一	真善美出版，台灣聯合報於一九八三・五・十一至一九八四・六・廿七連載共四一一集，題名為劍膽琴魂

司馬翎	聖劍飛霜	一九六二	聯合報於一九八四・六・廿八至一九八五・十二・卅一共連載四九八集，真善美出版，曾用名一皇三公、武林小滑頭
司馬翎	掛劍懸情記	一九六三	真善美出版，曾用名劍俠柔情、風流浪子
司馬翎	帝疆爭雄記	一九六三	真善美出版，曾用名半面豔姬
司馬翎	鐵柱雲旗	一九六三	真善美出版
司馬翎	纖手馭龍	一九六四	真善美出版，聯合報於一九八六・三・廿三至一九八七・十一・廿七，共連載四九七集
司馬翎	飲馬黃河	一九六四	真善美出版，曾用名雷霆刀法、風雲再起、迷俠仙窟（原著節選），中華日報於一九八六・七・六至一九七七・十二・十一共連載八七八集
司馬翎	紅粉干戈	一九六五	真善美出版，曾用名紅粉記（原著下半部）、紅粉霸主、武霸仙娘
司馬翎	金浮圖	一九六五	真善美出版，拆為兩部金浮圖+仙劍佛刀（文天）
司馬翎	劍海鷹揚	一九六六	真善美出版
司馬翎	焚香論劍篇	一九六六	真善美出版
司馬翎	丹鳳針	一九六七	真善美出版，曾用名鬼堡神針、義俠情緣、神針神卦闖天下、豔狐少俠、丹鳳神針
司馬翎	血羽檄	一九六七	真善美出版，文天版拆為血羽檄+化血門，台灣日報於一九七八・二・廿七至一九八〇・七・廿四共連載七二八集
司馬翎	檀車俠影	一九六八	真善美出版，曾用名武林大尊者、武林尊者、風流大尊者、霸海屠龍，大眾日報於一九七九・五・一至一九八一・五・廿三共連載五六七集
司馬翎	浩蕩江湖	一九六八	真善美出版
司馬翎	武道	一九六九	真善美出版
司馬翎	胭脂劫	一九七〇	真善美出版

司馬翎	獨行劍	一九七〇	真善美出版
司馬翎	玉鉤斜	一九七〇	真善美出版
司馬翎	白刃紅妝	一九七一	南琪出版，原刊本出版於一九七四年二月，民族晚報於一九八二・九・四至一九八三・十一・廿一連載
司馬翎	杜劍娘	一九七一	南琪出版
司馬翎	江湖英傑集	一九七一	此書未曾出版，中華日報於一九八二・十・十至一九八三・二・廿三共連載一三五集，未完
司馬翎	情俠蕩寇志	一九七三	南琪出版
司馬翎	人在江湖	一九七四	南琪出版，中央日報於一九七四・十二・十九至一九七六・四・十共連載四五八集
司馬翎	豔影俠蹤	一九七五	南琪出版，司馬翎只開筆寫了個頭（約兩集五萬字），後為南琪找人偽續，真品遠不及半
司馬翎	飄花零落	一九七九	台灣新聞報一九七九・七・三至一九八二・一・廿四連載五〇五集未完。未出版
司馬翎	迷霧	一九七九	皇鼎出版，時報周刊卅八至五十期，分十三期刊完，署名「司馬翎」
司馬翎	春雨孤行	一九七九	未出單行本，皇鼎版併入十八郎，即第二個故事。
天心月	劍雨情霧	一九八一	皇鼎出版，強人故事一，港版署名「天心月」，曾用名劍雨情煙兩迷離
天心月	江天暮雨劍如虹	一九八一	皇鼎出版，強人故事二，港版署名「天心月」，曾用名望斷雲山多少路
天心月	挑戰	一九八一	皇鼎出版，強人故事三，港版署名「天心月」，曾用名身無彩鳳雙飛翼
天心月	強人	一九八一	皇鼎出版，強人故事四，港版署名「天心月」，皇鼎版後半部分為偽續，故事實為西門丁龍王之死
天心月	驚濤	一九八一	皇鼎出版，強人故事之外傳，香港工商日報一九八〇・四・九至六・十二連載，港版署名「天心月」
司馬翎	倚刀春夢	一九八二	南琪/皇鼎出版，香港工商日報一九八一・九・六至十一・廿二連載，分五章

天心月	極限	一九八四	皇鼎出版，香港工商日報一九七八．四．二十至一九七九．二．六連載，勇者故事之一，署名「天心月」
司馬翎	情鑄江湖	一九八四	皇鼎出版，香港工商日報一九八〇．八．二十至一九八一．一．八連載，皇鼎版易名為刀劍情深
司馬翎	飛羽天關	一九八五	皇鼎出版，聯合報一九八三．八．十至一九八五．二．十一連載五四五集未完
諸葛青雲（八十一部作品）			
諸葛青雲	墨劍雙英	一九五八	處女作
諸葛青雲	紫電青霜	一九五九	自立晚報於一九五九．七．三十至一九六〇．八．十一連載全集
諸葛青雲	一劍光寒十四州(正)	一九六〇	徵信新聞報於一九六〇．一．十六至七．卅一連載至一九五集
諸葛青雲	天心七劍	一九六〇	自立晚報於一九六〇．八．十二至一九六一．一．十八連載全集
諸葛青雲	血腥蘇城	一九六一	
諸葛青雲	半劍一鈴	一九六一	自立晚報於一九六一．一．廿九開始連載
諸葛青雲	半劍一鈴	一九六一	自立晚報於一九六一．一．廿九至八．十三連載全集
諸葛青雲	荳蔻干戈	一九六一	大華晚報於一九六一．九．一至一九六二．十二．十二連載全集
諸葛青雲	玉杖昆吾	一九六一	
諸葛青雲	武俠天下	一九六一	左近出版，八人合著
諸葛青雲	鐵劍朱痕	一九六一	
諸葛青雲	奪魂旗	一九六二	徵信新聞報於一九六二．一．一至一九六三．七．十五連載至一八一集
諸葛青雲	霹靂薔薇	一九六二	自立晚報於一九六二．八．一至一九六四．四．九連載全集
諸葛青雲	玉女黃衫	一九六二	大華晚報於一九六二．十二．十三至一九六四．二．四連載全集
諸葛青雲	俏羅剎	一九六三	

諸葛青雲	劫火紅蓮	一九六三	公論報於一九六三・六・九開始連載
諸葛青雲	一劍光寒十四州(續)	一九六三	
諸葛青雲	江湖夜雨十年燈(正集)	一九六三	左近出版，由司馬紫煙續完
諸葛青雲	折劍為盟	一九六三	
諸葛青雲	豔羅剎	一九六三	上海日報於一九六三・十二・十五至一九六四・六・十四連載全集
諸葛青雲	墨羽春驄	一九六四	
諸葛青雲	浩歌行	一九六四	大華晚報於一九六四・二・八至一九六五・五・十三連載全集
諸葛青雲	碧落紅塵	一九六四	徵信新聞報於一九六四・四・十三開始連載
諸葛青雲	彈劍江湖	一九六四	徵信新聞報於一九六四・四・十五開始連載
諸葛青雲	墨羽青驄	一九六四	
諸葛青雲	碧玉青萍	一九六四	自立晚報於一九六四・四・十六至一九六五・三・九連載全集
諸葛青雲	彈劍江湖	一九六四	
諸葛青雲	北令南旛	一九六五	徵信新聞報於一九六五年開始連載
諸葛青雲	奼女雙雄	一九六五	自立晚報於一九六五・三・十一至一九六六・三・廿二連載全集
諸葛青雲	白骨紅裙	一九六五	徵信新聞報於一九六五・三・十六開始連載
諸葛青雲	書劍春秋	一九六五	公論報於一九六五・四・六至一九六六・三・四連載至三二〇集
諸葛青雲	金手書生	一九六五	
諸葛青雲	霸王裙	一九六六	自立晚報於一九六六・四・十九至一九六七・四・廿四連載完集
諸葛青雲	咆哮紅顏	一九六六	台灣新聞報於一九六六・十・十六至一九六八・八・廿三連載全集
諸葛青雲	四海群龍傳	一九六五	大華晚報於一九六五・五・廿七至一九六六・九・三十連載全

諸葛青雲	劫火江湖	一九六六	
諸葛青雲	紅劍紅樓	一九六七	大華晚報連載
諸葛青雲	梅花血	一九六七	
諸葛青雲	八菩薩	一九六七	有情節未完，《浩氣長虹》為續集
諸葛青雲	大情俠	一九六七	
諸葛青雲	武林三鳳	一九六八	
諸葛青雲	霸海爭雄	一九六八	
諸葛青雲	血連環	一九六八	
諸葛青雲	孽劍慈航	一九六八	
諸葛青雲	洛陽俠少洛陽橋	一九六八	台灣新聞報於一九六八・十・九開始連載
諸葛青雲	鑄劍潭	一九六九	
諸葛青雲	劍道天心	一九六九	大華晚報於一九六九・二・三至五九・三・四連載全
諸葛青雲	劍戟公侯	一九六九	中華日報一九六九・七・一日起連載
諸葛青雲	燕雲女俠	一九六九	
諸葛青雲	生死盟	一九七〇	自立晚報於一九七〇・四・一至六〇・九・廿六連載全集
諸葛青雲	翡翠船	一九七〇	
諸葛青雲	百劫孤星	一九七〇	
諸葛青雲	劍海情天	一九七〇	
諸葛青雲	十二神龍十二釵	一九七〇	大華晚報於一九七〇・三月起連載
諸葛青雲	武林八脩	一九七一	

諸葛青雲	四靈引	一九七一	
諸葛青雲	辣手胭脂	一九七一	自立晚報於一九七一・九・廿七至十二・五連載全集
諸葛青雲	龍刀鬼令	一九七一	自立晚報於一九七一・十二・六至一九七二・二・四連載全集
諸葛青雲	五霸圖	一九七一	大華晚報於一九七一・五・三十開始連載
諸葛青雲	鬼斧神弓	一九七一	
諸葛青雲	鴻門宴	一九七二	自立晚報於一九七二・二・五至六・廿五連載全集
諸葛青雲	秋水雁翎	一九七二	
諸葛青雲	酆都玉女	一九七二	自立晚報於一九七二・六・三十開始連載
諸葛青雲	黑道行	一九七三	
諸葛青雲	武林七殺	一九七四	民族晚報於一九七四・三・一開始連載
諸葛青雲	碧血鳳凰	一九七四	
諸葛青雲	霹靂書	一九七六	民族晚報於一九七六・三・廿三開始連載
諸葛青雲	石頭大俠	一九七六	民族晚報一九七七・三・一連載完畢集(反推)
諸葛青雲	美人如玉劍如虹	一九七七	民族晚報於一九七七・三・四至十二・十六連載全集
諸葛青雲	十年劍影十年心	一九七七	民族晚報於一九七七・十二・十七開始連載
諸葛青雲	鬼魅江湖	一九七八	台灣新聞報於一九七八・七・廿四至一九七九・六・一連載全集
諸葛青雲	美人寶馬英雄	一九七八	民眾日報於一九七八・九・十六開始連載
諸葛青雲	陰陽谷	一九七九	
諸葛青雲	江湖路	一九七九	
諸葛青雲	鐵板銅琵	一九七九	

諸葛青雲	五霸七雄	一九七九	民族晚報一九七九・六・二至十・九連載全集
諸葛青雲	孤星冷月寒霜	一九七九	民族晚報於一九七九・十・十至一九八〇・十・二連載全集
諸葛青雲	白玉樓	一九八〇	
諸葛青雲	龍虎風雲	一九八〇	《武俠故事》第十七期「龍虎風雲」，是諸葛青雲，臥龍生，獨孤紅，司馬紫煙四個人接龍創作的武俠小說。
諸葛青雲	九劍群花	一九八〇	民族晚報於一九八〇・十・九至一九八五・九・三連載完集
諸葛青雲	銅雀春深	一九八〇	民族晚報於一九八〇・十一・廿九連載一集完
古龍（六十四部作品）			
古龍	蒼穹神劍	一九六〇	古龍處女作
古龍	劍氣書香	一九六〇	僅寫三集，墨餘生續完
古龍	殘金缺玉	一九六〇	
古龍	湘妃劍	一九六〇	上海日報於一九六〇・九・二十開始連載，即金劍殘骨令
古龍	月異星邪	一九六〇	
古龍	劍毒梅香	一九六〇	僅寫四集，上官鼎續完
古龍	孤星傳	一九六〇	
古龍	遊俠錄	一九六一	
古龍	失魂引	一九六〇	
古龍	武俠天下	一九六一	左近出版，八人合著
古龍	彩環曲	一九六一	自立晚報於一九六一・十・十六至一九六二・九・十九連載全集
古龍	護花鈴	一九六二	一名諸神島

古龍	劍玄錄	一九六三	
古龍	劍客行	一九六三	
古龍	大旗英雄傳	一九六三	公論報於一九六三・五・廿六至十二・二十連載至一九四集，一九七六改名鐵血大旗
古龍	情人箭	一九六三	一九七六改名怒劍
古龍	飄香劍雨	一九六三	
古龍	浣花洗劍錄	一九六四	一九七六改名浣花洗劍
古龍	龍吟曲	一九六四	與古龍合著，古龍寫一三五七九等單冊，蕭逸寫二四六八十等雙冊。後來出版分為前部龍吟曲、後部天龍地虎。
古龍	名劍風流	一九六六	結局為喬奇代寫
古龍	武林外史	一九六六	
古龍	絕代雙驕	一九六六	公論報於一九六六・五・卅一連載七十九集
古龍	鐵血傳奇	一九六七	又名楚留香傳奇，分血海飄香、大沙漠、畫眉鳥三部
古龍	俠名留香	一九六九	鐵血傳奇續集，分借屍還魂、蝙蝠傳奇二部
古龍	多情劍客無情劍	一九六九	
古龍	蕭十一郎	一九六九	一九六九・十二・五連載於武俠春秋創刊號至廿八期
古龍	流星蝴蝶劍	一九七一	
古龍	大人物	一九七一	一九七一・三・十七連載於武俠春秋五十至八二期
古龍	歡樂英雄	一九七一	一九七一・二・十七連載於武俠春秋四六至九七期
古龍	邊城浪子	一九七二	
古龍	桃花傳奇	一九七二	楚留香故事

古龍	大遊俠	一九七三	陸小鳳故事，後分為陸小鳳傳奇、繡花大盜、決戰前後、銀鉤賭坊、幽靈山莊、鳳舞九天六部
古龍	九月鷹飛	一九七三	
古龍	火併蕭十一郎	一九七三	蕭十一郎後傳
古龍	天涯・明月・刀	一九七四	中國時報於一九七四・四・廿五至六・八連載
古龍	劍・花・煙雨江南	一九七四	
古龍	長生劍	一九七四	七種武器之一
古龍	碧玉刀	一九七四	七種武器之二
古龍	孔雀翎	一九七四	七種武器之三
古龍	多情環	一九七四	七種武器之四
古龍	血鸚鵡	一九七四	驚魂六記之一，附於多情環之後
古龍	霸王槍	一九七五	七種武器之五
古龍	三少爺的劍	一九七五	
古龍	拳頭	一九七五	又名狼山、憤怒的小馬
古龍	白玉老虎	一九七六	
古龍	碧血洗銀槍	一九七六	中國時報於一九七六・九・二至一九七七・二・十七連載全集
古龍	大地飛鷹	一九七六	聯合報於一九七六・十・五至一九七七・二・二連載全集
古龍	圓月彎刀	一九七六	大部分由司馬紫煙代筆
古龍	飛刀又見飛刀	一九七七	
古龍	七星龍王	一九七八	民生報於一九七八・五・廿五至九・十八連載全集

古龍	鳳舞九天	一九七八	民生報連載全集
古龍	離別鉤	一九七八	聯合報於一九七八・六・十六至九・三連載全集
古龍	新月傳奇	一九七八	楚留香故事
古龍	英雄無淚	一九七八	聯合報於一九七八・十・一至一九七九・四・廿四連載全集
古龍	七殺手	一九七九	大華晚報於一九七九・一・卅一至五・廿八連載全集
古龍	午夜蘭花	一九七九	
古龍	風鈴中的刀聲	一九八〇	結尾由于東樓代寫
古龍	刀神	一九七六	
蕭逸（四十部作品）			
蕭逸	鐵雁霜翎	一九六〇	處女作。後來出版分為前部鐵雁霜翎、後部江湖兒女
蕭逸	七禽掌	一九六〇	
蕭逸	鳳栖崑崙	一九六〇	
蕭逸	金剪鐵旗	一九六一	又名白如雲
蕭逸	武俠天下	一九六一	左近出版，八人合著
蕭逸	浪淘沙	一九六一	僅寫三、四萬字
蕭逸	勁草吟	一九六一	自立晚報於一九六一・十二・二連載
蕭逸	虎目娥眉	一九六二	
蕭逸	風塵譜	一九六二	
蕭逸	天魔卷	一九六三	僅寫三、四萬字
蕭逸	壯士圖	一九六三	又名雪落馬蹄

蕭逸	龍吟曲	一九六四	與古龍合著，古龍寫一三五七九等單冊，蕭逸寫二四六八十等雙冊。後來出版分為前部龍吟曲、後部天龍地虎
蕭逸	桃李冰霜	一九六四	又名劍氣紅顏
蕭逸	還魂曲	一九六四	
蕭逸	紅燈盜	一九六四	
蕭逸	鶴舞神州	一九七二	
蕭逸	今宵月下劍	一九七三	
蕭逸	鐵骨冰心	一九七四	台灣日報於一九七四・二・十八至一九七六・三・十三連載至七四〇集
蕭逸	長嘯	一九七四	又名雪山飛虹
蕭逸	風雨燕雙飛	一九七四	
蕭逸	冬眠先生	一九七四	又名冰魔劫
蕭逸	紅線金丸	一九七六	
蕭逸	金玉盟	一九七六	
蕭逸	獅頭怪俠	一九七六	
蕭逸	豔陽雷	一九七七	
蕭逸	馬鳴風蕭蕭	一九七七	
蕭逸	魚躍鷹飛	一九七八	
蕭逸	血雨濺花紅	一九七八	
蕭逸	十錦圖	一九七九	
蕭逸	雙女俠	一九七九	

蕭逸	甘十九妹	一九八〇	
蕭逸	無憂公主	一九八一	
蕭逸	長劍相思	一九八二	
蕭逸	天馬岸	一九七八至八七	《七道彩虹》之一
蕭逸	玉兔東升	一九七八至八七	《七道彩虹》之二
蕭逸	金雞三啼	一九七八至八七	《七道彩虹》之三
蕭逸	太蒼之龍	一九七八至八七	《七道彩虹》之四
蕭逸	太乙飛蛇	一九七八至八七	《七道彩虹》之五
蕭逸	九龍刀	不詳	
蕭逸	凝霜劍	不詳	找不到資料確認，可能是偽作
孫玉鑫（三十六部作品）			
孫玉鑫	風雷雌雄劍	一九五三	自強日報於一九五三・九・十五至十・十八共連載三十四集完
孫玉鑫	不朽英雄傳	一九五九	大眾日報於一九六九・一・一連載五十六集
孫玉鑫	滇邊俠隱記	一九六〇	
孫玉鑫	柔腸俠骨英雄淚	一九六一	
孫玉鑫	血手令	一九六一	

孫玉鑫	禪林怨	一九六二	自立晚報於一九六二・四・七至十一・三十，共連載二七〇集
孫玉鑫	萬里雲羅一雁飛	一九六二	
孫玉鑫	大河吟	一九六三	
孫玉鑫	不歸谷正續集	一九六三	
孫玉鑫	怒劍狂花	一九六四	
孫玉鑫	斷魂血劍	一九六四	怒劍狂花續集
孫玉鑫	玄笛血影	一九六四	
孫玉鑫	劍光月影	一九六五	大中華日報於一九六五・三・一始載四十三集
孫玉鑫	無影劍	一九六五	
孫玉鑫	血花	一九六六	
孫玉鑫	十年孤劍萬里情	一九六六	
孫玉鑫	玫瑰滴血	一九六七	
孫玉鑫	金人頭	一九六七	
孫玉鑫	黑石船 正續集	一九六八	
孫玉鑫	威震江湖第一花	一九六八	
孫玉鑫	仁劍天魔	一九六八	
孫玉鑫	不朽英雄傳	一九六九	大眾日報於一九六九・一・一開始連載
孫玉鑫	壯士盟	一九六九	
孫玉鑫	江湖人	一九六九	
孫玉鑫	迷香劍	一九六九	

孫玉鑫	復仇谷	一九七〇	
孫玉鑫	癡人迷劍	一九七〇	
孫玉鑫	情鎖	一九七〇	
孫玉鑫	七十二將相	一九七一	
孫玉鑫	無毒丈夫	一九七二	
孫玉鑫	孤鴻萬里	一九七二	
孫玉鑫	天涯客	一九七二	
孫玉鑫	血劍恩仇	一九七四	孫玉鑫
孫玉鑫	血劍	一九七四	左近出版
孫玉鑫	朱門劫	一九七八	
孫玉鑫	鐵頭和尚	一九八〇	民族晚報於一九八〇・十一・一開始連載
慕容美（三十五部作品）			
慕容美	英雄淚	一九六〇	以煙酒上人為筆名
慕容美	混元祕籙	一九六〇	以煙酒上人為筆名
慕容美	劍海浮沉記	一九六一	
慕容美	黑白道	一九六一	
慕容美	風雲榜	一九六二	
慕容美	不了恩怨不了情	一九六三	
慕容美	血堡	一九六三	
慕容美	金龍寶典	一九六三	

慕容美	公侯將相錄	一九六四	
慕容美	燭影搖紅	一九六四	徵信新聞報於一九六四年開始連載
慕容美	祭劍台	一九六五	
慕容美	怒馬香車	一九六五	商工日報於一九六五・十一・十二至一九六六・二・一連載至七十八集
慕容美	俠種	一九六五	
慕容美	金步搖	一九六六	一名百花護劍錄
慕容美	秋水芙蓉	一九六六	
慕容美	一品紅	一九六六	台灣新聞報於一九六六・八・十一開始連載
慕容美	解語劍	一九六七	
慕容美	翠樓吟	一九六七	
慕容美	金筆春秋	一九六八	民族晚報至一九六九・六・七連載完畢
慕容美	留香谷	一九六八	
慕容美	一劍懸肝膽	一九六八	
慕容美	江霧嵐煙十二峰	一九七〇	
慕容美	花月斷腸刀	一九七一	中國時報於一九七一・七・二十至六〇・九・十七連載全集
慕容美	天煞星	一九七一	
慕容美	降龍吟	一九七二	
慕容美	刀客	一九七四	台灣新聞報於一九七五・一・二連載四四七集(代起)
慕容美	十八刀客	一九七七	
慕容美	群英會	一九七七	與玉燕翎、東方玉、劍虹、慕容美合著

慕容美	武林十字軍	一九七七	十人合著
慕容美	血旗飄香	一九七九	
慕容美	快活林	一九八〇	中國晚報於一九八〇・一・十八至十・廿一連載全集
慕容美	金谷風雲	一九八〇	
慕容美	劍嘯北斗寒	一九八〇	
慕容美	無名鎮	一九八〇	
慕容美	情天俠義傳	不詳	
上官鼎（九部作品）			
上官鼎	蘆野俠蹤	一九五九	處女作
上官鼎	劍毒梅香	一九六〇	接續古龍
上官鼎	鐵騎令	一九六一	
上官鼎	俠骨關	一九六一	
上官鼎	長干行	一九六一	
上官鼎	沉沙谷	一九六一	
上官鼎	烽原豪俠傳	一九六二	台灣新聞報於民國一九六二年九月開始連載到一九六四年三月
上官鼎	七步干戈	一九六三	
上官鼎	萍蹤萬里錄	一九六三	他人代作，由上官鼎鋪陳架構，但為他人書寫
上官鼎	金刀亭	一九六六	前半部至第十六回為上官鼎創作，後半為偽作
東方玉（四十七部作品）			
東方玉	縱鶴擒龍	一九六〇	台灣新生報一九六〇・九・一・至一九六一・四・廿六連載

東方玉	鳳簫龍劍	一九六〇	台灣新生報一九六一・四・廿七至一九六二・二・四連載，縱鶴擒龍自第二十回起更名為鳳簫龍劍繼續連載；單行本則用縱鶴擒龍為名並沿用至今
東方玉	神劍金釵	一九六一	台灣新聞報一九六一・六・廿九至一九六三・一・十二／十三連載，缺十二與十三日報紙，而十四日開始其他連載，故該作品應結束於此二日中
東方玉	紅線俠侶	一九六二	台灣新生報連載一九六二・二・十一至一九六三・六・十五
東方玉	群英會	一九六二	大美一九六二・八至一九六三・十二出版，其他四位作者：丁劍霞、玉翎燕、劍虹、慕容美
東方玉	武林十字軍	一九六三	大美一九六三出版，其他九位作者：慕容美、玉翎燕、秦紅、高庸、陽蒼、東方英、范瑤、丁劍霞、劍虹
東方玉	翠蓮曲	一九六三	台灣新聞報連載一九六三・三・廿四至一九六四・十一・三十，連載至四九三期，未完
東方玉	毒劍劫	一九六三	大美一九六三・八・至一九六四・四出版，是否曾經報刊連載不詳
東方玉	北山驚龍	一九六四	黎明一九六四・七・至一九六五・四出版，是否曾經報刊連載不詳
東方玉	石鼓歌	一九六四	大美一九六四・十至一九六五・五出版，是否曾經報刊連載不詳
東方玉	飛龍引	一九六五	台灣新生報一九六五・五・五至一九六六・七・一・連載
東方玉	東來劍氣滿江湖	一九六六	春秋一九六六・五至一九六六・八・出版，是否曾經報刊連載不詳
東方玉	蘭陵七劍	一九六六	春秋一九六六・十至一九六七・四出版，是否曾經報刊連載不詳
東方玉	引劍珠	一九六六	台灣新生報一九六六・十一・六至一九六八・二・廿七連載
東方玉	雙玉虹	一九六七	中華日報一九六七・二・二至一九六七・十二・卅一連載
東方玉	九轉簫	一九六七	征信新聞報一九六七・四・二十至一九六九・四・廿三連載
東方玉	同心劍	一九六八	台灣新生報一九六八・二・廿八至一九六九・十・四連載
東方玉	武林璽	一九六八	大眾日報一九六八・十二・二至一九七〇・十・五連載

東方玉	流香穀	一九六九	中國時報一九六九・四・廿四至一九七一・三・廿八連載
東方玉	雙鳳傳	一九七〇	大眾日報連載一九七〇・十・六至一九七一・十・十九連載，斷稿，連載未完。單行本第一集則於一九七二年四月出版，全集廿四冊
東方玉	無名島	一九六九	台灣新生報一九六九・十・五至一九七一・七・三連載，同心劍續集。初始連載名無人島，十月九日起更名為無名島，並以此名印行單行本
東方玉	珍珠令	一九七一	中國時報一九七一・三・廿九至一九七三・二・二連載，台灣卅六開單行本初版名珠劍春秋。改為廿五開本出版時改回連載名
東方玉	金鳳鉤	一九七一	台灣新生報一九七一・七・四至一九七三・六・一
東方玉	劍公子	一九七三	中國時報一九七三・二・三至七・十連載
東方玉	孤劍行	一九七三	中國時報一九七三・七・十一至一九七四・四・廿四連載，孤劍行為劍公子續篇。單行本合二者為一，以劍公子之名出版
東方玉	湖海游龍	一九七三	台灣新生報一九七三・六・二至一九七四・六・十九連載
東方玉	七步驚龍	一九七四	中國時報一九七四・六・十至一九七五・十・六連載
東方玉	玉匕寒珠	一九七四	台灣新生報一九七四・六・二十至一九七六・五・卅一連載，單行本改名為降龍珠
東方玉	三折劍	一九七五	中國時報一九七五・十・七・至一九七六・十一・廿七連載
東方玉	彩虹劍	一九七六	台灣新生報一九七六・六・一・至一九七八・三・九連載，預告名風雷引，正式連載名彩虹劍
東方玉	紫玉香	一九七六	台灣新聞報約一九七六・六・一・至一九七八・七・十四連載，缺報。據一九六六年一月二日第二一六期推算連載開始時間
東方玉	翡翠宮	一九七六	中國時報一九七六・十二・十三至一九七八・一・八連載
東方玉	金笛玉芙蓉	一九七八	中國時報一九七八・一・九至一九七九・一・廿三連載
東方玉	龍孫	一九七八	台灣時報一九七八・二・十七至一九七八・十一・十二連載

東方玉	風塵三尺劍	一九七八	台灣新生報一九七八・三・十至一九七八・九・三十連載
東方玉	刀開明月環	一九七八	台灣新聞報一九七八・七・廿五至一九七九・十二・四連載
東方玉	紫艾青藤	一九七八	台灣日報一九七八・九・二至一九七九・十一・十一連載，單行本改名一劍破天驕並沿用至今
東方玉	折花令	一九七八	台灣新生報一九七八・十二・十九至一九八〇・三・七連載
東方玉	霧中劍影	一九七九	中國時報一九七九・一・廿四至一九七九・九・六連載
東方玉	玫瑰劍	一九七九	金蘭文化一九七九年春出版，是否曾經報刊連載不詳
東方玉	衝天劍氣白衣俠	一九七九	中國時報一九七九・九・十至一九八〇・二・廿九連載，連載原名俠客行
東方玉	起舞蓮華劍	一九七九	台灣日報一九七九・十二・一・至一九八〇・十・十五連載
東方玉	泉會俠蹤	一九八〇	中國時報一九八〇・三・一・至一九八〇・九・十連載
東方玉	新月美人刀	一九八〇	台灣新生報一九八〇・三・八・至一九八一・六・十二連載
東方玉	一劍小天下	一九八〇	中華日報一九八〇・五・十三至一九八一・九・十六連載
東方玉	飄華逐劍飛	一九八一	台灣新生報一九八一・六・十二至一九八二・一・廿六連載，單行本改名東方第一劍沿用至今
東方玉	一劍橫天北斗寒	一九八一	中華日報一九八一・九・十七起連載，一九八一・十二・卅一之後無報結束時間不詳。單行本出版名武林狀元
東方玉	迷仙曲	一九八一	台灣日報一九八一・五・卅一至一九八二・十・廿七
東方玉	旋風花	一九八三	中華日報一九八三至一九八四・十・廿八前後連載，缺報，具體情況不詳
東方玉	金縷甲・秋水寒	一九八三	台灣新生報一九八三・七・十四至一九八五・五・十五
東方玉	護花劍	一九八五	台灣新生報一九八五・五・廿三至一九八七・三・八
東方玉	東風傳奇	一九八七	台灣新生報一九八七・五・十一至一九八九・四・十二

玉辟邪	一九八九		台灣新生報一九八九・四・十四至一九九〇・九・二
高庸（廿七部作品）			
高庸	九玄神功	一九五九	以令狐玄為筆名
高庸	鏽劍瘦馬	一九五九	以令狐玄為筆名
高庸	蜒蚰儒衫	一九五九	以令狐玄為筆名
高庸	血影人	一九六〇	以令狐玄為筆名
高庸	殘劍孤星	一九六〇	以令狐玄為筆名
高庸	感天錄	一九六二	
高庸	聖心劫	一九六三	再版
高庸	罪劍	一九六五	即罪心劍、血染罪心劍
高庸	天龍卷	一九六六	
高庸	玉連環	一九六六	又名霸劍豪門
高庸	風鈴劍	一九六八	
高庸	大悲令	一九六九	
高庸	斷劍情仇記	一九七〇	
高庸	俠義行	一九七〇	
高庸	紙刀	一九七〇	
高庸	紫披風	一九七一	
高庸	秘谷風雲錄	一九七二	
高庸	浪子英豪	一九七四	中國晚報於一九七四年初開始連載

高庸	香羅帶	一九七四	
高庸	鐵蓮花	一九七五	
高庸	胭脂寶刀	一九七五	
高庸	虎魄	一九七七	中國晚報於一九七七・五・十三至十・廿三連載全集
高庸	魔劍恩仇	一九七七	中國晚報於一九七七・十二・廿三至一九七九・十二・九連載全集
高庸	空門三絕	一九七八	中國晚報於六七・四・廿八至一九七八・五・五連載全集
高庸	井中天	一九七八	
高庸	血嫁	不詳	
高庸	絕命谷	不詳	
秦紅（五十九部作品）			
秦紅	無雙劍	一九六三	處女作，大美出版，長篇小說，廿六集
秦紅	武林牢	一九六四	完稿於一九六四・六・十一，大美出版，長篇小說，廿二集
秦紅	英雄路	一九六四	大美出版，長篇小說，廿二集
秦紅	九龍燈	一九六五	民族晚報連載，大美出版，長篇小說，廿三集，作者曾被動授權大陸版：中國江蘇文藝出版社
秦紅	鳳凰劍	一九六五	原名七代劍，商工日報於一九六五・十・十一至一九六六・十一・廿八連載，南琪出版，長篇小說，二十集，作者曾授權大陸：中國海峽文藝出版
秦紅	千乘萬騎一劍香	一九六六	民族晚報連載，大美出版，長篇小說，廿八集
秦紅	一劍破天荒	一九六八	大美出版，長篇小說，廿六集
秦紅	鐵鞋萬里征	一九六八	南琪出版，長篇小說，廿六集
秦紅	戒刀	一九六九	大美出版，長篇小說，廿七集

秦紅	蹄印天下	一九六九	中國晚報、民族晚報連載，大美出版，長篇小說，廿四集，又名七十二惡人
秦紅	傀儡俠	一九七〇	民族晚報於一九七〇・一・一至八・十八連載一至二二六集，春秋出版，長篇小說，卅三集
秦紅	迷俠	一九七〇	大美出版，長篇小說，二十集，又名迷俠登龍
秦紅	于飛劍*	一九七〇	資料待查，書名曾見於武俠春秋圖書目錄
秦紅	決戰三十年	一九七〇	武林出版，十萬字短篇小說一，一集
秦紅	劍客的末路	一九七〇	武林出版，十萬字短篇小說二，一集。香港武林版內含決戰三十年
秦紅	古堡捉龍記	一九七〇	一九七四武俠世界第九八七期起連載，武林出版，十萬字短篇小說三，一集
秦紅	武魔	一九七〇	武俠春秋出版，十萬字短篇小說四，一集，香港武俠春秋版內含俠情
秦紅	書僮闖江湖	一九七〇	武俠春秋出版，十萬字短篇小說五，一集
秦紅	拼命三郎的奇遇	一九七〇	武俠春秋出版，十萬字短篇小說六，一集
秦紅	怒馬香車少年劍	一九七〇	武俠春秋出版，十萬字短篇小說七，一集
秦紅	過關刀	一九七一	春秋出版，長篇小說，廿八集
秦紅	金獅吼	一九七一	大美出版，長篇小說，三十集
秦紅	千古英雄人物	一九七二	南琪出版，長篇小說，三十集
秦紅	武林蕩寇誌	一九七二	南琪出版，長篇小說，二十集，武林版龍虎雙俠
秦紅	劍起千朵紅	一九七三	原名七代劍，台灣時報於一九七三・十・廿九至十一・十六連載，南琪出版，長篇小說，廿六集
秦紅	風雲鐘	一九七六	武俠春秋出版，一集，故事情節在九品刀、霹靂琴之後，作者曾未提及此書
秦紅	俠客之死（一至五）	一九七六	萬盛出版，單冊中篇小說，一集，包含：俠客之死、三生石上刀、殺人者、好漢、慧劍

秦紅	斷刀會	一九七七	大美出版，長篇小說，廿四集，另有很多異名盜版，香港毅力署名雪雁的血海騰龍即為本書盜版
秦紅	九品刀	一九七七	台灣新聞報一九七七・八・廿二，萬盛出版，長篇小說，三集
秦紅	第七把飛刀	一九七八	漢麟出版，大俠林歌的故事一，中長篇小說，一集
秦紅	俠歌	一九七八	台灣日報於一九七八・三・一至六・廿六連載，漢麟出版，大俠林歌的故事二，中長篇小說，一集
秦紅	西出陽關一劍客	一九七九	漢麟出版，大俠林歌的故事三，中長篇小說，一集
秦紅	冷血十三鷹	一九七九	漢麟出版，單冊中篇小說，一集
秦紅	劍歸何處	一九七九	瑞德出版，單冊中篇小說，一集
秦紅	夜梟	一九七九	瑞德出版，單冊中篇小說，一集
秦紅	行獵八千里	一九七九	瑞德出版，單冊中篇小說，一集
秦紅	劍比日月明	一九七九	聯合報於一九七九・四・廿六至七・十四連載，漢麟出版，單冊中篇小說，一集
秦紅	劍破九重天	一九八〇	瑞德出版，單冊中篇小說，一集
秦紅	離魂俠	一九八〇	漢麟出版，單冊中篇小說，一集
秦紅	武林大奇案	一九八〇	大美出版，單冊中篇小說，一集
秦紅	一棒喝武林	一九八〇	漢麟出版，單冊中篇小說，一集
秦紅	請帖	一九八〇	漢麟出版，單冊中篇小說，一集
秦紅	俠鉢	一九八〇	中國時報於一九八〇・九・十二至十一・五連載，大美出版，單冊中篇，一集。香港武林版名為綠林遊龍，另含復仇之路
秦紅	七步滴血	一九八〇	中國晚報一九八〇・十・廿三至一九八一・三・七共連載一至一三二，萬盛出版，單冊中篇小說，一集

秦紅	一劍染紅長白雪	一九八〇	大美出版，大俠林歌的故事四，中長篇小說，一集
秦紅	武林一條街	一九八一	萬盛出版，大俠林歌的故事五，中長篇小說，一集
秦紅	千里不留行	一九八一	萬盛出版，單冊中篇小說，一集
秦紅	神女鏢	一九八一	萬盛出版，單冊中篇小說，一集
秦紅	劍舞	一九八一	大美出版，單冊中篇小說，一集
秦紅	大豪傑	一九八一	萬盛出版，單冊中篇小說，一集
秦紅	風流劍客	一九八一	萬盛出版，單冊中篇小說，一集。香港武俠春秋風流劍客之一，書名為護花鈴
秦紅	武林第二街	一九八二	萬盛出版，大俠林歌的故事六，中長篇小說，一集
秦紅	霹靂琴	一九八二	萬盛出版，長篇小說，一集
秦紅	俠骨奇情	一九八三	你我他雜誌連載，大美出版，長篇小說，二集，一代奇俠傳之二
秦紅	一劍照紅顏	一九八三	大美出版，長篇小說，二集，香港武林版改名千劍照紅顏
秦紅	一劍橫渡萬里沙	一九八五	民族晚報連載，瑞如出版，長篇小說，三集。作者曾授權大陸版：中國海峽文藝出版社
秦紅	獨戰武林	一九八五	民眾日報連載，瑞如出版，長篇小說，三集。作者曾授權大陸版：中國海峽文藝出版社
秦紅	決戰三千里	一九八六	自由日報連載，瑞如出版，長篇小說，三集。作者曾授權大陸版：中國海峽文藝出版社
秦紅	半世英雄	待查	作者臉書提及，資料待查
雲中岳（廿八部作品）			
雲中岳	劍海情濤	一九六三	黎明出版，曾用名劍海情濤
雲中岳	霸海風雲	一九六三	

雲中岳	鋒鏑情潮	一九六四	
雲中岳	傲嘯山河	一九六四	黎明出版，霸海風雲續集，曾用名霸海飛龍
雲中岳	劍嘯荒原	一九六四	四維出版
雲中岳	天涯路（天涯江湖路）	一九六五	曾用名武林三絕、亡魂客
雲中岳	亡命之歌	一九六五	曾用名亡命江湖和亡命客
雲中岳	古劍懺情記	一九六六	曾用名臥龍騰雲
雲中岳	絕代梟雄	一九六六	
雲中岳	大地龍騰	一九六六	
雲中岳	劍影寒	一九六七	
雲中岳	風塵豪俠	一九六八	曾用名九環騰蛟、遊神劍俠和橫劍狂歌
雲中岳	八荒龍蛇	一九六八	
雲中岳	匣劍凝霜	一九六九	曾用名匣劍凝霜（四冊）、奪命金針、秘劍飛虹
雲中岳	鐵膽蘭心	一九六九	曾用名情天煉獄
雲中岳	劍壘情關	一九六九	
雲中岳	龍驤奇士	一九七〇	南琪出版，曾用名縛虎手
雲中岳	劍底揚塵	一九七〇	
雲中岳	俠影紅顏	一九七一	
雲中岳	青鋒驚雷	一九七一	四維出版，毅力版合為子母金梭（四冊），後來被拆為憐花印珮（三冊）和醉杖門生（三冊）
雲中岳	莽野龍翔	一九七〇	曾用名莽野神龍

雲中岳	萬丈豪情	一九七一	南琪出版，曾用名玉獅、狂俠邪劍和風雲五劍
雲中岳	草莽芳華	一九七二	南琪出版，曾用名銀漢孤星
雲中岳	鬼方喋血	一九七三	
雲中岳	大刺客	一九七六	中央日報於一九七六・九・五至一九七七・八・廿九連載，裕泰/皇鼎出版
雲中岳	逸凰引鳳	一九七八	春秋出版
雲中岳	神電鐵拳	一九七九	
雲中岳	屠龍劍	一九七九	
柳殘陽（四十三部作品）			
柳殘陽	玉面修羅	一九六一	處女作
柳殘陽	天佛掌	一九六二	
柳殘陽	大煞手	一九六二	
柳殘陽	金雕龍紋	一九六三	
柳殘陽	蕩魔誌	一九六三	又名金色面具，一九六七年完稿
柳殘陽	驃騎	一九六四	
柳殘陽	魔尊	一九六四	
柳殘陽	搏命巾	一九六五	
柳殘陽	梟霸	一九六六	
柳殘陽	梟中雄	一九六七	
柳殘陽	大野塵霜	一九六八	
柳殘陽、	斷刃	一九六八	

柳殘陽	千手劍	一九六八	
柳殘陽	霸鎚	一九六九	
柳殘陽	七海飛龍記	一九六九	
柳殘陽	剪翼	一九六九	
柳殘陽	銀牛角	一九六九	
柳殘陽	渡心指	一九七〇	
柳殘陽	五嶽龍蛇	一九七〇	
柳殘陽	山君	一九七一	
柳殘陽	傷情箭	一九七一	中國時報於一九七一・一・十至三・十七連載全集
柳殘陽	銀環認命圈	一九七一	
柳殘陽	鬼手郎中	一九七一	
柳殘陽	神手無相	一九七一	
柳殘陽	天魁星	一九七一	
柳殘陽	八臂鍾馗	一九七一	
柳殘陽	紅粉骷髏	一九七一	
柳殘陽	草莽恩仇	一九七二	
柳殘陽	鐵血俠情傳	一九七二	
柳殘陽	黑龍傳	一九七二	
柳殘陽	魅影千里	一九七二	
柳殘陽	鷹揚天下	一九七二	

柳殘陽	煞威棒	一九七四	
柳殘陽	義劫	一九七四	
柳殘陽	霜月刀	一九七六	
柳殘陽	血煙劫	一九七八	
柳殘陽	十方瘟神	一九七八	民眾日報於一九七八・九・十八至九・廿五連載全集
柳殘陽	雷之魄	一九七九	
柳殘陽	星魂	一九七九	
柳殘陽	威震武林	一九七九	
柳殘陽	五嶽風雲	一九八〇	
柳殘陽	毒魔掌	一九八〇	
柳殘陽	拂曉刺殺	一九八〇	民生報於一九八〇・七・二十至十二・廿二連載全集
墨餘生（十一部作品）			
墨餘生	瓊海騰蛟	一九五九	與海天情侶、明駝千里為一套
墨餘生	海天情侶	一九六〇	
墨餘生	摩雲太子傳	一九六〇	
墨餘生	雷電風雲	一九六〇	
墨餘生	劍氣縱橫三萬里	一九六一	
墨餘生	明駝千里	一九六一	
墨餘生	金劍飛虹	一九六二	
墨餘生	情河劫	一九六六	

墨餘生	仇征	一九七六	
墨餘生	雲水關情	一九七九	
墨餘生	紅花令	一九七九	
司馬紫煙（五十八部作品）			
張祖傳	環劍爭輝	一九六一	處女作，春秋出版，十二冊，署名張祖傳
司馬紫煙	江湖夜雨十年燈續集	一九六三	春秋出版，三十冊
司馬紫煙	白頭吟	一九六四	春秋出版，廿七冊
司馬紫煙	萬里江山一孤騎	一九六四	春秋出版，四十冊
司馬紫煙	千樹梅花一劍寒	一九六四	南琪出版，卅六冊
司馬紫煙	豔羅剎	一九六四	春秋出版
司馬紫煙	羅剎劫	一九六四	春秋出版，廿七冊，豔羅剎續傳
司馬紫煙	寶刀歌	一九六五	春秋出版，廿二冊
司馬紫煙	孤劍行	一九六五	南琪出版，卅二冊，出版時間自一九六五年七月直到一九六七年八月，後改名為遊子引
司馬紫煙	金僕姑	一九六五	春秋出版，四二冊，自立晚報於一九八七・七・七至一九七九・五・廿九連載全集
司馬紫煙	劍影倩魂	一九六五	南琪出版，卅九冊，台灣日報於一九七七・十一・廿六連載五六三集
司馬紫煙	情劍心焰	一九六七	春秋出版，卅五冊
司馬紫煙	荒野遊龍	一九六八	春秋出版，廿八冊，出版時間自一九六八年三月至十二月，經濟日報連載
司馬紫煙	金陵俠隱	一九六八	南琪出版，三十冊，出版時間自一九六八年四月至一九六九年四月，民眾日報於一九七九・三・十六至一九七八・三・卅一連載全集
司馬紫煙	勇士傳	一九六八	南琪出版，廿五冊

司馬紫煙	燕歌行	一九六九	春秋出版，卅七冊，後改名為燕趙雄風
司馬紫煙	英雄	一九七〇	春秋出版，廿六冊，一至七集題諸葛青雲著
司馬紫煙	情俠	一九七〇	南琪出版，卅四冊
司馬紫煙	一劍寒山河	一九七〇	南琪出版，二十冊
司馬紫煙	英雄歲月	一九七〇	南琪出版，卅五冊
司馬紫煙	一字劍	一九七〇	春秋出版，廿四冊
司馬紫煙	劍情深	一九七一	春秋出版，廿九冊
司馬紫煙	煞劍情狐	一九七一	南琪出版，廿九冊，一名七劍九狐
司馬紫煙	斷腸簫	一九七〇	民族晚報於一九八一・八・二至一九八〇・十二・廿五連載全集，無單行本
司馬紫煙	棲霞鶴影	一九七一	香港武俠春秋連載
司馬紫煙	湖海驚龍	一九七二	香港武俠春秋連載
司馬紫煙	浪子燕青	一九七二	香港武俠春秋連載，穿心鏢故事之一
司馬紫煙	鐵馬雲裳	一九七二	香港武俠春秋連載，穿心鏢故事之二
司馬紫煙	遊俠列傳	一九七三	南琪出版，七冊
司馬紫煙	浪雁驚鴻	一九七四	香港武俠春秋連載，穿心鏢故事之三
司馬紫煙	龍潭虎穴	一九七四	香港武俠春秋連載
司馬紫煙	新月劍	一九七四	香港武俠春秋連載
司馬紫煙	牧野鷹揚	一九七五	香港武俠春秋連載
司馬紫煙	拜山	一九七五	香港武俠春秋連載
司馬紫煙	八駿雄飛	一九七六	香港武俠春秋連載，民族晚報於一九八四・七・一至一九八六・二・廿八連載全集

司馬紫煙	漠野英豪	一九七六	民族晚報於一九八七・二・廿九連載完集
司馬紫煙	鐵馬金戈	一九七六	民族晚報於一九八七・三・一至一九七七・七・三十連載全集
司馬紫煙	情人劍	一九七七	香港武俠世界連載
司馬紫煙	紅粉金剛	一九七七	香港武俠世界連載一九七七至一九七八
司馬紫煙	雪鷹	一九七八	香港武俠春秋連載
司馬紫煙	悲歌	一九七九	香港武俠春秋連載
司馬紫煙	大英雄	一九七九	香港武俠春秋連載
司馬紫煙	罪惡之園	一九七九	香港武俠世界連載
司馬紫煙	粉紅色的色狼	一九七九	香港武俠世界連載
司馬紫煙	塔里木風雲	一九七九	香港武俠世界連載
司馬紫煙	北雁飛	一九七九	香港武俠世界連載
司馬紫煙	日月重光	一九七九	
司馬紫煙	劍在江湖	一九八〇	中國時報於一九八〇・十一・六至一九八一・一・九連載六十四全集
司馬紫煙	龍虎風雲	一九八〇	武俠故事第十七期，是諸葛青雲，臥龍生，獨孤紅，司馬紫煙四個人接龍創作的武俠小說
司馬紫煙	謎中謎	一九八〇	香港武俠世界連載
司馬紫煙	紅拂與虬髯客	一九八〇	香港武俠春秋連載
司馬紫煙	妙英雄	一九八一	香港武俠春秋連載
司馬紫煙	鷲與鷹	一九八二	香港武俠春秋連載
司馬紫煙	大雷神	一九八二	香港武俠春秋連載

司馬紫煙	北雁南飛	一九八三	台灣新生報和香港武俠春秋連載
司馬紫煙	俠劍情心斷腸刀	一九八三	香港武俠春秋連載
司馬紫煙	劍嘯西風	一九八四	香港武俠春秋連載
司馬紫煙	無刃劍	不詳	南琪出版，卌二冊，未見原刊本，僅見於出版目錄
獨孤紅（五十七部作品）			
獨孤紅	紫鳳釵	一九六三	處女作，但出版較晚
獨孤紅	血掌龍幡	一九六五	
獨孤紅	劍花紅	一九六五	
獨孤紅	斷腸紅	一九六六	
獨孤紅	雍乾飛龍傳	一九六六	
獨孤紅	大明英烈傳	一九六七	
獨孤紅	俠骨頌	一九六七	商工日報於一九六七・四・二連載十二集
獨孤紅	滿江紅	一九六七	
獨孤紅	武林正氣歌	一九六八	即正氣歌
獨孤紅	血灑黃沙紅	一九六八	
獨孤紅	俠宗	一九六八	
獨孤紅	豪傑血	一九六八	
獨孤紅	丹心錄	一九六八	
獨孤紅	俠種	一九六九	
獨孤紅	聖心魔影	一九六九	

獨孤紅	菩薩蠻	一九六九	
獨孤紅	玉翎雕	一九六九	
獨孤紅	檀香車	一九六九	
獨孤紅	男子漢	一九六九	
獨孤紅	江湖人	一九六九	
獨孤紅	武林春秋	一九七〇	
獨孤紅	十二郎	一九七〇	
獨孤紅	雪魄梅魂	一九七〇	
獨孤紅	天燈	一九七〇	
獨孤紅	英雄兒女	一九七〇	
獨孤紅	響馬	一九七〇	
獨孤紅	刀神	一九七〇	
獨孤紅	無刃刀	一九七一	
獨孤紅	血花血花	一九七一	
獨孤紅	煞情劍	一九七一	
獨孤紅	報恩劍	一九七二	中華日報於一九七二・三・一至十・三十連載未完
獨孤紅	玉釵香	一九七二	
獨孤紅	劍客	一九七三	自立晚報於一九七三・二・九至一九七五・一・十二完集
獨孤紅	劍俠燕翎	一九七三	
獨孤紅	江湖路	一九七三	

獨孤紅	天龍地虎嬌俏鳳	一九七四	
獨孤紅	孤騎	一九七五	自立晚報於一九七五・一・十三至一九七七・二・十五連載全集
獨孤紅	龍騰虎躍	一九七五	
獨孤紅	天津十日	一九七五	
獨孤紅	計中計	一九七五	
獨孤紅	菩提劫	一九七六	
獨孤紅	鐵血冰心	一九七〇	
獨孤紅	血令	一九七六	
獨孤紅	紅葉詩	一九七七	
獨孤紅	鐵血柔情	一九七七	自立晚報於一九七七・二・十六至一九七九・一・九連載全集
獨孤紅	虎符	一九七八	
獨孤紅	大野遊龍	一九七八	
獨孤紅	龍爭虎鬥	一九七八	
獨孤紅	恩怨情天	一九七九	
獨孤紅	名劍留香	一九七九	自立晚報於一九七九・十二・二十至一九八〇・一・十八連載全集
獨孤紅	劍膽琴心	一九八〇	自立晚報於一九八〇・一・廿八至一九八一・一・十三連載全集
獨孤紅	朱門劫	一九八〇	
獨孤紅	龍虎風雲	一九八〇	
獨孤紅	名劍明珠	一九八〇	
獨孤紅	龍虎風雲	一九八〇	《武俠故事》第十七期「龍虎風雲」，是諸葛青雲，臥龍生，獨孤紅，司馬紫煙四個人接龍創作的武俠小說

獨孤紅	劍魂錄	不詳	
獨孤紅	刺客	不詳	
武林樵子（十三部作品）			
武林樵子	十年孤劍滄海盟	一九六〇	
武林樵子	水龍吟	一九六一	
武林樵子	灞橋風雪飛滿天	一九六一	
武林樵子	征塵萬里江湖行	一九六二	
武林樵子	斷虹玉鉤	一九六三	
武林樵子	玉轡紅纓	一九六四	
武林樵子	絳闕虹飛	一九六五	
武林樵子	牧野鷹揚	一九六六	
武林樵子	草莽群龍	一九六七	
武林樵子	屠龍刀	一九六七	
武林樵子	朱衣驊騮	一九六九	
武林樵子	踏莎行	一九七〇	
武林樵子	秋水雁翎	不詳	有一說是與玉翎燕合著
蕭瑟（二十部作品）			
蕭瑟	落星追魂	一九六三	處女作
蕭瑟	碧眼金鵬	一九六三	

蕭瑟	鐵骨柔情傳	一九六四	
蕭瑟	大漠金鵬傳	一九六五	
蕭瑟	巨劍迴龍	一九六六	
蕭瑟	淬劍煉魂錄	一九六六	
蕭瑟	潛龍傳	一九六七	
蕭瑟	神火焚天	一九六七	
蕭瑟	江湖獨孤龍	一九六八	
蕭瑟	追雲搏電錄	一九六九	
蕭瑟	鐵劍金蛇	一九六九	
蕭瑟	殘情劍	一九七一	
蕭瑟	失魂人	一九七二	
蕭瑟	白帝青后	一九七二	
蕭瑟	狂風沙	一九七七	
蕭瑟	神劍射日	一九七七	
蕭瑟	劍碎崑崙頂	一九七九	
蕭瑟	洛陽劍	一九七九	
蕭瑟	大澤龍蛇傳	不詳	
蕭瑟	殘缺書生	不詳	

【作者限量簽名套書書衣收藏版】

台灣武俠小說史（上）

作者：林保淳
發行人：陳曉林
出版所：風雲時代出版股份有限公司
地址：10576台北市民生東路五段178號7樓之3
電話：(02) 2756-0949
傳真：(02) 2765-3799
執行主編：劉宇青
美術設計：吳宗潔
協助校對：岩武成
業務總監：張瑋鳳

初版二刷：2023年9月
版權授權：林保淳
ISBN：978-626-7025-49-9
風雲書網：http://www.eastbooks.com.tw
官方部落格：http://eastbooks.pixnet.net/blog
Facebook：http://www.facebook.com/h7560949
E-mail：h7560949@ms15.hinet.net
劃撥帳號：12043291
戶名：風雲時代出版股份有限公司

風雲發行所：33373桃園市龜山區公西村2鄰復興街304巷96號
電話：(03) 318-1378
傳真：(03) 318-1378
法律顧問：永然法律事務所 李永然律師
北辰著作權事務所 蕭雄淋律師

行政院新聞局局版台業字第3595號 營利事業統一編號22759935

定價：550元

國家圖書館出版品預行編目資料

武俠風雲：台灣武俠小說史 / 林保淳著. -- 台北市：
風雲時代出版股份有限公司, 2022.02
冊；　公分
ISBN 978-626-7025-49-9 (上冊)
1. 台灣文學史 2.武俠小說

863.097　　　110020517